KB174056

대구경북 근대문학과 매체

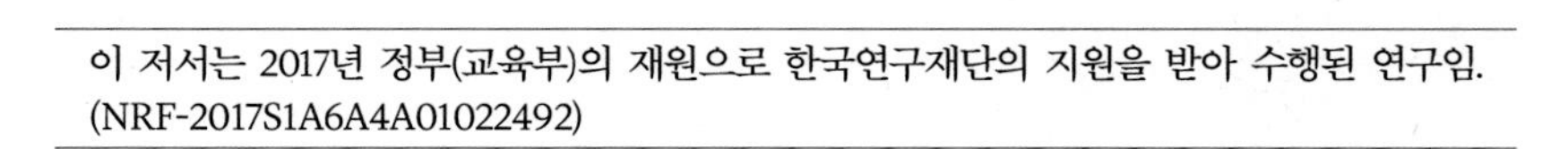
이 저서는 2017년 정부(교육부)의 재원으로 한국연구재단의 지원을 받아 수행된 연구임.
(NRF-2017S1A6A4A01022492)

대구경북 근대문학과 매체

박용찬

이 책에서 문제 삼고자 하는 매체도 이와 유사하다고 생각한다. 매체에는 그 시대를 살다 간 많은 사람들의 생각과 정신이 오롯이 담겨져 있다. 지역의 책사(冊肆)를 걸으면서 흩어져 뒹굴고 있던 대구·경북 지역에서 생산된 많은 문학매체들을 만났으나 이들을 제대로 수합하지는 못했다. 처음에는 중심부의 문학이 아니라는 생각이었고 중심과 주변이 다른 것이 아니라는 생각이 들었을 때는 이미 기회가 상실된 뒤였다. 그래도 남아 있는 매체들을 모으고, 빌리고, 사진 찍고, 인터넷을 뒤지면서 이 저술의 밑바탕이 되는 작업을 시작한 것이 벌써 7년여 전이다. 이전에 쓴 일부 글들은 새로운 근거나 자료를 발견하는 바람에 대폭 수정, 보완하는 작업을 거쳤다. 서울을 중심으로 전개된 한국근대문학이 대구·경북 지역에서는 어떻게 전개되었는가, 이 화두를 풀기 위해 주목한 것이 지역에서 생산된 매체였다. 대구는 조선 후기 영영판(嶺營版)의 산지로 영남지역 선비문화를 주도하던 정신적 거점이다. 경상감영을 중심으로 이루어진 영영판(嶺營版)이나 종중(宗中)의 출판물은 근대계몽기 이후 활발히 전개된 이 지역 출판문화의 원류라 할 수 있다. 이러한 전통을 바탕으로 근대에 접어들면서 생산되기 시작한 지역의 각종 매체들은 근대문학 공간을 형성하는 주된 물적 토대가 되었다. 지역의 이러한 매체들은 1950년대까지는 대부분 지역의 출판사와 서점을 배경으로 생산, 유통, 소비의 과정을 거쳤다. 재전당서포, 광문사, 무영당서점, 청야당, 현암사, 계몽사, 학원사, 청구출판사

戰時文學讀本

啓蒙社刊行

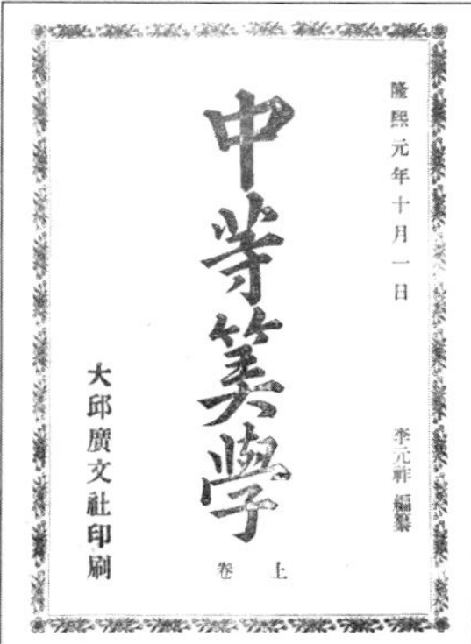

역락

책머리에

비오는 날 국립경주박물관 본관 뒤편에 가본 적이 있다. 외롭게 서 있는 고선사지 3층 석탑 오른쪽으로 많은 돌들이 비를 맞으면서 가지런히 놓여 있었다. 원형이나 정사각형의 모양을 한 주춧돌, 한때는 디딤돌로 사용되었을 법한 긴 직육면체의 화강석들, 오래 사용되어 닳고 닳은 돌절구들이다. 이들은 모두 어디에서 온 것들일까? 여러 명의 기증자 푯말이 있는 것으로 보아 한곳에 모여 있던 것이 아니라 여기저기 흩어져 있던 돌들로 여겨진다. 그렇다면 이 석재(石材)들은 신라 이후 경주 인근의 가정집이나 사찰 등에 쓰였던 건축의 부재(部材)였거나 생활에 필요한 살림 도구였을 것이 틀림없다. 지금은 제 기능을 잃고 박물관 뒤뜰의 조경석으로 전시되어 있지만 이 돌들에는 이 지역에 살았던 많은 사람들의 입김과 시간의 흔적이 배어 있다. 홀로 떨어져 나왔다가 다시 모여 있는 이곳의 석재(石材)들은 과거를 환기하고 상상하는 주요 물상(物象)이 된다는 점에서 소홀히 다룰 대상이 아니다.

이 책에서 문제 삼고자 하는 매체도 이와 유사하다고 생각한다. 매체에는 그 시대를 살다 간 많은 사람들의 생각과 정신이 오롯이 담겨져 있다. 지역의 책사(冊肆)를 걸으면서 흩어져 뒹굴고 있던 대구·경북 지역에서 생산된 많은 문학매체들을 만났으나 이들을 제대로 수합하지는 못했다. 처음에는 중심부의 문학이 아니라는 생각이었고, 중심과 주변이 다른 것이 아니라는 생각이 들었을 때는 이미 기회가 상실된 뒤였다. 그래도 남아 있는 매체들을 모으고, 빌리고, 사진 찍고, 인터넷을 뒤지면서 이 저술의 밑바탕이 되는 작업을 시작한 것이 벌써 7년여 전이다. 이전에 쓴 일부 글들은 새로운 근거나 자료를 발견하는 바람에 대폭 수정, 보완하는 작업을 거쳤다. 서울을 중심으로 전개된 한국근대문학이 대구·경북 지역에서는 어떻게 전개되었는가. 이 화두를 풀기 위해 주목한 것이 지역에서 생산된 매체였다.

대구는 조선 후기 영영판(嶺營版)의 산지로 영남지역 선비문화를 주도하던 정신적 거점이다. 경상감영을 중심으로 이루어진 영영판(嶺營版)이나 종중(宗中)의 출판물은 근대계몽기 이후 활발히 전개된 이 지역 출판문화의 원류라 할 수 있다. 이러한 전통을 바탕으로 근대에 접어들면서 생산되기 시작한 지역의 각종 매체들은 근대문학 공간을 형성하는 주된 물적 토대가 되었다. 지역의 이러한 매체들은 1950년대까지는 대부분 지역의 출판사와 서점을 배경으로 생산, 유통, 소비의 과정을 거쳤다. 재전당서포, 광문사, 무영당서점, 철야당, 현암사, 계몽사, 학원사, 청구출판사, 영웅출판사, 문성당, 향민사 같은 지역의 출판사나 서점이 그 역할을 하였다. 1970년대 이후에도 대구지역에는, 남아 있는 출판사와 남문시장, 대구시청, 대구역 주변의 서점들이 이러한 역할을 일부 이어받고 있었다. 지금 이 시간 대구지역의 문흥서점, 남구서점, 신흥서점, 대륙서점, 신라서점, 만인서점, 죽전서점, 동양서점, 경주지역의 명문당 등 정겨운 이름들이 떠오른다. 소멸되기 직전의 책들을 건져내어 숨을 불어넣던 이들 책사(冊肆)의 주인들은 이제 모두 유명(幽明)을 달리하였다.

근대문학의 바탕이 되었던 양장본(洋裝本) 매체들은 한적(漢籍)에 비해 시간의 햇살 때문에 바스러지기 일쑤이다. 그 사이 문학관이 생겨나 자료를 수집하고, 공공 기관이 나서 아카이브 작업을 수행하면서 소멸을 지연시키고 있기는 하지만, 양장본이 세월의 시간을 감당할 수 없는 것만은 틀림없는 사실이다. 이제 학계에서도 지금까지 소홀히 다루어졌던 지역의 매체들을 다시 소환하여 정리하고, 조립하는 작업들에 좀 더 박차를 가할 필요가 있다. 근대문학은 신문, 잡지, 동인지, 작품집 같은 출판매체를 만나면서 그 구체적 형상을 드러내 보였다. 읽고 보는 것이 중심인 출판매체는 특정 장소나 공간을 넘어 유포됨으로써 공론장의 여론을 형성하는 중요 기능을 한다.

근대가 시작되면서 대구·경북에서도 많은 매체들이 생산되었다. 이 매체들은 지역 근대문학을 이루는 주요 인자(因子)가 된다. 이 책의 제목을 '대구경북 근대문학과 매체'라 하였다. 이는 넓게 보면 지역문학 연구의 일환이라 할 수 있다. 장소는 대구·경북 지역이고, 시간은 근대계몽기부터 1960년 전후이다. '근·현대 문학'이란 제명(題名)도 생각해 보았으나, 이 시기에 산출된 매체가 문학의 자율성과 양식 실험을 시도한 근대문학의 산물이라 보고 제목은 처음 그대로 두었다.

이 책에서 필자는 근대계몽기부터 1960년대 초까지 대구·경북 지역의 문학을 통시적으로 고찰하되 시기별 문학 장이 가진 특성을 드러내 보이고자 노력하였다. 그 중심 잣대는 대구·경북이란 공간과 장소 속에서 물질적으로 현현(顯現)되었던 매체와 그 생산 주체였던 작가들의 정신적 자취였다. 매체란 제도를 바탕으로 대구·경북 지역에서 탄생하거나 활동한 많은 작가들이 지역과 중앙을 넘나들며 지역의 문학 장을 구축하였다. 이상화, 현진건, 백기만, 이장희, 이육사 등은 대구·경북 지역문학을 주도한 대표적 인물이다. 이중 이육사의 경우 안동, 대구, 경주 등지에서 자취를 남기고 있으나, 신석초나 친지들과 주고받은 엽서 몇 편 외에는 지역 문학매체에 남긴 글이 거의 없다. 그래서 최근에 쓴 정전이나 교육적 측면에서 이육사를 다룬 글은 이번 책에 싣지 못하였다. 백기만의 매체 활동에 대해서는 이전의 『한국현대시의 정전과 매체』에 실린 적이 있어 제외하였다. 시간의 부족으로 1960년대 이전 경북의 제 지역에서 시도된 소(小) 매체들을 본격적 논의의 장에 올리지 못하였다. 1930년 1월 김천문예협회에서 낸 『무명탄(無名彈)』(김천문화협회, 1930)이나 1950년대 김천문화의 집에서 나온 『소문화(小文化)』 등을 예로 들 수 있다. 아쉬운 마음에 부록으로 고령지역 문학의 장소성과 매체에 대한 글을 덧붙였다.

아직 가야 할 길은 먼데 여전히 길 위에서 서성이고 있다. 한곳에 정착하지 못하고 무엇인가를 찾아 헤매던 많은 시간들. 그 속에서 만났던 사람들과 제 매체들이 지금 이 순간 몽타주처럼 지나간다. 먼지와 무질서의 공간 속에서 오랜 세월 참아준 아내와 아이들에게 이 책을 바친다. 이 자리에서 이젠 집이 안온함과 비움의 장소가 되기를 소망해 본다. 이 저서는 2017년 한국연구재단의 저술출판 지원사업의 지원을 받아서 수행한 연구의 결과물이다. 한국연구재단에 감사드린다. 어려운 출판 환경 속에서 선뜻 출판을 허락해 준 역락출판사의 이대현 사장과 편집에 애쓴 권분옥님께도 고마움을 전한다.

2022년 가을

박 용 찬

차례

제3부 지역 근대문학을 주도하는 매체들

제4부 해방의 기쁨과 흥기하는 매체들

제5부 전선매체의 등장과 지역문학 공간의 구축

제1부
출판매체와 로컬리티

제1장

지역·문학·매체

대구와 경북은 현재 별도의 행정자치 구역으로 나누어져 있지만 행정 구역이 분리된 1981년 이전만 하더라도 오랜 기간 내내 같은 지역공동체이자 문화공동체로 운명을 함께 해 왔다. 교남(嶠南) 또는 영남(嶺南) 등의 명칭으로 불린 경상도는 영남 남인들의 세거지(世居地)였으며, 낙동강 연안을 따라 전개된 강안(江岸)문화가 발달한 장소였다. 특히 대구는 1601년(선조 34) 이후 경상감영이 자리잡으면서[1] 지리적 입지를 바탕으로[2] 경상도의 정치와 경제, 문화의 중심지가 되었다.

---

1 경상도는 태종 14년 낙동강을 분계(分界)로 좌·우도로 나누어졌다가 다시 합치되었고, 중종 14년에 다시 경상도가 좌도와 우도로 분리되면서 우도(右道) 감영은 상주에, 좌도(左道) 감영은 경주에 설치되었다. 이후 경상도 감영은 상주, 경주, 성주 등지에 설치되었다가 대구에 정착한 것이 선조 34년(1601)이다. 선조 34년 관찰사 이덕형(李德馨)이 상소를 통하여 대구부에 감사(監司)로 하여금 부사(府使)를 겸하게 하고, 별도로 판관(判官)을 설치할 것과 경산, 하양, 화원 등 여러 현(縣)을 대구부에 귀속시키도록 청하였다. 이후 대구에 경상감영이 설치되었고, 경상감영은 고종 32년(1895) 지방제도의 개편이 이루어질 때까지 대구에 계속 존속하였다. 대구시사편찬위원회, 『대구시사』 1, 대구시, 1973, 239~246쪽 참고.

2 『세종실록지리지』에서는 경상도에서 갖는 대구의 입지적 요소를 아래와 같이 언급하고 있다. "그 땅이 동남쪽에 큰 바다가 있고, 서쪽은 지리산을 경계로 감음현 육십현에 이르고, 북쪽은 죽령을 경계로 문경현 초점에 이르는데, 대구군이 도 중앙에 있다.(其地東南負大海, 西界智異山, 至減陰縣六十峴, 北界竹嶺, 至聞慶縣草岾, 而大丘郡在道中央)" 중추원조사부 편, 『교정 세종실록지리지』, 조선총독부중추원, 1937, 95쪽.

대구·경북 지역은 신라시대 향가, 조선시대 시조와 가사, 소설 등이 활발하게 창작되었고, 이들 작품들의 필사 또한 해방 이후까지 지속적으로 이루어졌던 장소였다. 영남학파의 중심지인 이 지역은 각 문중이나 서원을 중심으로 족보, 문집, 경서(經書) 등을 인쇄하던 목판 유물이 곳곳에 산재해 있다. 대구·경북은 영남감영(嶺南監營)이 중심이 된 영영판(嶺營版)의 발원지로서 근현대사의 변혁과 맞물리면서 다양한 출판매체를 생산해 낸 지역이기도 하다. 이러한 문화적 자산은 서책 출판과 연계되면서 영남을 출판문화의 중심지로 부상시켰다. 대구·경북은 영남감영뿐만 아니라 문중, 사찰, 서원 등을 중심으로 족보, 문집, 불경 및 각종 유학 관련 서적들이 활발하게 간행된 지역이다. 한국국학진흥원의 10만 목판수집 운동에서 보듯이 대구·경북 지역의 출판문화 유산은 다른 어느 지역보다 풍부하다. 책자를 인쇄하던 목판 유물 또한 많이 남아 있는데, 짧은 시간 안에 거둔 한국국학진흥원의 성과는 그러한 면모를 잘 보여준다. 영영판(嶺營版)의 산지로서 대구·경북이 갖는 이러한 지역적 특성은 근대계몽기 이후의 신식 출판에도 많은 영향을 미쳤다. 근·현대 시기의 출판문화 또한 이전의 전통을 이어받으면서 대구·경북 지역만이 가지는 독자성을 확보하고 있다고 할 수 있다.

일제의 침략이 본격화되면서 경부선 철도 부설, 을사늑약, 의병 항쟁, 1906년 경상도 관찰사였던 박중양(朴重陽)에 의한 대구 읍성 파괴 등이 이루어졌다. 일제(日帝)의 강점과 더불어 북성로(北城路)를 중심으로 대구는 급속히 식민지 근대도시로 이행되어 갔다. 그렇지만 여전히 대구는 중세와 근대가 혼재하고 있던 도시였다. 학당, 학교를 중심으로 전파된 교육과 계몽의 논리 속에 유가적 사고와 근대적 사고가 서로 충돌하고 있었다. 한문의 위상이 달라진 1900년 이후에 오히려 이 지역에서 더 많은 문집이 간행되었다는 사실은 일제강점기에도 여전히 구 출판이 성행하고 있었음을 보여준다. 이는

대구 원정통(元町通: 북성로) 모습

근대계몽기 이후에도 출판의 내용이나 방식에서 구식 출판과 신식 출판이 서로 경쟁하고 있었음을 보여주는 사례라 할 수 있다.

전통서당이나 근대의 신식학교에서 교육을 받은 작가들 또한 유교, 동학, 기독교, 아나키즘, 마르크시즘 등을 넘나들면서 전통사상과 외래사상의 경계에서 자신들의 문학적 정체성을 모색하고 있었다. 이상화, 이상백, 현진건, 이장희, 백기만, 윤복진, 김문집, 장혁주 등 대구 출신의 작가는 물론이고, 이육사, 이원조, 오일도, 조지훈, 이병각, 이병철 등 안동, 영양 등지의 경북 북부지역 문인들, 박목월, 김동리, 백신애, 장덕조, 하근찬 등 영천, 경주 등지의 경북 중·남부지역 문인들의 경우에도 마찬가지이다. 이들이 성장한 공간과 장소에 대한 주목은 지역문학의 정체성을 확보하기 위한 주요 작업 중의 하나라 할 수 있다. 근대계몽기 이후 대구·경북 지역은 지역과 중앙이란 이중적 역할을 수행하던 유동적 공간이었다. 낙동강을 중심으로 형성된 영남의 정치, 경제, 사회, 문화는 대구에서 꽃피었다고 할 수 있다. 경상감영이 자리한 대구는 조선 후기부터 영남지역 자원의 물적 집산지인 동시에 정신문화의 중심지였다. 그러나 이 지역 문화가 가진 특성을 규명해 내는 과정에서 정신문화의 물적 토대라 할 수 있는 출판문화에 대한 접근은 제대로 이루어지지 못하였다. 지역문학의 배경이 되는 공간과 장소에 대한 주목 못지않게, 작가들의 정신적 자취와 고투의 흔적이 드러나는 매체에 대한 탐색은 지역문학의 정체성을 규명하는 데 매우 필요한 일이다.

한편 지역의 사회문화적 공간에서 탄생된 제 매체들은 지역과 중앙의 동일성과 차별성을 드러내 보여주는 단초가 된다. 동인지, 잡지, 신문, 단행본, 서간(書簡) 같은 각종 매체들은 대구·경북 지역 근대문학 형성의 구체적 물상들이라 할 수 있다. 특히 출판매체는 작가들의 정신적 자취와 고투의 흔적이 드러나는 정신문화의 부산물이다. 여기에 실린 내용들은 저자의 내적 욕망이 응결된 기호들의 집합체이다. 그러므로 출판매체는 정신문화를 담아내는 물질적 그릇이라 할 수 있다. 근대 매체의 중심은 출판매체이며 신문이나 잡지, 작품집 같은 매체는 대중과 쉽게 결합되는 특성을 지니고 있다.

잡지, 신문, 동인지, 시집 등의 각 단행본은 근대문화의 부산물이다. 근대문학이 학교, 신문, 잡지, 출판, 등단 등의 각종 제도와 관련되어 논의된다고 할 때 매체가 차지하는 역할은 결코 작다고 할 수는 없다. 심지어 문학을 둘러싼 각종 구술적 담론들도 근대계몽기 이후에는 문자문화로 다양하게 현현(顯現)되기 시작하였다. 이 책에서 말하는 매체란 주로 문자로 인쇄된 출판매체를 말하며, 문학잡지나 작품집을 넘어 신문, 종합지, 교지, 각종 단체의 기관지 등까지 포함한다. 신문과 잡지 같은 출판매체는 1980년대까지 가장 중요한 매체들 중 하나였다. 최근에 들어서는 방송, 영화, 컴퓨터 등의 전자매체가 부각되고 있긴 하지만 이러한 대중매체의 등장이 반드시 출판매체를 위축시키지 않는다는 연구 결과도 나와 있다. 이는 "서로 다른 미디어끼리 복합적으로 상호 보충작용을 하거나 각기 다른 장점들을 최대한 이용, 경쟁"[3]적으로 투자를 하는 것과 관련이 있다. 출판매체가 다른 대중매체보다 문화의 보존성과 전달성 및 창조성이 용이하다는 것은 주지의 사실이다. 그러므로 출판매체는 문화창조의 기능을 갖춘 근대문학의 물질적 토대가 된다. 이처럼 근대계몽기 이후 여전히 근·현대 문학, 또는 문화를 전달하는 주된 매체는 출판매체[4]였다. 출판매체는 "한 작품이 생산되는 과정에서 저자 이외에도 출판인, 저작권 대리인, 출판사 교정인, 원고 편집인 등 많은 사람을 필요"[5]로 한다. 근대에 접어들면서 출판매체의 생산은 주로 상업적 출판사들이 담당하였다. 그러므로 각종 매체의 생산, 유통, 소비의 중심에 위치한 출판사의 역할은 지대하다고 할 수 있다. 출판사를 통해 생산된 각종 매체들은 당대든 후대든 기억과 전파의 가장 유용한 형식으로 자리잡았다. 출판매체를 둘러싼 이러한 제 문화적 층위를 해명하는 작업은 기존의 이론 중심, 작가 중심의 논의를 사회란 물적 토대와 제도 속으로 이동시키는 것과 관련이 있다. 출판매체 중에서도 정기적인 신문과 잡지 등의 언론 매체는 대중들의 의식을 계몽시키는 데 많은 영향을 미친다. 이들 매체에는 매체를 기획하는 기관이나 편집진들의 이데올로기가 개입되기 마련이다. 반면 동인지의 경우,

---

3 박신홍·송민정, 『출판매체론』, 경인문화사, 1991, 39쪽.

4 매체는 일반적으로 "어떤 작용을 한쪽에서 다른 쪽으로 전달하는 물체, 또는 그런 수단"(국립국어연구원, 『표준국어대사전』, 두산동아, 2000, 2080쪽)이라고 정의된다. 신문과 잡지 같은 인쇄매체는 1950년대까지 가장 중요한 매체로 자리잡고 있었다. 한편 대중매체라는 용어 자체는 "방대한 규모의 문화 소비자와 그에 비해 상대적으로 소수의 전문화된 문화 생산자 사이를 중개하는 문화 분배 및 소통의 현대적 체제를 의미"(존 A 워커, 정진국 역, 『대중매체시대의 예술』, 열화당, 1990, 17쪽)한다고 할 수 있다. 대중매체는 신문이나 잡지 같은 인쇄매체가 그 대표적인 것이다.

5 월터 J. 옹, 이기우 외 옮김, 『구술문화와 문자문화』, 문예출판사, 2003, 186쪽.

같은 인쇄매체라도 대중성이나 계몽성 측면에서 이들에 비해 다소 뒤진다고 할 수 있다. 그렇지만 그것에는 그들만의 취향과 모색의 정신이 담겨 있다는 점에서 주목된다.

일제강점, 해방, 한국전쟁이란 격동의 시기를 거치면서 대구·경북의 출판매체는 어떠한 역할을 하였는가? 또 각종의 문학매체를 생산한 지역의 출판사는 대구·경북의 문학공간 형성에 어떠한 영향을 미쳤고, 그 시대를 살다간 사람들에게 어떻게 기억되고 있는가? 아니면 역으로 정치·사회적 상황이 출판매체에 미친 영향은 무엇인가? 이는 영남학파의 강한 영향 아래 놓여 있던 대구·경북 지역 문학이 근대가 생산해 낸 신식 출판이란 제도를 만나 어떠한 변모를 겪고 새로운 문학 장을 형성해 내고 있는가 하는 문제와 맞물린다고 할 수 있다.

대구·경북 지역 문화가 가진 이러한 특성을 규명해 내는 연구가 제대로 수행되고 있느냐는 질문 앞에 필자는 만족할 만한 답을 선뜻 내리지 못하고 있다. 특히 대구·경북 지역 출판에 대한 연구는 그 당위성에도 불구하고 아직까지 학계의 관심을 크게 받지 못하고 있다. 『경상북도사』(1983), 『대구근대문학예술사』(1991), 『대구시사』(1995), 『경상도600년사』(1999) 등 관 주도 아래 기획된 책자의 경우, 대구·경북의 근·현대 문학공간이나 출판문화에 대한 기술이 너무나 소략하다. 또 인쇄조합에서 만든 『대구·경북 인쇄조합 45년사 — 대구·경북 근대인쇄 100년』(2006)도 인쇄업계의 인쇄발달사 중심의 간략한 접근에 머무르고 있는 실정이다. 대구·경북 지역 출판문화 내지 그것이 빚어낸 문학공간에 대한 연구는 지금까지 체계적으로 이루어지지 못했다. 이는 대구·경북을 서울, 즉 중앙의 대타지역이 아닌 종속적 지역 정도로 치부한 결과라 할 수 있다. 그러다 보니 지역 출신의 많은 연구자나 문학인들에게도 대구·경북은 문화적 열등의 공간으로 인식되기 십상이었다. 그러나 최근 들어 실상(實相)을 통해 이러한 선입관을 배제하려는 노력들 또한 일부 시작되고 있음을 주목해 볼 필요가 있다. 근대계몽기, 또는 그 이전 시기를 대상으로 하는 이러한 연구를 바탕으로 대구·경북 지역의 신식 출판과 근대문학 공간 형성에 대한 연구가 근대계몽기 이후로 더욱 심화, 확대되어 나갈 필요가 있다. 이를 통해 매체란 물적 토대 위에 다양하게 구축된 지역문학의 양상과 작가들의 이념 내지 문화적 취향이 해명될 수 있을 것으로 생각된다.

| 제2장 |

지역문학 연구의 현황과 로컬리티

1. 들어가는 말

한국 근·현대문학사에서 김소월, 김영랑, 이용악, 백석, 박목월, 채만식, 김정한, 이문구 등이 이룬 문학적 성취는 대부분 지역의 생생한 삶과 언어를 바탕으로 생성된 것이었다. 지역의 다양한 문학적 지류들이 모여, 이들이 민족문학의 큰 흐름을 형성했다고 할 수 있다. 글로벌 시대에 전지구적으로 보면 서울도 하나의 지방에 불과하지만, 우리나라의 경우 서울지향주의는 매우 심각하다. 서울과 경기도가 전체 인구의 절반 정도를 차지하고 있다 보니, 정치, 사회, 경제, 문화 모든 것이 수도권 중심으로 재편되고 구성된다. 문인들 또한 서울로 이사 가거나 지방에 있더라도 서울지향의식으로 충만해 있다. 지금부터 반세기 전에 발표된 이용악의 시 「하나씩의 별」에서도 이러한 모습은 이미 드러나 있다.

> 무엇을 실었느냐 화물열차의
> 검은 문들은 탄탄히 잠겨졌다.
> 바람 속을 달리는 화물열차의 지붕 우에

우리 제각기 드러누워
한결같이 쳐다보는 하나씩의 별

두만강 저쪽에서 온다는 사람들과
쟈뮤스에서 온다는 사람들과
험한 땅에서 험한 변 치르고
눈보라 치기 전에 고향으로 돌아간다는
남도 사람들과
북어쪼가리 초담배 밀가루떡이랑
나눠서 요기하며 내사 서울이 그리워
고향과는 딴 방향으로 흔들려 간다[1]

모두가 고향으로 돌아가는 해방정국에서 시인의 분신이라 할 수 있는 화자는 고향과는 딴 방향인 서울로 향한다. 이용악은 「낡은집」, 「전라도가시내」 등을 통해 그가 태어난 함경북도 경성(鏡城)과 변경지대인 두만강 유역이 뿜어내는 북방의 정서를 유감없이 형상화하였다. 그의 삶의 터전이었던 함경도 지역이 변방이 아니라 우리 민족의 질박하고도 생생한 삶의 터전임을 보여주었다. 물론 시인이라면 몸이 어디에 있든 자기가 머물렀던, 아니면 지향하고자 하는 주된 장소를 노래할 수 있다. 그런데 해방 직후 시인 이용악의 선택행위 속에는 '서울'로 표상되는 중앙을 향한 강한 열망이 숨겨져 있다. 이를 윤영천은 "문화적 중앙집권이 가장 확실하게 살아 움직이는 현장에서의 문학적 두각을 열망하는 조급성의 한 표현"[2]이라 한 바 있다. 실제 이용악은 해방 직후 민족모순을 척결하기 위한 '무기로서의 시쓰기'[3]에 매달림으

1 이용악, 「하나씩의 별」 부분, 『이용악집』, 동지사, 1949, 32~33쪽.
2 윤영천, 「민족시의 전진과 좌절」, 『이용악시전집』, 창작과비평사, 1988, 237쪽.

로써 「하늘만 곱구나」를 제외하고는 이전에 이룩한 탁월한 시적 성취를 드러내 보이지 못하였다. 지역의 생생한 삶의 현장과 동떨어져 관념주의로 나아갔을 때 해방기 이용악의 시적 실패는 예견된 것이었다고 할 수 있다.

근대 국민국가가 들어서면서 강화된 중앙집권적 지배 체제는 지역의 정치, 경제, 교육, 문화 모든 부분을 더욱 중앙의 종속물로 전락시켰다. 서구 중심주의 내지 중앙이 내세우는 표준화, 획일화의 강제 속에 지역의 정치, 경제, 문화는 억압되고 서열화되었다. 지역이 중앙과의 대등한 관계 속에서 대타적 기능을 수행하지 못하면서 지역과 중앙의 비정상적인 관계가 만들어내는 폐해는 더욱 심화되어 가고 있다. 급속도로 진행되는 산업화, 지식정보화 사회는 정치, 경제, 교육, 문화의 중앙집중 현상을 더욱 부채질하고 있다. '지역을 넘어 세계로'란 구호 속에 차이는 무화되고, 글로벌화에 대한 욕망만 난무하고 있는 것이 현실이다. 세계화와 지역화의 양립 속에 진정한 글로컬라이제이션(glocalization)의 실현은 가능한가? 이는 중심과 주변, 중앙과 지역이 분리된 것이 아닌, 순환적 고리 맺기에서부터 시작된다고 할 수 있다. 중앙이든 지역이든 그 공간은 서로의 존재를 가능하게 하는 전제가 된다. 유기체적 사고 기반 위에서 중앙과 지역이 하나가 되기 위해서는 상호 소통과 상생의 정신이 무엇보다 필요하다. "전 지구적 시야로 지역을 보고 지역의 눈으로 세계를 보는 상호침투적 시각을 견지"[4]하는 것이 요구되는 것도 이 때문이다.

정치, 경제, 문화의 집중화가 더욱 심화된 작금의 현실에서 지방, 지역의 문화, 문학은 어떠한가? 지역에서 약간의 명성을 얻은 작가는 대부분 서울로

3 박용찬, 『해방기 시의 현실인식과 논리』, 역락, 2004, 40~41쪽.

4 최원식, 「지방을 보는 눈」, 『생산적 대화를 위하여』, 창작과비평사, 1997, 70쪽.

떠나 버리고, 남은 자들만이 부산하게 그들만의 활동을 하고 있는 형국이다. 이러한 지역, 지방문단에 새로운 바람을 불어넣는 것은 아이러니하게도 지역문학의 주체인 작가나 독자, 문학단체가 아니라 각 지자체가 빚어내는 관 주도의 문화 정책들이다. 그러나 이들만의 힘으로 지역문학을 활성화시키는 것은 원천적으로 역부족이라 할 수 있다. 지방자치단체들의 예산이 투입된 각종 문화, 문학 행사들은 전시효과적인 측면에 치우치기 쉽고, 일회성을 띠는 경우가 많아 장기적이고 발전적인 방향 설정 및 추진계획을 수립하기 어렵다.

한편 정치권에서 지방자치, 지방분권의 당위성에 대한 논의가 점증되고, 문학 내부에서 지역문학에 대해 관심을 표명하는 단체나 연구자가 차츰 늘어나고 있는 점은 고무적인 일이다. 그전까지의 지역문학은 중앙이 아닌 주변, 상위가 아닌 하위문학으로 구획되면서 연구의 중심으로 부상되지 못하였다. 지역문학 연구가 지역의 특수한 문학현상이나 잊혀진 지역작가의 발굴, 지역문단 개괄 정리 정도의 차원에서 크게 벗어나지 못한 것도 이 때문이다.

지역문화 내지 지역문학 연구가 활성화되기 위해서는 기존과 다른 새로운 틀로 지역의 문화와 문학을 바라볼 필요가 있다. 지역을 중앙의 종속 또는 하위체로 바라보는 시각에서 벗어나 개체의 다양성과 차이를 인정하는 수평의 시선을 확보하는 것이 중요하다고 할 수 있다.[5] 이는 지역문학 연구에도

5 지방자치제가 실시되던 1991년 창간된 『문학과지역』은 전국공동지역문학협의회의 이름으로 수평문화운동의 중요성을 다음과 같은 선언하고 있다. “문화의 지방시대라는 것이 중앙문화의 해체와 분열을 뜻하는 것은 아닙니다. 문화의 전 국토에너지를 최대로 가동하고 활성화하여 우리 문화의 폭을 넓히고 깊이를 주며 그 수용 또한 전국적으로 고르게 하자는 것입니다. 그 원리 위에서 우리는 지역문화운동에 수평적 평준화 운동을 주도해 나갈 것이며 자율적 문화공간 위에서 지역과 지역의 만남의 고리를 형성하여 각 지역간의 고유정서와 특수한 삶의 양식을 문학으로 형상화하고 문화적 봉건성이나 종속성을 탈피, 민주성을 회복하여 통일에 이르는 민족공동체적 방법을 탐색해 가고자 하는 것입니다.” 「지역문화·

마찬가지로 적용될 수 있다. 지역문학 연구가 근대문학 연구의 주류적 흐름과 그 성과에 "대안학문·대항학문"적 모습을 띨 수밖에 없다는 지적[6]은 지금까지 진행되어온 근대문학 연구에 대한 비판적 성찰의 결과에서 나온 말이라 할 수 있다. 그러므로 지역문학 연구는 "중심과 주변이라는 이항대립적 인식으로 제 가치를 인정받지 못했거나 폄하되었던 지역의 역동적이고 창조적인 가치를 재발견하는 데서 출발"[7]할 필요가 있다. 중심부/주변부, 중앙/지역이란 억압과 차이의 프레임을 전복하고 상호 교통(交通)의 장(場)을 구성하는 것이 지역문학 연구의 출발점이라 할 수 있다.

지역문학 연구에서 가지기 쉬운 지역의 문학자산에 대한 지나친 자긍 또한 경계할 일이다. 세계화와 지역화가 동시에 진행되고 있는 글로컬 시대에 중심과 주변은 더 이상 구획의 대상이 아니다. 타자와의 끊임없는 교섭이 중요한 이유도 여기에 있다. 지역문학과 중앙문학은 하나의 유기체로 구성되어 있어 한 쪽이 병들면 다른 쪽도 병들게 마련이다. 지역문학이 다른 지역문학과 교섭함은 물론이고, 중앙 내지 세계문학과 교통하는 장을 만들어 로컬리즘에 빠지는 우를 피해야 한다. 이렇게 될 때 로컬이 가진 속성 내지 정체성이랄 수 있는 로컬리티가 살아날 수 있을 것이기 때문이다. 글로벌과 대타적 관계에 놓여있는 로컬 자체도 "실물적 장소의 의미(장소, 토지), 정신적 의미(입장), 사회적 의미(계급)"를 동시에 담고 있지만 로컬리티는 "상대적이고 대타적인 의식, 지역의식, 시대의식, 문화의식 등을 포괄"하고 있다고 할 수 있다. 그러므로 로컬리티를 파악하기 위해서는 그 지역의 "언어, 문화, 관습,

---

문학운동 선언」, 『문학과지역』 창간호, 1991, 1쪽.

6 박태일, 「지역문학 연구와 경북·대구 지역」, 『현대문학이론연구』 24, 현대문학이론학회, 2005, 39쪽.

7 이재봉, 「지역문학사 서술의 가능성과 방향」, 『국어국문학』 144, 국어국문학회, 2006, 60쪽.

제도" 등을 통해 형성된 "특정지역과 장소를 묶는 공동체 의식, 그리고 그와 관련된 정신적 태도와 입장" 등을 추출할 수 있어야 한다.[8] 로컬리티가 제대로 구현되기 위해서는 지역문학은 지역의 중요 자산인 구체적 삶이 살아 숨쉬는 생생한 장소성과 현장성을 잘 활용할 수 있어야 한다. 세계화 바람이 뜨거울수록 지역의 문화나 문학에 대한 정체성을 확보하는 것이 중요하다.

지방자치와 지방분권화에 대한 욕망이 점증되면서 지역문화에 대한 관심 또한 증대되고 있다. 지역문학 연구는 지역이 갖고 있는 풍부한 문학적 자산에 대한 관심과 실천에서 시작된다고 할 수 있다. 과거의 지역문학 연구가 지역의 문학자산을 단순 소개, 정리하는 차원에 머물렀다면, 지금의 지역문학 연구는 로컬리티 문제를 중심으로 이동되어 나갈 필요가 있다. 로컬리티는 지역문학을 소외, 축소시키는 것이 아니라 차이와 다양성을 통해 지역문학을 타지역 또는 중앙문학과 대타적 관계를 구성하게 만든다. 지역이 가진 장소성과 현장성은 로컬리티를 구성하는 중요한 요소 중의 하나라 할 수 있다.

이 장에서는 근대 이후 대구·경북 지역문학에 대한 연구현황을 살펴보고, 이것을 바탕으로 대구·경북 지역의 문학이 가진 로컬리티가 어떻게 구현될 수 있는지를 문제 삼아 보고자 한다. 이는 대구·경북 지역문학이 왜 주목되어야 하는가, 어떻게 진행되어 왔는가, 앞으로 어떻게 진행되어 나가야 하는가라는 문제의식과 연결된다고 하겠다.

---

8 이창남, 「글로벌 시대의 로컬리티 인문학 — 개념과 과제를 중심으로」, 『로컬리티 인문학』 창간호, 2009, 81~82쪽.

2. 대구·경북 지역문학 연구의 현황

2000년대 초반까지 연구자들은 대구·경북의 지역문학 연구에 대해 크게 눈길을 돌리지 않았다. 자료의 미비도 문제이거니와 연구자들 또한 지역문학을 해야 한다는 당위성이 크게 없었던 시기라 할 수 있다. 이 시기의 대구·경북 지역문학 연구의 성과를 개략적으로 정리해 보면 다음과 같다.

첫째, 대구시나 경상북도, 또는 지역의 시(市), 군(郡)이 주도한 지역문학 관련 책자들을 들어 볼 수 있다. 이러한 책자로는 『경상북도사』(1983), 『대구근대문학예술사』(대구직할시·영남대학교, 1991), 『대구시사』(1995), 『경상도 600년사』(1999) 등이 있고 이들 외에도 각 지역에서 펴내는 시사(市史)나 군지(郡誌)들이 있다. 이중 『대구근대문학예술사』가 비교적 상세한 편인데 총설 편에서 대구의 지리·역사적 배경, 대구의 문화적 전통, 대구의 문학·예술을 개관하고, 문학 편 각론에서 1900년대부터 1950년대까지 시, 소설, 아동문학, 문학비평, 한문학 등을 사적(史的)으로 기술하고 있다. 지역의 문학을 소상히 복원해 보자는 연구자들의 노력이 돋보이나 자료의 미비와 공동 저자로 인한 관점의 일탈로 지역의 작가나 작품에 대한 개괄적 소개 수준을 크게 넘어서지는 못하고 있다.

둘째, 문인단체나 대학의 연구소 또는 사업단이 관여한 책자를 들어볼 수 있다. 문인단체가 펴낸 책자로는 경상북도 문인협회가 편찬한 『경북문학100년사』(2007)와 한국문인협회 대구광역시지회가 편찬한 <대구문협50년사>(2011)가 있고, 대학의 연구소나 사업단이 관여한 책자로는 경북대학교 대형과제연구단이 발행한 『근현대 대구지역 문학의 흐름과 특성』(정림사, 2005)과 『근현대 경북지역 문학의 흐름과 특성』(정림사, 2005)이 있다. 『경북문학100년사』는 경상북도 문인협회가 1907년부터 2007년까지 경북의 문학사를 정리한 것이다. 1부는 간략하게 경북 지역 문학사를 개관하고, 2편은 시, 시조, 소설, 수필, 아동문학, 평론 순의 갈래별 흐름과 문인협회의 발자취를 더듬었다. 『대구문협50년사』는 대구문인협회 창립 50년을 맞아 대구지역문학사의 정리를 목표로 1960년대부터 1980년대까지 대구문학을 시, 시조, 아동문학, 소설, 수필, 평론, 희곡 분과별로 개관하였다. 이어 이 협회의 기관지 『대구문학』 창간호(1988)부터 92호(2011)까지의 총 목차를 정리하고, 10개의 지역 협회와 17개의 문학회, 19개의 동인지를 소개하였다. 이 책은 『대구문학』을 중심으로 대구문학의 현황을 점검하는 형식을 취하였기에 자료의 시대별 나열이나 현상의 간략한 설명에 그치는 근본적인 한계를 안고 있었다. 『근현대 대구지역 문학의 흐름과 특성』과 『근현대 경북지역 문학의 흐름과 특성』의 경우 근현대 대구·경북 지역의 문학을 처음으로 전체적으로 조망해 보려 하였다는 점에서 그 의의를 지닌다. 지역문학 연구의 의의나 위상에 대한 문제의식[9]을 공유하고 있었음에도 불구하고 구체적 각론에서는 전체적 통일성이 부족하다든지, 대상에 대한 깊이 있는 천착이 이루어지지 못하였다.

한편 지역문학 연구에 대한 당위와 연구의 필요성이 증대되면서 학회 차원의 집단적 연구가 이루어지기 시작한 것은 1990년대 후반부터이다. 관이 아닌 개인 연구자들이 모임을 만들어 지역문학 연구의 구체적 실천과 성과를 보여주고 있는 지역은 부산·경남 지역이다. 부산·경남 지역의 경우 근·현대 문학 연구자들이 '경남·부산지역문학회'란 학회를 결성하여, 1997년 창간호부터 2006년 봄호까지 통권 13호의 계간 『지역문화연구』를 발간하였다. 이

9 경북대학교 대형과제연구단, 「지역문학 연구와 대구지역의 문학 현황」, 『근현대 대구지역 문학의 흐름과 특성』, 정림사, 2005, 11~29쪽 참고.

를 통해 이들은 부산·경남 지역의 지역문학 사료의 발굴과 정리, 연구와 비평을 시도하였다. 이들은 '지역문학'을 한다는 뚜렷한 의식 하에 지역의 제반 문학 현상들을 규명함으로써 지역문학 연구의 본보기를 보여주었다.

부산·경남 지역의 『지역문학연구』와 비견할 수 있는 것이 대구에서 발간된 『향토문학연구』이다. 『향토문학연구』는 1996년 대구·경북 지역의 문학 연구자들이 향토문학연구회를 발기하면서 시작되었다. 1998년 12월 창간호를 내면서 시작되어 2010년 12월까지 통권 13호를 발간하였다. 「창간사」를 통해 『향토문학연구』가 지향하는 바를 살펴보기로 하자.

> 대구·경북 지역은 일찍부터 교남(嶠南) 혹은 낙남(洛南)이라 불리게 되면서 태백과 소백의 정기가 보듬고 있던 심장부였으며, 그 낙강을 원천으로 한 인맥은 이곳이 인재와 문인을 가장 많이 배출하였다는 사실이 저간의 연구와 통계로도 증빙되고 있다고 할 것이다. 뿐 아니라 최근에는 각 지역별로 그 같은 향토문학에 대한 인식의 증폭과 함께 이 지역에서도 연고를 가진 문인과 그들의 작품에 대해서 깊은 애정의 성숙이 자생하여 왔다고 할 수 있다. 따라서 이 같은 정서를 보다 체계적이고 지속적으로 상승시켜 갈 수 있을 하나의 간행물을 마련해야 한다는 열정도 완성단계에 이르게 했다. 이 때문에 과거의 관례대로 도시적, 국제적 문학에 상대하려는 전원적, 지역적 문학이란 틀을 과감히 부정하고자 한다. 이뿐 아니라 지역 특유의 향토적 풍속이나 전통사상의 정서에 깊은 애정을 가지면서도 보다 보편적 문화적 분위기와 융합해 나가면서 새로운 문학의 창조에 이바지하려는 노력이고자 한다. 문명권 문학에 대한 대항적 위상의 향토문학이 아니라 그 같은 이질적 성격을 지양해서 새로운 차원의 문학을 융합과 재창조와 승화를 낳게 하는 생성력과 함께 새로운 우리 문학의 발전을 위한 노력이고자 한다.[10]

10 류기룡, 「창간사 — 이름하여 '향토문학연구'」, 『향토문학연구』 창간호, 대구경북향토문학

「창간사」는 대구·경북 지역이 가진 지리적 중요성과 인재와 문인을 가장 많이 배출한 교남의 전통을 강조한 후, 향토문학에 대한 인식 변화에 따라 지역 연고를 가진 문인들과 그들의 작품에 대한 관심을 증대시키는 견인차로 이 매체가 탄생되었음을 밝히고 있다. 『향토문학연구』는 '도시적, 국제적 문학에 상대하려는 전원적, 지역적 문학이란 틀을 과감히 부정'하고자 한다. 그렇다면 '문명권 문학에 대한 대항적 위상의 향토문학'을 거부하고 그들이 도달하고자 한 곳은 어디인가? 지역 특유의 향토적 풍속이나 전통사상의 정서에 대한 깊은 애정을 바탕으로 보편적, 문화적 분위기와 융합하자는 것이다. 『향토문학연구』는 중앙이나 중심에 대한 대항적 위상의 문학보다 융합과 재창조와 승화를 내세운 새로운 차원의 문학을 제시하고 있는 셈이다.

여기서 말하는 중앙이나 중심에 대한 대타, 대항적 위상의 문학을 거부한다는 말은 오해되기 쉽기에 약간의 설명이 필요하다. '전원적, 지역적 문학이란 틀을 부정'한다는 말은 지방 문인이나 연구자들끼리 모인 소박한 친목단체식 모임 내지 연구를 거부한다는 의미로 쓰인 수사라 할 수 있다.[11] 지역의 향토성이나 개별성을 바탕으로 하지만 중앙이나 중심에도 통할 수 있는 보편성을 구비한 문학을 지향하는 것이 『향토문학연구』의 발간 취지라 할 수 있다. 이어진 간행사에서도 '지역문학의 성찰과 탐구'[12]를 강조하며, 향토문학이 '단순히 중심문화에 대한 주변문학으로서의 지역문학'[13]이 아님을 거듭 강조하고 있다. 그러다 보니 지역태생이지만 지역을 떠나 중앙에서 활발한

연구회, 1998, 4~5쪽.

11 『향토문학연구』 창립 멤버였던 이주형 경북대 명예교수와의 2017년 10월 7일자 대담.

12 이강언, 「간행사 — 지역문학의 성찰과 탐구」, 『향토문학연구』 2, 대구경북향토문학연구회, 1999, 4쪽.

13 조진기, 「간행사 — 새로운 도약을 위한 각오」, 『향토문학연구』 3, 대구경북향토문학연구회, 2000, 4쪽.

활동을 한 작가를 특집으로 다룬 경우가 많았다. 특수성과 보편성을 갖춘 이육사, 이상화, 현진건, 이장희, 박목월, 김문집, 백신애, 김동리 등이 그 대상이 되었다. 이는 한국문학에서도 이미 깊이 연구된 작가이기도 했다. 물론 김유영이나 이설주 같은 작가에 대한 조명이나 경산, 경주, 김천, 안동, 포항, 문경, 의성, 상주, 고령 등 제 지역의 문학을 정리한 것은 『향토문학연구』가 거둔 성과라 할 수 있다.

이를 통해 볼 때 "향토문학의 자료를 발굴·정리·연구하여 지역문화의 창달에 기여"[14]하고자 했던 대구·경북 향토문학연구회의 목적은 어느 정도 달성되었다고 할 수 있다. 그렇지만 『지역문학연구』가 지역문학을 한다는 뚜렷한 의식 하에 작가, 작품의 과감한 발굴과 의미 규정을 가한 데 비해, 『향토문학연구』는 기존 작가의 재조명이나 지역문단을 '정리'하는 작업을 주로 수행하는 데 그쳤다. 로컬리티가 다른 지역과의 관계 속에서 그 지역의 정체성을 드러내는 것이라 할 때, 『향토문학연구』가 대구·경북 지역 문학적 자산이 갖고 있는 속성, 즉 로컬리티를 충분히 드러내는 데는 다소 미흡했다고 할 수 있다. 부산·경남 못지않은 풍부한 문학적 자산을 가진 대구·경북의 문학적 특성은 물론이고 이갑기, 신고송, 장혁주, 윤복진, 김용준 같은 작가들에 대한 접근이 적극적으로 이루어지지 못한 점은 아쉬움을 남긴다.

대구·경북 지역문학의 로컬리티를 제대로 구현하기 위해서는 대구·경북 지역문학을 바라보는 연구자들의 시각 조정 또한 필요하다. 풍부한 문학적 자산을 가진 대구·경북 지역문학을 어떻게 다루고 접근해 나갈 것인지에 대한 몇몇 메타적 논의를 살펴보도록 하자.

민현기의 「대구지역 문학운동의 역사적 성격과 그 활성화 방법 연구」[15]는

---

14 「회칙」, 『향토문학연구』 창간호, 대구경북향토문학연구회, 1998, 249쪽.

해방 직후부터 1980년대까지 전개된 대구지역 문학운동의 변천 양상과 그 이념적 기반 및 사회적 기능, 문학적 의의와 한계를 고찰하고 있다. 이 연구를 통해 논자는 바람직하고 생산적인 '지역문학운동'을 활성화시킬 수 있는 구체적인 방법이 무엇인가를 모색하고 있다. 이 논문에서 지역의 문학운동과 중앙(서울)의 문학운동이 따로 있는게 아니라는, 서울도 하나의 지역일 따름이라는 인식을 하고 있다는 점은 중요하다. 지역문학이 제대로 뿌리를 내릴 수 있기 위해서는 각 지역민의 삶의 모습을 문학작품 속에 제대로 형상화시켜야 하며, 각 지역의 고유한 정서를 전체 민족의 보편적 정서로 승화시킬 수 있어야 한다는 것이다. 대구지역 문학운동을 활성화할 수 있는 방법으로 필자는 지역작가로서의 주체성과 자존심 회복, 지역문학에 대한 체계적이고 합리적인 연구, 지역문학 육성을 위한 제도적 개혁과 새로운 주변 환경의 형성, 문예정책적 차원에서의 전문적이고 합리적인 기획과 행정지원의 요청 등을 제시하고 있다. 지역문학운동사적 관점에서 해방 이후 대구지역 문학을 전체적으로 개괄, 설명해 보이려 한 점은 의의가 있다고 할 수 있다,

박태일의 「지역문학 연구와 경북·대구지역」[16]은 부산·경남 지역문학 연구의 선편을 쥐었던 연구자가 대구·경북 지역문학 연구에 대한 접근 방향을 타진한 시론이라 할 수 있다. 이 글 이전에 이미 「지역문학 연구의 방향」(1998)과 「인문학과 지역문학의 발견」(2004)[17]을 통해 지역문학 연구가 나아가야 할 당위와 방향을 제안한 바 있다. 「지역문학 연구의 방향」에서는 '기초문헌의 간수와 갈무리', '연구주체의 확충과 협력', '아마추어리즘과 정실주의

15 민현기, 「대구지역 문학운동의 역사적 성격과 그 활성화 방법 연구」, 『어문학』 80, 2003, 265~290쪽.

16 박태일 「지역문학 연구와 경북·대구 지역」, 『현대문학이론연구』 24, 현대문학이론학회, 2005, 27~47쪽.

17 위 두 글은 박태일, 『한국지역문학의 논리』(청동거울, 2004)에 실려 있다.

의 극복', '주인의식과 지역통합'을 지역문학 연구가 갖추어야 할 요소로 들고 있으며, 「인문학과 지역문학의 발견」에서는 지역과 관련해 근대 인문학이 지난 시기 인습에서 벗어나기 위한 방안으로 '중앙패권주의'와 '지역패배주의'를 넘어서기 위한 노력, 이념 획일주의를 넘어 다원주의 이념을 좇아가는 길, 학문적 일방주의를 버리고 학제적 대화주의로 나아가는 길 등을 제시한 바 있다.

「지역문학 연구와 경북·대구 지역」은 앞에서 제시한 두 글의 문제의식을 대구·경북 지역문학 연구에 적용해 본 것이라 할 수 있다. 이 글은 공간 차원, 시간 차원, 방법 차원 셋으로 나누어 대구·경북 지역문학을 살펴보고 있는데, 이중 공간 차원의 문제 제기가 시사하는 바가 크다. 지역문학의 개념, 권역, 범위 설정의 문제는 지역문학 연구자들에게 가장 근본적인 문제이다. 그래서 지역단위와 문학권역의 문제가 대두될 수밖에 없다. 박태일은 문학 특유의 권역이 외적 장소뿐 아니라 언어문화의 문학담론의 구성 요소, 곧 매체 필진의 연망, 매체 향유의 유포의 범위와 지속, 작품 배경, 언어권들이 중요함을 든다. 대구·경북 문학의 경우 경북 달성과 경남 창녕, 경북 청도와 경남 밀양 등이 이러한 경우라는 것이다. 또한 지역 단위를 개방적으로 설정할 필요가 있음을 주장한다. 지역문학을 지역어나 특정 행정지역, 또는 출신 작가의 작품으로 묶어버리는 것을 경계한다. 지역문학은 지연(地緣) 문학이며, 특정지역에 친밀경험을 구현하고, 지연 잘 되는 길로 나아가게 하는 데 이바지하는 문학이 지역문학이라고 정의한다. 지역문학은 그 범위에 고급문학에서 생활문학을 포함한 여러 역장에 걸친 작가와 작품, 그리고 작품 향유를 위한 행정 제도와 문학문화재(문학의 외적 토대, 즉 작가의 묘소, 중요 작품 배경, 작가의 생몰지, 사건의 중심장소, 중요 거주지와 출판문헌 등)라는 요소까지 포함할 수 있어야 한다고 주장한다. 박태일의 이러한 주장은 지역을 "고정된 실체가 아니라 그 안에 다양한 가치와 정치 견해, 경제 이해 관계, 문화 습속이 서로 어울려 중층적이고 복합적인 부름켜를 만들며 타지역과 대타화하고 내면화해 가는 과정적 실체"[18]로 파악하는 태도에서 나온 것이다. 지역 문학의 개념화에 지연문학의 중요성을 강조하는 것 또한 이색적이다. 근대의 합리적 사고에서는 지연, 혈연, 학연은 일반적으로 배제의 대상이 된다. 그런데 지역 연고를 바탕으로 하는 지역문학의 경우 지연은 적극적인 활용의 대상이 된다는 점을 내세운다.

남송우의 「지역문학 연구의 현황과 과제 — 충북, 대구·경북, 전북지역 문학을 중심으로」[19]는 비교적 객관적 시각에서 앞선 지역문학 연구자들의 글들을 소개하는 형식을 취하고 있다. 이 글은 지역문학 연구의 방향성 모색과 지역문학 연구의 방향과 과제로 나누어져 있다. 지역문학 연구의 방향성 모색에서는 박태일의 「지역문학 연구의 방향」, 양영길의 「지역문학사 서술방법론」(『한국문학사 인식 어떻게 할 것인가』, 푸른사상, 2001), 조동일의 『지방문학사』(서울대출판부, 2003) 등을 통해 지역문학 연구 내지 지역문학사 기술을 위한 방향을 점검하고, 각 지역의 지역문학 연구 현황을 논의하고 있다. 여기서 대상이 된 지역은 충북, 대구·경북, 전북 세 지역이다. 남송우는 지역문학 연구가 일반 다른 문학 연구와 변별되기 위해서는 작품의 형식이나 장르적인 측면보다는 내용의 측면에서 살펴보는 것이 온당하다고 본다. 그 이유로 작품 속에 내재한 그 지역의 특수성을 드는데, 이 특수성은 그 지역의 정체성과 연결되기 때문이다. 지역문학 연구는 결국 한 지역의 정체성이 그 지역의 문학에 어떻게 투영되고 있으며, 그 투영된 모습이 무엇인지를 밝혀내는 것

18 박태일, 앞의 논문, 30쪽.

19 남송우, 「지역문학 연구의 현황과 과제 — 충북, 대구·경북, 전북지역 문학을 중심으로」, 『국어국문학』 144, 2006, 7~39쪽.

이 중요 항목이 되어야 한다고 본다. 남송우가 대구·경북 지역문학 연구의 대상으로 검토하고 있는 연구서는 이강언·조두섭의 『대구·경북 근대문인연구』(태학사, 1999), 주승택의 『선비정신과 안동문학』(이회, 2002), 조두섭의 『대구·경북 현대시인의 생태학』(역락, 2006) 등이다. 남송우는 각 지역마다에 내재해 있는 지역의 정체성을 확인하고, 이 정체성이 그 지역 문학작품에 어떻게 투영되어 나타나고 있는지를 살피는 것이 지역문학 연구의 일차적 과제라 보았다. 이 때문에 지역문학 연구는 지역학 연구의 차원에서 이루어져야 한다고 보고 있다. 로컬리티 문제가 지역문학 연구에서 중요한 연구방향 내지 초점이 되어야 한다는 남송우의 견해는 이후 지역문학 연구자들에게 시사하는 바가 크다.

박영식의 「통일시대 대구 지역문학의 역할과 가능성 모색」[20]은 지역적 특수성과 세계적 보편성 간의 충돌이 심화되는 세계화 시대에 지역문학의 범주와 의미를 밝혀 봄으로써 통일시대 대구 지역문학의 역할을 살펴보고자 한 것이다. 지역문학의 전개와 지역성 연구사 부분은 남송우의 연구를 보충, 심화시키는 방향에서 전개되고 있으나 눈여겨 볼 점은 지역문학 연구의 방향 내지 순서이다. 지역문학 연구는 지역문학의 정립을 통해서 중앙에 종속된 타자로서의 지방에 대한 인식을 불식시키고, 지역민이 주체가 될 수 있는 지역 읽기, 지역 보기, 지역 쓰기의 새로운 방법론을 도출해 나가는 방향으로 진행되어야 한다고 본다. 지역문학 연구의 순서로는 우선 중앙문단에서 소외된 지역 작가와 작품을 발굴할 것, 지역 소재 작품을 갈무리함으로써 1차 자료의 토대를 구축할 것, 1차 자료를 통해 지역민의 삶을 재구성해 내고

20 박영식, 「통일시대 대구 지역문학의 역할과 가능성 모색」, 『남북문화예술연구』 14, 2014, 191~221쪽.

지역민의 정체성과 특수성을 밝혀낼 것, 밝혀진 지역적 정체성과 특수성이 인류적 보편성과 어떻게 연결될 수 있는지를 모색할 것 등을 제시하고 있다. 이를 위해 지역문학 연구는 연구대상(지역 소재 작품), 연구주체(지역문학 연구자), 연구객체(소비자)의 세 차원에서 접근 가능하며, 지역의 연구자가 지역의 시각으로, 작품 속에서 지역의 특수성을 밝혀내는 작업이 주가 되어야 한다고 본다. 격월간지인 2010년도 『대구문학』을 통해 대구문학의 정체성을 밝혀보려는 시도만으로 끝난 것은 아쉽지만 지역문학의 경우 창작주체든 연구주체든 지역의 정체성인 로컬리티에 대한 성찰의 중요성을 보여주는 한 사례로서 의의가 있다고 하겠다.

3. 대구·경북 지역문학의 로컬리티와 연구 방향

대구·경북 지역문학 연구의 방향을 모색하기 위해서는 먼저 이 지역 문학이 왜 문제되는지에 대한 물음이 있어야 한다. 다시 말하면 대구·경북 지역문학 연구가 올바로 나아가기 위해서는 이 지역이 갖고 있는 로컬리티에 대한 성찰이 우선시되어야 한다는 점이다. 대구·경북의 지역문학은 홀로 고립되어 존재하는 것이 아니라 시간과 공간의 제 상호 관계 속에 형성된 것임을 명심할 필요가 있다. 이를 기반으로 앞으로 지역문학 연구가 나아가야 할 방향을 살펴보기로 한다.

첫째, 지역이 갖고 있는 정체성, 즉 로컬리티를 규명할 수 있는 지역문학 연구가 이루어질 필요가 있다. 이는 이 지역만이 가진 특수성이 무엇인지 다른 지역이나 중앙과의 차이성은 무엇인지를 밝혀내는 작업을 기반으로 한다. 이는 문학판 이외의 정치사, 사상사, 사회경제사, 생활사 등과 맞물려 있는 영역이기도 하다. 지역문학의 로컬리티 형성에 많은 영향을 미치는 것은 지역의 문학 장에 관여했던 시, 공간적 제 요소들이라 할 수 있다.

대구·경북은 중앙 정치무대에서 자의적이든 타의적이든 한 걸음 물러나 있던 영남 남인들의 강한 영향력 아래 놓여 있던 지역이다. 조선후기 중앙정치에서 소외되었던 영남의 남인들은 현실정치보다 예(禮)와 문(文)을 숭상하는 선비로서의 삶을 존중하였다. 중앙정치와 대타적 관계를 형성하고 있던 영남 남인들은 현실정치와 일정 정도 거리를 유지하면서도 학문에 대한 자긍심과 자기 나름의 정체성을 뚜렷이 갖고 있던 집단이었다. "동인에서 남인과 북인으로 분화할 때 남인은 주로 이황학파를 중심으로 하는 일군의 사류가 중심"[21]이 되었다. 퇴계 이황(李滉)의 학맥에서 분화된 서애 류성룡(柳成龍), 학봉 김성일(金誠一), 한강 정구(鄭逑)를 축으로 낙동강 양안(兩岸)을 따라 형성된 유교적 선비문화는 근대계몽기 이후 대구·경북 지역의 문학 장에 끊임없이 관여하고 있었다고 할 수 있다. 체면과 명분을 중시하는 선비문화는 때로는 보수로, 때로는 개혁으로 현현(顯現)되면서 대구·경북의 문학 장을 역동적이게 만들었던 것이다.

근대계몽기를 전후하여 대구·경북 지역에 유포되었던 저항적 민족주의는 석주 이상룡, 일송 김동삼 등의 무장독립운동으로, 계몽담론은 애국계몽운동의 일환으로 전개된 국채보상운동으로 나타났다. 이상화, 백기만, 현진건, 이육사 등의 민족주의 또는 사회주의적 저항의식은 물론이고, 해방 직후의 10월항쟁, 자유당 정권 말기의 2·28의거 등도 이러한 저항의 가닥과 그 맥을 같이 하고 있다고 할 수 있다. 한편 1950년대 이후 전개된 대구·경북 지역문학의 탈정치적 성향을 김춘수, 신동집 등의 영향으로 보는 연구의 관행에

21 우인수, 『조선후기 영남 남인 연구』, 경인문화사, 2015, 21쪽.

대한 비판적 시각 마련 또한 필요해 보인다. 김춘수, 신동집 이전에 형성된 죽순시인구락부가 보여준 순문학적 자장이 대구문단에 미친 영향 또한 규명되어야 할 것이다. 한 지역의 문학 장이 한두 개인에 의해 움직인다는 전제는 1950년대 이후 대구·경북의 문학 장을 획일화, 동일화시켜 버릴 가능성이 있다. 백기만, 이호우 등을 중심으로 전개된 현실비판의 정신적 가닥에 대한 주목이 필요한 이유도 여기에 있다. 한편 김동리 문학과 형 김범부의 사상을 연결시키고자 하는 최근의 제 연구들도 주목할 값어치가 있다고 생각한다. 대구·경북 지역문학 연구에서 다소 소홀했던 이러한 사상적 연원에 대한 탐색은 지역의 문학이 갖고 있는 속성을 밝히는 데 반드시 필요한 일로 여겨진다. 지금까지 이 부문에 대한 연구는 크게 두 갈래로 전개되고 있었는데, 하나는 사상사를 통해 지역문학을 규명해 보려는 시도이고,[22] 다른 하나는 지역문인들을 통해 사상적 가닥을 찾아내보려는 시도였다.[23] 이러한 작업들은 지금까지 명확히 규명되지 않았던 지역문학이 가진 로컬리티를 해명하는 데 하나의 실마리를 제공한다고 할 수 있다. 그러나 이러한 개별적 작업들은 한계를 가지기 마련이다. 이러한 방식은 지역에 영향을 드리운 사상적 흐름

22 박현수, 「근대 영남지역 문인의 사상적 지향과 지역성」, 『영남 어문학의 문화론적 해석』, 역락, 2015. 박현수는 이 글에서 근대 대구·경북 지역 문학의 지역성을 이 지역에 넘나든 사상사에서 찾고 있다. 즉 영남지역 근대문인들은 퇴계의 주리론이라는 사상적 세례를 받은 유학적 지식인들이었으며, 이들은 유가적 사유로부터 거리를 유지하며, 이 지역에 전방위적으로 파급되었던 사회주의적 사유에 적극적 관심을 지니고 제 3의 전향이라 부를 만한 사상적 변화를 보여주고 있다고 보았다. 두 사유는 공통적으로 가치지향적 세계인식과 반감정주의에 기반하고 있으며, 이런 전향은 유가적 사유의 완전한 이탈이 아니라 그것의 핵심을 보존한 잠정적 이탈이라는 것이다.

23 조두섭, 「이병철시 연구」, 『우리말글』 17, 우리말글학회, 1999, 193~214쪽. 조두섭은 이 논문에서 이병철 시가 조선문학가동맹의 다른 전위시인들이 관념의 여과없이 선동적 구호를 노출시키는 것과 달리 그의 시에 나타나고 있는 시적주체의 극기나 감정의 절제, 이미지의 선명함 등을 주목한다. 이를 그는 경북 북부지방에 작동하고 있는 가문의 보수성, 즉 유가적 메커니즘에서 찾고 있다.

이 일부의 작가나 문학작품에 어떻게 구현되었는지 찾는 작업이 되거나, 아니면 지역의 특수한 문학적 현상이 지역 사상사의 한 부분에 귀일되는 방식이 되기 십다. 대구·경북 지역의 로컬리티 규명을 위해서는 이러한 차원의 작업들 못지않게 이 둘을 아우를 수 있는 상위적, 통합적 차원에서의 접근 또한 요구된다. 지역의 정체성은 사상, 문학뿐만 아니라 지역에 살고 있는 민중들의 삶과 생활, 지역의 환경과 풍토, 경제상황 등 상부구조와 하부구조가 가진 특질에 의해 결정된다. 문학만의, 사상만의 특수성을 가지고 지역문학의 정체성을 규명해 내기보다 문학과 사상까지 포함한 지역학이란 큰 구조 속에서 살펴보는 상위의 시각 마련이 필요하다.

둘째, 지역에서 발간된 제 매체에 대한 재인식과 그것에 대한 발굴, 수합, 정리가 필요하다는 점이다. '일차문헌의 발굴과 갈무리'[24]가 대구·경북 지역문학 연구에서도 매우 요긴한 사안이란 점은 이미 지적된 바 있다. 매체(media)란 "인간 사회에서 자신의 의사나 감정 또는 객관적 정보를 서로 주고받을 수 있도록 마련된 수단을 가리키는 말"이지만 "뉴 미디어의 등장과 매스미디어의 보급으로 인해 현대사회에서 미디어는 단순한 수단이 아니라 인간이 사는 사회 전체를 통괄하고 제어하는 기능까지도 떠맡게 되었다."[25] 고 할 수 있다. 전통적으로 매체는 신문, 잡지, 단행본 같은 인쇄매체를 의미했지만, 매체 환경이 급격하게 변하면서 매체의 형태도 상당히 다양화되었다. 즉 영화, TV, 비디오, 인터넷 등 새로운 매체 형식이 빚어내는 각종 영상자료, 녹취자료까지 포함된다고 할 수 있다.

지역문학 매체는 크게 두 차원에서 문제 삼아 볼 수 있다. 하나는 종이,

---

24 박태일, 「지역문학 연구와 경북·대구 지역」, 『현대문학이론연구』 24, 현대문학이론학회, 2005, 39쪽.

25 박명진, 「미디어」, 『문학비평용어사전』(상), 국학자료원, 2006, 713~714쪽.

책으로 대변되는 인쇄매체이고 다른 하나는 영상이나 인터넷 같은 디지털매체이다. 디지털매체는 지식정보화 사회의 진입과 더불어 시작된 급격한 매체 환경의 변화와 관련이 있다. 이를 적극 활용하는 것은 앞으로의 지역문학 연구가들이 관심을 가져야 할 부분이다. 그럼에도 불구하고 지역문학을 연구하는 학자들은 근대매체의 중심은 어디까지나 인쇄매체란 점을 유의해 볼 필요가 있다. 근대문학의 형성과정에서 인쇄매체인 신문, 잡지, 동인지, 작품집 등이 중요한 역할을 하였다. 그러므로 근대 이후 대구·경북 지역에서 발간된 각종 문학 관련 인쇄매체들의 발굴, 수합, 정리 작업을 체계적으로 진행할 필요가 있다. 대구문학관을 중심으로 이러한 자료들의 수집이 진행되고 있으나 뒤늦은 감이 없지 않다. 개인을 넘어 제도적 차원에서 지역문학 사료들을 상시적으로 수집, 정리하는 시스템의 정착이 필요하다.

우선 1910년대 후반 현진건, 이상화, 이상백, 백기만 등이 참가한 동인작문집 『거화』의 발굴이 요망된다. 『거화』는 1910년대 "대구를 중심으로 모여든 젊은 청년들의 문예와 사회에 대한 열정과 방향성"[26]을 나타내 준 매체이다. 『거화』의 존재는 현재 백기만의 기억 속에 존재하지만,[27] 대구·경북 지역 근대문학 출발기에 만들어졌다는 점, 참가 동인들(현진건, 이상화, 백기만, 이상백) 모두 1920년대 초기 동인지 문단의 중심인물로 성장했다는 점에서 눈여겨 볼 매체이다. 1920년대 초기 이상화, 현진건은 『백조』 동인으로, 백기만, 이상백은 『금성』 동인으로 문학 활동을 시작하였던 바, 『거화』는 지역문단과 문학의 자율성을 표방하였던 1920년대 초기 동인지 문단과의 관계를 살펴볼

---

26 박용찬, 「1920년대 시와 매개자적 통로 — 백기만론」, 『한국현대시의 정전과 매체』, 소명출판, 2011, 17쪽.

27 백기만, 「빙허의 생애」, 『문학계』 1집, 경북문학협회, 1958, 84쪽.
백기만, 「상화의 시와 그 배경」, 『자유문학』, 1959.4, 26쪽.

중요 자료가 된다고 하겠다.

다음으로 상대적으로 연구가 이루어지지 못한 『여명(黎明)』, 『동성(東聲)』, 『문원(文園)』 등 일제강점기에 발행된 지역의 문예지를 들어 볼 수 있다. 『여명』은 크게 주목되지 않다가 박태일의 연구[28]에 의해 그 성격과 의미가 어느 정도 밝혀졌다. 『여명』은 1925년 7월 1일 대구의 여명사에서 김승묵(金昇默)이 발행한 문예잡지이다. 1925년 7월 1일에 창간호, 1925년 9월에 2호, 1926년 6월 3호, 1927년 1월에 4호가 발간되었다. 『여명』은 1925~1927년 사이 통권 4호가 발간되었고, 이들의 일부를 가려내어 1928년 『여명문예선집』이 나왔다. 『여명』은 이상화, 이장희, 현진건 등 대구지역 문인들은 물론이고 전국의 명망있는 필진들을 동원함으로써 1920년대 중앙의 문학잡지 못지않은 구색을 갖추었다고 할 수 있다. 특히 『여명』 창간호에 실린 현진건의 「향토문학을 일으키자」[29]는 지역 출신 작가가 지역문학에 대한 관심을 표명해 보인 초기의 글이라는 점에서 의미가 있다고 하겠다.

1930년대 대구의 문학매체로는 『동성』과 『문원』이 주목되는데 아직까지 이에 대한 연구가 제대로 이루어지지 못했다. 『동성』은 1932년 9월 1일 창간된 문예 잡지인데, 통권 4호까지 발간되었는데, 현재 4호는 미발굴 상태이다. 『동성』의 편집 겸 발행인은 류한식(柳漢植)이며 인쇄소는 선일인쇄소, 발행소는 동성사이다. 편집, 인쇄 모두 대구에서 이루어졌다. 지역작가들의 시, 소설, 시나리오 등을 수록하고 있으며, 창간호부터 '투고환영'[30]이란 제하(題下)의 사고(社告)에서 문예, 시사, 평론 등을 모집하는 등 지역문예에 대한 적극적인 관심을 표명하였다. 『문원』의 편집 겸 발행인은 신삼수(申三洙)로, 그는

---

28 박태일, 「1925년 대구 지역매체 『여명』 창간호」, 『근대서지』 3, 근대서지학회, 2011.6.

29 현진건, 「향토문학을 일으키자」, 『여명』 창간호, 1925.7, 7~9쪽.

30 『동성』 창간호, 동성사, 1932.9, 46쪽.

해방 직후 대구에서 출판사 철야당(哲也堂)을 경영한 출판인이다. 『문원』은 1937년 4월에 창간되어 1937년 5월에 2집까지 나온 문예잡지이다. 필진으로 신삼수, 효민, 김동환, 백신애 등이 참가하였으며, 대담으로 SSS가 쓴 「김문집 인상 소묘」 등이 주목된다.

한편 1930년대 대구지역 문학공간에서 『동성』과 『문원』을 제외했을 때 문제 삼을 수 있는 매체로는 각급 학교의 교지라 할 수 있다. 이 시기 대구지역에는 대구고등보통학교, 계성학교, 교남학교, 신명학교, 대구사범학교, 대구농림학교, 대구의학전문학교 등이 있었다. 이들 학교에서는 각종 교지를 발간하고 있었는데, 『교우회지』(대구공립보통학교), 『계성』(계성학교), 『신명』(신명학교), 『교우회지』(대구사범학교) 등이 확인된다. 이 교지들은 학교의 특색을 반영하면서도 교육이나 근대지식에 관련된 글은 물론이고 학생들의 문예작품 등을 많이 싣고 있었다. 서울 지역의 『이화』나 『연희』, 또는 『문우』가 기성문학지를 일부 대체하는 역할까지 하고 있음을 볼 때 이 시기 대구지역 교지들의 전모를 살펴볼 필요가 있다. 한편 교지 외에도 문예지를 발간하여 학생들의 문학에 대한 열의와 발표 욕구를 수용하였는데, 각급 학교의 문예지가 습작문단의 역할을 대신했음을 보여준다. 현재 발견된 문예지로는 대구사범학교의 『반딧불』이나 경북중학교의 문예부 작품집인 『새벽』, 신명여중의 학우회문예부에서 발간한 『동산』 등이 있다. 그러나 이 시기 교지들이나 문예지, 학교신문 등은 현재 일부만 남아 있어 제대로 된 연구를 할 수가 없는 실정이다.

해방 직후 지역문학의 자료난은 더 심각하다 할 수 있다. 해방기 대구·경북은 조선아동회나 죽순시인구락부가 결성되면서 문학활동이 활발하게 일어났던 지역이다. 특히 서울 지역을 제외한 다른 어떤 지역보다 아동문학이 성행했던 지역이었다. 그 결과 『아동』, 『아동회그림책』, 『새싹』 같은 아동문학 매체도 많이 발간되었지만 제대로 보관되지 못하고 산일되어 있는 형편이다. 그 결과 연구 또한 크게 진척을 보지 못하고 있는 실정이다. 한편 이 시기 대구지역에서 나온 종합지인 『무궁화』(1945년 12월 창간, 1949년 2월호까지 발간 확인)와 『건국공론』(1945년 12월 창간, 1949년 12월 『한국공론』으로 개제)의 경우 아직까지 결호가 채워지지 않아 그 전모를 제대로 보여주지 못하고 있다. 이들은 종합지인 만큼 대구·경북 지역의 정치, 사회, 문화의 제 모습을 담고 있다. 발굴이 완료된다면 지역 사회, 문화 연구의 중요 사료가 될 것으로 판단된다. 또 지역에서 발간된 문학독본이나 국어교재류 등도 체계적으로 정리해 볼 필요가 있다. 한국전쟁을 겪은 1950년대도 마찬가지라 할 수 있다. 전시판 문학매체는 물론이고 전쟁수행 도중 발간된 각종 출판물들을 수합, 갈무리하는 작업들이 원활히 수행될 수 있도록 제도적 뒷받침이 있어야 한다. 인쇄매체 이외에도 문인들의 육필원고, 문인들과 문인들 또는 가족 사이에 오간 서간들의 경우도 눈여겨 볼 필요가 있다. 이러한 원고나 서간들이 지역문학의 얽힌 고리를 푸는 데 도움이 될 수 있기 때문이다.

셋째, 근대문학이 제도와 더불어 시작한다고 했을 때, 매체와 더불어 매체를 생산하는 출판사, 근대지식을 전달하는 교육기관, 서고를 갖춘 도서관 등이 주목된다. 각종 교육기관이나 출판사, 신문사, 전화, 철도 등은 근대지식을 공론장으로 불러들이고 실어나른다. 대구·경북은 근대문학이 성장할 이러한 배경적 요소를 구비한 지역이었다. 이 지역은 신라시대 향가나 조선시대 시조, 가사, 소설 등이 활발하게 창작되고 유통되던 장소였다. 또 조선후기에 접어들면서 종중(宗中)이나 사찰, 서원 등을 중심으로 족보, 문집, 불경, 각종 유학서적은 물론 경상 감영이 설치되면서 영영판(嶺營板)이 활발히 발간되던 지역이었다. 서책 출판과 연계된 대구·경북 지역의 출판문화 전통은 근대계몽기에 접어들면서 재전당서포(在田堂書鋪)와 광문사(廣文社)로 이어졌다. 재전당서포는 상업적 영리를 목적으로 한 방각본 출판사이다. 방각본을 중심으로 한 구식 출판을 지향하고 있었으나, 신구서적을 판매대행하는 발매소를 겸함으로써 이 지역의 지식보급 창구 역할을 하였다. 광문사는 근대지식 보급을 위한 신식학교의 교과용 도서를 기획하는 한편 국가의 위기상황을 극복하기 위한 애국계몽서적을 주로 발간하였다.[31] 경술국치 후 대구, 경북의 출판계는 민족자본과 일본자본이 경쟁하고, "목활자와 연활자가 병존"[32]한 시기였다. 출판이 문화나 문학공간 형성에 미치는 영향은 매우 크다고 할 수 있다. 1910년 전후 재전당서포와 광문사를 중심으로 진작되던 대구의 출판계는 근대문학 공간이 형성되기 시작하면서 연활자의 시대로 접어들게 된다. 연활자는 방각본의 내용을 일부 담아내기도 하였으나 주로 새로운 근대지식을 보급하는 데 중요한 역할을 하였다. 조판의 편이성과 작업의 신속성으로 인해 연활자가 목판이나 목활자를 대체해 나가기 시작하였다. 근대계몽기 두 출판사를 통해 분출되었던 상업적 욕구와 계몽적 욕구는 해방 직후나 한국전쟁기의 지역 출판계에도 그 영향을 미쳤다고 할 수 있다. 한국전쟁을 전후하여 대구에서는 많은 출판사들이 생겨나 경쟁하고 있었는 바, 계몽사, 철야당, 청구출판사, 현암사, 영웅출판사, 문성당, 동서문화사, 문화당, 학원사 등이 그들이다.

한편 이상화의 백부인 소남(小南) 이일우(李一雨)가 세운 우현서루(友弦書樓)가 1910년 전후 대구의 문학 장에 미친 영향을 고려해 볼 필요가 있다. 우현서루에 대한 연구가 좀 더 진척되어야 하겠지만 현재까지는 우현서루에 큰 서고가 있어 동서 서적 수백 종을 구비하여 열람케 하고, 중등학생 이상 자격

---

31 박용찬, 「근대계몽기 재전당서포와 광문사의 출판과 그 특징 연구」, 『영남학』 61, 영남문화연구원, 2017, 176~178쪽 참고.

32 『대구·경북인쇄조합 45년사』, 대구·경북인쇄산업협동조합, 2006, 106쪽.

되는 학생들을 모집, 교육시켰으며, 신구학문에 이름 높은 강사를 초빙하여 강연, 토론케 한 강론의 장소였다고 알려져 있다. 이러한 내용이 1908년 러시아 블라디보스토크에서 발행된 <해조신문(海潮新聞)>의 기사에까지 소개된 것을 보면 우현서루가 이 당시 신지식 보급을 위한 교육과 도서 열람이 가능한 서고(書庫)의 역할을 동시에 담당하고 있었다고 할 수 있다.[33] 출판과 교육이 근대문학을 생성하는 중요 요소 중의 하나라면, 지역문학 연구에서 학교, 도서관, 향교, 출판사, 서점, 신교육 제도 같은 물적 토대에 대한 연구 또한 동시에 진행되어 나가야 할 것이다.

넷째, 연구의 대상과 범위를 좀 더 넓힐 필요가 있다. 근대문학 연구는 주로 정전(正典) 중심으로 이루어져 왔다. 정전화의 과정에 선택과 배제의 논리가 작동되기 마련이다. 대구·경북 지역문학의 경우도 자주 거론되는 작가나 작품 중심으로 연구되어 온 경우가 많았다. 이기철의 『작가연구의 실천』(영남대학교출판부, 1986)이나 이강언·조두섭의 『대구·경북 근대문인 연구』(태학사, 1999), 조두섭의 『대구·경북 현대 시인의 생태학』(역락, 2006) 등은 대구·경북 지역문인을 연구한 선행 업적이다. 이기철의 『작가연구의 실천』은 1920년대 대구지역의 시인이었던 이상화, 이장희, 백기만, 이근상 네 사람에 대한 실증적 연구이다. 이중 협성학교 교장 이종면의 아들 이근상(李根庠)에 대한 연구는 유가족의 증언과 제공된 자료에 힘입어 지역문학사에서 처음으로 시도된 것이었다. 아직은 기초적인 작업에 머물러 있지만 한문학 소양과 근대문학 소양의 접점에 위치한 이근상의 글쓰기가 가진 의미 규명은 앞으로 지역의 문학연구자들이 해결해야 할 과제로 남아 있다. 이강언·조두섭의 『대구·경북 근대문인 연구』는 1900년대부터 1945년 광복을 전후한 시기까

33 박용찬, 「근대계몽기 대구의 문학 장 형성과 우현서루」, 『소남 이일우와 우현서루』, 경진출판, 2017, 154~179쪽 참고.

지 활동했던 시인 12명, 소설가·평론가 10명 등 22명의 작가의 생애와 작품세계를 정리하고 연보를 덧붙이는 작업을 하였다. 친일, 월북 등을 문제 삼지 않고 그들의 문학적 성취를 중심으로 지역 태생의 문인을 정리하였다. 그동안 크게 다루어지지 않았던 윤복진이나 이근상, 이병각, 이병철, 장혁주, 안동수 등도 지역문학의 그물로 옮겨 담았다. 조두섭의 『대구·경북 현대시인의 생태학』은 주체를 구성하는 담론구성체를 중심으로 대구·경북의 현대시인들을 일본유학파, 가문파, 지역파, 탈지역파 등으로 구분하고 유형화시켰다. 일본 유학파(이상화, 백기만)는 서구 근대성, 가문파(이육사, 이병각, 이병철, 조지훈, 조세림)는 가문의 규율·유가적 담론, 지역파(이호우, 김윤식)는 지역문화, 탈지역파는 중앙문화가 주체를 구성하는 주요 담론이라 보았다.

대구문학관의 경우에도 선택과 배제의 논리는 여전히 작동된다. 주 전시관에는 대구문학인으로 선정된 47인의 작가를 소개하고 있으며, 부속전시관에는 '명예의 전당'이란 이름 하에 이상화, 현진건, 이장희 셋을 전시하고 있다. 왜 대구문학인으로 47인이 선정되었는지에 대한 기준이 명확하지 않아 아직까지 논란의 여지가 잠복해 있다. 대구고등보통학교를 나와 「아귀도(餓鬼道)」와 『삼곡선』, 『인왕동시대』 등을 쓴 장혁주나 『청과집』의 윤계현(윤백)이나 황윤섭, 『문』, 『꽃과 철조망』, 『얼굴』 등의 시집을 낸 홍성문 등이 왜 배제되었는지 명확한 설명이 없다. 장혁주의 경우 일제에 협력한 것이 문제가 된다면 김문집의 경우도 마찬가지가 된다. 1948년 발간된 『청과집』(윤계현, 김성도, 황윤섭, 박목월의 공동시집)의 시인인 윤계현(윤백)과 황윤섭 또한 그들의 활동에 비해 상대적으로 부각되지 못하였다. 홍성문의 경우 1960년대 들어서면서 조각가로 변신한 것이 이유가 된다면 융합의 시대에 걸맞지 않은 사고라 할 수 있다.

지역문학 연구의 범위 또한 넓힐 필요가 있다. 소비자인 문학 향유층에 대한 관심이 그것이다. 일제강점기의 경우 새로운 문학에 대한 독자층뿐만 아니라 옛 문학에 대한 독자층이 여전히 상존했음을 염두에 둘 필요가 있다. 한 연구자에 의하면 1910년 이후 일제의 검열과 통제가 지속적으로 강화되었지만 문집 편찬은 최소한 1,600여 건 이상 간행될 정도로 증가하였으며, 목판이나 목활자와 같은 전통 방식은 물론 석판 연활자 등 새로운 인쇄기술을 활용한 간행 또한 꾸준히 증가하였다고 한다.[34] 이러한 문집 발간은 여전히 이들을 소비하는 독자층이 있었기에 가능한 일이었다. 박태일이 주목한 대구·경북 지방을 중심으로 발간된 딱지본이나 대중가사집 등도 마찬가지이다.[35] 작가와 텍스트 중심의 기존 근대문학 연구의 틀에서는 접근하기 쉽지 않은 대상들이다. 주된 문학적 주류는 아니지만 여전히 생산·유통·소비되는 지역문학의 제 현상들에 대한 도전은 지역문학 연구의 대상과 범위를 넓혀줄 것으로 기대된다.

다섯째, 지역문학의 확산과 소통을 위한 적극적 전략 마련에 대한 연구가 요구된다. 여기에는 지역문학 중심지로서의 문학관 활용 문제, 문학자산의 스토리텔링화 문제, 지역민이 참여하고 소통할 수 있는 문학행사 기획 등 '지금 이곳'의 장소성과 현장성을 잘 살릴 수 있는 연구가 진작되어야 한다는 것이다.

대구·경북 지역문학관으로는 대구문학관, 동리·목월문학관, 이육사문학관, 구상문학관, 지훈문학관, 백수문학관 등 여러 문학관이 산재해 있지만

---

34 황위주, 「일제강점기 문집 편찬과 대구·경북 지역의 상황」, 『대동한문학』 49, 대동한문학회, 2016, 14쪽.

35 박태일, 「대구 지역과 딱지본 출판의 전통」, 『현대문학이론연구』 66, 현대문학이론학회, 2016, 139~188쪽.
박태일, 「경북·대구 지역의 대중가사 출판」, 『열린정신인문연구』 17(3), 원광대학교 인문학연구소, 2016, 261~311쪽.

문학관이 지역문학의 구심점으로 다양한 문학활동을 견인하고 있지는 못하고 있다. 김재석의 「구상문학관의 현황과 발전 방향」[36]이나 박승희의 「로컬리티 문화 표상과 지역문학관의 재구성 ― 대구문학관을 중심으로」[37]은 지역문학관이 가진 문제점과 발전 방향 모색에 대한 글이다. 김재석은 지역문학관의 존재 의미는 지역성 확보가 전제되어야 하는데, 구상문학관의 경우 왜관이란 장소성과 연계되는 것이 합당하다고 본다. 한국전쟁과 밀접한 관련이 있는 왜관과 구상 시인의 평화를 노래하는 시정신을 결합시킬 필요가 있다는 것이다. 구상문학관이 동아시아 평화 연대의 중심지로 자리잡기 위해서는 기본전시 이외에 기획전시 프로그램의 개발, 학술활동 주관 능력의 강화, 주민들을 위한 공간 배치 및 공간 사용의 효율성 제고 등을 목표로 삼는 것이 필요하다고 보았다. 박승희는 지역문학관을 로컬리티 문화를 표상하는 대표적 공간으로 보고, 지역문학관은 지역문학의 가치를 재발견하는 장소가 되어야 한다고 본다. 그러기 위해서는 문학관이 로컬의 공공성을 실현하는 장소가 되어야 하며, 전시 중심이 아니라 관람객과 주민들의 문학적 만남과 활동이 공간구조의 중심에 있어야 하며, 문학관을 지역의 생활공간으로 재배치하거나 지역공간과 일상을 문학관으로 수렴하는 일이 필요하다는 주장을 한다. 이들의 주장은 대체로 문학관의 정체성에 맞는 기획전시와 다양한 프로그램 개발, 지역민들이 소통, 참여할 수 있는 공간을 만드는 일로 요약된다. 전시보다 참여와 소통이 중요하다고 해서 문학관의 중요 기능인 전시를 무시하자는 말은 아닐 것이다.

지역문학의 특수성과 보편성을 드러내 줄 수 있는 충실한 상설 전시와

36 김재석, 「구상문학관의 현황과 발전 방향」, 『어문론총』 53, 2010, 57~82쪽.

37 박승희, 「로컬리티 문화 표상과 지역문학관의 재구성」, 『한민족어문학』 72, 한민족어문학회, 2016, 409~433쪽.

시의적절한 기획 전시는 문학관이 해야 할 주된 임무이다. 대구·경북의 근대 문학 관련 사료들은 벌써 많은 자료들이 망실되어 제대로 수습(收拾)하기 어려운 지경에 처해 있다. 대구문학관이라 해서 지역의 문학 자료만 구득해서 될 일도 아니다. 지역은 중앙과 이어져 있고, 또 세계로 연결되기 때문에 지역문학을 감싸고 있는 타 지역이나 중앙의 다른 문학 자료, 또 문학 아닌 다른 영역의 자료들도 경시해서는 안 된다. 건물만 번듯하고 내용은 보잘 것 없는 보여주기나 행사에만 치중하는 문학관은 지역에 필요하지 않다. 문학관은 학생들이 쉽게 접근하여 지역문학을 체험할 수 있는 문학교육의 장소라 할 수 있다. 문제는 문학관이 자랑과 찬양의 역사만 나열해서는 안 된다는 점이다. 격동의 시기를 거쳐 오면서 우리 문학이 겪을 수밖에 없었던 실패와 오욕의 역사도 숨기기보다 솔직히 드러낼 필요가 있다. 자긍과 좌절의 역사 체험을 통해 자라나는 세대들은 자신의 정체성을 형성해 갈 수 있기 때문이다. 또한 문학관이 단순히 지나간 문학 자료를 보존하고 전시하는 공간 정도에 머물러서는 안 된다. 박제된 작가나 작품은 뿌리를 통해 물을 흡수할 수 없는 조화(造花)의 운명과 비슷하다. 최근 국립중앙도서관의 근대문학정보센터가 시도한 문학실 라키비움(Larchiveum)화는 지역 관람객의 참여와 소통을 활성화하는 데 도움을 받을 만하다. 라키비움은 "도서관(Library)과 기록관(Archives), 그리고 박물관(Museum)의 기능을 혼합하여 만든 조어(造語)로서, 자료의 디지털화를 기본 전제로 하여 기록을 보존, 연구, 전시하여 자유롭게 열람하는 것을 목표"[38]로 한다. 문학관의 전시실을 '라키비움' 형태로 개선하는 것은 문화창조와 융합이 화두로 대두된 현 시점에서 시의적절한 시도가

38 황정인, 「영국 도서관의 디지털 아카이브 컬렉션」, 『Art Museum』 173, 2013, 이명호·오삼균·도슬기, 「라키비움(Larchiveum) 관점에서 본 국내 문학관의 운영실태와 과제」, 『한국도서관·정보학회지』 46(4), 2015, 143쪽 재인용.

될 수 있다. 품격과 정보가 살아 숨쉬는 공간으로 문학관을 개조함으로써 문학관이 새로운 문화를 재창출하는 장소로서 기능할 수 있게 된다. 관람객들은 전시된 근·현대문학 자료를 매개로 다양한 읽을거리를 찾거나 그것과 관련된 문학 아카이브를 쉽게 이용할 수 있게 되어 작가 내지 문학작품을 자신의 삶과 연계시킬 수 있게 된다.

한편 관람객과 지역민들이 흥미롭게 참여할 수 있는 다양한 문학프로그램 기획이나 문학 관련 축제에 대한 관심과 연구 또한 시급하다. 이러한 문학 프로그램과 축제를 통해 지역민들은 지역의 문학문화를 습득하고 일상 속에서 새로운 삶의 가치를 발견하는 데 많은 도움을 받을 수 있을 것이다. 대구문학관이 기획한 '문학로드'[39]는 하나의 좋은 사례가 될 수 있다. 문학로드는

39 대구문학관 문학로드는 일제강점기 문단의 선구자들과 1950년대 피란문단을 중심으로 전후문학의 꽃을 피운 근현대 문인들의 발자취를 따라가는 프로그램으로, 2022년 현재 '7갈래 또는 하나의 길'로 명명하여 매주 마지막 주 토요일 운영하고 있다. 그 내용은 다음과 같다. 꽃자리길: 대구문학관-화월여관-르네상스-대지바-백록다방-청포도다방-꽃자리다방-백조다방-모나미다방-264작은문학관-이일우 고택-이장희 생가 터-무영당-영남일보 구 사옥 터-감나무집-대구근대역사관-경상감영공원(옛 경북도청 터), 향수길: 대구문학관-영웅출판사-미국공보원 터-경복여관-상록수다방-문성당출판사-세르팡다방-향수다방-CGV대구한일(옛 키네마구락부)-김윤식 시비(2·28기념중앙공원)-시상의 오솔길(국채보상기념공원)-윤복진 생가 터-아담다방-청구출판사-살으리다방-매일신문사 구사옥 터, 수밀도길: 대구문학관-명금당-우현서루 터-이상화 생가 터-현진건 처가 터-조양회관 터- 이상화 시비(달성공원)-계성중학교-마당 깊은 집-이상화 고택-현진건 생가 터-백기만 생가 터-이육사 집 터, 구상과 이중섭 길: 대구문학관-자유극장-경복여관-미국 공보원 터-꽃자리다방-모나미다방-백록다방-대지바-화월여관-르네상스-명금당-영남일보 구 사옥터-감나무 집, 독립과 사상의 길: 대구문학관-264 작은문학관-우현서루 터-이상화 생가 터-현진건 처가 터-무영당-김윤식 시비 2·28기념중앙공원), 교과서 속 작가 길: 대구문학관-백록다방-264 작은문학관-영남여자고등기술학교(옛 경북문학협회 사무실)-영남일보 구 사옥 터-감나무 집-세르팡다방-마당 깊은 집-이상화 고택-현진건 생가 터-상고예술학원 터, 다방길: 대구문학관-녹향-호수다방-대지바-백록다방-모나미다방-백조다방-꽃자리다방-청포도다방-상록수다방-세르팡다방-은다방-향수다방, 대구문학관 추천길: 대구문학관-문성당출판사-꽃자리다방-백조다방-모나미다방-백록다방-264 작은문학관-영남여자고등기술학교(옛 경북문학협회 사무실)-명금당-무영당-대구근대역사관-경상감영공원(옛 경북도청 터), 『대구문학로드』, 대구문학관, 2022 참고.

지역에 흩어져 있는 문학공간을 따라 가면서 작가나 작품을 매개로 삶의 흔적이 묻어나는 지나간 문학의 현장을 재생하는 프로그램이다. 지역민의 생활 공간 속으로 들어온 문학, 일상 속에서 과거의 문학을 기억해 가는 유용한 문학 활동 프로그램이라 할 수 있다. 또 지역의 문학적 제재를 스토리텔링화하는 작업 또한 지역문학 연구에서 관심을 기울여야 할 대목이라 할 수 있다.

4. 맺음말

세계화와 지역화가 동시에 진행되고 있는 글로컬 시대에 중심과 주변은 더 이상 구획의 대상이 아니다. 개체의 다양성과 차이를 인정하는 수평의 시선을 확보하는 것이 중요하다. 지역문학 연구는 지역이 갖고 있는 풍부한 문학적 자산에 대한 관심과 실천에서 시작된다. 과거의 지역문학 연구가 지역의 문학 자산을 단순히 소개, 정리하는 차원에 머물렀다면 현재의 지역문학 연구는 로컬리티 문제를 중심으로 이동되어 나갈 필요가 있다. 로컬리티가 제대로 구현되기 위해서는 지역이 가진 장소성과 현장성을 잘 활용할 수 있어야 한다. 지역문학 연구에서 로컬리티 문제가 다른 무엇보다 중요함을 많은 연구자들이 언급하고 있다. 로컬리티는 지역의 환경, 경관이나 지역민의 삶 내지 생활, 그것을 토대로 형성된 의식, 관습, 제도 등과 밀접한 관련을 맺고 있다. 그러므로 지역문학은 지역학의 한 부분임을 인식할 필요가 있다. 지역문학이 지역의 제 토대를 바탕으로 형성된 상부구조라면 이러한 토대에 대한 연구가 선행되어야 한다. 그러기 위해서는 지역학 또는 지역문학을 연구, 발표, 토론하는 공론장의 형성이 무엇보다 필요하다고 하겠다.

중심과 주변, 중앙과 지역을 구분하는 기존의 시선으로는 지역문학이 가진 다양한 자산을 새롭게 읽어낼 수 없다. 중앙, 중심의 시선으로는 지역은 항상 동일화, 동질화시키야 되는 계몽의 대상이 되기 때문이다. 중앙도 지역의 하나며, 중심과 주변은 서로 접속되어 있다는 관점이 필요하다. 즉 '리좀적 다양성'[40]을 인정하는 태도가 요구된다는 것이다.

한편 문학교육의 장 속에서 지역문학 연구를 살펴보려는 노력 또한 필요하다. 지역문학 연구의 경우 지역의 문학교육 제도에 대한 연구와 문학교육 현장에 대한 실천적 관심이 무엇보다 필요하다. 어릴 때부터 지역의 장소나 작가가 가지고 있는 다양한 문학적 자산을 일상성 속에서 체험하고, 그것을 문학교육의 장에서 반복, 심화할 수 있는 제도적 차원에 대한 관심이 그것이다. 자기가 발을 딛고 살아가는 장소성에 대한 교육은 지역문학 연구의 출발점이 된다고 할 수 있다.

40 리좀적 다양성은 "어떤 하나의 척도, 하나의 원리로 환원되지 않는 이질적인 것들의 집합이고, 따라서 하나가 추가되는 것이 전체의 의미를 크게 다르게 만드는 다양성"을 말한다. 이진경, 『노마디즘』, 휴머니스트, 2002, 97쪽.

| 제3장 |

지역 근대문학 매체의 장정과 변모

1. 들어가는 말

장정(裝幀)에 대한 관심은 책이 담고 있는 내용도 중요하지만 그것을 담고 있는 형식 또한 나름의 가치를 지닌다는 사고에서 시작된다. 장정은 책이 가진 육체성을 드러내는 지표라고 할 수 있다. 탈근대에 접어들면서 이성 내지 정신 우월주의가 더 이상 지속되지 못하면서, 중심/주변, 중앙/지역, 서구/동양, 남성/여성, 정신/육체 등의 구획과 차별의 시선이 점차 전복, 해체되고 있다. 책의 장정에 대한 관심 또한 그것이 가진 물성(物性)에 대한 탐구라 할 수 있다. 장정은 국어사전에 의하면 "책의 겉장이나 면지, 도안, 색채, 싸개 따위의 겉모양을 꾸밈, 또는 그런 꾸밈새"[1]를 뜻한다. 그렇지만 장정이 겉모습을 넘어서서 "장정가, 저자, 출판사의 생각뿐만 아니라 그것이 만들어지던 시대적 상황과 경제적 여건까지 반영"[2]하고 있다는 점에서 단순한 문제는 아니다. 장정은 책의 겉모습인 앞, 뒤 표지와 등표지, 내제지 외에도 제본, 지질, 케이스, 삽화 등 책과 관련된 미적인 의장(意匠) 전부를 포함한다.

---

1 국립국어연구원, 『표준국어대사전』, 두산동아, 2000, 5233쪽.

2 박대헌, 『우리 책의 장정과 장정가들』, 열화당, 1999, 5쪽.

> 冊만은 '책'보다 冊으로 쓰고 싶다. '책'보다 '冊'이 더 아름답고 더 冊답다. 冊은, 읽는 것인가? 보는 것인가? 어루만지는 것인가? 하면 다 되는 것이 책이다. 冊은 읽기만 하는 것이라면 그건 冊에게 너무 가혹하고 원시적인 평가다. 의복이나 주택은 보온만을 위한 세기는 벌써 아니다. 육체를 위해서도 이미 그렇거든 하물며 감정의, 정신의, 사상의 의복이요 주택인 책에 있어서랴! 책은 한껏 아름다워라. 그대는 인공으로 된 모든 문화물 가운데 꽃이요 천사요 또한 제왕이기 때문이다. 물질 이상의 것이 冊이다.[3]

이태준의 딜레당트적인 취향을 잘 보여주고 있는 이 글에서 이태준은 책의 기능을 읽는 것만으로 파악하지 않는다. 내용을 파악하고 읽는 본래의 기능 이외에 보고, 어루만질 수 있는 책이 가진 물성(物性)을 강조하고 있는 셈이다. 의복이나 주택이 보온만을 목적으로 하지 아니하는 것과 마찬가지로 '감정의, 정신의, 사상의 의복이요 주택인 책'은 읽는 것 이상의 무엇을 가지고 있다는 것이다. 책은 이태준에게 하나의 미학주의적 대상이다. 그러므로 작가들이나 책을 만드는 출판사들은 자연 책의 꼴을 이루는 장정에 고심을 하게 된다.

정현웅과 김환기의 다음 글은 장정에 참여한 화가의 심리를 잘 보여준다는 점에서 주목된다.

> (가) 장정도 예술작품과 마찬가지로 성심성의를 다 해도 실패할 것은 결국 실패하는 모양으로 내가 지금까지 한 장정에나마, 그래도 좀 낫다고 생각되는 것은 대개 부탁을 받을 때 이렇게 하면 되리라는 그 대체의 윤곽이 머리에 떠오르는 것이고, 그렇지 않고 처음에 갈피를 잡을 수 없어서 며칠을 두고 무리로 머리를 짜서 난산한 것은 내내 기형아가 되는 수가 많다. 여기서 장정

3 이태준, 「冊」, 『무서록』, 박문서관, 재판, 1942, 149쪽.

을 하려면 여러 가지의 구속과 난삽(難澁)이 있다. 경제적 구속이 있고, 인쇄의 구속이 있다. 지포(紙布)나 크로쓰와 같은 바탕 되는 물품 얻는 곤란, 제본의 구속, 돈 적게 들이고 좋은 장정을 하라니 값싼 물건을 쓰고 해야만 할 것을 못하고 좋은 것을 만들기도 어려우려니와 여기의 유치한 인쇄를 가지고는 도저히 장정가의 의장(意匠)을 살릴 수가 없다. 그렇다고 인쇄를 피해서 지포나 크로쓰를 사용하자니 견본 속에서 조금이라도 색다른 것이면 물건이 없고 제본소에서는 재래 해 오던 것과 조금이라도 다르게 요구하면 머리를 외로 젓는 형편이다. 조선 서적에서 금박 하나 똑똑히 된 것이 있을까 싶지 않다. 이러한 구속과 제한이 있어서 좋은 의도가 떠오르는 수가 있어도 부득이 포기해 버리거나 또는 좌절되어 버리기도 한다. ……그러나 구속과 제한이 있다고 좋은 것은 만들지 못한다는 리는 없을 게고, 재능만 있다면 제한된 한도 안에서 얼마든지 우수한 것을 만들 수 있을 것이오, 제한을 이용해서 도리어 특이한 효과를 낼 수도 있다.[4]

(나) 표지 장정은 더욱 어렵다. 책의 얼굴이 되기 때문에 책임감이 더해진다. 속 몸이 아무리 예쁘도 어색한 옷을 입혔다간 우수운 꼴이 되고 말 것이 아닌가. 표지화에 있어 한 가지 어려운 것이 있다. 책의 크기와 똑같은 원형대로 그리는 것이다 (중략) 또 우리들은 특히 월간물 표지 인쇄에 있어선 치밀한 교정을 보지 않는 것 같다. 치밀한 교정과 인쇄력을 동원하면 좋든 좋지 않든 원화의 실감이 날 텐데 그러지 못하다. 어쨌든 제작이 순조롭고 본격적인 제작을 늘 하고 있을 때 장정화도 잘 되며 컷 같은 것도 재미나게 되는 것 같다. 그러니 늘 일(제작)을 지속하는 생활이 아니면 조그만 장화(裝畫)도 좋은 것이 나오지 않을 수밖에 없는 것이다.[5]

---

4 정현웅, 「장정의 변」, 『박문』 3호, 박문서관, 1938.12, 21~22쪽.

5 김환기, 「표지화 여담」, 『그림에 부치는 시』, 지식산업사, 1977, 221쪽.

(가) 글은 1930년대부터 1950년대까지 130여 종의 단행본 및 잡지의 장정에 참여했던[6] 정현웅의 장정에 대한 변(辨)이다. 정현웅은 이 글에서 제대로 된 장정이 이루어지려면 장정가, 출판사, 인쇄소, 제본소 등의 여러 조건이 부합되어야 함을 지적하고 있다. 정현웅은 장정이 쉽지 않은 작업임을 드러내 보이고, 장정도 하나의 '예술'이므로 '제한된 한도' 내에서 최대한 장정가의 소질을 살릴 필요가 있다고 본다.

(나) 글은 해방 직후부터 1960년대까지 현대문학 관련 책의 장정에 일익을 담당하였던 김환기의 장정에 대한 인식을 보여준다. 특히 표지 장정은 책의 얼굴이기 때문에 어느 하나도 허투루 다루지 않아야 함을 말하고 있다. 장정에 많은 화가들이 관여하고 있지만 장정의 과정에 '치밀한 교정과 인쇄력'을 보여주지 못해 실감이 나지 않는 경우가 많다는 것이다. 장정은 김환기에 의하면 '속몸'에 어색하지 않은 옷을 입히는 것이다. '치밀한 교정'이란 결국 장정이 내용에 어울리는지를 꼼꼼히 따져 보는 것을 말한다고 할 수 있다.

책 표지를 구성하는 것은 "앞날개, 앞표지, 앞표지 안쪽 면, 책등, 뒷표지 안쪽 면, 뒷표지, 뒷날개, 책 띠" 등으로 나뉘며, "만일 표지가 두꺼운 판지로 제작된다면 이것을 하드커버(hard cover)라 하고, 조금 두꺼운 일반 용지라면 소프트커버(soft cover)"[7]라고 한다. 책표지 장정은 "책의 내용과 성격을 이미지화"하는데, "책 내용을 한 면의 표지에 압축하여 책의 내용과 성격을 드러내는 얼굴 역할"[8]을 한다. 독자는 표지 장정을 보면서 책의 성격과 내용을 상상할 수 있어야 한다. 그러므로 책 표지는 시각적인 아름다움은 물론이고

---

6 오영식, 『화가 정현웅의 책그림전』, 소명출판, 2018, 76~80쪽 참고.

7 박유나, 「한국소설 표지디자인의 시각적 표현요소에 관한 연구」, 건국대학교 석사학위논문, 2009, 송민정·최은유, 「분야별 책표지 디자인의 시각적 요소 분석을 통한 시각적 특성」, 『한국디자인문화학회지』 19(1), 한국디자인문화학회, 2013.3, 263쪽 재인용.

8 송민정·최은유, 위의 논문, 263쪽.

책이 표상하고 있는 바를 잘 담아내야 한다. 제라르 쥬네트가 말하는 '곁텍스트'가 이에 해당한다고 할 수 있다.

'곁텍스트(para-texte)'는 제라르 쥬네트의 『문턱(Seuils)』에서 처음 사용되었는데, 그에 의하면 곁텍스트는 제목, 저자 이름, 장르 표시, 서문, 발문, 각주 등으로 주텍스트(본문)을 보완하는 텍스트를 가리킨다. 곁텍스트가 없는 텍스트는 존재하지 않으며, 곁텍스트의 방식과 수단은 시대, 문화, 장르, 작가, 작품, 편집 등 다양한 외현적 조건에 따라 변화한다고 말한다. 쥬네트의 말을 좀 더 빌려온다면 곁텍스트는 경계 또는 지정된 경계 이상의 의미로 '문턱'을 뜻하며, 그것은 안과 밖 사이의 '규정할 수 없는 영역'이자, 안쪽(텍스트를 향한)으로나 바깥쪽(텍스트에 관한 세속의 담론을 향한)으로 확고한 경계가 없는 영역, 모서리, 또는 인쇄된 텍스트의 가장자리라 할 수 있다.[9] 쥬네트가 말하는 곁텍스트는 텍스트 세계와 연결되는 인쇄와 관련된 의장(意匠)들로, 표지, 속지, 삽화, 컷, 종이, 제본, 에피그라프 등을 말한다. 곁텍스트는 저자의 원고(텍스트)를 감싸면서 하나의 작품을 이루는데, 이는 최근 들어 근대성의 표상문제와 연계되면서 차츰 주목되는 영역으로 부각되고 있다. 장정은 문학과 미술이 융합해 만들어낸 점이지대의 또 다른 작품이라 할 수 있다. 지금까지 근·현대문학의 주된 연구 경향이 텍스트 내부 또는 텍스트를 둘러싼 맥락 중심으로 진행되다 보니 텍스트 자체가 가진 물성(物性)에 대한 연구는 크게 문제되지 않았다고 할 수 있다. 그러나 최근 들어 미술, 특히 디자인 계열의 학위논문이나 박물관, 도서관, 문학관 등의 기획 전시 부문에서 장정이 부각되고 있음을 볼 수 있다.[10]

---

9 최경희, 「파라텍스트」, 『문학비평용어사전』, 국학자료원, 2006, 1029쪽.

10 환기미술관의 기획전 「김환기 장정과 삽화전」(1993.9.10~10.10)과 「근원과 수화」(1996.10.15~11.17), 「표지화 여담」(2010.5.15~8.31), 청계천문화관이 기획한 「문인과 화가의 만남 책

본 장에서는 근·현대 대구지역 문학공간에 출몰한 문학매체의 장정과 그 변모의 과정을 주목하고, 그것이 가진 제 특성을 살펴보고자 한다. 이러한 작업을 통해 문학과 미술이 융합되는 지점에서 지역문학 공간이 가진 물성 내지 로컬리티가 구명될 수 있으리라 본다.

2. 지역 화가들과 장정

대구지역 문학매체 장정에 참여한 지역화가들의 장정 현황을 먼저 살펴보기로 한다. 장정은 일반적으로 출판사가 장정가에게 의뢰하는 경우가 많다. 그러나 전문적인 장정가가 부족하거나 부재한 상태에서는 지역의 화가들이 자연스럽게 장정 작업에 참여하게 된다. 이 경우는 주로 출판사 또는 작가들과 화가들의 친분 내지 연고가 작동된다.[11] 지역 출신 화가들이 대구지역 출판사에서 발간되는 문학매체의 장정을 맡는 경우도 있고 대구지역 바깥 출판사의 문학매체 장정을 맡은 경우도 있다. 물론 타지역 화가들이 지역의 매체 장정에 가담하기도 하였다.[12] 일제강점기부터 1970년대까지 지역화가들의 문학매체 장정 참여 현황을 정리해 보면 다음과 같다.

과 그림」(2008.3.25~5.25)전, 서유리의 『시대의 얼굴 잡지 표지로 보는 근대』(소명출판, 2016) 등이 대표적이다.

11 장정은 문학과 미술이 만나는 장소이다. 장정에 참여한 화가들 대부분이 작가와의 친분 내지 연고로 맺어진 경우가 많았다. 구상 시집 『초토의 시』(청구출판사, 1956)는 이중섭의 표지화로 인해 더욱 돋보이는데, 여기에는 '응향' 사건으로 원산에서 월남한 구상과 이중섭의 개인적 연고가 개재해 있다.

12 『시문학』 제3호 전시판(한국공론사, 1951)과 최정희 수필집, 『사랑의 이력』(계몽사, 1952)은 김환기가, 이영도 수필집 『춘근집(春芹集)』(청구출판사, 1958)은 천경자가 장정을 담당하였다. 『창공』 2호(1953)는 조병덕이 표지화를, 컷은 조병덕, 정점식, 변종하가 함께 그렸다.

▢ 석재 서병오

책명	저자	출판사, 발간연도	표지화, 삽화·컷	비고
『중국혼』	양계초 저, 장지연 역술	대구석실포, 달성광문사, 1908	내제지 글씨	

▢ 이인성

책명	저자	출판사, 발간연도	표지화, 삽화·컷	비고
『인왕동시대』	장혁주	河出書房, 1935	표지화, 책갑	동경
『물새발자옥』	윤복진, 박태준	고문사, 1939	표지화	판화
『꽃초롱별초롱』	윤복진	아동예술원, 1949	표지화	서울
『소학생』 63호	윤석중	아협, 1949	표지화	서울
『현대동요선』	박영종 엮음	한길사, 1949	삽화	서울
『문학』 6권 4호	김광섭 (편집 겸 발행인)	중앙문화협회, 1950.6.	표지화, 내제화	『백민』 개제

▢ 변종하

책명	저자	출판사, 발간연도	표지화, 삽화·컷	비고
『소년세계』 창간호	오창근 외	고려서적주식회사, 1952	표지화, 삽화	
『오도』	박두진	영웅출판사, 1953	표지화	
『인생』	이효상	대건출판사, 1954	표지화	
『민주고발』	구상	춘추사, 1953	표지화	
『전선문학』 7	육군종군작가단	청구출판사, 1953	표지화	
『흘러간 여인상』	이명온	인간사, 1956	표지화, 컷	서울
『박두진시선』	박두진	성문관, 1956	표지화	서울
『하얀날개』	박두진	향린사, 1967	표지화	서울

▢ 장석수

책명	저자	출판사, 발간연도	표지화, 삽화·컷	비고
『예술집단』 1집		현대출판사, 1955	표지화	
『육사시집』	이육사	범조사, 1956	표지화	서울
『계간문예』 창간호	예총경북지부	1963, 동(冬)	내용 컷	
『후조』	이성수	사조사, 1968	표지화	

□ **강우문**

책명	저자	출판사, 발간연도	표지화, 삽화·컷	비고
『청과집』	박영종, 윤계현, 황윤섭	대구동화사, 1948	표지화	
『동산』 2집	신명여중 문예부	동서문화사, 1949	표지화	
『새싹』 11호	최해태	새싹사, 1949	표지화	
『남십자성』	대한상이군인회 경북지부	신라문화사, 1953	표지화, 컷	
『규포시초』	황윤섭	동서문화사, 1954	표지화	
『서정의 유형』	신동집	영웅출판사, 1954	표지화	
『문학계』 1집	백기만 편	영웅출판사, 1958	내용 컷	
『계간문예』 창간호	예총경북지부	1963, 동(冬)	내용 컷	
『안경』	이효상	구미서관, 1960	표지화, 속지	
『오손도손』	대구아동문학회	문예사, 1966	표지화, 삽화	동시동화집3호

□ **정점식**

책명	저자	출판사, 발간연도	표지화, 삽화·컷	비고
『오도』	박두진	영웅출판사, 1953	내지 속그림	
『서정의 유형』	신동집	영웅출판사, 1954	비화	
『순이의 가족』	이설주	문성당, 1954	표지화	
『체중』	김요섭	문성당, 1954	표지화	
『청마시집』	유치환	문성당, 1954	표지화	
『1953년 연간시집』	김용호, 이설주	문성당, 1954	표지화, 내지	
『현대시인선집』 상,하	김용호, 이설주	문성당, 1954	표지화, 내지	
『1954년 연간시집』	유치환, 이설주	문성당, 1955	표지화, 내지	
『이호우시조집』	이호우	영웅출판사, 1955	표지화	
『빙하』	박양균	영웅출판사, 1956	표지화, 내지	
『시와비평』 2	이영일 주간	민족문화사, 1956	컷	
『서민의 항장』	최석채	범조사, 1956	표지화	서울
『문학계』 1집	백기만 편	영웅출판사, 1958	표지화	
『애가』	윤혜승	동서문화사, 1958	표지, 내제지	

책명	저자	출판사, 발간연도	표지화, 삽화·컷	비고
『꽃과 언덕』 2	대구아동문학회	문호사, 1959	표지화	
『씨뿌린 사람들』	백기만 편	사조사, 1959	표지화	
『뜨거운 노래는 땅에 묻는다』	유치환	동서문화사, 1960	표지화	
『마음의 지도』	유병석	문호사, 1960	표지화	
『모순의 물』	신동집	영웅출판사, 1963	표지화	
『계간문예』 창간호	예총경북지부	1963, 동(冬)	표지화, 목차 컷	
『제2악장』	정재호	국제문화사, 1966	표지화	서울
『청구문학』 6	청구대학학예부	1966	표지화, 목차	
『길』	이응창	일심사, 1966	표지화, 속지, 컷	
『혹불혹』	최고(崔杲)	영웅출판사, 1967	표지화	
『세월이 남기고 간 자국』	정재호	한글문학사, 1968	표지화	
『새벽녘의 사람들』	신동집	형설출판사, 1970	표지화	
『비상·그 이후』	이재철	형설출판사, 1971	표지화	
『별똥』	김성도	보성문화사, 1971	표지화	동화집
『송신』	신동집	학문사, 1973	표지화	

▢ 전선택

책명	저자	출판사, 발간연도	표지화, 삽화·컷	비고
『백의제』	전상렬	자유문화사, 1956	표지화	
『하오 한 시』	전상렬	보문사, 1959	문비(門扉)	
『나목의 장』	이성수	사조사, 1964	표지화	
『생성의 의미』	전상렬	무하문화사, 1965	표지화	

▢ 정준용

책명	저자	출판사, 발간연도	표지화, 삽화·컷	비고
『예술집단』 1집		현대출판사, 1955	삽화	
『제2의 서시』	신동집	한국출판사, 1958	표지화	
『날이 갈수록』	박훈산	철야당, 1958	표지화	초판
『문학계』 1집	백기만 편	영웅출판사, 1958	차례 컷	

책명	저자	출판사, 발간연도	표지화, 삽화·컷	비고
『배암』	서정희	형설출판사, 1961	표지화	
『아직은 체념할 수 없는 까닭』	김윤식	형설출판사, 1960	표지화, 제자	
『전봇대가 본 별들』	윤사섭	창성출판사, 1961	표지화, 삽화	동화집

▢ **손일봉**

책명	저자	출판사, 발간연도	표지화, 삽화·컷	비고
『신소년』 3권12호	신명규	신소년사, 1925	표지화	서울

▢ **백민미**

책명	저자	출판사, 발간연도	표지화, 삽화·컷	비고
『아동』 창간호	조선아동회	조선아동회출판국, 1946	표지화	
『아동』 2호	조선아동회	조선아동회출판국, 1946	표지화	

▢ **백태호**

책명	저자	출판사, 발간연도	표지화, 삽화·컷	비고
『대낮』	신동집	교문사, 1948	표지화	

▢ **오석구**

책명	저자	출판사, 발간연도	표지화, 삽화·컷	비고
『방랑기』	이설주	계몽사서점, 1948	표지화	
『잠자리』	이설주	육생사, 1949	표지화	

▢ **박용호**

책명	저자	출판사, 발간연도	표지화, 삽화·컷	비고
『호롱』	서창수	청구출판사, 1951	표지화	

▢ 목랑 최근배

책명	저자	출판사, 발간연도	표지화, 삽화·컷	비고
『학생시원』 1집	이원희 편	경북중학교 문예부, 1948	표지화	비화: 손동진
『새벽』 창간호		경북중학교 문예부, 1948	표지화	
『청춘승리』	박종화	수선사, 1949	표지화	서울

▢ 추연근

책명	저자	출판사, 발간연도	표지화, 삽화·컷	비고
『상화와 고월』	백기만 편	청구출판사, 1951	표지화	
『통통배』	유대건	새로이출판사, 1956	표지화	동시집

▢ 김병기

책명	저자	출판사, 발간연도	표지화, 삽화·컷	비고
『영(嶺)』	이종두	세문사, 1952	표지화	

▢ 설기환

책명	저자	출판사, 발간연도	표지화, 삽화·컷	비고
『문』	홍성문	계몽사, 1955	표지화	

▢ 손동진

책명	저자	출판사, 발간연도	표지화, 삽화·컷	비고
『인간온실』	이윤수	동아출판사, 1960	표지화, 삽화	서울

▢ 김필영, 배명학

책명	저자	출판사, 발간연도	표지화, 삽화·컷	비고
『하오 한 시』	전상렬	보문사, 1959	표지화	김필영
『하오 한 시』	전상렬	보문사, 1959	컷	배명학

□ 강운섭

책명	저자	출판사, 발간연도	표지화, 삽화·컷	비고
『금붕어』	서석달	집문사, 1963	표지화	

□ 죽농 서동균

책명	저자	출판사, 발간연도	표지화, 삽화·컷	비고
『담향(淡香)』	여영택	동서문화사, 1958	글씨	표지 여영택

□ 홍성문

책명	저자	출판사, 발간연도	표지화, 삽화·컷	비고
『얼굴』	홍성문	신조사, 1961	표지화	

□ 동강 조수호

책명	저자	출판사, 발간연도	표지화, 삽화·컷	비고
『석상의 노래』	조수호	문리당, 1961	표지화	

□ 이복

책명	저자	출판사, 발간연도	표지화, 삽화·컷	비고
『동시 감상』	김진태	태동문화사, 1962	표지화	

□ 김수명

책명	저자	출판사, 발간연도	표지화, 삽화·컷	비고
『입체해도』	김수명	성학사, 1962	표지화	
『새싹』 13호	최해태	새싹사, 1949	표지화	

□ 나재수

책명	저자	출판사, 발간연도	표지화, 삽화·컷	비고
『바람부는마을』	전상렬	문화출판사, 1966	표지화, 삽화	

□ 정은기

책명	저자	출판사, 발간연도	표지화, 삽화·컷	비고
『날이 갈수록』	박훈산	철야당, 1967	표지화	재판

□ 이륭

책명	저자	출판사, 발간연도	표지화, 삽화·컷	비고
『나무는 자라서』	대구아동문학회	일심사, 1967	표지화	

□ 윤경렬

책명	저자	출판사, 발간연도	표지화, 삽화·컷	비고
『꿈의 경작』	정민호	중외출판사, 1969	표지화	

□ 지홍 박봉수

책명	저자	출판사, 발간연도	표지화, 삽화·컷	비고
『오늘』	김윤식	장문사, 1958	표지화	
『신록서정』	전상렬	형설출판사, 1969	표지화	제자 홍순록
『산촌근일초』	김윤식	세음사, 1973	표지화	서울
『모량부의 여울』	이근식	문화출판사, 1979	표지화	서울

□ 긍농 임기순

책명	저자	출판사, 발간연도	표지화, 삽화·컷	비고
육사시집 『광야』	이육사	형설출판사, 1971	표지화	

□ 서창환

책명	저자	출판사, 발간연도	표지화, 삽화·컷	비고
『서정시대』	윤태혁	보련각, 1974	표지화	

□ **길성**

책명	저자	출판사, 발간연도	표지화, 삽화·컷	비고
『둥지속 아기새』	하청호	중외출판사, 1974	표지화, 삽화	동시집

□ **권정호**

책명	저자	출판사, 발간연도	표지화, 삽화·컷	비고
『낱말추적』	이기철	중외출판사, 1974	표지화	
『자유시』 4	이하석 외 6인	흐름사, 1979	표지화	

□ **박근술**

책명	저자	출판사, 발간연도	표지화, 삽화·컷	비고
『팔공산』	여영택	시문학사, 1976	표지화	서울

위의 표를 보면 지역 작가들의 작품집에 많은 지역 화가들이 장정가로 참여하고 있음이 확인된다. 서양화가들이 서예 또는 문인화 화가들보다 더 많이 장정에 참여한 것은 서양화 장정이 양장본에 더 부합하였음을 말해준다. 1970년대까지의 장정 참여 수를 살펴보면 정점식(29), 강우문(10), 변종하(8), 정준용(7), 이인성(6), 장석수(4), 전선택(4), 박봉수(4) 등의 순이다.

다음 절에서는 위에서 살펴 본 장정가의 현황을 바탕으로 통시적 차원에서 대구지역 문학매체 장정의 변모와 그 특성을 가능한 한 중앙의 장정과 연계해 가면서 살펴볼 것이다. 시기별 장정은 사회문화적 맥락 또는 장정가의 재능에 의해 결정되기 마련이다. 그러므로 시기별 장정의 변모에 주목되는 장정 및 주된 장정가의 장정 작업이 주로 접근 대상이 될 것이다.

3. 시기별 장정의 모습과 특성

1) 근대계몽기

장정이 문제되고 본격적인 관심의 대상이 된 시기는 근대계몽기부터라고 할 수 있다. 근대계몽기 이전인 조선시대 발간된 한적(漢籍)들의 모습은 대동소이했다고 할 수 있다. 1800년대 후반 서양인의 눈에 비친 조선 서적들의 모습을 잠깐 살펴보기로 하자.

> 이 미천한 상인들이 파는 서적은 체재가 매우 빈약하여, 지형은 대개 팔절반으로부터 12절반까지 그리 두껍지는 않다. 표지는 다소 질긴 조제(粗製)의 지류(紙類)로 노란 살구빛물을 들였으며 번쩍이고 빽빽한 무늬가 무늬 그리는 나무판으로 눌리켜서 조금 도드라져 나와 있다 이러한 표지는 배면(背面)이 없이 단지 종이 두 장으로 되어 있을 뿐으로 사방은 형겁을 꺾듯이 안으로 접혀 있으나 좀 더 상등(上等)의 서적은 표지의 안을 인쇄한 종이로 탄탄하게 부하여 놓았으며 그 책들은 한 권마다 붉은 실로 대여섯 곳씩 꿰매여 있다. 종이는 잿빛 아조 엷고 부드러우며 가끔 구멍이 뚫려 있는 우에 짚부스러기 흙덩이까지 조금 끼워 있는 일이 있어 그런 곳에는 인쇄가 잘될 리가 없을 뿐 아니라 전체로 보아도 역시 인쇄는 곱다 할 수 없다. 종이는 중국서적 모양으로 반을 접는 까닭에 중앙선이 한편 가로 나오게 되며 인쇄되는 곳은 한 면밖에는 없고 책장 본문의 사변(四邊)은 대개 흑선으로 테를 둘러 난외(欄外)의 여백이 여간 좁지 않으나 중앙부는 가는 줄 두 개로 금을 그어놓아 절반으로 접기 좋게 되어 있다. 바로 그곳에 우쪽에는 서적의 표제(表題), 아래쪽에는 책장번호가 써 있고 우에서부터 사분지일 쯤 되는 곳에는 꺼먼 바탕에 흰빛으로 잎사귀 모양이 그려 있어 이 표식(標識)이 대부분의 조선서적에는 빠지지 않고 있다. 이러한 대중의 서적은 태반이 한글로 적혀 있어

> 값이 여간 싸지 않다.……서울서는 다른 종류의 것도 볼 수 있다. 그러나 그 서적들은 보통 한자로 인쇄되어 있는 까닭에 그것을 중국서적이라 오인하고 조선에는 특기할 만한 저술이나 인쇄술이 없다고 너무도 성급하게 결론하여 버리는 사람이 있으나, 이와 같이 중국서적인 줄만 알고 있었던 서적의 십중팔구가 실은 조선에서 인쇄되었다는 것은 그리 특별한 흥미를 요(要)치 않고도 확인할 수 있어 본문 안의 지시 이외에 외적인 표시, 즉 중국서적과 도저히 혼동할 수 없는 지형(紙型)의 큼직한 품과 견뢰(堅牢)하고도 우수한 지질을 조선의 서적은 가지고 있는 것이다.[13]

위의 글은 구한말 프랑스 공사관 통역관이었던 모리스 쿠랑이 쓴 『조선서지(朝鮮書誌)』의 머리말에 나오는 한 부분이다. 오리엔탈리즘의 시선에 갇혀 있기는 하지만 모리스 쿠랑의 조선 책에 대한 스케치는 비교적 정확한 편이다. 살구빛 물들인 질긴 지류(紙類) 위에 능화판(菱花板)을 사용하여 무늬를 도드라지게 한 것은 조선 책의 일반적인 형태이다. 책등은 붉은 실로 대여섯 곳씩 꿰매어 놓았다고 기술하였는데, 이는 조선시대 한적들이 오침안정법(五針安定法)으로 만들어졌음을 말한 것이라 하겠다. 또한 민간판과 왕명판 사이에 지형(紙型)이나 지질(紙質)의 차이가 있고, 조선의 서적들이 중국서적보다 지형이 훨씬 크

『소학』 춘방장판

13 모리스 쿠랑, 김수경 역, 『조선문화사서설』, 범장각, 1946, 2~6쪽.

고 지질 또한 우수함을 발견하고 지적한 것은 모리스 쿠랑이 세밀하게 조선 책을 살펴보았음을 증빙한다. 실제 왕실이 관여한 내각판(內閣板)이나 춘방장판(春坊藏板) 등은 영리를 목적으로 간행된 방각본과 달리 매우 우수한 지질과 판형, 활자체를 보여주고 있다. 그러나 이러한 판본에 따른 차이에도 불구하고 근대계몽기 이전의 조선 책들은 표지나 제책(製冊) 방식 등에서는 큰 차이가 없었다고 할 수 있다.

장정이 큰 차이를 보여주기 시작한 것은 근대계몽기에 들어서면서부터이다. 근대계몽기에 접어들면서 서양의 책들이 이입되고 양장본이 등장하기 시작한다. 물론 영리를 목적으로 한 방각본이 성행하면서 한적(漢籍) 형태의 책들이 여전히 출판의 주류를 형성하고 있었다. 그렇지만 양장본의 등장은 출판매체 생산의 질적 변환을 의미하는 것이라 할 수 있다. 근대계몽기는 구식 출판인 동장본(東裝本) 형태에서 신식 출판인 양장본(洋裝本) 형태로 이동되어 가는 시기라 할 수 있다. 동장본 형태를 취한 일부 책의 경우 크기가 국판 크기로 축소되거나 책등을 꿰매는 방식이 사침안정법(四針安定法)을 취하기도 했는데, 신식학교의 교과용 도서나 역사전기문학 서적 일부가 그러한 방식을 따랐다.

한편 이 시기에 나온 양장본(洋裝本)은 동장본에 비해 비교적 다양한 양식을 보여주고 있다. 먼저 하드커버 형식으로 발간된 최초의 양장본은 유길준의 『서유견문』(1895)이다. 『서유견문(西遊見聞)』은 유길준이 동경 교순사(交詢社)에서 발간하여 국내로 반입해 온 것이다. 채색의 두꺼운 판지에 특별한 도안이 없는 표지를 주로 사용하였는데, 정약용의 『아학편』(광학서포, 1909) 등도 이러한 방식을 취하고 있었다. 한편 소프트 커버의 양장본은 책등을 꿰매지 않고, 바로 제본한 형태로 되어 있다. 이는 도안이나 표지화 없이 제목만 쓴 경우와 도안 또는 표지화를 시도한 경우로 나누어 볼 수 있다. 『월남망국사』, 『비율빈전사』, 『을지문덕』 등은 특별한 도안이나 표지화 없이 제목만 드러내는 무색의 표지 장정으로 되어 있다. 보성관(普成館)에서 발간한 많은 교과용 도서들 모두 이러한 방식을 따르고 있다. 도안 또는 채색 표지화로 장정된 경우는 『금수회의록』이나 『귀의성』 등의 신소설류나 최남선이 신문관에서 펴낸 육전소설류 등이다.

근대계몽기 대구지역의 장정 현황을 살펴보기 위해서는 이 시기 대구지역 출판사 현황을 잠깐 살펴볼 필요가 있다. 이 시기 대구지역 출판사로는 재전당서포(在田堂書鋪), 칠성당서포(七星堂書鋪), 광문사(廣文社) 등이 있었다. 재전당서포와 칠성당서포는 방각본 같은 구식 출판을 지향하던 출판사였으나 광문사는 주로 교과용 도서와 계몽서적 같은 신식 매체를 발간하던 출판사였다.

근대계몽기 대구지역에 발간된 책들은 아직까지 체재나 형식 면에서 새로운 모습을 보여주지 못하고 있었다. 『귀의성』이나 『금수회의록』 같은 화려한 도안이나 표지화를 시도하지는 못하고 대부분 구식 출판 형태를 이어받고 있었다. 칠성당서포나 재전당서포에서 발간한 책들은 방각본이 대부분이며, 목판과 능화판을 활용한 전통 제책법을 사용하였다. 그런데 광문사의 경우는 『유몽휘편』을 제외하고는 기존의 사침안정법이나 오침안정법을 사용하지 않고 양장 제책 형태를 취하고 있음이 주목된다. 광문사에서 출판된 책들은 양장본으로서의 모습을 제대로 갖추고 있으나 겉표지는 표지화나 도안이 없는 무색의 바탕에 제첨지를 붙이지 않고 제목만 인쇄해 놓았다. 방각본 출판사인 재전당서포나 칠성당서포와 마찬가지로 광문사 또한 판권지를 구비하여 근대적 서적 출판의 모습을 갖추고 있다. 『중국혼』이나 『월남망국사』는 이 시기 광문사의 대표적 서적이라 할 수 있다.

『중국혼』의 발행인은 대구광학회(大邱廣學會) 동인이 발행인이며, 인쇄소는

『중국혼』 내제지의 석재 글씨

대구광문사이다. 『중국혼』은 내제지에 석재(石齋) 서병오(徐丙五)의 '폄세(砭世)'란 힘있는 큰 글씨를 첨부하여 겉표지의 무색 장정을 보완하였다. '폄세(砭世)'는 세상의 문제되는 점을 지적하고 일침을 가한다란 뜻이다.[14] 광문사 사장인 김광제가 대구의 서화가인 석재 서병오에게 부탁한 글씨로, 석재의 이 글씨 내용이나 형식은 『중국혼』의 장정에 어울리는 것이라 할 수 있다. 석재 서병오는 『중국혼』의 내용과 발간 의도를 분명히 파악하고 그것에 부합되는 글씨를 써서 보냈다고 할 수 있다. 『중국혼』은 량치차오가 1902년 상해 광지서국(廣智書局)에서 발간한 책으로, 격랑에 처한 근대전환기 중국에서 '국혼(國魂)'의 호명을 통해 국민의식을 고취시키고, 세계사의 조류 속에 중국의 앞날을 논의하고자 한 책이다. 『중국혼』의 국내 발간은 이러한 맥락과 연결된다. 구한말 밀려드는 제국주의 침략 앞에 속수무책 당할 수밖에 없기는 중국이나 조선이나 그 상황은 마찬가지였다. 『중국혼』이 위기에 처한 현실 앞에 중국의 방책을 모색한 것이라면, 『중국혼』의 국내 발간은 『중국혼』을 통해 위기에 처한 조선의 현실을 인지하고, 앞으로 나아갈 방향을 모색하는 데 도움을 얻자는 것이다.

『월남망국사』의 경우도 표지화나 도안이 없는 연한 회색의 바탕지에 '월

14 폄세(砭世)는 각종 문집에서 '폄세경속(砭世警俗)'(『惕齋集』)이나 '침폄세간(針砭世間)'(雷淵集) 등에서 보듯이 세상의 풍속이나 세상의 일을 경계하고 일침을 가한다는 뜻으로 사용되고 있다.

남망국사'란 제목만 좌측 위쪽에 인쇄되어 있다. 광문사가 발간한 『월남망국사』는 서울의 보성관에서 발간한 『월남망국사』의 표지 장정과 큰 차이가 없다. 다만 판권지에 발행소·인쇄소를 '달성광문사(達成廣文社)'라 크고 굵은 활자로 표시하였다. 현채가 역한 달성광문사의 『월남망국사』가 서울 보성관에서 발간한 현채 역의 『월남망국사』와 그 내용이 크게 다르지 않음을 볼 때 달성광문사의 『월남망국사』는 영남지역 독자들의 수요를 충족시키기 위해 보성관의 『월남망국사』의 조판을 일부 이용하여 다시 찍어낸 것이라 할 수 있다. 대동광문회 회원이자 광문사 직원이었던 장상철(張相轍)의 서문과 발행소·인쇄소에 위치한 크고 굵은 '달성광문사(達成廣文社)'란 판권지의 활자만 다르다고 할 수 있다.

2) 일제강점기

『백조』 창간호 내제지

문학서적의 경우 다양한 도안과 표지화가 들어간 장정의 시도는 1910년 경술의 국치 전후였다. 이 시기에 접어들면 근대식 표지장정이 시도되는데, 1910년 전후 신소설류의 작품인 『은세계』, 『귀의성』, 『금수회의록』이나 육전소설 『전우치전』, 『사씨남정기』, 육당 최남선이 만든 『소년』, 『청춘』, 『아이들보이』 등의 잡지에 복잡한 도안이나 화려한 채색화가 사용되었다. 근대 초기 문학서적 가운데 장정가가 처음으로 드러나기 시작한 것은 『청춘』(고희동, 1914.10)과

『백조』(안석주, 1922.1) 창간호부터였다. 『백조』 창간호 목차에 '장정(裝幀) 안석주(安碩柱)'란 표기가 있는 것으로 보아 표지화와 내지화의 장정을 안석주가 하였음을 알 수 있다. 2호에는 '장정 석영(夕影) 안석주, 우전(雨田) 원세하(元世夏)'가 있는 것으로 보아 두 사람이 장정에 참가하였음을 알 수 있다. 『백조』 창간호의 경우 표지화는 백자 테두리 안에 전통복식을 입은 생각에 잠긴 여성을 그렸다. 반면 내제지에는 해변의 바위에 앉아 있는 여인의 누드 뒷모습과 날개와 화살을 가진 미소년을 그렸다. 날개와 화살로 미루어 볼 때 이 소년은 아프로디테의 아들 에로스(큐피드)이다. 여인은 에로스가 사랑에 빠진 프시케로 볼 수도 있다. 그렇지만 누드의 여인 위에 에로스를 배치해 사랑을 갈망하는 여인의 마음을 드러낸 것이라 보는 것이 더 합당하다. 시대상 노골적인 누드를 표지화에 내세울 수 없어 표지 다음 장인 내제지에 배치하였다. 또 뒷모습이긴 하지만 여인의 누드만 그려내기에 부담이 되어 신화적 인물인 에로스를 배치했다고 볼 수 있다.[15]

누드화가 단행본 장정에 사용된 것은 해방 직후 <영남일보> 사장을 역임한 김영보(金泳俌)의 희곡집 『황야에서』이다. 짙은 녹색 바탕의 하드 커버 앞면 표지에 돌아 서 있는 여인의 누드를 중앙에 작게 그려 넣었다. 1922년 11월 조선도서주식회사에서 발간된 이 책은 "장정가가 알려진 단행본 도서로서는 우리나라 최초의 것"[16]이다. 표제지에 '동인(同人) 장정'이란 표기를 분명

15 20세기 접어들면서 일본의 서양화단에서는 이미 누드화가 유행하고 있었으나 우리나라의 경우 누드화는 1910년대까지는 금기시되고 있었다. 김관호(金觀鎬)가 그린 1916년 동경미술학교 서양화과 졸업 출품작인 「해질녘」이 우리나라 누드미술의 첫 작품이라 할 수 있다. 「해질녘」은 평양 대동강 능라도의 석양빛을 배경으로, 목욕하다 나와 돌아서 있는 두 여인의 뒷모습을 그린 것이다. 동경미술학교 40명 졸업생 중 수석 졸업의 영광을 안긴 이 작품은 그해 10월 동경에서 열린 일본 문부성미술전람회에 출품되어 특선까지 하였다. 이 소식을 <매일신보>에서는 보도까지 하면서 작품 사진은 싣지 못하였다. 이는 나체화에 대한 당시 사회의 관습이 어떠하였는지를 보여주는 사례라 할 수 있다.

김영보 희곡집, 『황야에서』

히 하고 있어, 저자인 김영보가 자기 책의 장정까지 담당했음을 알 수 있다. 그림이나 도안에 재능 있는 작가가 다른 작가의 작품집 장정을 맡은 경우는 간혹 있지만 자기의 작품집을 직접 장정한 경우는 드물다고 할 수 있다. 『금성』 창간호의 표지도 해골과 뼈가 흩어진 자리에서 있는 비너스 여신의 나체를 그려 보이고 있다. 서양에서는 금성을 로마신화에 나오는 비너스라고 부른다. 한자로 된 금성(金星)의 표제 위에 'LA VENUS'란 표기까지 되어 있는 것을 보면 나체의 여인은 비너스가 분명하다. 1922년 발간된 『백조』지의 내제지와 김영보 희곡집 『황야에서』의 표지화, 1923년 『금성』 창간호의 표지에 나체화가 시도된 것은 의미 있는 작업이었다고 할 수 있다. 이는 1920년대 초기문학이 성취한 개성의 해방을 보여준 것이기도 했다. 안석주의 누드화는 계몽적 논조에서 벗어나 미적 자율성을 확보하고자 했던 『백조』의 정신과도 잘 부합되는 장정이라 할 수 있다.

한국 근대문학 작품집의 경우 많은 화가들이 장정 작업에 참여하고 있어 주목된다. 전문 북 디자이너가 없는 상황에서 화가들의 참여는 필연적이라 할 수 있다. 작가가 아닌 화가들의 참여는 장정을 통해 문학과 미술이 융합됨으로써, 책의 모습을 한 단계 격상시키는 효과를 가져왔다. 앞에서 언급한 김환기 외에도 정현웅, 길진섭, 박문원, 김용준 등 많은 화가들이 장정에 참여

16 박대헌, 앞의 책, 33쪽.

하였다. 이주홍의 경우는 전문 화가는 아니었지만 일제강점기, 해방기, 1950년대까지 장정 작업에 활발히 참여하고 있어 주목된다.

근대문학 작품집의 장정은 크게 구상 계열과 비구상 계열로 나누어 볼 수 있다. 구상 계열의 경우는 주위 사물이나 인물, 풍경 등을 소재로, 비구상 계열의 경우 도안이나 추상적 문양을 중심으로 장정을 시도하였다. 일부 책의 경우 판화가 사용되기도 하였다. 구상 계열의 대표적 장정은 길진섭이 장정한 정지용 시집 『백록담』이라 할 수 있고, 비구상 계열의 대표적 장정은 이상이 장정한 김기림 시집 『기상도』라 할 수 있다.[17]

경술국치 후 1910년대 대구지역의 출판계는 민족자본과 일본자본이 경쟁하고, "목활자와 연활자가 병존"[18]한 시기였다. 이 시기 대구지역의 경우 근대적 성격의 문학매체를 생산해 내지 못하고 있다. 1917년에 발간된 『거화』가 주목되지만 현재 실물이 남아있지 않아 장정의 형태를 추정해 볼 수 없는 상황이다. 현진건, 이상화, 백기만, 이상백 등이 참가한 동인작문집이고 형태는 프린트본이라는 백기만의 술회[19]는 이 책이 제대로 된 양장본 형태가 아니었음을 보여준다.

1920~30년대 대구지역에서 발간된 문학매체 중 장정과 관련해 눈여겨 볼 만한 매체는 『여명』, 『동성』, 『물새발자옥』 등이다. 『여명』, 『동성』은 문예지이고 『물새발자옥』은 작곡집이다.

---

17 박용찬, 「기상도」, 「백록담」 항목, 『한국근대문학해제집』, 국립중앙박물관, 2015, 201~203쪽, 259~261쪽 참고.

18 『대구·경북인쇄조합 45년사』, 대구·경북인쇄산업협동조합, 2006, 106쪽.

19 백기만, 「상화 시와 그 배경」, 『자유문학』, 1959.4, 26쪽.

『여명』 창간호

『동성』 창간호

『여명』은 1925년 7월 1일 여명사에서 창간호를 발간하였는데, 편집인은 대구의 김승묵(金昇默)이며, 대구의 대동인쇄주식회사에서 인쇄하였다. 『여명』은 대구에서 편집, 인쇄한 잡지이지만 서울의 청조사(青鳥社)에 경성총발매소를 두고 있었다. 비록 대구에서 발간된 잡지이긴 하나 그 필진과 내용은 서울의 다른 어느 잡지와 비교해도 뒤지지 않았다. 『여명』 창간호의 표지화는 '여명(黎明)'이란 굵은 제호의 글씨 아래 해가 떠오르기 직전의 퍼져나가는 햇살을 배경으로 손을 들고 있는 청년의 모습을 그려넣었다. 청년은 우람한 근육을 드러내면서 오른쪽 소매를 걷어 올린 채 앞으로 나아가자는 손짓을 하고 있다. 이는 굵은 고딕체에 가까운 '여명'이란 제호(題號)와 함께 동이 트면서 사방으로 퍼져나가는 산 위의 햇살과 어울리면서 앞날의 힘찬 전망을 나타낸다고 할 수 있다.

한편 『여명』 이후 대구지역에서 나온 문예지인 『동성(東聲)』(1932.9) 또한 『여명』과 비슷한 구도의 장정을 시도하고 있다. 『동성』 창간호도 젊은 청년이 종을 치는 모습과 울려 퍼지는 종의 음파(音波)를 표지 가득히 그려내고 있다. 여기에 닭이 우는 모습까지 보탬으로써 『동성』은 지역문학의 새로운 출발을 표상화해 보이고자 하였다.

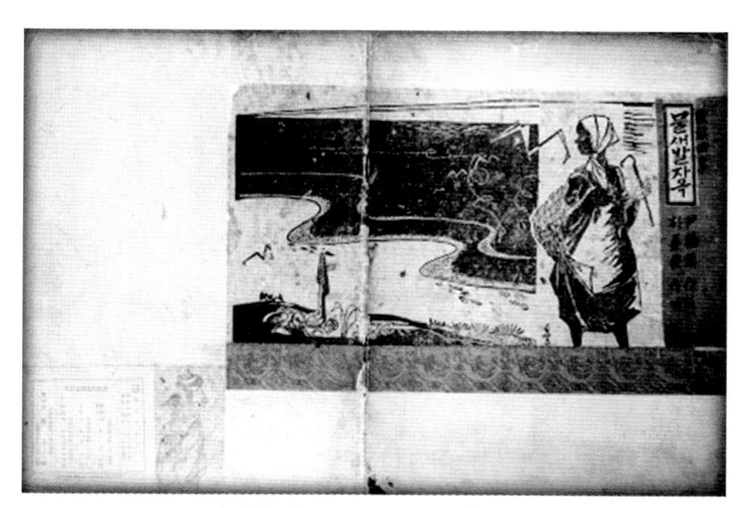

윤복진 작시, 박태준 작곡, 가요곡집 『물새발자옥』

한편 『물새발자옥』(교문사, 1939)은 윤복진의 시에 박태준이 곡을 붙인 작곡집인데, 이 책의 표지에 이인성의 실제 판화가 부착되어 있다는 점이 특별나다. 문학, 음악, 미술을 통해 대구지역 예술인들의 교유를 확인할 수 있는 아름다운 장정의 책이다. 장정에 대한 관심이 차츰 높아지면서 1930년대 책의 장정에 판화를 이용하는 사례가 나타나기는 했다. 오장환의 첫 시집 『성벽』(풍림사, 1937)의 경우에도 이병현(李秉玹)과 김정환(金貞桓)의 판화 3점이 책 속에 삽입되어 있기는 하지만, 표지에 과감히 실제 판화를 부착한 것은 『물새발자옥』이 처음이라 할 수 있다.

대구 출신의 서양화가 이인성은 『물새발자옥』 이전에 장혁주의 『인왕동시대(仁王洞時代)』(河出書房, 1935)의 책갑과 표지를 장정한 바가 있다.[20] 『인왕동시대』는 장혁주가 일본에서 일어로 낸 소설집이다. 장혁주는 1905년 대구에서 태어나 경주공립보통학교(현 계림초등학교)를 거쳐 대구고등보통학교를 졸업하였다. 대구 아나키즘 단체 '진우연맹(眞友聯盟)'에 가담하기도 하고, 청송, 예천 등지의 사립학교 교원과 대구의 희도공립보통학교 훈도로 근무하기도 하였다. 그는 경북 예천 지보면의 저수지 공사에 동원된 조선인 농민들의 참상을 그린 「아귀도(餓鬼道)」로, 1932년 일본 『改造』지의 현상공모에 2등으로 입선하면서 문단에 나왔다. 주로 일본문단에서 일어로 글쓰기를 감행하였지만, 1930년대 중, 후반 조선문단에서 『무지개』, 『삼곡선』, 『여명기』 등의 장편소설을 연재하는 한편, 활발한 비평활동을 하기도 하였다. 「인왕동시대」는 주요 고적이 모여 있는 경주 인왕동을 배경으로 한 장혁주의 유년 체험을 형상화한 소설이다. 소설집 『인왕동시대』를 이인성이 장정한 것은 어쩌

장혁주, 『인왕동시대』

20 『인왕동시대』의 내외 표지나 차례, 책갑 부분에 장정가의 표기는 나타나 있지 않다. 이인성이 『인왕동시대』를 장정했다는 정보는 <동아일보> 1935년 5월 8일자, <조선일보> 1935년 5월 9일자 기사에서 찾을 수 있다. "제1창작집 『權といふ男』를 내인 장혁주씨는 또 이번에 제2창작집 『인왕동시대』를 이인성(李仁星)씨 장정으로 東京市日本橋通三丁目 一番地 河出書房으로부터 내어 근근발매(近近發賣)하리라는데, 이는 씨의 근작(近作) 「一日」, 「劣情者」, 「十六夜に」, 「山犬」, 「葬式の夜の出來事」, 「愚劣漢」, 「仁王洞時代」 등 7편을 함(含)한 四百五十頁의 미본(美本). 그리고 씨의 「황무지」를 중국서 葉君健氏가 『대중지식』이란 잡지에 역재(譯載) 중이라 한다." 「장혁주씨 제2창작집 『인왕동시대』를 발간」, <동아일보>, 1935.5.8.

면 자연스러운 일이라 할 수 있다. 이인성은 「경주의 산곡에서」란 그림에서 붉은 황토색과 푸른색을 사용하여 옛 도읍지 경주의 인상을 강렬하고도 원시적으로 드러내 보인 바 있다. 경주지역 향토성이 물씬 풍겨나는 표지화와 모던한 도안의 책갑은 『인왕동시대』가 일본 동경에서 출간된 책이지만 일어로 된 작품집이란 생각이 들지 않게 만든다.

3) 해방기

해방기 대구지역 출판매체로, 종합잡지로는 『무궁화(無窮花)』와 『건국공론(建國公論)』을, 문예지로는 『죽순(竹筍)』, 『아동(兒童)』, 『새싹』 등을 들 수 있다. 해방 직후 대구에서 조직된 죽순시인구락부와 조선아동회는 대구지역 문학장을 아동문학과 순수문학 중심으로 재편하는 한편, 해방 직후 대구지역을 시와 아동문학 중심의 문학공간으로 변모시켰다고 할 수 있다.

해방기 대구지역에서 발간된 문학매체의 장정은 해방의 기쁨과 기대를 표현하는 도안이나 표지화를 많이 사용하였다. 그것을 통해 나라를 되찾은 기쁨을 드러내는 한편 새나라 건설에 대한 기대와 의지를 드러내고자 하였다. 그 결과 무궁화, 태극기, 새싹, 죽순, 어린이, 학생 등이 표지화의 주요 제재로 등장하였다. 해방기 주된 문학매체의 제목만 보

해방기념엽서

『아동』 창간호

더라도 『무궁화』, 『아동』, 『새싹』, 『죽순』 등이며, 그것에 그려진 표지화 또한 제목과 연관된 소재나 도안을 즐겨 사용하였다. 강우문(姜遇文)이나 김수명(金壽命) 같은 지역의 화가들이 『새싹』 등의 문학매체 장정에 참여하기 시작한 것도 이 시기이다. 『아동』 창간호(백민미 장정)의 표지는 색동저고리 입은 아동 셋이 태극기를 흔들며 가는 모습을 그리고 있다. 이 당시 널리 팔렸던 '해방기념엽서'와 비교해 보면 역동성은 다소 떨어지더라도 함께 하지만 다른 시선처리 등에서 어린이다운 모습을 그려냈다. 태극기와 아동의 표상을 통해 아동을 "오늘날의 새싹", "다음 날의 기둥"으로 인식하고, 이러한 아동을 "한줌 거름되어 북돋우고", 그들의 "앞길을 보살피려는"[21] 의도가 표지화에 담겨 있다고 하겠다. 이처럼 '새싹'과 '아동'의 이미지가 대구지역 아동문학 매체의 주된 내용이자 표지 장정의 주된 요소로 자리잡고 있음을 알 수 있다.

한편 이설주의 『방랑기』(1948, 오석구 장정)는 앞뒤 표지 전체를 한 폭의 구상적 그림으로 그려내 한 사내가 걸어온 방랑의 길을 부각시켜 보이고 있다. 이설주는 대구 출생으로 1932년 일본 잡지 『신일본신민요』에 시 「고소(古巢)」를 발표하면서 문학활동을 시작하였다. 같은 해 니혼(日本) 대학 재학 중 사상범으로 체포되어 중퇴한 후, 만주, 중국 등지를 방랑하다가 광복 후 대구에서 『민고(民鼓)』(1946)를 편집하기도 하였다. 해방 직후 시집 『들국화』(1947), 『방랑기』(1948), 『잠자리』(1949)를 펴낸 바 있다. 『방랑기』의 장정은 해방 직후 많은 작가들이 그려내고자 했던 여로(旅路)의 형식이 표지에 잘 표상화된 경우라 하겠다.

이설주, 『방랑기』

21 「조선아동회취지서」, 『아동』 창간호, 조선아동출판국, 1946.4, 내표지.

박영종의 『동시집』(1946)은 타이포그래피(Typography)를 활용한 장정을 선보였다. 가로로 3면을 안정되게 나눈 다음, 옅은 초록색의 대칭적 바탕 위에 저자명인 박영종은 작은 글자로 하고, 제목인 동시집은 큼지막한 붉은 글자로, 중심에 자리잡게 하였다. 여섯 글자 외에는 출판사조차 표기하지 않는 방법으로 미적 효과를 노렸다. 읽기에 따라 박영종의 '동시집'인지, 제목이 '박영종동시집'인지 애매모호성을 유발시키고 있다.

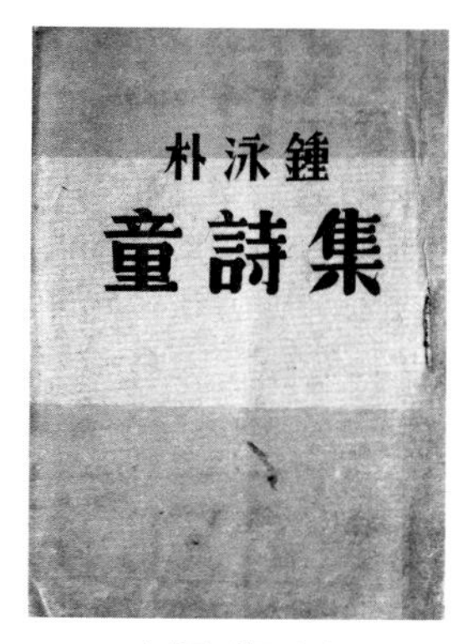

박영종, 『동시집』

신동집의 첫 시집 『대낮』(1948)의 표지화는 백태호의 작품이다. 모든 것이 소진되고 메마른 불모의 땅을 대담한 구도와 붉은 원색을 활용하여 강한 원시적 생명욕 내지 갈증 같은 것을 드러내 보이고 있다. 1935년 조선미술전람회에서 창덕궁상을 수상한 이인성의 「경주의 산곡에서」를 연상시킬 정도로 붉은 황토빛 색조가 강렬하고 인상적이다.

신동집, 『대낮』

4) 1950년대

한국전쟁기 대구에서 발간된 군 관련 문학매체는 전쟁상황과 밀접한 관련을 가지고 있다. 『전선문학』, 『전선시첩』, 『전시문학독본』, 『창공』, 『창궁』 등은 대표적인 전선매체들이다. 이들은 한국전쟁기 전쟁 수행의 주체였던 문총구국대나 종군작가단, 육군 또는 공군 본부에 의해 긴급히 호명된 매체들이다. 특히 육군본부나 공군본부가 대구에 위치에 있었기 때문에 지역에서 전선매체들이 많이 발간되었다. 내용이나 두께, 장정 곳곳에 전쟁의 냄새가 물씬 풍겨난다.

김송 편, 『전시문학독본』

한국전쟁기 사상전 승리의 중요 학습 교재로 기획된 『전시문학독본』(계몽사, 1951)은 전쟁 수행 중인 비행기를 표지화로 등장시켰다. 이는 『전시문학독본』에 담긴 내용을 표상화하는 동시에 독자들에게 승리에 대한 의욕을 직접적으로 고취하고자 한 것이다. 또한 문총구국대에서 발간한 『전선시첩』 1집, 문총경북지대에서 발간한 『전선시첩』 2집의 장정을 통해서도 전쟁의 긴박성과 목적성을 읽어낼 수 있다. 『전선시첩』 1집은 소프트 커버도 갖추지 못한 채 속표지와 다름없는 갱지(更紙) 위에 제목과 발행처를 표시하였다. 표지 앞면에 세로 중앙으로 '전선시첩'이란 제목만 배치했고, 뒷표지 아래 부분에는 작은 글씨로 '문총구국대 편집, 국방부 정훈국'이란 표기만 하였다. 급박한 전황으로 말미암아 표지화나 삽화를 기획하거나 부탁할 마음의 여유조차 없었음을 보여준다. 『전선시첩』 2집은 문총구국대 경북지대가 발간한 것인데, 해방기 대구지역 시문학 동인지 『죽순』을 만든 바 있던 이윤수가 기획하였다. 문총구국대 경북지대 작가들의 종군 체험이 담겨 있는데, 표지는 미색 바탕에 중앙 작은 부분에 무언가를 이고 오는 아녀자의 모습을 간략히 그려 내었다. 이는 『전선시첩』이 전선의 군인들에게 배부된다는 점을 전제로 장정에 임했을 가능성을 보여준다. 후방에서 일하는 여성, 즉 근로보국의 여성상 제시를 통해 전방이든 후방이든 모두 전선임을 강조하고 있다.

한편 『전선문학』은 1952년 4월부터 1953년 12월까지 통권 7호를 낸 육군종군작가단의 기관지이다. 『전선문학』의 주된 독자는 전쟁에 임하고 있는 전, 후방의 군인들이다. 그러므로 "조국과 평화를 위해서 혈투하고 있"는 군인들이 이 잡지를 읽어 전쟁의 "직접 승리의 요소"가 되게 뒷받침하는 것이 중요하다.[22] "우리들이 가지고 싸우려는 '펜'은 그야말로 수류탄이며, 야포(野砲)며 화염방사기며 원자수소의 신무기가 되어야"[23] 한다는 「창간사」의 최독견의 진술은 이 잡지의 성격을 그대로 보여준다. 그 결과 면지 곳곳에 군 관련 제재와 삽화, 사진을 배치하고 있다. 그런데 『전선문학』의 표지화는 이러한 선언과 달리 풍경, 꽃 같은 구상 그림(장만영, 변종하, 조병덕)이 대부분이고, 혹 달라진다 하더라도 나무나 태양 같은 비구상 도안이 사용되는 정도이다. 화가들이 그려낸 꽃, 나무, 풍경, 말, 태양 등은 모두 자연과 생명을 표상하는 것이다. 『전선문학』의 표지화는 전쟁이 빚어낸 폭력 내지 비인간적 것과 대비되는 표지화를 통해 평화를 갈구하는 장정가들의 심리를 드러내 보이고 있다 하겠다.

『전선문학』 4호

22 이상로, 「군 잡지 편집자의 변」, 『전선문학』 창간호, 육군본부종군작가단, 1952.4, 20쪽.
23 최독견, 「창간사」, 위의 책, 9쪽.

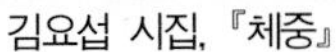
김요섭 시집, 『체중』

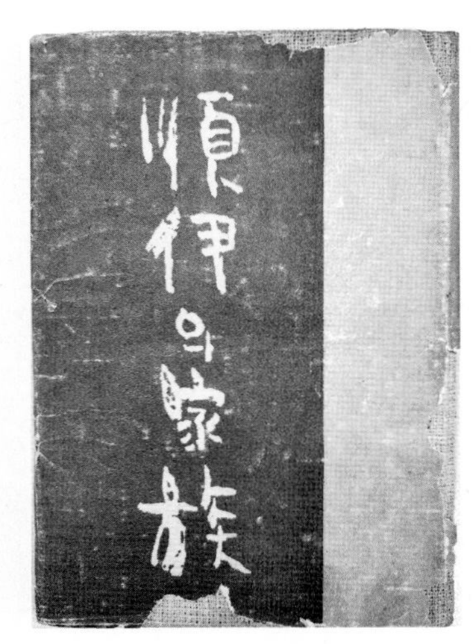

이설주 시집, 『순이의가족』

한국전쟁 직후 대구지역 문학매체의 표지 장정은 대개 어두운 색조가 많이 사용되었다. 이는 전쟁의 포화 속에 시작된 1950년대 대구문단의 어둡고 우울한 정조와 부합된다고 할 수 있다. 정점식, 장석수 같은 비구상 화가가 시도한 장정 대부분은 검은색, 갈색, 군청색 계열의 어두운 색조를 띠고 있다. 정점식이 장정한 김요섭 시집 『체중』(1954), 이설주 시집 『순이의 가족』(1954) 『이호우시조집』(1955) 등이 모두 비구상의 어두운 색조로 도안하였으며, 장석수가 장정한 『예술집단』 1집(1955)도 표지화 전체를 검은 색으로 도안하였다. 특히 정점식 장정의 『체중』은 짙은 녹색의 판지에 크레용으로 죽죽 그은 희미한 세로줄, 그리고 흰 책등이 대조를 이루고 있어 품격이 있어 보인다. 정점식은 이 당시 장정에 상당히 심혈을 기울였는데 자기가 그린 표지화에 「표지의 말」까지 붙이는 수고를 마다하지 않았다.[24] 정점식의 비구상을 활용

24 정점식, 「표지의 말」, 『청구문학』 6호, 청구대학학생회 학예부, 1966, 2쪽 참고.

한 표지 장정은 잡지, 단행본, 교지까지 확대되면서 대구지역 문학매체 장정에 상당한 영향을 미쳤다. 한편 문인화 계열의 장정은 크게 많지는 않았다고 할 수 있다. 이 경우 석재 서병오의 영향권 아래 있던 죽농 서동균, 지홍 박봉수, 해정 홍순록, 긍농 임기순, 천석 박근술 등이 표지에 문인화를 그리거나 제자(題字)를 썼다. 이러한 자료들은 석재 서병오 이후 아직 지역의 문인화가 명맥을 유지하고 있음을 보여준 것이라 할 수 있다.

4. 맺음말

표지 장정은 책의 얼굴이다. 독자는 표지 장정을 보면서 책의 성격과 내용을 상상한다. 그러므로 책 표지는 시각적인 아름다움은 물론이고 책이 표상하고 있는 바를 잘 담아내야 한다. 최근 들어 박물관, 도서관, 문학관의 기획전시가 잦아지면서 장정의 중요성이 강조되기 시작했다. 장정은 문학과 미술이 융합되는 지점이다. 제라르 주네트가 말하는 '곁텍스트(para-texte)'의 일종이라 할 수 있다. 말하고 있는 내용(정신)은 물성(物性, 육체)에 담기게 마련이다. 장정의 중심이 되는 표지화만 하더라도 인쇄되는 순간 대중과 만나게 되고, 표상하는 그것이 여러 효과를 유발한다.

대구지역 문학매체는 근대 장정의 변모와 어느 정도 그 맥을 같이 하고 있다. 구식 출판에서 신식 출판으로 이동되면서 장정 또한 동장본에서 양장본으로 바뀌어 나갔다. 근대계몽기의 표지 장정이 도안이 없는 무색의 바탕위에 제자(題字)만 인쇄한 경우가 많은 데 비해, 일제강점기에 발간된 문학매체는 비교적 다양한 장정을 시도하였다. 구상적(具象的) 도안은 물론이고 판화를 시도하기도 했다. 해방기의 경우는 해방의 기쁨과 새나라 건설에 대한 의지를 표지 장정에 강하게 드러내는 경우가 많았다. 그 결과 어린이, 태극기, 새싹, 죽순 등이 표지화의 소재로 많이 사용되었다. 1950년대 표지 장정에는 비구상을 바탕으로 한 어두운 색조가 많이 사용되었다. 그 원인의 하나는 한국전쟁이 미친 우울, 또는 불안의식이 반영된 것이며, 다른 하나는 정점식, 장석수 같은 특정 경향의 비구상 화가가 장정에 많이 참여한 결과였다.

제2부
대구·경북 근대문학 탄생의 배경

제1장 재전당서포와 광문사의 출판활동

제2장 대구의 문학 장(場) 형성과 우현서루

| 제1장 |

재전당서포(在田堂書鋪)와 광문사(廣文社)의 출판활동

1. 들어가는 말

한 나라의 문화는 그 나라의 지역문화들이 모여서 형성된다. 최근 들어 지역학이나 지역의 정체성에 대한 관심이 고조되는 것도 이러한 근본에 대한 인식에서부터 시작된다고 할 수 있다. 학문의 글로벌화 못지않게 지역학의 정체성을 확보하는 것이 중요한 것도 이 때문이다.

대구·경북 지역은 신라시대 향가나 조선시대 시조와 가사, 소설 등이 활발하게 창작되었고, 이들 작품들의 필사 또한 해방 이후까지 왕성하게 이루어졌던 장소이다. 이러한 문학적 자산은 서책 출판과 연계되면서 영남을 출판문화의 중심지로 부상시켰다. 대구·경북은 영남감영뿐만 아니라 문중, 사찰, 서원 등을 중심으로 족보, 문집, 불경 및 각종 유학 관련 서적들이 활발하게 간행된 지역이다. 책자를 인쇄하던 목판 유물 또한 다른 어느 지역보다 많이 남아 있는데, 짧은 시간 안에 거둔 한국국학진흥원의 성과[1]는 그러한 면모를

---

1 1995년에 법인 설립이 허가된 한국국학진흥원은 목판 10만장 수집운동을 선포하면서,

잘 보여준다. 영영판(嶺營版)의 발원지로서 대구·경북이 갖는 이러한 지역적 특성은 근대계몽기를 전후한 출판에도 많은 영향을 미쳤다고 할 수 있다. 경상도 관찰사였던 박중양(朴重陽)에 의해 대구 읍성이 헐리면서 일본인 상권이 대구 중심부로 밀려 들어오고, 북성로(北城路)를 중심으로 한 식민지 근대도시가 탄생하게 된다. 그렇지만 여전히 대구는 중세와 근대가 혼재하고 있던 도시였다. 학당, 학교를 중심으로 전파된 교육과 계몽의 논리 속에 유가적 사고와 근대적 사고가 서로 충돌하고 있었다. 한문의 위상이 달라진 1900년 이후에 오히려 더 많은 문집이 간행되었다는 사실[2]은 일제강점기에도 여전히 구식 출판이 성행하고 있었음을 보여준다. 이는 근대계몽기 이후에도 출판의 내용이나 방식에서 구식 출판과 신식 출판이 서로 경쟁하고 있었음을 보여주는 사례이다. 전통서당이나 근대의 신식학교에서 교육을 받은 작가들 또한 유교, 동학, 기독교, 아나키즘, 마르크시즘 등을 넘나들면서 전통사상과 외래사상의 경계에서 자신들의 문학적 정체성을 모색하고 있었다. 이들의

2006년 유교목판 5만 점을, 2014년 국학자료 40만 점을 수집하였다. 2015년에는 유교 책판이 유네스코 세계기록유산으로, 2016년에는 한국의 편액이 유네스코 아시아태평양 기록유산으로 등재되었다. 한국국학진흥원 홈페이지(http://www.koreastudy.or.kr) 연혁 부분 참고.

2 일제강점기 구식 출판의 상황에 대해 아래의 논문을 참고할 수 있다. "일제강점기 문집의 간행 주체는 대부분 일제가 주도하는 학교 교육을 거부하고 서당을 통해 독자적으로 인재를 양성하고자 한 위정척사 계열의 학자들이었다. 간행 대상은 신라 최치원부터 일제강점 당대에 이르기까지 학문적으로나 문학적으로 두드러진 인물을 두루 망라하다시피 하였다. 그리고 이전에 간행된 문집을 중간하기도 하고, 이전에 간행되지 못했던 것을 신간하기도 하며, 동일한 인물의 문집을 판종을 달리하여 2회 이상 간행하기도 하고, 100권이 넘는 분량을 모두 완간하기도 하는 등 다른 어떤 시대보다도 두드러진 간행 양상을 보였다. 대구·경북 지역의 경우 문집 간행의 주체 또한 위정척사 계열의 학자가 많았으며, 전통적인 목판이나 목활자가 아닌 석인본이 가장 흔하였다. 수록한 글의 종류와 내용에 있어서도 표전(表箋), 상계(狀啓), 대책류(對策類)는 대부분 사라졌고, 관습으로 뿌리내린 서찰과 의례용 시문의 비중이 압도적이었으며, 새로운 시대상을 반영한 글이 다양하게 추가되는 등 이전 시대의 문집에서는 찾아보기 어려운 점이 많았다." 황위주, 「일제강점기 문집 편찬과 대구·경북지역의 상황」, 『대동한문학』 49, 대동한문학회, 2016.12, 36~37쪽.

생각이나 사상들은 글이나 말로 나타나게 마련이고, 이러한 것이 집약되어 발간된 것이 출판매체라 할 수 있다.

출판매체는 작가들의 정신적 자취와 고투의 흔적이 드러나는 정신문화의 부산물이다. 여기에 실린 내용들은 저자의 내적 욕망이 응결된 기호들의 집합체이다. 그러므로 출판매체는 정신문화를 담아내는 물질적 그릇이라 할 수 있다.[3] 근대에 접어들면서 출판매체의 생산은 주로 상업적 출판사들이 담당하였다. 그러나 대구·경북 지역의 근대출판 내지 상업적 출판사에 대해서는 아직까지 본격적 연구가 진행되지 못하고 있다. 최근 들어 지역학의 중요성이 대두되면서 근대계몽기 대구·경북 지역의 출판매체 및 문학공간에 대한 접근이 일부 이루어지고 있으나[4] 종합적이고 심층적인 연구는 제대로 이루어지지 못한 상태이다. 근대가 학교, 출판, 신문 등의 각종 제도와 맞물려 형성된다고 할 때, 각종 매체의 생산, 유통, 소비에 중심에 위치한 출판사의 역할은 지대하다고 할 수 있다. 영영판의 산지였던 대구·경북에서 근대계몽기의 경우 어떠한 출판사가 출판을 주도하고 있었던가? 또 이 시기 대구·경

3 출판매체는 지식인이나 대중들의 의식을 계몽시키는 데 많은 역할을 한다. 출판매체는 이들 매체를 기획하는 기관이나 작가, 편집진들의 취향이나 이데올로기가 개입되기 마련이다. 잡지, 신문, 동인지, 시집 등의 각 단행본은 근대문화의 부산물이다. 근대문학이 학교, 신문, 잡지, 출판, 등단 등의 각종 제도와 관련되어 논의될 때 매체가 차지하는 역할은 결코 작다고 할 수 없다. 문학을 둘러싼 각종 구술적 담론들이 근대의 출판매체를 통해 문자문화로 다양하게 나타나고 있기 때문이다. 격변의 근현대사 속에 남아있는 제반 출판매체들은 우리의 과거를 새롭게 인식할 수 있게 하는 중요 자료들이다. 출판매체는 당대든 후대든 기억과 전파의 가장 유용한 형식으로 자리매김 된다. 박용찬, 「출판매체를 통해 본 근대문학 공간의 형성과 대구」, 『어문론총』 55, 한국문학어문학회, 2011.12, 36쪽.

4 류탁일, 「대구지방 간행 달판방각본에 대하여」, 『서지학연구』 3, 서지학회, 1988.
류준경, 「달판 방각본 연구」, 『한국문화』 35, 서울대 한국문화연구소, 2005.
최호석, 「대구 재전당서포의 출판활동 연구」, 『어문연구』 34-4, 한국어문교육연구회, 2006.
대구·경북인쇄조합45년사 편집위원회, 『대구·경북인쇄조합45년사』, 대구·경북인쇄정보산업협동조합, 2006.

북 지역에 존립하였던 출판사의 역할과 특성은 무엇이었는가? 이것에 대한 규명이 이 장의 주된 목적이 된다.

2. 상업적 영리 지향과 방각본 출판: 재전당서포

근대계몽기 대구·경북의 출판계를 주도한 출판사는 재전당서포(在田堂書鋪)와 광문사(廣文社)라 할 수 있다. 칠성당서포(七星堂書鋪)도 있었으나 두 출판사에 비해 뚜렷한 성과를 내놓지는 못하였다. 칠성당서포(발행인 최선일)에서 발간된 서적으로는 현재 『통감절요(通鑑節要)』만 확인되고 있어,[5] 논의에서 제외하기로 한다. 조선후기 경상도 지역에서는 영남감영이나 사찰, 문중 등을 통해 활자본, 목판본 등이 지속적으로 생산되고 있었다. 그러나 관(官)이나 사찰, 문중 주도의 이러한 출판은 근대적 의미의 출판과는 다소 거리가 있었다고 할 수 있다. 개인의 포부를 실현하거나 영리를 목적으로 하는 출판사업이 좀 더 근대적인 것에 가깝다면, 방각본(坊刻本) 발간이 일단 주목의 대상이 된다.

방각본은 민간출판업자가 상업적 이익, 즉 영리를 목적으로 목판에 새겨 찍어낸 서적을 말한다. 그러므로 방각본 간행의 주체는 관이 아닌 민간업자들이다.[6] 방각본의 판종의 범위를 넓게 보면 "목활자본, 목판본, 토판본, 석판

---

5 류준경, 「달판 방각본 연구」, 『한국문화』 35, 서울대 한국문화연구소, 2005, 35쪽; 전시도록 『영남출판문화의 꽃, 영영장판과 목판본』, 경북대학교 박물관, 경북대학교 영남문화연구원, 2017, 67쪽 도판 참고.

6 방(坊)이란 동네 또는 읍리(邑里)의 뜻 이외에 저자(市), 즉 상고무역(商賈貿易)하는 곳을 뜻하며, 저자의 뜻으로 방한(坊閒), 방시(坊市), 방사(坊肆), 방고(坊賈)의 용어를 사용한 데서 방각본이 관용된 것으로 여겨진다. 이 용어는 본시 중국의 남송 때 서방 또는 방사에서 민간이 판매의 목적으로 책을 목판에 새겨 찍어낸 데서 쓰여졌음은 주지의 사실이다. 문헌

본, 연활자본"[7]까지 해당된다. 서울의 경판본(京板本), 전주의 완판본(完板本), 안성의 안성판본(安城板本), 태인(泰仁)의 손기조(孫基祖), 전이채·박치유(田以采·朴致維) 본 등의 방각본이 19세기 말까지 크게 성행하였다. 경상도 지역에서의 방각본 출판은 다른 지역에 비해 상당히 늦게 시작되었다. 서울, 안성(安城), 전주(全州), 태인(泰仁) 등에서 방각본이 주로 발간되었는데, 그 지역들은 대개 상업이 발달하고 인구가 모여들어 시장이 크게 형성된 곳이었다. 방각본은 17세기부터 그 존재가 자주 드러나며[8], 류탁일은 서울지방은 19세기 중엽, 전주지방은 19세기 말과 20세기 초, 대구지방은 전주지방보다 늦은 20세기에 시작하여 1910년 전후에 유행하였다고 본다.[9]

대구지역의 방각본 출간은 시장성이나 제반 환경에 비해 상당히 늦었는데, 그 원인을 몇 가지 차원에서 생각해 볼 수 있다. 첫째, 영남감영(嶺南監營)이 다른 지역의 감영에 비해 더 많은 출판을 다양하게 지속해 왔다는 점이다.[10] 둘째, 영남 유림들이 산재해 있던 이 지역에서는 영리를 목적으로 한 방각본 출판보다도 문중이나 개인, 사찰 중심의 족보나 문집, 불경이 중심을 이루었다는 점이다. 셋째, 경판본이나 완판본에서 주류를 이루고 있는 고소설의

을 상고하면 책을 찍어 파는 곳을 서사(書肆), 방사(坊肆), 서방(書房), 서포(書鋪) 등으로 다양하게 일컫고 있으나, 어느 것이든 오늘날의 책방 또는 서점과 같은 뜻을 지니고 있다. 천혜봉, 『한국서지학』, 민음사, 1997, 230쪽.

7 류탁일, 『완판방각소설의 문헌학적 연구』, 학문사, 1981, 64쪽.

8 천혜봉, 앞의 책, 232~234쪽.

9 류탁일, 「대구지방 간행 달판방각본에 대하여」, 『서지학연구』 3, 서지학회, 1988, 69쪽.

10 류탁일은 대구지방 방각본이 늦게 간행된 이유로 영남감영의 서적 간행을 들고 있다. 영남감영은 다른 감영보다 경서류(經書類), 유가류(儒家類), 사서류(史書類_), 의가류(醫家類), 시문류(詩文類) 등 다양한 종류의 책들을 월등히 많이 간행하였다. 그 결과 이 지역의 필요서적을 영남감영 간본으로 충당했으리라 보고 있다. 무인년(1878년)에도 경서(經書)를 간행한 것을 볼 때 대구지방에서의 방각본 출간이 쉽게 이루어질 수 없는 환경이었다는 것이다. 그는 영남감영간본들이 19세기말까지도 수요자의 다양한 서적 요구를 충족하고 있었으므로 자연 민간의 영리적 출판인 방각본은 간행이 쉽지 않았다고 보았다. 류탁일, 위의 논문, 88쪽.

경우 영남지역 독자층이 방각본 소설의 필요성을 크게 느끼지 않았을 것이라는 사실이다.[11] 한 조사에 의하면 대구·경북의 향유층이 방각본 발행이 용이한 『춘향전』, 『홍길동전』 같은 전책(傳冊)보다 『유씨삼대록』, 『창선감의록』 같은 록책(錄冊)을 선호하였다는 점을 들기도 한다.[12] 이는 경상북도 북부 지역 고전소설의 독자들은 대부분 보수적인 양가(良家)의 여인들이었으며, 이들 상류계층 여인들은 자연스레 가문 중심의 장편고전소설을 선호하였고, 장편대하소설은 대개 필사본으로 유통되고 있었음을 염두에 둔 것이라 할 수 있다. 넷째, 근대 이전이나 이후 대구가 교통과 교역의 중심도시라는 환경 내지 경제지리적 특성에서 찾아볼 수 있다. 근대에 접어들면서는 서울 부산 간 경부선 철도의 중심지로서의 대구의 지리적 특성과 근대의 왕성했던 출판 유통 환경과도 관련이 있을 수 있다. 이는 다른 지역에서 출간된 방각본의 유입을 용이하게 하는 동시에 대구가 딱지본 출판과 유통이 성행하는 장소로 기능하는 데 한 원인이 되기도 했다.[13]

대구·경북 지역에서의 방각본 출판은 재전당서포가 생기면서 활성화되었다. 재전당서포는 1910년 이전부터 대구의 김기홍(金琪鴻)이 경영한 출판사로 서적 발간과 판매를 겸하였다. 재전당서포는 1900년대 초부터 대구에서 방각본 간행을 시도한 출판사였다. 재전당서포를 중심으로 한 대구지역의 방각본 출판은 1920년대를 넘어서면서 연활자(鉛活字)로 그 영역이 확장되고, 딱지

---

11 국문소설의 주 독자층은 여성들이었는데, 영남지방에서 이들은 심심파적으로 책을 베끼기도 하고 글씨를 쓰기 위해 소설 내용을 등서하기도 하였다. 이러한 과정 속에서 소설의 유통은 사본(寫本)에서 사본으로 전파되었기 때문에 인쇄된 방각본의 필요성을 느끼지 않았을 것으로 본다. 이러한 추측은 대구·경북 지방에서 지금 전하는 수많은 필사본 소설이나 가사들을 볼 때 가능하다는 것이다. 류탁일, 위의 논문, 89쪽.

12 이원주, 「고전소설 독자의 성향 — 경북 북부 지역을 중심으로」, 『한국학논집』 3, 계명대학교 한국학연구원, 1980, 560~562쪽.

13 박태일, 「대구 지역과 딱지본 출판의 전통」, 『현대문학이론연구』 66, 2016, 144~145쪽.

본 고소설까지 생산하게 된다. 재전당서포에서 발간한 중요 서적 목록을 살펴보면 다음과 같다.

- 『동몽선습』, 목판, 1책.
- 『보유신편(保幼新編)』, 목판, 1책.
- 『고금역대표제주석십구사략통고』, 목판, 1책.
- 『소미가숙점교부음통감절요(少微家塾點校附音通鑑節要)』, 목판.
- 『주해천자문(註解千字文)』, 목판, 1책.
- 『부별천자문(部別千字文)』, 목판, 1책.
- 『상례비요(喪禮備要)』, 목판, 2책.
- 『대학장구대전』, 목판, 1책.
- 『대학언해』, 목판, 1책.
- 『효경대의』, 목판, 1책.
- 『효경언해』, 목판, 1책.
- 『주서백선(朱書百選)』, 목판, 3책.
- 『통학경편(通學徑編)』, 목판, 1책.
- 『의감중마(醫鑑重磨)』, 목판, 3책.
- 『일선문사체천자문(日鮮文四體千字文)』, 목판, 1책.
- 『통감구해(通鑑句解)』, 목판, 연활자, 3책.
- 『진본황극책수(眞本皇極策數)』, 연활자, 1책.
- 『필감부진초천자문(筆鑑附眞草千字文), 연활자, 1책.
- 『옥단춘전』, 연활자, 1책.
- 『권익중전』, 연활자, 1책.
- 『박효낭전』, 연활자, 1책.

위의 목록은 재전당서포가 발간한 전체 서적의 목록은 아니지만 이를 통해서 재전당서포의 출판 경향을 짐작해 볼 수 있다.[14] 재전당서포는 유학서나 초학 교재류, 의학서, 방각본 고소설 등의 출판에 힘을 쏟았는데, 이는 다른 지역의 방각본 출판사의 출판 목록과 별반 다름이 없었다. 방각본으로 발간된 대부분의 서적들이 "아동의 학습용 교재를 비롯하여 과거(科擧) 및 교육용의 경서, 역사서 및 시문류, 일상생활에 긴요한 각종 자료, 이를테면 예의제서(禮儀諸書), 한의서(韓醫書), 농가서(農家書), 산학서(算學書), 술수서(術數書), 간독집(簡牘集), 그리고 서민들 사이에서 읽혀진 한글 소설류가 주류"[15]란 사실은 이를 뒷받침한다.

재전당서포는 영리적 목적을 위해 목판본은 물론이고 연활자본 발간까지 시도하였다.[16] 또한 다른 출판사의 판목을 구매하거나 빌려와 찍기도 하였다.[17] 전라도 태인(泰仁)에서 발간한 방각본을 복각하여 발행하기도 하였으며, 영남감영에서 간행한 책들도 인출, 판권지를 재전당서포로 붙여 판매하기도

---

14 재전당서포의 발간 목록으로 류준경은 목판 25종, 연활자 내지 석판본 17종을, 최호석은 목판, 연활자 모두 합쳐 98종을 제시하고 있다. 인용된 목록은 재전당서포 발간도서 중 필자가 재전당서포의 출판 경향과 관련해 필자가 중요하다고 판단되는 것을 선정한 것이다. 류준경(2005)과 최호석(2006)의 앞의 논문 참고.

15 천혜봉, 앞의 책, 234쪽.

16 연활자본으로 박희온, 『혼상비람(婚喪備覽)』, 재전당서포, 1924; 김기홍, 『전체대용(全體大用)』, 재전당서포, 1929 등이 있음.

17 경북 영천군 신녕면의 황응두(黃應斗)가 저작자인 『통학경편』의 판권지에서 그러한 사실을 알 수 있다. 『통학경편』은 현재 세 개의 다른 판본이 존재한다. 첫 번째 판본은 1916년 간행된 석판본(영천군수 남필우의 서문, 인쇄소 대구부 대화정 만성당석판인쇄소, 발행소 혜연서루, 발매소 신구서포), 두 번째 판본은 1917년에 간행된 목판본(남필우의 서문, 유한필의 발문, 발행소 영천 혜연서루, 발매소 대구 영흥서림), 세 번째 판본은 이전의 판본을 개편·증보한 목판본으로 1921년에 간행(인쇄겸 발행소 영천 혜연서루, 총발매소 대구 영흥서림)이다. 1921년판과 동일한 판본인데 인쇄겸발행소가 혜연서림에서 재전당서포로, 총발매소가 영흥서림에서 재전당서포로 바뀐 책이 발견된다. 류준경은 재전당서포가 1921년 이후 어느 시점에 혜연서루에서 발행한 이 판목을 입수하여 판권기의 발행인과 발매소를 수정하여 판매한 것이라 추정하였다. 류준경, 「달판 방각본 연구」, 『한국문화』 35, 서울대 한국문화연구소, 2005, 60~61쪽.

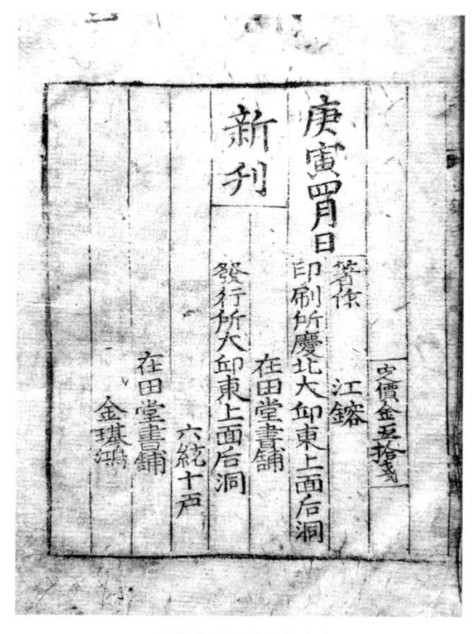
定價金五拾戔
庚寅四月日
著作 江鎔
印刷所 慶北大邱東上面后洞
在田堂書舖
新刊
發行所 大邱東上面后洞
六統十戶
在田堂書舖
金璂鴻

재전당서포의 판권지

하였다.[18] 재전당서포는 그들이 발간한 서책을 대구뿐만 아니라 서울 등지의 여러 곳에 발매소를 두고 판매하였다.[19] 이러한 사실은 재전당서포가 근대적 영업 전략을 시도한 출판사였음을 보여준다. 재전당서포는 출판사와 발매소를 겸하고 있었기에 재전당서포의 도장이 찍힌 책자가 대구지역 대학의 도서관이나 대구 인근의 고서점에서 자주 발견된다. 이들 책자들은 재전당서포가 간행한 책자라기보다는 재전당서포에서 판매했던 책자라 보면 더 정확할 것이다. 융희 연간에 발행된 재전당서포의 『출판발매목록』을 보면 '신구학문대헐가판매총목(新舊學文大歇價販賣總目)'이란 이름하에 역사지리류, 관민용법(官民用法)류, 교과서류, 지도류, 요용잡서급소설(要用雜書及小說), 어학(語學), 산술, 의학, 지리급역도문(地理及易道門), 일용예문(日用禮文)류, 경자서(經子書)류 등의 책을 발매하고 있었음이 확인된다.[20] 대구광문사에서 발행한 서적들도 일부 보인다. 이중 <교과서목록>과 <요용잡서급소설목록(要用雜書及小說目錄)>을 제시해 보면 다음과 같다.

18 류준경, 위의 논문, 68~71쪽. 류탁일, 앞의 논문, 80쪽 참고.

19 1909년 발간된 『보유신편』은 인쇄소 대구 재전당서포/ 발행자 대구 재전당서포 김기홍/ 발매소 경성(京城) 광교(廣橋) 회동서관(匯東書館) 고유상(高裕相), 경향(京鄉) 유명서포(有名書鋪)로 되어 있다.

20 재전당서포, 『내외국서적 출판발매목록』, 융희 년 월 일. 표지에 '경상북도 대구군 동상(東上) 후동(後洞) 서포 김기홍 재전당 실가어매(實價御賣)'란 표기가 되어 있다.

□ **교과서 목록**

신찬소박물학	1책	50전	
신찬소물리학	1책	50전	
신편박물학	1책	70전	
가정학	1책	30전	
가정교육학	1책	30전	
초등소학	4책	1원 50전	
고등소학독본	2책	50전	
중등수신교과서	2책	60전	
유년필독	2책	80전	
유년필독석의	2책	1원 30전	
대한지지 付地圖	2책	75전	
대한신지지 付地圖	3책	1원 10전	
경제학	1책	90전	
신찬지문학	1책	40전	
초등지리교과서	1책	70전	
국민소학독본	1책	60전	
생리위생학 付圖	1책	40전	
중등생리학 付圖 醫家要用	2책	90전	
농정신편	1책	50전	
근세식물교과	1책	60전	
상업학	1책	50전	
이태리독립사	1책		
간명물리학	1책		
초등용 간명물리교과서	1책	40전	
고등소학 수신서 全	1책	25권	

□ **요용잡서급소설목록(要用雜書及小說目錄)**

20세기소설론	1책	35전	
애급근세사	1책	40전	
진명휘론	1책	40전	

세계일람	1책	20전	
음빙실문집	2책	5원	
음빙실자유서	1책	50전	
월사집(月沙집)	27책	11원	
미국독립사	1책	40전	
파란말년전사	1책	40전	
척독완편	2책	1원 50전	
준비시대	1책	15전	
조선명장전 국한문	1책	45전	
주해 서상기 국한문	1책	1원 20전	
서상기 한문	6책	70전	
신소설 귀성(鬼聲)	1책	30전	
신소설 혈루(血淚)	1책	20전	
애국부인전	1책	15전	
라란부인전	1책	5전 5리	
격치문답(格致問答)	1책	50전	
증보 중국혼	2책		
오위인소역사(五偉人小歷史)	1책	13전	
라마사(羅馬史)	1책	40전	
인공양잠	1책	30전	
재상전서(裁桑全書)	1책	50전	
대동문수	1책	75전	
전등신화	1책	1원	
삼국지 大板二匣	16책	2원 90전	
삼국지 全一匣	10책	2원	
동래박의	6책	1원 50전	
귀곡자(鬼谷子)	2책	45전	
기담일소(奇談一笑)	1책	19전	
수호지 大板	4책	1원 60전	
연설법방	1책	40전	
여면담(如面談)	6책	1원 10전	
수세금낭(酬世錦囊)	6책	1원	

십죽재 大板一匣	8책	3원	
개자원 四匣	12책	3원	
권학문	2책	30전	
백미고사	6책	1원 10전	
월남망국사	1책	25전	
보법전기(普法戰記)	1책	45전	
양한연의(兩漢演義)	6책	1원 60전	
언간독(諺簡牘)	1책	20전	
초간(草簡)	1책	30전	
시행간례(時行簡禮)	1책	45전	
한헌답록(寒暄劄錄)	3책	1원 10전	
천세력	2책	1원	
무경칠서(武經七書)	5책	1원 50전	
손무자(孫武子)	6책	1원 30전	
유서필지	1책	40전	
임신론(妊娠論)			

재전당서포, 『출판발매목록』

위의 판매목록은 발매소로서의 재전당서포의 모습을 밝혀줄 수 있는 자료이다. 판매목록을 살펴보면 재전당서포는 자신들이 출판한 서적 발매 외에도, 경향(京鄕) 각지에서 출판한 근대계몽기의 여러 서적들을 판매 대행하던 서적상이었음을 알 수 있다. 목록의 '출판발매'란 표기는 재전당서포가 출판사와 발매소를 겸하고 있었음을 보여주는 증좌라 할 수 있다. 판매목록 항목의 분류가 정확하지는 않으나, 이를 통해 볼 때 재전당서포는 개화기의 교과용 도서는 물론이고 『혈의 누』, 『귀의 성』 같은 신소설류 및 『애급근세사』, 『이태리독립사』, 『월남망국사』, 『보법전기』, 『애국부인전』, 『중국혼』, 『파란말년전사』 같은 다량의 역사전기문학까지 판매하고 있었다. 출판사로서의 재전당서포는 방각본을 중심으로 구 독자를 겨냥한 구식 출판을 지향하고 있었다. 그러나 판매대행소로서의 재전당서포는 신구(新舊) 서적을 가리지 않고 판매하는 근대적 의미의 서점이었다고 할 수 있다.

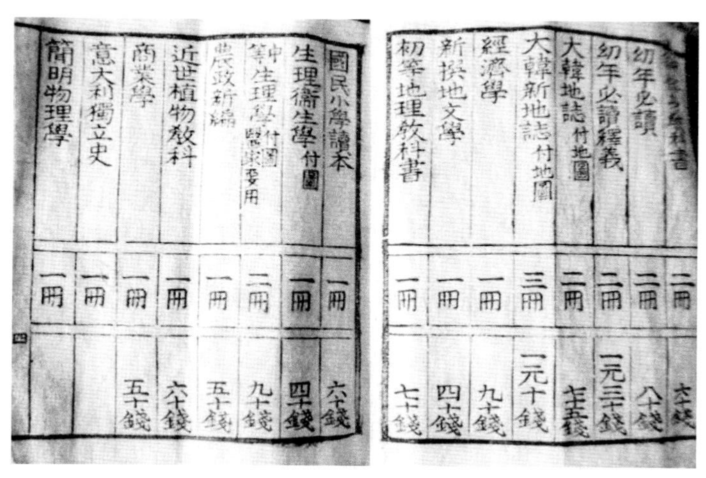

[illegible]書	二冊	[illegible]
幼年必讀	二冊	八十錢
幼年必讀釋義	二冊	一元三十錢
大韓地誌 付地圖	二冊	[illegible]
大韓新地誌 付地圖	三冊	一元十錢
經濟學	一冊	九十錢
新撰地文學	一冊	四十錢
初等地理教科書	一冊	七十錢
國民小學讀本	一冊	六十錢
生理衛生學 付圖	一冊	四十錢
中等生理學 付圖 醫家要用	二冊	九十錢
農政新編	一冊	五十錢
近世植物教科	一冊	六十錢
商業學	一冊	五十錢
意大利獨立史	一冊	
簡明物理學	一冊	

재전당서포, 『출판발매목록』의 내지

3. 근대지식(近代知識)의 보급과 애국계몽 출판: 광문사

1900년대 중·후반 대구지역에서 재전당서포에 맞설 수 있는 출판사는 광문사(廣文社)였다. 광문사는 주로 전통적 유학서나 실용서적을 출판하고 있던 재전당서포나 칠성당서포와 달리 개화기의 주류 담론이었던 신교육이나 신문명과 관련된 계몽서적을 주로 발간하였다. 대구광문사의 사장은 김광제(金

『대동보』 2호(1907)

光濟)였다. 김광제는 충남 보령 출신으로, 광문사와 대동보사(大同報社)[21] 사장으로 있으면서 광문사 부사장 서상돈(徐相敦)과 함께 각종 계몽서적을 발간하는 한편, 국채보상운동을 주도한 인물이다. 대구의 광문사는 "1906년 1월, 한때 황국협회의 기관지였던 『시사총보(時事叢報)』를 접수하여 시대에 맞도록 개화자강 노선에 따라 개편한 출판사"[22]였다. 이들은 대구광문사 안에 '대구광문회'란 문회를 두어 신교육과 자강운동을 추진하게 하였다. 국채보상운동은 1907년 1월 29일 문회의 회명을 대구광문회에서 대동광문회라 개칭하는 특별회의가 끝나고, 부사장인 서상돈이 이 운동을 제안하면서 시작되었다.

> 대구광문사의 회명을 대동광문회라 개칭하는 일로 음력 12월 16일(1907년 1월 29일)에 특별회를 열고 사무를 필한 후에 회원 서상돈씨가 동의하기를 국채 일천 삼백만원을 갚지 못하면 장차 토지라도 허급할거신대 지금 국고금으로는 갚지 못할지라. 우리 이천만 동포가 담배를 석달만 끊고 그 대금을 이십전씩만 수합하면 그 빚을 갚을 터인데 우리나라 인종이 강단과 열심이 없어 일제히 담배끊기 극난하다 하나 그렇지 않은 것은 우리가 충의를 주상

21 대한광무 11년(1907) 5월에 발간된 『대동보』 1호의 발행소는 대동보사(大同報社), 인쇄소는 보문관(普文館)으로 되어 있다. 2호는 발행소는 대동보사이나 인쇄소는 탑인사(塔印社)로 바뀌었다. 2호부터는 표지에 대동월보사란 표기가 있으나 판권의 발행소가 여전히 대동보사인 것을 보면 대동보가 월보(月報)임을 강조하기 위한 것으로 보인다. 2권의 내지 차례 부분에 '대동보사월보 제2권 목록'이란 이름이 있다.

22 『책임을 다하다 국채보상운동』, 국채보상운동기념사업회 편, 2015, 23쪽.

> 한던 바라. 어찌 힘 아니 드는 담배 석달이야 못 끊을 자 어디 있으며 설혹 사람마다 못 끊더라도 일원으로 천백원까지 낼 사람이 많을지니 무엇을 근심하리오. 나부터 팔백원을 내노라 한대 만장이 일치하여 서상돈씨의 동의가 같다 하난지라. 광문사 사장 김광제씨가 말하기를 이 일은 개 왈가라(모두 옳다) 하니 물론 모 사하고 실시하는 것이 귀흠인즉 당장에 실시하노라 하고 연죽(담뱃대)과 초갑(담배쌈지)을 없이 하고 삼삭 담뱃값 륙십전과 돈 십원을 내니 제인(諸人)이 다 회장의 결심을 찬성하며 담배 끊은 자 무수하고 각각 출의하여 당장에 이천여원에 달하였고 그 회장은 박해령씨로 추선되야 각군에 통첩하였는데 일본 헌병도 그 회사에 와서 사실을 탐지하고 그러이 여겼다더라.[23]

을사늑약 이후 대한제국이 안고 있던 1천 3백만원의 부채는 조선에 대한 정치, 경제적 침략을 수행하기 위한 일제의 차관 공세 때문에 생긴 것이었다. 국채보상운동은 이러한 일제의 침략 행위에 대한 경종이자 선각자와 민중들의 가슴 속에 불타오르던 항일구국의식이 발로된 것이라 할 수 있다. 국채보상운동의 취지가 <대한매일신보>, <황성신문>, <제국신문> 등을 통해 보도되면서 이 운동은 대구를 넘어 전국 각지로 퍼져 나갔다. 경술국치(庚戌國恥) 이전의 대구는 국채보상운동을 주도해 나가는 중심지로, 민족계몽의식이 다른 지역보다 충만한 장소였다.

대구광문사가 대동광문회(大東廣文會)를 통해 국채보상운동의 발원지 역할을 한 것을 볼 때, 광문사가 단순히 상업적 영리만을 추구하던 출판사가 아니었음을 알 수 있다. 광문사의 주요 사업을 "도내 각 군에 대한 교육을 확대하고 사회를 발전시키는 것"[24]이라는 사장 김광제의 연설은 광문사의 설립 목

---

23 「국채보상계」, 『대한자강회월보』 9호, 1907.3, 72쪽.

적을 잘 보여주는 것이라 하겠다. 광문사는 김광제, 서상돈 같은 의식 있는 개화지식인이 주축이 된 출판사였다. 그들은 출판을 통해 근대지식 보급과 민족 계몽의 선도적 역할을 수행하고자 하였던 것이다. 민족계몽운동을 주도해 가는데 출판사로서 광문사가 한 역할 또한 작지 않았다. 지금까지 필자가 확인한 광문사가 발간한 서적들을 나열해 보면 다음과 같다.[25]

- 『유몽휘편(牖蒙彙編)』 상하 1책, 달성광문사, 1906.
- 『만국공법요략(萬國公法要略)』, 달성광문사 중간, 1906.
- 『월남망국사(越南亡國史)』, 현채 역, 달성광문사, 1907.
- 『중국혼(中國魂)』 상·하, 음빙실주인 편집, 대구광학회 동인, 대구광문사, 1907.; 국한문본, 1908.
- 『중등산학(中等算學)』, 이원조 찬, 김광제 교열, 대구광문사, 1907.
- 『상업학(商業學)』, 장지연 역, 달성광문사, 1908.
- 『경제교과서(經濟教科書)』, 이병태 역, 대구광문사, 1908.

광문사에서 출판된 위의 서적들을 살펴보면 전통적인 유학서인 문집이나 경서(經書)류의 책들은 보이지 않는다.[26] 이로 미루어 볼 때 광문사는 처음부터 교과용 도서나 애국계몽서적을 중심으로 한 신식 출판을 표방한 것으로 보인다.

---

24 김광제, 「국채보상발기회 연설」, 『책임을 다하다 국채보상운동』, 국채보상운동기념사업회 편, 2015, 26~27쪽.

25 박용찬, 「출판매체를 통해 본 근대문학 공간의 형성과 대구」, 『어문론총』 55, 한국문학언어학회, 2011, 39쪽. 이 부분에 있는 목록 일부를 보완하였음.

26 광무 5년(1901) 정약용의 『흠흠신서(欽欽新書)』(전 4권)나 『목민심서(牧民心書)』(전 4권)가 '광문사(廣文社) 신간(新刊)'이란 표제로 발간되었는데, 이는 대구광문사와 완전히 다른 출판사이다. 대구광문사는 1906년 설립되었으며, 김광제가 주도하던 광문사는 대구광문사, 달성광문사란 표기를 반드시 쓰고 있음이 확인된다.

『유몽휘편』은 이미 1895년 대한제국 학부 편집국에서 아동용 교과용 도서로 목활자로 발간한 바 있다. 『국민소학독본』, 『소학독본』, 『숙혜기략』, 『신정심상소학』 등과 함께 발간된 『유몽휘편』은 학부의 교과용 도서 중의 하나였다. 그런데 1906년 달성광문사에서 『유몽휘편』 상·하 1책을 다시 목판본으로 발간하였는데, 이는 영남지역에서 교과용 도서 수요가 많았음을 입증하는 것이라 할 수 있다. 『유몽휘편』은 현재 발견된 광문사 책 중 유일하게 한지 바탕에 목판으로 찍은 구식 출판 방식의 책자였다는 점에서 주목된다. 그러나 이후 『만국공법요략』, 『월남망국사』, 『중국혼』, 『중등산학』, 『상업학』, 『경제교과서』 등 나머지 도서들은 모두 신식 연활자 인쇄방식을 따랐다. 이 중 『상업학』이나 『중등산학』, 『경제교과서』 등은 신식 학교에서 사용되는 전형적인 교과용 도서인데 반해, 『월남망국사』나 『중국혼』 등은 국가의 위기를 극복하기 위한 애국계몽 서적의 일종이라 할 수 있다. 이를 통해 볼 때 광문사는 두 가지 출판 전략을 구사하였다고 할 수 있다. 한편으로는 신식 학교의 교과용 도서를 기획하는 계몽의 전략을, 다른 한편으로는 국가의 위기상황을 극복하기 위한 애국계몽의 전략을 구사하였다. 방각본을 바탕으로 구식 출판을 시도하고 있던 재전당서포와는 그 시작부터 출판 방향이 달랐다고 할 수 있다.

『중국혼』은 청(清) 말의 개화지식인 량치차오(梁啓超)의 저술이다. 량치차오는 무술변법운동(1898), 신해혁명(1911), 5·4운동(1919) 등의 큰 역사적 변혁을 거치면서 신문, 잡지 및 교육을 기반으로 변법유신을 도모하고, 서구 자본주의의 정치·사회·경제·법률학 및 기타 과학사상 등 근대화된 서구문명을 소개하고자 했던 자강론적 계몽주의 사상가였다. 량치차오는 『시무보(時務報』(1896), 『청의보(清議報)』(1898), 『신민총보(新民叢報)』(1902) 등 언론과 강학회(强學會), 대동학교회(大同學校會) 등의 학회·학교 활동을 통해 중국을 개혁시키고자 하였다.[27] 량치차오는 스승 캉유웨이(康有爲)와 더불어 변법유신에 참여하였으나 무술(戊戌) 변법운동이 서태후(西太后) 등에 의해 실패로 돌아가자, 일본으로 망명하여 『청의보(淸議報)』(1898~1901)와 『신민총보』(新民叢報)(1902~1907) 등을 창간하였다. 량치차오는 『청의보(淸議報)』와 『신민총보(新民叢報)』 등에 실린 초기의 대표적 문장을 편집하여, 1902년 광지서국(廣智書局)에서 『중국혼』(2책)을 발행하였다.[28] 『중국혼』은 격랑에 처한 근대전환기 중국에서 '국혼(國魂)'의 호명을 통해 국민의식을 고취하고, 세계사의 조류 속에 중국의 앞날을 논의하고자 한 책자이다.

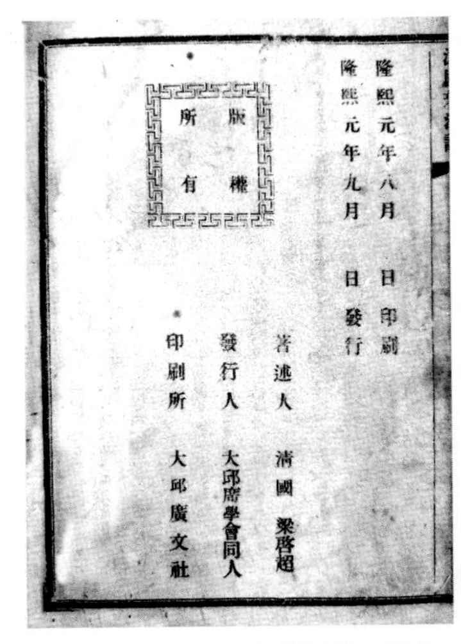
隆熙元年八月 日印刷
隆熙元年九月 日發行
版權所有
著述人 清國 梁啓超
發行人 大邱廣學會同人
印刷所 大邱廣文社

대구광문사 간(1907), 『중국혼』 판권

달성광문사 간(1908), 『중국혼』 표지

27 최형욱, 「량치차오의 학술세계와 그 문학혁명운동」, 『오늘의 문예비평』, 2003.5(여름), 255~257쪽 참고.

28 차태근, 「량치차오(梁啓超)와 중국 국민성 담론」, 『중국현대문학』 45, 한국중국현대문학학회, 2008, 23~24쪽.

『중국혼』의 국내 유입은 광문사를 통해 처음 이루어졌다. 1907년 간행된 『중국혼』 초판의 발행인은 대구광학회동인(大邱廣學會同人)이며, 인쇄소는 대구광문사(大邱廣文社)이다. 상, 하 두 책으로 출판된 이 책은 한지(韓紙) 바탕에 양계초가 쓴 원문을 그대로 가져왔다. 1년 후인 1908년에 대중들이 좀 더 쉽게 접근할 수 있도록 국한문혼용체 상·하 합본 1책으로 다시 발간하였는데, 발행소는 대구석실포(大邱石室舖), 인쇄소는 달성광문사(達城廣文社)로 되어 있다. 이 책은 지나인(支那人) 량치차오(梁啓超)가 저술한 것을 한국(韓國) 숭산인(嵩山人) 장지연(張志淵)이 역술한 것으로 표기되어 있다. 개화기 상해(上海)에서 발행된 『음빙실문집(飮氷室文集)』이나 『음빙실자유서(飮氷室自由序)』 등 량치차오의 문집들은 개화기 애국계몽론자들에게는 필독서라 할 수 있었다. 량치차오의 문집에 실려있던 「이태리건국삼걸전」, 「중국혼」, 「월남망국사」, 「헝가리애국자갈소사전」, 「근세제일여걸 라란부인전」 등이 뜻있는 지식인들에 의해 번역된 바도 있다. 이중 『중국혼』은 다른 출판사에서는 발간된 적이 없고, 광문사에서만 두 번 출판되었다. 이는 번역 책자를 선택할 때에도 광문사가 매우 신중을 기했음을 보여준다. 이처럼 애국계몽운동의 취지에 부합되는 서적의 간행은 광문사가 행한 주요 출판 전략의 하나였다. 『월남망국사』의 발간도 마찬가지이다.

광문사는 량치차오가 찬(纂)한 『월남망국사』를 발간하였는데, 1900년대 『월남망국사』의 제 발간 현황을 살펴보면 다음과 같다.

- 신문 연재(6회), 「讀越南亡國史」, <황성신문>, 1906.8.28 ~ 9.3
- 현채 역, 『越南亡國史』, 국한문혼용본, 1906.11, 보성관; 1907.5.27, 재간.[29]
- 쥬시경 역, 『월남망국ᄉᆞ』, 국문본, 로익형 칙ᄉᆞ, 1907.11.30, 초판;

29 현채 역의 재간본에는 발행소인 보성관이 표기되어 있지 않다.

1908.3.10, 2판; 1908.6.15, 3판.[30]

- 리샹익 역술, 현공렴 교, 『월남망국亽』, 국문본, 1907.11.21.[31]
- 현채 역, 『越南亡國史』, 국한문혼용본, 달성광문사, 1907.5.

『월남망국사』의 이본으로는 위에서 보는 바와 같이 현재 다섯 종류가 남아 있다. 단행본으로 발간되지는 않았지만 국내에 가장 먼저 소개된 「독월남망국사(讀越南亡國史)」는 <황성신문> 연재본이다. 이는 『월남망국사』의 첫 국내 번역이라 할 수 있는데 저자가 표시되어 있지 않다.[32] 『월남망국사』에 대해서는 여러 연구자들이 중요성을 인식하고 연구를 진행한 바 있으나[33] 판본의 경우 달성광문사 판본은 지금까지 제대로 소개되지 않았다. 광문사 발행의 『월남망국사』를 소개하기 위해 그것의 바탕본이라 할 수 있는 현채가 번역한 보성관 재간본의 판권부터 잠깐 살펴보기로 하자.

30 초판, 2판 발행 일자는 쥬시경 역, 『월남망국亽』, 박문서관, 1908.6.15, 3판본 판권에 의함.

31 리샹익이 역술하고 현공렴이 교정한 『월남망국亽』는 아세아문화사가 펴낸 『역사전기소설전집』 5권 영인본에서 표지, 목차, 판권지가 누락되어 발행연도를 확인할 수 없었다. 그래서 『일제하의 금서 33권』(『신동아』 1977년 1월호 부록), 254쪽에 나온 발행연월일을 참고하였다.

32 김주현은 <황성신문>에 연재된 「독월남망국사(讀越南亡國史)」가 단재 신채호의 저작임을 고증하였다.(김주현, 「『월남망국사』 및 『이대리건국삼걸전』의 첫 번역자」, 『신채호문학연구초』, 소명출판, 2012, 299~327쪽 참고.

33 최원식, 「아시아의 연대 — 『월남망국사』소고」, 백낙청·염무웅 편, 『한국문학의 현단계 Ⅱ』, 창작과비평사, 1983.
정환국, 「근대계몽기 역사전기물 번역에 대하여 — 『월남망국사』와 『이태리건국삼걸전』의 경우」, 『대동문화연구』 48, 2004.
정선태, 「번역이 몰고 온 공포와 전율 — 월남망국사의 번역과 '말년/망국'의 상상」, 『한국 근대문학의 수렴과 발산』, 소명출판, 2008.
이종미, 「『월남망국사』와 국내 번역본 비교 연구」, 『중국인문과학』 34, 중국인문학회, 2006.12.

광무 11년 5월 27일 재간
정가 금(金) 신화(新貨) 이십오전
발행자 오영근
현공렴
발매소 종로(鐘路) 대동서시(大東書市)
대광교(大廣橋) 고유상서사(高裕相書肆)
포전병(布廛屛)문하(門下) 김상만서사(金相萬書肆)
동구월변(洞口越邊) 주한영서사(朱翰榮書肆)
수동하우(壽洞下隅) 김효연서사(金孝演書肆)

현채 역 보성관 재간본 판권을 보면 현채가 번역한 『월남망국사』가 여러 서사(書肆)에서 발매되고 있음을 알 수 있다. 그런데 필자 소장의 재간본 『월남망국사』의 경우 "신구학문병판매소(新舊學文幷販賣所) 대구본관전(大邱本官前) 김기홍(金琪鴻)"[34]이란 자주색 스탬프가 찍혀 있는 것으로 보아 대구의 경우 김기홍이 세운 재전당서포에서 발매 대행 역할을 하고 있었음을 알 수 있다. 재전당서포는 『월남망국사』를 출간하지는 않았지만 서울에서 발간한 현채의 『월남망국사』를 판매하고 있었다는 것이다. 그럼에도 불구하고 광문사가 『월남망국사』 출판에 직접 뛰어들었다는 점은 주목을 요한다. 이는 영남지역에 『월남망국사』에 대한 지식인 독자들의 수요가 그만큼 많았다는 것을 의미한다. 현채가 역(譯)한 달성광문사의 『월남망국사』(1907)는 보성관 『월남망국사』 재간본과 비교하면 번역 문장은 큰 차이를 보이지는 않는다. 다만 내용의 행이나 면수가 서로 일치하지 않는 것을 볼 때 새로 조판해서 인쇄했음을 알 수 있다. 달성광문사의 『월남망국사』에는 보성관 판에 없는 '광무11

34 현채 역, 『월남망국사』, 1907, 93쪽.

년 정미(丁未) 청화절(淸和節) 인동(仁同) 장상철(張相轍)'이 쓴 「월남망국사서(越南亡國史序)」와 말미에 「부월남제독유영복격문(附越南提督劉永福檄文)」이 첨부되어 있다. 청화절(淸和節)은 음력 4월[35]이니, 「월남망국사서」는 장상철이 1907년 음력 4월에 『월남망국사』를 간행하는 목적을 쓴 것이라 할 수 있다.

> 나라의 존망과 일의 성패에 있어 패사(稗史)를 읽어보면 비록 땅이 만 리나 떨어지고 세대가 천년 뒤일지라도 왕왕 몸소 직접 그것을 목도한 것처럼 마음에 부합되어 오히려 감격하여 눈물을 흘리게 된다. 지금 6대주의 여러 나라들 중에서 간혹 부강하여 위풍당당하게 타국을 내려다 보면서 경쟁을 그치지 않는 나라도 있고, 간혹 쇠약하여 타국에 굴복하여 종묘사직(宗廟社稷)[36]이 웅덩이가 되는 나라도 있다. 그들은 장차 천명에 일임하고 "사람이 힘쓸 수 있는 일이 아니다."라 말하고서 모두 하늘이 부여한 자유의 의무를 잃어버리니, 육체는 살아있지만 기상이 죽어서 남의 부림에 빨리 나아가면서도 마치 미치지 못할까 두려워하니, 이것이 어찌 풀을 엮어 만든 인형, 나무를 깎아 만든 인형, 진흙을 빚어 만든 인형, 돌을 다듬어 만든 사람과 다르겠는가?
>
> 대개 악을 미워하고 선을 좋아하는 것은 진실로 지금과 옛날, 멀고 가까움에 차이가 없다. 그러나 시국이 급변하여 (나라가 망함이) 월남 한 나라에 그칠 뿐만이 아님에 있어서랴? 전후(前後)에 강직한 품성을 지닌 여러 선비들이 『월남망국사』를 번역한 것은 진실로 까닭이 있다. 옛날의 본보기가 있으니 뒤따르는 수레가 마땅히 경계로 삼아야 한다.[37] 지금 장차 본 출판사가 (『월남망국사』를) 간행하여 배포함은 백성의 뜻을 공고히 함에 해가 되지

35 홍성훈, 「청화절」, 『한국세시풍속사전』, 한국국립민속박물관 사이트, 2010.11.11 갱신.

36 원문에 나오는 '사옥(社屋)'은 사묘(社廟), 곧 사직과 종묘를 말한다.

37 『대대례기(大戴禮記)』에 "앞의 수레가 엎어진 것을 뒤의 수레가 경계로 삼아야 한다. [前車覆, 後車戒.]"라는 내용이 나온다.

> 않고 물에 빠진 사람들을 한 번 도와 모두 구제하려는 것일 뿐이다.
> 광무 11년 정미년(1907) 청화절(淸和節, 음력 4월)에 인동 장상철(張相轍)이 쓰다.[38]

서문을 쓴 장상철은 광문사 내 대동광문회의 회원이며,[39] 김광제, 서상돈과 더불어 국채보상운동 발의에 가담한 발기인 중의 한 명이다.[40] 장상철은 '광문사 사원'으로 광문사가 발간한 『월남망국사』의 서문을 쓰거나, 『상업학』을 교열하면서 광문사의 출판 활동에 관여하였다고 할 수 있다. 장상철의 「월남망국사 서」는 결국 광문사가 『월남망국사』를 펴내는 출판 기획의 변(辨)이라 보아도 무방하다. 장상철의 서문을 볼 때 광문사가 『월남망국사』를 펴낸 의도는 분명하다. 이 당시 '강직한 품성을 지닌 여러 선비들'이 『월남망국사』를 여러 번 번역한 까닭이 월남 망국의 원인과 결과가 월남 한 나라의

---

38 장상철의 서문에 실린 아래의 한문 원문을 번역한 것이다. 한문 원문은 원래 이어쓰기로 되어 있으나 해석의 편의를 위하여 끊어 띄어쓰기하였다. "讀稗史於國之存亡·事之成敗, 雖地距萬里, 世後千載, 往往有契合如身親覩之, 猶爲感激流涕也. 現今六洲列邦之內, 或富强而雄視, 競爭不熄, 或萎靡而屈服, 社屋宮瀦. 其將一任天數, 而曰非人能力, 都喪其天賦自由之義務, 而肉生氣死, 趣走駈役, 如恐不及, 是何以異於芻靈木偶泥人石漢也. 夫惡惡善善之地, 固無今古遐邇之別, 而況時局之駸駸然, 非止一越南者乎? 前後血性之諸彦, 繙譯越史, 良有以也. 前鑑攸在, 後車宜戒. 今且本社之刊布, 不害爲民志鞏固, 共濟胥溺之一助云爾. 光武十一年丁未淸和節仁同張相轍書"
장상철(張相轍), 「월남망국사서(越南亡國史序)」, 『월남망국사』, 달성광문사, 1907, 1쪽.

39 대동광문회의 회장은 박해령, 부회장은 김광제, 회원은 서상돈, 장상철, 강영주, 심정섭, 김우근, 서병오, 윤하선, 정재덕, 이종정, 길영수, 이우열, 강신규, 정규옥, 추교정 등이다.

40 「국채일천삼백만원보상취지발기인 대구광문사장 김광제 부사장 서상돈 등 공함(公函) 각도(各道)」란 제목으로 『대동보』 1호(대동보사, 1907)는 7~8쪽에 1907년 2월 21일자 <대한매일신보> 기사를 다시 게재하고, 취지서 말미에 광무 11년 1월 31일(음 12월 18일) 광문사 사원 장상철(張相轍), 권석우(權錫禹), 강영주(姜永周), 이종정(李種楨), 김우근(金愚根), 최일홍(崔一弘), 김봉준(金鳳俊), 심정섭(沈廷燮), 강신규(姜信圭), 길영수(吉永洙), 이우열(李愚烈), 정규옥(鄭圭鈺), 박병옥(朴炳鋈), 윤하선(尹夏璿) 등 발기인 명단을 덧붙였다. 이들은 대부분 대동광문회 회원으로, 사원이라 하였지만 광문사에 관여하였던 대구지역의 지식인으로 보는 것이 옳을 듯하다.

달성광문사 판, 『월남망국사』

문제가 아님을 인식하고 있었기 때문이라는 것이다. 다시 말하면 월남 망국을 본보기로 삼아 마땅히 타산지석의 교훈으로 삼고자 광문사가 또 월남망국사를 간행 배포한다는 것이다.[41] 광문사의 『월남망국사』 판권을 보면, '광무 11년 5월 　일'이라 하여 출간 일자만 없애고 발행소·인쇄소를 '달성광문사(達成廣文社)'라 큼지막하게 표기하였다. 보성관 재간본이 광무11년 5월 27일 발간되었으니 출판 시기는 거의 같다고 보면 된다. 그런데 보성관 재간본에는 없는 「부월남제독유영복격문(附越南提督劉永福檄文)」이 수록된 것을 보면[42] 달성광문사본 『월남망국사』

41 주시경 역의 『월남망국ᄉᆞ』(박문서관, 1907.11.30)는 달성광문사판(1907.5)보다 6개월 후에 나왔는데, 국한문본이 아닌 순국문 문체로 출간하여 더욱 많은 사람들이 접할 수 있도록 하였다. 주시경 역 『월남망국ᄉᆞ』의 서문은 박문서관 사장 로익형이 썼는데, 장상철의 서문과 유사한 인식을 보여주고 있다. "슬프다. ᄇᆡᆨ여년ᄅᆡ로 셔양의 강셩ᄒᆞ는 형뎨가 조슈밀듯 구름닷듯 동편으로 더펴오매 아세아 여러 디방이 거진 다 나라는 망ᄒᆞ고 인민은 노례가 되는지라. 그 화가 졈졈 극ᄒᆞ여 우리나라에셔 남편으로 바라보이는 월남국ᄭᆞ지 불란셔 사람의게 망ᄒᆞ고 우리나라에셔 북편으로 졉한 동만쥬에는 아라사 군항을 ᄇᆡ셜ᄒᆞ니 이ᄯᅢ에 독립권을 보젼ᄒᆞ는 쟈는 대한과 일본과 청국ᄲᅮᆫ이라. 그러나 이 세나라도 조곰만 잘못ᄒᆞ면 몃시각이 못되여 마자 ᄇᆡᆨ인죵에게 멸ᄒᆞᆷ을 당ᄒᆞᆯ지라.…… 월남이 망ᄒᆞᆫ ᄉᆞ긔는 우리에게 극히 경계될 만ᄒᆞᆫ 일이라. 그러나 이제 우리나라 사람들이 무론 귀쳔남녀로쇼ᄒᆞ고 다 이런 일을 알아야 크게 경계되며 시셰의 크고 깁흔 ᄉᆞ실을 ᄭᆡᄃᆞ라 우리가 다 엇더케ᄒᆞ여야 이 환란 속에서 ᄉᆡᆼ명을 보젼ᄒᆞᆯ지 ᄉᆡᆼ각이 나리라. 이럼으로 한문을 모르는 이들도 이 일을 다 보게 ᄒᆞ랴고 우리 셔관에서 이ᄀᆞᆺ치 순국문으로 번역ᄒᆞ여 젼파ᄒᆞ노라." 로익형, 「월남망국ᄉᆞ 서」, 주시경 역, 『월남망국ᄉᆞ』, 박문서관, 1907, 1~3쪽.

42 보성관에서 발간한 현채의 『월남망국사』 초간본에는 양계초가 다른 지면에서 발표한 논설 「滅國新法論」(1901)과 「日本之朝鮮」(1904) 2편과 유영복(劉永福)의 「越南提督劉永福檄文」(1883)이 실려 있다. 그런데 유영복(劉永福)의 「越南提督劉永福檄文」은 보성관의 재간본이나 기타의 다른 번역본에는 나타나지 않는다. 그 이유는 양계초의 글이 아니었기에 제외된 것으로 본다. 송엽휘, 「『월남망국사』의 번역 과정에 나타난 제 문제」, 『어문연구』 34-4, 2006 겨울, 186쪽.

는 보성관 초간본을 바탕으로 새롭게 조판하여 배포한 것이라 할 수 있다.

역사전기물인 『중국혼』이나 『월남망국사』의 출간은 김광제의 출판사업이 애국계몽활동이나 국채보상운동과 밀접히 관련되어 있음을 보여주는 사례라 하겠다.[43] 『월남망국사』는 원래 월남의 애국지사인 망명객 소남자(巢南子) 판 보이 쩌우(潘佩珠, 1867~1940)가 일본에 망명한 량치차오(梁啓超)를 방문하여 월남이 프랑스에 망한 이야기를 술(述)하고, 그것을 들은 중국의 량치차오가 찬(纂)한 것이다. 량치차오가 찬하거나 저술한 『월남망국사』나 『중국혼』은 서양제국주의 침략에 속수무책으로 당할 수밖에 없던 근대계몽기 동아시아의 대응과 방책을 제시한 책이라 할 수 있다. 1900년대 후반은, 조선의 앞날을 한 치도 내다볼 수 없던 혼돈의 시기였다. 많은 지식인들은 베트남과 조선의 상황이 별반 다를 바 없다는 생각을 하였을 것이고, 조만간 "망국을 상상"[44]할 수밖에 없던 시기였다. 그 결과 『월남망국사』는 당시 "독서계의 주목"과 "출판탄압의 표적"[45]이 되었던 것이다. 『월남망국사』나 『중국혼』은 광문사가 외세의 침탈, 즉 제국주의의 야욕장이 되어버린 위기의 현실 앞에 민족의 주체적 대응을 촉구하고자 기획한 도서라 할 수 있다. 다시 말하면 『중국혼』이나 『월남망국사』는 비록 번역서이기는 하나 당시의 국내 독자들

43 광문사 사장 김광제와 부사장 서상돈이 발의한 '국채일천삼백원보상취지서'에도 월남의 사례가 거론되고 있음을 볼 때, 『월남망국사』의 발간이 광문사가 행한 구국 출판의 한 예임을 알 수 있다. "근세의 새 역사를 찾아보면 나라가 망하면 민족도 따라서 진멸(殄滅)된 것으로서 곧 이집트, 베트남, 폴란드가 모두 가히 증거가 됩니다.……토지는 한 번 없어진다면 자못 회복할 길이 없을 뿐만 아니라 어찌 베트남 등의 나라와 같이 되지 않을 수 있겠습니까?"(「국채일천삼백만원 보상 취지 대구광문사장 김광제 서상돈씨 등 공함(公函)」, <대한매일신보>, 1907.2.21. 번역은 『국채보상운동 책임을 다하다』(국채보상운동기념사업회, 2015), 31쪽을 따랐음.

44 정선태, 「번역이 몰고 온 공포와 전율 — 월남망국사의 번역과 '말년/망국'의 상상」, 『한국근대문학의 수렴과 발산』, 소명출판, 2008.

45 최원식, 「아시아의 연대 — 『월남망국사』 소고」, 『한국근대소설사론』, 창작사, 1986, 215쪽.

에게 경종을 울리고자 한 책자였다. 광문사는 출판을 통해 근대계몽기의 지식인 또는 민중을 계몽하고자 하였다. 광문사의 출판활동은 앞에 제시된 출판목록에서 본 바와 같이 1906에서 1908년 사이 활발하게 이루어졌다. 김광제, 서상돈이 국채보상운동을 주도하던 시기가 1907년임을 감안할 때, 『월남망국사』나 『중국혼』의 출간은 국채보상운동과 밀접한 연관이 있음을 알 수 있다.

광문사는 역사전기물 이외에도 다양한 출판을 시도하였는데 주로 서양의 근대지식 전파와 관련된 도서들이다. 이들 도서를 살펴보면 대부분 개화기에 세워진 신식학교에 사용되던 교과용 도서들이다. 이 당시 교과용 도서 출판은 주로 서울 지역의 출판사에서 많이 시도하였는데, 대구의 광문사에서도 『중등산학』(1907), 『상업학』(1908), 『경제교과서』(1908) 등을 발간하였다. 광문사는 처음부터 유학과 관련된 구식 출판이 아니라 새로운 시대의 정신을 담아내는 신식 출판을 시도하고 있었다고 할 수 있다.

대구광문사 간, 『중등산학』

『중등산학』은 융희 원년(1907) 10월 1일 학부(學部) 검정도서로, 탁지부(度支部) 양지과(量地科) 대구출장소 수학교수였던 이원조(李元祚)가 편찬하고 김광제가 교열한 심상중학교 수학교과서이다. 상, 하 두 권이며, 심상중학교 학도들이 익혀야 할 수학의 제 개념과 원리를 설명하고 그것과 관련된 많은 문제와 예제를 싣고 있다. 『중등산학』의 경우 발행소는 대동보사(大同報社)이고 인쇄소는 달성광문사(達成廣文社)이다. 내지 2면의 「중등산학 서」에 '융희원년 10월 1일 달성광문사장(達成廣文社長), 황성대동보사장(皇城大同報社長) 석람(石藍) 김광제(金光濟) 근식(謹識)'이란 표기가 있는 것을 보면 대동보사와 달성광문사는 김광제가 동시에 관여하고 있던 출판사임을 알 수 있다.[46] 표지에는 발행소인 대동보사를 표시하지 않고 '대구광문사인쇄'란 표기를 크게 드러내었다. 판권지에는 달성광문사, 표지에는 대구광문사라 표기한 것을 보면 이 당시 광문사는 사명으로 달성광문사와 대구광문사를 동시에 사용하고 있었던 것으로 보인다. 광문사는 출판과 발매를 겸하던 재전당서포와 달리 출판만 하던 회사였다. 그런 까닭에 발매소는 대구는 물론이고 전국을 대상으로 하지 않을 수 없었다. 『중등산학』의 판권지는 이러한 사실을 잘 보여주고 있는데, 상권의 판권지에는 발매소를 대구본관전(大邱本官前) 김기홍(金基鴻), 경성광학서포(京城廣學書鋪) 김상만(金相萬)으로, 하권의 판권지에는 서울의 광학서포 이외에 대광교 고유상(大廣橋 高裕相)까지 추가하고 있다. 광문사는 대구에 있던 김기홍의 재전당서포는 물론이고 서울에 있던 김상만의 광학서포, 고유상의 회동서관(匯東書館)과도 협약을 맺어 서책을 발매하고 있었음을 보여준다.

> 세계가 크게 열려 삼라만상 중에서 형체가 있는 것을 눈으로 보고 형체가 없는 것을 마음으로 깨닫는 것이 몇천만 억 개인지 모르겠다. 그러므로 성문(聖門)의 육예지학(六藝之學)에서 산수(算數)가 그 중의 하나를 차지하는데, 말을 할 줄 아는 이 중에서 가르침을 받는 첫 과정에 나가는 사람은 대개 유형과 무형의 사이에서 계발을 받고자 한다. 그러나 옛날 구장(九章)의 산법

---

46 대동보사는 1907년 5월에 잡지 『대동보(大同報)』 1호를 창간(통권 6호)하였는데, 1호의 경우 발행소는 대동보사, 인쇄소는 보문관(普文舘), 월보(月報) 정가 15전으로 되어 있다. 판권지 「광고」란 제목 하에 월보 『대동보』가 다룰 내용 및 방향을 밝히고 있다. "본사 월보 주지(主旨)ㄴ 인민의무에 당행(當行)과 학문지식에 전보(前步)와 세계기문(世界奇聞)과 시사요점(時事要點)을 수집성편(蒐輯成編)ᄒᆞ야 동포의 공익상패익(公益上稗益)을 면진(勉進)케 ᄒᆞ며 현금(現今) 국채보상(國債報償)에 대ᄒᆞ야 경향유지인(京鄕有志人) 취지서와 의연인(義捐人) 성명(姓名)과 금액계수(金額計數)를 무유편록(無遺編錄)ᄒᆞ야 대동공현(大同供現)케 ᄒᆞ오니 첨군자(僉君子)ㄴ 구람(媾覽)하시옵", 『대동보』 1호, 대동보사, 1907.5, 판권지 참고.

(算法)[47]은 다만 그 대략을 발췌했을 뿐이고, 또 산판(算板)에 가득하게 산가지를 펼쳐놓아 그 번거로움을 이길 수 없었다. 그래서 산수의 정밀한 이치와 빨리 하는 셈법은 아득하여 쉽게 깨칠 수가 없었으니, 이것이 진실로 배우는 사람들의 한 가지 유감이 된다.

근세 이래로 문명이 날로 진보하여 이전에 계발하지 못한 바와 옛날에 발명하지 못한 바가 날로 새로워지고 달로 증가하였으니, 『신정산술(新訂算術)』과 『정선산학(精選算學)』 등과 같은 부류는 이전 구장의 산법과 비교할 때 일찍이 자세하면서도 세밀하고 간략하면서도 빠르지 아니함이 없으나 이 책들 또한 미비한 점이 있다. 그래서 겨우 심상소학(尋常小學)의 첫걸음이 될 뿐이었다.

이 때문에 이원조(李元祚) 군은 일찍이 해외에서 널리 공부한 선비로서 높은 단계의 기이한 산술(算術)을 깊이 연구하여 서명(書名)을 『중등산학(中等算學)』이라 짓고, 못난 나에게 부탁하여 교정을 해달라고 하였다. 그래서 나는 한편으로 이군의 정성스러운 힘에 감동하고 한편으로 학생들의 배움의 과정을 위하여 이에 (서문을) 새겨 부치니, 바라건대 교육계의 큰 수요가 있기를 바란다.

융희 원년(1907) 10월 1일에 달성 광문사 사장이자 황성대동보 사장인 석람(石藍) 김광제(金光濟)가 삼가 짓다.[48]

---

47 황제의 신하인 예수(隸首)가 만든 산법(算法)이다. 방전(方田)·속미(粟米)·쇠분(衰分)·소광(少廣)·상공(商功)·균수(均輸)·영부족(嬴不足)·방정(方程)·구고(句股)의 아홉이다.

48 인용문은 김광제의 서문에 실린 아래의 한문 원문을 번역한 것이다. "世界大闢, 萬象森羅, 寓目於有形之間, 會心於無形之外者, 未知其幾千萬億矣. 故聖門六藝之學, 數居其一, 使其能言語者, 爲受敎之初程者, 盖慾其啓發於有形無形之間. 然古者九章之法, 但撮其大略而已, 且布筭滿盤, 不勝其煩, 則其精蘊之理·堆捷之法, 渺不易曉, 此實爲學者之一憾矣. 自近世以來, 文明日進, 前所未發, 昔所未明, 日新月增, 如新訂筭術·精選筭學等類, 較之於前日九章之法, 未嘗不精而密, 簡而捷, 然此亦其未備者存焉. 故僅可爲尋常小學之初程而已. 是以李元祚君, 曾以海外博學之士, 深究大層之奇術, 名之曰中等筭學, 付與不佞而校之. 故一以感李君之誠力, 一以爲學生之程度, 玆付剞劂, 以冀教育界之大要需焉. 隆熙元年十月一日 達成廣文社長 皇城大同報社長 石藍金光濟謹識"

위의 글은 『중등산학』에 실린 김광제의 서문이다.[49] 근대계몽기 지식인의 주요 과제 중의 하나는 새로운 문명을 배우고 그것을 보급하는 일이라 할 수 있다. 그런데 유교적 관념론과 명분론에 빠진 조선 후기의 유학자들과 정치사상가들은 서구 과학지식으로 무장한 서구 근대문명을 기민하게 수용하지 못하는 우(愚)를 범했다. 서양 근대문명이 제국주의자들과 더불어 동아시아로 밀려들어오기 시작하는 근대계몽기에 접어들어서야 비로소 이들은 근대 과학문명과 실학(實學)의 중요성을 깨닫기 시작했다. 개화기의 신식학교에서는 역사, 정치, 법률, 경제, 지리, 생물, 산술, 천문학 등 제 분야의 교과용 도서를 교재로 사용하기 시작하였다. 수학에 관한 새롭고도 적합한 교재의 발간이 시급한 때 김광제는 해외에서 공부한 박학지사(博學之士)인 이원조가 쓴 『중등산학』을 발간하였던 것이다. 『중등산학』 같은 근대지식을 전파하는 교과용 도서의 연속 출간은 김광제가 근대 출판인으로서의 역할과 출판의 방향을 정확히 잡고 있었다는 것을 말해 준다. 다시 말하면 김광제는 시대의 조류를 정확히 파악하고 그것에 적합한 도서들을 공급한 애국계몽론자였다고 할 수 있다. 『경제교과서』와 『상업학』도 그러한 결과의 산물이라 할 수 있다.

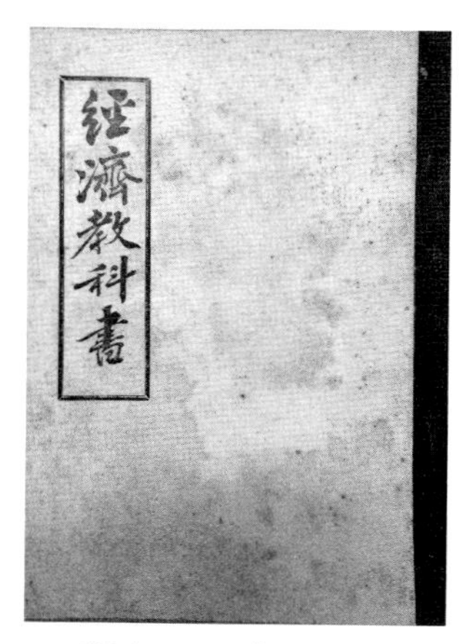

대구광문사 간, 『경제교과서』

『경제교과서』는 일본 법학박사 와다가키 겐조(和田垣謙三)가 저술한 책을 이병태(李炳台)가 번역한 것이다. 1908년 4월 발간된 이 책은 교

49 김광제, 「중등산학 서」, 이원조 편찬, 『중등산학』 상권, 대동보사, 1907, 1쪽. 『만국공법요략』의 서문 또한 김광제가 쓰고 있다.

열자 김봉준(金鳳俊), 인쇄소 대구광문사, 발행자 이병삼, 특매소 경성 광학서포, 발매소 경향(京鄕) 각 서포(書鋪)로 되어 있다. 1편 서론에는 경제, 국민경제 발달의 차제(次第), 경제학의 정의와급기공용(及其功用)경제, 2편 재(財)의 생산에는 생산의 개념, 생산의 요소, 생산의 조직과급기방법(及其方法), 3편 재의 교환에는 교환의 개념, 가치와급물가(及物價), 화폐, 신용, 무역, 운수통신, 4편 재의 분배에는 분배의 개념, 지대(地代), 이자, 임금, 이윤, 5편 재의 소비에는 소비의 개념, 생산과 소비의 관계, 보험, 6편 재정에는 재정의 개념, 경비, 수입, 세계예산(歲計豫算), 공채(公債)의 각 장(章)으로 구성되어 있다.[50] 이를 통해 볼 때 『경제교과서』는 근대를 구성하는 중심 인자인 자본주의 경제학의 일반 개념과 원리 등을 간명하게 다루고 있음을 알 수 있다. 근대계몽기 신교육의 교과목에서 경제학이 중요시될 수밖에 없었는데, 『경제교과서』는 경제학에 관한 개론류 교과서라 할 수 있다. 이 당시 많은 교과용 도서를 발간하고 있던 보성관(普成舘)[51]에서 나온 『보통경제학』(1907)이나 『상업대요』(1908)도 대구광문사의 『경제교과서』와 유사한 서책이다. 대구광문사는 보성관의 『상업대요』와 유사한 교재용 도서인 『상업학』을 출간하기도 하였다.

『상업학』은 융희 원년(1907) 10월 12일 달성광문사에서 발행한 것으로, 일

---

50 와다가키 겐조(和田垣謙三), 이병태 역, 『경제학교과서』, 대구광문사, 1908, 1~3쪽 목록.

51 보성관은 개별 각론을 다룬 『화폐론』(1907)이나 『외국무역론』(1908), 『은행론』 등을 발간하기도 하였다. 『상업대요』(1908)의 말미에 실린 「보성관 신간서적 광고」에 의하면 융희 2년(1908) 8월 15일 당시 보성관이 37종의 신간서적들을 출간하고 있었음을 보여준다. 그 목록은 다음과 같다. 『동국사략』, 『동서양역사』, 『월남망국사』, 『세계일람』, 『초등소학』, 『상업대요』, 『신편박물학』, 『외교통의』, 『중등생리학』, 『오위인소역사(五偉人小歷史)』, 『가정교육학』, 『만국지리』, 『사범교육학』, 『신편대한지리』, 『상업범론』, 『비율빈전사』, 『보통경제학』, 『중등지문학』, 『비사맥전(比斯麥傳)』, 『농학초계(農學初階)』, 『심리학』, 『은행론』, 『회사법강요』, 『화폐론』, 『소물리학』, 『초등이화학(初等理化學)』, 『윤리학』, 『학교관리법』, 『천문학』, 『신편화학』, 『식물학 부도(附圖)』, 『농업신론』, 『행정법』, 『외국무역론』, 『농학입문』, 『정치학대강』, 『정학원론(政學原論)』

본서를 장지연(張志淵)이 역술하고 광문사 직원이자 대동광문회 회원인 장상철(張相轍)이 교열한 것이다. 판권지에 '황성포병하 광학서포 김상만(皇城布屛下廣學書鋪 金相萬)', 즉 광학서포를 발매소로 둔 것으로 보아 전국을 대상으로 판매한 서책이라 할 수 있다. 『상업학』은 전 20장으로 구성되어 있는데 각 장의 내용은 상가(商家)에 입(入)하는 자의 명심, 자본, 개업 일개인급(及)결사(結社)영업, 매매, 투기, 대리상인, 화폐급(及)이식(利息), 수형(手形)세계, 은행 은행가급(及)은행업, 각종취인소(取引所)급(及)기(其)득실, 해상보험, 생명화재급(及)각종보험, 창고업, 매교증서송장급제회계서(賣敎證書送狀及諸會計書), 선복외국무역(船卜外國貿易), 선박대차계약서급선복증서(船舶貸借契約書及船卜證書), 부기(簿記), 각종상업기관, 파산 등이다.[52] 이를 통해 볼 때 『상업학』은 상업과 관련된 제반 업무와 상업에 종사하는 자의 태도 등을 설명하고 있는 책자라 할 수 있다.

경술국치 후 광문사의 출판활동은 위축된다. 이는 애국계몽운동의 일환으로 시작된 광문사의 출판 경향이 식민통치의 주체였던 일제(日帝)의 언론출판 정책과 부합하지 않았음을 보여준다. 신문지법(1907), 출판법(1909) 등을 통해 언론, 출판의 자유를 옥죄기 시작하던 일제는 1910년 이후 검열을 더욱 강화하고 사상을 통제하게 된다. 이러한 외적 상황은 출판사 광문사의 성장을 가로막게 된다. 흥미로운 사실은 김광제가 1917년 9월 10일 『동국풍아(東國風雅)』(상), (하)를 발간했다는 사실이다. 편집 겸 발행인은 김광제이지만 발행소는 경북 대구부 삼청당(三淸堂), 인쇄소는 경북 대구부 본정 일정목 41번지로 되어 있다. 광문사를 통해 계몽서적을 주로 발간하던 김광제가 『동국풍아』 같은 구식 출판[53]을 시도하고 있는 것이 특이하다. 더구나 광문사란 출판사명

52 장지연 역, 장상철 교열, 『상업학』, 달성광문사, 1907, 1~2쪽 목록.

도 사용하지 않고, 내용 또한 구식 출판의 내용을 따르고 있다. 출판사로서 광문사가 했던 역할이 이 시기에 이미 끝나가고 있음을 보여준다. 이는 출판을 통해 애국계몽운동과 서양 근대지식을 전파하고자 했던 김광제의 의욕이 좌절된 사례로 볼 만하다. 반면 처음부터 영리를 목적으로 하였던 재전당서포는 여전히 남아있는 한문세대나 구 독자층의 욕구를 수용하여 고소설 딱지본 등[54]을 발간하면서 1930년대 중반까지 그 명맥을 유지하게 된다.

4. 맺음말

대구·경북 지역은 신라시대 향가나 조선시대 시조, 가사, 소설 등이 활발히 창작되고, 필사 또한 왕성하게 이루어졌던 장소이다. 또한 조선 후기에 접어들면서 종중(宗中)이나 사찰(寺刹), 서원(書院) 등에서 족보, 문집, 불경, 각종 유학 서적 등의 발간이 활발하게 이루어진 지역이기도 하다. 특히 대구는 경상감영이 주체가 된 영영판(嶺營版)의 산지로, 영남의 선비문화를 주도하던 정신적 거점이라 할 수 있다. 이러한 지역적 배경은 근대 이후 서울을 제외한 다른 어느 지역보다 대구·경북 지역이 출판매체를 많이 생산한 지역으로

53 『동국풍아』는 최치원 이후 조선시대까지 명현(名賢)들의 한시를 모은 책으로, 조선시대 목판본으로 간행된 『청구풍아(青丘風雅)』와 내용이 크게 다르지 않다고 할 수 있다. 이러한 책의 수요가 많았는지 대구지역에서 석판본으로 『대동풍아(大東風雅)』가 발간되기도 했다. 『대동풍아』는 1934년 8월 6일 건, 곤 2책으로 나왔는데, 저작 겸 발행자는 대구부 남정 132번지의 진희태(秦喜泰)이다. 인쇄소는 달성군 수성면 상동 231번지 교남서사인쇄부(嶠南書社印刷部), 발행소는 달성군 수성면 상동 227번지 청석당(廳石堂)이다.

54 1930년대 들어서면서 재전당서포는 딱지본 형태의 연활자 고소설을 발간 또는 발매하였다. 재전당서포에서 발간한 딱지본으로 현재 『옥단춘전』, 『권익중전』, 『박효낭전』 등이 확인된다.

자리 잡게 만든 원인이 되기도 했다. 서책 출판과 연계된 대구·경북 지역의 출판문화 전통은 대구·경북 지역 근·현대 출판의 원류로 작용하였다.

근대계몽기 대구지역의 출판을 주도한 출판사는 재전당서포와 광문사였다. 중세와 근대가 혼재하고 있던 이 시기에 두 출판사 모두 근대적 영업 전략을 구사하고 있었다는 점에서는 공통되나, 발간한 서적들의 목록과 그 내용을 살펴보면 서로 간 뚜렷한 차이를 보여주고 있다.

재전당서포는 1910년 이전부터 대구의 김기홍(金琪鴻)이 경영한 출판사 및 서적발매소였다. 민간 출판업자가 영리를 목적으로 방각본의 출판과 서적 판매를 시도하여, 대구지역의 방각본 유통에 크게 기여한 점은 재전당서포가 거둔 성과라 할 수 있다. 재전당서포는 주로 유학서나 초학 교재류, 의학서, 방각본 고소설 등의 출판에 힘을 쏟았으며, 영리를 목적으로 목판본은 물론이고 연활자본 발간까지 시도하였다. 또한 다른 출판사의 판목을 구매하거나 빌려와 책자를 찍어내기도 하였으며, 그들이 출판한 서책을 팔기 위해 서울 등지의 여러 곳에 발매소를 두기도 하였다. 이러한 사실은 재전당서포가 상업적 영리를 목적으로 근대적 영업 전략을 구사한 출판사였음을 보여준다. 출판사로서 재전당서포는 방각본을 중심으로 한 구식 출판을 지향하고 있었으나 판매대행, 즉 발매소로서의 재전당서포는 신구서적을 가리지 않고 판매하는 근대적 의미의 서점이었다고 할 수 있다.

광문사는 전통적 유학서나 실용서적을 출판하고 있던 재전당서포와 달리 근대계몽기의 주류 담론이었던 신교육이나 신문명과 관련된 교과용 도서나 애국계몽서적을 주로 발간하였다. 이러한 출판 경향은 애국계몽론자였던 사장 김광제(金光濟)와 관련이 깊다고 할 수 있다. 김광제는 충남 보령 출신으로, 대구 광문사 사장으로 있으면서 부사장 서상돈(徐相敦)과 함께 광문사 내에 대동광문회를 두고 애국계몽운동에 참가하는 한편, 국채보상운동을 주도한 인물이다. 광문사의 출판활동은 1906에서 1908년 사이 활발하게 이루어졌다. 김광제, 서상돈이 국채보상운동을 주도하던 시기가 1907년임을 감안할 때, 『월남망국사』나 『중국혼』의 출간 또한 이들의 애국계몽의식과 밀접한 관련이 있었음을 알 수 있다. 광문사는 역사전기물 이외에도 다양한 출판을 시도하였는데, 주로 서양의 근대지식 보급 내지 전파와 관련된 도서들이다. 이들 도서를 살펴보면 주로 근대계몽기에 세워진 신식학교에 사용되는 교과용 도서들이다. 이 당시 교과용 도서들은 주로 서울 지역의 출판사에서 많이 발간하였는데, 대구의 광문사에서도 『유몽휘편』(1906), 『만국공법요략』(1906), 『중등산학』(1907), 『상업학』(1908), 『경제교과서』(1908) 등을 발간하였다. 광문사는 재전당서포처럼 유학과 관련된 구식 출판이 아니라 『유몽휘편』 이후로는 새로운 시대정신을 담아내는 신식 출판을 시도하고 있었다. 광문사는 한편으로는 근대지식 보급을 위한 신식 학교의 교과용 도서를 기획하고, 다른 한편으로는 국가의 위기상황을 극복하기 위한 애국계몽의 전략을 구사하였다고 할 수 있다.

근대계몽기 대구의 문학공간에서 이룩한 재전당서포와 광문사의 모색과 성취는 이후 지역 출판계의 가늠자로 작동되면서 지속적인 영향을 미쳤다. 경술국치 후 대구의 출판계는 민족자본과 일본자본이 경쟁하고, 차츰 연활자가 목활자나 목판을 대신하면서 새로운 출판환경을 구축하게 된다. 재전당서포와 광문사를 통해 마주쳤던 상업적 욕구와 계몽적 욕구는 일제강점, 해방, 한국전쟁을 거치면서 지역 출판계의 내재적 동력으로 작용하였다고 할 수 있다.

| 제2장 |

대구의 문학 장(場) 형성과 우현서루*

1. 들어가는 말

우현서루(友弦書樓), 대구광학회(大邱廣學會), 광문사(廣文社) 등은 근대지식 유통 및 보급, 국가의 정체성 확보와 관련된 제 활동을 수행한 1910년 전후 대구의 기관 또는 단체들이다. 이들의 활동은 애국계몽운동과 연결되면서 대구의 지적, 문화적 풍토를 주도하게 된다. 문학 장(場)의 형성에 정치, 사회, 경제, 교육, 출판 등 제 요소가 개입된다고 볼 때, 근대계몽기 대구의 문학 장에는 '문화자본'[1]과 관련된 교육과 출판이 미친 영향력이 적지 않았다고 할 수 있다.

광문사의 김광제(金光濟)와 서상돈(徐相敦)의 국채보상운동에 관한 활동은 역사학계에서 일찍이 주목받은 바 있으나 교육과 서적 유통의 근간이었던 우현서루와 광문사에 관한 연구는 아직 초기 단계에 머물고 있다. 특히 이상화 가(家)에서 운영했던 우현서루에 대해서는 「일제강점기 신지식의 요람

* 이 글은 「근대계몽기 대구의 문학 장 형성과 우현서루」(『국어교육연구』 56, 국어교육학회, 2014.10)를 대폭 수정 증보한 것임.

1 현택수 외, 『문화와 권력: 부르디외 사회학의 이해』, 나남출판, 1998, 26~29쪽 참고.

대구 '우현서루'에 대하여」[2]를 제외하면 거의 전무하다고 할 수 있다. 위의 연구는 풍문으로만 전해지던 우현서루의 전체적 윤곽을 드러내 보여주었다는 점에서 그 의의가 있으나 논의의 바탕이 되는 근거들을 2차 자료 내지 '정황적 증거'에 많이 의존함으로써 우현서루의 실체나 의미를 드러내는 데는 다소 미흡하였다고 할 수 있다. 우현서루의 건물이 남아 있지 않고, 자료가 인멸되어 가고 있는 이 시점에, 우현서루의 실체를 구체적으로 밝혀내기 위해서는 당대의 1차 자료 내지 증언, 실물의 제시가 무엇보다 중요하다고 할 수 있다. 우현서루와 함께 근대계몽기 영남지역의 신식 출판을 주도했던 광문사의 경우도 김광제나 서상돈의 국채보상운동 중심으로 접근됨으로써[3] 정작 대구지역 문학 장 내에서 출판사 광문사가 행한 역할과 제 활동에 대해서는 제대로 구명하지 못한 상태이다.

교육과 출판이란 제도가 근대를 형성하는 중요한 요인이라 할 때 우현서루와 광문사는 1910년 전후 대구지역의 문학 장에서 중요한 역할을 수행한 존재였다. 우현서루는 교육기관의 역할 이외에도 신지식 보급의 서고(書庫)로서, 광문사는 근대와 관련된 각종 계몽서적을 출판함으로써 영남지역의 근대지식 유통과 보급에 큰 기여를 하였다. 다시 말하면 이들은 1910년 전후 대구지역의 지적, 문화적 전통을 계승하는 동시에 새로운 문학 장(場)의 탄생에 영향을 미친 기관이라 할 수 있다. 우현서루와 광문사의 실상을 살펴보는 것은 근대계몽기 대구지역 문학 장의 성격을 규명하기 위한 선결 과제라 할 수 있다. 1910년 전후 대구지역의 문학 장은 교육과 출판 중심으로 형성되었으며, 이러한 문학 장은 이후 1920년대 초기 동인지 문단을 주도했던 이상

---

2 최재목 외, 「일제강점기 신지식의 요람 대구 '우현서루'에 대하여」, 『동북아문화연구』 19, 2009.

3 석남김광제선생유고집, 『민족해방을 꿈꾸던 선각자』, 일신당, 1997.

화, 이상백, 현진건, 백기만 등이 탄생할 수 있는 기반을 제공하였다고 할 수 있다. 1910년 전후 대구란 장소가 만들어낸 독특한 지적, 문화적 전통은 이 시기 지식인들뿐만 아니라 유소년기를 보내던 작가들의 삶 또는 문학의 방향성에 큰 영향을 미쳤다고 할 수 있다.

이 글은 이러한 맥락에서 지금까지 제대로 조명되지 못하였던 이상화 가(家)에서 운영하였던 우현서루의 실체와 그 의미를 밝히는 한편, 그것이 1910년 전후 대구의 문학 장에 미친 영향을 살펴보는 데 그 목적을 두고 있다. 이러한 목적을 달성하기 위해 이 글은 우현서루의 설립동기와 과정, 그곳에 소장되었던 도서의 실체, 광문사 출판도서와의 연계 등을 중심으로 논의를 전개해 나가고자 한다. 그 결과 1910년 전후 대구란 장소를 중심으로 벌어졌던 근대지식(近代知識)의 유통과 보급이 교육과 출판을 통해 형성되고 있었음을 밝혀내고자 한다. 논의의 과정 중에 몇몇 새로운 자료들이 동원될 것이다. 이러한 작업은 1910년 전후 형성된 대구의 지적, 문화적 장(場)이 가진 특성과 성격을 밝히는 데 일정 부분 기여할 수 있을 것으로 기대한다.

2. 우현서루(友弦書樓)의 설립 동기와 과정

우현서루는 이상화의 백부인 소남(小南) 이일우(李一雨)가 세운 근대 교육기관이다. 이일우는 당시 대구지역의 대지주이자 명망가였다. 지주였던 이일우는 1910년을 전후하여 상공업 분야에 뛰어들어 대구은행, 농상공은행 등의 주식을 소유한 대구지역의 자산가로 성장하였다. 그의 장남 이상악(李相岳) 또한 부친 이일우의 자산을 이어받아 일제강점기 대구지역 주조(酒造)와 섬유, 금융업계를 선도해 나간 인물이었다. 이일우는 우현서루를 세우고 우현서루 내에 대구광학회(大邱廣學會)를 창립하는 한편, 국채보상운동에도 참여한 대구지역의 애국계몽론자이다. 대구 대한협회 지회 총무[4]를 지내기도 한 이일우는 정재학(鄭在學), 이병학(李炳學, 고월 이장희의 부) 등과 더불어 대구지역 농상공업계를 주도하였다. 정재학이나 이병학 등이 중추원 참의를 거친데 비해, 이일우는 일제의 중추원 참의를 하지 않았다. 이를 보면 그가 지사적 성품을 가진 뜻 있는 인물임을 알 수 있다. 먼저 이일우의 「행장(行狀)」을 통해 우현서루의 설립 경위부터 살펴보기로 하자.

> 갑진년에 서울을 가니 세상은 크게 변했고, 풍조가 진탕하야, 서구의 동점 지세를 통찰하였다. 스스로 생각하니 선비가 이 세상에 나서 옛 것만 잡고 있을 수 없다고 생각했다. 돌아와서 부친께 아뢰고 넓은 집을 하나 세워서 육영(育英)의 계(計)로 삼아, 편액하기를 우현(友弦)이라 하였다. 대개 옛 상인(商人) 현고(弦高)가 군사들에게 음식을 베풀어 위로하고 나라를 구하려는 뜻에서 취한 것이다. 또 동서양 신구서적 수천종을 구득하여 좌우로 넓게 펼쳐놓았다. 총명하고 뛰어난 인재를 살펴 (그 교육의) 과정(課程)을 정함에 있어 구학(舊學)을 바탕으로 삼고 신지식으로 빛나게 해서 의리에 함빡 젖게 하고, 법도를 따르게 하였다. 원근(遠近)의 뜻 있는 선비들이 소문을 듣고 일어나는 자가 날로 모여들어 학교(우현서루)가 수용할 수 없을 정도가 되었으니 일대에 빛나고 빛난 모습이었다.[5]

이일우의 「행장」은 우현서루의 설립 동기와 그 과정을 명확히 보여주고 있다. 「행장」에 의하면 이일우는 갑진년(1905)에 서울에 가서 시대의 변함을 보고 각성한 바가 있어 그의 부친인 금남(錦南) 이동진(李東珍)의 후원하에 육

---

4 <황성신문>, 1910.4.9.

5 「行狀」, 『城南世稿』, 卷之二, 二十一~二十二面 해당 부문 번역.

영 사업의 하나로 우현서루를 세웠다고 한다. 동서양 신구서적 수천 종을 구득하여 뛰어난 인재를 맞이하여 교육하였다 하니, 우현서루는 초창기 근대교육기관의 모습을 띠고 있었던 것으로 생각된다. 1905년 2월 1일자, 동년 3월 14일자 <황성신문(皇城新聞)>은 우현서루의 설립 과정을 잘 보여주고 있다.

> 大邱居 李一雨氏가 民智開發에 留意하야 資金을 自辦하고 達城內에 時務學堂을 設立하야 學問淵博한 人으로 學堂長을 延聘하고 內外國 新舊書籍의 智識發達에 有益한 書冊과 各種 新聞 雜志 等을 廣求購入하야 該學堂에 貯寘하고 上中下三等社會中에 聰俊有志ᄒᆞᆫ 人員을 募集하야 書籍과 新聞 雜志를 逐日閱覽討論ᄒᆞᆯ 計劃으로 學部에 請願하야 認許를 要한다니 如此有志ᄒᆞᆫ 人은 政府에셔도 奬勵ᄒᆞᆯ만 하다더라[6]

> 大邱郡私立時務學堂長 李一雨氏가 學部에 請願하얏ᄂᆞᆫᄃᆡ 本學堂은 一般 大韓國民의 智識을 開發增進ᄒᆞ기 爲ᄒᆞ야 內外國新舊書籍中 時務智見上有益者를 購買貯蓄ᄒᆞ야 以便攷究講習이되 學堂은 名以時務ᄒᆞᆯ 事
>
> 一 書籍名目은 大韓及東西各邦의 古今歷史 地誌 筭術學 格致 化學 經濟 物理 農商工法律學 醫學 兵學及新聞 雜誌 等 諸書오 其他 雜術 小技 蠱心 病俗之書ᄂᆞᆫ 切勿貯藏ᄒᆞᆯ 事
>
> 一 書籍購買費와 學堂建築費ᄂᆞᆫ 本人이 自擔經紀이되 其他 一切 費用은 學員과 商議措辦ᄒᆞᆯ 事
>
> 一 學堂長은 學問淵博ᄒᆞ고 時務貫通ᄒᆞᆫ 人員으로 延聘ᄒᆞ되 本邦人을 用ᄒᆞᆯ 事
>
> 一 入堂閱書ᄂᆞᆫ 勿論 遠近上中下 等 會社與老少ᄒᆞ고 幷從志願ᄒᆞ야 課日閱覽ᄒᆞ며 或 討論도 ᄒᆞᆯ 事
>
> 一 本學堂細則은 自學會中으로 權宜酌定이라 하얏더라[7]

---

6 「유지개명(有志開明)」, <황성신문>, 1905.2.1.

7 「이씨청원(李氏請願)」, <황성신문>, 1905.3.4.

위의 글에 의하면 소남 이일우는 1905년 초 대구사립 시무학당(時務學堂)을 인허(認許)해 줄 것을 학부(學部)에 요청하고 있다. 이일우는 시무학당의 장(長)으로 학부에 청원하고 있는 바, 1905년초 청원 당시 이미 사립 시무학당을 설립하였음을 확인할 수 있다. 1905년 서울 유람을 통해 새로운 문물의 수용과 지식 보급의 필요성을 깨달은 이일우는 국내외 신구서적 중 시무(時務)를 잘 알게 해주는 유익한 책을 구매하고 강습(講習)할 계획을 세웠다. 이 기사에 의하면 그는 서적구매비와 학당건축비를 전적으로 부담하면서 경륜 있는 학당장(學堂長)을 초빙하고 구체적인 학당세칙을 만들고자 하였다. 이 학당이 구체적으로 실현된 것이 우현서루라 할 수 있다. 우현서루는 '대한 및 동서 각 나라의 格致 化學 經濟 物理 農商工法律學 醫學 兵學及新聞 雜誌는 물론이고 其他 雜術 小技 蠢心 病俗之書' 등 신구서적 수천 종을 구비하고자 하였다. 이러한 제 서적을 구비한 우현서루를 통해 이일우는 시무(時務)에 적합한 교육을 실시하고자 하였던 것이다. 결국 우현서루는 1905년 이일우에 의해 설립되어 1910년대 초반까지 대구지역의 근대지식 보급과 계몽교육의 역할을 담담한 중추적 사립교육기관이자 서고(書庫)라 할 수 있다. 이 당시 발간된 『대한자강회월보(大韓自强會月報)』나 <해조신문(海潮新聞)>의 짧은 기사를 좀 더 눈여겨 볼 필요가 있다. 아래는 『대한자강회월보』 4호에 실린 「본회 회보」이다.

> 其時에 大邱廣學會 會員 金善久氏가 該會講師로 謙請한 事에 應諾이 有ᄒᆞ야 二十五日治行祭程할새 本會顧問大垣丈夫氏와 金善久氏로 作伴하여 大邱停車場에 到着ᄒᆞ매 當地有志紳士數十人이 金善久氏의 預先通知홈을 因하야 停車場에 出迎ᄒᆞ야 廣學會事務室로 前導하니 卽所謂友弦書樓요 該書樓는 當地有志 李一雨씨가 建築經營ᄒᆞᆫ빅이니 東邊에 書庫가 有ᄒᆞ야 東西書籍 數百種을 儲賓ᄒᆞ고 圖書室資格으로 志士의 縱覽을 許ᄒᆞ야 新舊學問을 隨意研究케 ᄒᆞᆫ 處이라.[8]

이상의 단신(短信)을 통해 우현서루에 관한 네 가지 사실을 알 수 있다. 첫째, 우현서루가 대구의 유지인 이일우 씨가 설립, 운영하였다는 것이고, 둘째, 우현서루에 큰 서고(書庫)가 있어 동서 서적 수백 종을 구비하고 있었으며, 셋째, 지사의 열람을 허락하는 동시에 신구 학문을 수시로 연구하게 한 장소이고, 넷째, 우현서루가 대구광학회(大邱廣學會) 사무소를 겸하고 있었다는 것이다.[9] 우현서루에 대한 당대의 기록으로 또 하나 주목되는 것은 1908년 러시아 블라디보스토크에서 발간된 <해조신문>의 아래 기사이다.

대구 서문 밖 후동 사는 이일우씨는 일향에 명망 있는 신사인데 학문을

---

8 「본회 회보」, 『대한자강회월보』 4, 1906.10.25.

9 대구광학회의 발기인은 崔大林 李一雨 尹瑛夔 金善久 尹弼五 李宗勉 李快榮 金鳳業 등이다. 대구광학회의 취지는 다음과 같다.

"吾國之岌岌然垂亡은 由乎民智之未開耳라 如斯闇昧ᄒᆞ야 自棄自愚而已면 當此競爭劇烈時代ᄒᆞ야 將爲人凌踏ᄒᆞ며 爲人奴隷ᄒᆞ야 其結果ᄂᆞᆫ 必如紅人黑種之駸駸消滅矣리니 嗚呼라 寧不懼惕者乎아

現今世界列强은 皆以硏新學開民智로 爲第一急務ᄒᆞ야 其注力於敎育者ㅣ 可謂至矣라 其國內에 自京都州府로 以曁閭巷坊里히 ᄒᆨ校之設이 鱗次櫛比ᄒᆞ야 多者數百萬이오 小猶不下屢萬이며 又其小兒之未及ᄒᆨ齡者ᄂᆞᆫ 有幼穉園ᄒᆞ고 其壯年之紳士ᄂᆞᆫ 有博物舘圖書舘博覽會演說會討論會講義會書籍縱覽會新聞縱覽所等各種設備ᄒᆞ야 互相講究ᄒᆨ術ᄒᆞ며 鍊磨智識ᄒᆞ야 精益求精에 遊藝不輟故로 其民智日新ᄒᆞ며 國力日進허여 所以致如彼之富强而雄飛於宇內어날

我韓은 膠守舊染허며 狃於積弊허여 不思循時變通之義허고 但搜索於訓詁之糟粕허며 或徒尙於無用之詞章허여 畢生兀兀에 茫昧世變허니 有何適用於時局이며 有何裨益於家國哉아 彼ᄂᆞᆫ 日究於開明이거날 我ᄂᆞᆫ 日事於虛文이면 是ᄂᆞᆫ 彼進而我退也오 彼優而我劣也니 惡得免優勝而劣敗者歟아ᄐᆡ

此今日ᄒᆞ야 如欲扶植獨立之權인ᄃᆡ 莫如以교育으로 養成國民之精神이니 是以로 前後之詔勅이 屢降ᄒᆞ시고 公私之校舍가 相望ᄒᆞ야 庶幾民智之發達과 國步之前進을 可期日而待也라 雖然이나 嶺之風氣가 自來閉固ᄒᆞ야 拘於舊習에 憚於新學ᄒᆞ니 譬如重門鎖鑰이 猝難破開라 若無講論以先之ᄒᆞ며 曉解以入之면 莫能回心而向學일ᄉᆡ

此本會所以設立而欲民廣ᄒᆨ者也라 所謂新ᄒᆨ者ᄂᆞᆫ 豈有他事리오 只是開發民智와 擴張民業이니 民智民業이 有何反舊乎아 惟願僉君子ᄂᆞᆫ 互相勸勉ᄒᆞ야 日以警世救民之藥石으로 砭入人人之腦髓ᄒᆞ야 力救獨立之基礎면 異日大韓之精神이 必將權輿於此會矣리라"(「대구광학회취지」, <대한매일신보>, 1906.8.21)

> 넓히 미치게 하고 일반 동포의 지식을 개발코자 하여 자비로 도서관을 건축하고 국내에 각종 서적과 청국에 신학문책을 많이 구입하여 일반 인민으로 하여금 요금 없이 서적을 열람케한다 하니 이씨의 문명사업은 흠탄할 바더라.[10]
>
> 대구 서문 외 있는 유지신사 이일우씨는 일반 동포를 개도할 목적으로 자본금을 자당하여 해지에 '우현서루'라 하는 집을 신축하고 내외국에 각종 신학문 서적과 도화를 수만여 종이나 구입하여 적치하고 신구학문에 고명한 신사를 강사로 청빙하고 경상 일도 내에 중등학생 이상에 자격되는 총준자제를 모집하여 그 서루에 거접케 하고 매일 고명한 학술로 강연 토론하며 각종 서적을 수의 열람케 하여 문명의 지식을 유도하며 완고의 풍기를 개발시키게 한다는데, 그 서생들의 숙식 경비까지 자당한다 하니 국내에 제일 완고한 영남 풍습을 종차로 개량 진보케 할 희망이 이씨의 열심히 말미암아 기초가 되리라고 찬송이 헌전한다니 모두 이씨같이 공익에 열심 하면 문명사회가 불일 성립될 줄로 아노라.[11]

<해조신문(海潮新聞)>은 1908년 러시아 블라디보스토크에서 국문으로 발간되었던 신문으로 이후 발간된 <대동공보>나 <권업신문>보다 앞서 발간된 노령 땅 재외동포 신문이다. <해조신문>은 '해삼위(海蔘威: 블라디보스토크)'에 근무하는 조선인들의 신문이란 뜻이다. 노령 지방 교포들의 계몽과 상실된 국권의 회복이란 목표를 가지고 있었던 <해조신문>은 1908년 2월 26일자로 창간되어 그해 5월 26일자로 폐간되었다. 그렇다면 <해조신문>에 왜 대구의 이일우와 그의 우현서루 소식이 실려 있는가? 이는 <해조신문>이 「잡보」란을 두어 그 중심에 「본국통신」을 전하고 있기 때문이다. 위의 두 기사도

10 「이씨문명사업」, <해조신문>, 1908.3.7.

11 「우현미사(友弦美事)」, <해조신문>, 1908.4.22.

「본국통신」란에 실려 있는 국내소식이다. 해외 동포신문에까지 대구의 우현서루가 소개된 것을 보면 1908년 무렵 우현서루가 나름대로 교육기관으로서의 전국적 명망을 획득하고 있었음을 알 수 있다. 한편 1905년 을사늑약 당시 「시일야방성대곡」이란 사설로 황성신문사를 물러났던 장지연이 22호(1908년 3월 22일자)부터 <해조신문>의 주필로 있었음이 확인된다. 1905년부터 1910년 사이 장지연은 국내외를 넘나들며, <황성신문>, <해조신문> 같은 매체를 바탕으로 언론 활동을 하였다. 장지연이 우현서루에 드나든 시기가 언제인지는 정확히 추정하기 어렵지만,[12] 여러 사실로 미루어 볼 때 그가 <해조

---

12 2차 자료로서 근거가 문제되긴 하지만 『대륜80년사』의 우현서루에 관한 기록에 장지연의 행적이 나온다.

"본교가 고고의 성을 울린 산실은 우현서루다. 위치는 대구부 팔운정 현 서성로와 북성로가 교차되는 지점인 대구시 수창동 101-11번지(현 대구은행 서성로 지점) 약 700여평의 부지였다. 이 우현서루는 을사보호조약이란 일제 침략에 통분을 느낀 이장(李莊) 가문의 금남(錦南) 이동진(李東珍, 본교 교가 작사자 이상화 시인의 조부) 선생이 사재(私財)로 창설하여 그의 장자인 소남(小南) 이일우(李一雨, 상화 선생의 백부) 선생이 운영하였다. 우현(友弦)이란 중국의 만고지사(萬古志士) 현고를 벗삼는다는 뜻이다. 이 서루는 뜻있는 선비들이 모여 학문을 논하고 나라를 걱정하고 의기(義氣)를 기르던 지사양성소였다. 그리고 이 서루는 민족정기를 바로잡기 위해 정신 계발을 통한 항일 투쟁과 신교육 신문화 운동의 온상지였으며, 근대화 성취의 노력을 다한 요람지였다. 또한 이 서루에는 중국 등지에서 1만 수천권의 서적을 수입해 비치하고 있었으니 학문의 발아지(發芽地)이기도 했다. 영남 일대에서는 물론 전국 각지에서 청운의 뜻을 품은 지사들이 모여들었고, 이들 지사들에게 숙식을 제공하여 면학의 편의를 도모하였다. 한말지사로서 이 서루를 거친 분은 150여 명이 넘었다. 장지연(張志淵), 박은식(朴殷植), 이동휘(李東輝), 조성환(曺成煥) 등 제 선생과 김지섭(金祉燮) 열사들이 이곳을 거쳐 나간 것만 보더라도 그 업적을 짐작할 수 있고, 근대 우리 민족 정기의 본원지였음을 알 수 있다. 포플러의 높은 울타리 너머 북창의 경부선 열차와 그 옆 붉은 벽돌집의 창고와 석유저장 탱크들은 일제의 한국 영토 침략의 상징이기도 했다. 따라서 이런 것을 바라볼 때마다 우현서루 지사들은 비분 강개했으며 애국열은 한층 더해갔다. 한일합방을 치른 일제는 1911년 드디어 우현서루의 폐쇄를 강행했다. 이는 민족정기, 민족정신을 말살하기 위해서였다. 하지만 선고(先考)의 유지를 이어받은 소남(小南) 이일우 선생은 이에 굴하지 않고 강의원(講義院·본교 설립자 홍주일 선생이 운영을 맡았음)과 애국부인회를 설립하고 무료 교육기관으로 사용케 하면서 애국운동을 계속했다. 그러다가 3·1운동 후 본교가 설립되자 초창기 교사로 사용케 된 것이다."(대륜80년사편찬위원회, 『대륜80년사』, 대륜중고등학교동창회, 2001, 104~105쪽)

신문> 주필 이전이든 이후이든 우현서루와 관계를 맺은 것은 사실이다.

3. 우현서루 소장도서와 근대지식(近代知識)의 보급

우현서루가 장지연, 박은식, 이동휘, 김지섭 같은 뜻 있는 선비나 지사들이 드나들었던 곳이고, 이들이 우현서루에서 근대지식 관련 각종 계몽서적을 읽었다면, 이곳에 비치된 동서고금 서적들의 종류와 내용이 어떠한 것들이었는지 살펴볼 필요가 있다. 문제는 지금까지 우현서루에 비치되었던 서적들의 실물이 구체적으로 제시되지 않은 채, 그것의 행방에 대한 소문만 전해지고 있다는 점이다.

> 우현서루에서 보관했던 책의 일부분인 『사부총관』 등 3천937권은 후손의 기증으로 경북대 도서관에서 보관하고 있다. 한글서적들은 일제가 강탈해 갔거나 유실되었으며, 그중 일부가 이천동의 고서점에 있었다고 한다. 서점주가 사망한 뒤 행방이 묘연하다고 한다.[13]

이는 우현서루 서적에 대한 행방을 적은 글이다. 실제 경북대 도서관에 우현서루 서적이 소장되어 있는지 점검해 보니, 현재 경북대 고서실의 우현서루란 문고에는 1952년 소남 이일우의 장손인 이석희(李碩熙)씨가 기증한 3,937권의 도서가 소장되어 있었다. 서가 푯말에는 1952년 기증된 것으로 되어 있으나 도서에 찍힌 소장인은 1953년 7월 23일 기증한 것으로 되어 있었다. 이는 1952년 인수한 도서를 수서과에서 정리한 날짜로 생각된다.

---

13 사단법인 거리문화시민연대, 『대구신택리지』, 북랜드, 2007, 217쪽.

그런데 경북대 도서관에 기증된 도서는 경(經), 사(史), 자(子), 집(集)을 모아 중화민국 18년 상해(上海) 상무인서관(商務印書館)에서 영인한 『사부총간(四部叢刊)』이 전부였다. 문제는 이 『사부총간(四部叢刊)』이 중화민국 18년, 즉 1929년 상해에서 발간한 영인판이라는 점이다. 그렇다면 이 책자는 우현서루란 장서인이 찍혀 있긴 하나 1910년 전후 우현서루에 비치되었던 장서와는 직접적으로 연관이 없는 책들이라 할 수 있다.

한편 소남 이일우가 우현서루 폐쇄 후 서기(書記)를 두고 서점을 경영하였다는 전언(傳言)[14]도 있으나 그 구체적 규모는 자세히 알려져 있지 않다. 자산가였던 소남 이일우의 경우 서적 매매의 목적보다 지역 인사들과의 교유의 장소로 서점을 활용했을 가능성은 얼마든지 있었다고 본다. 대구의 고서점은 주로 남문시장과 대구시청 주변에 산재해 있었는데, 1960년대부터 2000년대 초반까지 근·현대 양장본(洋裝本) 고서는 주로 남구서점, 대륙서점, 신흥서점, 문흥서점, 만인서점 등에서 거래되고 있었다. 한적(漢籍)을 다루는 고서점가는 1980년대를 전후하여 봉산동이나 이천동 지역에서 형성되고 있었다. 이천동의 경우 고서점보다는 한국전쟁 직후부터 미군부대 주변으로 골동상이 많이 들어서고 있었다. 이러한 골동상을 통해서도 고서들 일부가 매매되고 있었다. 한국전쟁의 피해를 입지 않은 대구지역은 다른 지역에 비해 상대적으로 많은 장서들이 유통되고 있었다. 상기(上記) 고서점 주인들의 전언(傳言)에 의하면 백순재, 하동호, 김근수 같은 장서가들이 대구에 수시로 드나들었다고 한다. 특히 개화기나 일제강점기의 양장본과 각종 문서들은 남산동과 파동에 소재했고, 나중 한국학 자료관을 운영하기도 하였던 문흥서점(김정원)과 동인동에 소재했던 남구서점(이균호)이 가장 많이 구비하고 있었다. 1990

14 소남 이일우의 조카인 이상오(李相旿)의 자(子) 이광희(李光熙) 씨의 증언.

년대 중반까지만 하더라도 이들 서점의 한쪽 구석에 일제강점기나 해방기에 간행된 한국 관련 서적은 물론이고, 해방 이전 일본이나 중국에서 발행된 서적들이 서가의 상당 부분을 차지하고 있었다. 그런데 필자는 이들 서점에서 우현서루의 장서인이 찍힌 책 몇 권을 확인할 수 있었는데, 『세계진화사(世界進化史)』와 『세계근세사(世界近世史)』, 『태서신사(泰西新史)』, 『중일약사합편(中日略史合編)』 등이 그것이다. 이들 서적들이 우현서루에 비치된 서적임은 다음과 같은 사실로 미루어 짐작할 수 있다.

첫째, 장서인의 비교이다.

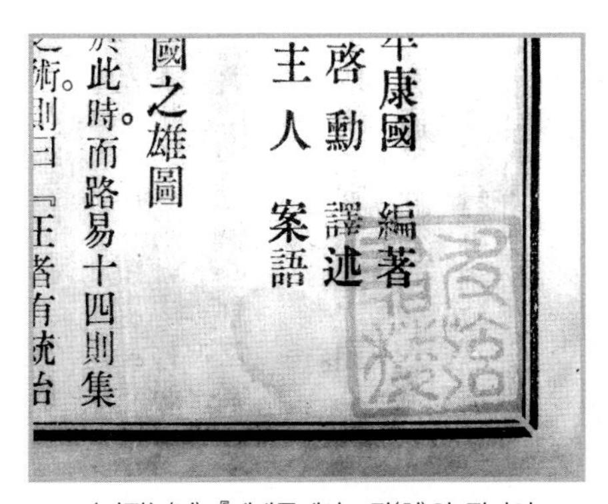

<사진>(좌) 『세계근세사』 권(하)의 장서인

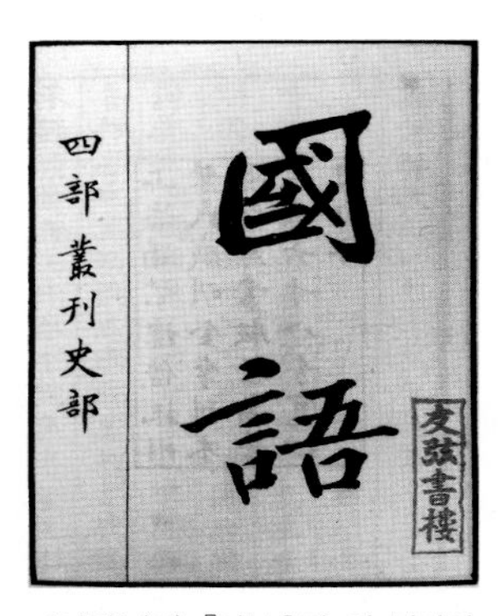

<사진>(우) 『사부총간』의 장서인

위의 <사진> (좌)는 『세계근세사』, <사진> (우)는 경북대 도서관 소장본인 『사부총간』에 찍혀 있는 우현서루의 장서인이다. <사진> (우)는 우현서루 폐쇄 이후의 장서에 찍힌 장서인이다. 이를 통해 우현서루 폐쇄 이후 이상화 집안의 사숙(私塾)이나 후손들의 장서에 여전히 우현서루란 명칭을 사용하고 있었음이 드러난다.[15] 그렇지만 이는 근대교육기관 또는 서고(書庫)의 역할을

15 실제 대구 지역의 고서점에서 발견된 『최신축산기술요론』(문운당, 1962), 『가축번식요론』

하였던 우현서루의 이름을 후손들이 빌려 사용한 것 이상의 의미를 지니지는 못한다고 할 수 있다. 문제는 <사진> (좌)의 장서인이다. <사진> (좌)의 장서인은 <사진> (우)와 그 형태가 우선 다르다. 이 장서인은 1910년대 이전의 한적(漢籍)에 주로 찍혀 있던 장서인의 형태와 유사하며, 이 장서인은 『세계진화사(世界進化史)』, 『세계근세사(世界近世史)』, 『태서신사(泰西新史)』, 『중일약사합편(中日略史合編)』 등의 책에 모두 동일하게 사용되고 있었다. 『세계진화사』와 『세계근세사』가 1903년 상해 광지서국에서, 『태서신사』, 『중일약사합편』이 학부(學部) 편집국에서 1897년(건양 2년), 1898년(광무 2년) 발간되었으니 모두 우현서루 설립 직전에 발간된 서적임을 알 수 있다.

둘째, 『세계진화사』와 『세계근세사』 등의 발간 장소나 책자의 내용과 관련된 문제이다.

<사진>(좌) 『세계진화사』 표지

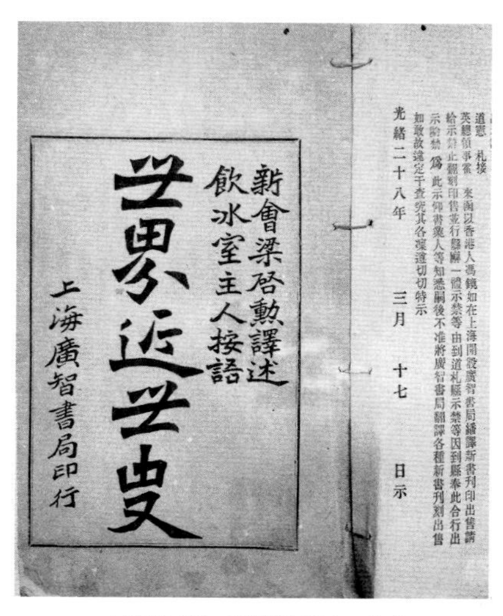

<사진>(우) 『세계근세사』 내지

(문운당, 1966) 등에도 우현서루의 도장이 찍혀 있음이 확인된다.

이들 서적의 발간 장소나 연대 등을 고려해 볼 때 전기(前記)한 '청국의 신학문책을 많이 구입'하였다는 <해조신문(海潮新聞)>의 기사 등과 부합함을 알 수 있다. 『세계진화사』는 상해(上海) 광지서국(廣智書局)에서 1903년(光緒 三十九年) 발간된 서적으로, 권상(卷上)은 인류, 종족, 지세(地勢), 기후, 물산, 국가, 정체(正體), 법률, 종교를, 권하(卷下)는 문학, 무비(武備), 농무(農務), 공예, 상업, 사회로 나누어 기술되고 있는 세계문명 소개서이다. 『세계근세사』 역시 상해 광지서국에서 발간한 책으로 일본인 宋平康國의 편저를 중국인 梁啓勳이 역술(譯述)하고, 음빙실주인(飮氷室主人) 량치차오(梁啓超)가 안어(案語)한 것이다. 이 서적 또한 서양 근대국가들의 제 모습을 소개한 책이다. 상해의 광지서국(廣智書局)은 동서양의 역사, 인물, 근대지식 및 문명 등을 소개하는 많은 양의 책자를 이 당시 발간하였다. 광지서국이 1900년대 초에 발간한 서적의 목록을 보면 사실은 더욱 분명해진다.

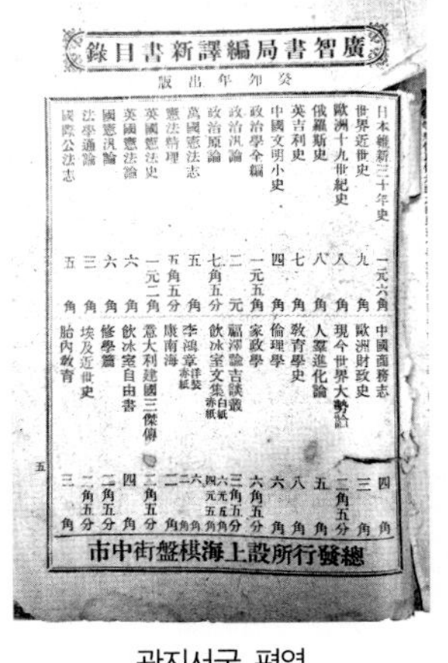

廣智書局編譯新書目錄

癸卯年出版

日本維新三十年史	一元六角	中國商務志	四角
世界近世史	九角	歐洲財政史	三角
歐洲十九世紀史	八角	現今世界大勢論	二角五分
俄羅斯史	八角	人羣進化論	五角
英吉利史	七角	教育學史	八角
中國文明小史	四角	倫理學	六角
政治學全編	一元五角	家政學	六角五分
政治汎論	二元	福澤諭吉談叢	三角五分
政治原論	七角五分	飲冰室文集 白紙 / 赤紙	六元五角 / 四元五角
萬國憲法志	五角	李鴻章 洋裝 / 赤紙	六角 / 二角
憲法精理	五角五分	康南海	二角
英國憲法史	一元二角	意大利建國三傑傳	二角五分
英國憲法論	六角	飲冰室自由書	四角
國憲汎論	六角	修學篇	二角五分
法學通論	三角	埃及近世史	二角五分
國際公法志	五角	胎內教育	三角

總發行所設上海棋盤街中市

광지서국 편역
신서목록(廣智書局編譯新書目錄)

신민총보사(新民叢報社)[16]에서 펴낸, 신민총보(新民叢報) 임시증간호인 『신대륙유기(新大陸遊記)』의 말미에 있는 계묘년(癸卯年) 출판 「광지서국 편역신서목록(廣智書局編譯新書目錄)」에는 <사진>에서 보듯이 32권의 책자들이 소개되어 있다. 이 광고에 나오는 책자들 중 주목되는 서적은 『일본유신30년사』, 『세계근세사』, 『구주19세기사』, 『아라사사』, 『중국문명소사』, 『정치원론』, 『정치범론』, 『법학통론』, 『음빙실문집』, 『이태

16 요코하마(横濱) 160번지에 본부를 두고 있었던 新民叢報社는 상해(上海)에도 新民叢報 지점을 두고 있었다.

리건국삼걸전』, 『음빙실자유서』, 『애급근세사』 등이다. 상해(上海) 광지서국(廣智書局)에서 출판된 이들 서적의 목록 대부분은 동서양의 근대지식을 보급하는 계몽서적임을 알 수 있다. 이일우의 「행장」에 나와 있는 대로 우현서루에 비치된 서적들이 동서양 신구 서적 수천 종이라면, 『세계진화사』와 『세계근세사』 등은 그러한 서적들 중의 일부라 할 수 있다. 결국 우현서루에 비치된 서적들 중 신서적 상당수가 서양의 근대국가 및 근대문명, 신지식 등과 관련된 서적이었음은 틀림없다. 이일우가 서울에서 '서세동점'의 현실을 목격하고 사들인 서적이라면 당연히 근대지식을 보급하고 전파하는 계몽서적일 수밖에 없는 것이다.

우현서루가 설립되어 운영된 이 시기에 한국에도 세계정세나 지리에 관한 상당량의 근대지식 보급서적들이 유통되고 있었는데, 『태서신사』나 『중일약사합편』도 그 중의 하나라 할 수 있다. 『태서신사』는 1897년 한문본과 한글본으로 간행된 서양사 교과서인데, 서양의 역사와 근대지식에 관한 내용을 수록하고 있어 당시 대한제국 지식인들의 서양 인식에 많은 영향을 미쳤다.[17] 『중일약사합편』은 학부 편집국에서 간략히 기술된 중국사(中國史)와 일본사(日本史)를 합편하여 단권으로 펴낸 것이다. 『태서신사』나 『중일약사합편』이 소장된 것으로 보아 학부 편집국에서 발간된 제 서적들[18]도 우현서루

17 『태서신사』는 영국인 Robert Mackenzie(한문명은 馬懇西, 1823~1881)가 1990년 영국에서 저술한 『The 19th century: A history』를 1895년 중국에서 Timothy Richard(한문명은 李提摩太, 1845~1919)가 『태서신사람요(泰西新史攬要)』로 번역하였고, 상해 채이강(蔡爾康)이 술(述)한 것을 대한제국 학부에서 번역한 것이다. <독립신문>의 논설에서는 『태서신사람요』를 출판한 광학회에 대한 설명과 함께 Timothy Richard가 쓴 저서들 중 대한제국에서 많이 팔린 책으로 『태서신사』를 들었다. 『태서신사』는 학부 차원에서 학생들을 개혁의 중심인물로 성장시키기 위해 공립소학교의 교과서로 배포되기도 했다. 또 박은식은 『태서신사』를 읽고 '신정(新政)'을 추구하게 되었고, 김구는 『백범일지』에서 『태서신사』를 읽고 서양인에 대한 인식을 바꾸게 되었다고 술회하기도 하였다. 『태서신사』에 관한 제 내용은 유수진(2011.12), 「대한제국기 『태서신사』 편찬과정과 영향 연구」, 고려대 석사논문 참고.

에 상당량 비치되어 있었을 것으로 생각된다. 근대계몽기의 경우 정치, 경제 등은 물론이고, 천문학, 물리학, 법학, 경제학 등의 제 서적들이 다량 간행되었는데, 이들은 각종 근대 교육기관의 교재로 주로 사용되었다. 이들 서적들 중 상당수는 중국이나 일본에서 발간된 책자들을 역술(譯述)한 경우가 많았다. 번역 내지 번안은 일본 또는 중국을 통로로 하여 서구사상이나 근대문명을 학습시키는 주요한 방법이었다. 일본이나 중국은 서구사상이나 근대문명이 이입되어 오는 중개자로서의 역할을 수행하는 장소였다. 일본이나 중국에서는 이미 서양의 근대지식이나 근대문명 소개와 관련 있는 다양한 책자들이 발간되고 있었다. 이러한 책자들은 조선으로 직수입되거나 아니면 역술(譯述)이란 과정을 거쳐 근대계몽기의 교육, 계몽 도서로 재발행되고 있었다.

한편 필사본 「서루서적목록(書樓書籍目錄)」이 주목되는데, 지질(紙質)이나 연대, 내용과 '서루(書樓)'란 이름 등을 감안할 때, 이 문서를 우현서루의 일부 서적 목록으로 보는 것이 합당해 보인다. 한지 13장으로 된 이 필사본은 앞쪽에 '서책가금분파(書冊價金分派)'란 제목 아래 군위, 수성, 비안, 연일 등에 주소를 둔 사람들(류영선, 김광진, 서진복, 최종한, 박연조 등)의 이름 아래 책값이 4쪽에 걸쳐 적혀 있고, 그 후 5쪽에 걸쳐 잡기에 가까운 필사가 있다. 문제는 뒤쪽 4장(8쪽)에 적혀 있는 '서루서적목록'이다. 여기

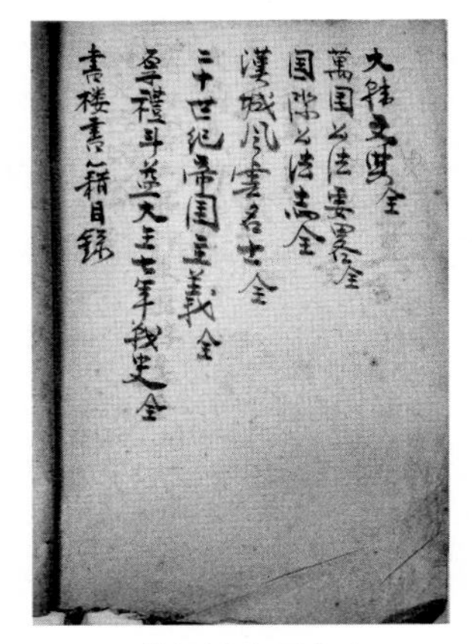

「서루서적 목록」

18 1898년 발간된 『중일약사합편』 말미에 학부편집국에서 발간한 서적의 목록과 정가표가 다음과 같이 광고되어 있다. 『태서신사』 한문 2책(50전), 국문 2책(50전), 『공법회통』 3책(1원), 『동여지도』(8전), 『조선역사』 3책(40전), 『조선약사』(8전), 『여재촬요』(40전), 『만국지지』(24전), 『만국약사』 상하(40전), 『유몽휘편』(8전), 『심상소학』 권1(14전), 권2(16전), 권3(16전), 『국민소학독본』(20전), 『소학독본』(10전), 『소지구도』(5전), 『국문소지구도』(4전)

에 적힌 55권의 서적 목록을 나열하면 다음과 같다.

- 『후례두익대왕7년전사(厚禮斗益大王七年戰史)』 전(全)
- 『이십세기제국주의(二十世紀帝國主義)』 전
- 『한성풍운명사(漢城風雲名士)』 전
- 『국제공법지(國際公法)』 전
- 『만국공법요략(萬國公法要略)』 전
- 『대한문전(大韓文典)』 전
- 『의태리독립사(意太利獨立史)』 전
- 『비율빈전사(比律賓戰史)』 전
- 『행정법(行政法)』 상하(上下)
- 『역사집략(歷史集略)』 삼(三)
- 『대원군전(大院君傳)』 전
- 『영법로토가리미아전사(英法露土歌利米亞戰史)』 전
- 『지방행정론(地方行政論)』 전
- 『농학입문(農學入門)』 전
- 『외국무역론(外國貿易論)』 전
- 『상업범론(商業汎論)』 상하
- 『라빈손표류기(羅賓孫漂流記)』 전
- 『농업신론(農業新論)』 상하
- 『삼림학(森林學)』 전
- 『최신임잠학(最新林蚕學』 전
- 『상업학(商業學)』 전
- 『상업대요(商業大要)』 전
- 『심리학교과서(心理學教科書)』 전
- 『일본사기(日本史記)』 상하

- 『외교통의(外交通義)』 상하
- 『교제신례(交際新禮)』 전
- 『경제원론(經濟原論)』 전
- 『민권자치제(民權自治制)』 전
- 『이충무공실기(李忠武公實記)』 전
- 『만국여지신도(萬國輿地新圖)』 일(一)
- 『신식기억법(新式記憶法)』 전
- 『삼국대지도(三國大地圖)』 일(一)
- 『정치원론(政治原論)』 전
- 『정치학대강(政治學大綱)』 전
- 『화폐론(貨幣論)』 전
- 『최신만국여지전도(最新萬國輿地全圖)』 일(一)
- 『최신만국지도(最新萬國地圖)』 일(一)
- 『중등만국사(中等萬國史)』 전
- 『모범교육학(模範敎育學)』 전
- 『인권신설(人權新說)』 전
- 『서양사년표(西洋史年表)』 전
- 『동국명장전(東國名將傳)』 전
- 『보법전기(普法戰記)』 전
- 『신찬보통위생학(新撰普通衛生學)』 전
- 『피득대제(彼得大帝)』 전
- 『간명교육학(簡明敎育學)』 전
- 『농회보(農會報)』 15책
- 『실업연구회보(實業硏究會報)』 3책
- 『학회보(學會報)』 18책
- 『도작지남(稻作指南)』 1책

- 『대한협회보(大韓協會報)』 4책
- 『대한자강회보(大韓自强會報)』 56책
- 『천도교회보(天道教會報)』 1책
- 『대동문수(大東文粹)』 전
- 『신공론(新公論)』 1월호

위의 목록들을 살펴보면 서적들 대부분이 근대계몽기에 발간된 계몽학술서 또는 학회지이다. 『이태리독립사』, 『비율빈전사』, 『보법전기』, 『피득대제』 같은 역사전기문학, 『만국공법요략』, 『농업입문』, 『상업학』, 『간명교육학』, 『경제원론』 같은 학부(學部)나 신식 학교에서 발행되었던 교과서 관련 서적, 『대한협회보』, 『대한자강회보』 같은 학회지 등이 주종을 이룬다. 이 시기 국내에서 발간된 서적도 있고, 중국 상해나 일본 등지의 국외에서 발간된 서적도 일부 보인다. 『신공론』은 1909년경 일본에서 나온 잡지이고, 『천도교회보』가 『천도교회월보』라면 이 책은 창간호가 1910년 8월 15일 발간된 잡지이다. 『실업연구회보』가 『경북실업연구회보』라면 이는 1910년대 초반에 발간된 잡지임을 알 수 있다. 현재 확인 가능한 『경북실업연구회보』 1권 3호가 1912년 8월 31일 발간되었기 때문이다. 1910년 전후에 나온 책자들이 대부분인 이 필사본의 목록을 보면, 앞에서 살펴본 <해조신문>이나 <황성신문>이 언급한 우현서루 서적의 내용에서 크게 벗어나지 않는다.

한편 우현서루가 언제까지 운영되었는지는 아직 명확한 근거가 제시되지 못하고 있다. 우현서루가 일제(日帝)에 의해 1911년 7년만에 강제 폐쇄되었다는 주장[19]이 있으나 여러 정황 증거상 믿을 수 있는 것은 아니다. 위의 「서루서적목록」에 제시된 서적들 중 일부가 1910년대 초반 서적임을 감안하면

19 박창암, 「가계, 가족적 배경」, 『상백 이상백평전』, 을유문화사, 1996, 49쪽.

1910년대 초에도 우현서루가 운영되고 있었음은 알 수 있다.

또 하나의 근거는 「우현서루 일람표」란 필사본 문서를 들어 볼 수 있다. 5쪽으로 된 이 문서의 표지에는 '대정(大正) 5년 병진(丙辰) 하반기' '우현서루 일람표'란 제목이 붓으로 쓰여져 있다. 내지는 수입부 1쪽, 지출부 2쪽의 회계 기록과 마지막 장에 '공계(公計) 지출금 일백육십원오십삼전, 잔원(殘員) 이십구원사십칠전', '사무원 박연조(朴淵祚), 감독 서기하(徐基夏)'로 되어 있다. 이 문서는 우현서루가 대정 5년, 즉 1916년까지는 운영되었다는 증거가 된다. 다만 1916년 이후 어느 시점부터 실제 우현서루 운영이 지속되지 않았던 것만은 분명해 보인다. 홍주일(洪宙一), 김영서(金永瑞), 정운기(鄭雲驥) 세 사람이 중심이 되어 1921년 9월 15일 개교한 교남학원(嶠南學院)이 팔운정(八雲町)의 우현서루의 건물을 빌려 설립했다는 것[20]이 이러한 사실을 말해 준다.

우현서루는 이처럼 국내에서 출판된 근대계몽기의 학술서적이나 교과서류는 물론이고 서양 문물을 소개하는, 미처 번역되지 않은 일본이나 중국에서 출판된 근대지식(近代知識) 관련 서적들을 비치하고 있었다. 우현서루에 입고된 이러한 서적들은 근대계몽기 대구지역 지식인들의 신문명 수용에 대한 열망을 충족시켰으며, 우현서루에 드나들었던 지식인들은 1910년 전후 대구의 지적, 문화적 풍토를 진작시키는 데 앞장섰다고 할 수 있다. 을사늑약 이후 지식인들에게 서양의 근대문명을 바탕으로 한 소위 근대지식(近代知識)의 습득은 이제 선택의 문제가 아니었다. 신구학문의 조화 위에 새로운 시대

20 "대구 유지 정운기씨는 차 교육기관 결핍에 절감한 바이 유(有)하야 교남학원(嶠南學院)을 발기·설립하고 착착 진행하는 중인 바 위선(爲先) 당지(當地) 팔운정(八雲町) 전(前) 우현서루(友弦書樓)를 차(借)하야 래(來) 9월 15일부터 개학한다는 데, 교사는 의무(義務)로 제대(帝大) 농과(農科)출신 정운기(鄭雲騏) 고등공업(高等工業)출신 전영식(全永植) 외 2인이라 하며……" 「교남학원 설립」, <동아일보>, 1921.8.31. 교남학교의 설립 과정에 관한 개략적인 설명은 『대륜백년사』, 학교법인 대륜교육재단 대륜중·고등학교, 2021, 78~93쪽 참고.

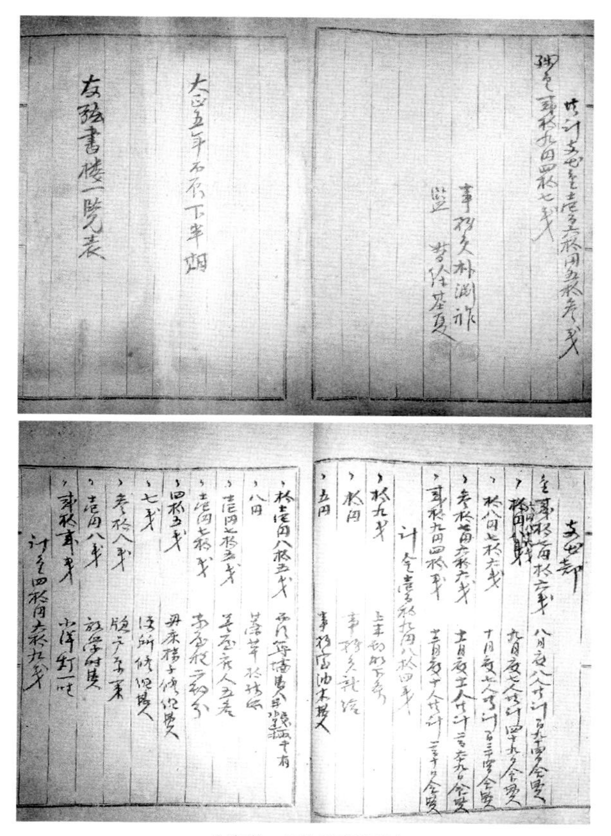

友弦書樓一覽表

〈사진〉 우현서루일람표

를 향하여 나아가지 않으면 안 되는 형국이었다. 이러한 정세 속에 우현서루는 동서양의 신구 학문을 습득할 수 있는 영남지역의 교육기관 또는 서고(書庫)로서 그 역할을 충실히 수행하였다고 할 수 있다. 개화기의 지식인들은 전통적인 한학의 소양을 바탕으로 일본이나 중국에서 수입되는 신문명을 습득함으로써 새로운 시대에 적응해 나가고자 하였다. 우현서루는 뜻 있는 지사들에게 신구문명을 배우고 전파하는 서고(書庫)와 교육기관의 역할을 동시에 수행하고 있었던 것이다. 우현서루에 장지연, 박은식, 이동휘 등이 드나들었고, 일본 이중교(二重橋) 폭파 사건의 김지섭 의사 등도 수학[21]한 것으로 전해지고 있어 이를 증빙해 보인다.

민족계몽 내지 교육에 대한 이일우의 열정은 우현서루, 대구광학회, 달서여학교, 대한협회 등을 통해 나타났는데, 이러한 그의 뜻은 이상화의 모친인 김신자에게도 이어졌다.

> 大邱郡居 李一雨氏ᄂᆞᆫ 素히 教育家로 著名ᄒᆞ거니와 氏의 寡居ᄒᆞᆫ 季嫂金和秀氏은 現今急務된 教育이 不振ᄒᆞᆷ을 慨嘆ᄒᆞ야 當地女子教育會를 先㸃發起ᄒᆞᆷᄋᆡ 同般入會婦人이 百餘名에 達ᄒᆞ야 義損金二百餘圜을 鳩聚ᄒᆞ야 該郡達西學校에 寄附贊成ᄒᆞ고 又書學에 從事키 不能ᄒᆞᆫ 青年婦人을 爲ᄒᆞ야 達西學校를 臨時借得ᄒᆞ야 夜學校을 設ᄒᆞᆷᄋᆡ 一朔問에 婦人學員이 二拾餘人에 達ᄒᆞ고 且婦人의 當行ᄒᆞᆯ 家庭業務와 其他經濟上有益ᄒᆞᆯ 事業을 漸次改良코져 熱心注意ᄒᆞᆫ다고 南來人의 稱頌이 浪藉ᄒᆞ다더라[22]

이일우의 동생은 이상화의 아버지인 이시우뿐이므로 과거(寡居)한 계수(季嫂) 김화수는 곧 이시우의 아내인 김신자가 된다.[23] 이상화의 어머니인 김신자는 이 당시 여자교육회를 발기하여 부인회원 백여 명을 모집하고, 의연금 2백여 원을 모아 달서여학교[24]에 기부하였으며, 또 교육으로부터 소외된 부

---

21 백기만 편, 『상화와 고월』, 청구출판사, 1951, 141쪽.

22 「金女史의 熱心」, <황성신문>, 1910.4.14.

23 김화수(金和秀)는 김신자(金愼子)의 법명(法名)이다.

24 아래 기사는 이일우나 김신자의 달서여학교의 관여 정도를 알려주고 있다. "대구사립 달서녀학교는 설립ᄒᆞᆫ지 일년에 생도가 오십여명에 달ᄒᆞ엿는데 재정이 곤난ᄒᆞᆷ으로 학교집을 정티 못하였음으로 그 고을 달성친목회에서 그 회관을 빌녀주었더니 신ᄉᆞ 제씨가 부인교육회를 발긔하야 다수 금액을 보조ᄒᆞ야 교육상태가 올연히 젼진ᄒᆞᆫ다더라"(「달서녀학교 확쟝」, <대한매일신보>, 1909.12.30)

인들을 위해 달서여학교 내에 부인야학교를 설립하기도 하는 등 여성계몽론자의 역할을 수행하였다.[25] 우현서루를 바탕으로 이상화 집안의 애국계몽운동은 지속되었다고 볼 수 있는데, 강의원(講義院)과 애국부인회(愛國婦人會)의 설립과 운영은 이러한 모습을 잘 보여준다.

4. 출판사 광문사와의 연계

1910년 전후 대구의 문화 내지 문학 장(場)을 형성하는 데 우현서루는 앞에서 살펴본 바와 같이 교육과 근대지식의 보급 기관으로서 지대한 역할을 하였다. 우현서루는 동서양의 서적을 대량 보유함으로써 대구지역 지식인들의 근대문명에 대한 갈증을 해소시켜 주었다. 우현서루는 단순 서고(書庫)의 기능만 한 것이 아니라 1910년 전후 대구의 문학 장을 교육과 계몽 중심으로 바꾸어 놓는 데 큰 역할을 하였다. 우현서루의 서고에는 이 당시 대구의 신식 출판사였던 광문사(廣文社)에서 발간한 제 서적들도 입고되었을 것으로 추정되는데, 광문사의 위상과 제 역할을 잠깐 살펴볼 필요가 있다. 이 시기 대구의 문학 장 형성에 또 하나의 축이었던 출판사 광문사(廣文社)는 국가의 위기적 상황에서 국채보상운동을 제창함으로써 애국계몽운동의 중심에 서게 된다.

1910년 전후 대구의 출판사로는 광문사 이외에 재전당서포(在田堂書鋪)와 칠성당서포(七星堂書鋪)가 있었다. 재전당서포와 칠성당서포가 주로 전통적 유학서나 실용서적을 출판하고 있던 것과는 달리 광문사는 판매를 목적으로

---

25 <대한매일신보> 1910년 4월 24일 「달서녀학교 시험」이란 기사에 의하면 우등상, 급제상을 새교육회 부인 김화슈, 윤매쥬, 리만셩 삼씨가 다수한 상품을 주었다는 내용이 나온다.

하기는 하였지만 신식 교육에 바탕을 둔 계몽서적을 많이 발간하고 있었다. 이는 발행인인 사장 김광제(金光濟)의 이력과 관련이 깊다고 할 수 있다. 김광제는 충남 보령 출신으로 대구 광문사 사장으로 있으면서 부사장 서상돈(徐相敦)과 함께 광문사를 통해 교과용 도서 같은 각종 계몽서적을 발간하는 한편, 1907년 국채보상운동을 주도하였다. 광문사가 대동광문회를 통해 국채보상운동의 발원지로서의 역할을 한 것을 볼 때, 광문사가 단순히 상업적 영리만을 추구하는 출판사가 아님을 보여준다. 광문사는 김광제, 서상돈 같은 의식 있는 개화지식인의 활약으로 출판을 통한 근대지식 보급을 넘어 민족 계몽의 선도적 역할까지 수행했다고 할 수 있다.

을사늑약 이후 한국정부는 일제의 침략적 차관 공세에 의해 1907년 2월 당시 1천 3백만원이란 부채를 안고 있었다. 국채보상운동(國債報償運動)은 일제의 정치, 경제적 침략 행위에 대한 국민들의 위기의식과 항일의식이 결합되어 일어난 운동이라 할 수 있다. 국채보상운동은 1907년 1월 30일 대구의 광문사에서 광문사문회(廣文社文會)의 명칭을 대동광문회(大東廣文會)로 개칭키 위한 특별회를 열고, 회의를 마친 후 서상돈이 국채보상 문제를 제의하면서 시작되었다. 국고금으로 갚을 수 없는 국채를 2천만 동포가 담배를 석 달만 끊고, 그 대금으로 국채를 보상할 것을 제의하고 자신부터 8백 원을 내겠다고 하였다. 서상돈의 제의에 회원들이 모두 동의하고 광문사 사장 김광제가 앞장섬으로써 국채보상운동이 시작되었다. 이어 2월 21일 대구 광문사 사장 김광제, 부사장 서상돈과 대동광문회 회원 등이 대구민의소(大邱民議所), 즉 단연회(斷煙會)를 설립하면서 국채보상 모금을 위한 국민운동을 개최하고, 3월 9일 서문 밖 수창사(壽昌社)에 국채지원금수합사무소를 설치하였다.[26] 이러

26 조항래, 『1900년대의 애국계몽운동 연구』, 아세아문화사, 1993, 207쪽 참고.

한 국채보상운동의 취지가 <대한매일신보>, <황성신문>, <제국신문> 등을 통해 알려지자 국채보상운동은 대구뿐만 아니라 전국 각지의 남녀노소들의 참여를 이끌어내는 성과를 거두었다. 이상화의 백부였던 이일우도 국채보상운동에 관여하였는데, 그는 이종면(李宗勉)과 더불어 대구단연상채소(大邱斷煙償債所) 대표로 <대한매일신보>에 광고를 내거나,[27] 서상돈, 유상보, 서기하, 이종면 최영환, 채두석 등과 국채보상금 처리에 관여하기도 하였다.[28] 대구단연상채소(斷煙償債所)란 담배를 끊음으로써 채권을 갚는 장소라는 뜻으로, 대구에 설립된 국채보상운동의 실질적 운영소라 할 수 있다.

> 大邱斷烟同盟會에서 前視察 徐相敦氏 一千圜이오 前郡守 鄭在學氏 四百圜이오 前郡守 金炳淳氏와 前丞旨 鄭圭鈺氏와 前同敦寧 郭柱祥氏와 前參奉 徐相敏氏와 前警務使 徐相龍氏ᄂᆞᆫ 各一百圜이오 夫人會에 妓鸚鵡가 一百圜인ᄃᆡ 本會經費一欵은 大邱居 金炳淳 鄭圭鈺 李一雨 三氏가 各一百圜式 義捐ᄒᆞ야 該會費를 分擔ᄒᆞ얏고 該會長 李玄澍氏ᄂᆞᆫ 不得已ᄒᆞᆫ 事故가 有ᄒᆞ야 陰三月十日에 辭免ᄒᆞ고 其代에 宋君氏를 推任ᄒᆞ얏다더라[29]

위의 기사에 의하면 소남 이일우는 대구단연동맹회에 100환의 회비를 분담하는 등 국채보상운동의 실무로 활약하였음을 알 수 있다. 이상화 집안이 아니더라도 경술(庚戌)의 국치(國恥) 직전 대구는 국채보상운동의 중심지로, 민족계몽의식이 충만한 장소였다. 민족계몽을 주도해 가는 데 근대 신식 출판 또한 큰 역할을 하였는데, 광문사(廣文社)가 그 주역이었다. 지금까지 확인된 광문사가 발간한 서적들을 나열해 보면 다음과 같다.

---

27 <대한매일신보>, 1908년 9월 2일과 9월 3일자 광고.
28 <대한매일신보>, 1908.11.13.
29 「특의선연(特義先捐)」, <황성신문>, 1907.4.30.

- 『유몽휘편(牖蒙彙編)』 상하 1책, 달성광문사, 1906.
- 『만국공법요략(萬國公法要略)』, 달성광문사 중간, 1906.
- 『월남망국사(越南亡國史)』, 현채 역, 달성광문사, 1907.
- 『중국혼(中國魂)』 상·하, 음빙실주인 편집, 대구광학회 동인, 대구광문사, 1907.
- 『상업학(商業學)』, 장지연 역, 달성광문사, 1907.
- 『중등산학(中等算學)』, 이원조 찬, 김광제 교열, 대구광문사, 1907.
- 『경제학교과서(經濟學敎科書)』, 이병태 역, 대구광문사, 1908.

광문사에서 출판된 위의 서적들을 살펴보면 전통적인 유학서인 문집이나 경서(經書)류의 책들은 제외되어 있다. 이로 미루어 볼 때 광문사는 처음부터 교과용 도서나 애국계몽서적을 중심으로 신식 출판을 표방한 것으로 보인다. 『상업학』이나 『중등산학』, 『경제교과서』 등은 신식 학교에서 배우는 전형적인 교과용 도서인 데 반해, 『월남망국사』나 『중국혼』 등은 국가의 위기를 극복하기 위한 애국계몽서적의 일종이라 할 수 있다. 이를 통해 볼 때 광문사는 두 가지 출판 전략을 구사하였다고 할 수 있는데 하나는 신식학교의 교과용 교재를 발간하는 상업적 전략이고, 다른 하나는 국가의 위기상황을 극복하고자 하는 애국계몽의 기획이었다. 『월남망국사(越南亡國史)』나 『중국혼(中國魂)』은 비록 번역서이기는 하나 국내의 독자들에게 경종을 울리고자 한 책자이다. 이들은 외세의 침탈, 즉 제국주의의 야욕장이 되어버린 동아시아의 현실 앞에 민족의 주체적 대응을 촉구하고자 기획된 도서라 할 수 있다. 광문사는 출판을 통해 지식인 또는 민중을 계몽하고자 하였던 것이다. 알려진 도서들의 출간 연도를 보면 광문사의 출판활동이 1906에서 1907년 사이에 상당히 활발하게 이루어졌음을 알 수 있다.[30] 1906년에서 1907년 사이에 발간된 위의 도서들은 '동서양 신구서적 수천 종을 구득'하던 이일우의 우현서루 장서에 자연스럽게 편입되었던 것으로 보인다.

광문사의 출판활동과 국채보상운동, 또 이들 도서의 우현서루로의 유입 등은 1910년 전후 대구의 문학 장이 급속하게 재편되고 있음을 보여준다. 1910년 전후 대구의 문학 장은 교육 및 출판을 축으로 새로운 시대를 맞이할 준비를 하고 있었다고 할 수 있다.

5. 맺음말

외세의 침탈이란 국가적 위기 상황 속에서 1910년 전후의 대구는 근대를 향한 부산한 움직임을 보이고 있었다. 근대가 제도를 통해 이루어진다고 했을 때, 1910년 전후 대구의 문화 내지 문학 장(場)에 가장 큰 영향을 미친 것은 교육과 출판이었다. 구체적으로는 소남 이일우가 운영한 우현서루와 김광제가 사장으로 있던 출판사 광문사를 들어볼 수 있다. 교육과 서적 유통의 근간이었던 우현서루와 광문사는 대구지역의 지식인들에게 근대지식을 습득, 보급시키는 동시에 계몽의 역할을 담당한 중요 기관이었다. 이들은 중앙과 대비되는 대구란 장소적 특성을 잘 활용하여 근대지식의 보급 및 애국계몽운동을 적절히 선도함으로써 1910년 전후 대구지역 문학 장(場)을 주도할 수 있었다.

30 경술국치 후 일제의 출판통제와 맞물리면서 광문사의 출판활동은 상당히 위축되는데, 이는 광문사의 출판 경향과 관련된다고 할 수 있다. 반면 상업적 출판을 시도하였던 재전당서포는 여전히 남아있는 한문세대나 구 독자층의 욕구를 수용하면서 1930년대 중반까지 왕성한 출판활동을 지속하였다.

우현서루는 1910년 전후 대구의 문학 장 형성에 중요한 기능을 하였음에도 자료의 미비로 지금까지 제대로 조명되지 못하였다. 이에 본 장에서는 우현서루와 관련된 실물 자료들을 확인함으로써 우현서루의 실체를 일정 부분 밝혀낼 수 있었다. 우현서루는 서세동점의 현실 앞에 새로운 문물의 수용과 신지식 보급의 필요성을 깨달은 소남 이일우 개인에 의해 설립된 교육기관이자 도서 열람이 가능한 서고(書庫)였다. 우현서루는 당대의 지식인들과 애국계몽론자들이 드나들면서 애국계몽운동의 중심지로서의 역할을 수행하였으며, 대구지역 지식인들에게 근대지식(近代知識)의 습득과 보급의 장소로 기능하였다. 이 장에서는 새로 확인된 우현서루 소장도서 일부를 바탕으로 우현서루 소장도서의 내용과 성격을 재구해 내고 대구지역 근대지식(近代知識)의 유통과 보급의 과정을 추적해 보았다. 또한 우현서루에 유입된 출판사 광문사의 서책들도 동시에 살펴봄으로써 1910년 전후 대구의 문학 장(場)이 교육과 출판 중심으로 구성되고 있음을 밝혀내었다.

제3부
지역 근대문학을 주도하는 매체들

| 제1장 |

『거화』와 동인들의 활동

1. 동인 작문집 『거화』의 기억

근대가 철도, 학교, 병원, 신문, 잡지 같은 제도를 통해 형성된다고 할 때, 출판이 문화나 문학공간 형성에 미치는 영향은 매우 크다고 할 수 있다. 근대문학 또한 교지, 신문, 잡지, 작품집 같은 각종 출판매체를 통해 그 모습을 드러내게 된다.

1917년 발간된 『거화(炬火)』는 대구지역 근대문학 생성의 선두에 선 작품집이라 할 수 있다. 『거화』의 존재는 『금성』 동인이었던 목우 백기만의 다음과 같은 회고, 즉 "그는 1900년 8월 1일생인데 1917년 그가 상해에서 돌아왔을 때 처음으로 알게 되었고 서로 뜻이 맞아서 곧 친밀해졌으며, 그와 상화와 상백과 나와 네 사람이 작문집 『거화』를 시험해 본 것도 그 해 일"[1]이란 글에서 처음 밝혀졌다. 여기서 그는 현진건을 지칭한다. 그렇다면 이 글은 백기만이 현진건을 회상하는 과정에서 그와 함께 했던 매체 『거화』에 대한 기억이라 할 수 있다. 경술국치 후 대구·경북의 출판계는 민족자본과 일본자

1 백기만, 「빙허의 생애」, 『문학계』 1집, 경북문학협회, 1958.3, 84쪽.

본이 경쟁하고, "목활자와 연활자가 병존"[2]하면서 시작되었다. 그러나 1910년대의 경우 근대문학 매체들은 이미 대부분 연활자로 인쇄, 통용되고 있었다. 백기만이 「상화의 시와 그 배경」에서 『거화』를 '푸린트판' '작문집'[3]으로 호명하는 것을 볼 때, 이것이 연활자로 인쇄된 동인지는 아니었던 것으로 보인다.

현재 남아 있지 않은 『거화』는 "문화를 이끌어 가는 다양한 매체에 대한 기억"[4]인 '문화적 기억'의 한 형태로 존재한다고 할 수 있다. 기억이 때로는 왜곡되고 주관화되기도 하지만 그것은 "문자 매체의 도움으로 경험과 사유를 기록하고 전수"[5]되기 마련이다. 대구·경북 근대문학 형성의 장에서 『거화』가 주목되는 이유는 『거화』에 참여했던 현진건, 백기만, 이상화, 이상백 등이 1920년대 동인지 문단의 형성에 중요한 역할을 했던 인물들이기 때문이다. 이상화와 현진건이 『백조』의 동인으로, 백기만과 이상백이 『금성』지의 주요 동인으로 활동하였는 바, 이들이 함께 공유한 작품집인 『거화』의 존재는 이들 문학의 출발지로서 그 의미가 있다고 하겠다.

2. 『거화』 그룹의 행방

1920년대 초 한국 문단의 형성과정을 살펴보려고 할 때 대구지역에서 발간된 동인작문집 『거화(炬火)』를 주목해 볼 필요가 있다. 『거화』에 참가했던

2 『대구·경북인쇄조합 45년사』, 대구·경북인쇄산업협동조합, 2006, 106쪽.
3 백기만, 「상화의 시와 그 배경」, 『자유문학』, 1959.11, 26쪽.
4 최문규, 「문화, 매체, 그리고 기억과 망각」, 『기억과 망각』, 책세상, 2003, 363쪽.
5 최문규, 위의 글.

인물은 이상화, 백기만, 이상백, 현진건 등이다. 『거화』는 1917년에 대구 출신의 문학청년들끼리 모여 만든 작품집으로 추정된다. 그러나 이것이 작품집이긴 하나 이들의 문학적 출발점임을 염두에 둔다면 그냥 넘어갈 일이 아니다. 왜냐하면 『거화』에 참가했던 인물들이 1920년대 초기 동인지 문단의 중심인물로 성장하였기 때문이다.

『거화』란 제목이 예사롭지 않다. '거화'란 무엇인가? 횃불을 나타내는 '거화'란 제목은 이 작품집이 나아가야 할 방향성을 상징하고 있다고 할 수 있다. 타오르는 횃불은 곧 대구를 중심으로 모여든 젊은 청년들의 문예와 사회에 대한 열정과 방향성을 나타낸다 하겠다. 지금 『거화』의 분위기나 성격을 추정해 볼 수 있는 자료는 거의 남아 있지 않다. 그러나 백기만이 이후 같은 제목의 시 「거화」를 『금성』 2호에 남겨 놓고 있음을 볼 때 그가 동인 작품집 『거화』에 가진 애정이 유달리 깊었음을 알 수 있다. 이로 볼 때 『거화』는 백기만, 이상화 등 대구 청년들의 문예활동 내지 사회운동의 출발점이 된 매체임을 알 수 있다.

1920년대에 접어들면서 이상화와 현진건은 『백조』 동인으로, 백기만과 이상백은 『금성』 동인으로 참가하면서 '거화' 그룹은 1920년대 초창기 동인지 문단의 형성에 그 일익을 담당한다. 1920년대 '화려한 낭만주의'를 열었던 『백조』에 이상화, 현진건이 참가하고, '시가(詩歌) 중심' 잡지를 표방했던 『금성』에 백기만과 이상백이 참여함으로써 『거화』로부터 시작된 대구·경북 청년의 문예열은 큰 성과를 거두게 된다. 이처럼 『거화』를 중심으로 모여들었던 대구의 청년 문예 그룹은 1920년대 초기 동인지 『백조』와 『금성』으로 분화하게 되는데, 이들의 분화가 사상적, 문화적 입장의 차이라기보다는 개인적 사정이 개입된 결과라 볼 수 있다. 이후 대구 또는 경성에서 백기만, 현진건, 이상화의 교유(交遊)가 지속적으로 계속되며, 백기만의 경성에서의 생활 또한 주로 현진건의 사랑채를 중심으로 이루어지고 있음은 볼 때,[6] '거화' 그룹의 분화가 이들 사이의 특별한 입장 차이로 인한 것이라 보기는 어렵다.

백기만을 통로로 한 동향 시인 이장희와 이상백의 『금성』 동인 참가는 시 전문지를 내세우는 『금성』지의 위상을 높이는 데 큰 역할을 하였다고 할 수 있다. 1920년대 근대시 형성에 기여한 동인지 『금성』에 대구지역 시인이 3명이나 가담하였다는 것, 이것은 백기만이란 매개적 통로를 통해서 이루어진 지역문학이 거둔 큰 성과였다. 이상화, 현진건이 참가한 『백조』지와 백기만과 이장희가 주축이 된 『금성』지와의 연계성으로 인해 1920년대 동인지 문단은 한층 풍성해졌다고 할 수 있다. 백기만, 이상화, 이상백, 현진건이 중심이 된 '거화' 그룹의 1920년대 초 동인지 문단 진출은 대구를 중심으로 한 지역 문단을 자극하고, 1920년대의 조선 문단에 새로운 문학 풍토를 조성하는 원천이 되었다고 할 수 있다.

먼저 이상화의 행적을 친구 박태원(朴泰元)을 통해 잠깐 살펴보기로 하자. 중앙학교에 다니다 대구에 내려와 있던 이상화는 백기만과 더불어 대구 3·1 만세 운동을 주동하였다. 그는 검거된 백기만과 달리 일경(日警)을 피해 서울 냉동 92번지 박태원의 방으로 피신하게 된다. 작곡가 박태준의 맏형인 박태원은 대구 계성학교를 졸업하고 평양 숭실대학에 진학하였다가, 다시 연희전문학교로 전학한 인물이다. 3·1운동 당시는 서울에 거주하고 있었다. 이후 일본 와세다[早稻田] 대학 영문과에 입학하여 수학 도중 폐병을 얻어 귀국하였으나 고향인 대구에서 1921년 8월, 25세의 나이로 요절하였다. 그는 영문학을 전공하였지만 성악가이자 작곡가로 이상화와 깊은 우정을 나누던 사이였다.

---

6 백기만, 「빙허의 생애」, 『씨뿌린 사람들』, 사조사, 1959, 17~18쪽.

『백조』 3호에 발표한 이상화의 「이중의 사망」은 '가서 못 오는 박태원의 애듯한 영혼에 바츰'이란 부제가 있어 이 시가 그의 영전에 바치는 시임을 알 수 있다.

한편 이상화는 1921년 빙허 현진건의 소개로 『백조』 동인에 참가한다. 이상화는 1922년 『백조』 창간호에 「말세(末世)의 희탄(欷嘆)」과 「단조(單調)」를, 1923년 『백조』 3호에 「나의 침실로」, 「이중의 사망」 등을 발표하면서 본격적인 문학 활동을 시작하였다. 『백조』 동인 활동 도중 이상화는 1922년 프랑스 유학의 기회를 갖고자 불어 공부를 위해 동경의 '아테네 프랑세'에 입학하게 된다. 우현서루(友弦書樓)와 집안의 사숙을 통해 동·서양 근대지식을 학습했던 이상화가 중앙학교를 거쳐 동경 유학까지 갔으나 이상화의 목표는 여기까지가 아니었다. 동경에서 아테네 프랑세에 다니면서 불란서 유학을 시도한다든지, 친구 박태원과 함께 영어를 학습하고, 『백조』 2호에 영시 「To______」를 발표한 것 등은 이상화의 관심이 근대지식의 산출지인 서구사회로 향해 있음을 말해 주는 것이다. 이러한 이상화의 꿈을 좌절시킨 것은 관동대지진이다. 관동대지진의 소용돌이 속에서 '사회주의자와 조선인의 방화 및 폭동에 대한 유언비어'[7]가 난무하면서 관헌이나 자경단원(自警團員)들에 의해 많은 조선인들이 학살되었다. 일본에 건너온 조선인들 대부분은 노동자 아니면 유학생들이었다. 이상화는 관동대지진 당시 조선인 학살이란 참상을 목격하고, 1924년 봄에 귀국하였다. 관동대지진을 전후한 이러한 체험은 향후 이상화 문학 생성의 중요 동인으로 작용하였다. 식민지 유학생으로 겪었던 관동대지진 체험은 우현서루나 집안 사숙을 통해 형성되었던 역사의식과 항일 의식을 더욱 강화시키는 계기가 되었을 것으로 생각된다. 귀국 후 이상화가 신경향

7 강덕상, 『학살의 기억, 관동대지진』, 역사비평사, 2005, 355쪽.

파 문학으로 급격히 이동해 가는 것도 이것과 연관이 있을 수 있다. 이후 이상화는 「폭풍우를 기다리는 마음」(1925), 「시인에게」(1926), 「빼앗긴 들에도 봄은 오는가」(1926), 평론 「무산작가와 무산작품」(1926), 「역천(逆天)」(1935) 등의 수작들을 계속 발표하게 된다.

지금까지 「나의 침실로」 등 『백조』에 실린 이상화의 시를 대상으로 많은 논자들은 이상화 초기 문학이 감상적 낭만주의에 빠져 있다고 평가하였다. 그 결과 「말세의 희탄」이나 「나의 침실로」 등은 『백조』의 소위 '병적 낭만주의'를 대표하는 작품으로 회자되었다. 문제는 1923년경 이상화가 그렇게 감상적 낭만주의에만 매몰된 청년이 아니었다는 점이다. 이상화의 작품 중 동경(東京)을 제재로 한 작품으로 「도-교-에서」가 있다. 「도-교-에서」는 1926년 2월 『문예운동』 창간호에 발표된 작품이지만 창작 연대에 대한 고증이 다소 필요한 작품이다. 작품 제목 아래에 '1922추(一九二二秋)'란 표기는 이 작품이 「나의 침실로」 이전에 구상되었거나 창작된 작품임을 말해 준다. 「도-교-에서」는 도일(渡日)한 직후 이상화가 동경의 거리를 배회하면서 창작한 시 작품이다. 이상화는 1922년 가을에 「도-교-에서」를 쓰고, 1923년 9월 6일 발간된 『백조』 3호에 「나의 침실로」를 발표했다. 이런 사실은 1920년대 초기 『백조』 시절, 이상화가 단순히 감상과 낭만에만 머문 시인이 아님을 보여 준다. 시 「도-교-에서」는 이상화가 『백조』 동인 시절에 이미 조선의 현실에 대한 뚜렷한 인식을 하고 있었음을 보여 준다.

이러한 사실은 이상화 문학이 백조 유미주의에서 계급주의 문학으로 단선적으로 이동해 갔다는 기존 평가[8]를 재고하게 만든다. 작품 창작 초기부터 이상화 문학에는 낭만적 요소와 현실적 요소가 공존하고 있었다는 점을 염두

---

8 김윤식, 『한국근대문학양식논고』, 아세아문화사, 1980, 27~62쪽 참고.

에 둘 필요가 있다. 우현서루와 광문사로 대표되는 근대계몽기 대구의 애국계몽운동의 풍토 속에서의 성장, 3·1운동의 가담과 도피, 관동대지진 체험 등을 겪으면서 이상화는 민족적 울분 내지 비판적 사회의식을 자연스레 체득하게 되었다고 할 수 있다.

백기만은 대구고보 재학 중 이상화와 함께 3·1운동을 주모하였다. 백기만은 3·1만세 시위로 검거되어 징역형을 선고받고 출감된 후 8월경 상경하였다. 서울의 현진건 집 등을 전전하면서 백운산이란 이름으로 당시의 명사들과 교유하였다. 그는 서울에서 이돈화, 정우영, 현진건, 권애라 등 쟁쟁한 투사들과 웅변회를 조직하고, 중앙기독청년회관과 승동 예배당을 빌려 웅변대회를 개최하는 등 사회운동에 투신하였다. 백기만은 이상화의 종형 이상악의 도움으로 일본 와세다 대학 유학을 감행할 수 있었는데, 그의 문학적 활동은 이때부터 꽃피운다고 할 수 있다.[9]

백기만의 『금성』 동인 참가는 일본 와세다[早稲田] 대학 유학과 관계가 깊은 것으로 보인다. 일본 와세다 대학에는 조선에서 유학 온 청년인 양주동, 손진태, 유춘섭 등이 재학하고 있었다. 이러한 환경은 이들이 쉽게 의기투합할 수 있는 계기를 만들었다. 『금성』지 발행의 경제적 문제를 해결한 인물은 주로 양주동과 유춘섭이다. 그러나 『금성』 1호에서 3호까지의 동인 구성이나 편집 체제를 살펴볼 때 평양의 양주동과 대구의 백기만의 결합이 『금성』지의 위상을 결정짓는 데 중요한 역할을 했다고 할 수 있다. 일본 동경의 와세다[早稲田] 대학 불문과(양주동, 백기만, 유춘섭)와 영문과(손진태) 학생을 중심으로 시작된 『금성』은 3호에 대구 출신의 이상백(철학과)과 이장희가 참가함으로

---

9 백기만의 매체활동과 시 작품에 대해서는 박용찬, 「1920년대 시와 매개자적 통로 — 백기만론」, 『어문학』 94, 2006.12, 295~324쪽 참고.

써 동인이 6명으로 확대된다. 고월 이장희는 백기만의 추천으로 『금성』 3호 동인이 되었다. 실질적 편집인인 양주동과의 교분을 두텁게 하는 데도 백기만의 매개적 통로가 있었기에 가능하였다. 이상백은 이상화의 아우로 이 당시 와세다 대학 철학과를 다니고 있었으며, 이미 대구고보 시절 백기만과 동인지 『거화』를 만든 인연이 있었다. 이중 이장희는 유일하게 와세다 대학 출신이 아님에도 시 전문지를 자처했던 『금성』지의 '시인다운 시인'으로 자리 잡았다. 1926년 조선통신중학관에서 발간된 『조선시인선집』 또한 백기만이 주도하여 만든 최초의 근대시인선집이다. 편집 겸 발행인이 조태연으로 되어 있으나 실제로 이 책의 편집과 실무를 맡은 것은 백기만이다. 이 당시 백기만은 조선통신중학관에서 『중학강의록』을 편찬하면서, 조선통신중학관의 기관지였던 『신지식』의 실질적 편집자이기도 했기 때문이다. 이 선집에 『금성』 동인들의 시 대부분 실려 있다는 것 또한 증빙이 된다. 1923년부터 1928년까지 백기만이 관여한 창작시 발표 매체는 『개벽』, 『여명』, 『신민』, <조선일보>, <동아일보>, 『현대평론』, 『불교』 등이었다. 6년 동안 백기만은 25편의 시를 발표하였는데, 「가엾은 청춘」, 「고별(告別)」, 「예술」, 「청개고리」, 「산촌모경」, 「거화」, 「은행나무 그늘」 등이 주요 작품이다. 3·1운동 주모자로서 가졌던 불만과 열정은 그의 작품에서 몸담고 있는 현실에 대한 부정과 거부 내지 자조의식으로 나타났다. 그의 작품은 항일의식과 다정다감한 그의 기질, 곧 뜨거운 그의 열정이 부합되어 이루어낸 세계

백기만이 편한 『조선시인선집』

라 할 수 있다. '눈물'과 '꿈', '혁명아의 기풍'은 이 당시 백기만의 내면을 살펴볼 수 있는 중요 개념이다. '혁명아의 기풍'은 열정으로 대치될 수 있다. 백기만의 내면 풍경을 사로잡고 있는 눈물, 꿈, 열정은 그의 시의 주된 주제가 된다. 백기만은 청춘의 고뇌를 고통스러운 저항의 방식으로 드러내고자 한다. 시인으로서의 백기만은 '도덕'과 '법률' 같은 사람이 만든 것을 부정하고 예술이야말로 진실한 '미의 결정'이란 인식에 도달하였다. 그래서 '예술은 사람의 참소리 - 사람의 참 소래는 예술이다'라고 부르짖었다. '참 예술'을 내세우는 백기만의 예술에 대한 이러한 인식과정은 자아의 각성과 열정을 기반으로 한 것이었다고 할 수 있다.

한편 이장희(李章熙)는 동인작문집 『거화』를 함께 만들었던 백기만의 소개로 『금성』 3호에 동인으로 참가하면서 문학활동을 시작하였다. 이장희는 『금성』 동인으로 이 매체에 「실바람이 지나간 뒤」, 「새 한머리」, 「불노리」, 「무대」, 「봄은 고양이로다」 등 5편의 시를 수록했다. 이후 『신여성』, 『생장』, 『여명』, 『신민』, 『조선문단』, 『여시(如是)』, 『문예공론』 등의 잡지와 <조선일보>, <중외일보> 등에 시를 발표하였다. 백기만이 편집에 관여한 최초의 한국 근대시선집인 『조선시인선집』(1926)에 「청천의 유방」, 「동경」, 「겨울밤」, 「고양이의 꿈」, 「겨울밤」, 「연」 등이 정전화됨으로써 근대시인으로 이름을 알린다.

이장희에 대한 개인적 기록은 거의 남아 있지 않다. 백기만이 쓴 이장희에 관한 짧은 소묘는 그의 인간적 면모를 알 수 있는 자료이다.

> 고 이장희군. 군은 부호의 아들로서 그 자신은 이 지상에서 제일 가난한 사람이였었다. 그는 장사동(長沙洞) 질아(姪兒)들의 서울 살림집 한 간방을 차지하고 있었으니 책상 한 개 없고 벽화 한 장 안 붙은 방에 때 묻은 얇은

> 요댁이 하나 깔니고 아랫목에 때 묻은 조고만 이불 한 채 놓이고 이불 우에 목침 한 개, 그리고 잡지 책 한 권, 잉크 한 병, 철필 한 자루, 이것들이 군의 살림의 전부였었다. 군의 살림 형태는 1년 후에도, 2년 후에도, 3년 후에도 변화는 없었다. 그는 얇은 요댁이 우에 배를 깔고 업드려 잡지 여백에 철필 인물화를 그리는 것이 그의 생활 시간 절반을 차지하는 대사업이였었다. 이 철필 희화를 하는 동안에 그의 환상세계가 열리는 것이다. 환상세계만이 오직 그에게 위안과 행복을 주었던 것이리라. 그의 환상세계가 넓은 것에 반비적(反比的)으로 그의 현실세계는 너무도 협소하였다. 그의 교제는 문단에 국한하였고 문단인 중에서도 양주동, 유춘섭, 오상순, 김영진, 이경손 등 제씨 이외에는 접촉이 드물었었다. 그는 문학편중주의자이며 문학에서도 시문학 지상주의자였었다. 진정한 시인 이외에는 전부를 속물이라 하여 대좌(對座)하기도 싫어하였다. 그는 유춘섭, 손진태, 이상백, 양주동 등 제씨와 『금성』 동인의 일원으로 그의 시편은 그의 주장하는 바와 같이 푸라치나선같이 아름답고 빛나는 작품이였었다. 그가 염인 염세증으로 자살수단을 수행한 것은 조선시단을 위하여 통곡할 일이다. 그의 서거 이후에 필자와 이상화군이 협력하여 대구 조양회관에서 유고 전람회와 추도회를 개최하였던 것이다. 회 후에 수집된 유고를 출판할 생각으로 이상화군의 사랑 벽장에 두었더니 가택수색의 화를 만나 분실이 되었으니 문단과 고인에 대하여 죄송하다는 말만으로는 용서받을 도리가 없을 것 같다. 군에게 관하여서는 후일을 기한다.[10]

이장희는 대구지역의 대표적 부호의 한 사람이자 중추원 참의였던 친일자산가 이병학(李炳學)의 아들이었다. 그렇지만 이장희의 이력[11]과 백기만의 회

---

10 백기만, 「문학풍토기」, 『인문평론』, 1940.4, 84~85쪽.

11 이장희의 이력을 간략히 살펴보면 다음과 같다.
- 1900년 이병학과 박금련의 3남 1녀중 셋째 아들로 태어남.
- 1905년 생모 박금련 사망, 계모 박강자가 들어와 5남 6녀를 둠.
- 1906년 대구공립보통학교 입학, 1912 졸업.

고를 참조해 보면, 일본에서 교토[京都]중학을 졸업하고 귀국한 이장희는 친일자산가의 길을 가는 아버지와 뜻이 맞지 않았던 것으로 보인다. 어린 시절에 생모를 여의고 이어진 아버지와의 불화는 내성적인 성격의 이장희를 가난과 고독 속으로 밀어넣었다고 할 수 있다. 백기만의 기록에 의하면 이장희는 하루 내내 방구석에서 그림을 그리거나 시를 쓰면서 곤궁한 생활을 영위해 나가던 청년이었다.

고월 이장희의 유일한 필적 '박연'

백기만이 편집한 『상화와 고월』(1951)의 내제지에 남아 있는 '박연(博淵)'이란 글씨는 얼굴 사진조차 남아 있지 않은 이장희가 남긴 유일한 필적이다. '박연'은 중국 고전의 전거(典據)를 인용하였을 가능성, 이장희 생가(대구 서성로)가 있던 대구 인근의 영선못 같은 넓고 큰 못, 아니면 일본 유학이나 여행 도중 보거나 읽었던 큰 연못의 이미지나 이름일 가능성을 생각해 볼 수 있고, 그냥 '넓은 연못'이란 뜻의 보통명사일 수도 있다. 이렇게 본다면 '박연'을 그가 생전에 즐겨 그리던 금붕어와 관련해 설명해 보는 것도 가능하다. 무기력한 자신의 모습을 어항 속에 갇힌 금붕어로 생각하면서 넓은 연못을 동경하는 자신의 지향을 '박연'이란 글씨로 나타냈다고 볼 수 있다. 이렇게 본다면 '박연'은 금붕어 같은 자신의 신세를 벗어나기 위한 자신의 마음을 드러낸 것이라 할 수 있다. 즉 넓은 세상을 동경하는 마음이 담긴

- 1913년(13세) 도일(渡日)하여 교토[京都]중학 입학, 1918년 졸업, 귀국.
- 1924년 백기만을 매개로 『금성』 동인 참가, 『금성』 3호에 「봄은 고양이로다」 포함 5편 발표.
- 『여명』, 『신여성』, 『신민』 등의 여러 매체에 「청천의 유방」 등 다수의 시 발표.
- 1929년 대구 자택에서 음독 자살.

글씨라는 것이다. 세계와의 불화는 '속물'들을 비판하면서 그를 자기만의 세계에 탐닉하게 만들었으며, 그의 시를 감각적 유미주의에 머무르게 하였다. 어린 나이에 겪은 어머니의 죽음이나 그가 유학했던 일본 교토[京都]의 감각적 문학 풍조도 한 몫을 했을 것으로 보인다. 「청춘의 유방」, 「봄철의 바다」, 「연」, 「봄은 고양이로다」, 「동경」 같은 감각적인 작품은 "시는 프라치나선이라야 한다. 광채 없고 탄력성 없고 자극성 없는 굵다란 철사선은 시가 아니다"[12]란 그의 시관(詩觀)에서 탄생된 것이라 할 수 있다.

백기만, 이상화, 오상순, 서동진, 이근상 등은 이장희 사후 대구 조양회관에서 '고월 이장희 유작 시화전' 및 추도회(1929년 10월)를 연 바가 있으며, 백기만은 1951년 대구의 청구출판사에서 이상화와 이장희가 남긴 시를 수습해 유고시집 『상화(尙火)와 고월(古月)』을 발간하여 이장희를 기렸다.

현진건은 1900년 음력 8월 9일 부 현경운과 모 이정효의 막내아들로 대구에서 출생하였다. 현진건의 가계는 "일찍부터 개화한 집안으로 새로운 문명과 외국어에 능통한",[13] "문벌이 서울 중인(中人)"[14] 출신 집안으로 추정된다. 그의 아버지는 대구 우체국장을 지냈다고 하나, 『대한제국관원이력서』를 통한 최원식의 조사에 의하면[15] 현경운은 1895년 대구부 주사로 임명되었다가 이듬해 물러났고, 다시 광무 3년

현진건 첫 창작집, 『타락자』

12 백기만, 「상화와 고월의 회상」, 『상화와 고월』, 청구출판사, 1951, 123쪽.
13 박종화, 「빙허 현진건군」, 『신천지』, 1954.10, 138쪽.
14 백기만, 「빙허의 생애」, 『씨뿌린 사람들』, 사조사, 1959, 15쪽.
15 최원식, 『빙허 현진건론」, 『한국근대문학을 찾아서』, 인하대학교출판부, 1999, 34쪽.

(1899)에 대구 전보사(電報司) 주사로 나아가 적어도 광무 5년(1901) 말까지 재직하였던 것으로 되어 있다. 1900년생인 현진건이 이 시기에 대구에서 태어났다고 할 수 있다. "내가 동경에서 경성으로 돌아와 생계가 소여(掃如)할 때 군이 특히 사랑을 제공하여 수월(數月) 두류(逗留)케 하여주던 은혜"[16]를 잊기 어렵다는 백기만의 글을 보면 이상화나 백기만이 서울의 현진건 사랑채에 자주 드나들었음을 알 수 있다.

현진건은 앞에서 본 바와 같이 이상화, 백기만, 이상백과 더불어 1917년 대구에서 동인지 『거화』에 참여한 바 있다. 1920년 11월 『개벽』지에 「희생화」를 발표하고, 1921년 <조선일보> 기자가 되면서 신문기자와 작가의 생활을 시작하였다. 3·1운동이 끝난 1920년대 초기에 발표된 「희생화」, 「빈처」, 「술 권하는 사회」, 「타락자」, 「지새는 안개」 등은 주인공 '나'라는 젊은이가 현실 속에서 겪는 고뇌와 갈등을 그리고 있다. 자전적 형식을 취한 이 초기 소설들은 개성의 자각과 자아의 발견이란 3·1운동 직후의 문학적 흐름과 어느 정도 일치한다고 할 수 있다. 그는 「B사감과 러브레터」, 「할머니의 죽음」, 「발」, 「불」, 「사립정신병원장」, 「고향」, 「정조와 약가」 등의 단편소설과 「적도」, 「무영탑」, 「흑치상지」, 「선화공주」 등의 장편소설을 통해 개인과 사회의 관계, 식민지 현실의 인식 내지 형상화의 문제를 두고 장인(匠人)으로서의 소설 쓰기를 감행하였다. 그의 문학관은 "시간과 장소를 떠나서는 아무 것도 존재치 못하는 것이다. 달나라의 소요도 그만둘 일이다. 구름 바다의 유희도 그칠 일이다. 조선문학인 다음에야 조선의 땅을 든든히 듸듸고서야 될 줄 안다. 현대문학인 다음에야 현대의 정신을 힘 있게 호흡해야 될 줄 안다"는 「조선혼과 현대정신의 파악」(『개벽』 65호, 1926.1, 134쪽)에 잘 드러나 있다. 1926년 간행된

16 백기만, 「문학풍토기 — 대구편」, 『인문평론』 1940.4, 84쪽.

그의 단편집 『조선의 얼골』이 발매금지 처분을 당하는가 하면, 1936년 8월 손기정 선수의 베를린 올림픽 마라톤 우승 당시 <동아일보> 사회부장으로 일장기 말살사건에 연루되는 등 강한 사회의식을 갖춘 민족주의자이기도 했다.

이상백은 이상화의 아우로, 1915년 대구고등보통학교 입학, 1920년 졸업하고, 도일(渡日)하여 1921년 4월 13일 早稻田高等學院 제1부 문과에 청강생으로 입학하였다. 1921년 10월 10일 검정을 거쳐 본과(本科)에 편입을 하게 되었고, 1922년에는 개칭된 第一早稻田高等學院 문과 2년에 진학하였으며, 1924년 3월 31일 이를 수료하였다. 이상백과 같은 해 입학한 한국학생들로는 손진태, 백기만, 양주동, 류춘섭(이상 모두 문과) 등이 있었다. 1924년 4월 早稻田大學 문학부 철학과에 진학하여 사회철학을 전공, 1927년 3월 졸업하였다.[17]

1917년 이상화, 백기만, 현진건과 함께 동인지 『거화』에 참여한 바 있던 이상백은 일본 와세다[早稻田] 유학시절인 1924년 5월 24일 발간된 『금성』 3호의 동인으로 문학활동을 시작하였다. 『금성』 3호의 차례 뒷면에 『금성』 동인 명부가 나오는데, 3호의 동인은 양주동, 류춘섭, 이상백, 이장희, 백기만, 손진태로 되어 있다. 동인들은 주로 와세다 대학 주변 인물들로 구성되었는데, 이장희와 이상백은 백기만의 추천으로 『금성』 3호부터 동인이 된다. 이상백은 『금성』 3호에 「내무덤」, 「엇던 날」 등 두 편의 시를 발표하였다. 「내무덤」과 「엇던 날」에서 이상백은 모두 죽음, 무덤, 눈물 속을 배회하는 화자를 등장시키고 있다. 이들 시를 보면 이상백의 시가 1920년대 초기에 유행하던 감상적 낭만주의의 풍조에서 크게 벗어나지 못하고 있음을 알 수 있다.

---

17 김필동, 「상백 선생의 학창시절」, 이상백평전출판기념회, 『상백(想白) 이상백(李相佰)평전』, 을유문화사, 1996, 101~102쪽 참고.

이후 이상백은 시인으로서의 활동보다 역사학자, 사회학자, 체육인으로의 활동에 더 치중하였다.

이상백, 대구고보 졸업사진

이상백은 일찍부터 스포츠에 관심을 나타내 일본 농구계에 많은 기여를 하는 한편, 일본체육회 상무이사, 1936년 제10회 베를린 올림픽 대회 일본 대표단 총무로 참가하였다. 또한 11회 도쿄 올림피 대회 준비위원으로 미국과 유럽을 순방하였다. 1939년 이상백은 와세다(早稻田)대학 재외특별연구원으로 중국으로 파견되어 2년 6개월간 동양학을 연구하는 등 학술 연구에 전념하였다. 이 무렵 「위화회군고(威化回軍考)」(『동양사학회기요(東洋史學會紀要)』 제1호), 「서얼고」(『사원(史苑)』 8권 3호), 「척불운동의 태생과 성장」(『東洋思想研究』 3호, 1939) 등의 논문을 발표하였으며, 해방 직후 이 분야의 연구를 심화하여 『조선문화사연구론고』(1948), 『이조건국의 연구』(1949) 등의 저서를 출간하였다. 해방 직후 이상백은 사회학자이자 역사학자의 길을 가면서도 조선체육회 이사장(1946), 대한체육회 부회장에 취임(1951)하였으며, 1964년 대한올림픽위원회 위원장, 국제올림픽위원회(IOC) 위원에 선출되기도 하였다.

| 제2장 |

지역 3·1운동의 참여와 기억의 매체

1. 들어가는 말

고종황제 인산(因山)일에 즈음하여 1919년 3월 1일 일어난 3·1운동은 천도교, 기독교, 불교계가 중심이 된 거족적 민족운동이다.[1] 전국의 지식인, 노동자, 농민, 학생, 여성 등 좌우, 계층 구분 없이 전 민족이 일본 제국주의의 무단정치에 항거하였다. 3·1운동은 개항과 더불어 시작된 열강(列强)의 이권 다툼이나 일제의 조직적인 침략정책 앞에 당하기만 하던 한민족이 일치단결하여 제국주의에 맞선 민족적 저항운동이라 할 수 있다. 을사늑약과 뒤이은 경술년(庚戌年)의 국치(國恥)는 조선을 일제의 식민지로 전락시켰으며, 그 결과 민족의 자존감 붕괴와 경제적 수탈로 인한 피폐함은 이루 말할 수 없었다. 부분적으로 의병운동이나 지사(志士)들의 저항 내지 국외에서의 독립운동은 있었으나 국내에서의 대규모 독립운동은 3·1운동이 그 시작이라 할 수 있다.

---

1 3·1운동의 주역에서 유림들이 빠지게 되자 김창숙, 이중업, 곽종석, 김복한 등은 유림 137명의 서명을 받아 1919년 프랑스에서 열린 '파리강화회의'에 한국의 독립을 요구하는 '독립청원서'를 제출하였다. 이를 '파리장서'사건이라 부른다.

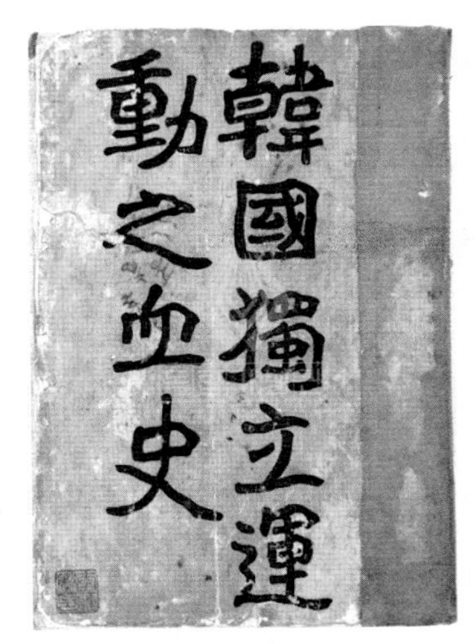

박은식 『한국독립운동지혈사』

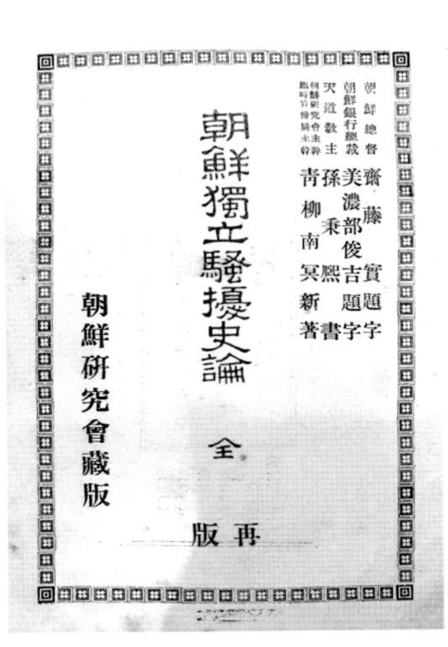

青柳南冥 『조선독립소요사론』

3·1운동에 대해서는 일제의 경찰 측 기록과 박은식의 『한국독립운동지혈사』의 기록, 3·1운동 관련자 재판 기록, 국외 언론 보도, 참가자들의 기억 또는 회고담 등이 남아 있다. 그러나 그 내용이 부합되지 않은 면이 많아 상호 비교하에 정밀한 고증이 필요한 상황이다. 3·1운동을 '소요(騷擾)'로 보느냐 독립운동의 '혈사(血史)'으로 보느냐에 따라 커다란 시각차가 존재하며, 3·1운동의 규모나 참가인원, 제반 통계 숫자 또한 일치하지 않고 있다. 그러므로 3·1운동 100주년을 맞이하는 이 시점에서 3·1운동의 사실적 복원은 물론이고, 민족운동사에서 가지는 3·1운동의 위치, 3·1운동의 사회문화사적 성격, 3·1운동의 현재성 등 다양한 측면에서의 접근이 요청된다고 하겠다.

본 장에서는 서울 중심, 민족 내지 종교 차원의 3·1운동 읽기에서 벗어나 3·1운동이 가진 다층적 측면을 밝혀내는 한 방편으로 지역과 개인에 초점을 맞추고자 한다. 3·1운동은 서울에서만 일어난 것이 아니라 평양, 대구 같은 대도시는 물론이고 중소 읍면의 곳곳까지 파급되었다. 지역의 3·1운동에는 다양한 개인들이 참여하게 되고, 이들의 3·1운동의 경험은 이후의 삶 내지 그들이 몸담고 있는 공간에 큰 영향을 미치게 된다. 특히 3·1운동을 계기로 학생, 여성, 노동자, 농민들이 하위 주체에서 벗어나 역사의 전면에 부상할 수 있었다는 점은 눈여겨 볼 점이다. 본 장에서 문제 삼고자 하는 것도 이 지점이다. 개성의 자각을 통한 역사적 사건의 참여 과정에 3·1운동 파급의 주요한 세력의 하나였던 학생들의 내면풍경을 주목하고자 한다. 이들의 내면은 주로 기억 또는 회고담 류의 문학적 글과 작품을 통해 드러나기 마련이다. 백기만의 『상화와 고월』(1951)에 실린 「상화와 고월의 회상」은 대구지역 3·1운동에 관한 기억이자 회고이다. 이 기억과 회고의 문제성을 검토하면서, 백기만과 이상화 같은 대구지역 청년문인들의 3·1운동 참여 과정과 경험, 또 그것이 그들의 삶에 미친 영향을 살펴보고자 한다.

2. 3·1운동과 개인 주체의 등장

3·1운동을 개인 주체의 등장이란 입장에서 바라보고자 했을 때 가질 수 있는 몇 가지 의의를 정리해 보면 다음과 같다.

첫째, 3·1운동을 통해 우리 겨레가 처음으로 타자와 대치되는 민족이란 개념을 분명히 인식할 수 있었다는 점이다. 일부 지식인들에 의해 전유되던 '민족' 개념을 3·1운동을 겪으면서 일반 대중들은 분명히 자각·인식할 수 있었다. 3·1운동을 흔히 거족적(擧族的) 민족운동이라 말한다. 거족적 민족운동이란 한국인들이 상하, 좌우 구분 없이 전 민족이 합심하여 일으킨 민족운동임을 뜻한다. 신분, 계급, 지역을 뛰어넘어, 전 민족이 합심 단결하여 일으킨 이러한 민족운동은 이전에도 이후에도 없었다. 3·1운동 이전의 동학농민운동, 개화운동, 애국계몽운동 등은 모두 일부 계층이 주도한 것이라 할 수 있다. 3·1운동 이후에도 많은 사회운동 내지 민족운동이 있었지만 3·1운동만큼 전 민족이 대동단결한 경우는 없었다. 다시 말하면 3·1운동은 우리 겨레 전체가 타자에 맞선 거족적 민족운동이었으며, 근대적 주체로서 '민족'이란 개념, 또는 '민족'이란 단위를 분명히 인식할 수 있었던 획기적 사건이었다.

둘째, 3·1운동은 봉건왕조의 복귀가 아닌 공화정, 즉 근대국가를 지향하고 있었다는 점이다. 경술국치(庚戌國恥) 이후 자행된 일제의 무단정치에 맞서 일어난 3·1운동의 주체들이 성취하고자 했던 것은 무엇인가. 조선왕조의 재건이 아닌 근대시민국가 건설을 목표로 하고 있었음은 분명하다. 3·1운동 이전인 1917년의 '대동단결선언'은 이 점을 분명히 하고 있다. 주권 행사의 의무와 권리가 국민에게 있다는 실제 공화정(共和政)을 목표로 한 새로운 근대국가의 형태에 대한 논의가 이들 사이에서 있었음을 보여준다. 「대동단결선언」은 1917년 임시정부 수립을 위해 신규식, 박용만, 박은식, 신채호, 조소앙 등 해외 독립운동가 14명이 민족대회를 개최하여 임시정부 수립을 촉구하기 위한 선언이다. 이들은 1910년 8월 29일 융희 황제의 주권 포기를 국민에 대한 주권 양여로 보고, 주권 행사의 의무와 권리가 국민에게 있다고 보았다. 순종의 주권 포기를 공식화함으로써 새로운 국가 건설에 조선왕실이 끼어들 수 없게 하였다. 한편 1915년 7월 대구에서 박상진, 채기중 등이 조직한 대한광복회 역시 복벽주의(復辟主義)[2] 대신 공화주의를 내걸면서 친일 부호를 처단하고 군자금 모집 등 국내에서의 무장투쟁을 시도하였다. 천도교 대표였던

2 복벽주의는 나라를 되찾고 임금을 다시 세우겠다는 주의, 주장이다. 1912년 의병장 임병찬이 고종의 밀지를 받고 대한독립의군부를 조직하여 국권반환요구서를 발송하고 전국적인 의병전쟁을 준비하려다 조직이 발각되어 해체되었다. 이들은 대한제국의 회복을 목표로 두었다.

손병희 또한 '독립 후 어떤 정체(政體)의 나라를 세울 계획이었는가'라는 판사의 3·1운동 재판 신문(訊問)에서 '민주 정체를 할 생각'이었다는 답변[3]을 하고 있는 것을 보면 3·1운동의 주체 세력들은 '신민(臣民)'의 대한제국이 아닌 '국민'의 근대 국민국가를 염두에 두고 있었다고 할 수 있다. 그러므로 3·1운동은 국민이 역사의 전면에 나서서 그들이 주도해 나간 민족운동이었다고 할 수 있다. 3·1운동 직후 수립된 대한민국 임시정부의 국호 '대한민국(大韓民國)'이나 임시헌장에서 내세운 정치체제인 '민주공화제'는 이들의 열망이 실현된 것이라 할 수 있다.

3·1운동에 참가했던 의병장 규당(葵堂) 손진구(孫晉球)[4]의 옥중수고에 의하면 3·1운동 당시 독립만세 구호를 무엇을 할 것인가에 대한 논란이 현장에서 있었음을 말하고 있어 참고가 된다.

> 且有一事可說者, 有鄉友一人, 邀余往棗洞金參議宅, 曰諸公相約會別有公 議矣 余卽往赴之 會者不甚多 而亦未見有親友也 但見一遇 方寫太極旗 相詰未決 一卽曰當書大韓獨立萬歲 一卽曰朝鮮獨立萬歲 蓋韓與鮮實有主義之別 余正色曰 今日吾輩此擧 只知有韓而已 不可不先正名義也 於是 遂以大韓爲定 (또 한 건의 이야기가 있다. 고향친구 한 사람이 나를 조동 김참의댁으로 가자고 하는데 거기서 여러 사람이 모여서 별반 공론을 하더라고 한다. 내가 곧 가보니 모인

3 「손병희 신문조서」(제3회), 『한민족독립운동사자료집』 11, 1996, 국사편찬위원회, 128쪽.

4 규당(葵堂) 손진구는 고종 3년(1866) 경주부 강동리 출신으로, 향산 이만도, 오천 김석진, 면암 최익현, 동엄 정환직, 의암 유인석 문하를 출입하였으며, 광무 6년 온릉(溫陵) 참봉에 제수되었다. 1905년 을사늑약시 을사오적의 처단과 조약 폐기를 주장하는 상소를 올리고, 1907년 동엄(東广) 정환직(鄭煥直), 단오(丹吾) 정용기(鄭鏞基) 부자가 주도한 산남의진(山南義陳)에 가담하여 의병활동을 하다 10년형을 선고받았다. 경술국치 후 향리에서 와신상담하던 중 고종의 국장(國葬)을 기하여 서울로 올라와 3·1운동에 가담하고, 파리에서 열리는 만국평화회의에 장서(長書)를 제출하는 등의 일로 8개월의 옥고를 치렀다. 『산남의진유사(山南義陳遺史)』, 산남의진기념사업추진위원회, 1970, 440~445쪽 참고.

사람도 그리 많지 않고 또는 나와 친한 사람은 없는데 다만 한쪽 구석에서 태극기를 만드는데 서로 힐난하여 결정이 안된다. 한쪽은 대한독립만세라 쓰자고 하고, 다른 한쪽은 조선독립만세라 쓰자고 한다. 실로 대한과 조선은 주된 뜻의 구별이 있어 나는 태도를 바로잡고 말한다. 오늘 우리들이 이 일에 대하여 자못 대한이라고 알고 있으니 불가불 명의(이름과 뜻)를 바르게 하여야 된다고 하였다. 이에 마침내 대한으로 결정하였다.)[5]

3·1운동의 만세 구호를 '대한독립만세'로 하느냐 '조선독립만세'로 하느냐 하는 논란에서 조선독립만세가 아닌 대한독립만세가 당연하다고 보는 서술자의 시각은 중요하다.[6] 손진구의 위의 기록은 직접 3·1운동 현장에서 나온 목소리라는 점에서 중요하다. '대한'은 자주와 근대를 함축한 용어이며, 자유와 평등을 기반으로 한 근대시민사회의 정신이 반영된 용어이다. 다시 말하면 3·1운동 이후에 건설된 국가가 조선왕조로의 회귀나 복고적인 조선왕조의 재건이 아님은 분명하다고 하겠다. 그 구성원 또한 황제나 양반이 아닌 민중이 주체가 된 근대시민 국가를 지향하고 있었다고 할 수 있다.

셋째, 3·1운동 전후, 또는 만세운동의 과정을 통해 개인의 자각 내지 주체의 정립이 이루어졌다는 점이다. 3·1운동에 참가하여 만세를 부르는 행위를 통해 지식인, 노동자, 농민, 학생, 여성 등이 근대적 주체 내지 존재로 거듭날 수 있었다는 것이다. 다시 말하면 봉건적 잔재와 가부장적 제도 속에서 질곡된 삶을 살아가던 하위주체들이 만세운동의 경험을 통해 자신의 존재감과

---

5 『규당손진구선생옥중수기』 필사본.

6 대구 3·1운동 현장에서도 이러한 혼선은 있었던 것으로 보인다. 이만집 등은 "대한독립만세라고 크게 쓴 깃발을 앞세우고 점점 모두 함께 한국독립만세라고 외치며, 어떤 자는 구한국 태극기 모양의 국기 또는 조선독립, 대한독립 혹은 대한독립만세라고 쓴 국기를 흔들며 본정(本町), 경정(京町)을 거쳐 동성정(東城町)까지 행진하며 계속하여 시위운동을 하였다" 국가기록원, 대구복심법원의 「이만집 외 45인 판결문」.

정체성을 발견하는 계기가 되었다고 할 수 있다. 3·1운동의 전개 과정에 노동자, 농민, 여성, 학생들의 역할이 부각되었는데, 3·1운동 이후 사회 각 부문에서의 이들의 부상(浮上)은 시대적 추세였다. 개인이 개성을 자각하고 자율적 주체로 서기 시작한 시기가 1920년 전후임을 생각할 때 3·1운동의 경험이 이들에게 얼마나 중요하게 작동되었는지를 알 수 있다. 1919년 이후의 국내외 항일투쟁, 노농운동 및 각종 문화운동이 모두 이러한 기반 위에서 전개되었다고 할 수 있다.

문학의 경우도 마찬가지이다. 3·1운동은 대외적으로는 상해 임시정부 수립, 의열단 결성 등 민족운동의 질적 변화를 만들어 내었으며, 대내적으로는 일제가 행하는 식민지 통치정책의 변화를 이끌어 내었다. 1918년까지 무력에 의한 토지조사사업을 통해 식민지 경영의 경제적 기반을 확보한 일제는 3·1운동을 계기로 강압적 무단정치에서 '문화정치'로 식민지 통치방식의 변화를 시도하였다, '무단정치'에서 '문화정치'로의 변화는 일제의 '회유책' 내지 '기만적 고등술책'[7]에 불과했지만, 문화정치는 정치가 폐쇄되었던 식민지 조선에서 정치를 꿈꾸는 많은 지식인들을 문화 방면에 몰리게 하였다. 그 결과 1920년대의 활성화된 문학공간이 만들어질 수 있었다. 1920년을 전후하여 <조선일보>(1920.3.5)와 <동아일보>(1920.4.1) 외에 많은 민간 신문이 창간되고 동인지, 잡지 등을 통해 다수의 작가들이 탄생하였다. 『창조』, 『백조』, 『폐허』, 『금성』, 『영대』 등과 같은 동인지와 『개벽』, 『조선문단』 같은 많은 사회·문예 잡지들이 발간되어 작가들의 작품 발표 무대가 되었다. 1910년대의 문학이 계몽주의에 점철되어 있었다면 3·1운동 이후의 문학은 계몽주의와는 다른 문학의 자율적 공간을 바탕으로 하고 있었다. 계몽적 지식인이 시적 자아

7 강동진, 『일제하의 한국침략정책사』, 한길사, 1980, 433~435쪽 참고.

나 서술자가 되어 민중을 계몽의 대상으로 바라보던 방식은 개화기(애국계몽기)나 1910년대 문학의 주된 패턴이었다고 할 수 있다. 개화기나 1910년대의 문학(개화가사, 신소설, 최남선과 이광수의 문학)은 이러한 모습을 잘 보여준다. 반면 3·1운동을 전후하여 발간되기 시작한 동인지나 문예지들에 실린 작품에는 이전 시기와 달리 개인의 사적 공간 내지 개성이 부각되고, 시적 자아나 주인공이 주체적 존재로 자신과 사회를 바라보려는 작품들이 많이 나타난다.

3. 대구지역 3·1운동의 전개와 학생들의 역할

대구·경북 지역의 3·1운동은 3월 8일 대구 만세운동부터 이후 5월 7일 청도군 매전면 구촌마을 만세운동까지 두 달 동안 80곳이 넘는 곳에서 90회 넘게 일어났다.[8] 1919년 3월 8일 서문시장에서 대구지역 3·1운동이 처음 일어났는데, 대구 3·1 독립만세운동의 과정은 일본 자료인 『고등경찰요사』(경상북도 경찰국, 1934)나 대구지방법원, 대구복심법원의 '이만집 외 45인 판결문'에 비교적 상세히 나타나 있다.

> 미국 북장로파 남성정 교회 목사 이만집(李萬集)은 2월 24일경 독립선언의 서명자 이갑성(李甲成)이 내방하여 독립시위운동에 대하여 진력해 줄 것을 권유받은 사실이 있었지만, 성공을 의심하여 곧 찬성을 하지 않았다. 그러다가 3월 4일 선언서가 도착하고 각지의 시위운동이 보도됨에 따라, 이에 결심한 바가 있었다. 그리하여 동지를 규합하려고 먼저 같은 파의 목사 김태련(金兌鍊)과 이야기하여, 자기는 독립운동 권유를 맡고 김태련은 선언서 등 기타

8 김희곤 외, 『경북독립운동사 Ⅲ』, 경상북도, 2013, 35쪽.

준비를 관장하기로 했다. 그리고 사건 발생 전에 이만집은 장로파 부속 계성학교 교사 백남채(白南採), 최상원(崔相元), 김영서(金永瑞)와 같은 파(派)인 신명여학교 교사 이재인(李在寅)과 함께 2월 18일부터 3월 9일까지 도내 각지에서 소집되어 장로파 주최의 대구성경학원 성서강습에 참가 중인 신도 50명 중 14·15명에게 소요 참가를 권유했다. 김태련은 7일밤 자택에서 독립선언서 200매를 등사판으로 인쇄하고, 한국국기 대소 약 40개를 준비하여 3월 8일을 기하여 운동을 개시하기로 했다. 평양숭실대학 학생 김무생(金武生)도 3월 7일 대구에 잠입해 대남(大南)여관에 숙박하며 계성학교 교사 최상원에게 남부조선의 선구자로서 독립운동을 일으킬 것을 권고했다. 이어 최상원은 그 여관집 아들인 대구공립고등보통학교 4학년생 허범(許範)에게 이를 전하고, 그 자는 동교 4학년생 급장인 신현욱(申鉉旭)과 상의하여 동교 3학년생 백기만(白基萬), 2학년생 하윤실(河允實), 1학년생 김수천(金洙千)에게 전했으며, 이들이 동교 일반 학생에게 권유하였다. 한편 신명여학교 학생들은 김영서의 처가 동교 교사인 관계상 동일 보조로 나아간 것 같다. 이보다 앞서 3월 초순 경성 기타 조선 서부지방에서 독립운동을 개시한 데에 영향을 받아 이곳에서도 불온한 형세가 있음을 탐지하고, 천도교 교구장 홍주일(洪宙一) 외 2명의 거동에 의심할 점이 있어 3월 4일 이들을 검속하였다. 또 3월 7일에는 전술한 운동기획을 탐지하게 되어 그날 바로 주모협의자의 일부를 검속함과 동시에 수사와 경계를 하고 있었지만, 3월 8일 끝내 소요의 발발을 보게 되었다.[9]

이상은 1934년 경상북도경찰부가 펴낸 『고등경찰요사(高等警察要史)』에 실린 대구 3·1 독립만세운동의 발발 과정이다. 대구지역 3·1운동은 민족대표 33인 중 한 사람인 이갑성(李甲成)이 2월 24일 미국 북장로파 남성정 교회

9 류시중, 박병원, 김희곤 역주, 『국역 고등경찰요사』, 선인, 2010, 65~66쪽.

목사 이만집(李萬集), 조사(助事) 김태련(金兌鍊), 계성학교 교사 백남채(白南採) 등을 만나면서 시작되는데,[10] 이전에 이미 상해 신한청년당에서 특파된 김규식(2019년 1월 파리강화회의에 한국 민족 대표로 파견)의 부인 김순애가 2월 15일 계성학교 교사 백남채를 만나 국제정세를 전한 바 있다.

이만집 목사 등 대구 기독교계 지도자들은 이갑성의 요청을 바로 받아들이지 않았다. 이는 국제정세가 유리하다고 하나 만세시위로 독립을 성취하기 어렵다고 판단했고, 특히 대구에는 80연대가 주둔하는 등 대구가 영남 일대의 치안 거점이었던 까닭에 일본이 무력으로 시위를 진압하면 민중의 희생이 막대할 것으로 예상했기 때문이었다.[11] 그러나 3월 3일경 이갑성이 독립선언서를 이만집 등에게 보내고[12] 3월 1일 이후 경성, 평양 등에서 시위운동이 거행되었다는 보도를 접하자 3월 8일 대구부의 큰 장날을 기해 서문시장에서 독립운동을 일으키기로 결심하고 준비하였다.[13] 『고등경찰요사』나 대구복심법원의 「이만집 외 판결문」을 보면 대구 3·1운동을 기획하고 주도한 세력은 북장로교 계열의 기독교 지도자와 대구부 교회신도, 계성학교, 대구

---

10 대구복심법원의 「이만집 외 45인 판결문」(1919.5.31)은 경성 세브란스 병원의 사무원인 이갑성으로부터 프랑스 파리평화회의에 외국에 있는 조선인이 조선의 독립의 청원을 하는데 대해 조선 내의 각지에서 마땅히 독립을 희망하는 시위운동을 하도록 경성에서는 이미 계획에 착수하였으니 대구에서도 이 시위운동을 일으킬 것과 특히 정부에 대해 각지의 대표자의 연서로 독립의 쟁취를 시도하려고 함에 이만집에게 대구의 대표자가 되어 서명하라는 교섭을 하였다고 적고 있다.

11 이윤갑, 「대구지역의 한말 일제초기 사회변동과 3·1운동」, 『계명사학』 17, 계명사학회, 2006, 240쪽.

12 이갑성이 이만집 목사에게 독립선언서 200매를 세브란스 의학전문학교 생도 이용상 편으로 보낸 것으로 되어 있다. 「경성고등법원특별재판부 결정서」, 배호길 편찬, 『삼일운동실기』, 동서문화사, 1954, 40쪽.

13 대구 3·1운동은 소문(所聞)과 방문(訪問) 같은 구술문화적 상황과 신문(新聞), 격문(檄文), 선언서(宣言書) 같은 문자 미디어가 혼합, 혼융되면서 출발되었다고 할 수 있다. 3·1운동 시기의 미디어의 의미에 대해서는 천정환, 「소문, 방문, 신문, 격문: 3·1운동 시기의 미디어와 주체성」, 『한국문학연구』 36, 2009, 109~154쪽 참고.

고등보통학교, 신명여학교, 성경학교 학생들임을 알 수 있다. 천도교, 기독교, 불교가 중심이 된 서울과 달리 대구의 경우 기독교계가 독립만세운동의 주도 세력이 되었음은 대구지역이 가진 특수성 때문이라 할 수 있다.[14]

한편 대구 3·1운동의 전개 과정에서 학생들의 역할은 매우 중요했다고 할 수 있다. 대구지역 3·1운동은 북장로교 계열의 기독교가 주도하고 있었지만 실제 실행의 과정인 만세운동의 현장에는 학생들과 만세시위에 호응한 민중들이 있었다. 3·1운동 주도층과 민중들 사이에서 시위를 촉발하고 실제 만세시위를 이끌어나간 주도 세력은 학생들이라 할 수 있다.

3·1운동 당시 학생들은 주로 독립선언서의 등사 및 배포, 태극기 배부 등의 역할을 수행하면서 3·1운동의 전파에 직접적 역할을 하였다. 서울에서, 지방의 중소 대도시에서 3·1운동에 참가했던 학생들이 귀향하면서 3·1운동은 방방곡곡으로 번져나갔다. 이광수의 『재생』이나 이미륵의 『압록강은 흐른다』 등에는 3·1운동에 참가한 학생들의 모습이 잘 그려져 있다.

> 학생간에 통지를 하고 기를 만들게 하고 그 날에 할 일을 다 지휘한 뒤에 그리고는 삼월 초하룻날 일이 터진 뒤에 봉구와 순영은 다른 여러 남녀 학생과 함께 경찰을 피할 몸이 되었다. 시골서 올라와 사는 순영과 순흥은 서울에 친척을 많이 둔 봉구의 힘을 빌리지 아니하고는 몸을 숨기지 못할 사정이었으므로 봉구는 자기의 위험도 돌보지 않고 순흥과 순영을 이 집에서 저 집으로 빼어 돌리노라고 무척 애를 썼다. 그 틈에 순흥이와 순영이, 봉구 셋이서 봉구의 어떤 일가족 광 속에 사흘낮 사흘밤을 지낸 일조차 있었다. 그러면서도 그들은 가만히 있지 않고 일변 서울 사정을 해외로 통지하며, 또 아직도 감옥에 안 붙들려 가고 서울에 남아 있는 동지에게 열렬한 격려의 말을 써

14 권영배, 「대구지역 3·1운동의 전개와 주도층」, 『조선사연구』 6, 조선사연구회, 1997, 122쪽에서 대구 3·1운동에서 기독교계가 부상하게 된 원인을 몇 가지 지적하고 있다.

돌렸다. 그들이 가는 곳마다 반드시 등사판이 따랐다. 박은 것을 돌리는 직책을 봉구가 맡았었다. 봉구는 여러 번 위험한 지역을 당하였고, 또 마침내 셋중에 맨 먼저 붙들렸다.[15]

이광수 『재생』, 〈동아일보〉 연재본

이광수의 『재생』은 3·1운동에 참가했던 학생들의 모습을 그리고 있다는 점에서 주목된다. 『재생』에 나오는 남녀 주인공인 봉구와 순영은 3·1운동에 참여하면서 알게 된 열정 많은 학생들이다. 3·1운동에 참여하고 경찰에 쫓기면서도 이들은 태극기를 만들고, 전단지를 등사하고, 서울 사정을 해외로 통지하고 동지들에게 격려의 말을 돌리는 임무를 수행하였다. 이들의 삶은 3·1운동에 참가한 순정한 젊은이들의 모습이다. 그러나 이들은 그러한 이념을 끝까지 견지해 나가지 못한다. 『재생』의 주인공들은 욕망과 돈 앞에 타락해 간다. 한 때 주인공들을 사로잡았던 민족을 위한 열정은 사라지고 『장한몽』식의, 사랑과 복수의 통속적 애정 갈등으로 점철된다. 사랑(봉구)과 돈(백윤희) 앞에서 봉구를 버리고 부자인 백윤희의 첩으로 가는 순영의 욕망과 자신을 버리고 떠난 순영에게 복수하고자 미두취인소에서 일확천금을 꿈꾸는 봉구의 복수심이 서사의 주된 내용이 된다. 이러한 애정 갈등은 "독립운동이 지나가고 사람들의 마음이 모두 식어서 나라나 백성을 위하여

15 이광수, 「재생」, 『이광수전집』 2, 삼중당, 1963, 19쪽.

인생을 바친다는 생각이 적어지고 저마다 제 한 몸 편안히 살아갈 도리만 하게 된 바람"[16]만 가득한 3·1만세 이후의 세태를 반영한 것이라 할 수 있다.

반면 이미륵의 『압록강은 흐른다』[17]는 3·1운동을 계기로 새로운 세계에 눈 떠가는 자전적 주인공이 겪는 성장의 서사이다.

> 민족봉기는 그 동안 바람과 같이 대도시와 소도시에서, 시장과 마을에 이르기까지 전파되었다. 고향에서는 다른 동무와 함께 기섭과 만수가 감옥에 들어갔다는 소식이 들려왔다. 대학생과 중학생 다음에는 상인들이 일어나기 시작하였고 그 다음에는 노동자와 농부들이 마지막으로 한국의 관리까지 시위운동에 참가하였다. 총독부는 곤경에 빠져 계속 일본 군대의 파견을 요청하였다. 군대는 십년 전 우리나라가 합병될 때와 같이 낮이나 밤이나 행군하였다. 도처에 피가 흘렀다. 대부분이 기독교인이었던 어느 마을은 전 주민이 교회에 갇힌 채 그냥 방화되고 말았다. 낡은 감옥과 유치장이 확장되고 새 것이 건축되었다. 경관들은 낮이나 밤이나 고문을 하였다. 서울 학생들은 네 번째 시위 후에 지하로 잠몰하여 운동의 비밀 행동에 종사하였다. 나는 삐라 제조의 일을 맡기로 하였다.[18]

16 이광수, 「재생」, 위의 책, 1963, 68쪽.

17 『Der Yaru Fliesst』(이하 압록강은 흐른다)의 저자 이미륵(1899~1950)은 본명이 이의경(李儀景)으로 황해도 해주 출신이다. 그는 경성의학전문학교 재학 중 3·1운동에 가담했다가 일제 경찰의 수배를 받게 되자 중국 상해로 건너갔으며, 이후 프랑스를 거쳐 독일로 망명하였다. 『압록강은 흐른다』는 그의 자전적 소설로, 유년시절부터 독일 정착까지 겪었던 구체적 삶의 세목(細目)들과 성장과정을 한국의 산하, 풍습, 인정 등을 바탕으로 그려낸 수작(秀作)이다. 1946년 독일 Piper 출판사에서 초판 발행되어 호평을 받았으며, 영국(Harvill Press, 1954)과 미국(Michigan State University Press, 1956)에서도 영역판이 발간되었다. 한국에서는 전혜린 역으로 1959년 여원사, 1973년 범우사에서, 김윤섭 역으로 1959년 입문사에서 발간된 바 있다.

18 이미륵, 전혜린 역, 『압록강은 흐른다』, 범우사, 1973, 163~164쪽.

『압록강은 흐른다』 초판(1946)

작가는 「기미 만세의 절규 속에」란 장에서 3·1운동이 진행되는 과정을 비교적 상세히 묘사하고 있으며, 동시에 주인공이 3·1운동의 경험을 통해 어른으로 성장해 가는 이니시에이션의 과정 또한 보여주고 있다. 의과전문학교 학생이었던 주인공은 3·1운동에 가담한 뒤 수배를 피해 압록강, 만주, 상해, 베트남을 거쳐 독일에 도착한다. 『압록강은 흐른다』의 주인공은 "유인물을 등사하고 전달하고 배포하는 일"에 머물러 있었지만, 3·1운동 이후 학생들은 이제 "점차 스스로 조직을 만들고 유인물을 작성하고 선동하는 일까지 감행"[19]하게 된다. 학생들이 겪었던 3·1운동이란 집단적 경험은 이후 학생들을 더 이상 수동적 존재로 머무르지 않게 하였다. 3·1운동이란 역사적 사건을 경험한 학생들은 이제 식민지 제도교육에 순응하고 그것의 수동적 확대 재생산에 머무는 존재가 아니었다. 3·1운동은 학생들이 개인의 정체성을 자각하고 사회적 존재의 일원으로 등장하는 순간이기도 했다.

대구지역 3·1운동은 이만집 목사 등 지역의 기독교계 인사와 학생들에 의해 계획되고 실행되었다. 대신동과 남산동에 위치한 계성학교와 신명여학교는 북장로 교회 선교사가 세운 학교였기에 이들 학생들이 쉽게 합류할 수 있는 조건을 갖추고 있었다.

---

19 이경숙, 「사회적 저항 경험은 어떻게 교육주체 형성으로 이어졌는가 — 삼일운동과 교육주체 형성」, 『사회와 역사』 121, 한국사회사학회, 2019 봄, 94쪽.

(가) 항일의 거점 백남채 선생(계성학교 교사—필자 주)은 대구의 기미운동을 총지휘하심과 아울러 항일 독립운동의 본부를 계성으로 하였다. 계성에 재직하시던 최민학, 최상원, 권종태 선생들과 더욱 세밀한 계획을 상의하여, 광범하며 효과적인 운동을 이룩하도록 신중에 신중을 더 하였다. 평양에서 김무생씨가 가져온 독립선언문을 김삼도, 이승욱, 허성도, 김수길, 김재범, 이이석 외 7, 8인 학생이 학교 지하실에서 등사하고 박태현, 박상룡, 이영식 외 여러 학생은 각자 집에서 태극기를 만들어 보관하고, 그 일부를 이영식님은 서툰 자전거를 빌려 타고 야음을 이용하여 칠곡, 인동 지방에 전달하였다. 한편 김영서 선생의 지휘로 정원조, 심문태, 박재헌 등은 대구고보 대표 백기만, 허범 등에게 연락하고 이재인 선생을 통하여 신명학교 대표 이선애, 임봉선 등에게 학생 동원을 책임지도록 연락하였다.[20]

(나) 1919년 3월 8일 토요일이었다. 40여명 학생들은 고요히 시간을 기다렸다. 이날 수업은 어학, 지지, 국어, 동물 네 시간이었다. 수업을 마칠 무렵에는 날씨가 흐려졌다. 영시 칠분! 이선애는 결연히 진두에 나서서 "오늘은 우리나라가 독립하는 날이다. 모두들 굳게 합심하여 우리들의 적은 힘일 망정 다시 찾는 조국에 바치자"고 외쳤다. 40여 명 학생들은 진정 오늘이 독립의 날이라고 상연(爽然)히 이에 호응하였다. 북쪽 토담을 한 사람 두 사람씩 경계의 눈을 피하면서 넘기 시작하였다.(중략) 담을 넘은 학생들은 큰장의 민가에 제각기 숨었다. 사복 형사들은 혈안이 되어 수색하기 시작하였다. 바로 이때이었다. 천주교 성당 앞 줄버들나무 길에 백기만, 허범 두 분이 지휘하는 대구고보 학생 사백여명이 만세를 높이 부르면서 경찰의 제지를 완력으로 무찌르며 큰장으로 쇄도하였다. 여기저기 흩어져서 대기하고 있던 계성 학생들이 대세게 나서며 경찰을 물리쳤다. 신명 학생들도 일제히 일어나 만세를 부르며 이에 합세하였다. 뒤이어 박장호 선생이 인솔하는 성경학

---

20 계성50년사 편찬위원회, 『계성50년사』, 1956, 86쪽.

교 학생들 20여명도 나타났다. 장꾼들도 덩달아 이에 얼싸 합쳐 경찰과의 일대 난투극이 벌어졌다.[21]

(가)는 『계성 50년사』(1956)에 실린 글이고, (나)는 『신명백년사』(2008)에 실린 글이다. 이 글은 계성학교와 신명여학교 학생들의 3·1운동 참여 과정과 활동을 비교적 소상히 전하고 있다. 이를 통해 볼 때 대구지역 3·1운동은 학생들이 실질적으로 주도하면서 선언서 등사, 태극기 제작 및 배포, 시위 촉발 등의 역할을 직접적으로 수행하고 있었다. 대구 3·1운동에 참여한 학생들은 계성학교, 신명여학교, 대구고보, 성경학교(聖經學校) 학생들이었다. 3월 10일 2차 만세시위에도 계성학교, 대구고보 학생들이 참여하였으며, 3월 30일 만세시위에는 팔공산 동화사 소속 지방학림(地方學林) 학생들이 주도하였다. 근대 신식 교육을 받은 학생들이 근대적 주체로 이제 개인과 민족의 정체성을 자각하고 행동하기 시작하였음을 보여준다.

4. 학생 문인들의 3·1운동 참여와 그 기억

1910년 전후 대구 지역의 문학 풍토 조성에 국채보상운동, 우현서루, 광문사, 대한광복회 등은 중요한 역할을 수행하였다. 이들은 이 지역의 문학풍토를 자연스럽게 민족주의적 성향으로 이끌어 갔다. 1917년 『거화(炬火)』는 이러한 바탕 위에 성장한 대구지역 문학청년들이 처음으로 모여 만든 동인작문집이라 할 수 있다. 동인이었던 이상화, 백기만, 현진건, 이상백 모두 19세 이전의 학생 신분이었지만 대구의 민족주의적 문화 풍토 속에서 자연스럽게

21 신명백년사 편찬위원회, 『신명백년사』, 신명고등학교·성명여자중학교, 2008, 82쪽.

나름의 기개와 저항적 기질을 습득한 것이라 할 수 있다.

3·1운동에 직접 참여한 대구지역 문인들은 『거화』 동인이었던 백기만과 이상화였다. 대구지역 3·1운동의 경험을 회상한 문건은 해방 직후 <대구시보>의 좌담회와 백기만 편 『상화(尙火)와 고월(古月)』(1951)에 수록한 「상화와 고월의 회상」이다. 이 두 개의 글에 모두 백기만이 관여되어 있다. 「상화와 고월의 회상」은 3·1운동 당시 학생이었던 백기만이 직접 겪고 느꼈던 기록이기에 그 가치가 인정된다. 3·1운동에 직접 참가한 당사자의 기억이었기에 이것은 현재까지 이상화나 백기만 연구에서 별다른 비판 없이 수용되었다. 3·1운동 당시 대구공립고등보통학교 3학년 학생이었던 백기만은 「상화와 고월의 회상」에서 3·1운동 당시의 정황을 다음과 같이 기억하고 있다.

> 1919년 3월 1일 서울에서 독립운동이 일어난 역사적 대사건을 대구에서는 2일 저녁에야 알게 되었다. 민중이 봉기하였다는 소식을 듣고 흥분한 나는 생각다 못하여 3일 아침 일찍이 상화를 찾았다. 나는 '파리만국회의에서 민족자결이 결정되었던 까닭에 서울에서는 독립운동이 일어났다는데 대구에서도 호응하여 성세(聲勢)를 올려야 하지 않겠나'하고 걱정하였다. 상화는 '호응해야지. 호기(好機)를 놓쳐서 될 말인가. 그러나 독립운동은 희생을 각오해야 하는 일인데 학생들이 일어나지 않고는 가망이 없는 일일세'하고 침통한 표정으로 한참 생각하다가 '자네가 고보 학생의 동원을 책임지겠다면 계성은 내가 연락할 수 있겠는데'하면서 나를 쳐다보았다. 나는 상화한테서 기대하였던 말이 나오는 것이 반가와서 감격한 어조로 '책임지지! 고마우에' 하고는 덥석 상화의 손을 잡아 부서져라 힘껏 쥐었다. 나는 곧 4학년의 허범(許範)이를 찾았다. 그가 전교에서 유수(有數)한 배일자(排日者)요 나하고는 지기(志氣) 통하는 인물이었기 때문이다. 허군은 당장에 동의하였고 독립운동을 하다가 죽어도 여한이 없다고까지 말하였다. 그리고 신명여학교에 부교장 이재인(李在寅)이와 통할 수 있고 또 학생 측에도 연락의 길이 있으니 그 책임을

지겠다고 하였다. 나는 2학년의 하윤실(河允實)과 1학년의 김수천(金洙千)에게 상의를 하여 찬동을 얻었다. 상화(相火)는 이곤희(李崑熙)와 통하였고 허범이는 동급인 김재소(金在炤)와 연락된 모양이었다. 계성(啓聖)에는 이차돌(李次乭), 정원조(鄭元祚)와 합의가 되어 연락사무는 정원조가 수행하였고, 신명(信明)에는 임봉선(林鳳仙), 이선애(李善愛)와 연락이 되었던 것이다. 우리는 상화 사랑이 번잡하여 위험성이 있다고 운동 본부를 이상쾌(李相快) 사랑으로 옮기고 공작은 각급(各級)을 단위로 하여 개별적으로 추진하되 운동본부는 절대로 비밀히 할 것을 엄중히 서약하였다. 당시 고보에는 스파이로 지목되는 부류가 급(級)마다 있었기 까닭에 공작방법에 상당한 기술을 요하였던 것이다. 6일날 오후에 이만집 목사가 계성의 정원조를 상화 사랑으로 보내어 8일이 큰 장날이니 그날 오후 1시 정각에 큰 장 복판에서 독립을 선언하고 시위 행진을 하는 것이 어떻겠느냐고 문의하는 것을 즉석에서 단행을 결의하고 찬의를 표명하였다. 7일에는 상화가 선전문의 등사를 혼자 맡아 하였고, 나와 이곤희, 허범, 하윤실, 김수천 등 5인이 상쾌(相快) 사랑에서 3백매의 태극기를 박아내었다. 그 선전문은 시위행진할 때 산포(散布)할 것이오 태극기는 고보 학생들에게 나눠 줄 것인 만큼 8일 아침에 깃대도 안 달린 반지(半紙)만의 국기와 선전문을 내가 보자기에 싸가지고 등교하였고 출발 시에 나눠가질 생각으로 4학년 교단 밑에 숨겨 두었다가 학교 당국에서 그날 거사를 냄새 맡고 혈안으로 감시하는 바람에 그것을 끄집어 낼 기회가 없어 그대로 버려두고 출발하였으니 그 후 대 소제(掃除)를 하였을 때 그것이 발각되어 일대소동이었을 줄 안다. 상화는 우리들이 감옥으로 넘어간 후로도 현재 장로회총회장으로 있는 최재화(崔載華)와 각 군부(郡部)까지 돌아다니면서 선전문을 산포하고 독립운동 자금을 조달하는 등 활발히 독립운동을 추진하다가 다행히 검거망을 벗어나 경성으로 달아났던 것이다. 그해 5월 31일에 대구복심법원에서 고보와 계성의 주동자 전원이 1심에서 받은 1년 징역을 그대로 언도 받았으나 전도(前途) 있는 학생들이라고 해서 3년간 집행유예로 출감하게 되었다.[22]

백기만의 회고는 1919년 3월 2일 저녁에 서울에서의 3·1운동 소식을 듣고 백기만이 이상화를 찾아가는 장면에서 시작된다. 이 글은 백기만과 이상화가 대구 3·1운동의 학생 참여를 실질적으로 모의하고 거사 준비를 하였음을 보여주고 있다. 이 부분에서 백기만의 회고를 일본측 자료인 『고등경찰요사』와 재판기록인 「판결문」 등과 비교해 보면 다음과 같다.

□ **동기 및 학생동원 부분**

백기만의 회고	『고등경찰요사』
• 백기만이 3월 2일 서울에서의 3·1운동 소식을 듣고 흥분하여 이상화 집을 찾아감. • 이상화에게 대구에서의 독립만세운동에 대한 의사 물음. • 이상화가 호응하면서 수락: 계성학교는 이상화가, 대구고보는 백기만이 학생동원을 책임지기로 하고 백기만이 허범을 찾아가 동의를 구함.	• 평양숭실대학생 김무생이 3월 7일 대구에 잠입, 대남(大南) 여관에 숙박하며 계성학교 교사 최상원에게 남부 조선의 선구자로서 독립운동을 일으킬 것을 권고 • 최상원이 여관집 아들 대구공립고등보통학교 4학년 허범(許範)에게 이를 전함. • 허범이 4학년 급장 신현욱(申鉉旭)과 상의하여 동교 3학년 학생 백기만, 2학년 학생 하윤실(河允實), 1학년 학생 김수천(金洙千)에게 전달, 이들이 동교 학생들을 권유함.

□ **시위 준비 부분**

백기만의 회고	『고등경찰요사』
• 6일날 오후 8일 큰 장날 시위 계획에 대한 이만집 목사가 보낸 계성 정원조의 제의에 찬동하고 이상화가 선언문 등사를, 백기만, 이곤희, 허범, 하윤실, 김수천 등이 300매의 태극기를 박아냄.	• 3월 4일 선언서가 도착하고 각지의 시위운동이 보도되자, 남성정 교회 목사 이만집은 독립운동 권유를 맡고 김태련은 선언서 등 기타 준비를 관장하기로 함. • 목사 김태련이 3월 7일밤 자택에서 독립선언서 200매를 등사판으로 인쇄하고 태극기 대소 약 40개를 준비함. • 평양숭실대학생 김무생이 3월 7일 대구에 잠입, 상기(上記)의 활동을 함. • 경찰은 3월 7일 3·1운동 기획을 탐지하고 주모 협의자의 일부를 검속하고 수사와 경계를 함.

22 백기만, 「상화와 고월의 회상」, 『상화와 고월』, 청구출판사, 1951, 146~149쪽.

□ **판결 부분**

백기만의 회고	'이만집 외 45인' 1919년 4월 18일 대구지방법원 판결문, 5월 31일 대구복심법원 판결문
• 1심에서 징역 1년을 언도받고 복역 중, 1919년 5월 31일 대구 복심 법원에서 고보와 계성의 주동자 전원이 1심에서 받은 1년 징역을 그대로 언도 받았으나 전도(前途) 있는 학생들이라고 해서 3년간 집행유예로 출감	• 백기만 등은 1919년 4월 18일 1심에서 징역 6월을, 5월 31일 대구복심법원에서 징역 6월, 2년간 집행유예를 선고 받음.

백기만의 기억은 크게 세 부분에서 『고등경찰요사』나 일제(日帝)의 재판기록인 「판결문」의 내용과 불일치를 보이고 있다.

첫째, 대구 3·1운동에서의 동기 및 학생동원 부분이다. 『고등경찰요사』에 의하면 대구 3·1운동에서의 학생 동원은 이갑성의 연락을 받은 미국 북장로파 계열의 남성정 교회 목사 이만집과 김태련, 장로파 부속 계성학교 교사 백남채, 최상원, 김영서 등에 의한 거사 계획과 최상원이 대남여관집 아들인 대구공립고등보통학교 4학년생인 허범에게 전하고, 허범이 대구고보 4학년 급장인 신현욱과 상의하여 3학년생 백기만, 2학년생 하윤실, 1학년생 김수천에게 연락하여 이들이 일반 학생들에게 권유한 것으로 되어 있다. 여기서 백기만은 대구공립고등보통학교 학생들을 동원하는 총책임자의 위치에 있었다기보다 3학년 학생들을 동원하는 중간 조직에 속한 인물이었음을 알 수 있다. 반면 백기만의 글은 백기만이 3월 2일 서울에서의 3·1운동 소식을 듣고 흥분하여 이상화와 3·1운동 거사를 계획하고 이상화는 계성학교, 자신은 대구고보 학생을 책임지기로 하고 4학년생 허범을 찾아가 동의를 구했다고 기술하고 있다. 그런데 『고등경찰요사』에 의하면, 계성학교의 학생동원은 계성학교 교사 최상원이 계성학교 교사 김영서(金永瑞)와 함께 계성학교 학생들을 움직인 것으로 되어 있으며, 백기만의 기억과 달리 이상화의 역할은 나타나지 않고 있다.

둘째, 시위 준비 부분이다. 6일날 오후 8일의 큰 장날 시위 계획에 대한 이만집 목사가 보낸 계성 정원조의 제의에 찬동하고 이상화가 선전문 등사를, 백기만, 이곤희, 허범, 하윤실, 김수천 등이 300매의 태극기를 박아냈다는 백기만의 회고와 달리 『고등경찰요사』에는 이상화가 독립선언서를 등사하였다는 사실이 기술되어 있지 않다. 다만 목사 김태련이 3월 7일 밤 자택에서 독립선언서 200매를 등사판으로 인쇄하고 태극기 대소 약 40개를 준비하였다고 한다.

셋째, 판결 부분이다. 백기만은 1심에서 징역 1년을 언도받고 복역 중, 1919년 5월 31일 대구 복심 법원에서 1년 징역, 3년 집행유예로 출감되었다고 기술하고 있다. 반면 대구지방법원(1919.4.18)과 복심법원(1919.5.31)의 '이만집 외 75인 판결문'에 의하면 백기만은 대구 3·1 독립만세운동의 학생 주모자로 검거되어 1심에서 징역 6월, 복심에서 2년 집행유예를 언도 받은 것으로 되어 있다.

위에서 본 바와 같이 백기만의 기억과 『고등경찰요사』나 재판기록 등의 기술을 비교해 보면 일부 몇몇 부분에서 차이를 보이고 있다. 그 차이는 어디서 오는가? 이를 좀 더 객관적으로 살펴보기 위해 대구지역 3·1운동에 대한 또 다른 기억을 가져와 보기로 하자. 계성학교 학생 허방(許枋)[23]은 1947년 3월 1일자 <대구시보> 지상의 「애국투사좌담회 — 학생들이 선언서를 등사」 부분에서 계성학교 학생들의 3·1운동 참여과정을 다음과 같이 기억하고 있다.

---

23 허방(許枋)은 경상북도 영일군 송라면 조사리 출신으로, 당시 21세, 계성학교 1학년생이었다. 기숙사에 거주 중이었다. 허방은 대구복심법원에서 징역 6월, 2년 집행유예를 선고 받았다.

대구의 그 당시 중등학교라 해서는 계성, 고보, 농업 삼교(三校)이오 자타가 공인할 단체라 해서는 남성정 신정 남산교회의 삼처(三處)뿐이었다. 나는 그때 계성학교 생도로서 3월 1일 밤 본교 권의윤(權義允) 선생 댁에서 「선생의 말씀이 구라파전쟁이 종료된 후 윌손 미국대통령이 전 세계 인류평화를 주창하는 국제정세에 비추어 차제 우리 조선민족이 가혹한 왜놈의 질곡에서 벗어나는 자주독립을 전 세계에 호소하기 위하여 오늘 서울서는 독립선언 대 시위 행렬을 거행하였을 터이다」 이 말을 듣고 환희에 쌓인 우리들은 「대구에서도」 하고 기대 중 마침내 독립선언서가 3월 2일에 본교 최상원 선생으로부터 상급생 심문태군에게 전달되자 각 학급 대표자와 구수 협의한 후 그 익일(翌日)로부터 3일간 서양선교사 ?海和씨 양관(洋館) 헛간에서 왜적의 눈을 피해가면서 밤마다 박계하(?), 박?욱, 김수길 군 등이 선언서 70여 매를 등사하고, 한편으로는 교회 청년유지와 이기명, 김삼도군의 솔선으로 태극기 수천 매를 제조하여서 시위행렬을 대구시일(大邱市日)인 3월 8일에 거행하기로 이만집 목사의 지시가 유하여 대구 삼처 교회 유지와 계성학교 선생 여러분과 전반(全般) 학생들이 주간이 되어 교회 유지 측은 시내 각처로 잠행운동을 개시하고 계성학교 생도 유지 측은 고보와 직업학교에 연락하기로 하여 상급생 심문태, 이기명, 김삼도 3군과 동행하야 서성로 대남여관에서 고보생 신현욱, 허범 양군을 면접하야 무조건 찬동을 얻은 후 실행방법론에 대한 제2차 밀회 시는 신, 허 양군 외에 백기만, 김수천 양군도 참석하야 당당한 의기와 씩씩한 용력으로 왜적의 억압에도 굴복치 않고 대거 궐기코자 참다운 민족애에 넘치는 정열적 분위기에서 오는 3월 8일 정오에 동산성경학원 종소리가 울리거든 수업시간 중에라도 책보를 들고 시장에 쇄도키로 굳은 약속과 악수로써 밀회를 종료하였다.[24]

---

24 「3·1운동기념일 애국투사좌담회: 학생들이 선언서를 등사」, <대구시보>, 1947.3.1.

백기만의 기억이 주로 이상화와 백기만 자신의 3·1운동 참여 과정에 대한 술회에 치우쳐 있다면, 계성학교 학생 허방의 기억은 남성정 교회 목사 이만집, 북장로계 기독교 학교인 계성학교 교사 최상원과 학생들의 대구지역 3·1운동 준비 과정을 비교적 소상히 드러내고 있다는 점에서 차이를 가진다. 허방의 기억은 계성학교 학생들의 3·1운동 참여가 계성학교 권의윤 선생과 최상원 선생의 매개가 있었음을 드러내 보이고 있다. 반면 백기만은 3월 2일 서울의 3·1운동 소식을 듣고 흥분하여 스스로 이상화 집을 찾아갔다고 그날을 기억한다. 백기만은 대구고보 측 3·1운동의 주모자로 자신이 허범을 찾아간 것으로 회고하고 있다.[25] 오랜 시간이 흐른 뒤에 이루어지는 기억이라 대부분 자기중심적으로 작동됨으로써 기억의 착종이 일어났을 수도 있다.

<대구시보> 지상(紙上)에서의 3·1운동 좌담회는 두 차례 기획되었다.[26] 하나는 「민족 자결의 거화(炬火) — 3·1투사의 회고담」(<대구시보>, 1946. 3·1)이고, 다른 하나는 「3·1운동기념일 애국투사 좌담회」(<대구시보>, 1947. 3·1)이다. 1947년 좌담회에는 이경희, 백남채, 채충식, 정운일, 백기만, 허방, 정광순,

25 대구고보 측의 3·1운동은 『고등경찰요사』나 일본의 재판기록 등을 참조해 보면 백기만보다 허범과 신현욱의 역할이 더 컸던 것으로 생각된다. 『고등경찰요사』는 평양숭실대학생 김무생(22세, 징역 2년)이 3월 7일 대구에 잠입, 대남여관에 숙박하며 계성학교 교사 최상원(30세, 징역 2년)에게 3·1운동을 권고하고 최상원이 여관집 아들인 대구고보 4학년 허범에게, 허범이 4학년 급장 신현욱과 상의하여 백기만(3학년), 하윤실(2학년), 김수천(1학년)에게 전달, 이들이 학생들을 동원한 것으로 되어 있다. 1919년 4월 18일 대구지방법원이 보안법 및 출판법 위반 건으로 허범(20세, 대구부 서성정)과 신현욱(23세, 대구부 서성정)이 징역 1년을, 백기만(18세, 대구부 남산정), 하윤실(20세, 대구부 팔운정), 김수천(18세, 대구부 덕산정)이 징역 6월을 받은 것을 보면 그 역할 차이가 난다고 할 수 있다. 1919년 5월 31일 대구복심법원의 판결 결과 이들 모두는 징역 6월, 2년간 집행유해 처분을 받았다. 국가기록원, 독립운동 관련 대구지방법원, 대구고등법원 판결문 참조.

26 1948년 3월 1일자 <대구시보>에도 3·1운동을 특집(3·1운동의 회고)으로 다루고 있다. 이는 3·1운동이 서울은 물론 해방 직후 대구지역에서도 상당히 중요하게 다루어지는 제재였음을 말해준다.

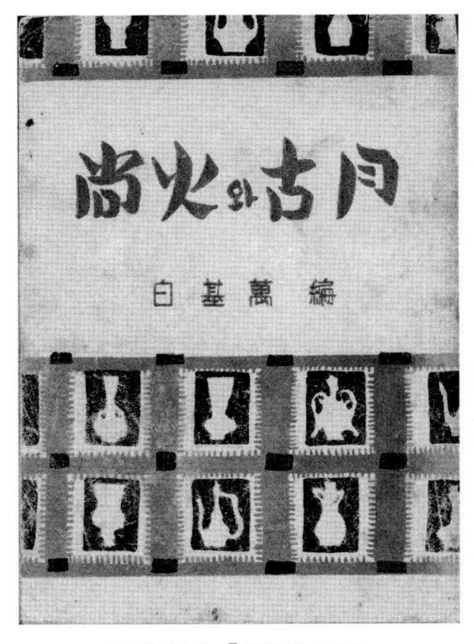

백기만 편, 『상화와 고월』

박제석, 송두환, 여규진, 이혜경, 이재인 등이 참여하고 있다. 두 차례 모두 백기만이 참가한 것을 보면 백기만이 해방 직후 대구지역에서 3·1운동 관련 민족지사로 상당한 대우를 받고 있음을 알 수 있다. 1946년의 좌담회에 백기만은 <대구시보> 논설위원으로 사회를 보고 있으며, 1947년의 좌담회에서는 <대구시보> 장인환 사장이 사회를 보고 백기만은 대구고보 학생 참가자로서의 경험을 말하고 있다. 이 회고에서 3·1운동 계성학교 학생 참가자였던 허방(許坊)과 대구고보 학생 참가자였던 백기만이 학생들의 3·1운동 참여 상황과 3·1운동의 의의를 밝히고 있다. 허방은 앞서 본 바와 같이 계성학교 학생들의 3·1운동 참여 과정을 자세히 회고하고 있는데 비해, 백기만은 허방에게 그 부분을 미루고 3·1운동의 의의 같은 것을 주로 말하고 있다. 대구고보 측의 3·1운동 참여과정은 나중 「상화와 고월의 회상」(『상화와 고월』, 청구출판사, 1951)에서 직접 술회하고 있다. 문제는 백기만의 글을 읽을 때, 이 글이 3·1운동 당시의 기록이 아닌, 검열이 사라진 해방된 조국에서의 당사자의 저항운동에 대한 회고란 점을 반드시 전제해야 한다는 점이다. 3·1운동 주모자로서 가졌던 자긍심이 기억에 관여되었을 가능성이 있다. 집단기억의 한 형태인 3·1운동이 개인의 회상 내지 내면의 차원으로 내려왔을 때 그것은 주관화되거나 장소나 일시의 착오 같은 착종 현상이 일어날 수 있다는 점이다.[27] 기억된 3·1운동은 실제 전개된 3·1운동보다 과장되거나 축소되기 마련이다. 일제의 억압이나 검열이 사라진 해방 이후의 경우, 지난 일에 대한 기억은 주관적으로 착색되거나 과장되는 경우가 많았다. 백기만의 「상화와 고월의 회상」은 3·1운동 당시의 기록이 아닌, 검열이 사라진 해방된 조국에서의 당사자의 저항운동에 대한 회고란 점, 또 이상화 시인에 대한 오마주적 성격이 강한 글이란 점에서 비판적으로 접근할 필요가 있다.

해방 직후 속간된
『별나라』(1946.3)의 3·1운동기념호

「상화와 고월의 회상」을 읽을 때는 이러한 점을 충분히 고려할 필요가 있다. 그럼에도 불구하고 백기만의 회고가 의미를 가질 수 있는 것은 백기만이나 이상화 같은 지역문인들의 내면을 엿볼 수 있는 자료이기 때문이다. 먼저 3월 2일 저녁 백기만이 서울에서의 3·1운동 소식을 듣고 흥분하여 이상화의 집을 찾아가 백기만과 이상화가 자발적으로 3·1운동 시위를 계획하고 준비하였다는 것은 그들의 기질을 생각해 볼 때 얼마든지 가능한 일이다. 백기만의 회고에서 눈여겨

27 대구의 3·8시위는 서문시장에서 대신동 서문교, 대구경찰서를 거쳐 다시 남문통을 지나 경정통(지금의 종로)에서 지금의 동성로로 접어들어 구 대구백화점 본점 부근인 달성군청 앞에서 일본군 보병 제80연대와 대치하다 해산당하였다고 많은 3·1운동 참가자들이 회고하고 있다. 그런데 1919년 3·1운동 당시 달성군청은 대구 중구 남산동(수성면 대명동) 신남네거리 인근에 위치해 있었으며, 3·1운동 직후인 1919년 10월 30일에야 대구 중구 동성로(동성정 구시장, 옛 동문시장), 즉 구 대구백화점 본점 인근으로 옮겼다. 이러한 기억의 혼선은 회고 당시의 시점에서 동성로에 있는 달성군청을 언급하다 보니 일어난 일이라 할 수 있다.
달성군청의 위치 고증에 대해서는 이재두, 「일제강점기 달성군청은 어디 있었을까」, OhmyNews, 2014.3.24 참조.

볼 점은 3월 7일 이전 이미 백기만과 이상화가 서울에서의 3·1운동 봉기 소식을 듣고 자발적으로 3·1운동에 참여하고자 하였다는 점이다. 이들의 3·1운동 참여 과정에 마음에서 우러나는 내적 자발성이 먼저 있었다는 것은 대구지역 청년 문인들의 내면풍경을 읽어내는 데 중요한 요소가 된다. 이는 3·1운동 이전부터 백기만이나 이상화가 대구지역의 애국계몽적 문화풍토 속에서 자연스럽게 민족주의적 성향을 기르고 있었음을 염두에 둘 필요가 있다. 1910년 전후 대구지역의 애국계몽적 풍토 아래 성장한 백기만과 이상화의 문학적 교유는 1917년 동인작문집 『거화』를 통해 이루어진 바 있었지만 이들의 민족주의적 열정이 폭발한 것이 3·1운동이었다고 할 수 있다. 여기에는 물론 백기만의 열혈청년적 패기로 가득 찬 '뜨거운 가슴'[28]과 이상화의 '풍부한 정열과 강견한 의지'[29]가 3·1운동이란 큰 역사적 사건 앞에 그들을 가만 두지 않았음에 틀림없다.

또 하나 주목할 것은 지도부인 이만집의 지휘 하에 김태련이 자택에서 등사기계를 이용하여 선언서 200부를 인쇄하기도 하였지만 실제는 각급 학교 학생들이 선언서나 격문의 등사, 태극기 제조 등 미디어를 장악하고 있었다고 할 수 있다. 3월 8일 큰 장날 시위를 앞두고 중앙학교를 다니던 이상화가 선언문 등사를, 대구고보의 백기만, 이곤희, 허범, 하윤실, 김수천 등이 300매의 태극기를 박아냈다. 계성학교 학생들 또한 허방의 기억에서 보듯이 3일간 '서양선교사 양관(洋館) 헛간에서 선언서 70여 매를 등사하고, 태극기 수천 매를 제조'하는 역할을 수행하였다. 학생들은 독립선언서의 등사, 태극기의 보관, 이들의 배포는 물론, 3월 8일 서문시장의 만세시위에 행동대로

28 양주동, 「잡기 '동인소식' 부분」, 『금성』 2호, 1924.1, 112쪽.
29 백기만, 「문학풍토기 — 대구편」, 『인문평론』, 1940.4, 84쪽.

적극 참여하였다. 3·1운동 당시 "교회, 학교, 군청, 면사무소, 사찰, 상당수의 상점과 적잖은 개인"에게 등사기가 보급되어 있었으며 "선언서나 격문, 경고문 등 문서류의 절대 다수는 등사기를 통해 제작"[30]되었다. 이미 등사기로 현진건, 이상백, 백기만 등과 '푸린트 판'[31] 작문집 『거화(炬火)』를 실험해 본 바 있던 이상화에게 선언문 등사는 그리 어려운 일이 아니었을 것이다. 백기만의 회고에 의하면 이상화 또한 3.8시위 전날까지 선언문을 등사하는 등 시위 준비에 직접 가담한 것으로 되어 있다. 3월 8일 직후에도 군 지역을 돌아다니며 선언서를 뿌리는 등 독립운동을 추진하다 일제의 검거망을 벗어나 경성으로 달아난 것으로 되어 있다. 이상화가 검속을 피할 수 있었던 것은 대구고보, 계성학교, 신명여학교 학생들 중심으로 대구 만세시위가 진행됨으로써 이상화의 거취가 잘 드러나지 않을 수 있었다는 점, 대구의 유지였던 이상화의 백부였던 소남 이일우가 조카 이상화의 신변을 보호했을 가능성 등을 생각해 볼 수 있다. 백기만의 「상화와 고월의 회상」에서는 서울로의 피신설을 들고 있다. 피신설은 이상화가 일제의 감시 내지 검거망에서 벗어나 서울로 도피함으로써 검속이나 투옥을 면할 수 있었다는 것이다.

백기만의 기억에 의하면 이상화는 일제의 검속을 피해 서울로 도피하여, 주로 서대문밖 냉동(冷洞) 92번지 박태원(朴泰元)의 방에 머문 것으로 되어 있다.[32] 이후 이상화는 1921년 말 서울에서 『백조』 동인에 가담하고 1922년 1월 9일 발행된 『백조』 창간호부터 본격적 동인 활동을 전개하다 1922년 가을 이전에 일본 동경으로 유학을 떠난다. 이상화가 1926년 2월 「문예운동」

30 권보드래, 「선언과 등사 — 3·1운동에 있어 문자와 테크놀로지」, 『반교어문연구』 40, 2015, 387~388쪽.

31 백기만, 「상화의 시와 그 배경」, 『자유문학』, 1959.11, 26쪽.

32 백기만, 「상화와 고월의 회상」, 『상화와 고월』, 청구출판사, 1951, 149~150쪽 참고.

창간호에 발표한 「도-교-에서」의 부기를 부면 1922년 가을에 쓴 것으로 되어 있다. 그렇다면 이상화의 도일(渡日) 시기가 1922년 가을이거나 가을 이전임을 알 수 있다. 1923년 9월 1일 일어난 관동대지진을 겪은 다음 이상화는 프랑스 유학의 꿈을 접고 귀국하게 된다. 이상화는 1919년부터 1923년까지 3·1운동 참여, 『백조』 동인 활동, 관동대지진 경험 등을 통해 낭만과 저항의 혼종성 속에서 자신의 작품을 발표하기 시작한다.[33]

백기만 또한 앞에서 본 바와 같이 대구고보 재학 당시 3·1운동을 주도하다가 집행유예로 나오자말자 대구의 덕망가인 한윤화와 이상화의 종형인 이상악의 도움으로 서울로 상경하여 현진건 집을 전전하다 동경 유학을 가게 된다. 와세다 대학에서 양주동, 유엽, 손진태 등과 시전문 동인지 『금성』지를 만들고 3호에 이장희와 이상백을 『금성』 동인으로 영입하는 데, 큰 역할을 한다. 『거화』 동인 중 3·1운동에 직접 참여한 작가는 백기만과 이상화였지만, 서울의 현진건이나 이상화의 동생 이상백 또한 3·1운동의 거센 회오리를 피해갈 수는 없었다. 대구의 이상화나 백기만은 3·1운동 직후 상경하여 서울의 현진건 집을 전전하였으며, 이 과정에서 서로 3·1운동의 경험을 공유하였을 것이기 때문이다.

3·1운동을 전후하여 대구, 서울, 동경으로 이어지는 선상에 『거화』, 『백조』, 『금성』이란 근대문학 매체가 놓여 있다. 대구지역 근대문학 탄생의 두 주역이었던 이상화와 백기만이 『거화』에서 『백조』나 『금성』 동인으로 성장해 나간 배경에 이처럼 3·1운동이란 큰 역사적 사건이 놓여 있었다. 학생 신분으로 겪은 3·1만세 체험이 이들의 이후 문학과 삶에 일정 부분 영향을 미쳤음

33 박용찬, 「이상화 문학과 장소성의 문제」, 『이상화 시의 기억공간』, 대구광역시 수성문화원, 2015, 108~127쪽 참고.

에는 틀림없다. 심지어 자폐와 고독 속에 살다가 음독자살한 이장희마저 3·1운동의 영향권에서 크게 떨어져 있지 않았다고 할 수 있다. 순탄치 않았던 해방 이후 백기만의 삶도 3·1운동의 체험에서 오는 지사적 긍지와 어느 정도 관련성을 가진다고 할 수 있다. 이들은 3·1운동의 경험을 공유함으로써 근대적 주체인 개인으로 성장할 수 있었으며, 1920년대 초 문학 장에서 민족이나 문학의 자율성을 인식하고 말할 수 있는 존재가 되었다.

5. 맺음말

3·1운동은 서울, 평양, 대구 같은 대도시는 물론이고 중소 읍, 면 곳곳까지 파급되어 나갔다. 3·1운동에는 다양한 개인들이 참여하게 되고, 이들의 3·1운동의 경험은 이후의 삶 내지 그들이 몸담고 있는 공간에 큰 영향을 미쳤다. 특히 3·1운동을 계기로 학생, 여성, 노동자, 농민들이 하위 주체에서 벗어나 역사의 전면에 자신들을 부상시킬 수 있었다는 점은 눈여겨 볼 점이다.

본 장은 서울, 민족, 종교 차원의 3·1운동 접근이 아닌 지역, 개인, 기억의 차원에서의 3·1운동 접근이라 할 수 있다. 이러한 측면에서 대구 지역 3·1운동의 파급에 큰 역할을 한 백기만, 이상화 같은 학생 문인들의 활동을 특히 주목하고자 하였다. 특히 <대구시보> 좌담회에서의 '3·1운동의 회상'이나 『상화와 고월』에 실린 백기만의 「상화와 고월의 회상」은 대구지역 문인들의 3·1운동에 대한 회고 내지 기억의 근거가 된다는 점에서 지역문학사의 중요한 자료가 된다 하겠다. 그런데 이러한 자료들은 당대의 일본 측 기록인 『고등경찰요사』나 재판기록 등과 다소 차이를 보여주고 있어 문제가 있다. 이들

자료들의 경우 해방된 이후의 기록 내지 기억이란 점을 전제하지 않으면 안 된다. 3·1운동은 해방이 되면서 중요한 문학적 제재의 하나로 자리 잡게 되는데, 좌우 모두에게 3·1운동은 중요한 기억의 대상이 되었다. 3·1운동이란 과거의 역사적 사건을 해방이란 새로운 역사의 시작점에서 이들은 기억하고 재현해 내고자 하였다. 3·1운동은 개인의 기억이자 집단의 기억이기도 했다. 기억된 3·1운동은 실제 전개된 3·1운동보다 과장되거나 축소되기 마련이다. 일제의 억압이나 검열이 사라진 해방 직후의 경우 이러한 경우는 더 심했다고 볼 수 있다. 백기만의 '3·1운동의 회상'이나 「상화와 고월의 회상」은 3·1운동 당시의 기록이 아닌, 검열이 사라진 해방된 조국에서의 당사자의 저항운동에 대한 회고란 점, 또 이상화 시인에 대한 오마주적 성격이 강한 글이란 점에서 비판적으로 접근될 필요가 있다.

백기만의 회고는 이러한 점을 충분히 고려하여 읽어야 한다. 그럼에도 이 기록이 3·1운동 당시 대구지역 청년 문인들의 내면풍경을 읽어내는 유일한 자료라는 점에서 그 의의가 인정된다. 3·1운동이란 큰 역사적 사건을 경험함으로써 이들은 근대적 주체인 개인으로 성장할 수 있었으며, 1920년대 초 문학 장에서 민족이나 문학의 자율성을 인식하고 말할 수 있는 존재가 되었다. 3·1운동의 경험은 이상화와 백기만의, 이후의 삶은 물론 1920년대 문학 장에서 주요 동인지인 『백조』와 『금성』의 중심인물이자 개성 있는 작가로 그 존재를 드러내는 데 일정 부분 기여하였다고 할 수 있다.

| 제3장 |

서간(書簡)을 통해 본 이상화 문학의 장소성*

1. 들어가는 말

이상화는 한용운, 이육사 등과 더불어 일제강점기 대표적 항일 저항시인으로 일찍 자리매김되면서 그의 문학에 대한 관심 또한 어느 작가보다 높았다고 할 수 있다.

이상화와 그의 문학이 높이 평가된 원인은 다음 몇 가지 정도로 나누어 생각해 볼 수 있다. 첫째, 그가 『창조』, 『폐허』, 『금성』 등과 함께 1920년대 초기 동인지 문단을 주도한 『백조』의 중심인물이었다는 점이다. 『백조』는 낭만과 감상의 온상이었지만 1920년대 초기, 문학의 자율적 공간을 인식한 대표적 문학매체이다. 이상화는 『백조』지에 「말세의 희탄」, 「나의 침실로」, 「이중의 사망」 등의 시를 연속적으로 발표하였다. 「말세의 희탄」이나 「나의 침실로」, 「이중의 사망」 등에서 보여 준 죽음 충동과 극단적 낭만성은 동인지 『백조』의 특성을 가장 잘 보여 주는 것이라 할 수 있다. 이는 '백조' 그룹에서 차지하는 이상화의 위상과 관련된 문제라 할 수 있다. 둘째, 그가 『개벽』

---

* 이 글은 「이상화 가(家)의 서간들과 동경(東京)」(『어문론총』 62, 한국문학언어학회, 2014)을 대폭 수정 증보한 것임.

70호에 쓴 「빼앗긴 들에도 봄은 오는가」가 가진 시대적 표상성 문제와 관련된 것이라 할 수 있다. 교묘한 일제의 검열이 지속되고 있던 1920년대 중반의 상황에서 '빼앗긴 들'과 '봄'이란 과감한 시어 선택 자체만으로도 이상화를 일제강점기 저항시인의 주요 계보에 머무르게 만든다. 셋째, 이상화 문학의 진폭에 관한 문제라 할 수 있다. 『백조』 유미주의 문학에서 신경향파 내지 계급주의 문학으로 나아간 이상화 문학의 도정이 1920년대 한국근대문학의 전개 내지 방향성 문제와 밀접한 관련을 맺고 있다는 사실이다. 넷째, 시대와 관련된 이상화의 저항적, 지사적 삶과 관련된 것이라 할 수 있다. 즉, 문학자로서, 교육자로서 일제와 타협하지 않고 살아간 이상화 개인의 삶이 일제강점기 정신사 또는 사상사에서 차지하는 위상과 관련되는 문제이다.

이상화와 그의 문학에 대한 연구는 이상화와 동시대를 살았던 문인들의 회고담[1] 정도에 머무르다 1960년대 말부터 본격적으로 시작되었다고 할 수 있다. 이상화 문학에 대한 연구는 크게 자료 발굴을 바탕으로 한 실증적, 종합적 연구,[2] 비교문학적 연구,[3] 문학사회학적 연구,[4] 시어 연구,[5] 정신사적

---

1 박종화, 「오호 아문단」, 『백조』 2호, 1922.5.
______, 「백조시대의 그들」, 『중앙』, 1936.2.
______, 「빙허와 상화」, 『춘추』, 29호, 1943.6.
김안서, 「시단의 1년」, 『개벽』 42호, 1923.12.
김기진, 「현시단의 시인」, 『개벽』 58호, 1925.4.
박영희, 「백조 화려한 시절」, <조선일보>, 1933.9.13.
홍사용, 「젊은 문학도의 그리던 꿈—백조시대에 남긴 여화」, 『조광』, 1936.9.
임 화, 「백조의 문학사적 의의」, 『춘추』, 1942.1.
윤곤강, 「조춘시정—고월과 상화와 나」, 『죽순』 3권 2호, 1948.3.
백기만, 「상화와 고월의 회상」, 『상화와 고월』, 청구출판사, 1951.

2 이성교, 「이상화 연구」, 『성신여사대논문집』 2집, 1969.
김학동, 「이상화 연구」(상·하), 『진단학보』 34, 35집, 1972.
백순재, 「상화와 고월 연구의 문제점」, 『문학사상』 10, 1973.7.
이기철, 『작가연구의 실천』, 영남대학교 출판부, 1986.
김재홍, 『이상화—저항시의 활화산』, 건국대학교 출판부, 1996.

탐구,[6] 제 작품론[7] 등으로 나누어 볼 수 있다. 이상화 문학에 대한 제 논의는 크게 '감상', '낭만', '퇴폐', '저항', '민족' 등의 어구를 중심으로 이루어졌다. 이러한 이상화 문학의 기존 연구들을 살펴볼 때 이상화 문학에 대한 전체적 모습은 어느 정도 밝혀진 것처럼 보인다. 지금까지의 연구를 종합해 보면 그의 낭만주의적 태도는 "현실에 대한 지독한 환멸에서 오며", "현실에의 환멸은 초기에는 가족제도, 애정생활 속에서 나오며, 후기에는 식민지 현실에 대한 깊은 성찰에서 나온다"[8]는 평가에서 크게 벗어나지 않고 있다. 본 장은 이러한 평가가 반드시 옳지만은 않다는 관점에서 논의를 출발하고자 한다. 그 출발의 단서는 이상화 가(家)를 중심으로 오고 간 몇 편의 서간 및 그의 초기 시에 바탕을 두고 있다. 이러한 자료를 바탕으로 여기서는 이상화 문학에 작동한 장소성의 문제를 중심으로 그의 문학에 대한 기존 평가가 가진 문제점을 검토해 보고자 한다.

장소성은 한 개인의 삶과 세계관 형성에 중대한 영향을 미친다. 특정 시간과 공간이 만나는 지점에 한 개인의 삶이 탄생한다. '공간(space)'이 인간의 경험과 무관하게 존재하는 추상적인 것이라면, '장소(place)'는 인간이 경험을 통해 의미를 부여한 구체적인 것이다.[9] 그러므로 개인에게 있어 그가 숨 쉬고

---

3 문덕수, 「이상화론」, 『월간문학』, 1969.6.
4 이선영, 「식민지 시대의 시인」, 『현대한국작가연구』, 민음사, 1976.
5 이상규, 「상화 시에 나타난 방언」, 『영남학』 창간호, 영남문화연구원, 2001.
6 차한수, 『이상화시 연구』, 시와시학사, 1993.
7 조동일, 「이상화의 '나의 침실로'의 분석과 이해」, 『이상화의 서정시와 그 아름다움』, 새문사, 1981.
김춘수, 「이상화의 '나의 침실로'의 구조와 이해」, 『이상화의 서정시와 그 아름다움』, 새문사, 1981.
이승훈, 「'빼앗긴 들에도 봄은 오는가'의 구조분석, 『문학과비평』 2, 1987 여름호.
정효구, 「'빼앗긴 들에도 봄은 오는가'의 구조시학적 분석」, 『관악어문연구』 10, 서울대학교 국문과, 1985.
8 김현·김윤식, 『한국문학사』, 민음사, 1973, 149쪽.

있던 시간과 장소는 그의 삶을 형성하는 중요한 조건이 된다. 이상화는 구한 말에 태어나서 일제강점 말기까지 살았다. 국가 상실의 시기에 태어난 이상화는 자신의 삶 대부분을 대구에서 식민지인으로 살아갈 수밖에 없는 조건 속에 놓여 있었다. 그러므로 일제강점하에 놓인 식민지 조선과 대구는 이상화가 근대 지식을 습득하고 식민지인으로서의 자기정체성을 확보해 나간 중요 장소로 기능하였다고 할 수 있다. 이상화는 대구에서 태어나 서울, 동경, 북경, 남경, 상해 등지를 드나들었다. 그는 평생 대구를 기반으로 탈향과 귀향을 반복하고 있었지만 대구가 그의 삶의 중요한 근거지였다. 장소성을 이루는 중요한 요인으로 지리적 환경 외에 그를 둘러싼 가족사, 교우 관계, 사회적, 시대적 제 환경이 있을 수 있다. 이러한 구체적 장소 체험이 이상화 문학의 형성 과정에 작동되었다는 전제가 이 논의의 출발점이 된다.

2. 이상화 문학의 형성 기반과 장소성

이상화는 1901년 대구시 중구 서문로 2가 12번지에서 부 이시우(李時雨)와 모 김신자(金信子)의 4남 중 둘째로 태어났다. 이상정, 이상화, 이상백, 이상오가 그의 형제들이었다. 그러나 7세 때 그의 부친이 별세함으로써 모친과 백부 소남(小南) 이일우(李一雨)의 엄격한 교육 아래 성장하였다. 백부 소남 이일우는 대구 지역의 대지주이자 자산가로 1910년 전후 대구 지역의 애국계몽 운동에 앞장선 선각자였다. 특히 그가 세운 우현서루(友弦書樓)와 집안 사숙(私塾)은 이상화 문학의 중요 형성 기반이 되었으며, 이를 통해 이상화는 근대

9 이-푸 투안, 구동회·심승희 역, 『공간과 장소』, 대윤, 2007, 19쪽 참조.

지식을 습득하고 항일 정신을 키워 나갈 수 있었다. 이상화는 성장 과정에 백부인 소남 이일우나 모친인 김신자의 애국계몽 활동에 많은 영향을 받았다. 특히 우현서루와 강의원 또는 집안 사숙(私塾)에서의 각종 서적을 통한 근대지식의 습득 및 뜻있는 지사들과의 만남은 후일 이상화의 민족의식 형성 내지 문학 활동에 큰 역할을 하였던 것으로 판단된다. 1901년생인 이상화가 1905년에서 1910년대 초, 중반 사이에 존재했던 우현서루에서 직접 민족 지사들과 고준담론을 나눌 나이는 아니었다. 그렇지만 우현서루가 이상화 집안에서 세운 육영(育英) 기관인 것을 감안하면 우현서루에 드나든 인사는 물론이고 그곳에 비치된 신구(新舊) 서적이나 대구의 출판사인 광문사 등에서 발간된 계몽서적들을 접할 기회는 얼마든지 있었다고 할 수 있다. 유년기의 성장환경과 장소가 한 사람의 삶이나 세계관 형성의 중요 요인이 된다면, 우현서루, 국채보상운동, 광문사의 출판 활동 등 이상화를 둘러싼 1910년 전후 대구의 지적, 문화적 풍토는 후일 이상화 문학의 중요한 토대가 되었다고 할 수 있다.

우현서루와 집안 사숙에서 수학하던 이상화는 15세 되던 1915년, 신식교육을 받기 위해 서울중앙학교에 입학한다. 대구를 일시적으로 떠났지만 중앙학교 재학 중에도 끊임없이 대구와의 교섭을 멈추지 않았음은 1917년 대구에서 만들어진 『거화(炬火)』의 존재가 그것을 말해 준다. 현재 실물이 남아 있지 않아 그 구체적 내용은 알 수 없지만 이 당시 『거화』에 참가했던 백기만의 회고를 통해 그 대체적 윤곽을 파악해 볼 수 있다.

> 그(현진건 — 필자 주)는 1900년 8월 1일생인데 1917년 그가 상해에서 돌아왔을 때 처음으로 알게 되었고 서로 뜻이 맞아서 곧 친밀해졌으며, 그와 상화와 상백과 나와 네사람이 작문집 『거화』를 시험해 본 것도 그 해 일[10]

이 글에서 『거화』가 대구 지역의 젊은 청년들인 현진건, 이상화, 이상백, 백기만이 만든 동인작문집임을 알 수 있다. 그것은 '푸린트판'으로 '습작'에 가까운 작품집이었다.[11] 이 중 가장 연배가 어린 이상화의 아우 이상백이 대구고등보통학교를 졸업한 해가 1920년이니,[12] 이들 네 사람 모두 문학에 대한 욕구가 한창 분출될 나이임은 틀림없다. 이들이 만든 『거화』가 습작 수준인지, 아니면 일정 수준에 도달한 문학 작품집이었는지는 현재로서는 알기 어렵다. 다만 대구에서 만들어진 『거화』가 이들의 문학 활동의 출발점이란 사실은 중요하다. 『거화』에 참여한 네 사람 모두 1920년대 동인지 문단의 중심인물로 성장했다는 점을 눈여겨볼 필요가 있다. 이후 이상화, 현진건은 『백조』 동인으로, 백기만과 이상백은 『금성』 동인으로 참가하였다. 1920년대 초기 문단을 주도한 『백조』와 『금성』에 대구의 『거화』 동인들이 모두 참가하였다는 것은 의미심장하다. 『거화』는 1910년대 "대구를 중심으로 모여든 젊은 청년들의 문예와 사회에 대한 열정과 방향성을 나타내"[13]준 매체였으며, 이를 통한 문학적 수련을 통해 이상화는 1920년대의 중요 작가로 부상할 수 있었던 것이다.

『거화』 이후 이상화의 행적은 백기만을 통해 더 선명히 드러난다. 이상화와 백기만의 관계는 크게 네 가지 정도로 요약된다. 첫째, 『거화』 발간, 둘째, 대구 3·1운동에 함께 가담하였다가 사전 발각되었다는 점, 셋째, 백기만의 동경 유학에 이상화의 종형(從兄) 이상악(李相岳)의 도움이 있었다는 점, 넷째, 백기만이 이상화 사후(死後) 『상화와 고월』을 엮었다는 점 등이다. 여기서

10 백기만, 「빙허의 생애」, 『문학계』 1집, 경북문학협회, 1958.3, 84쪽.
11 백기만, 「상화의 시와 그 배경」, 『자유문학』, 1959.11, 26쪽.
12 『대구고등보통학교 제2회 졸업생 사진첩』, 1920.3.
13 박용찬, 「1920년대 시와 매개자적 통로 — 백기만론」, 『어문학』 94, 한국어문학회, 2006, 298쪽.

둘째와 셋째를 좀 더 자세히 살펴보기로 하자. 3·1만세운동과 관동대지진의 참상은 이상화의 민족의식을 직접적으로 일깨운 사건이라 할 수 있다. 중앙학교를 다니다 대구로 내려와 있던 이상화는 당시 대구고보에 다니던 백기만과 더불어 대구 3·1만세운동을 주동하였다.[14] 이상화는 검거를 피해 서울 냉동(冷洞) 92번지 박태원(朴泰元)의 방으로 피신한다. 박태원은 작곡가 박태준의 맏형으로, 대구계성학교를 졸업하고 평양숭실대학에 진학하였다가, 다시 연희전문으로 전학하면서 당시 서울에 있었다. 이후 일본 와세다[早稻田] 대학 영문과에 입학하여 수학 도중 폐병을 얻어 귀국하였으나 고향인 대구에서 1921년 8월 25세의 나이로 요절하였다.[15] 그는 영문학을 전공하였지만 성악가이자 작곡가로 이상화와 깊은 우정을 나누던 사이였다. 『백조』 3호에 발표한 「이중의 사망」은 '가서 못 오는 박태원의 애듯한 영혼에 바침'이란 부제가 있어 이 시가 그의 영전에 바치는 시임을 알 수 있다.

또 하나는 백기만이 이상화 집안의 후원을 받고 있었다는 점이다. 대구고보를 졸업하고, 이상화와 함께 3·1운동을 주모하였던 백기만은 감옥에서 나오자 서울의 현진건 집 등을 전전하다가 일본 와세다[早稻田] 대학 유학을 감행하였다.[16] 최근 발견된 백기만의 서간들에 의하면 그는 동경 유학 도중

14 백기만, 「상화와 고월의 회상」, 『상화와 고월』, 청구출판사, 1951, 146~149쪽 참조.

15 박태원에 대해서는 백기만의 위의 글과 백기만 편, 『씨뿌린 사람들』(사조사, 1959)에 실린 김성도의 「악단의 선구자 박태원」, 박태준의 「사백(舍伯)의 추억」 등이 참조가 된다.

16 대구고보 재학 중이던 백기만은 3·1운동 이후 서울과 동경 유학을 하게 되는데 그 경위를 다음과 같이 설명하고 있다. "그해(1919년 — 필자 주) 5월 31일에 대구복심법원에서 고보와 계성의 주동자 전원이 1심에서 받은 1년 징역을 그대로 언도받았으나 전도(前途) 있는 학생들이라고 해서 3년간 집행유예로 출감하게 되었다. 출감은 하였으나 독립은 되지 않았고 가정이 빈한한 나는 다른 우인(友人)들이 잘도 가는 서울 유학도 동경 유학도 화중병(畵中餠)에 지나지 못하였다. 울울한 시일을 보내다가 일대 용기를 내어 향리의 덕망가인 한윤화(韓潤和)씨와 이상악(李相岳)씨를 찾았다. 나의 지망을 말하고 학비를 요청하였더니 두 분이 다 쾌락하여 준 혜택으로 그해 8월에 상경하였다." 백기만 편, 「상화와 고월의 회상」, 『상화와 고월』, 청구출판사, 1951, 149~150쪽.

수시로 이일우의 장남이자 이상화의 종형이었던 이상악(李相岳)에게 학비 지원을 요청하고 있음이 확인된다.[17] 백기만은 와세다 대학 재학 중, 양주동, 유엽, 손진태 등과 시 동인지 『금성』을 만들고 대구 출신의 이상백과 이장희를 『금성』 동인으로 영입하였다. 이상화의 손아래 아우이자, 『거화』의 동인이었던 이상백 또한 이 당시 와세다[早稻田] 대학 재학 중이었다. 백기만은 이처럼 이상화, 이상백, 그리고 이상화의 종형 이상악과 밀접한 관계를 맺고 있었다.

한편 이상화는 1921년 빙허 현진건의 소개로 『백조』 동인에 참가한다. 이상화는 1922년 『백조』 창간호(1922.1.9)에 「말세(末世)의 희탄(欷嘆)」과 「단조(單調)」를, 『백조』 2호(1922.5.25)에 「가을의 풍경」, 「To______」를, 1923년 『백조』 3호(1923.9.6)에 「나의 침실로」, 「이중의 사망」, 「마음의 꽃」 등을 발표하면서 본격적인 문학 활동을 시작하였다. 『백조』 동인 활동 도중 이상화는 1922년 프랑스 유학의 기회를 갖고자 불어 공부를 위해 동경의 아테네 프랑세에 입학하게 된다. 이 당시 이상화가 동경에서 대구에 있는 아우 이상백에게 보내온 서간을 통해 이상화의 동경 근황과 내면풍경을 짐작해 보기로 하자.

---

17 백기만이 동경(東京) 교외(郊外)에서 조선(朝鮮) 대구부(大邱府) 본정(本町) 이정목(二丁目) 십일(十一)번지 이상악(李相岳)에게 보낸 서간에는 학비에 관한 백기만의 고민이 잘 나타나 있다. "新學期 始에 臨하와 不可不 二學期分 月謝金 納入이오며 兼하와 大講堂 新設補助金 二〇이 要하오며 書籍 數三券도 新學期에 必要하올 듯 하와 上達하오니 五十〇 下送하시여 주시옵 伏望하옵나이다. 餘不備上書 九月 三日 侍生 白基萬 上書"

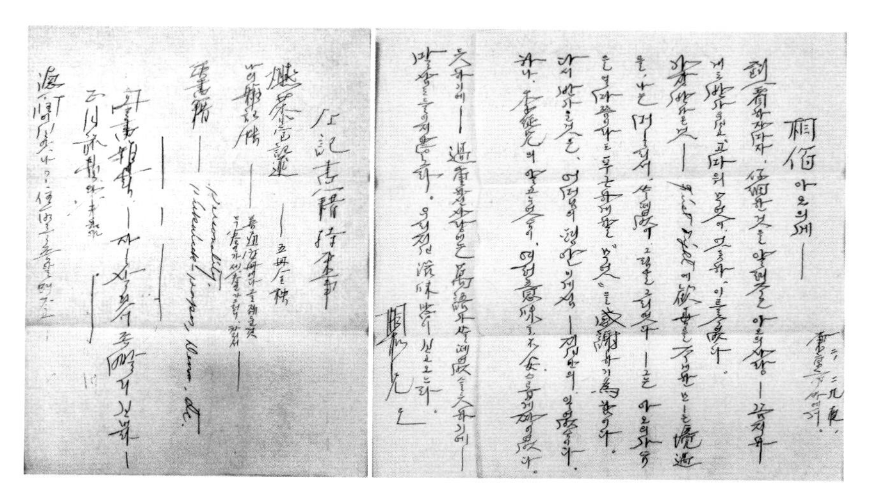

이상화가 동경에서 이상악에게 보낸 편지

相佰 아오의께

一 二, 二九 夜, 東京 市外에서

到着하자마자 仔細한 것을 알려주는 아오의 사랑— 끔직하게도 반가웁고 고마워 무엇이 엇틋하 이를 수 없다.

가장 반가온 것 — First sight에 歡喜를 주게한난 모- 든 境遇를, 나는 멀리서, 쓸데없이 그림을 그리엿다. — 그는 아오의 가슴을 얼마쯤이라도 푸근하게 할 "무엇"을 感謝하기 위함이다. 다시 반가운 것은 어머님의 평안이 게심 — 집안의 일없슴이다. 허나 李從兄의 알코 누엇슴이 여러 意味로 不安스럽게 짝이 없다.

나의 떠나 있는 親切과 그대의 갓차이 있는 사랑과를 함께 모어 誠實한 慰勞를 하여라 — 어떠한 華奢 속에서라도 알는 이의 가슴에서 우는 孤獨은 形而上境에서 苦悶함과 갓흐며 — 더우든 마음이 弱하든 이의 病든 것은 그의게 限하얀 더없는 외로움이다. — 그대는 김작할 터이니, 길게는 않노라. 나의

歸省은 어른들께서 걱정하심이야 끝없는 罪悚이나, 나의 건강이 장차 辨白을 들일듯하기에ㅡ過重하신 사랑에는 萬語가 쓸 때 없슬 듯하기에ㅡ말삼도 들이지 않노라. 우리 집 滋味 많이 보고 오느라

相和 兄

左記 書籍 持來事

燃藜室記述ㅡ五冊 全秩

나의 雜記帳ㅡ普通空冊에다 글 적어둔 것 두 卷인가 세 卷인가 그러니 차저서ㅡ

英書籍 ㅡ『Personality』,

『Pickwick-paper』, 『Hero』, etc.

ㅡ ㅡ ㅡ

圖書 雜帳ㅡ잘 살펴서 좀 빨리 보내라ㅡ

正月 旅費와 겸하야ㅡ

德潤이 보았나? 住所를 좀 알래가고[18]

이 서간의 수신 면은 '조선 대구부 본정 2정목 11번지 이상백 시사(侍史)'로, 발신 면은 '일본 동경 시외(市外) 上戶 가소(家所)의 상화(相和)'로 되어 있다. 이를 보면 동경에 있는 이상화가 대구의 아우 이상백에게 보낸 편지임을 알 수 있다. 대정 11년(1922년) 12월 29일 밤 동경시외(東京市外)에서 썼고, 대정 12년 1월 1일자 소인[19]이 찍혀 있는 것으로 보아, 이 서간이 이상화의 동경

18 이상화가 이상백에게 보낸 서간. 필기체로 된 서간의 해독에 경북대 국어국문학과 김주현 교수가 일부 도움을 주었다.

19 겉봉투 소인에 1자만 찍혀 있으나, 이상화가 12월 29일 편지를 썼으니 정황상 우체국에서 소인이 찍힌 날짜를 1월 1일로 추정함.

체류 시절에 쓰인 것임을 알 수 있다. 관동대지진이 일어나기 9개월 전이다. 편지의 내용으로 미루어 보건대 이상백 또한 당시 동경 와세다[早稲田] 대학 재학 중으로, 이상화의 거주 주소를 잘 알고 있었거나 같이 거주하였던 것으로 보인다. 겉봉에 구체적 주소를 드러내지는 않았으나 “도착하자마자 자세한 것을 알려주는 아오의 사랑”이나 “우리 집 자미 많이 보고 오느라”라든지 하는 것이 이를 증명해 주는 근거가 된다. 전후 맥락을 보면 동경 유학 중인 이상백이 대구 본가(本家)에 잠시 다니러 나와, 집안 형편을 알리는 편지를 동경에 있는 형 이상화에게 보냈음을 알 수 있다. 이 편지를 읽고 난 이상화는 다시 대구 집에 있는 이상백에게 답장을 보냈다. 대구의 집안과 어머님 안부, 종형의 병세 걱정, 아우 이상백과의 극진한 정이 이 편지에 잘 나타나 있다. 또한 부기(附記)에 실린 글은 그 당시 이상화가 읽고자 했던 책과 공부에 대한 열정을 잘 보여 주고 있다. 동경에서 유학을 꿈꾸고 신식 학문을 배우려는 그의 각오를 엿볼 수 있는 자료라 할 수 있다.

서간 3장 중 마지막 장인 부기(附記)는 이상화의 독서 이력을 살펴볼 수 있는 근거가 될 수 있다는 점에서 중요하다. 이상화가 요청한 책자는 『연려실기술』 5책 전질과 ‘나의 잡기장’ 2~3권, 영어 서적 등이다. 이를 통해 볼 때 이상화의 지적 관심은 동서양의 제 지식에 걸쳐 있었음을 알 수 있다. 우현서루와 집안의 사숙을 통해 동서양 근대지식을 습득했던 이상화가 중앙학교를 거쳐 동경 유학까지 갔을 때의 지적 상황을 이 서간은 잘 보여 주고 있다. 1920년대 초 이상화의 외국어에 대한 관심은 다방면에 걸쳐 나타나게 되는데, 특히 영어나 프랑스어 등에 관심이 많았던 것으로 알려져 있다. 동경에서 ‘아테네 프랑세’에 다니면서 불란서 유학을 시도한다든지, 친구 박태원과 함께 영어를 학습하고, 『백조』 2호에 영시 「To______」를 발표한 것 등은 이를 증빙해 준다. ‘나의 잡기장’은 이상화가 평상시에 글쓰기를 소홀하지 않았음을 보여주는 증좌라 할 수 있다.

한편 이 서간에 나오는 『Personality』와 『Pickwick-paper』, 『Hero』와 같은 영어로 된 원서는 이상화가 평상시 서양문학이나 근대지식에 대한 관심과 교양을 갖고 있었음을 보여준다. 상기(上記) 원서들은 1920년대 이전에 이미 여러 판본들이 발간되어 있었다. 이상화가 아우 이상백에게 집에 있는 이들 책을 보내 달라고 하였으니 자신의 서재에 이 책들이 구비되어 있었음을 알 수 있다. 이중 『Pickwick-paper』, 『Hero』를 잠깐 살펴보도록 하자. 『The Pickwick-papers』는 찰스 디킨스(Charles Dickens, 1812~1870)가 쓴 초기 장편소설이다. 『올리버 트위스트』, 『데이빗 코퍼필드』, 『위대한 유산』, 『크리스마스 캐럴』 같은 명작을 남긴 찰스 디킨스는 19세기 영국 빅토리아 여왕 시대의 대표적 소설가이다. 『Pickwick-papers』는 Samuel Pickwick란 사람이 Pickwick 클럽을 만들어 세 사람의 회원과 함께 런던을 떠나 영국의 시골지방을 여행하면서 겪게 되는 여러 사건과 견문을 엮은 것이다. 이 작품은 1836~1837년 사이 Morning Chronicle지(紙)에 연재되어 대단한 인기를 얻었으며, 20회의 분책(分冊)으로 발표되었다. "위트와 유머, 많은 인물을 등장시키고 또 당시에는 보기 드문 하류계급을 다룬"[20] 모험소설이자 당대 사회를 비판한 풍자소설이다. 『Hero』는 찰스 킹즐리(Charles Kingsley)의 『The Heroes』(1856)이거나 토머스 칼라일(Thomas Carlyle)의 『On Heroes, Hero-Worship, and the Heroic in History』(1841)일 가능성이 있다. 특히 칼라일의 『영웅숭배론』은 근대계몽기 애국계몽론자였던 신채호, 박은식 등이 시도한 영웅 서사에 영향을 미친 서적이다. 칼라일이 제시한 영웅은 우주의 질서를 깨달아 성실로써 대응하는 용기있는 사람이다. 이들은 성실성과 영웅을 알아보는

20 구중회, 「Charles Dickens」, 『영미작가론』, 신구문화사, 1967, 216쪽.

안목을 지닌 수많은 작은 영웅들에 의해 영웅으로 숭배받게 된다는 것이다. 칼라일의 영웅은 신, 예언자, 시인, 성직자, 문인, 제왕 등 다양한 분야의 인물을 지칭하고 있다. 그러나 신채호, 박은식 등은 국가를 위기에서 구한 을지문덕, 최도통, 이순신, 천개소문 등과 같은 국가적 영웅, 즉 무장(武將)을 내세워 국민의 영웅숭배심과 애국심을 고취하고자 하였다. 그러나 신채호도 「20세기신동국지영웅(二十世紀新東國之英雄)」(1909)에 오면 소수의 영웅이 아닌 국가의 구성원인 국민 개개인의 자질과 능력을 바탕으로 한 무명영웅론, 국민영웅론을 내세운다.[21] 여기서 1920년대 초 이상화가 1800년대 중반 영국의 작가들이 쓴 영웅이야기, 또는 영웅숭배론을 원서로 읽고자 했다는 것은 주목을 요한다. 3·1운동이 지식인, 노동자, 농민, 학생, 여성 등 각성된 주체인 개인의 등장을 가져오는 계기가 되었다고 본다면 이상화의 칼라일의 『영웅숭배론』 같은 책 읽기는 진실하고 성실한 국민 개개인에 자리잡은 수많은 작은 영웅들을 대망하는 이상화의 심리를 드러내는 것이라 하겠다. 또한 『The Pickwick-papers』 같은 작품은 이상화가 식민지 현실을 직시하고 풍자해 나가고자 하는 작가의식 내지 사회의식을 갖는 데 도움을 주었다고 할 수 있다.

한편 『연려실기술(燃藜室記述)』의 탐독은 이상화의 근대지식 수용이 단순 서구문명의 경사(傾斜)에 치우친 것이 아니라 조선적 현실에 바탕을 둔 근대지식(近代知識)의 습득임을 보여 준다. 백부인 소남 이일우가 우현서루를 세운 동기, 즉 "구학(舊學)을 바탕으로 삼고 신지식으로 빛나게 해서 의리에 함빡 젖게 하"[22]겠다는 뜻과도 부합되는 것이라 할 수 있다. 『연려실기술』은 조선

21 근대계몽기의 영웅숭배론에 대해서는 정환국, 「대한제국기 계몽지식인들의 '구국주체' 인식의 궤적」, 『사림(史林)』 23, 2005.6, 13~23쪽 참고.

22 「행장(行狀)」, 『성남세고(城南世稿)』, 권지 2, 21~22쪽.

정조 때의 실학자 이긍익(李肯翊)의 저술로, "조선시대의 모든 야사(野史)를 '기사본말체'라는 새롭고 진보된 체재로 정리하여 준 점에 있어서 조선조 시대 야사의 금자탑"[23]이라고 말할 수 있는 책이다. 이 책은 원래 전사본(轉寫本)으로 유통되다 한일병합 직후인 1911년부터 최남선의 조선광문회(朝鮮光文會)에서 연활자로 발간되어 널리 보급되었다. 1914년 5월 1일 발간된 『신문관발매서적총목록』(신문관판매부)에 의하면 조선광문회본 『연려실기술』은 이때까지 제1집 전6책, 별집 전3책 간행된 것으로 되어 있다.[24] 일본인이 중심이 된 '조선고서간행회(朝鮮古書刊行會)'에서도 1913년 본집 6책, 별집 3책을 간행한 바 있다. 이 중 조선광문회본 『연려실기술』이 조선고서간행회본보다 더 널리 유통되었는데 이상화가 아우 이상백에게 요구한 『연려실기술』 5책은 전사본이 아니면 조선광문회본일 가능성이 높다. 조선광문회에서 『연려실기술』을 1911년부터 지속적으로 발간하는 중이었기 때문에 이상화 집안에 소장된 『연려실기술』은 5책이 발간된 시점에 일괄 구매한 것이 아닌가 생각된다.[25] 최남선이 세운 신문관에서 출판된 제 지식 계몽 서적[26]을 우현서루 가까이서

---

23 류홍렬, 「이긍익 '연려실기술'」, 『한국의 고전백선』, 『신동아』 1969년 1월호 부록, 112쪽.

24 신문관 판매부, 『신문관발매서적총목록』 제1호, 1914.5.1, 28~46쪽 참조.

25 대구광역시 달성군 화원면 인흥동 소재 인수문고(仁壽文庫)는 대구지역에서 많은 장서(藏書)를 소장한 것으로 널리 알려져 있다. 남평 문씨 세거지인 인흥동에 있는 인수문고는 문박(文樸)(1880~1930)이 주로 수집한 장서가 주종을 이루고 있다. 인수문고의 경우에도 『연려실기술』은 조선광문회본이 소장되어 있음이 확인된다. 『인수문고목록』, 사단법인 국학자료보존회, 1975, 25쪽.

26 최남선은 1908년 근대적 인쇄소이자 출판사인 신문관을 설립하고 『소년』, 『청춘』, 『붉은 저고리』, 『아이들 보이』, 『새별』 등을 발행하는 한편, 십전총서, 육전소설 등의 기획, 제 한국학 관련 도서 등을 발간하였다. 최남선은 신문관의 제 출판 활동을 통해 신문화 건설을 통한 계몽운동의 기치를 내걸었다고 할 수 있는데, 한일병합 직후인 1910년 10월 조선광문회(朝鮮光文會) 또한 이와 연장선상에 놓여 있다고 할 수 있다. 고전문화의 수입과 번역, 간행을 표방한 조선광문회는 한국의 역사, 지리, 풍속, 언어, 문학 등 한국학 제 고전들을 편찬해 내었다. 조선광문회는 『연려실기술』 이외에도 『해동역사(海東繹史)』, 『대동운부군옥(大東韻府群玉)』, 『해동명장전(海東名將傳)』, 『동국병감(東國兵鑑)』, 『당의통략(黨議通略)』,

자랐던 이상화가 접하는 것은 자연스러운 과정이었다고 할 수 있다. 문제는 『연려실기술』을 자신의 애장 도서로 인식하고, 동경 유학 도중에 그것을 아우에게 요청하였다는 것을 눈여겨볼 필요가 있다. 서양 문물 및 근대 문명의 기항지였던 동경에서 이상화가 『연려실기술』을 요청하였다는 것은 조선인으로서의 그가 뚜렷한 역사의식 및 자기정체성을 갖고 있었다는 것을 의미한다.

동경 시절 이상화의 행적을 추정할 수 있는 또 하나의 서간은 관동대지진 당시 이상화 관련 소식을 전하고 있는 아래의 엽서이다.

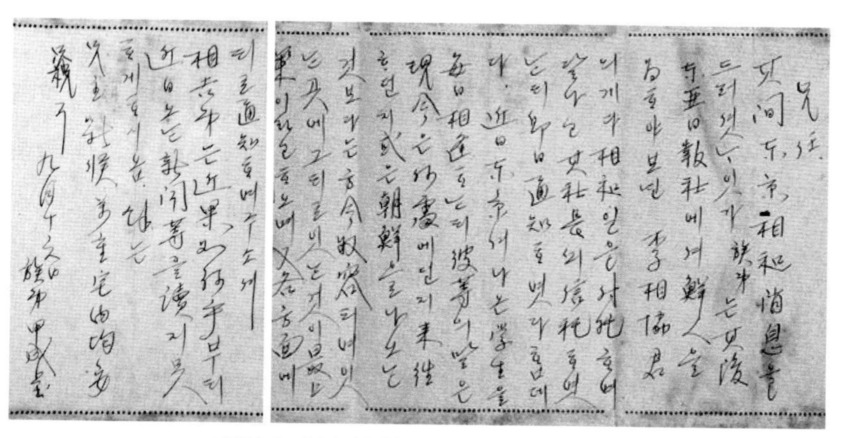

이갑성이 이상화의 종형 이상악에게 보낸 엽서 내용

兄任 其間 東京 相和 消息을 드러셧ᄂᆞ잇가. 族弟는 其後 東亞日報社에셔 鮮人을 爲하여 보낸 李相協君의게다 相和 일을 付託ᄒᆞ여 달라고 其 社長께 信託ᄒᆞ엿ᄂᆞᆫ대 卽日 通知ᄒᆞ엿다 ᄒᆞᆸ데다. 近日 東京셔 나온 學生을 每日 相逢ᄒᆞ

『동국세시기(東國歲時記)』, 『열하일기(熱河日記)』, 『훈몽자회(訓蒙字會)』, 『아언각비(雅言覺非)』 등의 한국학 서적을 발간하였다.

ᄂᆞᆫ데 彼等의 말은 現今 何處에던지 來往하던지, 혹은 朝鮮으로 나오ᄂᆞᆫ 것보다는 方今 收容되여 잇ᄂᆞᆫ 곳에 그대로 잇는 것이 最上策이라고 하오며 又 各方面에 調査에와 자기들 생각과 아는 대로는 幾人의 勞動者와 其 當時 日本社會住意者(社會主義者의 오식-필자주)와 갓치 活動하든 幾 個人마다는 擧皆 無事ᄒᆞ다 합데다. 左右間 消息 듣ᄂᆞᆫ 대로 通知하여 주소셔. 相吉 弟는 近日 오ᄂᆞᆫ 新聞 等을 讀치 못ᄒᆞ게 ᄒᆞ시옵. 나는 兄主體候萬重宅內均安 只 祝了 九月 十六日 族弟 甲成 呈[27]

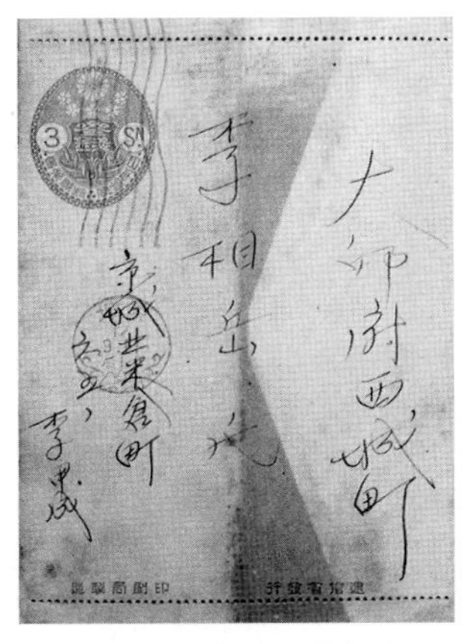

이갑성의 엽서 앞면

이 엽서는 동경에 있던 이상화의 소식을 궁금해 하는 이상화 집안의 족제(族弟)였던 이갑성(李甲成)이 서울에서 보낸 것이다. 관동대지진이 일어난 날이 1923년 9월 1일인데, 이 엽서는 1923년 9월 16일 쓴 것으로 되어 있다. 관동대지진의 소용돌이 속에서 '사회주의자와 조선인의 방화 및 폭동에 대한 유언비어'[28]가 난무하면서 관헌이나 자경단원(自警團員)들에 의해 많은 조선인들이 학살되었다. 일본에 건너온 조선인들 대부분은 노동자 아니면 유학생들이었다. 이 당시 조선인 유학생들 중 관동대지진의 경험을 겪은 작가로는 "김동환, 김소월, 김영랑, 박용철, 양주동, 이장희, 유엽, 이기영, 이상화, 채만식 등이 있으며, 이들의 약력에는 일본의 ○○학교를 다니다 관동대지진으로 귀국했다는 공통점"[29]이 있다. 이상화는 관동대지진 당시 수난을 겪었으며, 조선인 학살이란 참상을 목격하

27 1923년 9월 16일 서울에서 이갑성이 이상화 가(家)에 보낸 엽서.

28 강덕상, 『학살의 기억, 관동대지진』, 역사비평사, 2005, 355쪽.

29 김응교, 「1923년 9월 1일, 도쿄」, 『민족문학사연구』 19, 민족문학사학회, 2001, 251쪽.

고, 1924년 봄에 귀국하였다. 이 엽서는 관동대지진 당시 이상화의 동경 행적을 추정할 수 있는 근거가 된다. 이 서간을 통해 조선인 학살로 이어지는 관동대지진의 와중에서 동경 유학 중이던 이상화의 안부를 궁금해 하는 이상화 가(家)의 모습을 엿볼 수 있다. 이 엽서에 나오는 이상협(李相協)은 『정부원(貞婦怨)』, 『해왕성(海王星)』을 쓴 작가이자, <동아일보>의 편집국장을 역임한 언론인이다.

> 간부회의 끝에 위선 동경의 진재(震災) 현장으로 누구를 파견키로 되었는데 생각하여 본 즉 그러한 위험지대에 남더러 가라 할 수 없어 내가 떠나기로 결심하고 나는 9월 6일 아침 경부선 차로 남대문역을 발(發)하였다. 진재(震災) 일어난 뒤 인심은 수선수선하였다. 더구나 자녀의 생사와 남편의 생사를 근심하는 전조선(全朝鮮)의 수만의 가족들은 신문사로 편지질하고 더러는 직접 현해탄을 건너 떠났다. 이렇게 갈피 못 잡는 유족 수효가 점점 늘어가기에 경찰에서는 위험지대인 현장으로 들어가는 것을 꽉 막아버리었다. 평안도, 함경도로부터 일부러 자녀 소식 알고저 부산까지 왔다가 쫓기어 간 사람인들 오죽 만튼고. …… 조선 이재민(罹災民)이 수용된 곳은 麴町區에 있는 유학생 감독부와 시외(市外) 千葉縣 下 習志野 등 사오처(四五處)이다. 나는 감독부를 찾었다. 헐벗은 유학생들이 아직도 공포에 떨고 있다. 생존자와 사망자들을 대개 조사하고 다시 그 길로 習志野로 달려갔다.[30]

『삼천리』지에 실린 이상협의 회고는 관동대지진 당시 <동아일보> 특파원으로 갔던 당시 상황을 말해 주고 있는데 이갑성의 엽서에 나오는 행적과 일치한다. 이상협은 "1923년 9월 11일에 동경에 도착"[31]하여 <동아일보> 편집

30 이상협, 「명기자 그 시절 회상 (2) — 관동대진재때 특파」, 『삼천리』 6권 9호, 1934.9, 82~83쪽.

국장이자 취재기자의 시선으로 관동대지진 당시 조선인 노동자와 유학생의 모습을 여러 차례 본사로 송고하고 있다.[32] 관동대지진 당시 유학생이었던 박진(朴珍)의 경우도 「절처봉생(絶處逢生) 죽었던 생명이 살아난 실화집(實談集)」이란 『별건곤』(1929.4)이 기획한 특집을 통해 관동대지진의 혼란과 조선인 유학생으로 생명까지 위협 당했던 조선인 학살 체험을 생생하게 그려 내고 있다.[33] 이상화가 관동대지진 당시의 체험이나 내면풍경에 대해 직접 글로 써낸 바는 없지만, 이상협이나 박진의 글로 미루어 보면 이상화 또한 신체까지 다가온 위험을 느꼈음은 틀림없는 사실이라 할 수 있다. 한편 이상화 가(家)에 보낸 이갑성의 엽서에서 주목해야 할 것은 이상화의 동경 행적이다. 자세히 나타나 있지는 않지만 이상화가 동경 체재 시기, 프랑스 유학을 목적으로 '아테네 프랑세'에만 다니지 않았을 실마리를 이 엽서는 보여 준다. 다시 말하면 이 엽서는 이상화가 노동자 내지 일본 사회주의자들과 어느

---

31 <동아일보>, 1923.9.11.

32 「수용(收容) 중의 삼천동포를 찾아 일일(一日)을 눈물의 습지야(習志野)에 설은 눈물, 반가운 눈물, 감격의 눈물, 기막히는 눈물, 형용조차 못할 눈물」(<동아일보>, 1923.9.30)은 관동대지진 당시 이상협이 조선인 수용소의 실상을 송고(送稿)한 기사 중의 하나이다. 그 내용은 다음과 같다. "이원 약 삼천이십사, 학생이 약 일백칠십명, 여자도 약 륙십명 있다. 동경부근에 있든 조선인을 가장 다수히 수용한 곳은 천엽현 하습지야(千葉縣 下習志野)이다. 나(특파원)는 동경에 도착하든 이튼날부터 이곳을 방문하고저 관계 관텽에 교섭하야 보앗스나 여의히 성취치 못하고 심중에만 답답히 지내든 차 십구일에야 계엄사령부(戒嚴司令部)의 장교와 동반하야 한편으로는 수심도 만코 한편으로는 반가웁기도 한 길을 떠나서 자동차로 두시간 반을 허비하야 신디에 도착하였다. 습지야는 동경에서 약 팔십리되는 곳으로 긔병려단(驥兵旅團)의 소재디이며 군대의 련습장이 잇는데 조선사람을 수용한 곳은 이전 구주대전 때에 청도(靑島)에서 잡아온 독일 포병을 두엇든 처소와 동경에서 군대가 련습하라 와서 묵든 집이로 지금은 날가서 비여두엇든 함석가가의 두 처소인데 이곳에 수용되야 잇는 조선사람이 삼천이십사명 중에 학생이 약 일백칠십명 잇고 그 외는 거의 전부가 로동자이오 여자도 약륙십명이 잇고 어린아희들도 적지 안타하며 그졋테는 중국인 로동자도 일천구백일명이 잇다 한다."

33 박진, 「천붕지함(天崩地陷)하는 대지진(大震災) 통에서 구사일생(九死一生)한 회고록(回顧錄)」, 『별건곤』 20, 1929.4, 60~68쪽.

정도 관계를 맺고 있었으리라는 가능성을 암시하고 있다. 이상화가 자연스럽게 사회주의자나 노동자들을 접할 수 있었다면, 관동대지진을 전후한 이러한 체험은 향후 이상화 문학 생성의 중요 동인으로 작동될 수 있었다고 할 수 있다. 조선 유학생으로 겪었던 관동대지진 체험은 이상화로 하여금 우현서루를 통해 형성된 조선인으로서의 역사의식과 자기 정체성을 바탕으로 항일의식을 더욱 강화하는 계기가 되었을 것으로 생각된다. 이상화가 귀국 후 신경향파 문학으로 급격히 이동하는 것도 이와 관련이 있다고 할 수 있다.

3. 이상화 시에 나타난 동경(東京)과 대구

이상화는 『백조』 창간호(1922.1.9)에 「말세(末世)의 희탄(欷嘆)」과 「단조(單調)」를, 『백조』 3호(1923.9.6)에 「나의 침실로」와 「이중의 사망」 등을 발표하였다. 지금까지 「나의 침실로」 등 『백조』에 실린 이상화의 시를 대상으로 많은 논자들은 이상화 초기 문학이 극단적 유미주의에 빠져 있다고 평가하였다. 그 결과 「말세의 희탄」이나 「나의 침실로」 등은 『백조』의 감상적 낭만주의를 대표하는 작품으로 회자되었다. 문제는 1923년경 이상화가 그렇게 감상적 낭만주의에만 매몰된 청년이 아니었다는 점이다. 1910년대 이상화의 이력이나 1920년대 초 오고 간 이상화의 서간이나 이갑성의 엽서는 이러한 사실을 잘 말해 주고 있다. 이갑성의 엽서는 관동대지진이 일어난 1923년 9월 1일 직후에 쓰인 것임을 유념해 볼 필요가 있다. 이상화의 작품 중 동경(東京)을 제재로 한 작품으로 주목할 만한 것은 「도-교-에서」이다. 「도-교-에서」는 1926년 2월 『문예운동』 창간호에 발표된 작품이지만 창작 연대에 대한 고증이 다소 필요한 작품이다.[34] 작품 제목 아래에 '1922추(一九二二秋)'란 표기는 이 작품이 「나의 침실로」 이전에 구상되었거나 창작된 작품임을 말해 준다. 이상화가 동경에서 아우 이상백에게 편지를 보낸 시기가 1922년 12월말이었으니 「도-교-에서」는 도일(渡日)한 직후 이상화가 동경의 거리를 배회하면서 창작한 시 작품이라 할 수 있다.

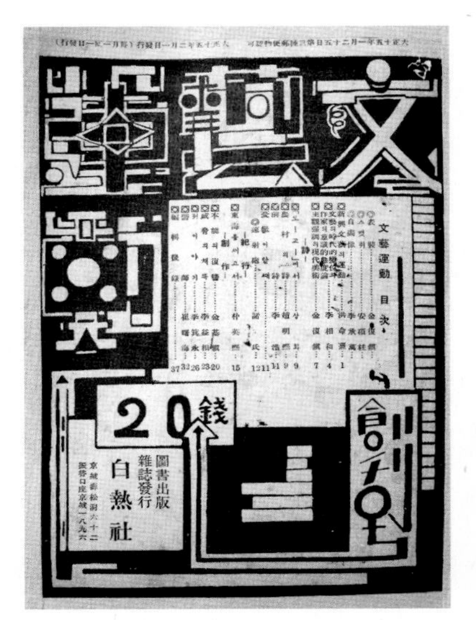

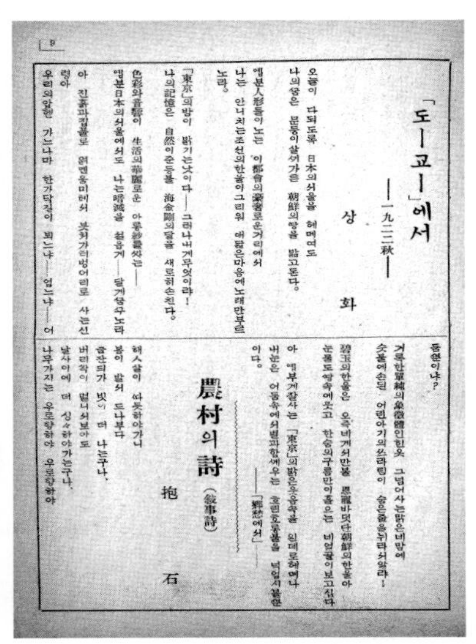

「도-교-」에서

—一九二二秋—

상화

오늘이 다되도록 日本의서울을 헤메여도
나의꿈은 문둥이살끼가튼 朝鮮의땅을 밟고돈다。

엡분人形들이노는 이都會의豪奢로운거리에서
나는 안니치는조선의한울이그리워 애닯은마음에노래만부르노라。

「東京」의밤이 밝기는낫이다——그러나내게무엇이랴!
나의記憶은 自然이준등불 海金剛의달을 새로히손친다。

色彩와音響이 生活의華麗로운 아롱紗를싸는——
엡분日本의서울에서도 나는暗滅을 설읍게——달게꿈꾸노라

아 진흙과집풀로 얽멘움미테서 붓퀴가려벙어리로 사는신령아
우리의압헨 가는나마 한가닥길이 뵈느냐——업느냐——어둠뿐이냐?

거룩한單純의象徵體인한옷 그넘어사는맑은네맘에
숫불에손된 어린아기의쓰라림이 숨은줄을뉘라서알랴!

碧玉의한울은 오즉네게서만볼 恩寵바덧단朝鮮의한울아
눈물도한숨에웃고 한숨의구름만이흘으는 네얼골이보고십다

아 엡부게잘사는「東京」의밝은웃음속을 왼데로헤메나
내눈은 어둠속에서별과함께우는 흐린호롱불을 넉업시볼뿐이다。

——「郷愁에서」——

農村의詩 (敍事詩)

抱石

해ㅅ살이 따뜻하야가니
봄이 와서 드나부다
움잔되가 빗이 더 나는구나、
버리작이 멀니서보아도
날사이에 더 싱싱하야가는구나、
나무가지는 우로향하야 우로향하야

『문예운동』 창간호에 실린 시 「도-교-에서」

오늘이 다되도록 日本의서울을 헤메여도
나의꿈은 문둥이살끼가튼 朝鮮의땅을 밟고돈다.

엡분人形들이노는 이都會의豪奢로운거리에서

34 「도—교-에서」의 경우 창작과 발표 사이의 거리가 존재함으로써 작품 창작 이후 발표되기까지 텍스트의 일부가 수정되었을 가능성을 배제할 수 없다. 그렇지만 이상화의 많은 시에 창작 연도가 부기되어 있는 것으로 보아 실제 창작 연대의 오류나 텍스트의 큰 수정은 일어나지 않은 것으로 볼 수 있다.

나는 안니치는조선의한울이그리워 애닯은마음에노래만부르노라.

「東京」의밤이 밝기는낫이다 — 그러나내게무엇이랴!
나의記憶은 自然이준등불 海金剛의달을 새로히손친다.

色彩와音響이 生活의華麗로운 아롱紗를짜는—
옙분日本의서울에서도 나는暗滅을 설읍게—달게꿈꾸노라

아 진흙과집풀로 얽멘움미테서 붓처가티벙어리로 사는신령아
우리의앞헨 가나느마 한가닥길이 뵈느냐—업느냐—어둠섄이냐?

거룩한單純의象徵體인힌옷 그넘어사는맑은네맘에
숯불에손된 어린아기의쓰라림이 숨은줄을뉘라서알랴!

碧玉의한울은 오즉네게서만볼 恩寵바덧단朝鮮의한울아
눈물도쌍속에뭇고 한숨의구름만이흘으는 네얼골이보고싶다

아 옙부게잘사는 「東京」의밝은웃음속을 왼데로헤메나
내눈은 어둠속에서별과함께우는 흐린호롱불을 넉업시볼섄이다.[35]

이상화는 1922년 가을에 「도-교-에서」를 쓰고, 1923년 9월 6일 발간된 『백조』 3호에 「나의 침실로」를 발표했다. 이런 사실은 1920년대 초기 『백조』 시절, 이상화가 단순히 감상과 낭만에만 머문 시인이 아님을 보여 준다. 시 「도-교-에서」와 이갑성의 엽서는 이상화가 『백조』 동인 시절에 이미 조선의 현실에 대한 뚜렷한 인식을 하고 있었음을 보여 준다. 이러한 사실은 이상화

35 이상화, 「도—교-에서」, 『문예운동』 창간호, 백열사, 1926.2, 9쪽.

문학이 백조 유미주의에서 계급주의 문학으로 단선적으로 이동해 갔다는 기존 평가[36]를 재고하게 만든다. 작품 창작 초기부터 이상화 문학에는 낭만적 요소와 현실적 요소가 공존하고 있었다는 점을 염두에 둘 필요가 있다. 우현서루와 광문사로 대표되는 근대계몽기 대구의 문화적 풍토에서 성장한 이상화는 이후 3·1운동 참여와 도피, 관동대지진이란 일본에서의 비극적 체험 등을 겪으면서 민족적 울분 내지 비판적 사회의식을 자연스레 체득하게 된다. 이는 이상화 문학을 출발부터 단순하지 않게 만든다. 이러한 제 요소들은 『백조』에 가담했을 무렵의 이상화를 "식민지 중산층 지식인으로서 가졌던 혼돈과 자기분열 및 방황"[37]에 빠진 감상적 청년만으로 머무르지 않게 만든다. 『백조』지에 실린 「말세의 희탄」이나 「나의 침실로」 등에 나타난 병적 관능과 감상은 사랑에 탐닉된 일시적 연애감정[38]이 빚어냈을 가능성이 크다. 그렇지만 이를 단순한 관능적 연애감정이 표출된 것이라 보기는 어려운 점이 있다. 관능적 연애와 죽음을 다룬 이러한 시들의 원천에는 식민지 현실에 대한 강한 거부 내지 환멸의식이 내재해 있었다고 볼 수 있다.

동경(東京)과 조선은 이상화의 분신으로 추정되는 시적 화자에게 서로 대비되는 장소로 인식된다. 동경은 '예쁜 인형'들과 '도회의 호사로운 거리'들이 늘어서 있는 밝음의 장소이고, 조선은 '문둥이 살끼'와 '진흙과 집풀로 얽멘 움'이 가득한 어둠의 장소이다. 시적 화자는 근대 문명이 즐비하게 나열된

36 김윤식, 『한국근대문학양식논고』, 아세아문화사, 1980, 27~62쪽 참조.

37 김흥규, 「1920년대 초기시의 낭만적 상상력과 그 역사적 성격」, 『문학과 역사적 인간』, 창작과비평사, 1980, 271쪽.

38 「마돈나」를 실제 인물로 가정하는 기존 회상이나 연구에서 동경 유학 시절에 만난 함흥 출신의 유보화를 거론한다. 김팔봉, 「이상화형」(『신천지』 1954.9)이나 백기만 편, 『상화와 고월』(청구출판사, 1951)은 물론이고, 이성교, 「이상화 연구」(『성신여사대연구논문집』 2집, 1969), 김학동의 「낭만과 저항의 한계성」(김학동 편, 『이상화』, 서강대학교 출판부, 1996) 등 참조.

신기(新奇)한 동경의 모습에 호기심을 표하기보다 도리어 이를 통해 동경과 대비되는 조선의 하늘을 떠올린다. 식민지 경영의 본산이자 근대 문명을 화려하게 꽃피운 동경은 "우리의 앒헨 가나느마 한가닥 길이 뵈느냐, 없느냐 어둠뿐이냐"라는 물음처럼 전망이 차단된 조선의 현실을 환기시키는 장소일 뿐이다. 번화한 동경의 거리는 놀이와 유흥의 대상이 아니라 어두운 조선을 회상하는 매개체가 된다. 밝음으로 가득 찬 화려하고 예쁜 동경은 화자에게 "자연이 준 등불 해금강의 달"을 떠오르게 하거나 화자로 하여금 "암멸(暗滅)"을 꿈꾸게 만든다. 화자의 기억 속에 조선은 밝은 동경의 모습과 대비되면서 더욱 어둡고 절망적인 모습으로 재생된다. 감상과 절망은 유약한 청년들이 갖기 쉬운 감정의 일종일 수도 있다. 그렇지만 감상과 절망에 함몰되지 않고 시적 화자가 어두운 조선의 현실을 명확히 지속적으로 인식하고 있다는 점은 중요하다. 이 시에서 화자의 눈앞에 펼쳐진 동경의 거리는 조선을 환기시키고 응시케 하는 매개적 대상에 불과하다. "눈물도 쌍속에 뭇고 한숨의 구름만이 흘으는", "조선의 하늘", "어둠 속에서 별과 함께 우는 흐린 호롱불"로 표상되는 조선의 현실에 대한 자각이야말로 이후 지속되는 이상화 저항시의 중요 근간이 된다. 「도-교-에서」에 나타난 정조(情調)는 낭만적이고 유약한 중산층 자녀가 갖기 쉬운 단순한 감상이나 퇴폐적 정조와는 거리가 멀다. 화자의 절망과 자학에도 불구하고 식민 상황에 빠진 조선의 현실에 대한 명확한 자각은 이 시를 이끌어 가는 원동력이 된다. 이 당시 이상화의 심리를 「도-교-에서」(『문예운동』 창간호, 1926.2)보다 몇 개월 후 발표된 『문예운동』 2호(1926.5)에 실린 「심경 1매」에서 일부 엿볼 수 있다.[39]

---

39 "아모러한 싼짓이나마 엇더한 별노릇이라도 하여야할것이다. 엇전지 밟다는 한나제 해조차 어둡고 썰리는 겨울도 가슴이 싀원치안타. 하다못해 이만큼이라도 중얼거리는입이나마 다물고 사리를 해얄것이다. 목숨이 하고저원하는 그쯧대로 제몸을 살려가지안는 몸덩이가

「도-교-에서」와 「나의 침실로」는 발표 연도는 달랐지만 거의 같은 시기에 쓰였다. 이는 이상화의 문학이 출발부터 유미주의적 요소와 현실주의적 요소를 동시에 공유하고 있었음을 보여 준다. 「도-교-에서」는 창작과 발표의 시간적 거리가 상당하다. 그 사이에 관동대지진이란 큰 사건이 있었다. 창작은 하였으나 발표하지 않은 이 시에 일본유학생으로서의 이상화가 겪은 관동대지진의 충격적 체험이 가미되었을 가능성을 완전히 배제할 수는 없다. 이상화는 관동대지진을 겪은 이후 학업을 포기하고 조선으로 돌아온다.[40] 관동대지진이란 충격적 경험은 이상화 문학에서 현실주의적 요소를 더욱 강화시키는 계기가 되었다.

이상화의 동경 체험은 1935년 『시원』 2호에 발표한 「역천(逆天)」에도 일부 작동되었을 것으로 보인다. 이상화는 제자 이문기와의 대담에서 그의 대표작으로 「빼앗긴 들에도 봄은 오는가」와 「도-교-에서」를 들고, 「역천」을 가장 발전한 시라고 자찬하였다.[41] 물론 「역천」이 일본에서 창작된 시는 아니다. 이 시가 서일본(西日本)을 엄습한 태풍이 끼친 엄청난 자연재해를 보고 느낀 감정을 읊은 것이란 해석도 있다.[42] 대구에서 신문 총국을 경영한 바 있던

애닯다못하야 도리혀미웁다. 참으로 용렬하고붓그럽게 가장설어운것은 한모양으만 지나는것이다. — 그 짓이실혀 무엇을기대리는듯이 어제와오늘을 보내면서 래일만또기대리는그버릇이다. 아 이버릇을 항상 싸슬그힘이 우리가 제각끔가진 나라는 본목숨을 낫케하는 어머니다. 참으로아름답고 착한것도 그의발자욱에서 비로소 나올것이다."(이상화, 「심경1매」, 『문예운동』 2호, 백열사, 1926.5, 27쪽)

40 백기만은 동경과 관련된 이상화의 행적을 다음과 같이 회고하고 있다. "1924년 봄에 상화는 진재(震災) 때 아비규환의 참경을 목격하고 인생관에 변동이 생겼음인지 동경생활을 버리고 불란서행도 단념하고 서울로 돌아왔다. 취운정에 거처를 정하고 탐구생활에 전념하였다." 백기만, 「상화와 고월의 회상」, 『상화와 고월』, 청구출판사, 1951, 159쪽.

41 이문기, 「상화의 시와 시대의식」, 『무궁화』, 1948.4; 이기철 편, 『이상화전집』, 문장사, 1982, 77쪽 재인용.

42 김권동, 「이상화의 '역천'에 대한 해석의 일 방향」, 『우리말글』 57, 우리말글학회, 2013, 317~326쪽.

이상화는 태풍 재해 소식을 남들보다 빨리 접했을 것이고, 일본의 재해가 예사롭지 않음을 직감했을 것이다. 재난에 떠는 사람들에 대한 연민은 물론이고, 그 재해가 "이 나라"인 조선과 관계없지 않음을 알아차리는 것은 관동대지진 체험을 갖고 있던 이상화로서는 별로 어렵지 않았을 것이다. 이상화는 "보아라 오늘밤이 하늘이 사람 배반하는줄 알았다/ 아니다 오늘밤이 사람이 하늘 배반하는줄도 알었다"[43]는 시구에서 운명을 직시하고 그것에 항거하는 정신을 치열하게 드러내 보였다.

동경 체험은 이상화 작품 창작의 중요한 동인이 되었다. 그렇지만 동경은 그가 살고 있는 '지금 이곳'의 장소인 조선의 대타항으로 작용할 뿐이다. 그의 의식이 지향했던 공간은 조선이었고, 구체적으로는 그가 주로 거주했던 대구란 장소였다. 이상화 시의 경우 구체적 장소성을 배경으로 했을 때 저항성이 더욱 두드러지게 나타난다. 이상화는 대구와 동경을 배경으로 문학 출발 초기부터 절망하면서 저항하고, 저항하면서 절망하는 양가적 속성을 그의 문학 속에 노출시켰다. 아버지가 부재하고, 국가가 부재하는 상황 속에서 이상화는 눈물과 감상만으로 그의 문학을 출발시키지 않았다. 사회 현실과의 강한 유대 속에서 대구와 동경이란 구체적 장소를 중심으로 낭만과 저항의 노래를 불렀던 것이다. 시 「도-교-에서」의 의식지향 장소였던 조선과 조선인의 삶의 모습이 대구란 구체적 장소를 통해 드러나고 있는 것이 「대구행진곡」이라 할 수 있다.

> 앞으로는 비슬산 뒤로는 팔공산
> 그 복판을 흘러가는 금호강 물아
> 쓴 눈물 긴 한숨이 얼마나 쌨기에

43 이상화, 「역천」, 『시원』 2호, 시원사, 1935.4, 3쪽.

밤에는 밤 낮에는 낮 이리도 우나

반나마 무너진 達邱城 옛터에나
숲그늘 우거진 刀水園 놀이터에
오고가는 사람이 많기야 하여도
방천뚝 고목처럼 여윈 이 얼마랴

넓다는 대구감영 아모리 됴태도
웃음도 소망도 빼앗긴 우리로야
님조차 못가진 외로운 몸으로야
앞뒤뜰 다헤매도 가슴이 답답타

가을밤 별같이 어여쁜이 있거든
착하고 귀여운 술이나 부어다고
숨가쁜 이한밤은 잠자도 말고서
달지고 해돋도록 취해나 볼테다[44]

대구를 직접적으로 내세운 「대구행진곡」의 경우도 단순히 대구의 경관만을 묘사하고 있지는 않다. 「대구행진곡」은 일제강점기란 시공간 속에 놓여 있는 대구의 모습과 그 속에 살아가는 사람들의 모습을 4음보 리듬으로 노래하고 있다. 일반적으로 행진곡이라면 가볍고 즐거운 분위기에 적합한 단순한 리듬, 경쾌한 빠르기가 바탕이 된다. 그렇지만 이상화는 우울한 대구의 모습을 드러내 보이기 위해 느린 행진곡풍에 적합한 4음보의 리듬을 채택했다. 함께 즐겁게 나아가지 못하는 현실에서 '행진곡'이란 제목은 오히려 아이러

44 이상화, 「대구행진곡」, 『별건곤』 5권 9호, 1930.10, 66쪽.

니의 효과를 자아낸다. 「대구행진곡」은 비슬산과 팔공산, 그 가운데를 흘러가는 금호강 물을 울음으로 의인화하는 한편, 대구의 거리를 헤매는 화자의 우울하고 답답한 심리를 그려내 보이고 있다. 「빼앗긴 들에도 봄은 오는가」나 「도—교-에서」의 화자의 심리가 「대구행진곡」에 그대로 재현되고 있다. 장소만 달라졌지 이 시의 주된 정조인 절망과 자조도 마찬가지이다.[45] "여윈이" 가득한 대구의 거리를 보며, "웃음도 소망도 빼앗긴" 화자는 "달지고해 돋도록" 취하고만 싶다. 식민지의 근대도시로 전락해 버린 대구의 분주하지만 쇠락한 거리에서 시인은 헐벗고 빼앗긴 삶의 답답함을 토로하고 있다.

「대구행진곡」(1930)을 통해 식민도시 대구의 답답함을 노래하면서 시작된 이상화의 1930년대 문학 활동은 그의 명성에 비해 크게 진전되지 않았다. 「대구행진곡」을 쓸 당시 이상화는 『백조』와 『개벽』을 통한 활발한 시단 활동으로, 문단에서 일정한 '상징자본'[46]을 확보하고 있었다고 할 수 있다. 1920~30년대에 나온 각종 시선집들은 이상화의 문단에서의 위상을 잘 보여주고 있다. 백기만 편 『조선시인선집』(조선통신중학관, 1926), 오일도 편, 『을해명시선집』(시원사, 1936), 김동환의 『조선명작선집』(삼천리사, 1936), 이하윤 편, 『현대서정시선』(박문서관, 1939), 임화 편, 『현대조선시인선집』(학예사, 1939), 김소운 편, 『조선시집』(흥풍관, 1943) 등에서 이상화의 시는 지속적으로 정전화된다. 이러한 현대시 또는 시인선집 등을 통해 그의 시가 정전화의 과정을 밟고 있긴 하지만 1930년대 들어와서 쓰인 이상화의 시는 손에 꼽을 정도이다.

---

45 조선의 현실에 대해 느끼는 화자의 중압감은 아래 시 「설어운 조화(調和)」에서도 잘 나타나고 있다. "일은몸 말업는 한울은/ 한숨을 지어보아도 나즌텬정과가티 가위만 눌린다./ 낫고도놉흔 그한울로/ 솔개한마리가 제비가되여/ '서울장안'우에서 접은쇠북을탁고 써도라다니니/ 비웃는듯 세상을 조상하는가보다/ 일은몸 힘업는 이쌍은/ 발버둥을 쳐보아도 죽은무덤과가티 가위만눌린다."(이상화, 「설어운 조화(調和)」, 『문예운동』 2호, 백열사, 1926.5, 27~28쪽)

46 피에르 부르디외, 정일준 역, 『상징폭력과 문화재생산』, 새물결, 1997.

1933년 시 「반딧불」(『신가정』 7호), 「농촌의 집」(<조선중앙일보> 10.10), 1935년 시 「역천」(『시원』 2호), 「나는 해를 먹다」(『조광』 2호), 「기미년」(『중앙』 4권 5호), 1941년 마지막 시 「서러운 해조」(『문장』 25호)가 발표되었다. 이상화 시의 목록을 보면 1922년부터 1926년 사이에 대부분의 시가 발표되었음이 확인된다. 이로 미루어 볼 때 1930년대에 접어들면서 이상화의 문학 활동은 침체기에 접어들었다고 할 수 있다. 이 시기 이상화는 대구에서 <조선일보> 총국을 경영하기도 하고, 1933년 8월 5일 교남학교의 조선어 및 한문 담당 강사로 채용되어,[47] 학생들을 가르치는 한편 교남학교 교가를 작사하기도 하였다. 그렇지만 이전처럼 활발한 문단 활동을 하지 않았다.

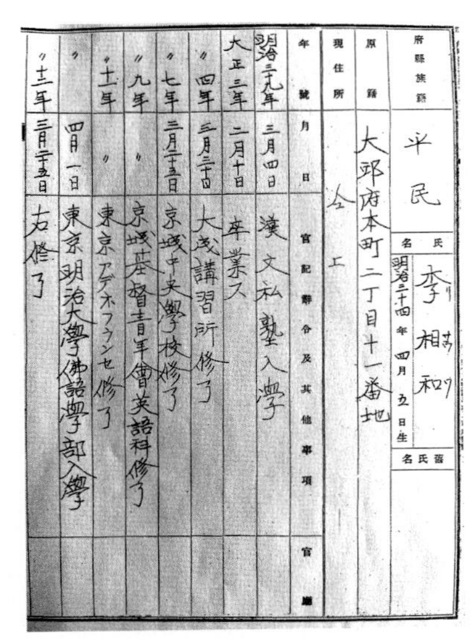

府縣族籍	平民
原籍	大邱府本町二丁目十一番地
現住所	仝上
名氏	李相和
名氏(生年月日)	明治三十四年四月五日生

年號	月日	官記辭令及其他事項
明治三十九年	三月四日	漢文私塾入學
大正三年	二月十日	卒業ス
〃四年	三月二十日	大成講習所修了
〃七年	三月二十五日	京城中央學校修了
〃九年	〃	京城基督青年會英語科修了
〃十一年	〃	東京アテネフランセ修了
〃	四月一日	東京明治大學佛語學部入學
〃十三年	三月二十五日	右修了

교남학교에 제출된 이상화 이력서

1937년 이상화는 북경행을 감행하는데, 북경행은 침체된 자신의 삶에 활기를 불어넣기 위한 방편이었다고 할 수 있다. 이상화가 그의 백형 이상정(李相定) 장군을 만나러 북경으로 간 구체적 이유는 분명치 않다. 그러나 독립운동은 아니더라도 자신과 민족의 삶의 정체성 내지 방향성과 어느 정도 관계된 것임을 알 수 있다. 이 기간 동안 이상화는 북경에서 이상정 장군을 만나고, 3개월 동안 북경, 남경, 상해 등지를 유람하다 대구로 돌아왔다. 해외 독립운동 전선에서 나름의 위치를 확보하고 있었던 형 이상정의 존재는 이상

47 1933년 이상화의 교남학교 이력서 및 채용 인가서류.

화의 잠재된 민족의식을 일깨우는 가늠자의 역할을 수행했다고 할 수 있다. 그러나 짧은 기간 체류했던 중국의 북경, 남경, 상해에서의 경험이 그의 문학이나 삶에서 구체적으로 피어나지는 못하였다. "밤이라도 낫이라도/새世界를 나흐러소댄자욱이 詩가될쌔에 잇다/초ㅅ불로 날라드러 죽어도아름다운 죽어도 아름다운 나비를보아라"[48]고 외친 이상화의 문학에 대한 절규가 빛을 발하지 못한 것은 1930년대 말경에 이미 그의 정신적, 육체적 힘이 소진되어 가고 있었기 때문이었다.

4. 맺음말

대구란 장소는 이상화 삶의 중요 출발점이자 주된 근거지이다. 이상화는 백부 이일우가 세운 우현서루를 통해 근대지식을 습득하고 형 이상정 장군을 통해 항일 민족의식을 형성해 나갈 수 있었다. 이상화는 서울, 동경, 북경 등지를 드나들었지만 항상 대구를 중심으로 이향과 귀향을 반복했다. 1901년 출생하여 1943년 영면할 때까지 그가 주로 숨 쉬고 살았던 장소였던 대구는 타지인 서울, 동경, 북경 등지에서도 항상 그의 의식이 지향했던 공간이었다. 그래서 이상화는 동경(東京) 같은 타지에서도 항상 대구로 표상되는 식민지 조선의 현실을 상상하였다고 할 수 있다.

이상화의 삶에서 대구(大邱)와 동경(東京)은 각별한 의미를 지닌다. 특히 동경은 관동대지진이란 충격적 경험을 한 장소이자 자신이 나아갈 문학의 방향성을 정립한 곳이라 할 수 있다. 이 장에서는 이상화 가(家)를 오고 간 몇몇

48 이상화, 「시인에게」, 『개벽』 68, 개벽사, 1926.4, 114쪽.

서간들을 중심으로 이상화 문학에서 동경의 의미를 규명해 보고자 하였다. 특히 일본 유학 도중 겪은 관동대지진 체험은 이후 이상화 문학의 저항성을 더욱 강화시키는 중요한 인자가 되었다고 할 수 있다. 또한 동경을 제재로 한 그의 시 「도-교-에서」는 이상화 문학의 장소성을 규명하는 데 중요한 작품으로, 이상화가 눈물과 감상만으로 그의 문학을 출발시키지 않았음을 보여준다. 이상화를 둘러싼 몇몇 서간들과 시 「도-교-에서」는 눈물 속에서 저항하고, 저항하면서 눈물 흘렸던 이상화 초기 문학의 모습을 잘 보여 주고 있다. 「도-교-에서」와 「나의 침실로」가 『백조』 시절 동시에 창작되었다는 점은 감상적 낭만주의에서 계급주의 문학으로 이행해 갔다는 이상화 문학의 기존 평가를 재고하게 만든다. 「빼앗긴 들에도 봄은 오는가」보다 앞서 「도-교-에서」를 썼다는 점은 이 점을 더욱 분명히 해 준다. 이상화 가(家)에 오고 간 서간들과 「도-교-에서」는 동경 유학 전후의 이상화의 행적과 내면 풍경을 잘 보여 주고 있다.

동경은 이상화가 해외에서 가장 오래 머물렀던 장소이자 그의 민족적, 문학적 의식을 성장시켜 준 장소이다. 동경은 이상화에게 조선의 현실과 자기의 정체성을 응시할 수 있게 해 준 장소로 기능하였다. 그 결과 동경에서의 의식지향 장소였던 조선과 조선인, 그리고 그의 삶의 구체적 장소였던 대구가 그의 시에 자주 출몰하게 되는 계기가 되었다. 그의 저항적 시에 자주 나타나는 비판적 어조 또한 자신이 몸담고 있는 장소에 대한 비극적인 인식 내지 자각에 연유한 바가 크다.

| 제4장 |

1920~1930년대 지역의 문학매체*

1. 들어가는 말

근대문학은 학교, 출판, 매체란 제도를 통해 성장하고 발전하였다. 대구·경북의 근대문학도 우현서루(友弦書樓)나 지역의 각급 학교, 광문사나 재전당 서포 같은 출판사, 잡지, 동인지 같은 매체 등을 통해 자리잡기 시작하였다. 특히 대구는 국채보상운동이 시작되고, 대한광복회가 결성되는 등 근대계몽기부터 애국계몽적 분위기가 충만한 장소였다. 이러한 분위기 속에 대구·경북은 출판사, 잡지나 동인지, 매체를 바탕으로 작가들이 탄생하고, 이들이 중앙과 지역을 넘나들면서 근대문학 공간이 형성되었다. 1917년 이상화, 백기만, 현진건, 이상백 등이 『거화』를 만들고, 이들이 동인지 문단의 주된 매체인 『백조』와 『금성』으로 분화되어 가면서 지역의 근대문학은 성장의 토대를 마련하였다. 이장희, 이육사, 장혁주, 백신애, 장덕조, 이원조, 김동리, 김문집 같은 전문적 작가들이 등장하고, 영양 출신의 오일도 같은 시인은 서울에

* 이 글은 「1920~1930년대 대구·경북 지역의 문학매체 연구」(『국어교육연구』 80, 국어교육학회, 2022.10)를 바탕으로 수정하였으며, 무영당서점과 각급 학교에서 나온 등사판 책들 부분을 새롭게 썼다.

서 시문학매체『시원(詩苑)』을 직접 주재하기도 하였다. 그런데 이들의 활동이 주로 서울 중심으로 이루어지다 보니 대구·경북 지역의 문학공간이 활성화되기에는 한계를 안고 있었다.

지역의 문학공간을 살펴보기 위해서는 서울과 대타적 관계에 놓인 지역의 문학 주체들이 행한 활동과 그들이 만들어낸 매체를 탐색해 나가는 작업이 필요하다. 1920~30년대는 한국근대문학이 성장하여 꽃을 피운 시기이다. 이 시기에 등장한 작가들은 동인지, 잡지, 신문, 각종 단행본 등을 중심으로 활발하게 작품활동을 하였다. 대구·경북 지역에서도 서울에 비할 바는 아니었지만 몇몇 문학매체들이 등장하여 지역의 문학공간을 진작시켰다. 1917년「거화」이후 이 시기 대구·경북 지역에서 발간된 문학매체로는『여명(黎明)』,『동성(東聲)』,『문원(文園)』이 주목된다.『여명』은 박태일의 노고[1]에 힘입어 그 개략적인 모습이 드러났지만,『동성』과『문원』은 해제적 차원의 접근[2]에서 벗어나지 못하고 있다. 이들 매체에 대한 연구는 아직 초입기에 있다. 자료의 완전한 발굴도 이루어지지 못한 상태이다 보니, 후속 연구 또한 제대로 진척되지 못하고 있는 실정이다.

본 장이 이들을 대상으로 그 매체적 특징을 점검해 보고자 하는 것은『여명』,『동성』,『문원』을 일제강점기 대구·경북 지역 문학 장(場)을 이끈 대표적 문학매체로 판단하였기 때문이다. 이 잡지들은 5년을 주기로 단속(斷續)적으로 발행되었지만 대구·경북 지역 문학공간의 형성과정에 많은 역할을 하였다고

1 박태일,「『여명문예선집』 연구」,『어문론총』 43, 한국문학언어학회, 2005.12.
박태일,「1920-30년대 경북·대구지역 문예지 연구 ─『여명』과『무명탄』을 중심으로」,『한민족어문학』 47, 한민족어문학회, 2005.12.
박태일,「1925년 대구 지역매체『여명』 창간호」,『근대서지』 3, 근대서지학회, 2011.

2 최덕교 편저,『한국잡지백년』 2, 현암사, 2004.
국립중앙도서관,『한국근대문학해제집』 Ⅳ(문학잡지), 2018.

할 수 있다. 그래서 다음 절들에서는 『여명』, 『동성』, 『문원』의 매체적 특징과 수록작가의 위상, 일부 작품들의 지역문학적 의미 등이 논의될 것이다. 또한 1930년대 후반 지역의 서점 및 각급 학교에서 발간한 매체들에 대한 접근을 통해 지역문학의 장(場)이 어떻게 확장되고 있는지 살펴보고자 한다.

2. 1920년대 문학매체: 『여명』

1920년대 초 한국 근대문학이 동인지와 잡지를 매개로 문학의 자율성과 사회성을 실험하고 있을 때, 1920년대 대구·경북 지역에서도 많은 문예잡지가 등장하였다.

> 일제시대에 경북도내에서 발간을 보았던 간행물(잡지)을 보면 신문은 아니었지만, 군위군의 서성렬씨가 발행한 문예지 『원예(園藝)』(1923)가 있었고, 영천군에서 이우백씨가 발행한 문예잡지 『보(步)』, 『잣나무』(1924)가 있었고, 선산군의 김승묵씨가 발행한 『여명(黎明)』(1925)이 있었고, 같은 해에 서상일씨가 대구에서 발행한 『농촌(農村)』이 있었던 것으로 알려지고 있다.[3]

위의 글에서 언급한 『원예』, 『보』, 『잣나무』, 『농촌』 등은 현재 그 전모를 알 수 있는 계제가 아니다. 이중 선산 출신의 김승묵(金昇默)이 대구에서 발간한 『여명(黎明)』이 주목된다.

『여명』은 1925년 7월 1일 대구의 여명사에서 창간호가 발간되었다. 총 통

---

3 김진화, 『일제하 대구의 언론 연구』, 영남일보사, 1979, 77쪽, 박태일 「『여명문예선집』 연구」, 앞의 책, 262쪽 재인용

권 4호(1호-1925.7, 2호-1925.9, 3호-1926.6, 4호-1927.1)를 발행했으며, 김승묵은 4호 발행 이듬해인 1928년 『여명』의 내용을 선별하여 『여명문예선집(黎明文藝選集)』을 묶어내기도 하였다.

김승묵은 1903년 경북 선산군 고아면 원호동 들성(坪城) 마을 태생이다. 호는 석릉(石稜), 필명은 금오산인(金烏山人)이며, 일찍이 아버지를 여의고 고향의 가산을 정리한 뒤, 대구로 나가 살다 서울에서 공부를 마쳤다. 1919년 3월 달성기독청년회의 『회보』 창간호에 「신춘(新春)과 오인(吾人)」을 썼으며, <동아일보> 창간 발기인 78명 가운데 한 사람으로 이름을 올렸고, 언론사 기자로 활동했다. <조선일보> 대구지국을 경영한 바 있으며, 잡지 『여명』을 냈다. 1920년대 중반 김승묵은 지역에서 잡지 『여명』과 『여명문예선집』을 발간하는 등 언론 출판인으로서 유능한 재능을 보였으나 1933년 1월 "대구 남산정 자택에서" 서른 살의 젊은 나이에 "병마"[4]로 요절했다. 계급주의 영화운동을 펼쳤던 영화감독 김유영(金幽影)이 그의 조카이다.[5] 『여명』에 글을 썼던 대구의 서만달, 장적우, 장하명 또한 김승묵의 친한 벗이었다.[6]

『여명』은 대구에서 김승묵이 편집, 발행한 잡지로, 창간호의 경우 서울 지역의 청조사(靑鳥社)에, 3호의 경우 덕흥서림(德興書林)에 경성총발매소를 두고 있었다. 『여명』 창간호를 보면 편집인은 김승묵(金昇默), 편집 겸 발행인은

4 <동아일보> 1933.2.1.

5 김승묵의 인적 정보는 김승묵의 「여로수감」(『여명』 창간호, 1925.7)과 박태일, 「1925년 대구 지역매체 『여명』 창간호」(『근대서지』 3, 근대서지학회, 2011)를 바탕으로 하였다.

6 장적우, 장하명 등이 김승묵과 친우임은 김승묵, 「여로수감(旅路隨感)」, 『여명』 창간호, 여명사, 1925.7, 19쪽 참고, 서만달(徐萬達)과의 사귐도 두터웠던 것으로 추정됨. 일기자(一記者), 「일기 중에서」, 위의 책, 41~43쪽 참고. 서만달은 박태일(『여명문예선집 연구』, 2005, 269쪽)의 조사에 의하면 이육사와 함께 육사의 처가인 영천 화북면 백학학원에서 같이 공부한 사이이다. 『여명』 창간호에 실린 서만달의 「동경(憧憬)의 피안(彼岸)에 - 시온 촌(村)의 정체」는 백학학원을 대상으로 한 글이다.

『여명』, 1926.6.

淺田篤, 발행소는 대구부 수정(竪町) 110번지에 위치한 여명사(黎明社)로 되어 있다. 창간호의 인쇄인은 김승묵의 벗인 장하명(張何鳴)이고, 3호의 인쇄인은 권태균(權泰均)이다. 일본인이 편집 겸 발행인으로 되어 있는 이유를 김승묵은 "출판의 자유가 없는 우리로서는 더욱이 많은 난관이 있으므로, 금번에는 발행인으로 일본인의 명의(名義)만을 빌리지 아니하면 안될 부득이한 경우에 처한 것을 깊이 양해"[7]해 줄 것을 독자들에게 부탁하고 있다. 일본인 명의로 발행된 것은 그의 말에 따르면 일제의 검열 제도를 피하기 위한 방편이라는 것이다.

> 「여명운동(黎明運動)의 사회성(社會聲)」은 당초에 생활 개선, 계급해방의 2대 문제로 양분하야, 열게(列揭)할 예정이었던 바, 계급해방의 원고는 당국 기휘(忌諱)의 부분에 속하야 발표할 자유가 없음으로 부득이 기재치 못하오니 일반 양해하심을 경요(敬要)하오며, 더욱이 호의로 기고하여 주신 제씨에게 미안막심(未安莫甚)하므로 자(玆)에 사의(謝意)를 근표(謹表)하나이다[8]

이처럼 『여명』은 창간호부터 일제 당국의 검열로 인한 원고 게재 금지에 대한 「사고(謝告)」를 실었으며, 실거나 본문 곳곳에 검열에 걸린 복자(覆字)를 노출시켰다. 편집 겸 발행인 명의가 김승묵으로 환원된 것은 3호(1926.6)부터이다. 『여명』 3호(1926.6)의 「편집여탄(編輯餘歎)」은 말 그대로 잡지 편집의 애

7 「편집을 마치고」, 『여명』 창간호, 여명사, 1925.7, 103쪽.
8 「사고(謝告)」, 『여명』 창간호, 여명사, 1925.7, 73쪽.

로사항이나 탄식을 나타내 보인 것이다.

> 본지는 당초에 신년 특별호로 편집하야 당국에 제출한 것이 검열의 지연으로 시기가 태만(太晩)하야 게재하기에 적합지 못한 신년 원고는 거의 전부를 기각(棄却)하고 또한 압수된 것은 일일이 삭제하였으므로 이전의 예고와는 다소의 차위(差違)가 있음을 양해하시기 바라오며 더욱 북경으로부터 각근(慇懃)히 기고하여 주신 단재 신채호 선생의 신문평(新聞評)이 압수로 기재(記載)치 못한 것은 독자와 같이 유감으로 생각하는 바이외다.[9]

신년호로 준비했던 원고가 검열의 지연으로 제때 발행되지 못하고 6월에 나왔으며, 그것도 원고의 압수로 인해 잡지가 제 꼴을 갖추지 못했음을 편집자는 토로하고 있다. 『여명』 3호가 나오기까지 겪었던 검열의 제 과정, 즉 "난산(難産)의 곤경"[10]을 구체적으로 보여주고 있는 것이 3호 앞쪽에 실린 「사고(謝告)」이다.[11] 「사고」와 「편집여탄」은 김승묵과 편집진이 겪은 "감개(感慨)

9 「편집여탄」, 『여명』 3호, 여명사, 1926.6, 70쪽.

10 위의 글.

11 여명사는 3호가 나오기까지 지난한 검열의 과정이 있었음을 다음과 같이 밝히고 있다. "본지는 창간 이래로 내외 각지의 열렬한 환영과 호평을 받고 애독 제위의 심후(深厚)한 기대에 만일을 보답하고저 더욱 신시대의 여명운동에 공헌할 촌심(寸心)으로 자자노력(孜孜努力)하여 왔던 바, 첫째 조선인 된 우리들에게는 출판의 자유가 없음으로 원고의 검열을 받지 아니하면 임의(任意) 발간치 못하는 것은 독자 여러분도 양실(諒悉)하시는 일이어니와 혹 편의상(便宜上)으로 외인(外人)의 명의만 빌어서 직접 발간하는 것까지 전부 엄금하게 되얏음으로서 본지도 최초부터 계속 사용하던 납본식의 발행권이 그만 당국의 금지한 바 되야 부득이 잡지를 휴간(休刊)하고 더욱 백절불요(百折不撓)의 미성(微誠)으로 기어히 속간(續刊)을 도(圖)하고저 다시 원고의 검열을 받게 되얏으나 이것도 예정과 틀리어 작년 11월 중에 제출한 원고가 그 사이 4개월이나 지내버린 금년 2월에야 비로소 반부(返付)되얏는 바, 이것은 당초 신년호로 편집한 것이 시기의 태만(太晩)으로 적합지 못한 원고가 과다할 뿐 아니라 또한 압수된 부분도 적지 아니하므로 다시 원고의 부족을 보충키 위하야 재차 추가 검열의 허가를 받은 후 이제야 겨우 발간하게 된 기간(其間)의 소경력(所經歷)을 먼저 독자에게 보고하나이다." 「사고(謝告)」, 『여명』 3호, 여명사, 1926.6, 1쪽.

와 참괴(慚愧)에 교차한 애닯은 심사"[12]가 식민지 조선 미디어 운영자가 공통적으로 겪을 수밖에 없는 운명임을 말해준다.

『여명』의 필진은 지역으로는 멀리 해외(북경 - 김창숙, 장건상, 이두파, 신채호, 약송(若松), 윤귀초(尹幗樵), 배천택, 동경 - 장익봉, 길림 - 박기백)로부터 서울, 대구·경북 지역까지,[13] 신분은 문학인, 교육자, 언론인, 사회활동가, 일본유학생, 학생, 광복지사까지, 이념의 성향은 민족주의, 사회주의, 무정부주의까지 두루 아우르고 있다. 나도향의 「벙어리 삼룡이」, 김명순(김탄실)의 「젊은 날」, 이상화의 「금강송가」 같은 작품은 『여명』지를 부상시키는 데 기여하였다.

『여명』이 당대의 명망 있는 작가와 지역작가의 작품을 이렇게 실을 수 있었던 것은 김승묵이 서울, 대구 등지에서 이룩한 폭넓은 교유와 신망, 그리고 '엄정중립', '불편부당(不偏不黨)'[14]을 표방한 『여명』지의 편집 방침에 힘입은 바 크다고 할 수 있다. 지역 매체 『여명』을 둘러싼 몇 가지 문제를 정리해

---

12 「편집여탄」, 『여명』 3호, 여명사, 1926.6, 70쪽.

13 박태일은 「1920~30년대 경북·대구지역 문예지 연구-『여명』과 『무명탄』을 중심으로」(『한민족어문학』 47, 한민족어문학회, 2005.12, 342~343쪽)에서 『여명』의 필진을 아래와 같이 정리하고 있다.

1. 지역 바깥 필진
   ① 문학인: 김기진, 김안서, 김탄실, 나도향, 노자영, 박종화, 박회월, 방인근, 변영로, 변영만, 양주동, 염상섭, 이광수, 이동원, 이학인, 조명희, 최남선, 최서해
   ② 교육자: 김형배, 손정규
   ③ 언론인: 송진우, 신흥우, 유진태, 이종린, 한기악
2. 지역 안쪽 필진
   ① 문학인: 백기만, 오상순, 이상화, 이장희, 최해종, 최호동, 현진건
   ② 종교인: 강병주, 홍주일
   ③ 언론인: 김승묵, 윤홍렬, 장하명, 흑도
   ④ 광복지사: 김창숙, 배천택, 장건상
   ⑤ 사회활동가: 김정설, 배성룡, 서상일, 류교하, 이인, 장적우, 허헌
   ⑥ 일본 유학생: 장익봉
   ⑦ 학생: 강유문, 이원조, 최두환

14 「편집을 마치고」, 『여명』 창간호, 여명사, 1925.7, 103쪽.

보면 다음과 같다.

첫째, 김승묵은 창간호부터 석릉(石陵), 금오산인(金烏山人), 김승묵 등의 이름으로 여러 편의 글을 쓰고 있다. 창간호에만 김승묵의 「암흑으로 여명에」, 석릉의 「칸트의 내적 생활」, 김승묵의 「여로수감(旅路隨感)」, 금오산인(金烏山人)의 「종질(從姪)의 유해를 보내고」 등 4편을 실었다. 이러한 글쓰기는 원활한 잡지 편집을 위한 전략적 기획의 산물이자 청년문사 김승묵이 가졌던 글쓰기의 욕망이 분출된 것이라 볼 수 있다. 이중 김승묵이 쓴 수필 「여로수감(旅路隨感)」을 주목해 볼 필요가 있다.

김승묵의 「여로수감」은 대구역에서 경부선 열차를 타고 서울로 가는 길에, 구미역에 내려 고향집 선산(善山) 들성(平城) 마을을 들렀다 다시 경성으로 가는 여정을 담은 수필이다. 식민지 시대의 철도는 근대성을 나타내는 징표이기도 하지만 수탈과 억압의 통로가 되기도 한다. 김승묵이 철도를 따라 읽어낸 제 풍경은 후자에 가깝다. 이 글은 열차 안과 철도 주변의 제 모습에 대한 갖가지 생각과 감상을 적고 있다. 문제는 그의 짧은 여행기 자체가 우울한 행로로 일관해 있다는 점이다. 관찰의 주된 대상은 변해가는 농촌의 피폐함과 그 속에 살아가는 처참한 농촌사람들이다. 열차에 탄 승객들의 얼굴에서 필자는 생활난으로 인한 궁상(窮狀)을 읽어낸다. 기미(期米)에 중독되어 패망한 사람들과의 대화, 구미역 앞의 변해버린 조선 사람의 점포나 고향마을의 쇠락한 집들, 이 모든 것들이 현진건의 소설 「고향」을 떠올리게 만든다. 김승묵의 「여로수감」이나 현진건의 「고향」 두 작품 모두 대구에서 서울로 가는 기차 안과 대구 인근의 농촌마을을 배경으로 하고 있다. 또 그 속에 등장하는 제 인물들의 모습은 말 그대로 '우울하고 비참한 조선의 얼골'을 표상하고 있다. 이렇게 본다면 수필 「여로수감」과 소설 「고향」은 열차 안이란 제재, 대상 인물과의 대화와 그의 과거, 대구 인근 지역의 식민지 수탈의 참상 등이 상호텍스트적 관계에 놓인다고 할 수 있다. 발표 연대를 통해 그 영향 관계를 살펴보면, 김승묵의 「여로수감」은 1925년 7월 1일 발간된 『여명』 창간호에 실렸고, 현진건의 「고향」은 1926년 1월 4일자 <조선일보>에 「그의 얼굴」로 발표되었다. 「그의 얼굴」은 이후 1926년 3월 20일 글벗집에서 발간된 단편집 『조선의 얼골』에 「고향」이란 이름으로 수록되었다. 그렇다면 「여로수감」이 현진건의 「고향」보다 앞서 발표되었음을 알 수 있다. 다시 말하면 동향(同鄕)의 작가 현진건이 「고향」을 구상하는 데 「여로수감」을 참조했을 가능성이 있다는 것이다. 그 근거로 현진건과 김승묵은 『여명』 창간호에 같이 글을 쓴 필자라는 점을 들 수 있다. 현진건이 김승묵의 「여로수감」이 실린 『여명』 창간호에 「향토문학을 일으키자」라는 글을 썼다는 사실은 그래서 중요하다.

> 『여명』이 내의 고향에서 출생한다는 말을 듣고 삼가 이 일문(一文)을 우리 고향에 계신 형제 자매께 드립니다. 황망한 몸이라 위선 이것으로 색책(塞責)이나 하고, 향토문학에 대한 실질과 이론을 후일로 미룰가 합니다"[15]

이는 「향토문학을 일으키자」의 말미에 부기(附記)된 현진건의 글이다. 이 글은 현진건이 대구지역에서 나온 『여명』에 많은 관심과 애정을 갖고 있음을 보여준다. 이 글로 볼 때 현진건은 자신의 글이 실린 『여명』 창간호를 받았을 것이고, 그것에 실린 김승묵의 「여로수감』 또한 당연히 읽었을 것이다. 전후 맥락으로 볼 때 「여로수감」은 「고향」의 선행 텍스트였으며, 이 작품은 현진건이 「고향」을 쓰는 창작 동기로 작용되었다고 할 수 있다.

둘째, 대구·경북 지역 청년운동 및 제 지식인들의 교유(交遊) 관계를 『여명』

15 현진건, 「향토문학을 일으키자」, 『여명』 창간호, 여명사, 1925.7, 7~9쪽.

을 통해 추적할 수 있다. 『여명』이 1920년대 중반 전후 무정부주의, 계급주의 등 변해가는 사조를 적극 수용하고자 하는 노력을 보여주고 있다는 점은 특기할 만하다. 대구·경북 지역 청년들의 관계망과 이념적 지향을 살펴보기 위한 근거가 되는 자료는 일 기자(一記者)의 「일기(日記) 중에서」와 흑도(黑濤)의 「크로포토킨의 예술관」이다.

일 기자(一記者)의 「일기(日記) 중에서」에는 김승묵, 서만달(徐萬達), 김영서(金永瑞), 백신칠(白信七), 홍주일(洪宙一), 정운기(鄭雲騏) 등이 나온다. 서만달은 영천 백학학교 관련 인물이며, 홍주일, 김영서, 정운기 등은 교남학교(嶠南學校)를 세운 인물들이다. 먼저 일 기자는 이름을 밝히지 않고 있지만 김승묵과 친한 사이이며, 『여명』지를 김승묵과 함께 만들어가는 인물임을 알 수 있다. 이 글의 필자인 일 기자는 "석릉(石稜) 형(兄)과 동반하여 달성공원으로 향하였다"[16]고 하였으므로, 일 기자가 석릉 김승묵이 아님은 분명하다. 일기에 의하면 일 기자는 향리행(鄕里行)을 하면서 선산군 장천(長川)에서 백웅(白熊)군을 만나고 집으로 향하였다. 고향 집에 하루 더 머물고 그 다음날 상림촌(上林村)으로 가서 塚日崔君을 찾았다고 하였다. 그렇다면 일 기자의 집은 선산군 장천면 어디쯤인 것으로 추정된다. 선산군 장천면 지역의 지식인으로 1920년대 중반 잡지기자를 한 인물로 김동석(金東碩)이 있다. 1927년 5월 27일자 <동아일보>는 5월 26일 대구지방법원의 대구 지역 무정부주의 단체인 진우연맹(眞友聯盟)[17] 1차 공판의 사건 관계자 명단을 게재하였는데, 여기에 김동석

16 일 기자(一記者). 「일기 중에서」, 『여명』 창간호, 여명사, 1925.7, 41쪽.

17 진우연맹(眞友聯盟)은 1925년 9월 대구에서 몇 사람의 무정부주의자들이 모여 서로 우정을 돈독히 하고 무정부주의 사상을 진지하게 연구하기 위해 결성된 단체이다. 진우(眞友)란 문자 그대로 진리와 우정으로 맺어진 혈맹(血盟)이란 뜻이다. 박열(朴烈)의 동지 서동성(徐東星), 일본 市谷刑務所의 박열과 金子文子를 면회, 위문하고 돌아온 방한상(方漢相)도 창립 맹원으로 참가하였다. 1926년 8월 5일자 <동아일보>는 진우연맹 사건을 첫 보도하였다.

이란 인물이 등장한다. 그는 26세로 주소는 경북 선산군 장천면 상장동(上場洞) 488번지이고, 직업은 잡지기자이다. 경북 선산군 고아면 원호동 들성(坪城) 마을 출신인 김승묵과는 고향이 지리적으로 이웃이다. 여기서 『여명』 창간호에 실린 흑도(黑濤)의 무정부주의 관련 평론 「크로포토킨의 예술관」을 주목할 필요가 있다. 흑도(黑濤)는 무정부주의자 정명준(鄭命俊)의 호이다. 정명준과 김동석은 대구 무정부주의 단체 진우연맹(眞友聯盟) 사건에 함께 연루되어 대구지방법원에서 정명준은 징역 2년, 김동석은 징역 2년, 4년 집행유예를 받았다. 김동석의 직업이 잡지 기자란 공판기록이 있어, 지역 연고상 잡지 『여명』지의 기자일 수도 있으나 세부 공판 기록에 의하면 잡지 『농촌사(農村社)』의 기자로 나온다. 그렇지만 정명준의 글이 『여명』지에 실린 것은 김동석에 의해 매개되었을 가능성이 크다. 공판기록에 의하면 정명준은 경북 칠곡군 지천면(枝川面) 신동(新洞) 407번지에 주소를 두고 있으며, 직업은 무직, 나이는 25세로 되어 있다. 김동석과 정명준은 한 살 차이이다. 정명준은 1925년 7월 『여명』 창간호에 글을 쓰고, 대구 무정부주의 단체 진우연맹에서 김동석과 함께 활동하였다. 선산군 출신의 김승묵과 김동석, 칠곡군 출신의 정명준, 장적우 등이 구미 인근의 젊은 청년들이다. 이들은 모두 인근 향리(鄉里) 출신으로, 1933년 젊은 나이로 요절한 김승묵을 제외하면 모두 사회주의 또는

대구서(大邱署)에서 진우연맹 회원 신재모(申宰模), 방한상(方漢相), 우해운(禹海雲), 마명(馬鳴), 하종진(河鐘璡), 정흑도(鄭黑濤) 등 6명을 약 20일 전에 검거, 엄중 취조 중이라는 것이다. 5월 27일자 <동아일보>에 의하면 진우연맹 13명에 대한 제1회 공판이 1927년 5월 26일 개정되었는데, 사건관계자는 방한상, 신재모, 서학이, 정명준, 마명, 우해룡, 안달득, 서동성, 하종진, 김동석, 栗原一男, 椋本運雄, 김정근 등이었다. 진우연맹 사건은 <동아일보>에 5월, 6월, 7월 지속적으로 공판의 과정이 게재되었다. 「아귀도(餓鬼道)」의 작가 장혁주(張赫宙)도 대구고보를 졸업하고 진우연맹에 가담한 바 있다. 무정부주의운동사 편찬위원회, 『한국아나키즘운동사 -전편 민족해방투쟁』, 형설출판사, 1978, 219~230쪽; 하기락, 『탈환』, 형설출판사, 1985, 71~77쪽 참고.

무정부주의자의 길을 걸었다. 『여명』의 인쇄인으로 이름을 올리고 몇 편의 글을 투고했던 장하명(張何鳴)도 나중 사회주의자가 되었다. 물론 『여명』지가 사회주의 또는 무정부주의 관련 글만 수록한 것은 아니었다.

셋째, 『여명』은 지역문학론을 제기하는 등 지역문학의 중요성을 인식한 매체였다. 그 결과 1920년대 중·후반 대구·경북 지역의 여러 기성, 신진작가들이 필진으로 참여하였다. 현진건의 「향토문학을 일으키자」는 지역문학의 소중함을 일깨운 초기의 글이란 점에서 가치가 있다.

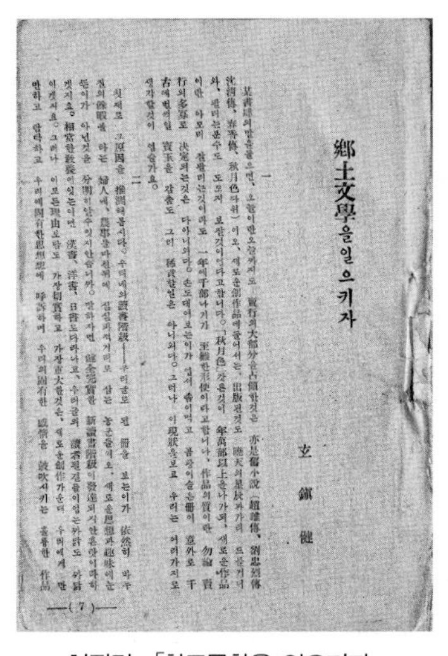
鄕土文學을일으키자

玄鎭健

一

某書肆의말을들으면、요즘이만오천가지도 賣行의大部分을占領한것은 亦是舊小說(趙雄傳、劉忠烈傳、沈淸傳、春香傳、秋月色따위)이오、새로운創作品에들어서는、出版된것도 曉天의星辰과가티 드믈거니와、팔리는部數도 도모지 보잘것이업다고합니다。「秋月色」갓흔것이 年萬部以上은나가되、새로운作品이란 아모리 잘팔리는것이라도 一年에千部나가기가 至難한形便이라고합니다、作品의質이란 勿論 賣行의多寡로 決定되는것은 다아니외다。손도대여보는이가 업서 좀먹고 곰팡이슬은冊이 意外로 千古에빗나는 寶玉을 장출도 그리 稀貴한일은 아니외다。그러나 이現狀을보고 우리는 여러가지로 생각할것이 엇슬가요。

二

첫재로 그原因을 推測해봅시다。우리네의讀書階級——우리글로 된 冊을 보는이가 依然히 바누질의餘暇를 타는 婦人네、農事를마친뒤에 심심파적거리로 삼는 농군들이오、새로운思想과趣味에눈뜬이가 아닌것을 分明히알수잇지안습니까。말하자면 健全完實한 新讀書階級이發達되지안흔탓이라하겟지요。相當한敎養이잇는이면 漢書、洋書、日書로다라나고、우리글의 讀者될길을이업는까닭도 까닭이겟지요。그러나 이모든理由보담도 가장切實하고 가장重大한것은、새로운創作가운데 우리에게 반만하고 랑랑하고 우리에固有한思想에 呼訴하며 우리의固有한 感情을 鼓吹시키는 훌륭한 作品

—(7)—

현진건, 「향토문학을 일으키자」

현진건은 이 글에서 최근 서사(書肆)의 판매대를 『조웅전』, 『유충렬전』, 『심청전』, 『춘향전』, 『추월색』 같은 구소설들이 점령하고 있는 것을 주목하면서, 그 원인을 새로운 창작 가운데 우리 고유의 사상, 우리 고유한 감정을 고취시키는 훌륭한 작품이 없는 데서 찾고 있다. 그는 우리 고유의 사상, 감정, 색채, 기분이 농후하게 흐르는 작품, 즉 이러한 성질과 조건을 갖춘 작품은 역사문학과 향토문학뿐이라고 본다. 현진건의 이런 생각이 좀 더 구체화되어 나타난 것이 "조선문학인 다음에야 조선의 땅에 든든히 디디고 서야 될 줄 안다"[18]는 발언이다. 역사문학에 대해서도 현진건은 「역사소설문제」(『문장』, 1939.9)에서 역사소설이 갖추어야 할 요건에 대해서 정리한 바가 있지만, 향토문학에 대해서는 이 글 이외에는 언급한 바가 없기에 잠깐 살펴보기로 한다.

18 현진건, 「조선혼과 현대정신의 파악」, 『개벽』 65호, 개벽사, 1926.1, 134쪽

현진건은 향토문학을 도회문학과 대비되는 개념으로 본다. 문제는 이국(異國)의 문명과 제도와 풍속이 침식되어 있는 조선의 도회지와 그 속에 살아가는 도회인은 서양, 일본, 중국인, 이도 저도 아닌 두루뭉수리 혼합된 괴물이고, 그 생활, 사상, 감정까지 모두 그러하다고 본다. 아직 우리 민족의 절대 다수를 이루는 것은 향토인이며, 이들의 향토생활을 다룬 향토문학이 우리 문학의 주된 내용이 된다는 것이다. 여기서 현진건이 향토문학의 개념을 그렇게 좁게 보고 있지 않다는 점을 눈여겨 볼 필요가 있다.

> 물론 우리는 세계적으로 자양(慈養)을 구해야 될 것입니다. 그렇습니다. 오직 자양을 구해야 될 것이외다. 우리의 뿌리를 북돋우고 물주기 위하야 자양을 구해야 될 것입니다. 내 뿌리조차 버리고 남의 뿌리를 캐올 필요는 조금도 없지 않습니까. 제 뿌리 아닌 남에게 아모리 백화(白花)가 난만(爛漫)하다 한들 쓸 데가 무엇입니까. 설령 남의 꽃이 탐스러워 따다 부친다 할지라도 제 뿌리와 성질이 맞고 아니 맞는 것을 검사해 보아야 될 것입니다.
>
> 우리는 먼저 우리 뿌리를 검사해 봅시다. 우리 고유한 사상, 감정의 뿌리가 그대로 남아 있는 향토로 돌아갑시다. 「나」를 알고, 찾고, 여실(如實)하게 표현하기 위하야 향토문학을 일으킵시다. 만일 훌륭한 향토문학이 일어나지 않는다고 하면 그야말로 고양첨화격(枯楊添花格)으로 우리 문학이 살아날 길은 없다고 하여도 과언이 아니외다.[19]

현진건은 위의 글에서 서양, 일본, 중국문학 같은 세계문학이 우리의 고유한 사상, 감정의 뿌리는 될 수 없지만 향토문학을 키우는 자양분은 될 수 있다고 본다. 이 글은 세계문학이란 자양분이 있어야 향토문학의 뿌리가 더욱 튼튼해

19 현진건, 「향토문학을 일으키자」, 『여명』 창간호, 여명사, 1925.7, 9쪽.

질 수 있다는 것, 즉 향토문학을 제대로 하기 위해서는 세계문학의 자양(滋養)을 얻는 소통의 전략이 필요하다는 관점을 견지하고 있다. 중앙이든 지역이든 혼자로는 존재할 수 없다는 것, 즉 로컬은 글로벌의 관계 속에서 더욱 의미를 가진다는 현행 논의되는 지역문학의 역동적 개념과도 연결된다. 현진건의 「향토문학을 일으키자」는 그의 말처럼 '향토문학에 대한 실질과 이론'을 구체적으로 전개해 나가지는 못하였지만, 글의 제목만으로도 지역문학의 소중함을 인식하고 지역문학론을 초기에 제기한 중요한 글이라 할 수 있다.

넷째, 지역의 주요 작가 및 신진 작가의 글이 모두 실려 있다는 점에서 『여명』은 대구·경북 지역문학매체로서 그 정체성과 대표성을 보여주고 있다. 먼저 대구·경북 지역 근대문학을 주도했던 현진건, 이상화, 백기만, 이장희 등의 글이 『여명』지에 모두 수록되어 있는 점을 주목할 수 있다. 이들은 1920년대 초, 중반 『백조』나 『금성』 같은 주요 동인지와 『개벽』, 『신민』 같은 잡지, <조선일보> 등의 신문에 작품을 발표하면서 근대문학의 주요 작가로 부상하기 시작한 작가들이다. 지역의 매체였던 『여명』은 지역문학이 낳은 이들 명망 있는 작가들을 주요 필진으로 영입하였던 것이다. 특히 이상화의 「금강송가(金剛頌歌)」, 「청량세계(清凉世界)」(『여명』 2호), 이장희의 「봄하눌에 눈물이 돈다」(『여명』 3호) 등의 시는 이상화와 이장희 시가 가진 또 다른 특징을 보여주고 있다는 점에서 주목된다. 「금강송가(金剛頌歌)」, 「청량세계(清凉世界)」는 이상화 초기 시에서 많이 보이던 감상과 퇴폐의 정조를 넘어서 민족적 자아를 발견하거나 밝음의 세계를 지향하려는 시적 주체의 모습을 보여준다. 반면 「봄하눌에 눈물이 돌다」는 이장희가 「봄은 고양이로다」와 같은 감각적 시만을 쓰는 시인이 아님을 보여준다는 점에서 눈길을 끈다.

사람세상을 등진재 오랫동안

권태와 우울과 참회로 된 무거운 보퉁이를 둘러메고
가상이 넓은 검점모자를 숙여쓰고
때로 호젓한 어둔 골목을 허매이다가
싸늘한 돌담에 기대이며
창틈으로 흐르는 피아노가락에 귀를 기우리고
추억의 환상의 신비의 눈물을 지우더니라.

봄날 허무러진 사구(砂丘) 위에 안저
은실가티 고은 먼 시내를 바래보다가
물오른 풀잎을 깨물으며
외로운 위로삼아 시를 읊기도 하더니만
그마저도 얼슨연스뤄 인저는 옛꿈이 되었노라.[20]

이장희의 시는 봄이 되어도 "사람 세상을 등진" 채 절망에 빠져 있는 외롭고 고달픈 시적 자아의 모습을 그려낸다. 눈물과 고독에 허덕이는 시적 자아는 이장희의 분신과 다름없다. 시적 자아의 감정이 절제되지 못하고 분출되어 있는 이 작품에서 백기만이 묘사했던 고월 이장희의 행각[21]을 읽어내는 것은 어렵지 않다. 『여명』지에 실린 이상화, 이장희 작품은 이들 시인이 만들어 내고 있는 또 다른 부류의 시적 스펙트럼을 제시해 보이고 있다는 점에서 그 가치를 찾을 수 있다.

마지막으로, 『여명』이 지역 지식인의 글쓰기의 터전으로 자리잡았다는 점을 들 수 있다. 『여명』은 지역 바깥의 김기진, 변영만, 나도향, 최학송(최서해), 김탄실(김명순), 조명희, 염상섭, 노자영, 이일, 박영희, 김안서, 변영로 같은

20 이장희, 「봄하늘에 눈물이 돌다」 부분, 『여명』 3호, 1926.6, 47~48쪽.
21 백기만, 「상화와 고월의 회상」, 『상화와 고월』, 청구출판사, 1951, 115쪽.

유명작가들의 글을 싣고 있다. 그러나 동시에 『여명』은 지역 출신의 기성 내지 신진 작가와 제 지식인, 학생들의 글 또한 대폭 수용하고 있다. 이것은 지역매체로서 『여명』이 가질 수 있는 또 다른 측면이라 할 수 있다.

소설은 장적우의 「표박(漂泊)」, 「저주의 눈이 번득인다」, 최호동(崔湖東)의 「작부 계월이」, 해동 최해종의 「옥희」, 논설 및 수필로 윤홍렬의 「유행어와 사회상」, 「신문의 존재까지 부인할 수 없는 조선사회관」, 서만달의 「동경(憧憬)의 피안(彼岸)에-시온촌의 정체」, 흑도(黑濤) 정명준의 「크로포트킨의 예술관」, 장하명의 「북국만유(北國漫遊)의 회상」, 「부력(富力)과 인생관」, 김정설(김범부)의 「스핑쓰本紀論」, 백기만의 「서울 남산공원」, 3호의 특집으로 기획된 「대구 각 계급의 각색 과세담(過歲談)」 등은 『여명』만이 담아낼 수 있는 지역 인사나 작가들의 글이다. 독자투고란에 나중 비평가로 활동했던 이육사의 아우 이원조(李源朝, 당시 교남학교 학생)나 학승이자 나중 불교 대중화와 관련된 『포교법개설』(1938) 등을 쓴 고운사(孤雲寺)의 강유문(姜裕文) 같은 청년문사들이 참여한 것도 눈에 띈다. 『여명』은 통권 4호만에 검열난에 부닥쳐 중단되었다. 그렇지만 『여명』은 전국의 명망 있는 작가뿐만 아니라 지역 출신으로 중앙 문단에서 문학적 성취를 이룬 작가, 지역의 신진 작가, 제 지식인, 학생 등 많은 필진들을 동원함으로써 1920년대 중반 대구·경북 지역 문학 장(場)의 형성에 주된 역할을 하였다.

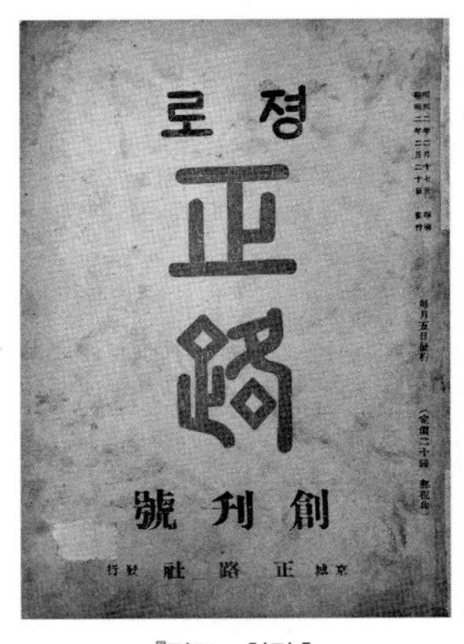

『정로』 창간호

한편 1927년 2월 20일 서울에서 창간호가 나왔지만 대구 사람이 중심이 되어 만든 잡지로 『정로(正路)』가 있다. 창간호는 여러 면의 광고 대부분이 대구와 관련된 인사거나 대구 지역 회사의 광고를 싣고 있다. 편집 겸 발행인은 서상욱(徐相郁)이며, 발행소는 정로사(正路社)이다. 서승해(徐昇海)가 쓴 『창간호』의 「축 창간」의 글을 보면 "『정로』가 대중의 힘, 여론의 공기(公器), 청천(靑天)의 일월(日月), 해양(海洋)의 지침"이 되어야 한다는 것을 말하고 있다. 전체적으로 사회주의 색채를 강하게 보여주고 있는 잡지이다.

3. 1930년대 문학매체: 『동성』과 『문원』

『여명』 이후 1930년대 대구지역에서 나온 문예지로 『동성(東聲)』(1932.9)과 『문원(文園)』(1937.4)이 있다.

『동성』의 발행인은 유한식(柳漢植), 인쇄인은 황수창(黃洙昌), 인쇄소는 대구부 본정 1정목 소재의 선일(鮮一)인쇄소, 발행소는 동성사이다. 동성사의 주소는 대구부 명치정 2정목 245번지이다. 『동성』은 모두 대구에서 편집되고 발행, 인쇄된 지역 문예지이다. 『동성』은 시, 소설, 시나리오 등의 작품 이외에 시사적인 논설과 비평(영화), 수필류(기행, 역사, 감상) 등의 글들을 수록하였다. 창간호는 1932년 9월 1일, 2호는 10월·11월 합병호로 1932년 11월 10일, 3호는 송년호로 1932년 12월 10일 발간되었다. "1933년 1월에 통권 4호까지 발행된 기록"[22]이 있다고 하나 4호는 현재 실물이 확인되지 않고 있다.

창간호 표지 장정은 소성(宵星)이 하였는데, 타종(打鐘)하는 청년의 모습과 새벽을 알리는 닭, 멀리 종소리가 울려 퍼지는 모습을 통해 『동성』이 지향하는 바를 잘 드러내 보이고 있다. 표지화는 효민(曉民)이 쓴 「축 동성 창간」의 내용과 거의 흡사하다. 소성(宵星)이 이 글을 읽고 표지화를 그렸으리라는 추정이 가능해진다.

22 최덕교 편저, 『한국잡지백년』 2, 현암사, 2004, 420쪽.

아! 우리는 한줄기 광명을 시급히 요구하고 외치는 소리 힘차고 거룩한 소리를 초조히 고대해야 할 것이다. 그러나 벗들아 한가지 기뻐하자. 한 줌 만한 어깨에 큰 힘을 지고도 사자같이 뛰어오는 동성(東聲)을 보지 않느냐? 대기만 마시고 아득한 길을 달려오고도 배고픈 줄 모르는 듯이 이 땅을 흔드는 우렁찬 이 소리를 듣지 못하는가?

동성, 동성, 동성 — 동성아 우리의 벗 동성아 불멸의 힘을 가질지어다. 쓸쓸한 이 땅의 고달픈 생령(生靈)들은 너를 고대한 지 이미 오래였단다. 너의 소리를 퍽이나 듣고자 했단다. 행여나 네 소리 가운데 힘이 있으려니? 행여나 생명의 빛이 있으려니? 회생의 채ㅅ죽이 있으려니?

오! 동성아 선두에서 봉화를 들고 더욱더욱 큰 소리를 외쳐라. 무수한 도화역자(道化役者)들을 봄언덕으로 끄을고 전진할 때 쇠잔하는 무리의 힘없는 동작도 너의 힘찬 소리와 아울러 삶의 길을 찾는 위대한 힘의 원동력이 될 것이다. 자! 벗들아 의관을 고치고 나가자. 불멸의 힘을 가진 동성의 음파(音波)를 따라 다 같이 손을 잡고 춤을 추면서 동성과 아울러 노래 부르자.[23]

『동성』은 이처럼 출발부터 "불멸의 힘을 가진 『동성(東聲)』의 음파(音波)"가 지역 속에 널리 퍼져 나가길 바라는 지역민의 기대와 여망 속에 탄생되었다고 할 수 있다. 효민은 문학평론가이자 소설가인 홍효민(洪曉民)이다. 홍효민은 『동성』 말고도 대구에서 나온 문학잡지인 『문원(文園)』에도 「문원(文園)을 내는 S에게」(『문원』 2집, 1937.5)란 글을 보냈다. 홍효민은 어떤 연유인지 대구에서 나온 두 권의 신생 잡지에 글을 썼다. 『동성』은 창간호의 표지화 장정을 통해 강한 인상을 남겼으나 2, 3호에서는 더 이상 구상적 표지 장정을 시도하지 않았다. 2호, 3호의 경우 '東聲'이란 큼지막한 제호(題號)와 '10월·11월 합병호', 또는 '송년호'란 호수 이외에는 어떠한 꾸밈도 가하지 않았다. 10월·11월

---

23 효민(曉民), 「축 동성 창간」, 『동성』 창간호, 동성사, 1932.9, 2쪽.

합병호인 『동성』 2호에 송년호인 12월호, 즉 『동성』 3호의 목차를 광고하고 있음은 특이하다. 이는 2호를 발행할 시점에 이미 3호의 편집이 끝났음을 보여 준다. 이는 월간지로서 『동성』이 합병호를 내야 할 정도로 재정 상황은 좋지 않았을지 몰라도 필진이 부족할 정도의 원고 부족에는 시달리지 않았다는 것을 말해 준다.

『동성』의 경우 1, 2, 3호의 차례를 보면 본사 및 지사 사원이 필진으로 참가한 경우가 많다. 창간호의 광고에 의하면 당시 동성사의 임원 및 지사 설치 현황은 다음과 같다. 본사 임원은 사장 이종건(李鍾健), 주간 류척영(柳隻影), 영업 황수창(黃洙昌), 동인(同人)으로 홍영근(洪英根), 정춘자(鄭春子), 최동희(崔東禧), 은영표(殷永杓)이고, 지사(支社)로는 안계지사(安溪支社), 비안지사(比安支社), 영일지사(迎日支社)가 있었다. 안계지사의 동인은 박건양(朴健洋), 김갑영(金甲榮), 이원영(李元榮), 지달순(池達順), 비안지사의 동인은 박현호(朴玄昊), 영일지사의 동인은 정일수(鄭日秀)였다. 3호의 「사고(社告)」를 보면 편집 조약슬(趙若瑟), 기자 차상갑(車相甲), 박승환(朴承換) 등을 임명했으며, 편집에 류한식, 기자 은영표 등이 퇴사한 것으로 되어 있다. 또한 영양지사, 영천지사를 만들었다. 영양지사는 김수암(金壽岩), 영천지사는 이광주(李光珠)가 맡는 것으로 되어 있다.[24] 3호까지 『동성』을 발간했을 때, 동성사는 대구에 본사를 두고 의성(비안지사, 안계지사), 포항(영일지사), 영양(영양지사), 영천(영천지사)까지 지사를 설치하였다.

창간호에 글을 쓴 현호, 건양, 이원영, 척영, 류한식, 정일수, 2호의 필진 박건양, 이원영, 정일수, 척영, 3호의 필진 약슬, 척영, 류한식, 최동희, 정춘자, 은영표, 정일수 등은 모두 동성사의 사원이다. 그런데 본사와 지사의 사원들이 『동성』의 필진으로 참가한 것을 볼 때 지사라는 것이 대구와 경북 지역에

24 「사고(社告)」, 『동성』 1권 3호, 동성사, 1932.12, 8쪽.

서 『동성』의 편집 방침에 호응한 필진들 중심으로 만들어진 것임을 알 수 있다. 의성의 경우 비안과 안계에 각각 지사를 둔 것을 보면 이러한 설명이 가능해진다. 『동성』의 필진을 보면 대부분 대구·경북 지역의 인사로 구성되었다. 척영(隻影)이 「권두언」과 「편집여묵」을 포함해 4편의 글을 싣고 있는 것으로 보아, 척영이 실질적인 『동성』의 편집자인 것으로 보인다. 『동성』이 『여명』과 달리 지역의 인사와 문인들 중심으로 필진이 구성된 것을 볼 때, 『동성』은 지역인이 중심이 된 지역문학 매체임을 알 수 있다. 광고 첫 면에도 서병조(徐丙朝), 추병화(秋秉和), 이상악(李相岳), 서철규(徐喆圭), 서상일(徐相日), 최화일(崔和日), 정은원(鄭恩源), 김상훈(金相勳), 서병민(徐丙敏), 서병국(徐丙國), 이근하(李根夏) 등 대구 지역의 상공인들이 대부분이다. 당시 대구의 자산가 반열에 속하는 서병조, 이상악, 서상일 등 많은 실업가들과 상사, 회사 등이 『동성』 창간에 축하를 보내고 있다. 이를 통해 볼 때 지역문학 매체로서 『동성』은 지역 인사들의 협조와 큰 기대 속에 탄생하였음을 알 수 있다.

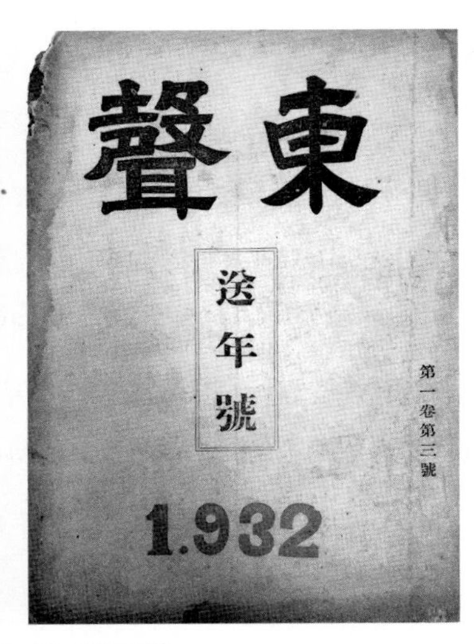

『동성』 창간호와 송년호(1권3호)

한편 1932년 12월에 나온 『동성』 3호의 『편집후기』는 3개월 사이 『동성』의 출간 사정에 큰 변화가 있었음을 보여준다. 우선 창간호의 편집인으로 활약이 두드러졌던 척영(隻影)이 떠났다는 것과 "합병호의 예고한 바와 같이 신현동(申鉉東)군의 귀중한 정치논문 「오인(吾人)은 만주사변을 이러케 본다」는 것이 한 자(字)의 사는 것도 없이 '벌갓케' 당"[25]했다는 소식을 전하고 있다. 이는 『동성』이 내부적으로는 유능한 편집인의 이탈, 외부적으로는 투고 원고가 일제의 사전 검열에 전면 삭제당하는 곤경에 처했음을 말해준다.[26] 「편집후기」를 쓴 약슬(若瑟)이 「민중의 예술적 재능」을 첫 면에 게재하고 있음이 눈에 띈다. 『동성』은 3호까지 오면서 여느 잡지와 마찬가지로 재정적 곤궁을 심하게 겪고 있음을 알 수 있고, 지역문학 매체에도 중앙과 마찬가지로 검열의 칼날이 미치고 있음을 보여준다. 3호에 떠났다는 척영이 여전히 「농촌문제에 대하야-특히 지식분자에게」를 쓰고 있음을 볼 때 지역의 필진이 그리 넓지 않았음을 알 수 있다. 3호 42쪽의 「투고환영」이란 광고에서 외부 필진 또는 독자의 투고를 기다리고 있은 것도 이런 사정과 무관하지 않을 것이다. 투고원고는 문예, 시사, 평론 등의 글을 대상으로 하고 있다.

비교적 지명도가 있는 필진으로 효민(曉民), 이규환(李圭煥), 정희준(鄭熙俊) 등을 들 수 있다. 홍효민의 글은 축사의 성격을 띠고 있어 제외하고, 문학적 이력을 남긴 이규환과 정희준의 글을 잠깐 살펴보기로 하자.

대구 출신의 이규환은 『동성』 창간호에 시나리오 「하날을 뚫는 자(者)여」를 썼다. 이규환이 일본 교토의 신흥키네마에서 영화수업을 마치고 귀국하여

---

25 약슬(若瑟). 「편집후기」, 『동성』 3호, 동성사, 1932.12, 87쪽.

26 『동성』은 창간호부터 검열을 당하였는데, 창간호 편집인이었던 척영(隻影)이 「편집여묵(編輯餘墨)」에서 "현호(玄昊)씨의 가장 의의 있는 글이 불행히 부분 부분 삭제된 것도 또한 적지 않은 한사(恨事)"라고 밝히고 있다. 척영(隻影), 「편집여묵」, 『동성』 창간호, 동성사, 1932, 72쪽.

「임자 없는 나룻배」란 시나리오를 유신키네마 제작으로 무성영화를 만든 것이 1932년이다. 「임자 없는 나룻배」가 나운규, 문예봉 주연으로 1932년 9월 14일 단성사(團成社)에서 개봉되었는데, 시나리오 「하날을 뚫는 자(者)여」(『동성』 창간호, 1932.9.1)의 발표 시기와 큰 차이가 나지 않는다. 「하날을 뚫는 자(者)여」는 스토리를 이끌어 가는 뚜렷한 줄거리나 인물 간의 갈등이 거의 없는 짧은 시나리오이다. 제목 위에 '단편독물(短篇讀物)'이란 표시가 있는 것으로 보아 이 시나리오는 레제드라마(lese drama)의 일종이라 할 수 있다. 주인공인 K는 ××전문학교 졸업생이다. 졸업식장을 배경으로 졸업생들이 나온다. 장면이 전환되어 그중 취직을 못한 K가 직업소개소 문 앞에서 힘없이 나온다. 결국 건축공사장에서 떨어져 다리를 다쳐 불구자가 된다. 병원 문을 절름거리며 나온 그의 환상(幻想)에는 병들어 누운 아내, 울고 있는 아이, 떨어진 쌀, 방세 독촉장 등이 있다. 검은 구름이 떠도는 하늘을 쳐다보는 K, 이때 사나운 바람과 끝끝내 맞서는 솔개미 한 마리를 본다. 이에 힘을 얻어, K는 다시 힘차게 일어서면서 '하늘을 뚫는 자여!'라고 소리치며 지평선을 향해 절름거리며 뛰어간다. 이 시나리오는 전문학교를 졸업하고도 직업을 구하지 못해 전전하는 지식인의 암담함과 그 저항을 그려 보이고 있다. 곧 이어 영화화된 「임자없는 나룻배」가 대립적 세계와의 갈등과 저항을 구체적으로 드러내 보인 작품이라면, 이 작품은 부정적 세계에 맞서는 주인공을 그린, 「임자 없는 나룻배」의 전(前) 단계 소품(小品) 정도로 볼 수 있다.

경북 영천 출신의 정희준(鄭熙俊)은 『동성』 2집에 시 「월광(月光)」을 발표했다. 정희준은 영천시 임고면 선원리 태생으로 연희전문 문과를 다녔다. 이 시기 『삼사문학(三四文學)』 동인에 가담하면서 시를 썼다. 1930년대 후반 시집 『흐린 날의 고민』(1937)을 발간하였으며, "조선어학회에서 조선말큰사전의 편찬원으로 일"[27]한 적이 있다. 해방 직후 조선어학회 회원으로 활동하면서 또 다시 『조선말큰사전』 편찬원으로 이름을 올렸다.[28] 정희준은 1949년 동방문화사에서 『조선고어사전』을 펴냈으며 홍익대학교 설립 초기에 정렬모(학장), 유열 등과 국문과 교수를 지내다 6.25 전쟁 중 월북하였다. 이러한 정희준이 『동성』 2호에 시 「월광(月光)」을 썼다. 영천 출신이었던 정희준이 대구에서 발간된 『동성』에 필진으로 참가한 것은 지연(地緣)상 자연스러운 일이라 할 수 있다. 현재 발굴된 『동성』 2호에는 「월광」 부분이 탈락되어 있어 작품의 내용을 파악할 수 없다.

1932년 11월 『동성』 2호에 시 「월광(月光)」을 발표한 정희준은 시인으로서의 길을 모색하다가 1934년 9월 1일 발행된 『삼사문학(三四文學)』 1집에 동인으로 참여하였다. 1집의 동인은 한천(韓泉), 이시우(李時雨), 한상직(韓相稷), 신백수(申百秀), 유연옥(劉演玉), 정희준(鄭熙俊), 종화, 정현웅(鄭玄雄), 김영기(金永基), 김원호(金元浩), 조풍연(趙豊衍) 등이다. 그런데 정희준이 『삼사문학』에 가담한 것은 초기 동인 대부분이 "연희전문 출신"[29]이란 점과 관련이 있어 보인다. 『삼사문학』은 연희전문을 다니고 있던 이시우(李時雨), 신백수(申百秀)가 주도하였고, 조풍연, 정희준의 연희전문 동기들이 많이 참가하였다. 정희준의 『삼사문학』 참가는 1집으로 끝나게 된다. 그것은 차츰 초현실주의를 표방해 가는 『삼사문학』의 문학적 지향이 정희준의 시적 성향과 그리 부합되지 않았던 것과 관련이 있다. 정희준의 시는 "새로운 나래", "새로운 예술로의 힘찬

---

27 정렬모, 「서문」, 정희준, 『조선고어사전』, 동방문화사, 1949, 5쪽.

28 해방 직후 『조선말 큰사전』의 편찬원 진용은 다음과 같다. ◆ 편찬원 겸 조선어학회 간사·이사: 정인승(주무), 이극로, 김병제, ◆ 편찬원: 이중화, 정태진, 권승욱, 한갑수, 이강로, 신영철, 정희준, 유열, 김진억, 김원표, 안석제, 최창식, 유제한, 한병호. 『한글학회 100년사』, 한글학회, 2009, 538쪽.

29 『삼사문학』 동인 중 연희전문 출신은 이시우(강원, 1934), 신백수(경성, 1936), 유연옥(평남, 1938), 정희준(경북, 1938), 조풍연(서울, 1938), 한상직(서울, 1938), 홍이섭(서울, 1938), 최영해(경남, 1939) 등이다. 간호배 편, 『원본 삼사문학』, 이회문화사, 2004, 12쪽 참고.

추구"[30]를 내세우던 『삼사문학』의 모더니즘 지향과는 대립되는 전통적 서정을 드러내고 있었기 때문이다.

정희준의 시집 『흐린 날의 고민』은 『동성』 2호에 시 「월광」을 발표한 임신년(1932)부터 정축년(1937)까지 쓴 시를 모은 것이다. 대부분의 시 작품 말미에 창작 연도와 창작 월 표기가 되어 있다. 전체 57편 중 임신년(1932) 3편, 계유년(1933) 1편, 갑술년(1934) 3편, 을해년(1935) 8편, 병자년(1936) 28편, 정축년(1937) 5편, 연도 미상 8편이다. 임신년인 1932년에 창작한 작품이 「하얀 주먹」(6월), 「귀향 1」(7월), 「힌댕기 붉은꼬리」(10월) 등이다. 시 내용은 모두 고향인 농촌을 배경으로 하고 있다. 창작 연월이 표기된 이 시들은 정희준이 「월광」(『동광』 2호, 1932.11)을 발표하기 전 이미 여러 편의 시를 창작한 문학청년이었음을 보여준다. 1937년 11월 20일 교육정보사에서 낸 시집 『흐린 날의 고민』에 시「월광」이 수록되지 않아 그 내용을 알 수 없다. 그러나 임신년에 쓴 위 3편의 시나 『삼사문학』 1집에 실린 정희준의 「흐린 날의 고민」, 「찾는 밤」, 「실비오는 어린 봄날」과 크게 다르지 않을 것이라는 짐작은 가능하다.

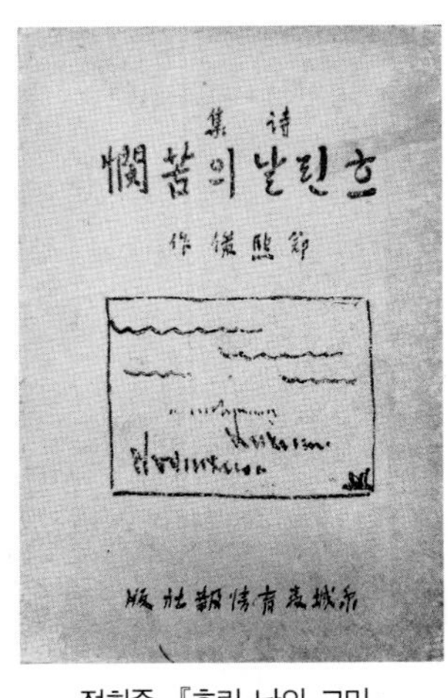

정희준, 『흐린 날의 고민』

정희준의 작품은 크게 연희전문학교를 다니던 서울을 배경으로 한 시와 고향인 농촌의 모습과 삶을 대상으로 한 시들로 나누어진다. 시집 『흐린 날의 고민』은 「모닥불」 같이 관찰의 시선과 절제된 시어를 통해 모닥불이 타오르고 소멸되는 과정을 잘 형상화한 시도 있지만[31]

30 백수, 「'34'의 선언」, 『삼사문학』 1, 1934.9, 34문학사, 5쪽.

31 정희준의 시가 시선집(anthology)에 이름을 올린 것은 임화 편, 『현대조선시인선집』(학예사, 1939)이다. 시집 『흐린 날의 고민』에 수록된 「우로(雨路)」가 이 선집에 정전화되면서

많은 시들이 현실에서 부딪히는 화자의 설움이나 고민 같은 서정적 감정을 드러내는 데 치중하고 있다. 시집 『흐린 날의 고민』의 「서(序)」에서 김태준은 "호흡하는 숨소리와 호소하는 하소연을 율동적으로 읊"은 "현실에 충실한 시인"[32]이라고 하였다. 이는 달리 말하면 정희준의 시에서 1930년대 모더니즘 시인들이나 일부 『삼사문학』 동인들에게 보이던 도시적 감각이나 수사적 실험정신을 찾아보기는 어렵다는 뜻으로 볼 수 있다. 「귀향 1」 같은 시에는 고향에 돌아와서도 진정한 장소애(topophilia)를 갖지 못하는 화자의 심리를 드러내 보이고 있다. 그럼에도 그의 시에 때때로 출몰하는 방언과 지역의 시골 농촌에서 찾아낸 시적 대상은 지역문학으로서의 가능성을 보여준다고 하겠다. "올해도 이 마을 머슴은/ 이 마을 국게논을 못떠난다"[33]에서 '국게논'(경북방언, 늘 물이 고여 있는 진흙논)이나, "산배알 돌다무락"[34]의 '산배알'(산비탈)이나 '돌다무락'(돌담), "당수나무두들 당수낡에 부터섰다"[35]에서 '두들'(둔덕) 같은 지역 방언이 곳곳에 드러난다. "정지에서 뛰여나오는 어머니!"[36]에서의 경상도 방언 '정지'는 '부엌'이 갖지 못한, 대가족 제도와 가족적 정을 환기시키는 시어이기도 하다.[37] '임오 여름, 고향서'란 부기가 붙은 『조광』지

정희준 시의 정전 가능성을 보여주었다.

32 김태준, 「서」, 정희준, 『흐린 날의 고민』, 교육정보사, 1937, 2쪽.

33 정희준, 「머슴사리」, 위의 책, 51쪽.

34 정희준, 「상여집」, 위의 책, 52쪽.

35 정희준, 「신행(新行)」, 위의 책, 47쪽.

36 정희준, 「귀향 1」, 위의 책, 33쪽.

37 '정지'는 부엌만이 아닌 정주간과 관련된 말이란 점에서 대가족제도 또는 가족 간의 정을 환기시킨다. 정주간(鼎廚間)은 "부엌과 안방 사이에 벽이 없이 부뚜막과 방바닥이 한 평면으로 된 큰 방으로, 함경도 지방의 겹집에 있는 특이한 공간이다. 겹집의 여러 방 가운데 이용률이 가장 높은 공간으로, 이곳에서 손님을 맞고 온 가족이 모여 식사도 하며, 노인(주로 여자)들은 어린 아이들과 함께 잠을 자기도 한다. 부뚜막에서 가장 가까워서 따뜻하기 때문이다.……정주간은 우리나라 겹집 가운데서도 함경도 지방에만 존재하는 방으로서 추운 겨울철을 지내기에 알맞은 공간이며, 강원도로 내려오면서 자취를 감춘다. 한편 강원도

에 발표된 「돌방아」[38]도 농촌마을의 연자방아를 대상으로 그것에 얽힌 사연을 그려내고 있다. 시집 『흐린 날의 고민』에서 '상여집'이란 항목 아래 묶인 시들은 대부분 고향 영천의 모습과 그것에 얽힌 가족공동체적 삶과 연관되어 있다.

필진들을 두루 살펴볼 때 『동성』은 1930년대 초 대구·경북 지역에 흩어져 있던 문학청년들의 글쓰기에 대한 열망을 적극적으로 수용해 낸 매체라 할 수 있다. 또한 『여명』 이후 끊어졌던 지역문학의 맥을 다시 잇는 동시에 이 잡지를 통해 이규환과 정희준이 문학적 첫 출발을 했다는 점을 기억할 필요가 있다.

『문원(文園)』은 신삼수(申三洙)가 편집 겸 발행인으로 1937년 대구지역에서 나온 문학잡지이다. 1937년 4월 창간호가 나왔고, 같은 해 5월에 2집이 나왔다. 신삼수의 주소는 의성군(義城郡) 수성면(壽城面) 신하동(新下洞) 93번지인데, 『문원』의 인쇄와 발행은 모두 대구에서 이루어졌다. 인쇄소는 대구부 동성정 2정목 9번지에 위치한 선일인쇄소(鮮一印刷所, 대표는 李龍煥)이고, 발행소는 대구문원사(大邱文園社)로, 인쇄소와 주소가 같다. 2집에 실린 편집동인이 쓴 「독자에게 드리는 말」은 잡지 『문원』이 지향하는 바를 엿볼 수 있는 글이다.

> 『문원』을 내는 오인(吾人)은 상인이 아닙니다. 과감(果敢)의 말씀이오나 여러분의 뒤를 따리면서 정당한 인간적 생활을 영위하자는 것이 오인의 본의(本義)입니다. 그리고 우리 문화의 계발과 문학의 건설에 다못 얼마라도 기(奇)하고저 하는 것이 『문원』 자체의 포부인 동시에 의무입니다. 그러고 보면

와 경상도에서 부엌을 정지라 부르는 것은 함경도집 정주간의 기능 가운데 조리 장소의 뜻이 강조된 결과이다." 「정주간(鼎廚間)」, 『한국민족문화대백과사전』 20, 한국정신문화연구원, 1991, 35쪽.

38 정희준, 「돌방아」, 『조광』 8권 10호, 1942.10, 119쪽.

말씀 드릴까지도 없이 오인은 너무도 무력하고 『문원』은 또한 빈약합니다. 『문원』과 오인은 최저 계급에서 탄생하였습니다. 탄생했을 뿐이지 이력은 아시다시피 아직 하나도 없습니다. 그러므로 미약하나마 점차 오인은 배워나갈 것이고 『문원』은 충실하여지라고 생각합니다.……잡지면 대개 그러하거니와 『문원』은 편집자가 소관(所管)함이 아니고 성패의 원동력이 대중 제위에게 있느니 만큼 『문원』이 잘되고 못됨은 여러분의 지지 여하에 있을 터입니다.……『문원』에는 광고를 못 실리게 되어 있습니다. 지대(紙代) 외에는 수입이 전혀 없고 인쇄비 또한 예외로 비싸니 유지하기가 무척 어렵습니다. 이상 더 말씀드리지 않어도 여러분은 넉히 짐작하실 줄 믿습니다. 원고(原稿)에 있어서도 그렇습니다. 이름 있다는 분의 글을 빌리기는 어렵다 말할까지도 없습니다. 더욱이나 미지의 오인이 먼 데서 부탁만으로써 원고를 얻어보기는 실로 어렵습니다. 그러나 그분들은 우리 문화의 심장지대에 계시는 이만큼 우리의 몸부림을 전혀 무시하시지는 않으리라고 믿습니다. 어떻게 하더라도 앞으로 내용을 충실히 하겠습니다.[39]

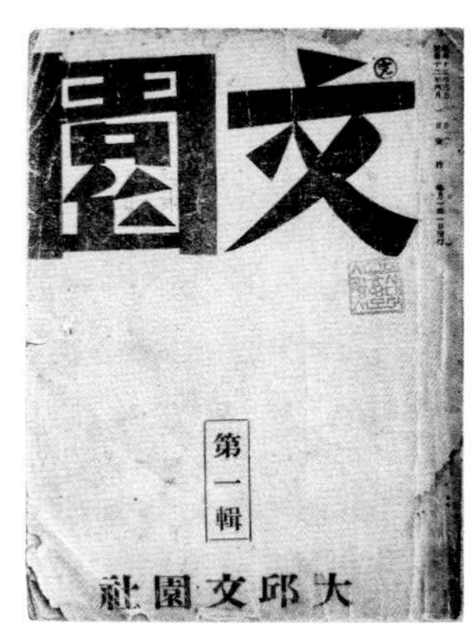

『문원』 제1집

차례에는 이 글 제목이 편집 동인이 「독자에게 드리는 말」로 되어 있으나 본문에는 「독자 제위에게 이 말을 드립니다」로 바뀌어 있다. 편집 동인이란 이름 때문에 『문원』이 동인지로 오인되기 쉬우나, 내용이나 구성을 보면 위의 글에서도 밝히고 있듯이 『문원』은 처음부터 문학잡지로 만들어졌음을 알 수 있다. 『문원』은 '우리 문화의 계발과 문학의 건설'에 목표를 두고 탄생한 대구·경북 지역 문학매체로,

39 편집 동인, 「독자 제위에게 이 말을 드립니다」, 『문원』 2집, 대구문원사, 1937.5, 42~43쪽.

출발부터 독자인 대중의 호응을 상당히 의식하고 있었다. 그럼에도 『문원』이 『동성』과 달리 광고를 전혀 싣고 있지 않은 점은 문제적이다. 잡지 운영상 광고는 수익을 창출하기 위한 주된 수단인데, 이를 포기하였다는 것은 문학잡지로서의 『문원』이 나름 지키고자 했던 원칙이었던 것으로 보인다. 그래서 『문원』 2집에서는 명망 있는 작가들의 원고를 확보하거나 그들과의 대담(對談) 기사를 수록하기도 하였다. 홍효민(洪曉民)이 「『문원』을 내는 S에게」를, 김동환(金東煥)이 「선비의 혼(魂)」을 썼다. 홍효민은 1927년 일본 동경에서 조중곤, 김두용 등과 프로문학 잡지 『제3전선』을 발간한 뒤 귀국하여 1930년대 문단에서 행동주의 문학론과 역사소설가로 활발한 활동을 펼친 문인이다. "미지의 벗이여!"로 시작되어 "순수문학" 잡지를 영위하기를 바라는 것[40]으로 끝나는 홍효민의 글은 편집 겸 발행자인 S, 즉 신삼수와 인연이 없음을 보여준다. 김동환의 글은 『문원』에 보내는 짧은 축사에 가깝다. 『문원』이 "선비의 혼을 잃지 말"고, "상재(商才)에 밝아져서 금전을 탐하여서는 안"[41]된다는 매체 경영상의 방침을 당부하는 내용이다. S.S.S는 「김문집인상소묘(金文輯印象素描)」를 썼는데, 이는 김문집과의 대담 기사이다. 대담자 S.S.S는 잡지의 편집 겸 발행인인 신삼수(申三洙)이다. 신삼수는 『문원』 발간의 어려움, 김문집의 문학 행로, 조선문단의 신인평 등을 김문집과 주고 받았다. 화돈(花豚) 김문집은 평론집 『비평문학』(1938)을 펴낸 바 있는 대구 출신의 비평가이다. 1935년 동경에서 귀국한 김문집은 『문원』 2집이 나올 1937년 5월 무렵, 이미 평단에서 비평가로서의 지위를 획득한 상태였다. 이러한 김문집과의 대담 기사는 신생 지역 잡지인 『문원』의 위상을 높이기 위한 편집 전략상

40 홍효민, 「『문원』을 낸다는 S에게」, 『문원』 2집, 대구문원사, 1937.5, 39쪽.
41 김동환, 「선비의 혼」, 『문원』 2집, 대구문원사, 1937.5, 40쪽.

배치라 할 수 있다.

한편 『문원』 2집에 수록된 백신애(白信愛)의 수필 「초화(草花)」는 축사나 대담 차원의 원고가 아니란 점에서 주목된다. 백신애는 1908년 경북 영천 태생(경북 영천군 영천면 창구동 68번지)으로, 15세까지 가정에서 한문 수학과 독학을 하다가 영천공립보통학교, 대구신명여학교를 거쳐 1923년 대구도립사범학교 강습과를 입학, 1924년 동교(同校)를 졸업하였다. 영천공립보통학교, 경산 자인보통학교 교원을 하였다. 1926년 학교에서 권고 사직을 당하고 상경하여 '경성여자청년동맹', '조선여성동우회' 상임위원 등을 지내고 전국순회 강연 등 여성운동을 하였다. 1927년 영천으로 돌아와 '영천청년동맹' 교양부 위원, 1928년 신간회 영천지회 준비위원, 경북청년도연맹 여자부장 등을 지냈다.[42] 백신애는 1929년 박계화란 필명으로 쓴 단편소설 「나의 어머니」가 <조선일보> 신춘현상문예에 1등 당선되면서 문학활동을 시작하였다. 이후 「꺼래이」(『신여성』, 1934.1, 2), 「적빈」(『개벽』, 1934.11) 등 많은 작품을 발표하여 문단의 주목을 받았다. 그의 작품은 『현대조선여류단편문학선집』(1937)에 소설 「꺼레이」, 수필 「자수(刺繡)」, 「금잠(金簪)」이, 『현대조선문학전집 단편집(중)』(1938)에 소설 「적빈」이, 『여류단편걸작집』(1939)에 소설 「채색교」, 「호도(湖途)」 등이 정전화될 정도로 1937년을 넘어서면서 백신애는 여류소설가로서의 명성을 확고히 하고 있었다.

지역의 신생 잡지 『문원』에 백신애의 수필 「초화」가 수록되었다는 것은 지역적 연고를 바탕으로 한 편집진의 노력이 있었음을 보여준다. 「초화」의 내용은 다음과 같다. 푸른 심산유곡에 고개 숙이고 피어 있는 백합화나 길가

42 백신애의 이력은 『현대조선여류문학선집』(조선일보사출판부, 1937)의 작가소개란 186쪽과 이중기가 엮은 『백신애선집』(현대문학, 2009) 488~494쪽을 참고하였다.

에서 잎사귀 속에 숨으려고 애쓰면서 방긋이 피어 있는 꽃은 온갖 공상(空想)을 다 하는 존재이기에 '나'는 몰두하거나 빠져든 적이 있다. 그러나 사람의 손이 미친, 온갖 기교를 다한 꽃들은 인위적으로 아름답게 길러졌기에 '나'에게 그다지 꽃을 사랑하고 싶지 않은 이유가 된다. 그래서 '나'는 꽃보다도 수목을 더 사랑한다. 녹음방초 우거진 수림(樹林) 속에서, 나무의 정령이 자신이 아니었던가 싶을 때, '나'는 삶의 환희를 느낀다고 고백한다. 이처럼 「초화」는 꽃을 대상으로 한 비교적 짧은 수필이지만 꽃에 대한 자신의 생각을 분명히 드러내고 있는 글이다. 『현대조선여류단편문학선집』에 수필 「자수」와 「금잠(金簪)」이 실릴 정도로 수필은 백신애의 또 다른 글쓰기 영역이었다.

『문원』 1집이나 2집 모두 창작, 시조, 시가, 수필 란을 배치하여 문학작품만을 수록하였다. 또한 1집에는 '문단에 대한 희망'이란 제하(題下)에 문인(김소엽,金小葉)이나 문학지망생, 또는 지역 독자 11인의 문단에 대한 소망 내지 기대를 드러내 보이기도 하였다. 1집의 필진들은 문단의 지명도가 거의 없는 지역의 문인들로 이루어져 있다. 2집은 홍효민, 김동환, 백신애 등 명사들의 원고를 청탁, 수록함으로써 독자들의 흥미와 잡지의 지명도를 높이기 위한 노력을 하였다. 2집의 「사고(社告)」는 『문원』이 앞으로 나아갈 편집 방침을 드러낸 것이다. 3집부터 독자문예란과 독자통신란을 만들고, 독자를 위해 문학 중심의 잡지를 고수하되 기타 영화, 무용계의 소식도 전하고 취미와 실익(實益)의 것을 많이 수록하겠다고 하였다.[43] 『문원』은 1집, 2집 계속하여 필진의 부족을 메우기 위해 원고 모집 광고를 하고,[44] 2집에는 「지사(支社)

43 「사고(社告)」, 『문원』 2집, 대구문원사, 1937.5, 51쪽 참고.

44 원고 모집 광고의 내용은 다음과 같다. "원고 보내라. 평론. 창작(소설·희곡), 시, 수필, 감상문. 이상의 것은 20자 10행 원고지 50매 이상의 것으로 하야 보내라. 환영한다. 그러나 취사(取捨)에 대한 것은 본사에 일임하기 바란다. 이전절수동봉(二錢切手同封)하면 쓸데없는 원고는 반환하겠다. 힘써 창작하야 투고 많이 하기 바란다. 문원사(文園社)" 「원고 보내

모집」 광고까지 하고 있다.[45] 그러나 3집은 나오지 못하였다.

1, 2집에 동시에 글을 쓴 필진은 장편소설 「고혼(苦魂)」을 연재하고 있는 신삼수(申三洙), 중편소설 「중추야경(中秋野景)」을 연재하고 있는 취불산인(聚佛山人), 수필 「M군과 나」(1집)와 소설 「병원행(病院行)」(2집)을 쓴 정명헌(鄭明憲), 시조 「백설(白雪)」(1집), 「희망의 봄」(2집)을 쓴 서광(曙光), 시 「향도(向島)의 밤」, 「아롱진 추억」(1집)과 시 「님」(2집)을 쓴 물망초(勿忘草) 등이다. 이들은 주로 『문원』의 발행인인 신삼수와 가까웠던 대구·경북 지역의 작가로 여겨진다. 2집의 '시가(詩歌)'란에 묶인 작가로는 「달」의 안래홍(雁來紅), 「님」의 물망초(勿忘草), 「어머니여」의 마다리(麻多里)」, 「시골의 가을」의 박유상(朴裕相), 「황혼」의 최병문(崔炳文) 등이다. 이중 「시골의 가을」이란 시를 쓴 박유상(朴裕相)을 통해 이들 작가들의 위상을 짐작해 볼 수 있다. 박유상은 1919년 경북 청도군 금천면 신지리 태생으로, 해방 이후 박훈산(朴薰山)이란 필명으로 번역도 하고 시를 쓴 문인이다. 1941년 니혼(日本)대학 법과를 졸업하였는데, 「시골의 가을」을 『문원』 2집(1937.5)에 발표할 무렵 그는 아직 등단하지 않은 대구·경북 지역의 문학청년이었다. 박유상은 해방 직후 본격적인 문학활동을 시작하였는데, 1946년 <예술신문>에 「길」, <국제신보>에 「노래 다시 부르리」 등을

철야당에서 낸 박훈산 시집

라」, 『문원』 1집, 대구문원사, 1937.4, 27쪽.

45 「지사(支社) 모집」, 대구문원사, 1937.5, 45쪽.

발표하였다. 그는 시집 『날이 갈수록』(철야당, 1958)의 말미에서 "나는 나의 시집 한 권을 내놓아야 할 마땅한 이유가 떳떳하게 서지 않는 터인데, 이번에 외우(畏友) 신삼수(申三洙) 형의 뜨거운 호의로 이루어지게 되"[46]었다는 고백을 하고 있다. 『문원』 시절부터 이어지던 신삼수와의 인연이 그가 경영하는 철야당(哲也堂)에서 시집까지 출판하게 되었다는 것이다. 『문원』에 글을 올린 작가들 대부분이 박유상과 비슷한 경우라 볼 수 있다.

『문원』은 한 개인의 노력에 의해 만들어진 잡지였지만 1930년대 후반 대구·경북 지역의 문인, 또는 문학지망생들의 작품 발표무대가 된 지역문학 매체였다. 신삼수는 『문원』의 편집 겸 발행인이기도 했지만 직접 소설을 쓴 작가이기도 했다. 『문원』에 연재된 신삼수의 장편 「고혼」은 4살 때 고아가 된 '봉대'란 주인공이 자신에게 닥친 불행과 고난에서 벗어나려고 몸부림치는 과정을 그려내고 있다. 그러나 『문원』이 2집으로 종간됨으로써 「고혼」은 미완으로 끝나버렸다.

신삼수는 해방이 되면서 대구지역에서 철야당(哲也堂)를 경영한 출판인으로 변신하였다. 철야당은 서점과 출판사를 겸하였다. 철야당은 해방 직후 대구시 화전동 46번지에 자리잡았는데, 문학서적이나 중등교육 관련 교재류 책을 많이 출간하였다. 문학서적으로는 신삼수 편, 『정선 김립시집』(1946), 윤주영(尹周榮)의 『상형문자』(1948), 전상렬(全尙烈)의 『피리소리』(1950), 박훈산(朴薰山)의 『날이 갈수록』(1958) 등의 시집이 철야당서점에서 나왔다. 1949년에는 자신의 저서 『어데서 와서 어데로 가나』와 테니슨(Alfred, Lord Tennyson)의 장편시 『추억의 노래』를 원문과 평석의 형식으로 발간하기도 하였다.

46 박훈산, 「시집을 엮고 나서」, 『날이 갈수록』, 철야당, 1958, 137쪽.

4. 무영당서점과 학교에서 나온 등사판 책들

문학매체의 유통과 소비의 장소였던 서점, 출판사, 학교 등은 문학 장을 형성하는 또 하나의 토대가 된다. 1920~30년대 대구 지역의 문학공간을 학교 바깥과 학교 안이란 잣대로 매체의 생산 양상을 살펴보기로 하자.

1930년대 서점 겸 출판사였던 오장환의 '남만서점(南蠻書店)'처럼 대구에는 '무영당서점(茂英堂書店)'이 있었다. 오장환의 남만서점은 서점의 이름을 걸치고 있었지만 실제는 출판사의 역할을 더 많이 하고 있었다. 오장환은 남만서점에서 자신의 두 번째 시집 『헌사(獻詞)』(남만서방, 1939), 김광균 시집 『와사등(瓦斯燈)』(남만서점, 1939), 서정주 시집 『화사집』(남만서고, 1941)을 한정판으로 발간한 바 있다. 해방 직후 박인환이 서울 종로에서 마리서사를 운영한 바 있는데, 이는 남만서점을 본뜬 것이라 할 수 있다. 남만서점과 마리서사는 당시의 문인들과 문학청년들의 취향과 열정이 머물던 자리였다.

1920~30년대 대구의 문학청년들과 예술가들이 오가던 장소로 무영당서점을 들어볼 수 있다. 무영당서점은 1923년 대구에서 개성출신 상인 이근무(李根茂)가 세운 서점으로 대구 본정(本町) 2정목(二丁目)에 자리하고 있었다. 무영당서점의 소인(消印)에 도서, 문구의 표기가 있는 것으로 보아 무영당서점은 도서와 문구류를 주로 취급했던 것으로 보인다. 무영당서점을 경영하던 서점문구상(書籍文具商) 이근무는 백화점에 대한 견문과 경영 전략을 익혀, 1937년에는 4층 건물을 신축하는 등 무영당백화점을 대구의 대표적 백화점으로 만들었다. 1920~30년대 무영당

무영당서점의 소인(消印)

서점과 무영당백화점 관련 기사를 찾아보면 다음과 같다. 아래는 무영당서점 주인 이근무와 관련된 제반 기사이다. 먼저 <동아일보> 1926년 1월 23일자와 1931년 1월 1일자에 실린 무영당서점 주인 이근무의 인터뷰 기사를 보도록 하자.

> 등화가친(燈火可親)의 독서기(讀書期)도 발서 반(半)고개를 지나선 그 동안 서점의 서적판매 상황에서 본 대구의 독서열은 엇더한 지 이제 대구 우리 사람 측 대표서점이라 할 만한 무영당(茂英堂) 주인의 말을 들으면 첫째 문예 방면 책들이 가장 많이 나갔는데, 그 중에는 현진건씨 작 『지새는 안개』가 제1위를 점하였으며, 그 다음이 이광수씨 작 『개척자』이고, 『청춘의 광야』, 『금강유기』, 『다각애』, 시집 『아름다운 새벽』 이와 같은 순(順)으로 팔리었다 하며, 문예 방면 책자의 다음으로 많이 나가기는 사상 방면 서적인데, 그 중에는 개벽사 편 『사회주의학설대요(社會主義學說大要)』가 수위(首位)이오, 잡지 방면이 셋째로서 『개벽』, 『조선문단』, 『조선지광』의 순(順)이라는 바이로써 보아 제일 많이 나가는 문예 방면 그 중에도 자릿자릿한 연애소설이 수위를 점하는 데다가 그 사가는 손이 일반 청년과 중등과정학교 학생에 신여성의 상당히 끼인 것이 대부분이라는 데는 그들의 기울니어 있는 심리를 잘 엿볼 수 있는 것이라 한다. 이상은 우리 사람 측 서점에 우리 작품의 그것이어니와 한편 일본인 측 서점에서 일본인 작(作) 서적의 우리 사람이 사가는 상황을 듣건데 별로히 교과서를 제(除)한 외에 그러타 할 만큼 숫자를 나타낼 만한 정도에 이른 것은 못되나 그렇다 하여도 그 중에서 문예 방면의 것이 많은 편이고 사상 방면의 것이 다음이라더라(대구)[47]

> 서점의 창문에서 본 대구의 독서의 경향을 대구 조선인측 대표적 대서점

47 「서점에서 본 대구의 독서열 - 연애소설이 제일이고 그 다음이 사상 방면 책」, <동아일보>, 1926.1.23.

> 인 무영당(茂英堂) 점주의 말을 들으면 수년 전까지 아기자기한 련애(戀愛)소설이 팔리는 것이 수위(首位)를 점령하였었는데 근래에는 단행본으로는『혁명가(革命家)의 안해』,『소설평론집』,『단종애사』, 사회사상의 팜프레트 등이 나래가 돋친 듯 나가며 잡지로는『삼천리』,『군기(群旗)』,『해방』,『별건곤(別乾坤)』,『동광(東光)』등 서적이 대체로 제일 많이 팔린다고 한다. 그리고 여기 한 가지 현저히 주목에 치하는 현상 하나는 여성계의 독서열의 팽창한 것으로 간단이 있는 잡지이나『여성』,『여성시대』등이 거의 책이 도착되는 대로 다 팔려 버리듯 한다하며 더욱 일본잡지로는『개조(改造)』,『중앙공론(中央公論)』,『경제지식(經濟智識)』등이 상당히 많이 팔린다고 한다.[48]

위의 기사에서 두 가지 정보를 알 수 있다. 하나는 이 기사의 애당초 목적인 무영당 서점에서 팔리는 책의 목록을 통해 당시의 독서 경향을 알아볼 수 있다는 것이고, 다른 하나는 이근무의 무영당서점이 대구지역에서 조선인 측을 대표하는 큰 서점이라는 것이다. 1926년 당시 무영당서점에서는 문예방면 책이 많이 나갔고, 다음으로 사상 방면 책이 나갔다. 문예방면 책은 현진건의『지새는 안개』, 이광수의『개척자』, 노자영의『청춘의 광야』, 이광수의『금강산유기』, 이상수의『다각애』, 주요한의『아름다운 새벽』순이었다. 이 중 이상수(李相壽)의『다각애(多角愛)』가 베스트셀러 순위 5위에 올랐다는 것이 특이하다. 지역 출신 작가 현진건의 첫 장편소설인『지새는 안개』가 1위에 오른 것도 그렇지만 이상수의『다각애』가 5위에 오른 것은 오로지 대구 지역과 관련된 작가 내지 내용 때문이라 할 수 있다. 이상수의『다각애』는 '대구 교회의 파란'을 배경으로 남녀 간의 애정 행각을 그린 장편소설이다.[49] 무영

48 「서점에서 본 대구 독서경향 - 몇 해 전까지는 련애소설, 지금은 잡지가 수위(首位)」, <동아일보> 1931.1.1.

49 이상수와『다각애』에 대해서는 박진영,「문학청년으로서 번역가 이상수와 번역의 운명」

당서점이 1931년 1월 1일자 <동아일보>에서도 여전히 "대구 조선인측 대표적 대서점"으로 호명되는 것을 보면 무영당서점의 성장세를 엿볼 수 있다.[50]

점주 이근무가 쓴 '상가일지(商家日誌)'[51] 등을 보면 1933년 무렵 무영당은 이미 백화점으로의 기반을 다지고 있음을 알 수 있다. 무영당백화점은 1937년 9월 15일 건물을 2층과 4층으로 신축, 확장 개업하였는데,[52] <조선일보> 1937년 7월 16일자는 무영당의 신축 낙성(落成)을 미리 기사로 내보내고 있다.

> 대구에 무영당이라면 대구뿐만 아니라 남조선을 둥처놓고 몰으이가 업슬만치 그 존재는 큰 것이다. 금년 개업 15주년을 마지하여 4층 양옥의 위풍당당한 점포를 신축하여 래(來) 8월말에 준공되는 익일(翌日)에는 남조선 유일한 우리 대백화점으로 대구 상계(商界)에 군림할 것이며 동점(同店)이 15년전 설립 당시에는 다만 서적문구상(書籍文具商)으로서 금일의 대백화점에 이른 성공의 배후에는 점주 이근무씨의 눈물겨운 노력과 통제 있는 점원 일동의 봉사에

(『돈암어문학』 24, 돈암어문학회, 2011, 12)에서 한차례 다룬 바 있다.

50 무영당의 성장세에 대해서는 이영희(李永熙)의 「초토행(5)」(<조선일보>, 1929.9.4)에 비교적 잘 나타나 있다. "두 시간 지나 대구역에 내리니 역전에 모여 선 버스 행렬도 볼 만하고 물산진열관(物産陳列館)도 처음 보는 것이었습니다. 경정(京町) 경남여관(慶南旅館)에 자리를 정하니 <조선일보> 대구지국이 바로 앞집이더이다. 친우 이근무(李根茂)씨를 무영당(茂英堂)으로 찾으니 수년 간 막혔던 정회가 일시에 풀려지는 듯하였습니다. H형이여! 자라나는 기쁨이란 자라나는 것이래야만 느끼는 기쁨이 안이오닛가? 직업이야 다를지언정 나아가는 길 우에선 사람은 다 같은 길동무외다. 이제 이 무영당을 보오니 더욱 느껴지는 바외다. 6년 전 무영당에서 내가 『학생계(學生界)』란 잡지를 살 때엔 연필, 공책과 잡지 몇 권 벌려놓은 보잘 것 없는 문방구점이었나이다. 상인 대 고객으로 알게 되면서 인제는 형으로, 아우로 서로 믿어주는 사이가 되었으니 전세(前世)의 숙연(宿緣)이나 있는가 보외다. 지금 이 상점의 은성(殷盛)은 가보시랄 밖에 없이 수장(守壯)하외다. 불과 6주년! 모두 이렇게 된다면 저도 팔을 걷우고 상계(商界)에 뛰어나가고 싶더이다. 점원의 훈련, 고객의 접대 범절-평범하면서도 물샐 틈 없는 주도성(周到性)이 엿보이더이다. 이 상점의 건축과 점내(店內) 진열장 일체가 모두 조선사람의 손으로 되었다는 것도 한 자랑거리요 이야기거리가 되나이다."

51 이근무, 「백화점 비판 기타, 젊은 상가(商家) 일지」, 『삼천리』 5권 10호, 1933.10.

52 「백화점 무영당 15일부터 개업」, <매일신보>, 1937.9 22. 「무영당 백화점 낙성(落成)」, <동아일보>, 1937.11.9 참고.

있었는 것이다. 동점의 유일한 무기는 양품(良品)을 염가로 사입(仕入)하여 고객에 신용 본위로 제공하는 데 있는 터로 그 근대적 시설과 과학적 경영은 대구 상계에 한 자랑거리로 되어 있다고 한다. 그 경영은 명실공히 백화점으로서 양품백화(洋品百貨), 도서문구(圖書文具), 잡지(雜誌), 운동구(運動具), 악기(樂器), 양가구(洋家具), 가정용품, 도자기, 알미늄제품, 식료품, 식당 등이다.[53]

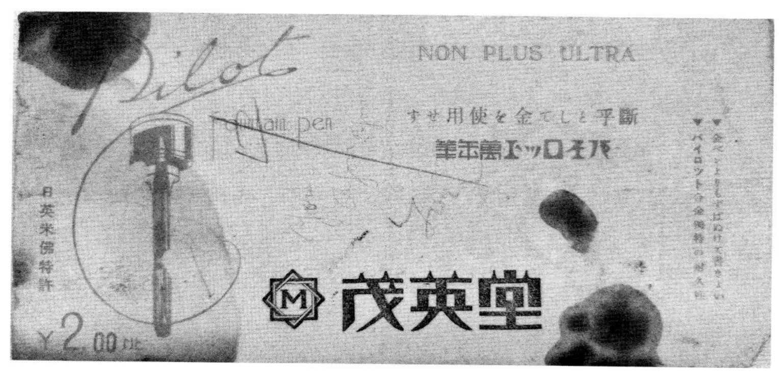

무영당의 필기구 광고

개성사람 이근무의 민족 자본이 투입된 무영당백화점(本町通 소재)은 미나까이 백화점(북성로 소재)이나 이비시야 백화점(동성로 소재)과 경쟁하면서 지역민의 많은 관심을 끌어모았다. 특히 대구의 중심가에 위치한 무영당서점과 무영당백화점은 지역의 지식인이나 문화예술인들이 모여 교유하던 장소로 이름 높았다. 백화점 2층의 전시장은 각종 전시회나 발표회가 열리던 곳이다. 동요곡집 『중중떼떼중』(1931) 출판을 기념해 윤복진, 박태준, 이근무가 무영당에서 함께 찍은 사진이 남아 있어 이를 증빙해 보인다. 무영당서점은 문구

53 「대구 상계(商界)의 자랑인 대백화점무영당(大百貨店茂英堂) 9월 1일에 신축낙성」, <조선일보>, 1937.7.16.

나 서적 판매뿐 아니라 출판을 병행했다. 무영당서점이 출판한 서적으로는 현재 두 권이 확인된다. 『중중때때중』과 『양양범벅궁』 모두 박태준이 윤복진의 동요를 중심으로 작곡한 동요곡집이다.[54] <동아일보>에 소개된 기사를 먼저 보기로 하자.

> 『중중때때중』 윤복진 작요(作謠), 박태준 작곡으로 된 동요곡집의 제1집(전16회, 반주곡 附)이다. 동요시인 김수향(金水鄕) – 윤복진씨의 작품은 본지면을 통하야서도 이미 독자에게 잘 알려진 바어니와 작곡가 박태준씨는 '뜸북뜸북뜸북새논에서울고'와 '오동나무비바람에임뜨는야밤」 등의 작곡자로 독자에 역시 친분 깊은 이다. 이 1권에는 애송할 만한 요(謠)와 곡(曲)이 많다. 동경 해바라기회 편, 대구부 본정통 무영당서점 발행, 진체(振替) 경성(京城) 10824번 정가 郵稅 共 32전(錢)[55]

> 『양양범버궁』 윤복진, 박태준 동요민요작곡집 제2집 동요 양양범버궁, 겨울밤, 송아지, 갈대 외 6편, 민요 아리랑, 우리야 마실 외 3편, 정가 32전(송료 並) 대구부 본정통 무영당서점 발행, 진체(振替) 경성(京城) 10824번[56]

위의 신간소개란은 윤복진, 박태준의 동요작곡집인 『중중때때중』(1931)과 『양양범버궁』(1932)이 대구 무영당서점에서 발행되었음을 보여주고 있다. 그런데 이 기사에서는 두 책의 형태에 대해서는 언급하지 않고 있다. 또한 『양

---

54 윤복진의 두 동요곡집의 존재에 대해서는 류덕제, 「대구지역 아동문학 연구」, 『아동청소년문학연구』 10, 한국아동청소년문학학회, 2012, 146~147쪽 참고.

55 「신간소개」, <동아일보>, 1931.7.11. 윤복진의 동요 「중중때때중」은 1929년 12월 26일 <조선일보>에 처음 발표되었다.

56 「신간소개」, <동아일보>, 1932.3.3. 윤복진의 동요 「양양범버궁」은 경상도 지역의 아이들이 부르는 소리를 동요로 만든 것으로 1931년 12월 25일 <동아일보>에 발표되었다.

양범버궁』으로 소개된 책 제목은 『동광』 32호(1932.4)에는 『양양범벅궁』으로 나온다. 현재 실물이 발견되지 않아 정확한 제목을 고증하기 어렵다. 『동광』 지의 경우 말미에 출판란 또는 독서실란을 두고 당시의 책들을 소개하고 있다. 『동광』 32호 말미의 「독서실」란에 윤복진, 박태준 동요 민요 集曲集(제2집)인 『양양범벅궁』을 양주동의 시집 『조선의 맥박』, 『현제명작곡집』(제1집)과 함께 해제하고 있다. 『동광』지가 구체적인 출판소식을 다루고 있다고 보고 여기서는 제목을 『양양범벅궁』으로 표기하기로 한다. 이들 동요작곡집이 신식 연활자를 사용한 양장본 형태가 아니라 등사판으로 발행되었음을 밝히고 있는 것은 『동광(東光)』지의 출판소식란이다.[57] 『중중떼떼중』의 경우 "악보의 등사판 인쇄가 어찌 그리 선명하게 되었는가"[58]라는 평까지 얻은 것을 보면, 이들 매체는 무영당서점의 주인인 이근무가 친구인 윤복진과 박태준을 위해 정성을 대해 발간한 동요작곡집임을 알 수 있다. 이처럼 무영당서점과 무영당백화점의 이근무는 대구 지역의 작가, 음악가, 화가들에게 교유와 전시의 공간을 제공하고, 매체까지 발간하는 후원자의 역할을 수행하였다.

이근무, 박태준, 윤복진의
『중중떼떼중』 출판기념 사진

한편 학교 바깥이 아닌 학교 안의 문학공간을 채우는 것은 각급 학교에서 발행하는 교지나 문예지라 할 수 있다. 교지나 문예지는 본격적인 문학매체

57 『동광(東光)』 21호(1931.5), 89쪽에는 『중중떼때중』, 『동광(東光)』 32호(1932.4), 133쪽에는 『양양 범벅궁』의 서지사항이 소개되어 있으며, 두 책 모두 등사판으로 발매되었음을 밝히고 있다.

58 「윤복진의 군의 동요」, 『동광(東光)』 21, 동광사, 1931.5, 89쪽.

라 하기는 어렵지만 교지나 문예지에 문학청년들이 모여든다는 점에서 준(準) 문학매체에 해당한다고 할 수 있다. 1930년대에 접어들면서 대구지역의 공·사립학교에서도 교지(校誌)나 문예지가 발행되고 있었고, 학생들의 문예열은 자연스럽게 이곳으로 모여들었다. 이 당시 일제강점기 대구지역의 공사립 학교인 대구고보, 대구사범학교, 계성학교, 신명학교 등에서 교지를 펴내고 있었다. 『교우회지』(대구고보), 『교우회지』(대구사범학교), 『계성』(계성학교), 『신명』(신명학교) 등이 지역에서 발간된 교지였다. 이들 교지들은 학교의 특색을 반영한 다양한 체제를 갖추었는데, 교육과 관련된 근대지식과 학생들의 문예 작품을 싣고 있다는 점에서 주목된다. 이 당시 작품을 발표할 공간이 부족한 상황에서 교지는 문예지와 다를 바 없는 위상을 가지고 있었다고 할 수 있다. 지금과 달리 많은 학생들이 교지에 그들의 글을 발표하였고, 학교 또한 교지 발간에 심혈을 기울였다. 이미 서울 지역에서 나온 『이화』나 『연희』 등이 학생들의 문예 창작에 대한 열망을 자극하거나 수용할 수 있었던 데 반해, 대구의 경우는 공사립의 중등학교에서 펴낸 교지들이 그 역할을 일정 부분 담당하고 있었다고 할 수 있다.

대구고보 『교우회지』 10호

대구사범학교 『교우회지』 3호

대구공립고등보통학교(대구고보)의 『교우회지』 10호(1935.12)를 보면 학생들의 글을 실은 '문원(文苑)'이 교지의 대부분을 차지하고 있다. 특히 10호는 대구고보의 다른 교지와 달리 학생들의 시 9편, 채록된 영남민요 16편이 한글로 표기되어 있다. 1930년대 중반 대구에서 발행된 각급 학교의 교지들은 대부분 일어로 표기되어 있는 데 반해 이 책은 한글로 표기되어 있음이 특이하다. 이는 한글과 일어가 병용되고 있는 이중언어적 상황에서 매체의 균열된 모습을 보여주는 예라고 할 수 있다.

반면 대구사범학교에서 펴낸 『교우회지』 3호(1935)는 대구고보의 『교우회지』 10호와 같은 연도에 나왔지만 전체가 일본어 전용이다. 편집 체재나 그 내용을 보면 군국주의 담론이 상당 부분 배치되어 있다. 목차만 보더라도 조선총독부 시정(施政) 25년에 대한 총독의 유고(諭告), 학무국장 훈화 외에도 일제의 조선정책을 치하하고 일본정신을 강조하는 여러 글들이 실려 있다. 이는 교지를 만드는 주체가 대구사범학교가 식민지 국민을 양성하는 교사배출 기관임을 잘 알고 있었음을 보여준다. 교육의 중요성을 잘 알고 있는 일제는 교지의 언어와 그 구성담론을 통해 식민지 지식인을 훈육하고 관리하고자 했던 것이다. 그런데 교지보다 학생들의 개성과 창작열이 좀 더 집약되어 나타난 것이 문예지였다. 대표적인 것이 대구사범학교에서 발간된 『반딧불』이다.

대구사범학교는 식민지 교육을 담당하는 교사 양성기관이다. 그런데 대구사범학교의 교육 주체나 학생들이 식민지 교육 담론에 편승하여 순응만 한 것은 아니었다. 경성제대 법문학부 출신으로, 국내파 공산주의자이자 민족주의적 성향이 강했던 현준혁(玄俊爀)은 대구사범학교 교유(教諭)로 있으면서 학생들의 항일의식을 고조시켰다. 현준혁은 1932년 적색(赤色) 비밀결사 독서회 사건[59]으로 학생들과 함께 일경(日警)에 검거되기도 했다. 대구사범학교에서 일어난 독서회 사건은 식민지 교육 방침에 균열을 꾀하고자 한 저항운동이라 할 수 있다. 이러한 항일의식은 1939년 왜관 경부선 복선공사에서의 항일학생 사건을 거쳐, 1940년 대구사범학교 학생들의 항일운동 모임으로 이어졌다. '문예부', '연구회', '다혁당(茶革黨)' 등의 모임이 그것이다. 1943년 2월 8일부 '대구사범학교 학생사건'에 대한 대전지방법원의 '예심종결결정서'를 통해 그 전모를 정리하면 다음과 같다.

현준혁의 대구사범학교 영어수업 모습

첫째, '문예부'는 박효준(朴孝濬)이 주동이 되어 1940년 11월 23일 대구 봉산

59 현준혁이 중심이 된 대구사범학교 독서회 사건은 1932년초 <조선일보>, <동아일보>에 '대구사범적색비사(大邱師範赤色祕史)'란 이름으로 연속 보도되었다. 「대구사범 교유(敎諭)가 학생과 공산운동」, <조선일보>, 1932.2.20, 「교유(敎諭)와 학생이 적색문고 회람」, <조선일보>, 1932.2.22, 「적색 교원 중심의 비사거익확대(祕史去益擴大)」, <조선일보>, 1932.3.1, 「대구사범적색비사 교유 이하 9명 송국(送局)」, <조선일보>, 1932.4.1, 「대구사범학교적색비사 작일(昨日)송국(送局)」, <동아일보>, 1932.4.2.

정 127번지의 28 한삼경(韓三慶)의 집에서 비밀결사 '대구사범학교 문예부'를 조직하였다. 표면상으로는 조선문예 연구를 표방하였지만, 그 이면에는 민족의식을 앙양하고 실력을 양성 단결하여, 민족운동을 함으로써 궁극에 가서는 조선을 제국의 기반에서 이탈 독립하는 것을 목적으로 하였다. 대구사범학교 문예부는 기관지『학생』을 발간하였다.『학생』은 23부를 인쇄, 제본하여 약 12부를 이주호(李柱鎬) 외 십수명에 대하여 각 1부씩 배부, 반포하여 열람케 하였다.

둘째, '연구회'는 임병찬(林炳讚)이 주동이 되어 1941년 1월 23일 오후 8시경, 대구부 동운정 350번지 이무영(李茂榮)의 집에서 '연구회'를 조직하였다. 조선의 독립에 대비하여 각자 뜻을 둔 학술을 전심 연구하고, 실력을 길러서 그 방면의 최고 권위자가 되어, 조선의 독립을 위해 매진 협력하는 데 그 목적을 두었다. 표면적으로는 학술연구를 표방하였지만 이면에서는 민족의식을 앙양하고 실력을 양성, 조선이 독립하는 데 도움을 주자는 것이었다.

셋째, '다혁당(茶革黨)'이란 비밀 결사는 권쾌복(權快福)이 주동이 되어 1941년 2월 15일 오후 7시경 대구부 봉산정 242번지 이용남(李容男) 집에서 조선인의 자각(自覺)하에 일치 단결하여 민족의식을 앙양하고, 문예·미술·운동 등 각 부문에 대한 실력을 양성하여 조선으로 하여금 제국의 기반으로부터 이탈 독립할 것을 목적으로 조직되었다. '다혁당' 전신으로 백의단(白衣團)이 1939년 8월 왜관에서 이미 결성된 바 있다.[60]

1940년 대구사범학교에서 학생들이 만든 매체는『반딧불』과『학생』이다.『반딧불』은 표지에 '경진년(庚辰年) 정월(正月)', 즉 1940년 1월이란 표기가 있

60 「대구사범학교학생사건 예심종결결정서」, 대전지방법원, 1943.2.8,『대구사범학생독립운동』, 대구사범학생독립운동동지회, 1997, 156~183쪽 참고.

는 것으로 보아, 1940년 11월 23일 결성된 '문예부'의 작품집은 아닌 것으로 판단된다. 다만 문학에 뜻을 두고 『반딧불』의 원고 수집이나 인쇄, 제본 등에 가담했던 학생들이 나중 '문예부'에 가담했을 가능성은 있다. 『반딧불』은 필사 등사본으로 권두사(卷頭辭) 뒤에 춘원 이광수의 「반딧불」과 정지용의 「해협 오전 2시」를 수록하고 있다. 춘원의 「반딧불」은 『삼인시가집』(삼천리사, 1929)에서, 정지용의 「해협 오전 2시」는 『정지용시집』(시문학사, 1935)에서 가져왔다. 『정지용시집』에서는 이 시의 제목이 원래 「해협」인데, 『반딧불』에서는 「해협 오전 2시」로 고쳐져 있다.[61] 당대의 가장 명망 있는 작가인 이광수와 정지용의 작품을 맨 앞쪽에 배치한 것은 나름 이 작품집이 가져야 할 무게를 제시해 보인 것이라 할 수 있다. 기성 문인으로는 이들 외에 뒤쪽으로 가면 정열모(鄭烈謨)의 시나 『조선문학독본』에서 가져온 엄흥섭(嚴興燮)의 수필 「진달래」가 수록되어 있다. 그러나 대부분은 1939, 1940년경 대구사범학교 학생들이 직접 쓴 창작물로 이루어져 있다. 『반딧불』은 문예 습작집에 가깝지만 학생들이 쓴 시, 시조, 수필 등을 다양하게 싣고 있다. 몇몇 작품은 적절한 비유와 상징을 통해 일제의 식민정책에 대한 항거를 드러내거나 피폐한 농촌이나 현실에 대한 감정을 노래하고 있다. 제목인 '반딧불'은 상징으로, 암흑기로 접어들고 있는 1940년경 사범학교 학생들이

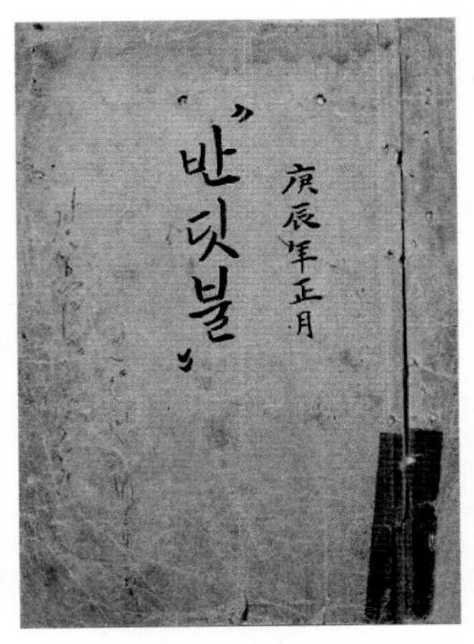

대구사범학교 문예지, 『반딧불』

61 임화 편, 『현대조선시인선집』(학예사, 1939.1)에서는 『반딧불』과 같이 '『정지용시집』에서'란 부기(付記)를 달고 제목이 「해협 오전 2시」로 되어 있다. 이는 1940년 1월에 만들어진 『반딧불』이 『정지용시집』이 아닌 『현대조선시인선집』에서 가려뽑았을 가능성을 보여준다.

나아가고자 했던 방향성을 드러내 보인 것이라 할 수 있다.

『학생』은 '문예부'의 기관지인데, 『학생』 1호의 발간 상황은 다음과 같다.

> 류홍수, 문홍의, 이동우는 다같이 가), 대구사범학교 문예부라는 비밀 결사를 조직하고…… 나), 위 결사 목적 수행을 위하여 1) 동년 11월 30일 경부터 1941년 6월 하순까지 전후 약 15회에 걸쳐서……". 그리고 『학생』 발간에 대하여서는, "류홍수, 문홍의, 이동우, 김근배와 공모하여 당해 관청의 허가도 없이 반포할 목적으로 1941년 3월 발췌 편찬하여 대구시 남산정 681번지의 12 이원장(李源長) 집에서 아무런 교분이 없는 이원장 소유의 등사판을 사용하여 위 결사의 기관지로서 『학생』이라 제(題)하고……, 그 내용이 민족의식을 앙양함으로써 안녕과 질서를 방해하는 취지의 글을 게재한 문서 23부를 인쇄 제본하여, 약 12부를 동 시내의 사범학교 생도 중 민족의식을 가지고 있는 피고인 이주호 외 십 수 명에 대하여 각 1부씩 배포하여 열람케 하고……[62]

『학생』 1호는 등사본으로 23부가 발매되어, 시내의 사범학생 생도들에게 12부만 배부되었음을 알 수 있다. 매체 발간의 중심인물이었던 류홍수의 회고[63]에 의하면 며칠 동안 밤을 새워 수집된 원고를 정리하고, 등사 원지에 철필로 글씨를 썼다. 등사 이후 순수 제본까지 하였으며, 표지는 9기생 김기종이 그렸다고 한다. 『학생』 2호는 발간 준비 도중 류홍수가 일경에 체포되면서 지금은 『학생』 1호도 남아 있지 않다.

---

62 「대구사범학교학생사건 예심종결결정서」, 대전지방법원, 1943.2.8, 류홍수, 「문예부의 조직과 활동」, 『대구사범학생독립운동』, 대구사범학생독립운동동지회, 1997, 82쪽 재인용.

63 류홍수, 「문예부의 조직과 활동」, 『대구사범학생독립운동』, 대구사범학생독립운동동지회, 1997, 81~83쪽.

한편 매체에 사용된 언어는 매체의 성격을 결정짓는 데 중요한 역할을 한다. 식민당국의 언어인 일어는 주로 식민지 시책을 홍보하려는 관 주도의 출판매체에 적극 반영되었다. 대구지역에서 출판된 식민당국의 대표적인 출판매체로 『대구일반(大邱一斑)』(옥촌서점, 1911), 『남선요람(南鮮要覽)』(대구신문사, 1912), 『대구민단사(大邱民團史)』(대구부 편, 1915), 『대구물어(大邱物語)』(조선민보사, 1931), 『경북산업지(慶北産業誌)』(조선민보사 편집국, 1934), 『대구독본(大邱讀本)』(대구부교육회, 1937), 『대구부사(大邱府史)』(대구부 편, 1943) 등이 있다. 이들 책자들은 일본의 치적을 소개하는 대구지역의 식민정책 홍보 책자에 가깝다. 이들은 상세한 여러 통계와 자료를 제시하면서 대구·경북 지역의 정치, 경제, 사회, 문화 제 분야를 개관하고 있다. 조선경상북도과물동업조합(朝鮮慶尙北道果物同業組合)의 『大邱リソゴ 硏究』 같은 홍보용 잡지도 일어(日語)로 지속적으로 발간되고 있었음이 눈에 띈다. 이들은 상세한 여러 통계와 자료를 제시하면서 대구·경북 지역의 정치, 경제, 사회, 문화 제 분야를 개관하고 있다. 그러나 대부분의 책들은 식민당국의 치적을 홍보하는 관찬 책자의 성격을 띠고 있어 대구의 근대문학 공간 형성에 큰 역할을 하지는 못하였다.

5. 맺음말

대구·경북의 근대문학 공간은 학교, 출판사, 잡지, 동인지 같은 매체를 바탕으로 형성되었다. 특히 매체는 지역문학의 내용을 담고 있는 그릇이기 때문에 후대의 연구자들이 지역문학의 양상과 의미를 따질 때 매우 유용한 자료가 된다.

1920~1930년대 대구·경북 지역의 주요 문학매체는 『여명(黎明)』, 『동성(東聲)』,

『문원(文園)』이다. 이중 『동성』과 『문원』은 지역문학 차원에서도 제대로 다루어진 적이 없다. 본 장에서는 1917년 『거화』 이후 식민지 시기 대구·경북 지역에서 발간된 『여명』, 『동성』, 『문원』의 매체적 특징을 점검해 보고자 하였다. 그 결과 이들 매체의 편집전략이나 수록 작가의 위상, 작품의 지역문학적 의미 등을 다루었다.

『여명』은 일제의 검열를 회피하기 위한 전략을 다양하게 구사하는 한편, 수록 작가의 층위나 폭을 상당 부분 넓혔다. 해외, 국내, 지역을 망라한 작가는 물론, 중앙의 명망 있는 작가와 지역 출신의 제 지식인, 학생들의 글까지 대폭 수용하였다. 내용도 나도향, 김명순, 김안서, 이상화, 이장희 등의 작품부터 사회주의, 무정부주의 관련 작품까지 싣고 있어 중앙의 다른 어떤 문학매체에 비하더라도 손색이 없다. 현진건의 「향토문학을 일으키자」는 근대 초기의 지역문학론이며, 『여명』의 발행 주체인 김승묵이 쓴 수필 「여로수감」은 현진건의 소설 「고향」의 선행 텍스트라는 점에서 그 의미를 지닌다고 할 수 있다.

『동성』은 창간호 표지 장정의 타종(打鐘)과 닭울음을 통해 새로 시작하는 지역 문학청년들의 의지를 표상화시켰다. 또한 『동성』에 수록된 상당량의 광고는 『동성』이 지역민의 후원과 기대 속에 탄생되었음을 보여주고 있다. 『동성』은 대구·경북 지역 본사 및 지사 사원이 주요 필진이란 점에서 『여명』과 달리 지역의 인사와 문인들 중심의 문학매체임을 알 수 있다. 이중 시나리오 「하늘을 뚫는 자여」를 쓴 대구 출신의 이규환과 시 「월광」을 쓴 영천 출신의 정희준이 문학적 이력 측면에서 주목된다. 반면 『문원』은 『동성』과 달리 어떠한 광고도 싣지 않을 만큼 순수 문학 잡지를 고수하고 있었다. 독자인 대중의 호응을 의식하면서 문학 중심의 창작, 시조, 시가, 수필 같은 글들을 『문원』에 담았다. 장편소설 「고혼(苦魂)」을 발표하기도 했던 발행인 신삼수는 신생 지역 잡지인 『문원』의 위상을 높이기 위해 1집과 달리 2집에서 홍효민과 김동환의 축사, 백신애의 수필 「초화(草花)」, 김문집과의 대담까지 배치하는 한편, 독자 중심의 편집방침을 예고하기도 했다. 그러나 2집으로 종간되는 바람에 그 뜻을 이루지는 못했다.

한편 『여명』, 『동성』, 『문원』 같은 인쇄매체 외에 지역의 서점이나 학교 등에서 나온 준(準) 인쇄매체도 지역의 문학 장(場) 확대에 기여했다. 이근무(李根茂)의 무영당(茂英堂) 서점과 대구사범학교에서 나온 등사본 매체들이 그것이다. 학교에서 발간된 문예지의 창작란은 문학청년들의 글쓰기 욕망을 드러내는 장소라 할 수 있다. 대구사범학교의 『반딧불』이나 『학생』은 일제(日帝)의 검열과 감시 속에 탄생한 저항적 매체였다. 무영당서점/무영당백화점의 대표 이근무는 지역 문인이나 예술가들을 위한 후원자(patron)의 역할을 수행하였다. 무영당서점에서 생산된 등사본 문학매체는 지역 문화예술인들 간의 출판을 통한 교유의 장을 만들어 준 의의가 있다고 하겠다.

제4부
해방의 기쁨과 흥기하는 매체들

| 제1장 |

해방 직후 지역 출판계의 동향과 문학매체

1. 해방 직후 지역 출판계의 동향

> 해방 후에 우리 한국의 출판계는 다른 어느 부면보다도 가장 활발하게 움직이었고 또한 그 업적도 찬란한 바 있다고 할 수 있다. 오랫동안 일정의 압박 아래서 언론출판의 자유를 누리지 못하여 우리의 문화를 살릴 길이 없던 비참한 환경에서 자유 해방을 얻자 가장 씩씩하게 신문화 건설의 발걸음을 나아가게 되어 소속 신문 잡지가 발행되고 출판사가 우후죽순같이 생겨 각종 도서가 출판되었다. 해방 4년 동안의 정치, 경제, 문화 등 각 방면의 업적을 돌아보면 문화 방면에서도 출판계가 가장 뚜렷한 활약 면을 보여주었고 그 공적도 다대하다고 할 수 있다. 용지난, 인쇄난 등 여러 가지 난관으로 더불어 고투를 거듭하여 왔지마는 4년 동안에 해마다 천 종의 도서를 수백만 부씩 출판하였다.[1]

위의 글에서 보는 바와 같이 해방이 되면서 출판계는 다른 어느 부문보다도 활기를 띠었다. 해방이 가져온 언론·출판의 자유는 해방의 열기 속에 급

1 김창집, 「출판계의 4년」, 『출판문화 7호 — 출판대감』, 출판문화협회, 1949, 4쪽.

속도로 증폭되면서 수많은 출판물을 생산하게 만드는 계기가 되었다. 새나라에 거는 기대와 새로운 지식을 배우고자 하는 욕구는 해방 직후 출판시장의 흥기(興起)를 가져왔다. 해방이 되자 우리말과 우리 역사를 배우기에 적합한 교재는 물론이고 여러 계몽서적, 정치 팜플렛, 문학작품집 등이 한꺼번에 쏟아져 나왔다. 해방 이전에는 일제(日帝)가 신문지법(1907)이나 출판법(1909) 등을 통해 식민지 미디어를 관리하고 억압하였다. 해방 초기 신문지법과 출판법이 사라짐으로써 지속된 언론·출판의 자유는 해방의 열기 속에 급속도로 증폭되면서 수많은 출판물을 생산하게 만드는 계기가 되었다.

□ **해방기 대구지역 신문**

신문	발행인	주소	비고
영남일보사	한광열	대구부 남일동 138	일간
대구공보	오재동	대구부 동성로 1가 34	〃
민중일보	민영근	대구부 서문로 1가 47	〃
대구시보	장인환	대구부 동인동 297	〃
남선경제신문	이경용	대구부 태평로 1가 8	〃
대구합동신문	이우백	대구부 향촌동 3	〃
대중신보	장시환	대구부 향촌동 7	주간
산업시보	김경호	대구부 인교동 177	〃
문화신문	김근수	대구부 동성로 3가 162	〃
대구신문	최영배	대구부 대안동 80	〃
중년신문	김성룡	대구부 동성로 1가 34	〃

□ **해방기 대구지역 잡지**

잡지	발행인	주소	비고
『새싹』	최해태	대구부 남산동 178	월간
『죽순』	이윤수	대구부 서문로 2가 32	〃
『협동전선』	조우동	대구부 남일동 115	〃

잡지	발행인	주소	비고
『무궁화』	이광우	대구부 동인동 241	〃
『아동』	김상신	대구부 대봉동 139	〃
『아동회그림책』	김상신	대구부 대봉동 139	〃
『건국공론』	정태영 조상원	대구부 남용동정 13	〃

위의 표는 1949년 1월 8일 당시 대구지역에서 나오고 있던 정기간행물 일람표[2]를 바탕으로 필자가 다시 신문과 잡지로 나누어 보완·정리한 것이다. 1949년이면 해방이 된 지 4년이 지난 시기로, 1948년 남북 정권의 수립으로 분단이 고착되어 가던 시기이다. 해방의 열기가 가라앉은 1949년에도 신문 11종, 잡지 7종이 간행되고 있었다는 사실은 대구·경북 지역이 출판의 소외지대가 아니었음을 말해 준다. 그러나 이러한 자료는 서울에서 나온 『출판문화 7호 -출판대감』에서 가져온 것이라 대구·경북 지역의 출판상황을 신문, 잡지 중심으로 비교적 소략하게 다루고 있다. 대구·경북 지역의 출판상황을 비교적 소상하게 전하고 있는 것은 1946년 12월 20일 대구 영남일보사에서 나온 『1946년판 경북총감』이다.

> 8·15의 해방과 함께 가장 활발하여진 것은 출판계라 하겠다. 그렇다. 일문(日文)에서 국문(國文)으로의 백팔십도의 전환으로 인해 국문 활자 등의 불비로 「팜프레트」 기타의 푸린트물이 다수 출현하였다. 그것이 출판계의 미비제점(未備諸點)이 정비되여 종래 일인(日人) 경영이던 대구일일신문이 국문으로 출간하게 되고 따라 다수 신문잡지 등이 속속 출현된 것이다. 이에 따라 교과서의 부족으로 임시용(臨時用)의 교과서류의 출판물도 상당량이 발간되

2 「현행정기간행물 일람표」, 『출판문화7호 — 출판대감』, 조선출판문화협회, 1949, 77쪽.

> 었다. 이리하야 오랫동안 일제하(日帝下)에서 언론·출판의 자유가 없던 우리 민족인 만큼 출판계는 일시 혼란한 상태이였다. 그것이 드디어 용지 부족으로, 또는 경영난으로 점차 출판물은 감소의 일로(一路)를 밟고 있던 중 1946년 5월 29일부로 군정청 법령 제88호가 발령되었다. 즉 신문 기타 정기간행물에 허가제가 실시된 것이다. 이로 인하야 신규의 정기간행물은 불능(不能)한 상태에 이르렀다. 그리고 기간(旣刊)의 정기간행물도 용지난으로 경영난으로 자진 폐업하는 업자도 속출되고 있는 현상(現狀)이다. 도내 현재 발행 중의 신문은 일간 7종, 주간 5, 잡지 월간 18, 기타 36의 출판물을 헤일 수 있다.[3]

이 글의 마지막에 제시된 출판물 수는 이 책이 출간될 당시 발행 중인 것만을 대상으로 한 것이다. 해방 직후에 이미 발행되었던 출판물은 제외되었기에 아래의 수와 부합하지 않을 수 있다. 아래에 제시된 「경상북도내발행신문잡지일람표」는 『1946년판 경북총감』이 나오기 전까지 발행되었거나 발행되고 있는 신문, 잡지, 일반출판물(교과서류, 역사류, 문예류, 기타)을 수합한 것이다. 1946년 5월 29일 공포된 미군정 법령에 의해 출판 통제가 이루어지고 있음에도 대구·경북 지역은 아직까지 출판의 열기가 식지 않고 있음을 보여준다.

○ 신문(창간년월일, 발행시기, 대표자)

대구시보(1945.10.11, 일간, 장인환), 영남일보(1945.10.11, 일간, 김영보), 민성일보(1945.10.15, 일간, 이목), 남선경제(1946.3.1, 일간, 우병진), 경북신문(1946.4.15, 일간, 노기), 상주일보(1946.4.16, 일간, 홍재희), 남선민보(1946, 일간), 부녀일보(1946.3.17, 주2회, 구자권), 민론(1946.4.1, 격일간, 정태영), 영남경제(1946, 주간, 영남일보사), 대구신문(1946.3.20, 주간, 최영호), 남선상

---

3 『1946년판 경북총감(해방1주년판)』, 영남일보사, 1946.12, 81쪽.

공주보(1946.3.5, 주간, 원상철), 산업시보(1946.5.1, 주보, 김종원), 대구푸레쓰(1945.2.3,4, 주간, 강명영), 노동자신문(1945.12.20, 순간, 도필영), 대중신문(1946.4.20, 주간, 장시한), 시사신보(1946.6.10, 주간, 김문운)

○ 잡지(창간년월일, 대표자)

『어린이』(1946.2.26, 양순종), 『신문화』(1946.2.20, 최재영), 『탁마』(1946.1.10, 김치규), 『영남교육』(1946.1.10, 영남일보사), 『영남경제』(1946.1.10, 영남일보사), 『계림』(1945.2.20, 이석락), 『새싹』(1946.2.10, 최해태), 『무궁화』(1945.2.15, 이광우), 『세계유-모아선집』(1946.3.5, 이영길), 『도서월보』(1946.3.16, 김익달), 『건국공론』(1945.12.24, 정태영), 『동해사』(1946.4.10, 박정해), 『기독농민회보』(1946.3.2, 박재석), 『영남스포-쓰』(1946.4.10, 김성곤), 『아동』(1946.4.1, 이영식), 『죽순』(1946.5.20, 이윤수), 『민고』(1946.5.1, 최준), 『아동그림책』(1946.5.25, 이영식), 『협동전선』(1946.5, 경북금조협의회), 『횃불』(1946.6.28, 김일식), 『웅변』(1946.7.9, 이학돈)

○ 일반출판물

▷교과서류(출판일, 저자)

『영문현대남녀서간문』(1946.4.7, 이영길), 『산수의 분수』(1946.4.1, 김의건), 『초등국어참고서』(1946.4.20, 서해룡), 『중등작문학습서』(1946.4.20, 김익달), 『수학강의』No.1(1946.5.1, 김익달), 『초등상식』(1946.5.2, 김상문), 『한글맞춤법해설』(1946.5.10, 김종호), 『각중등교산수수험준비서』(1946.5.5, 김익달), 『산수문제집』(1946.5, 최우균), 『국어셈본실력문제집』(1946.5.21, 김상문), 『학습용수험용 물리참고서』(1946.6.1, 배성도), 『초등국어시험문제집』(1946.5.24, 오병기), 『중등지리』(1946.6.1, 김익달), 『상식문답집』(1946.7.18, 김상문)

▷역사류(출판일, 저자)

『한국통사』(1946.2.27, 박노경), 『조선오천년흥망사』(1946.6.10, 권기환), 『조선사약도』(1946.6.25, 이효학)

▷문예류(출판일, 저자)

『정선김립시집』(1946.5.21, 신삼수), 『시조백선』(1946.5.20, 김익달), 『조선고전가사집』(1946.6.1, 박인수), 『박영종동시집』(1946.6.15, 박영종), 『역대조선문학선』(1946.7.13, 평화도서사)

▷기타(출판일, 저자)

『도시현황안내도』(외7종, 1946.2.13, 남선사업사), 『걸작유행가요집』(1,2부)(1946.3.5, 김익달), 『소연방헌법』(1946.4.5, 대동서원), 『대구부안내도』(1946.4.20, 서해), 『조선자동차취체규칙법』(1946.6.4, 배성도), 『유행가걸작집』(1946.6.4, 배성도), 『건설』(1946.6.16, 이승진)[4]

위의 자료를 분석해 보면, 1945~1946년 당시 대구·경북 지역에서는 신문 17종, 잡지 21종, 교과서류 14종, 역사류 3종, 문예류 5종, 기타 7종 등이 발행되고 있었음을 알 수 있다. 물론 통계에 잡히지 않은 책이나 등사판 매체까지 더하면 이보다 훨씬 많은 출판물이 유통되었을 것으로 판단된다. 언론·출판의 자유 덕분에 해방 초기에는 신문이나 잡지가 많이 발행되었다. 지역의 출판 시장 동향을 살펴보면, 해방기는 어느 때보다 국어와 국사에 대한 관심이 높았던 시기였다. 지역의 출판계는 이러한 독자의 여망에 부합되는 출판물을 많이 발행하고 있었다.

한편 해방 직후부터 학원사의 김익달, 동아출판사의 김상문, 철야당의 신삼수, 현암사의 조상원, 계몽사의 김원대 등이 지역 출판시장에서 출판인으

---

4 『1946년판 경북총감(해방1주년판)』, 영남일보사, 1946.12, 81~87쪽.

로서 첫 출발을 하고 있는 것이 눈에 띈다. 학원사의 김익달은 삽화가 들어간 가사집 『걸작유행가요집』 1부, 2부를 내어 성공을 거두었다. 또한 낙동서관이란 출판사를 통해 『시조백선』, 『조선고전가사집』(박인수), 『중등지리』, 『중등작문학습서』, 『각 중등교 산수수험준비서』, 잡지 『도서월보』 등을 발간하였다. 동아출판사의 김상문은 『초등상식』, 『국어셈본실력문제집』, 『상식문답집』 등을 발행했으며, 현암사의 조상원은 월간지 『건국공론』, 격일간지 『민론』지를 주재하였다. 김원대 또한 계몽사서점이란 출판사를 차려 이설주의 시집 『방랑기』를 간행하였다. 1937년 『문원』을 펴내며, 소설을 쓰기도 했던 신삼수는 『정선김립시집』(철야당)을 발간하면서 출판사업에 뛰어들었다.

2. 종합지, 동인지, 그리고 『아동』, 『새싹』

해방기 대구지역에서 나온 종합지로 『무궁화』와 『건국공론』이 있다. 『무궁화』와 『건국공론』은 해방기 대구지역 문화공간의 형성을 주도한 대표적 종합지이다. 이들은 해방 4년 동안 대구·경북 지역의 사회, 문화적 욕구를 대변하고 있었다.

『무궁화』는 1945년 12월 15일 계림서관에서 펴낸 종합 잡지이다. 발행인은 이광우이며, 대구·경북 지역의 인사들이 주요 필진으로 가담하였다. 이 잡지는 김승묵이 펴낸 1920년대의 『여명』처럼 전국

『무궁화』 창간호

적인 필진을 확보하지는 못하였는데, 그 이유는 달라진 출판 환경의 변화에 있었다. 해방이 되자 우후죽순처럼 생겨난 출판사는 대부분 서울에 몰려 있었기 때문에 전국적으로 명망이 있는 필진을 확보하는 것은 쉽지 않았다. 그래서 자연스레 지역의 각계 각층에서 활약하고 있는 지식인들이 주요 필진으로 참가하게 되었다. 종합지를 지속적으로 내기 위해서는 금전적 문제도 문제려니와 필진의 확보가 무엇보다 중요하였다. 『무궁화』가 필진을 확보하는 방법은 주로 투고를 통한 원고모집이었다. 그래서 주로 독자투고란 형식을 활용하였다. "평론, 수필, 창작소설, 시, 체험기록, 비사이사(秘史裏史) 소개, 공분(公憤), 소화(笑話), 담화(談話), 기록보고, 만화, 미술 등 자수(字數) 불구하고 대환영합니다"[5]란 「'무궁화' 투고 안내」의 광고 문구에서 보듯이 『무궁화』는 문예면을 주로 투고 원고로 채우려고 했다. 창간호의 문예면은 '시단' 8편, '고시(古詩)' 3편, 소설 1편으로 이루어져 있는데, '시단'의 경우 작품 제목과 필진(「무제」 — 토병, 「조국에 바침」 — 이문기, 「황혼」 — 김영준, 「광란의 가로에서」 — 서영수, 「가을」 — 장병달, 「빗을 그리던 사람」 — 신현덕, 「무궁화 다시 피다」 — 이종칠, 「심사가 필 때는」 — 이문기)을 보면 시인으로 명망을 갖춘 사람이 거의 없다. 『무궁화』는 철저하게 대구지역의 필진으로 만들어진 지역 종합잡지였다. 출판사의 이름도 계림서관, 잡지의 표제도 무궁화라 한 것을 보면 발행인 이광우가 민족적 의식을 가진 인물임에는 틀림없다. 1945년 12월 창간된 『무궁화』는 아단문고의 장서목록에 의하면 1949년 2월호의 존재[6]까지 확인된다.

『건국공론』은 1945년 12월 25일 창간호(처음 발행인 명의는 정태영)를 시작으로 1949년 11월까지 통권 28호를 발간하였다. 『건국공론』의 실제 편집 겸 발행인은 나중 현암사를 세운 조상원이다. 그는 창간호가 곧 종간호가 되고,

---

5 『무궁화』 창간호, 계림서관, 1945.12, 108쪽.

6 강태영, 『아단문고장서목록(1)』, 아단문화기획실, 1995, 189쪽.

아니면 2호, 3호로 폐간되던 그러한 시대에 4년 동안이나 『건국공론』을 지속적으로 펴냈다. 창간호에 실린 「창간사」는 다음과 같다.

> 독립은 건설을 전제로 한다. 건설의 요소는 통일이다. 그러므로 인류의 역사가 바뀌는 것도 엄숙한 통일의 피에서요, 이 피를 움직이는 것은 곧 이념적 척도일 것이다. 독립과 통일은 동일의(同一義)이다. 그런데 우리는 이 통일의 척도가 낮다. 오늘날 우리가 연합군에 탐닉하고 일인을 배격할 필요는 이상 더 있다 하더라도 주관적 자사(恣思) 밑에서 조선이란 본질을 잊어서는 안될 것이다. 조선은 어디까지든지 조선 그대로 엄연해야 한다. 위정자는 모두가 영웅주의를 버려야 하고 대중은 대중의 갈 바를 알아야 한다. 그러나 목하(目下) 조선의 현상은 오히려 수많은 충렬사(忠烈士)의 피를 더럽힐 우려가 불무(不無)하다. 모든 것이 통일적 민도(民度)의 문제라고 생각할 때 우리는 절실히 지도적 언론의 필요를 느끼지 않을 수 없는 것이다. 본지의 사명도 실로 여기에 있는 것이다. 정치, 경제, 문화를 막론하고 이 중대한 사명 밑에 실증적 종합의 길을 걸으려는 것이 본지의 신념이다. 이에 우리는 과거 36년 동안 막혔던 언론의 자유를 얻었다. 이 땅에는 반드시 무류(無類)의 천재가 있고 거화적(炬火的) 지도자가 있으리라는 것도 우리는 확신한다. 이 모두가 열렬한 흉금을 털고 의(義)와 성(誠)과 정(精)으로 싸운 천도(天道) 그대로의 소리를 외친다면 무엇이든지 다 민족의 피를 끄을 위대한 힘을 가질 것이다. 우리는 그 종이 되려 한다. 우리는 그 북(鼓)이 되려 한다. 민족의 손에 두드리고 민족의 피를 모을 종과 북이 되려 한다.[7]

『건국공론』은 해방 직후 '지도적 언론의 필요'에 부응하여 만들어진 종합지이다. 「창간사」에는 정치, 경제, 문화 등 제 분야에서 해방조선의 선도적

7 『건국공론』 창간호, 1945.12, 조상원, 『책과 30년』, 현암사, 1974, 37~38쪽 재인용.

『건국공론』 창간호

역할을 수행하고자 하는 열기가 가득하다. 다시 말하면 『건국공론』은 민족을 각성시키고 해방조선에서 독립조선으로 나아가기 위한 나름대로의 방책 제시란 목표를 가진 매체라고 할 수 있다. "「세계사의 동향과 조선의 진로」 — 고계(孤溪), 「신조선 건설의 경제단계」 — 공원상(孔元相), 「조선 문화 연혁의 사고(私考)」 — 조규철(曺圭喆), 「조선신문화 정책에 대한 제의」 — 화랑(花郞), 시: 「내 고향」 — 최영하(崔泳夏), 「그날의 이청산(李靑山)」 — 김효명(金曉鳴), 소설: 「눈」 — 최영화(崔泳夏)"[8]란 목차만 보더라도 『건국공론』이 지역에 국한된 잡지를 지향하지 않았음을 알 수 있다. 건국 도정에 있는 조선이 나아갈 방향을 제시하고자 했던 『건국공론』은 '용지난, 판매망의 애로'[9] 속에서도 대구지역 출판을 흥기시키는 모태로 작용하였다. 타블로이드 2면짜리 신문 『민론(民論)』(1946년 4월, 발행인 정태영, 편집인 조상원)도 『건국공론』의 자매지였다고 할 수 있다. 신문 『민론』은 1946년 4월 2일 창간되어 1946년 6월 18일까지 14호가 발행되었는데, 호수를 보면 당시 인쇄 사정에 의한 결간(缺刊)이 많았음을 확인할 수 있다. 『민론』에 실린 다음과 같은 도표[10]는 대구 시내 서점의 서책 매출을 백분율로 나타낸 것으로, 해방 직후 대구지역 독자의 독서 경향을 보여주는 흥미있는 자료라 할 수 있다.

---

8 조상원, 위의 책, 36~37쪽 재인용.

9 조상원, 「'건국공론 주변'」, 『책과 30년』, 현암사, 1974, 38~48쪽 참고.

10 「제(題): 국문학이 제 1위!/ 독서경향에 보이는 사조(思潮)」, 조상원, 위의 책, 46쪽 재인용.

과목	백분율	과목	백분율
국문학	20%	법률	3%
국사	15%	지리·역사	10%
어학	10%	교육	10%
과학일반	10%	사상	10%
경제	7%	기타	5%

이 도표를 보면 해방 직후 대구지역 독자들이 국문학과 국사 영역의 책들을 많이 읽었음을 알 수 있다. 이는 일제가 물러간 다음 우리 글과 역사에 대한 관심이 다른 분야에 비해 상대적으로 높았음을 보여주는 실례라 할 수 있다. 일제강점으로 인해 강화된 민족의식이 국문학과 국사에 대한 책자의 요구로 자연스레 연결되었던 것이다. 이 도표를 통해 볼 때 독서시장에서 우리 문학과 역사에 대한 인식 못지않게 새로운 지식에 대한 욕구 또한 만만치 않았음을 보여준다.

1947년 7월 5호부터 최석채가 편집진으로 가담하면서 『건국공론』은 더욱 내용이 풍성해졌다. 1948년 8월 16일에 나온 『건국공론』 8월호는 정부수립 특집호로 주간인 조상원의 「신정부에 기(寄)함」 외에 조용기의 「신정부에 대한 요청」, 최해종의 「국호 급 국기론」, 정명준의 「해방의 역현상」, 희곡으로 유기영의 「어머니의 위치」(1막), 현대시로 익수(益壽)의 「8월의 모색」이 실려 있다. 이 중 정명준과 최해종은 1920년대 중반 『여명』지에 각각 「크로포토킨의 예술관」과 소설 「옥희」를 이미 쓴 바 있

『건국공론』 1949. 1월호

는 필진이다. 1948년 8월호 『건국공론』의 목차나 편집후기[11]를 보면, 『건국공론』이 새 정부 수립에 대한 기대와 여망을 비교적 잘 담아내고 있음을 볼 수 있다.

『건국공론』은 1945년 12월 창간호부터 1949년 11월까지 통권 28호를 내었으며, 1949년 12월 『한국공론』으로 개제되어 1952년 4월까지 통권 12호를 발간하고 종간되었다. 『건국공론』에는 박목월, 조지훈, 이효상, 김요섭 등의 시와 윤백남의 「호정일사(浩亭逸事)」 같은 야담도 실렸다. 또 『건국공론』 17, 18호에 실린 「순천반란의 진상은 이렇다—본지기자 강태원, 최효석의 수기」는 여순 사건의 특종[12] 기사였다. 이러한 여러 사실을 두고 볼 때, 『건국공론』이 해방기 대구지역 문화공간을 주도한 종합지임을 알 수 있다. 다시 말하면 『건국공론』은 『무궁화』와 더불어 해방 4년 동안 대구·경북 지역의 사회·문화적 욕구를 대변하고 있었다.

『무궁화』나 『건국공론』과 비교될 만한 문학 부문의 중요 매체로 『죽순(竹筍)』, 『아동(兒童)』, 『새싹』 등이 있다. 이중 『죽순』과 『아동』은 대구지역의 성인시단과 아동문단을 이끌어간 대표적 문학매체였다. 이들 매체는 죽순시인구락부와 조선아동회가 관여하고 있었다. 이들 두 단체는 뚜렷한 문학적 경향을 보여주지 못하고 있던 해방 직후 대구지역 문학공간에서 문학인들을 규합하고 출판매체를 생산하는 중요한 역할을 담당하였다. 『죽순』이 죽순시인구락부 동인들이 만들어 낸 순수 시문학매체라면, 『아동』은 대구지역 아

11 1948년 8월 16일 발간된 『건국공론』(건국공론사) 43쪽에 실린 편집후기는 다음과 같다. "이제야 가슴을 두근거리면서 그러나 '즈봉' 없는 새 양복을 맞추어 입는 것처럼 가슴 한 켠 구석에 없을래야 없앨 수 없는 불만족을 느끼면서 신정부의 수립을 마진다. 이 얼마나 안타까운 심사랴. 그러나 기둥은 섰다! 벽을 바르고 추녀를 니으는 것은 앞으로의 일이고 여기에 삼천만이 공투(共投)해야 할 것이다."

12 조상원, 「'건국공론 주변'」, 앞의 책, 66쪽 참고.

동문학단체인 조선아동회(중심인물: 박영종, 이영식, 이원식, 김상신, 김홍섭, 김진태)가 결성된 다음 그들 사업의 하나로 『아동』이 탄생되었다고 할 수 있다.

『죽순』은 대구의 죽순시인구락부(대표 이윤수)에서 발간한 시 동인지로 대구의 대표적인 시문학 동인지이다. 『죽순』은 1946년 5월 1일 창간호가 발간된 이후 한국전쟁 전 11호(1949.7)가 나왔으며, 임시증간호까지 더하면 통권 12호가 발간되었다. 『죽순』 창간호의 「편집후기」를 잠깐 살펴 보기로 한다.

> "눈이 나리여 대숲에 눈이 나리어 대[竹]는 더욱 푸르르고 항상 마디 마디 그 절기(節氣) 맺는다. 눈이불 뚫고 어린 죽순(竹筍) 하나 뽀족히 왕(王)대의 꿈을 안고 오래인 부르지 못한 노래를 하늘이 베푼 이 땅의 해방과 함께 힘차게 불러볼가 하는 것이 우리들의 죽순(竹筍)이다. 꽃핀 산 넘어 어매 찾는 송아지 울음 흘러오는 때, 미거한 죽순을 출산하게 됨은 감무량(感無量)이다. 대담한 일이기따에 주제넘었고 그 얼마나 주저도 하였다. 그러나 우리들의 자그만 가슴에 타는 모닥불은 꺼지지 않은 불이라. 문학예술의 한 쪼각인 시문학의 봉화가 될가 하노니. 시는 문학의 최초이고 최후의 것인 만큼 우리들은 여기서 배우고 여기서 자라 다만 문학예술로서 이 땅에 이바지되고자 함은 우리들의 진실한 마음이다."[13]

편집후기에서 『죽순』은 시문학지로 시만에 전념할 것임을 천명하고 있다. 실제 창간호의 경우 시 외의 글은 단 한 편도 싣지 않았다. 『죽순』 창간호(1946.5)의 필진은 이윤수(李潤守), 최무영(崔武永), 김동사(金東史), 오란숙(吳蘭淑), 최양응(崔揚鷹), 이영도, 이병화(李炳和), 유치환(柳致環), 이호우(爾豪愚), 박목월(朴木月), 최해룡(崔海龍) 등이다. 이들의 시만으로 『죽순』을 구성하였으니, 『죽순』

13 이생(李生), 「편집후기」, 『죽순』 창간호, 죽순시인구락부, 1946.5, 46쪽.

은 이 당시 나온 다른 잡지와 그 색채를 분명히 다르게 하고 있음을 알 수 있다. 『죽순』에서 활동한 주된 시인은 위에 언급한 시인 이외에 이응창(李應昌), 이숭자(李崇子), 김상옥(金相沃), 박두진(朴斗鎭), 조지훈(趙芝薰), 김달진(金達鎭), 이상로(李相魯), 김춘수(金春洙), 조향(趙鄕), 조연현(趙演鉉), 성기원(成耆元), 박화목(朴和穆), 김윤성(金潤成), 윤곤강(尹崑崗), 이해문(李海文), 구상(具常), 설창수(薛昌洙), 이경순(李敬純), 이효상(李孝祥), 조영암(趙靈岩), 박양균(朴暘均) 등이다. 김요섭(金耀燮)과 최계락(崔啓洛)이 『죽순』을 통해 추천되기도 하였다. 『죽순』은 해방기 대구 지역의 주된 매체였던 종합지인 『무궁화』나 『건국공론』과 달리 본격적인 순문학 매체로서 그 역할을 수행하였다. 작품도 평론이나 소식 알림 정도의 몇 편의 글을 제외하면 『죽순』은 전체가 시로만 구성되었다. 해방 이후 대구가 순수시 중심의 도시로 성장한 데는 『죽순』에 힘입은 바 크다. 한편 『죽순』은 1947년 4월 18일 임시증간호를 내었는데, 임시증간호는 2004년 죽순문학회에서 펴낸 『죽순』 영인본(1~10집)에 누락되어 있다. 그 목차는 다음과 같다.

- 연기 ……………………………………………… 이호우
- 마을 ……………………………………………… 김동사
- 싸움 ……………………………………………… 이응창
- 피안의 등대 ……………………………………… 이숭자
- 먼 기적 …………………………………………… 김상수
- 나의 노래 ………………………………………… 이 윤
- 편집후기

『죽순』 임시증간호는 「편집후기」까지 포함하면 13쪽으로 된 얄팍한 책자이다. 임시증간호는 평론이나 수필을 전혀 싣지 않고 이호우, 김동사, 이응창, 이숭자, 김상수, 이윤 등의 시만을 싣고 있다. 이윤(李潤)은 「편집후기」를 쓴 이생(李生)과 동일인으로, 이 책의 편집자인 이윤수의 필명이다. 3집이 1946년 12월 23일, 4집이 1947년 5월 18일 내었으니 그 간극은 대략 5개월여이다. 불과 한 달 후인 5월 18일에 4집이 나오는데 한달 전인 4월 18일에 임시증간호를 낼 만큼 동인들의 창작 열의는 대단했다고 할 수 있다. 죽순시인구락부는 해방이란 격동의 와중에 대구지역 성인시인들이 결집할 수 있는 장소였고, 『죽순』이란 시문학 매체를 통해 시에 대한 그들의 순수한 열정을 드러내었다. 또한 죽순시인구락부는 이상화시비를 제막[14]하는 등 대구지역 문학의 전통을 선양하는 데에도 일조하였다.

『죽순』 임시증간호

한편 해방기 대구지역 아동문학은 1945년 12월 30일 결성된 조선아동회에 의해 주도되었다. 조선아동회 이전 아동문학 단체로는 서울의 조선아동문화협회가 있다. 조선아동문화협회는 "민병도, 정진숙, 윤석중, 조풍연 등 4인이 출판문화사업을 통해 해방된 조국에 이바지하자는 데 뜻을 같이하고, 서울 종로구 경운동 68번지 민병도 동인의 집에서 창립발기인 모임을 가졌"다. "사명(社名)은 해방된 해의 간지(干支)인 을유년을 길이 기념하는 뜻에서 '을유문화사'로 하고, 산하 기관으로 조선아동문화협회(약칭 아협)를 두어 도서출판과 문화운동을 병행"[15]키로 하였다. 조선아동문화협회와 을유문화사의 관계

14 이윤수, 「상화시비건립경과세보 — 부(附) 제막기」, 『죽순』 8집, 1948.3, 54~59쪽.
15 『을유문화사 50년사』, 을유문화사, 1997, 382쪽.

에 대해 관계자들의 증언이 엇갈리는 점이 일부 있으나[16] 1946년 1월 정식 발족한 '아협'은 기관지격인 『주간 소학생』(1-46호, 46호는 제호만 '주간'이지 월간임)과 『월간 소학생』(47호~79호)을 발간하는 한편 많은 어린이 관련 도서[17]를 출판하였다. 조선아동문화협회의 『소학생』 이외에 서울에서는 『별나라』, 『새동무』, 『아동문학』, 『소년』, 『어린이』, 『아동문화』 등의 아동잡지가 명멸하였다. 해방 직후 지방의 경우 아동문학 공간이 제대로 형성되지 못하였는데, 대구의 경우 다른 지역에 비해 아동문학 공간이 유독 활성화되었다. 이는 조선아동회라는 아동문학단체와 관련이 있다고 하겠다. 조선아동회는 1945년 12월에 결성되었다. 아래 글은 조선아동회의 결성 취지서이다.

"우리나라 해방의 날은 왔다. 그러나 해방 뒤를 이어온 것은 혼돈이었다. 언제나 혼돈은 감도며 아름다운 통일의 길을 지향한다. 그러면 우리는 이 큰 혼돈의 엉클림 속에서 유원(悠遠)한 역사의 흐름과 더불어 무궁히 빛날

16 오영식, 『불암통신』 11집, 보고사, 2004, 144~145쪽 참고.

17 해방 직후 '아협' 명의로 나온 어린이 관련 도서를 열거해 보면 다음과 같다. 『우리 지도 — 아협어린이 壁圖 제1집』(김도태 지도, 조병덕 그림, 1946.4), 『우리 한글 — 아협어린이 壁圖 제2집』(윤석중 안, 조병덕 화, 1946.4), 『소학생 모범작문집』(서울조선아동문화협회 편, 1946.9), 『흥부와 놀부 — 아협그림얘기책 제1집』(김용환 화, 1946.9), 『피터어 팬 — 아협그림얘기책 제3집』(김의환 화, 1946.10), 『보물섬 — 아협그림얘기책 제4집』(김용환 화, 1946.10), 『조선동요백곡선(상) — 아협음악독본』(아협동요연구소 편, 1946.10), 『손오공 — 아협그림얘기책 제2집』(김용환 화, 1946.11), 『어린 예술가 — 아협그림얘기책 제5집』(김의환 화, 1946.11), 『영양표 — 아협 壁圖 제3집』(최수섭 화, 1947.2), 『걸리버여행기 — 아협그림얘기책 제6집』(1947.3), 『틀리기 쉬운 말』(이영철, 1947.5), 『토끼전 — 아협그림얘기책 제7집』(김용환 화, 1947.8), 『로빈손크루소 — 아협그림얘기책 제8집』(1947.12), 『토끼 삼형제』(현덕 지음, 길진섭 그림, 1948.1), 『왕자와 부하들 — 아협그림얘기책 제9집』(조풍연 편, 김의환 화, 1948.3), 『곤충이야기 — 아협그림얘기책 제10집』(조복성, 1948.7), 『꿈나라의 아리쓰 — 아협그림얘기책』(정현웅, 1948.11), 『사랑의 학교 — 아협그림얘기책』(아마치쓰 지음, 이영철 번역, 1948.12), 『린큰 — 아협그림얘기책 제13집』(1948.12), 『노래동무』(윤석중 꾸밈, 1949.3), 『중학교 들기 위한 소년 상식 1000문답집 — 아협판』(글벗집 엮음, 1949.5). 『을유문화사 50년사』, 을유문화사, 1997, 408~412쪽 참고.

> 위대한 문화건설의 터를 어느 곳에 잡어야 할 것인가. 아동의 가슴 속이다. 아동은 오늘날의 새싹이며 다음 날의 기둥이다. 다음 날 굳센 기둥될 새싹을 한 줌 거름되여 북돋우고저 우리 조선아동회는 나선 것이다. 누군들 어린이를 소홀히 하랴마는 우리는 그네들의 마음 속 세계까지 들어가 가장 미더운 벗이 되어 그네들의 어여뻐야 할 앞길을 보살피려는 것이다. 이리하여 우리는 우리 민족의 발전과 우리 문화의 개화에 힘써 우리 조국에 이바지하는 바 있으며 나아가 세계 진운(進運)에 기여하는 바 있기를 희원(希願)하는 바이다. 강호의 유지여! 원컨대 이 뜻을 도우소서.[18]

위의 글에서 보듯이 조선아동회는 아동을 "오늘날의 새싹", "다음 날의 기둥"으로 인식하고, 이러한 아동을 "한 줌 거름되여 북돋우고", 그들의 "앞길을 보살피려는" 의도에서 결성된 단체이다. 조선아동회는 조선아동회출판국을 통해 여러 사업을 시도하였다. 조선아동회가 출판국을 두었다는 것은 이들이 그들의 사업에서 출판을 중요시했음을 보여준다. 조선아동회 출판국은 조선아동회의 기관지격이었던 잡지 『아동』과 회원들의 문학작품집 발간을 주도하였다. 그 결과 조선아동회는 『아동』을 1권(1946.4)부터 7권(1948.4)까지 발간하여 대구지역 아동문학 공간 형성에 이바지하였다. 또한 『아동회 그림책』(1946.5), 박영종(박목월)의 『동시집』(1946.6), 황윤섭의 『규포시집(葵圃詩集)』(1947.9) 등을 내놓았다. 『아동』의 판권란을 보면 대표자는 이영식(李永植), 이원식(李元植), 김상신 등으로 자주 바뀌었으나 주간은 주로 박영종(朴泳鍾)이 맡았다.

18 「조선아동회취지서」, 『아동』 창간호, 조선아동회 출판국, 1946.4, 내표지.

『아동』 창간호

『새싹』 창간호

『아동』의 필진은 김홍섭, 황윤섭, 윤복진, 박영종, 김신일(김진태의 필명), 손우익, 김진태, 김재봉, 이영식, 김정미, 김사엽, 리선규, 백문영, 유순애, 김상신, 이응창, 김춘, 윤백, 김성칠, 김계원, 김성도, 김백우 등이다. 이중에도 박영종, 윤복진, 김홍섭, 김진태, 황윤섭 등이 많은 작품을 발표하였다. 『아동』의 경우 이 당시 "아동문학의 장 안에서 안정된 상징 자본"[19]을 갖고 있던 박영종과 윤복진이 참여함으로써 조선아동회나 『아동』의 위상이 더 높아졌다. 특히 『아동』은 통권 7권을 발행함으로써, 『소학생』을 제외하고 대부분 1, 2권으로 단명하던 서울지역의 아동잡지에 비해서도 내용면이나 형식면에서 크게 뒤질 것이 없었다. 이런 사실로 미루어 볼 때 조선아동회는 대구지역의 아동문학 공간을 활성화시키는 데 중요한 역할을 수행하였다.

한편 1945년 12월 조선아동회가 결성되고, 1946년 4월 『아동』 창간호가

19 선안나, 「문단형성기 아동문학 장과 반공주의」, 『반공주의와 한국문학의 근대적 동학 I』, 한울, 2008, 129쪽.

나왔다. 그 사이인 1946년 1월 10일 새싹사에서 『새싹』 창간호가 나왔다. 새싹사는 최해태(崔海泰)가 중심이 된 잡지로 통권 17호까지 발간되었다. 아래는 『새싹』의 「창간사」이다.

> 인간사회에 있어서 무엇이 귀하느니 무엇이 중하느니 하여도, 사람이 사람을 만드는 것, 즉 교육보담도 더 귀중한 것은 없을 것이며, 교육 중에도 이를 건축에 비하면 기초공사인 초등교육이 가장 중대하다고 생각된다. 그렇다. 국가의 백년대계도 사람을 삼음에 있도다. 그러면 오늘의 초등교육의 상황은 어떠한가. 건국 도상의 다사다단한 무렵이라고는 하나 너무나 등한시되고 푸대접을 받고 있는 느낌을 금하지 못할 배 있지 않은가. 수많은 꽃다운 어린 벗들은 부를래야 부를 노래가 없고 볼래야 볼 글이, 그림이 없으매 반벙어리 반장님이 되어있는 터가 아닌가. 천진하면서도 날카로운 감성을 가진 그들은 이제는 일본말 노래를 부르려지 않고 일본말 책을 보기를 싫어한다. 그러나 그에 대신할 것이 너무도 없고보매, 할 일없이 잊으려던 그 노래를, 집어치웠던 그 책을 다시 부르고 보려고 하노니 다소라도 학동의 교육에 관심을 둔 자라면 어찌 마음 아프지 않으리요. 이에 비록 전문은 아닐 망정 일즉부터 아동교육에 대하여 약간의 사견(私見)이 없지도 않으므로, 충분치 못하나마 성심만은 담뿍 담은 이 『새싹』을 사랑하는 어린 벗들에게 선물하노니, 뜻있는 인사는 지도와 편달을 아끼지 마소서[20]

위의 「창간사」에서 보듯이 『새싹』은 『아동』과 달리 '초등교육'에 깊은 관심을 가진 최해태가 '아동교육'을 주 목적으로 발간한 아동문학매체이다. 발행인인 최해태의 글로 추정되는 「창간사」, 경상북도시학관 김사엽의 「기뿐 말」, 대륜중학교장 이규동의 「축사」, 대구남산공립국민학교장 김명갑의

---

20 「창간사」, 『새싹』 창간호, 새싹사, 1946.1, 2~3쪽.

「기쁨의 말」 등은 모두 아동교육의 측면을 강조하고 있다. 동요나 동화같은 문학작품 이외에 곳곳에 만화, 「이과문답(理科問答)」, 「산술노래」, 「오락실」, 「역사이야기」, 「박물교실」, 「지리교실」 같은 란을 두어 아동 교육 내지 계몽에 주력하고 있다. 『새싹』의 필진 중 이응창, 윤복진, 김진태, 김홍섭, 박영종, 이호우, 황윤섭, 김신일, 김성도, 윤백 등은 『아동』의 필진과 중복된다. 대구지역에서 『아동』과 『새싹』이란 두 아동문학매체가 동시에 발간, 경쟁함으로써 필진 중복은 피할 수 없는 일이었다. 『새싹』의 경우는 『아동』보다 교육계 인사가 주로 참가하고 아동계몽적인 내용을 담고자 하였던 것이 특징이라면 특징이랄 수 있다. 『새싹』 5호(1947.7)부터는 김진태가 편집인으로 이름을 드러내었으며, 『새싹』 11호(1949.5)부터는 편집인이 김홍섭으로 바뀌었다. 『아동』에도 참여하고 있던 김진태나 김홍섭이 『새싹』의 편집인이 되면서 문예물의 게재가 좀 더 많아졌다. 『새싹』은 이후 아동교육이나 계몽을 목적으로 한 아동잡지에서 동인지로 변신을 시도하였다.[21] 그래서 12호부터는 내용이 동화, 동요, 동시, 소년소설 등 아동문학 중심의 동인지로 바뀌게 되었다. 14호부터는 발행인도 최해태에서 신태식으로 바뀌었으나 17호로 종간되고 만다. 『새싹』은 아동교육과 계몽을 목적으로 하고 있었지만 해방기 대구지역의 아동문학 공간을 활성화시킴으로써 이 지역 작가는 물론 임인수나 박은종 같은 새로운 작가들을 등장시키는 역할도 하였다.

해방 직후 대구는 박영종, 윤복진 같은 아동문학 작가를 중심으로 서울

---

21 『새싹』 11호(1949.5) 40쪽에는 동인지 개편에 대한 사고(社告)로 다음과 같은 「알리는 말씀」이 실려 있다.

"전일부터 여러 선생님과 어린 동무들의 애호와 편달을 받어온 『새싹』은 이번 여러분의 기대에 더욱 더 보답하고저 사(社) 기구를 동인지로 개편하옵고 위선 출판부를 계성중학교 내에 두었습니다. 저희들 뜻하는 바를 양찰하시옵고 배전의 지도 편달을 바라오며 특별히 같은 뜻을 가지신 선생님이 계시면 모쪼록 수고스러울지라도 일차 연락하여 주시면 고맙겠습니다. 단기 4282.5.5, 새싹 동인 발기인 신태식, 황윤섭, 최해태, 김진태, 김홍섭"

중심 아동문학 매체에 못지않은 『아동』과 『새싹』을 탄생시켰다. 이들 매체는 서울처럼 좌우익의 정치적 혼란에 크게 휩쓸리지 않고 지역 아동문학 공간의 확보와 아동계몽에 노력한 점이 돋보였다. 이처럼 죽순시인구락부나 조선아동회, 최해태 등 일부 뜻있는 인사들에 의해 발간된 잡지 등[22]은 대구 지역 근대문학 형성의 문화적 풍토를 진작시키는 계기가 되었다.

해방이 가져온 문자보급의 열기와 우리말과 새로운 근대지식을 배우려는 욕구는 교과서나 교재류 책자의 발간으로 나타났다. 특히 지역의 독본류 계열의 국어교재 발간이 눈에 띈다. 조선어학회가 저작하고 미군정청 문교부가 발행한 『중등국어교본』 상권이 1946년 9월 1일, 중권이 1947년 1월 10일, 하권이 1947년 5월 17일 간행된 것을 고려하면 대구·경북 지역의 국어교재 발간 시도는 다른 지역보다 상당 부분 앞섰다고 할 수 있다. 해방 직후 김사엽이 독본류 국어교재로 『신생국어독본』(중등용, 경북교육협회)을 편저하였고, 이를 증보개판(增補改版)하여 1946년 9월 25일 발행한 것이 『증보개판 중등 신생국어교본』(초급 1년용, 초급 2년용, 초급 3년용)이다. 이 책의 저작자는 김사엽, 발행자는 경상북도 학무국, 발행소는 대구시 본정 1정목 30번지에 위치한 신생교재사(대표 김기수)였다.

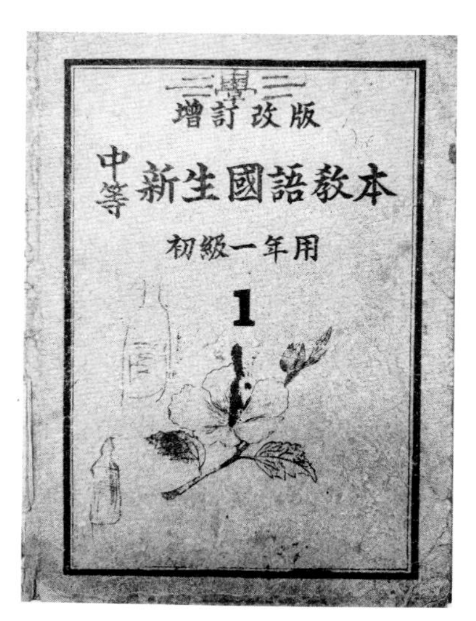

『중등신생국어교본』

22 해방 직후 대구 지역에서 『어린이』(양순종)와 『동화(童話)』(박영종)란 제목의 아동 잡지가 각 한 호씩 발간되었다고 하나, 미발굴 상태여서 현재 그 모습을 알 수는 없다.

한편 대구·경북 지역 문학출판 시장의 경우 시집 출판의 열기가 소설집이나 수필집에 비해 상당히 높았음을 알 수 있다. 이는 이상화, 백기만, 이장희, 이육사 등 지역 태생 시인들의 시적 행적과 해방기 죽순시인구락부와 조선아동회 등의 영향 때문이라고 할 수 있다. 해방 직후 발간된 창작시집으로는 박영종의 『동시집』(조선아동회, 1946.6), 이설주의 『들국화』(대구민고사, 1946.10), 황윤섭의 『규포시집』(조선아동회, 1947.9), 이원희의 『옛터에 다시 오니』(평화도서주식회사, 1948.1), 윤계현·박목월·황규포·김성도의 『청과집(靑顆集)』(동화사, 1948.1), 신동집의 『대낮』(교문사, 1948.8), 이설주의 『방랑기』(계몽사서점, 1948.9), 윤주영의 『상형문자』(철야당서점, 1948.11), 전상열의 『피리소리』(철야당서점, 1950.4) 등이 있다.

이외 학생들의 문학활동이 활발하였는데 이원희 편, 『학생시원 -경북 남녀중학 학생시집 제1집』(경북중학교 문예부, 1948.11), 이원희 편, 『학생시원-경북 남녀중학 학생시집 제2집』(경북중학교 문예부, 1949.6)은 성인 시인이 아닌 대구·경북 지역 각급 학교 문예부 학생들의 작품을 모은 시집이라는 점에서 눈길을 끈다. 이 당시 이 지역 학생들의 문예활동을 보여주는 매체는 『학생시원』 이외에 경북중학교 문예부 작품집인 『새벽』 1, 2집, 황윤섭이 중심이 되어 펴낸 신명여자중학교 학우회문예부의 『동산』 1, 2집, 대구농림중학교 문예부에서 나온 『흙과 땀』(1949.5), 장상익의 『덤불』(대구공립공업중학교 문예부, 청구출판사, 1949), 대구공립중학교 문예부의 『시원(詩苑) 신아구(新芽丘)』(1950) 등이 있다. 이들은 해방기 대구·경북 지역 학생들의 시문학에 관한 열망을 담고 있다.

| 제2장 |

지역의 시문학 매체와 학생시단의 형성

1. 들어가는 말

해방과 한국전쟁 당시 대구·경북 지역 문학에 대한 집중적 조명과 검토는 해방 이후 한국문학의 씨줄과 날줄을 엮는 데 중요한 토대가 된다. 특히 해방 이후 모색과 실험을 계속하던 대구·경북 지역 문학은 한국전쟁 기간 동안 부산·경남과 더불어 한국문단의 버팀목이 되면서 한국문학의 중심부로 부상하게 된다. 한국전쟁은 대구·경북 지역의 문학을 주변부의 문학에서 중심부의 문학으로 격상시켰다. 그런데 지금까지 이 시기 대구·경북 지역 문학의 경우 지역문학에 대한 관심 소홀의 결과로 연구자들의 주목을 크게 받지 못하였다. 그러나 이 시기 대구·경북 지역 시문학이 한국전쟁기 문학의 중심 자장(磁場) 속에 편입됨을 염두에 둘 때 이는 온당치 못한 대우라 할 수 있다.

지금까지 한국전쟁기 문학이 대구와 부산의 피란문단 중심으로 기술되다 보니 대구·경북 지역 문학은 주로 추억과 회상의 영역으로 낮게 평가된 경향이 있었다. 전쟁으로 인한 부산스러움과 절박한 생활공간을 무대로 생성된 이 시기의 문학은 주로 종군문학이나 피란문단이란 일시적 체재(滯在) 문학

정도로 인식되었다. 물론 종군문인의 경우 서울의 문인들이 대다수를 차지하였지만 대구·경북의 문인들 또한 배제되지 않았다. 도리어 대구·경북의 문인들이 더욱 전선의 전위에 배치되었다.[1] 이 당시 대구·경북 지역 문인들이 실천적 조직이나 직접적인 문학매체를 통한 활동에 더 적극적이었음은 무엇을 말해주는가? 이는 해방 직후부터 지속되어 오던 이 지역 문인들의 문학활동과 관련이 있다고 할 수 있다.

대구·경북 지역 시문학이 지역문학의 협소한 장(場)을 벗어나 한국 전쟁기의 현실을 적극적으로 응전해 나가면서 나름의 역할을 할 수 있었던 동력의 원천은 어디에 있었는가. 이는 멀리는 일제강점기, 가까이는 해방기 대구·경북 지역 문학이 갖고 있는 내적 전통과 관계 있다고 할 수 있다. 들뜸과 혼란의 시기인 해방기에도 일제강점기 지역 근대문학이 이룩한 토대 위에 죽순시인구락부를 중심으로 한 성인문단과 『아동』, 『새싹』을 중심으로 한 아동문단이 구축되고 있었다는 사실은 이를 말해 준다.

이 장에서 문제 삼고자 하는 것은 해방기 대구·경북 지역의 학생시단이다. 문학적 재능과 열망을 갖춘 문학지망생들이 모여든 학생시단은 성인시단으로 나아가는 통로가 된다. 필자는 해방기 대구·경북 지역의 학생시단이 다른 지역에 비해 상당히 활발히 전개되었음에도 자료와 관심의 부족으로 연구에서 도외시되었다는 점을 주목하였다. 다음 절에서 각급 학교의 교지(문예지), 학생들이 펴낸 개인시집, 공동시집 등을 대상으로 학생시단의 양상과 의미를 따져 볼 것이다.

---

1 '죽순시인구락부' 회원이 다수 참가한 '문총구국대 경북지대'는 '문총구국대'의 하위 지부적 성격이 강하였다. 그렇지만 『전선시첩』이란 매체 발간까지 기획하고 그것을 산출할 수 있었던 것은 대구·경북 지역 시문학의 내적 전통이 있었기에 가능한 일이었다.

2. 해방기 대구·경북 지역 시문학 매체

해방기 대구·경북 지역 시문학의 형성과정에 대한 연구는 아직까지 학계의 관심을 크게 받지 못하고 있다.[2] 이는 지역문학에 대한 관심의 부족이 빚은 결과라 할 수 있다. 중앙집권적인 획일주의 문화는 다양한 지역문화의 생성을 억누르게 된다. 이 결과 해방기와 한국전쟁기 대구·경북 지역에서 이루어진 문학에 대한 접근은 물론이고 이 시기 지역문학 공간에 대한 탐색조차 빈약하게 만들었다. 해방기 대구·경북 지역 문학은 지역문학에 대한 관심 소홀로 인해 1차 자료조차 제대로 정리되지 못한 상황에 놓여 있다.

해방 직후 『죽순』지를 중심으로 모여든 많은 문학지망생들이 대구 시단의 터를 잡았다. 이상화, 이장희, 백기만, 이육사, 오일도 같은 대구·경북 출신 시인들이 이미 일제강점기의 한국근대시 형성에 큰 기여를 한 바 있다. 해방기 대구·경북 지역에서 시도된 제 문학활동 또한 이러한 시문학의 전통과 관련이 깊다고 할 수 있다. 『죽순』지를 중심으로 이윤수, 신동집, 김춘수, 유치환, 이호우, 이영도, 이설주, 이효상 같은 시인들이 주로 활동하였다. 특히 아동문학 분야는 다른 어느 지역보다 인원이 많고 매체 출판이 활발하게 이루어졌다.

---

2 대구·경북 문학공간에 대한 개괄적 소개를 시도하고 있는 책자로 『대구근대문학예술사』(대구직할시, 1991)가 주목된다. 문학, 음악, 미술, 연극, 무용으로 나누어진 『대구근대문학예술사』는 문학의 경우 시, 소설, 아동문학, 문학비평, 한문학 등으로 나누어 대구지역 근대문학사에 대한 소략한 개관을 하고 있다. 한편 이강언·조두섭의 『대구·경북 근대문인 연구』(태학사, 1999)는 대구·경북 지역문인에 대한 개별 연구를 모은 것으로, 이를 통해 이 지역 문인들의 문학적 위상을 자리매김한 의의가 있다 하겠다. 그러나 『대구근대문학예술사』나 『대구·경북 근대문인 연구』는 체제 자체가 작가 개인 중심 기술로 이루어짐으로써 대구·경북 지역 문학의 특성이나 총체적 조망에는 미흡했다고 할 수 있다.

해방기의 대구·경북 지역 시문학을 이끈 문학 단체는 죽순시인구락부와 조선아동회였다. 이들이 발간한 『죽순』과 『아동』은 이들 단체가 성취한 구체적 결실물이라 할 수 있다. 이들 단체에서 발간한 『죽순』과 『아동』은 대구·경북 지역 성인시와 아동시의 발표 공간을 마련해 준 매체였다. 이 매체들은 해방 이후 대구지역이 시문학 장르 중심의 도시로 성장할 수 있는 발판을 마련하는 데 이바지하였다.

『죽순』은 대구의 죽순시인구락부에서 발간한 시동인지로서 주로 시와 평론을 싣고 있다. 죽순시인구락부의 대표는 이윤수이며, 『죽순』 창간호는 1946년 5월 1일 발행되었다. 죽순시인구락부 동인들의 작품 창작 발표 욕구는 『죽순』 3집(1946.12.23)과 4집(1947.5.18) 사이에 프린트판으로 임시증간호(1947.4.18)를 낼 정도로 다대하였다. 『죽순』은 동인지 형식을 취하고 있으나 해방기 대구·경북 지역의 기성, 신진 시인들이 가장 많이 참가한 시문학 매체였다.

조선아동회는 1945년 12월 30일 대구에서 박영종(박목월), 이영식, 이원식, 김상신, 김홍섭, 김진태 등이 중심이 되어 만든 아동문화단체로, 기관지 『아동회 그림책』(2호 발간, 1946)에 이어 1946년 4월 『아동』 창간호를 발간하였다. 이후 『아동』을 7호(1948.4)까지 발간하였는데, 박영종이 주간을 맡다가 나중에는 김상신으로 바뀌었다. 조선아동회는 을유문화사와 윤석중이 1945년 11월 30일 서울에서 결성한 조선아동문화협회와 달리 대구·경북 지역 아동문학인들이 결성한 아동문학단체였다. 『아동』은 서울 지역의 『소학생』이나 『소년』, 『새동무』 등과 대비될 정도로 "지방에서는 가장 비중이 큰 잡지"[3]로, 주요 필진들은 해방기 아동문학 장(場)에서 중요한 역할을 한 인물들이다.[4]

---

3 이재철, 『한국현대아동문학사』, 일지사, 1978, 359쪽.

조선아동회는 『아동』, 『아동문학그림책』을 발간하는 외에 박영종의 『동시집』(1946), 황윤섭의 『규포시집』(1947) 등도 발간하여 그 영역을 문학 출판물 시장으로까지 확장하였다. 한편 대구지역에서 발간된 아동잡지로 『아동』 이외에 최해태가 만든 『새싹』지가 있다. 『새싹』은 1946년 1월에 창간되어 17호까지 나왔는데, 『아동』과 더불어 대구 지역의 중요한 아동문학 매체로 부상하였다. 『새싹』은 최해태의 창간사에 의하면, 처음에는 '아동교육'[5]에 관심을 갖고 출발한 계몽적 성격이 강한 잡지였다. 김진태나 김홍섭 등이 『새싹』의 편집을 담당하면서 문예작품의 수록이 더욱 많아졌다. 『소학생』이나 『별나라』, 『아동문화』 등의 서울 중심 아동문학 매체와 달리 『아동』과 『새싹』은 좌우익의 혼란에 휩쓸리지 않고 대구·경북 지역의 아동문학 욕구를 적절히 수용하였다.

대구·경북 지역 출판 현황에 따르면 1946년에 잡지 21종, 신문 17종, 교과서류 14종, 역사류 3종, 문예류 5종, 기타 7종 등[6]이 출판되었다. 이렇게 많이 발행된 잡지들의 차례를 보면 시나 동요, 동시들이 대부분 수록되어 있으며, 문예류 5종은 모두 시가류 책들이다. 이러한 대구·경북 지역 출판 현황을 따져 볼 때 시집이나 교과서류에 대한 출판 욕구가 다른 분야보다 높았음을 알 수 있다. 이것은 해방 직후 근대지식 보급이란 계몽의 열기와 대구·경북 지역의 시문학 전통이 겹쳐진 결과라 할 수 있다. 일제강점기 대구는 이상화, 이장희, 백기만, 윤복진 등이 활동하면서 다른 어느 지역보다 시문학이 융성

---

4 『아동』의 주요 필진으로 "김상신, 김사엽, 김신일, 유순애, 김성칠 등이 교양물을 자주 써냈고, 박영종, 윤복진, 김성도, 황윤섭, 김진태, 김홍섭 등이 동시, 동요를, 김홍섭, 김진태, 김상신, 윤백, 김춘 등이 동화와 단편소설을, 김백우 등이 동극(童劇)을 주로 발표했다." 이재철, 『한국현대아동문학사』, 일지사, 1978, 359쪽 참고.

5 최해태, 「창간사」, 『새싹』 창간호, 1946.1, 3쪽.

6 『1946년판 경북총감(해방1주년판)』, 영남일보사, 1946.12, 81~87쪽 참고.

한 지역이었다. 또한 경북 북부지방 출신의 이육사, 오일도, 이병각, 이병철 등과 더불어 박목월까지 가세함으로써 대구·경북 지역의 시적 지형도 성립에 큰 보탬이 되었다고 할 수 있다. 시문학에 대한 이러한 관심은 각급 학교 교지나 문예지의 장르 배치에도 그 영향을 미쳤다고 할 수 있다. 해방기의 경우 죽순시인구락부나 조선아동회, 일부 뜻있는 인사들이 발간한 잡지 등에 의해 진작된 문학적 풍토는 대구·경북 지역에 많은 단행본 시집류를 발간하는 계기로 작용하였다. 해방기 대구·경북 지역의 시집, 시가 관련 출판 현황을 정리해 보면 다음과 같다.

저자(대표자)	시집	발행처	발간일
신삼수	정선김립시집	철야당	1946.5.21.
김익달	시조백선	낙동서관	1946.5.20.
박인수	조선고전가사집	낙동서관	1946.6.1.
박영종	동시집	조선아동회	1946.6.15.
이설주	들국화	대구민고사	1946.10.
	현대시선		1946
황윤섭	규포시집	조선아동회	1947.9.15.
이원희	옛터에 다시 오니	평화도서주식회사	1948.1.20.
윤계현 외	청과집	동화사	1948.1.31.
신동집	대낮	교문사	1948.8.25.
이설주	방랑기	계몽사서점	1948.9.15
윤주영	상형문자	철야당서점	1948.11.8.
장상익	덤불	대구공립공업중학교문예반	1949.10.10.
전상렬	피리소리	철야당서점	1950.4.30.

3. 『새벽』과 학생시단의 형성

교지(校誌)는 학교 내에서 학생들이 주축이 되어 편집·발행하는 잡지이다. 그러나 식민지 시기나 해방기의 교지는 현재의 교지와는 다른 위상을 가지고 있었다.[7] 이 당시는 고보나 전문학교를 다니고 있는 학생들은 적었으나 이들이 만드는 교지는 학생들의 많은 관심을 받고 있었다. 작품을 발표할 공간이 부족한 상황에서 교지는 "당시 지식인의 사회적 발언 창구 중 하나였으며, 이들이 자신의 지적, 정서적 표현 욕구를 담아내는 그릇"[8]으로 기능하였다.

식민지 시기 대구·경북 지역에서 발간된 교지로는 대구공립고등보통학교의 『교우회지』, 대구사범학교의 『교우회지』, 계성학교의 『계성』, 신명학교의 『신명』 등이 있었다. 이들 교지는 교지로서의 다양한 체제를 갖추고 있지만 학생들의 문예작품이 대다수를 차지하고 있다. 그런데 1930년대에 발간된 이러한 교지들은 일어로 된 경우가 많았다. 대구공립고등보통학교의 『교우회지』 10호를 보면 학생들의 글을 실은 '문원(文苑)'이 전체의 대부분을 차지하고 있다. 그런데 다른 호수와는 달리 이 교지는 학생들의 시가 9편, 채록된 영남민요 16편이 한글로 실려 있어 주목된다.[9] 일어로 된 이 『교우회지』가

---

7 식민지 시기 교지의 위상에 대해서는 다음의 논문을 참고할 수 있다.
오문석, 「식민지 시대 교지 연구(1)」, 『희귀잡지로 본 문학사』, 상허학회, 2002.
박헌호, 「'연희'와 식민지 시기 교지의 위상」, 『현대문학의 연구』 28집, 한국문학연구학회, 2006.
박지영, 「식민지 시대 교지 '이화' 연구 — 지식인 여성의 자기 표상과 지식 체계의 수용 양상」, 『여성문학연구』 16집, 한국여성문학학회, 2006.
박헌호, 「근대문학의 향유와 창조: '연희'의 경우」, 『한국문학연구』 34집, 한국문학연구소, 2008.
전도현, 「식민지 시대 교지의 준문예지적 성격에 대한 일고찰 — 중앙불전 학생회지 '룸비니'를 대상으로」, 『한국학연구』 29집, 고려대학교 한국학연구소, 2008.11.

8 박헌호, 「'연희'와 식민지 시기 교지의 위상」, 『현대문학의 연구』 28집, 한국문학연구학회, 2006, 273쪽.

'문원(文苑)'란만은 한글로 되어 있어 학생들의 문예활동을 편집체제에서 상당히 중시하고 있음을 보여준다.

한편 해방이 되면서 이들 교지들은 일부 학교에서 문예지로 대체되어 나타나기도 하였다. 그런데 겉으로는 문예부의 작품집 형식을 취하고 있지만 그 역할은 이전의 교지와 별로 다를 바 없었다고 할 수 있다. 다만 문예지는 문예작품이 집중적으로 실림으로써 근대지식 전달보다는 취향의 공간 쪽에 더 가까이 다가가 있었다고 할 수 있다. 각급학교에서 발간된 문예지는 학생들의 문학에 대한 열의와 발표 욕구를 대폭 수용함으로써 습작문단의 중요 매체로 자리매김될 수 있었다.

『새벽』 창간호

『새벽』 제2집

9 『교우회지』 10호, 경북공립고등보통학교교우회, 1935.12, 65~78쪽 참고.

해방 직후 대구고보의 후신인 경북중학은 교지 대신 문예부 작품집 형식인 『새벽』을 발간하였다. 『새벽』의 발간 주체는 경북중학교 문예부이며, 1948년 9월 1일에 창간호를, 1949년 9월 15일에 2집을 발간하였다. 『새벽』 창간호는 1~6학년 학생들의 문예 작품과 몇몇 교사들의 찬조 작품으로 이루어져 있다. 교사들의 찬조 작품 중 최목랑(崔木朗)을 통해 『새벽』의 지향점을 잠깐 살펴보도록 하자. 최목랑(1910~1978)은 이 당시 경북중학교의 교감으로 재직하고 있었던 화가로 본명은 최근배이다. 그는 제19회 조선미술전람회에서 「탄금」이란 작품으로 창덕궁상을 받았으며, 조선미술전람회를 중심으로 활발한 작품 활동을 하였다. 그는 "사실적 화풍으로 한복의 인물, 농악 등 한국적 주제를 주로 다루"[10]었는데, 이러한 그의 취향이 『새벽』 창간호의 장정과 수필 「백자기(白磁器)」에 잘 나타나 있다. 수필 「백자기」는 1948년 5월 4일에 쓴 글로, 조그마한 방 안에 홀로 앉은 글쓴이가 책 몇 권과 그림 족자 밑에 놓인 백자를 바라보면서 엮은 단상(斷想)이다. 그는 「백자기」를 통해 조선적인 것에 대한 애착과 상고주의(尙古主義)적 취향을 드러내 보였다. 그렇지만 그는 옛 것에 대한 집착에만 머무르지 않고 해방조선에서의 소생의 미를, 새날에의 기대를 백자를 통해 엿보고 있다. 이러한 그의 생각은 구름 속에 학이 날아가는 『새벽』 창간호의 표지 장정에서 잘 나타나고 있다. '새벽'이란 제호가 "얕다거나 젊다거나 그러한 뜻이 아니고 오직 우리 문예부 일동이 물질적, 정신적 일대 개혁으로서 새출발하려는 뜻"[11]으로 붙여진 것이라고 한다면, 이 장정은 출발의 의미와 잘 부합되는 한국적인 도안이었다. 구름 속을 나는 운학무늬의 표지 장정은 『새벽』의 상징적 의미와 부합되면

10 홍원기, 「대구 한국화와 조각의 미술사적 흐름 고찰」, 『대구미술 70년 역사전』, 대구문화예술회관, 1997, 77쪽.

11 「편집후기」, 『새벽』 창간호, 경북공립중학교 문예부, 1948.9, 98쪽.

서, 출발선상에 선 경북중학 학생들의 비상의 의지를 보여주고 있다.

『새벽』은 해방 직후 발간된 학교의 문예지이지만 학교를 대표하는 교지로서의 기능을 하고 있었다. 『새벽』 곳곳에는 해방 직후의 시대상황과 민족의 앞날에 대한 글쓴이들의 여망이 담겨져 있어 이 시기의 분위기를 잘 느낄 수 있다.

> 참다움을 위해서 싸워 오셨던 우리의 선배들이 남겨주신 눈물겨운 역사의 뒤를 이어, 오늘 찬란한 태양 밑에서 32회 돌 맞이하는 기쁨을 무릇 선배들에게 나누고저 합니다. 회고컨대 쓰라린 그날의 어둠이 걷히고 이미 새해를 지난 오늘날 아직도 모-든 겨레가 즐겨할 수 있는 우리의 나라를 이룩한 바 없이 갈기갈기 찢어진 이론 밑에서 서로가 할퀴고 뜯고 짓밟아야만 하니 어찌 지나간 날의 재연됨을 두려워 않을 수 있겠습니까? 아직도 갈 길 몰라 헤매고 퇴락된 사회의 어둠이 나날이 깊어가고만 있으니 우리의 짐을 새삼스레 무거웁다고 느끼는 바입니다.[12]

이 글은 해방 직후 독립의 기쁨을 누리지도 못한 채 민족의 여망이 좌절되어가던 1948년 무렵, 경북중학 문예부 학생들의 각오를 보여주고 있다. 『새벽』은 해방 직후의 우리말, 우리글에 대한 학생들의 욕구를 채워줄 중요한 매체였으며, 문학을 지망하는 학생들에게는 작품을 발표할 수 있는 중요 공간으로 그 역할을 수행하였다. 『새벽』은 일반 학교의 교지와는 다르게 문학을 지망하는, 문학에 취향을 가진 학생들이 중심이 된 문예지이다. 학교에서 발간된 문예지는 전체적 학생을 대상으로 한 교지와는 다르게 문학을 지망하는 학생들이 모인 잡지에 가깝기 때문에 교지와 성인작가들이 참가하는 일반

12 「머리말」, 『새벽』 창간호, 경북공립중학교 문예부, 1948.9, 1쪽.

문예잡지와의 중간 쯤에 자리잡고 있다고 할 수 있다. 학교의 문예지는 기성 문단에 진입하기를 희망하는 학생들이 문학활동을 시작하는 습작문단의 성격을 지니고 있었다. 특히 『새벽』은 문학이란 취향의 공간에 모여든 학생들이 중심이 된 문예지였기에 습작 수준을 넘어선 작품들도 더러 있었다. 해방기의 열악한 출판환경 속에서도 『새벽』 1집(1948.9.1)과 2집(1949.9.15)을 연달아 발행하였던 것을 보면, 이곳에 모인 학생들의 열의도 열의였거니와 학교 차원의 적극적인 지원이 있었음을 알 수 있다.

『새벽』 2호는 1집에 비해 지면이 98쪽에서 170쪽으로 늘어났다. 문예지면이 대폭 보강된 것 이외 논설이나 교직원 일람표, 학도호국단 임원 일람표 등도 추가되었다. 이를 통해 『새벽』이 경북중학 문예부의 이름으로 발간되긴 하였으나 교지를 대체하는 역할을 하고 있었음을 알 수 있다. 『새벽』은 '순문예와 학술연구지'를 목적으로 1년에 한 번씩 나왔으며, 1950년부터는 '주간 『새벽』'을 내기로 예고까지 하였으나[13] 한국전쟁으로 더 이상 발간되지 못하였다.

대구·경북 지역 학생시단 현황을 파악해 보기 위해서 『새벽』에 이름을 올린 이원희를 주목해 볼 필요가 있다. 이원희는 경북중학교의 문예활동과 이 지역의 학생시단을 실질적으로 이끌고 있는 인물이다. 이원희는 『새벽』 1집에 시 「영서곡(迎曙曲)」, 수필 「가정교사와 나」, 소설 「우애」 등을 발표하였으며, 2집에는 시 「푸른 열매」, 수필 「나의 수첩」 등을 발표하였다. 『새벽』에 참가한 이원희는 이미 1948년 1월에 『옛터에 다시오니』란 시집을 출간한 바 있는 학생시인이었다. 이원희는 청도 금촌 출신[14]으로 이 당시 경북중학 5학

---

13 「기쁜 소식 한 가지」, 『새벽』 제2집, 경북중학교 문예부, 1949.9, 159쪽.
14 이원희, 『옛터에 다시 오니』, 평화도서주식회사, 1948, 32쪽.

이원희, 『옛터에 다시 오니』

년에 다니고 있었다. 그렇지만 그는 일제 말 학업을 중단하고 문경의 한 시골에서 '소학교 교편'을 잡으면서 '지하운동과 열렬히 한글연구'에 몰두한 이력[15]을 가진 인물이었다. 1948년을 전후하여 이원희는 문예지, 시집 등 여러 매체 발간에 관여하고 있었다. 경북중학 내에서도 이원희는 문예부, 도서부, 웅변부 부장을 맡은 것[16]으로 되어 있다. 「제30회 졸업생 4282년도 동태 일람표」에 의하면 이원희는 대구사범대학에 진학한 것으로 되어 있으나[17] 그 후의 활동은 잘 알려져 있지 않다. 이원희의 시집 『옛터에 다시 오니』는 해방기 대구·경북 지역에서 출간된 학생시집의 대표적 성취물이다. 『옛터에 다시 오니』는 전체 25편의 시로 구성되어 있는데, 주로 해방과 고향을 제재로 한 시가 많다.

> 봄비 나린 뒤
> 춘삼월 꽃바람이
> 치맛자락 날리고
>
> 눈녹은 갯가
> 무우밭 찾아

15 「서문에 대하여」, 이원희, 『옛터에 다시 오니』, 평화도서주식회사, 1948, 5쪽.

16 「경북중학 교우회 일람」, 『새벽』 제1집, 경북중학교 문예부, 1948.9, 97쪽.

17 「제30회졸업생 4282년도 동태일람표」, 『새벽』 제2집, 경북중학교 문예부, 1949.9, 168쪽.

쌍胡蝶 봄맞이 오네
강남 갔던 제비도 오고
어느새 황금빛 개나리 웃음 띄우니

아- 내고향
이제는 분명히 봄은 왔건만
봄은 왔건만……[18]

『옛터에 다시오니』의 첫머리에 실린 이 시는 이 시집의 방향성을 잘 보여주고 있다. 이 시는 고향 들판에서 봄을 맞이하는 시적 화자의 짧은 넋두리로 되어 있다. 화자의 심정은 봄이 오는 생동하는 자연과 정반대에 놓여 있다. "봄은 왔건만"이라 되풀이되는 넋두리 속에 봄의 생기와 대비된 화자의 씁쓰레한 감정이 잘 드러나 있다. 그리운 고향에서 자아와 세계는 합일되지 못하고 세계와 불화하는 모습을 보여준다. 『옛터에 다시 오니』에 실린 시들 대부분은 상실의 공간에서 방황하는 시적 자아의 주정적 감정을 드러내 보이고 있다. 이러한 상실감은 해방의 기쁨으로 "목을 놓고 울었"[19]던 8·15가 제대로 정착되지 못하고 있는 현실에 대한 안타까움과 허전함에 기인한다. 해방된 공간에서 성취되지 못한 시적 자아의 원망(願望)은 그의 시 대부분을 불화의 세계로 이끈다.

물러 간 착취와 압제가
자유와 환희를 지닌
해방이 왔는줄만 알었드니

18 이원희, 「봄은 왔건만」, 『옛터에 다시 오니』, 평화도서주식회사, 1948, 11~12쪽.
19 이원희, 「목을 놓고 울었다」, 『옛터에 다시 오니』, 평화도서주식회사, 1948, 26쪽.

사나운 날세 또 다시 피바람 불어
뵈이지 않는 쇠사슬과
총총히 얽힌 거미줄 같은 법에 휘감겨
성낸 물결 아우성치는 젊은 넋이야[20]

'자유'와 '환희'가 가득 찬 해방이 아니라는 점, 다시 피바람 몰아치는 사나운 현실은 시적 자아를 분노하고 좌절하게 만든다. 오인(誤認)된 해방에 대한 분노는 시적 자아를 해방되던 그날로 돌아가고픈 충동에 시달리게 한다. "그래도 노래하며/ 또 다시 눈물겨운 그날이 그리웁기에/ 낡은 곡조나마/ 구슬피 부르는 추억의 노래".[21] 이처럼 기억 속에 재생되는 8·15는 세계와 불화하는 시적 자아에게 원형적 공간으로 다가온다. 그의 시 대부분은 해방의 현실 아니면 고향, 가족 등을 제재로 삼고 있다. 눈앞에 보이는 현실 내지 감정을 직접 노래함으로써 감정 노출의 수위가 쉽게 조절되지 못하고 있긴 하지만 학생시인답지 않게 해방 직후의 모순된 현실을 구체적으로 드러내 보이고 있다.

이원희는 해방 직후의 열악한 출판상황 속에서 『옛터에 다시 오니』란 시집을 발간하였다. 학생시인으로 등단한 이후에도 지속적인 매체 편집에 관여한다. 대구·경북 지역 학생시단의 현황을 잘 보여주고 있는 『학생시원』은 이원희란 매개자를 통해 출판되었다. 이원희는 대구여자중학교장 김영기의 머리말과 죽농 서동균의 제자(題字)에, 최목랑의 장정까지 곁들여서 『학생시원』을 발간하였다. 이원희가 편한 『학생시원』(경북중학교 문예부, 1948)은 '경북남녀중학교종합시집 제1집'이란 표제를 달고 있는데, 이 당시 대구·경북 지

20 이원희, 「추억의 8·15」, 『옛터에 다시 오니』, 평화도서주식회사, 1948, 19~20쪽.
21 이원희, 「추억의 8·15」, 『옛터에 다시 오니』, 평화도서주식회사, 1948, 21쪽.

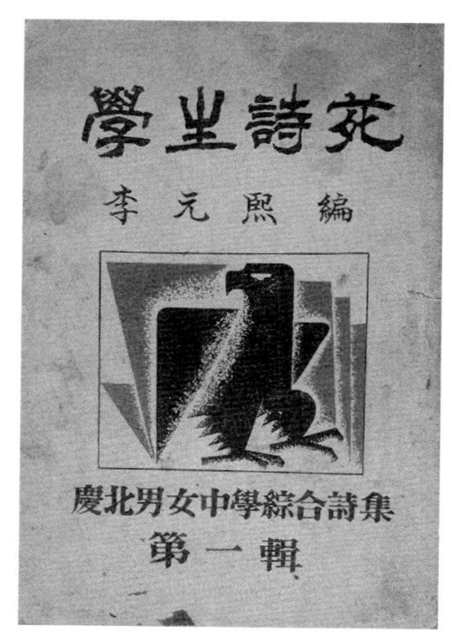

이원희 편, 『학생시원』

역 학생들의 문예활동의 총결산이라 할 만하다. 대구·경북 지역이 다른 어느 지역보다 학생들의 문학활동이 활발하였던 것은 이러한 학생시인의 노력이 있었기에 가능하였다.[22] 『학생시원』은 대구·경북 지역 각급 학교 문예부 학생들의 작품 60여 편 중 43편을 골라 싣고 있다. 이원희는 편집자의 말을 통해 김사영(신명여중), 김진태(대구농림), 김재형(대륜중학), 나운경(경북중학), 서석은(대구여중), 서병문(능인중학), 신현덕(대구여중), 이설주(경북여중) 등 지도교사에게 감사의 말을 전하고 있다. 문예 지도교사 중 이설주는 이 당시 시집 『들국화』(1946), 『방랑기』(1948) 등을 이미 상재한 중견시인이었다. 김진태는 <만선일보>, <경향신문> 등을 거쳐 조선아동회를 창립하는 한편, 박목월, 김홍섭 등과 『아동』을 발간하였으며, 최해태 발간의 『새싹』지 편집을 맡기도 한 아동문학가였다. 또한 『학생시원』의 편집자의 말에는 없지만 대구지역 문예 지도교사로 황윤섭을 들 수 있다. 신명여중에서 나온 교내신문 『신명』 3호에 의하면 그 발행인이 황윤섭으로 되어 있다.[23] 황윤섭은 1947년 9월 조선아동회에서 『규포시집』을 낸 시인으로, 그의 시집에 의하면 1930년대말부터 시

22 대구·경북 지역 성인 시동인지인 『죽순』에도 4집부터 11집까지 '학생시단'란을 두고 학생들의 시들을 선별하여 싣고 있는 것으로 보아, 대구·경북 지역의 경우 기성문단에서도 학생들의 문학활동에 대한 관심이 높았음을 알 수 있다. 각 학교마다 문예에 재질을 보인 학생들이 많았는데, 1949년 10월 발행된 대구공립공업중학교 문예부에서 펴낸 19세 청년 장상익(張尙翼)이 펴낸 『덤불』(청구출판사) 또한 학생작품집이자 시집이라 할 수 있다. 이 작품집은 앞 부분에 산문을, 뒷 부분에 시편(詩篇)을 배치하고 있다.

23 『신명』 3호, 신명여중, 1948.5.1.

창작을 상당히 한 인물이다. 이처럼 교사 문인들과 지도교사의 적극적 후원 하에 만들어진 『학생시원』은 해방기 대구·경북 지역 학생시단의 전모를 보여주는 것이라 할 수 있다.

왜놈이 두고 간 높고 큰 집
뉘가 들어 살기에
햇볕도 아니드는 곳간 속에
굶주린 사람들 물건처럼 재어 있다

굴같이 길고 어두워
바람도 피해 가는 곳
여름엔 숨 맥혀 죽고
겨울이면 얼어 죽는 곳

한 겨레 한 형제로서
해방이 되어 원스런 그들

장마 진 여름 밤
곳간 속은 지옥처럼
모두가 고국이 그리워
돌아온 동포들이란다[24]

이 시는 '전재민(戰災民) 수용소를 보고'란 부제(副題)에서 보듯이 해방 직후 귀국한 전재민의 고통스런 삶의 모습을 그려내고 있다. 해방소식을 듣고 고

---

24 백정희, 「곳간」, 이원희 편, 『학생시원』(경북남녀중학종합시집 제1집), 경북중학교문예부, 1948.11, 33~35쪽.

국이 그리워 돌아온 귀향이민들에게 해방조국은 아무 것도 해 주지 않았다. 기대했던 해방은 도리어 원망의 대상으로 전락하고, 이들은 지옥 같은 어두운 곳간 속에 수용되어 있을 뿐이다. 곳간에서 굶주림에 시달리는 이들의 삶은 "왜놈들이 두고 간 높고 큰 집"과 선명히 대비된다. "한 겨레 한 형제"로서 정당한 대우를 받지 못하고 "곳간 속 물건처럼 재어" 있어야 하는 귀환동포들의 모습을 함축적 시인은 날카롭게 포착하고 있다.

『학생시원』에는 이 작품 외에도 해방기 현실을 소재로 한 여러 편의 시들이 실려 있다. '죽순시인구락부'의 『죽순』에 실린 시들에 비해, 『학생시원』에 실린 시들은 현실주의적 성향을 가진 시들이 많다. 이것은 부당한 현실에 정의감을 갖기 쉬운 젊은 학생들의 감성과 일치했을 수도 있지만 이설주 같은 지도교사의 영향도 일부 있었을 것으로 생각된다. 당시 경북여중의 교사였던 이설주는 대구지역 문학의 장(場), 특히 학생시단에서는 상당한 영향력을 행사하고 있었던 인물이었다.[25] 이설주는 니혼(日本) 대학 재학 중 사상범으로 체포되어 중퇴한 바가 있으며, 일제 말기 만주, 중국 등지를 유랑하였다. 이 시기 창작된 그의 작품은 그의 시집 『들국화』, 『방랑기』 등에 잘 나타나 있다. 『새벽』이나 『학생시원』이 취향의 공간에 가까웠지만 현실주의적 성향의 시들이 많은 것은 그들의 상징권력으로 자리잡고 있는 이 지역 지도교사의 영향력과 관계되어 있다고 볼 수 있다. 대구농림중학교 문예부에서 나온 『흙과 땀』(1949.5) 또한 『아동』과 『새싹』을 주도하던 아동문학가 김진태(金鎭泰)가 편집인인 것을 보면 각급 학교의 문학열에 이들 지도교사들의 역할이 지대했음을 알 수 있다.

---

25 필자가 소장한 이설주 시집 『방랑기』의 뒷표지에 "경북여중 5년 ○○○용"이란 서명이 있는 것으로 보아 이 당시 대구 경북 지역 많은 학생들이 자기들과 관련있는 지도교사의 시집을 간직하고 있었던 것으로 보인다.

근대계몽기 교육현장에서 근대지식 보급이나 계몽 담론은 매체 발간의 주된 동기가 된다. 그렇지만 해방이 되면서 매체의 내용이 차츰 취향의 공간으로 이동하기 시작한다. 학생들의 문예에 대한 욕구를 수용하고 기성문단으로 나아가기 위한 매개적 통로로 학교의 문예지나 그들이 관여한 시집 등이 발간되었던 것이다. 학교의 교지나 그것을 발판으로 한 개인 또는 학생들의 합동시집은 기성문단을 보완하는 대구·경북 지역 시문학 형성의 또 하나의 기반이 되었다.

4. 맺음말

해방기 대구·경북 지역 문학은 지역문학에 대한 관심 부족과 자료 발굴의 소홀로 지역문학사에서조차 깊이 있게 거론되지 못하였다. 그러나 대구·경북 지역은 해방, 한국전쟁과 관련하여 매우 의미 있는 문학공간이다. 한국전쟁은 대구·경북 지역 문학을 한국문학의 중심부로 부상시켰는데, 이 장에서는 이러한 동력의 원천이 일제강점기와 해방기의 시적 전통 위에 연원한다는 점에 주목하였다. 해방기 대구·경북 지역 문단 형성과정을 살펴보기 위해서 이 시기에 발간된 각종 문학매체는 물론, 학교를 중심으로 생성된 학생시단과 관련된 인물, 매체 등을 관계짓고자 하였다.

이 장에서는 대구·경북 지역 시단 형성의 배후로 학생시단의 역할을 주목하였다. 지금까지 거론되지 않았던 경북중학 문예부 작품집인 『새벽』과 이원희의 시집 『옛터에 다시 오니』, 엔솔로지 형태의 학생시집 『학생시원』 등을 살펴본 것도 그러한 이유 때문이다. 이 세 매체를 잇는 매개적 인물은 경북중학에 다니던 이원희였으며, 그를 통해 이 매체들은 서로 밀접한 관련을 맺을 수 있었다. 『새벽』은 경북중학 문예부의 작품집이지만 교지의 기능을 대신하면서도 교지와는 다르게 문학 중심의 취향이 잘 드러나도록 편집하였다. 『새벽』과 『학생시원』이나 『옛터에 다시 오니』는 학생시단의 성과물이 공개 출판된 것으로, 해방기 현실을 제재로 한 많은 시들을 싣고 있다. 이는 그들의 상징권력으로 자리잡고 있는 이 지역 지도교사의 영향력과 관련이 있는 것이라 할 수 있다.

| 제3장 |

황윤섭의 매체활동과 아동·학생문단의 진작

1. 들어가는 말

지역문학의 중요성이 차츰 강조되고 있는 시점이다. 지방자치화 시대를 맞아 각 지역마다 지역 출신 문인들을 기리는 문학관이 서고, 지역문화와 연계한 문학 행사가 기획되고 있다. 문제는 내실을 기하지 않은 문학관의 설립이나 보여주기에 급급한 전시성 강한 행사들이 난무하면서 지역문학에 대한 정체성을 제대로 드러내 보이지 못하고 있다는 점이다. 이러한 문제를 극복하기 위해서는 중앙과 대타적인 지역문학의 위상 재정립과 더불어 지역 문학 자산에 대한 발굴과 정리, 그것의 평가가 지속적으로 이루어져야 할 것이다.

대구·경북 지역의 근대문학 자산에 대한 연구는 아직 초기의 단계에 머물러 있다고 할 수 있다. 대구 향촌동에 자리한 대구문학관을 보더라도 이상화, 이장희, 현진건, 『죽순』 등의 전시 기획에 치우치다 보니, 대구·경북 지역 문학의 토대를 형성했던 각종 문학 매체의 발굴이나 다른 작가들에 대한 문학적 조명이 상대적으로 소홀해진 감을 지울 수 없다. 대구·경북 지역은 한국 근대문학을 주도한 현진건, 이상화, 이장희, 이육사, 박목월, 김동리,

조지훈, 오일도, 이병각, 이병철, 이호우, 백신애, 이원조, 김문집, 장혁주 등 많은 작가들이 태어나고 성장했던 장소였다. 이들 작가들에 대한 제 연구는 한국 근대문학 연구에서 일정 부분 진척되고 있지만 지역의 공간과 장소와 관련한 논의는 아직도 미흡한 상태에 머물러 있다고 할 수 있다. 지역문학사를 점검하다 보면 자료의 유실 내지 미발굴로 제대로 평가받지 못한 많은 작가들과 문학매체가 산재해 있다. 이들과 이들이 남긴 문학 유산들은 대부분 지역의 문학사가 감당하여야 할 몫이다. 특히 해방기와 한국전쟁기는 대구가 가진 장소의 의미를 더욱 명료히 한 시기였다. 격동과 혼란의 이 시기에 대구·경북의 문학인들은 중앙과 교유하면서 신문과 잡지, 문학 단행본들을 연이어 출간하는 등 부산한 지적 움직임을 보여주었다. 해방 직후 대구는 시동인지인 『죽순』 이외에도 『무궁화』, 『건국공론』 등의 종합지, 『아동』, 『새싹』 등의 아동문학지를 탄생시켰다. 한국전쟁의 발발은 대구를 중앙문단과 다름없는 역할을 수행하는 장소로 격상시켰다. 대구의 전시문단은 『전선문학』, 『전선시첩』, 『창공』 등 중요 전선매체를 보급하는 기지의 역할을 하였다. 해방과 한국전쟁을 전후한 대구는 이처럼 풍부한 문학적 자산을 공유한 장소였음에도 불구하고 지역문학이나 지역작가들, 또 이들이 참여한 제 문학매체에 대한 발굴과 평가가 여전히 미흡한 상태이다. 이 장에서 발굴, 조사하고자 하는 황윤섭(黃允燮)의 경우도 마찬가지이다.

해방기에 발간된 시집 목록을 일별하다 보면 고운 한지로 장정된 두 권의 시집, 『조선미』와 『규포시집』이 눈에 띈다. 해방기 발간 시집의 첫머리를 장식하고 있는 『조선미』의 경우[1] 저자도 출판사도 표시되어 있지 않다. 다만 말미에 저자로 추정되는 이태환(李泰煥)이란 이름만 서명되어 있을 뿐이다.

1 하동호, 「한국근대시집총림서지정리」, 『한국학보』 28, 일지사, 1982 가을, 68쪽.

1945년 9월, 해방이 되고 채 한 달이 되지 않아 시집을 낼 정도의 작가라면 나름대로 문학적 이력을 가졌을 법한데, 작자 이태환에 대해서는 별로 알려지지 않고 있다. 다만 시인 허만하(許萬夏)가 『조선미』의 저자 이태환이 대구 계성학교 교사로 재직하고 있었음을 밝힌 바 있다.[2] 저자명도 출판소나 인쇄소도 명기되지 않은 채 이태환이란 자필 서명만 있는 이 자가본(自家本) 시집은 대구에서 발간되었을 가능성 또한 배제할 수 없다. 이와 유사한 형태의 한지 장정을 보여주고 있는 시집이 『규포시집(葵圃詩集)』이다. 조선아동회 출판국에서 나온 『규포시집』의 작자는 황윤섭(黃允燮)이다. 이태환이 재직한 계성학교나 황윤섭이 근무한 신명여중 모두 미국 기독교 북장로회 선교회와 관련된 기독교 학교이다.

황윤섭은 해방을 전후하여 시와 아동문학 분야에서 많은 작품을 발표한 작가이다. 그러나 황윤섭은 그의 문학적 활동에 비해 현대문학사는 물론이고 대구·경북의 지역문학사에서조차도 거의 거론되지 못하였다. 그 원인을 크게 두 가지 정도로 요약할 수 있다. 하나는 그가 한참 활동할 나이인 36세에 요절하였다는 점이다. 황윤섭은 연희전문학교 문과를 졸업하고 대구의 기독교계 사립학교인 신명여중에 근무하였다. 그는 해방 직후 교직에 몸담고 있으면서도 『규포시집』, 『청과집(靑顆集)』(공저) 등의 시집을 발간하는 한편, 지역의 아동문학 매체인 『아동』과 『새싹』에 많은 작품을 발표하였다. 중앙이든 지역이든 해방 직후의 문학공간에서 두 권의 시집을 출간하였다는 것은 그의 위상이 만만치 않다는 것을 보여주는 증좌라 할 수 있다. 그렇지만 한국전쟁의 와중, 한창 문학적 성취를 이룩할 나이에 요절함으로써 그의 문학에

2 허만하, 「조그마한 지적 고고학—시집 '조선미'의 저자에 대하여」, 『낙타는 십리 밖 물냄새를 맡는다』, 솔, 2000, 205~214쪽.

대한 평가를 제대로 받을 기회를 얻지 못하였던 것이다. 또 하나는 작품 발표 매체와 관련된 것이라 할 수 있다. 해방 직후 대구의 문학 장(場)은 크게 죽순시인구락부와 조선아동회 중심으로 전개되고 있었는데, 황윤섭은 죽순시인구락부가 펴내는 『죽순』지 대신 『아동』과 『새싹』 같은 아동문학 매체에 작품을 주로 발표하였다. 일제강점기 『연희시온』과 <매일신보> 등에 시를 발표한 바 있던 황윤섭이 『죽순』 동인에 참가하지 않았다는 것은 시인으로서의 그의 위상을 제고시킬 기회를 상실하는 것이었다. 황윤섭의 시적 경향을 살펴보면 해방기에 임시호를 포함해 12집이나 발간된 『죽순』지의 순문학적 지향과도 크게 어긋나지 않는다. 그런데 그는 왜 죽순시인구락부에 가담하지 않았을까? 그 이유를 필자는 해방 전후 교육계에 몸담고 있던 교육자로서의 그의 이력과 관련이 있다고 본다. 학교에서 매일 학생들을 접하면서 해방된 새나라의 주인공이 될 학생, 즉 아동에게 다가갈 아동문학의 중요성을 깨달았다고 할 수 있다. 마침 대구에서 발간된 아동문학매체 『아동』과 『새싹』의 필진 부족은 그를 아동문학 중심의 문학활동에 진력하게 만들었던 것이다. 그렇지만 그가 완전히 시를 놓은 것은 아니었다. 두 권의 시집 발간을 통해 그는 시인으로서의 활동 또한 소홀히 하지 않았기 때문이다.

황윤섭의 문학적 이력과 시와 동요 사이를 오간 그의 문학적 행로를 살펴보기 위해 아래에서 두 가지 점을 집중적으로 살펴볼 것이다. 첫째, 지금까지 알려져 있지 않던 황윤섭의 연희전문 문과시절과 일제 말기의 그의 문학적 궤적을 추적해 문학출발기의 그의 제 모습을 드러내 보이는 일이다. 둘째, 해방 직후의 문학적 활동 및 아동문학 매체에 발표된 그의 작품을 발굴, 정리하여 그의 문학적 위상을 자리매김하는 것이다.

2. 문학적 출발기와 시 창작

황윤섭의 생애나 문학적 이력에 대해서는 아직까지 명확히 조사되어 있지 않다. 다행히 그의 이력(履歷)을 유고시집인 『규포시초(葵圃詩抄)』에서 간략하나마 확인할 수 있다.

- 1916년 12월 19일 풍기에서 출생
- 1940년 연전 문과(延專 文科) 졸업
- 1941년 신명여중 교사 취임
- 1947년 신명여중 교장 취임
- 1947년 시집 『규포시집』 발간
- 1948년 4인시집 『청과집』 발간
- 1951년 1월 17일 작고[3]

연전(延專) 문과 졸업사진

위의 약력을 통해 볼 때 황윤섭은 연희전문 문과를 졸업하고 대구의 미션계 학교인 신명여중[4]에서 교사와 교장으로 재직하다 작고한 것으로 되어 있다. 생전에 황윤섭은 『규포시집』(대구, 조선아동회, 1947.9.15)과 『청과집』(박목월, 김성도, 윤계현과 공저, 대구 동화사, 1948)을 상재(上梓)한 것으로 되어 있다. 사후(死後)에는 유고시집인 『규포시초』(동서문화사, 1954.7.1)가 발간되었다. 황윤섭은 생전에 2권의 시집을, 사후에는 유고시집인 『규포시초』를 펴낸 시인이다.

---

3 황윤섭, 『규포시초』, 동서문화사, 1954, 3쪽. 사후 나온 『규포시초』는 크게 3부분으로 나누어져 있다. 정인섭의 서문은 시집 『성묘』를 대상으로 쓴 것으로 보이는데 『성묘』는 발간되지 못하였다. 대신 1부는 『규포시집』(1947), 2부는 『청과집』(1948), 3부는 유고집 『성묘』의 일부에서 뽑아내어 『규포시초』를 만들었다.

4 대구신명학교는 남산정(南山町)에 위치해 있었으며, 대정 3년(1914) 4월에 개교하였다. 1934년 4월 현재 4학급, 교원은 7명, 여생도 103명이 다니고 있었다. (대구부 편찬, 『대구부세일반』, 1934, 47쪽)

그는 해방과 한국전쟁을 전후해 3권의 시집을 펴냈고, 각종 잡지나 단행본에 많은 작품을 발표한 시인이다. 먼저 작가로서 황윤섭의 문학적 위상을 밝혀 보기 위해서는 문학 출발기부터 그의 문학활동을 점검해 볼 필요가 있다.

먼저 황윤섭의 문학적 이력에서 중요시되어야 할 것은 연희전문학교 문과 재학시절 또는 졸업 전후의 문학작품 활동이라 할 수 있다. 이 당시 연희전문학교는 학생들의 창작열을 자극할 많은 문학 매체들을 발간하고 있었다. 『연희(延禧)』, 『연희시온(延禧詩蘊)』, 『문우(文友)』 등이 발간되어 학생들의 문학적 분위기를 조성하고 창작욕을 자극하고 있었다. 이중 황윤섭이 관계한 매체는 『연희시온(延禧詩蘊)』 4호(1936)이다. 여기에 황윤섭은 '감상수필'란에 「우울의 계절」을 발표하면서 그 이름을 드러낸다.

『연희시온』은 '연희전문학교 학생기독청년회'가 발간한 것으로, 현재 1936년 제4호 특대호만 남아 있다.[5] 『연희시온』 4호 특대호는 <연구논문>, <감상수필>, <시>, <창작>, <본회보고> 란 등을 배치하였다. <감상수필> 부분에 황윤섭은 「우울의 계절」을 발표하고 있는데, 이것이 황윤섭이 공식적 매체에 발표한 첫 글이다. 『연희시온』의 필자 구성을 잠깐 살펴보면 <연구논문>란에 H. H. Underwood, 갈홍기(葛弘基) 박사, 이묘묵(李卯默) 박사, 손진태(孫晉泰) 선생, 현제명(玄濟明) 박사, 김하태(金夏泰), 송귀현(宋貴鉉), 김원송(金元松)이, <감상수필>란에 모기윤(毛麒允), 이구조(李龜祚), 이영근(李泳根), 김창호(金昌鎬), 주영하(朱永夏), 황윤섭(黃允燮)이, <시>란에 Roseoe C. Coen, 김성도(金聖道), 이구조(李龜祚), 송귀현(宋貴鉉), 백남훈(白南勳), 윤태웅(尹泰雄), 김영기(金永祺), 한표욱(韓豹頊), 모기윤(毛麒允)이, <창작>란에 김성도(金聖道), 민자호(閔肅

5 『연희시온』에 대해서는 정경은, 「'연희시온'에 나타난 1930년대 중반의 기독교 인식과 문학사적 의의」, 『한국학연구』 29, 고려대학교 한국학연구소, 2008.11 참고.

鎬), 김도집(金道集) 등이 글을 발표하고 있다. 이상의 필자의 분포를 살펴보면 연희전문학교의 교수나 강사, 학생들이 『연희시온』에 참여하고 있음을 알 수 있다. '시를 쌓다'란 뜻의 '시온(詩蘊)'이란 제호(題號)는 문학을 뜻하는 제유(提喩)의 수사라 할 수 있다. 논문, 수필, 시, 소설, 희곡 등을 망라하고 있는 것을 볼 때 『연희시온』은 『문우(文友)』와 더불어 연희전문학교의 서클적 성격을 띤 문학동인지였다고 할 수 있다. 그렇지만 필진들을 두고 볼 때 단순히 학생들만 모여서 내는 잡지가 아니라 학교 차원의 관심과 후원이 있었음을 알 수 있다. 연희전문학교 학생이었던 이구조, 윤태웅, 김성도, 황윤섭, 모기윤 등은 문학지망생에 그치지 않고 나중 실제 아동문학가로 문단에서 나름의 역할을 한 작가로 성장하였다.

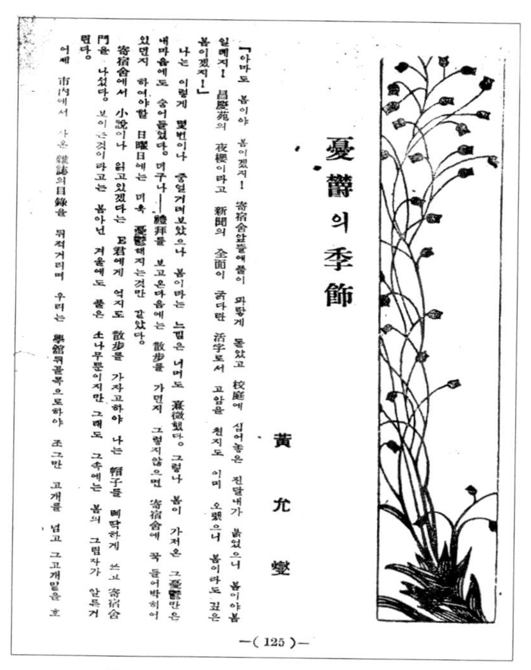
憂鬱의 季節

黃允燮

「아마도 봄이야 봄이겠지! 寄宿舍앞뜰에 풀이 파랗게 돋았고 校庭에 심어놓은 진달내가 붉었으니 봄이야 봄일테지! 昌慶苑의 夜櫻이라고 新聞의 全面이 굵다란 活字로서 고함을 친지도 이미 오랬으니 봄이라도 깊은 봄이겠지!」

나는 이렇게 몇번이나 중얼거려보았으나 봄이라는 느낌은 너머도 稀微했다。 그렇나 봄이 가저온 그憂鬱만은 내마음에도 숨어들었다。 더구나—禮拜를 보고온다음에는 散步를 가던지 그렇지않으면 寄宿舍에 꼭 들어박히어 있던지 하여야할 日曜日에는 더욱 憂鬱해지는것만 같았다。

寄宿舍에서 小說이나 읽고있겠다는 E君에게 억지도 散步를 가자고하야 나는 帽子를 삐딱하게 쓰고 寄宿舍門을 나섰다。 보이는것이라고는 봄아닌 겨울에도 풀은 소나무뿐이지만 그래도 그속에는 봄의 그림자가 산듯거렸다。

어제 市内에서 사온 雜誌의目錄을 뒤적거리며 우리는 學館뒤골목으로하야 조그만 고개를 넘고 그고개말을 호

—(125)—

『연희시온』 4집에 실린 「우울의 계절」

「우울의 계절」은 연희전문학교 재학 당시 청년 황윤섭의 내면풍경을 잘 보여주고 있다. 「우울의 계절」은 연희전문학교의 기숙사에서 몸담고 있던 글쓴이가 친구와 함께 봄맞이 산보를 나가, 보고 느낀 경험을 적은 수필이다. 벚꽃이 피고 따뜻한 햇빛이 내리쬐이는 봄날의 언덕과 그 속에 살아가는 사람을 보면서 글쓴이는 삶에 대한 의문과 우울로 가득차 있다. 이러한 우울의 정조는 크게 두 가지 심리에서 나온다고 할 수 있다. 하나는 '어린이적 그 옛날'의 행복한 공간의 부재에 대한 현재적 심사(心思)가 그것이다. 글쓴이의 기억 속에 재생되는 고향, 그 중심에는 아버지와 어머니로 연상되는 가족간에 오고 간 교감의 경험이 놓여 있다. 애상과 우울은 청년기에 접어든 젊은이 대부분이 갖기 쉬운 정조이기는 하다. 그렇지만 가족과의 격리, 즉 고향의 흙냄새와 떨어져 낯선 곳을 거닐고 있는 존재인 글쓴이가 이러한 정조에 빠져드는 것은 더욱 쉽다 할 수 있다. 또 하나는 눈앞에 펼쳐지는 조선의 제 광경에 대한 글쓴이의 인식의 문제에서 나온다고 할 수 있다. 농부의 들일, 아낙네들의 빨래, 화장터로 가는 상여 행렬 등이 주로 그려지는데, 이는 단편적이긴 하지만 식민지 조선의 현실적 모습들이다. 산보하는 글쓴이의 눈에 포착된 조선의 모습들을 잠깐 살펴보기로 하자.

> 시냇물은 그다지 맑지도 못하건만 거기에서는 방망이 든 아낙네들이 빨래를 한다. 빨래 — 이것은 흰옷을 사랑하는 이땅의 사람들이 너무도 많이 하는 일이다. 나는 어디서인가 조선사람은 흰옷을 입음으로 조선부인들은 빨래하기에 죽을 지경이라고 하는 말을 들었다. 그 말은 빨래하느라고 수고하는 조선부인들을 동정하는 말인지 혹은 흰옷 입은 우리가 색(色)옷입는 저이들만 못하다고 비웃는 말인지 나는 모른다. 그러나 이땅의 부인들은 흰옷 빨기를 즐거워해야 할 것이다. 사실에 있어서 즐거워하는지도 모른다. 흰옷을 곱게 빨아서 입게 하는 것이 이땅의 부인들이 바치는 깨끗한 정성이며 마땅

> 히 하여야 할 책임일런지도 모른다. 흰옷— 이것은 우리의 본색이다. 흰옷을 사랑하는 이땅의 사람은 그 마음의 희기가 수정(水晶)같으며 오직 순결은 이땅에 사는 사람들의 목숨이다. 시내언덕 푸른 잔디에는 씻어놓은 흰 빨래들이 널려 있다. 툭탁툭탁하는 그 방망이소리— 비록 가을밤 깊어가는 때의 다듬이소리만은 못할런지 모르나 조선의 정서를 말함에는 또한 귀중한 보배이다.[6]

작중 화자인 '나'는 빨래하는 조선부인들에 대한 서양인의 부적절한 시선에 대해 의문을 제기한다. 흰옷 때문에 조선부인들이 죽을 지경의 수고를 하고 있다는 색옷 입는 서양인들의 생각이 바르지 못하다는 것이다. 이러한 서양인의 사고를 '나'는 우월적 위치에서 '야만'의 풍습을 바라보는 동정적 시선에서 나온 것으로 파악한다. 흰옷은 '이땅'(조선)에서 살아가는 사람들의 본색(本色)이며, 푸른 잔디에 씻어놓은 흰 빨래들은 이땅 사람들의 수정같은 마음과 순결함을 표상한 것이라 본다. 그러므로 '나'는 흰옷을 곱게 빨래하는 행위가 노동이 아니라 이땅의 부인들이 마땅히 행해야 하는 깨끗한 정성이자 책임이라고 인식한다. 서양인의 오리엔탈리즘적 취향 내지 사고에 대한 이러한 비판적 시선은 '나'의 앞에 펼쳐지는 몇 개의 장면에서도 계속 이어진다. 농부의 들일이나 화장터로 가는 상여행렬 등에 대한 상념 또한 마찬가지이다. 꽃구경이니 뱃노리니 야단법석을 치고 있을 일요일에 호미질만 하고 있는 농부들, 화장터로 올라가는 상여행렬의 흥성스러운 모습을 보고 그것이 가진 양가적 속성에 대한 고민을 드러내 보인다. "봄이 나에게 가져온 선물은 버들피리도 아니고 진달래도 아니고 오직 우울(憂鬱)"[7]이란 말처럼 청년 황윤

6 황윤섭(1936), 「우울의 계절」, 『연희시온』 4호(특대호), 연희전문학교 학생기독청년회, 126쪽.

섭에게 조선과 그 속에 살아가는 사람들의 모습, 그리고 인생에 대한 제 고민은 봄이란 계절 속에 더욱 우울을 돋구는 제재로 작동될 뿐이다.

연희전문학교 문과 시절 황윤섭이 사용한 교재 『용비어천가』

황윤섭은 『문우』, 『연희시온』 등이 발간되던 연희전문 문과의 문학적 분위기 속에서 자연스레 문학에 대한 열망을 불태운 듯하다. 『연희시온』 4호는 연희전문학교 문과 재학시절 황윤섭의 문학활동을 살펴볼 수 있는 근거가 된다. 그는 김성도(金聖道) 등과 함께 학생기독청년회에 참여하여 문학의 꿈을 키워나갔다. 『연희시온』 출신들은 나중 대부분 아동문학 분야에서 두곽을 나타내었다. 황윤섭, 김성도 또한 해방 직후 대구의 아동문학 장(場)에서 중요한 역할을 수행하였다. 황윤섭의 연희전문학교 문과 재학 시기는 1936년부터 1940년까지로 추정된다. 그 근거는 그가 1936년 연희전문학교에서 발간한 『연희시온』에 작품을 발표하고 있고, 1954년 발간된 『규포시초』의 적힌 이력에 의하면 1940년 문과를 졸업한 것으로 되어 있기 때문이다. 그러면 이 시기에 황윤섭이 어느 정도의 시작(詩作) 활동을 하고 있었을까? 『규포시집』(1947)에 실린 작품 24편 중 11편이 1938년부터 1940년 봄까지 창작된 것으로 되어 있다.[8] 이것은 상당량의 시를 연희전문학교 문과 재학 중에

---

7 황윤섭, 위의 글, 128쪽.

8 『규포시집』은 작품 말미에 창작년도를 부기하고 있는데, 이 시기에 발표된 작품을 열거해 보면 다음과 같다. 1940년춘(春) 「밭으로 돌아가려오」, 1940년춘(春) 「나의 무덤」, 1938년추(秋) 「분수」, 1938년하(夏) 「장미」, 1938년추(秋) 「촛불」, 1939년춘(春) 「거울」, 1939년춘(春) 「병상」, 1940년춘(春) 「성호(聖號)」, 1938년추(秋) 「합장」, 1940년춘(春) 「나의 별」,

황윤섭이 이미 창작하고 있었다는 것을 보여준다.

황윤섭이 연희전문학교를 졸업한 1940년 전후에 문학동인 활동을 한 흔적은 아직까지 발견되지 않고 있다. 황윤섭이 『연희시온』 이외에 공적인 매체에 작품을 발표한 것은 언제부터일까? 「등대」와 「분수」가 각각 <매일신보(每日新報)> 1941년 12월 5일자와 6일자에 실려 있음이 확인된다.[9] <조선일보>와 <동아일보>가 1940년 8월 10일 총독부에 의해 강제 폐간된 이후 <매일신보>는 총독부의 기관지적 성격을 가지기는 하였지만 1941년 말의 상황에서 조선어로 나오는 유일한 신문이었다. <매일신보>에 실린 「등대」를 잠깐 살펴보기로 하자.

> 눈매가 고아서
> 바다의 귀염을
> 호올로 한몸에 누리는 公主
>
> 靑春의 旗幅처럼
> 펄럭이는 푸른 치마에
> 달이 흐르고…… 별이 흐르고……
>
> 머언 航路에 지친 배가
> 사랑에 주린 사나히처럼
> 저 水平線 우에 와서 다흐면
>
> 恍惚한 視線에 醉하여
> 헛소리가튼 汽笛을 울고
> 肉重한 몸둥이를 물결에 맛긴다

1940년춘(春) 「은혜」

9 「등대」는 나중 『청과집』(1948)에, 「분수」는 『규포시집』(1947)에 실렸다.

오늘도 갈매기는 날다가고
戀情인 양 설레이는 바다의 誘惑이
數없이 밀려와 진종일 부다치건만

이 눈매 고운 公主는
바다에 솟은 永遠의 處女像[10]

「등대」는 습작 수준을 벗어난 황윤섭의 초기 시의 모습을 잘 보여주고 있는 작품이다. 「등대」는 시적 대상인 '등대'를 직접적으로 묘사하지 않고 '공주'로 의인화하여 등대의 의연한 모습을 그려내고 있다. '등대'를 '공주'로, '머언 항로에 지친 배'를 '사랑에 지친 사나히'로 비유하고 의인화함으로써 배와 등대의 관계를 잘 형상화해 보이고 있다. 즉 '등대 = 공주 = 바다에 솟은 영원의 처녀상'이라는 기본적인 은유의 도식 위에 '등대'와 '항로에 지친 배'의 관계를 '공주'와 '사랑에 주린 사나이'로 설정함으로써 이 시 전체의 심상을 생동감 있게 이끌어나간다. 「분수」[11]의 경우도 함축적 시인의 눈에 포착된 '분수'는 단순한 사물로서의 대상이 아니다. '분수'의 솟아오르는 모습과 떨어지는 모습을 보면서 화자는 인간이 가진 상승의 욕망과 하강할 수밖에 없는 허무를 떠올리고 슬픔을 느낀다. 이러한 인간 존재가 가질 수밖에 없는 근원적 슬픔을 '분수'는 '서러워' '머리를 푼다'고 표현하였다.

「등대」나 「분수」를 볼 때 연희전문 문과를 졸업할 당시 황윤섭은 이미 일정 수준의 시 창작 능력을 갖추고 있었다. 같은 날짜의 <매일신보>에 박태

10 황윤섭, 「등대」, <매일신보>, 1941.12.5.

11 "나래업는 가슴에/ 날고싶은 마음이 솟느뇨// 솟아도 솟아도 보람업시/떨어저 떨어저 눈물지는 양!// 꿈이 구즌비 넉시 되어/ 噴水는 설업다 머리를 푼다" 황윤섭, 「분수」, <매일신보>, 1941.12.6.

원(朴泰遠)의 장편소설 『청춘무성(靑春茂盛)』이 연재되고 있고, 이들 시가 발표된 <매일신보> 발표 지면에 '독자투고'란 표시가 없는 것을 보면 <매일신보> 편집진이 황윤섭을 기성 작가로 대우하고 있었음을 알 수 있다. 연희전문을 졸업한 해인 1940년부터 해방되기까지 황윤섭이 <매일신보> 이외의 다른 매체에 발표한 작품은 아직 발견되지 않고 있다. 1940년 전후 문학지망 청년이나 갓 등단한 신진시인들이 잡지나 신문 등의 발표 매체를 확보하는 일은 쉽지 않다. 연희전문 문과 동창생인 윤동주의 경우를 상고해 보면 이러한 점은 쉽게 수긍이 된다. 특히 일제 말기의 경우 새로 등장한 신진시인이 얼마 남아 있지 않은 문학매체를 통해 작품 발표 기회를 얻는다는 것은 매우 어려웠다. 추천 같은 공모제도나 투고 등이 작품을 발표할 수 있는 방법이라고 할 수 있지만 그것도 쉬운 일은 아니었다.[12] 그렇다고 황윤섭의 작품 창작이 중단된 것은 아니었다.

『규포시집』(1947)

『규포시초』(1954)

12 해방 직후의 조선문학가동맹의 전위시인인 이병철은 혜화전문학교를 졸업하고 『조광』지에 이원조의 추천으로 「낙향소식」이 가작 입선되어 작품 활동을 시작한 바 있다. 박용찬, 「이병철 시에 나타난 가족과 전망」, 『해방기 시의 현실인식과 논리』, 역락, 2004, 401~428쪽.

1940년 연희전문 문과를 졸업하고 1941년 대구의 신명여중 교사로 내려온 황윤섭이 조선어 사용이 금지된 일제 말기의 시대상황[13] 속에서 그가 지속적으로 작품을 창작하였음은 그의 시집 『규포시집』을 통해 확인할 수 있다. 황윤섭은 해방 직후 자신의 시집 『규포시집』을 엮으면서 각 작품의 말미에 창작 연도를 부기해 두었다. 이를 통해 작품의 창작 연대를 확인하는 것이 가능하다. 1941년춘(春) 「도중음(途中吟)」, 1941년추(秋) 「자화상」, 1944년동(冬) 「안해」, 1944년동(冬) 「병처부(病妻賦)」, 1945하(夏) 「조반」, 「석죽(夕粥)」, 「우리 아가」, 1941년춘(春) 「사무실」 등의 작품이 창작된 것으로 되어 있다. 이는 황윤섭이 일제 말기란 어둠 속에서도 조선어로 꾸준히 시 쓰기를 시도하였음을 보여준다. 조선어 사용이 금지된 소위 일어(日語) 상용(常用)의 시기에도 조선어로 시를 지속적으로 썼다는 것은 무엇을 의미하는가? 이는 그가 어둠 속에서도 민족어인 조선어에 대한 애착을 고이 간직하고 있었다는 것을 의미한다.

『규포시집』에 실린 시는 해방 직후에 쓴 4편(「어머니」, 「기도」, 「국기게양」, 「나의 8월」)을 제외하면 모두 일제 말기에 쓴 작품이다. 이들 시는 크게 두 부류로 나누어지는데, 하나는 기독교적 신앙을 노래한 것이고 다른 하나는 자신 내지 어머니, 아내, 어린 딸과 관련된 소시민적 일상을 노래한 것이다.

> 문득 뜨인 눈에
> 합장한 어머니 모습!
> 그날부터 나도 배운 합장입니다

---

13 1942년 10월 1일 일어난 조선어학회 사건을 빌미로 일제(日帝)는 한반도에서 조선어 사용을 전면 금지시켰다.

이 새벽도 입은 다물고
고이 뫃아 쥔 이 두 손은
主님만이 알아 들으시는 祈禱입니다

北國의 눈나리는 새벽
어머니와 둘이 걷던 골목길은
하로 같이 聖堂門에 다달았건만

어머니 잃은 외로운 아들이
오늘은 他鄕의 새벽에
혼자서 뫃아 쥔 두 손이 설업습니다

그러나 지금도
마음속 祈願의 샘은
날로 솟는 샘물입니다[14]

시적 자아를 황윤섭의 분신이라고 본다면 그의 시에 그려진 '어머니'는 어린 시절 그를 '주님'의 길로 인도한 분이다. 태어나면서부터 어머니를 통해 자연스레 체득한 신앙은 어머니를 여읜 시적 자아에게 "오늘도" "날로 솟는 기원의 샘물"로 작동된다. "일찌기 가난한 어머니에게서/ 감사의 기도를 배운"[15] 황윤섭은 "신성중학교를 거쳐 연희전문학교 문과를 나온 청년교육자로서 섬세하고도 열정적인 인물"[16]이었다. 『규포시초』의 이력에는 나타나 있지 않았지만 『신명100년사』는 황윤섭이 연희전문학교 이전에 신성중학교를 다

14 황윤섭, 「합장」, 『규포시집』, 조선아동회, 1947, 44~45쪽.
15 황윤섭, 「조반」, 위의 책, 1947, 30~31쪽.
16 신명100년사 편찬위원회, 『신명100년사』, 신명고등학교·성명여자중학교, 2008, 146쪽.

닌 것으로 기록하고 있다. "북국(北國)의 눈나리는 새벽", "어머니와 둘이 걷던 골목길" 등은 그가 평안북도 선천 지역의 신성학교를 다녔음을 증빙해 보인다. 신성학교는 평안북도 선천 지역의 조선인 기독교 지도자 및 미국 북장로교 선교회의 협력에 의해 1906년 9월 설립된 기독교 선교계 중등 사립학교이다. 황윤섭이 연희전문학교 문과를 졸업하고 재직한 신명여중 또한 미국 북장로교 선교회에 의해 세워진 학교이니, 황윤섭의 삶에서 기독교는 매우 중요한 영향을 미쳤다고 할 수 있다. 신성중학교, 연희전문학교, 그가 재직한 대구의 신명여중 모두 선교사에 의해 운영되던 기독교 계열 학교였으니, 기독교와 그의 삶은 불가분의 관계에 놓여 있었다. 그의 시 「성호(聖號)」, 「나의 별」, 「미성(微誠)」, 「은혜」, 「기도」, 「설야(雪夜)의 기원(祈願)」 등은 모두 '주님'에 대한 찬양과 하느님 내지 자연의 섭리에 대해 노래한 것이다. '주님' 이외에 그의 시의 주된 제재가 되었던 것은 주로 가족들이다.

> 늘 점심을 건너는 우리는
> 마치 무슨 幸福이라도 올것처럼
> 저녁을 얼마나 기다리는지 모른다
>
> 그렇게 우리가 기다리는 저녁은
> 쌀 한 줌 좁쌀 한 줌에 나물을 보태어
> 이렇게 쑨 오늘도 머얼건 죽이다
>
> 내가 기도를 올리려고 눈을 감으면
> 기도보다 먼저 숟갈을 들었던
> 어린 것이 나를 따라 合掌을 한다[17]

---

17 황윤섭, 「석죽(石粥)」 일부, 앞의 책, 1947, 32쪽.

어머니, 아내, 어린 딸은 그가 즐겨 다루는 시적 대상이다. 가난하지만 경건하게 살아가는 시적 자아의 삶에 대한 태도는 은혜와 감사로 충만해 있다. 힘든 현실 앞에 기독교적 신앙을 통해 한 소시민의 일상은 그래도 경건하게 유지된다. 「조반」의 경우도 「석죽」과 그 내용이 별반 다르지 않다. 시적 자아는 가난하지만 '감사의 기도'로 현실의 불만을 잊는다고 토로한다. 「어머니」, 「안해」나 「병처부(病妻賦)」, 「우리 아가」 등은 가족에 대한 그의 관심과 지향을 잘 보여준다. 이러한 가족의식은 고향에 대한 향수로 확대되어 나타나기도 한다. 「길」에서는 "풀려가는 연실같이/ 나의 비단실 — 향수는 풀려 풀려 풀려"[18]란 묘사를 통해 고향에 향한 절절한 그리움을, 「지도1」, 「지도 2」에서는 지도에 나타난 "고향"[19]과 "여인과 더불어 걷던 길"[20]을 찾는 행위를 통해 고향의 장면을 감각적으로 호명해 낸다. 「성묘 1」, 「성묘 2」에서도 갈 수 없는 "고향 어머니 산소"[21]에 대해 상상하는 시적 자아의 허전한 마음을 읊고 있다. 이처럼 가족과 고향은 기독교적 신앙과 더불어 그의 시의 주된 제제가 된다. 황윤섭은 시대의 거대 담론에 몸을 담기보다 구체적인 물상이나 가족, 종교적 신앙 등을 노래함으로써 해방을 전후한 결핍의 시대를 통과하고 있다. 이는 그의 시 쓰기가 교육자로서, 종교인으로서 일상생활 속에 자연스레 체득된 것임을 보여준다.

---

18 황윤섭, 「길」, 황윤섭 외, 『청과집(靑顆集)』, 동화사, 1948, 11쪽.

19 황윤섭, 「지도 1」, 위의 책, 12쪽.

20 황윤섭, 「지도 2」, 위의 책, 13쪽.

21 황윤섭, 「성묘 1」, 『규포시초』, 동서문화사, 1954, 90쪽.

3. 해방과 아동·학생문단 주도

해방기는 교육자로서, 문학자로서 황윤섭의 활동이 본격화된 시기였다. 먼저 해방을 노래한 황윤섭의 시를 통해 해방을 맞는 황윤섭의 내면풍경을 살펴보도록 하자.

> 게양대 위에 국기가 오른다
> 쳐다볼수록 아아 벌어지는 가슴!
>
> 하늘은 바다처럼 멀고 푸르고
> 깃발은 고기처럼 즐거이 논다
>
> 자유의 蒼空에
> 三千萬 함께 웨치는 靈魂의 喊聲!
>
> 어느 靈感의 손길이
> 祖國의 마음을 저리 그렸더뇨?
>
> 敬虔에 잠기어 돌처럼 서 있노라면
> 少女들의 國歌가 波濤처럼 나의 聽覺을 깨운다
>
> 다시는 보다 더 아름다운 꿈을
> 정말 꿈속에서도 나는 求하지 않으려다
>
> 白墨가루에 손가락 病든 생으로도
> 오늘부터 나의 現實은 한끝 幸福하다[22]

작품 말미에 1945년 8월이란 부기가 있는 것으로 보아, 이 시는 황윤섭이 8·15 직후에 쓴 시라 할 수 있다. 일제 말기에도 시 쓰기를 멈추지 않았던 황윤섭은 해방이 되자 바로 해방의 감격을 노래한 「국기 게양」이란 시를 쓴다. 「국기 게양」은 게양대에 올라가는 태극기를 보고 느낀 해방의 벅찬 감격을 표현한 것이다. '깃발'은 "자유의 창공에 삼천만 함께 외치는 영혼의 함성"이자 "조국의 마음"을 표상하고 있는 은유의 대상이다. 소녀들이 부르는 "국가(國歌)" 소리 속에 게양대에 올라가는 국기를 보면서 화자는 숭고한 감정을 느낀다. 시인은 꿈을 꾸는 사람이어야 한다. 하지만 국기 게양의 이 순간은 있어야 할 당위의 세계가 실현된 충족의 세계에 놓여있기 때문에 더 이상 어떠한 "아름다운 꿈"도 필요치 않다. 해방되는 날 국기가 게양되는 모습을 바라보는 화자의 감정은 한없이 고양되어 있다. 이러한 고양된 감정 때문인지는 몰라도 이 작품의 후반부는 화자의 감정이 압축되지 못한 채 직접적으로 노출되어 있다. "다시는 보다 더 아름다운 꿈을/ 정말 꿈속에서라도 나는 구하지 않으련다"라거나 "백묵가루에 손가락 병든 생으로도/ 오늘부터 나의 현실은 한끝 행복하다" 등의 시구가 그것이다. 화자의 감정이 직접적으로 서술되면서 작품의 긴장력이 떨어진 부분이라 할 수 있다. 해방으로 인한 들뜬 감격과 기쁨이 시어 조율을 실패하게 만들었다고 볼 수 있다. 8·15 제재에 대한 심리적 거리를 일정 부분 유지하면서 대상을 형상화해 보인 것은 차라리 「나의 8월」이라 할 수 있다.

본래부터 초라한 家具이지만
내 貧寒한 살림에 쪼달리다 못해
어디론지 모두 다 실려가고

---

22 황윤섭, 「국기 게양」, 『규포시집』, 조선아동회, 1947, 54~55쪽.

다리 病든 책상 위에
호올로 남은
낡아빠진 라디오 한개……

그 라디오가
그 消息을
不幸의 房속에? 휘뿌리던 나의 八月 ―

運命처럼 우글어진 벤또를
흰 수건에 싸서 들고
두 어깨에 힘이 빠져 돌아오면

죽 튀정하는 어린 것을
때리고 나서
저도 울고마는 젊은 안해……

그 안해가
그날만은
가난해도 좋다던 나의 八月 ―

누우면 잠오던 버릇도 어디 가고
두 눈 감을수록
눈에 燦爛히 열리는 새나라!

칼자리 총알자욱 傷處난 팔에
不屈의 힘을 뽐내며
돌아올 鬪士들의 모습이 떠올라……

엄마도 애기가 자꾸 보고싶어서
밥짓다 잠깐 드려다보는 구멍이 하나[27]

이 동시의 제재는 방과 부엌 사이에 난 '조그마한 창'이다. 원래 '조그만 창'은 채광(採光)의 역할을 하는 동시에, 호롱불로 부엌의 어둠을 밝히기 위해 만들어진 것이다. 그렇지만 이 시에서의 '창'은 부엌의 어둠을 밝히는 역할만 하는 것이 아니라 아기와 엄마가 소통하는 통로로 인식된다. '창'에 난 '구멍'은 아기가 설겆이 하는 엄마가 보고 싶어 침 발라 몰래 뚫어놓은 것이다. 하지만 이 '구멍'은 애기뿐 아니라 엄마도 밥짓다 애기가 보고 싶어 잠깐씩 드려다 보는 상호 교감의 장소 역할을 한다. '창 하나'와 '구멍이 하나'란 시구의 반복은 이러한 교감이 가져오는 울림을 더욱 활력 있게 만든다. 「조그마한 창」은 황윤섭이 해방 직후 첫 발표한 동시이자, 아동문학 작가로서의 출발점이 되는 작품이다. 「조그마한 창」을 발표한 이후 황윤섭은 동요 「병아리」, 「우리 아기 자랑」, 「주름살이두줄」 등을 발표하면서 지속적인 동요 창작을 시도한다. 이들 동요들은 아동의 순수한 동심을 반복적인 변주(變奏)를 통해 드러내 보인 것이 대부분이다. 황윤섭의 아동문학으로의 이행(移行)은 『아동』과 『새싹』의 필진 부족 때문이기도 하지만, 아동과 매일 접하는 학교에 재직하면서 아동의 마음을 전달해 주는 아동문학의 필요성과 중요성을 그가 남달리 인식하였기 때문이라 할 수 있다.

동요 창작 내지 동시, 동화 소개 등 아동문학매체에 다양한 글쓰기를 시도하던 황윤섭의 문학활동은 1948년을 넘어서면서 학생문단을 진작시키는 매개자의 역할로 확대된다. 해방이 되면서 각급학교에서의 교지나 문예지 발간

27 황윤섭, 「조그마한 창」, 『아동』 창간호, 조선아동회출판국, 1946.4, 10~11쪽.

은 일제강점기보다 훨씬 자유로워졌다. 학교에서 학생들이 참여하는 대표적인 인쇄매체는 교지와 문예지인데, 이 둘 사이는 약간의 차이가 있다고 할 수 있다. 교지가 학교에 대한 소식이나 행사 정보, 교과지식 및 학생들의 문예물 등을 골고루 담는다면, 문예지는 학생들의 문예에 대한 욕구를 다양하게 수용할 수 있는 취향적 매체에 가깝다고 할 수 있다. 즉 문예지는 학생들의 문예에 대한 열망과 창작 욕구를 수용할 수 있는 공간이자, 이를 통해 훈련된 문학지망생들이 이후 기성문단으로 진입하는 계단이 되는 매체라 할 수 있다. 해방 직후 대구지역 학교에서 발간된 대표적 학생중심 문학매체는 경북중학의 문예작품집인 『새벽』 1집, 2집[28]과 신명여중의 『동산』 1집, 2집이다. 신명여중의 경우 다른 어느 학교보다 활발한 문예활동이 이루어졌는데, 이는 시인 황윤섭이 있었기 때문에 가능했다고 할 수 있다. 황윤섭은 해방기에 「신명의 노래」라는 교가를 작사하여 학생들이 널리 애창하도록 만드는 한편,[29] 교내신문 『신명』과 문예작품집 『동산』 1집, 2집의 발행을 주도하였다.

교내신문인 『신명』을 잠깐 살펴보기로 하자. 1948년 5월 1일 발행된 교내신문인 『신명』 3호의 발행인은 황윤섭, 인쇄소는 태기사, 대구부 계산동 1가 26번지로 되어 있다. 황윤섭이 『신명』의 발행인인 것은 이 당시 신명여중의

28 『새벽』 1·2집과 학생시단의 관계에 대해서는 박용찬, 「해방기 대구·경북 지역 문학매체와 학생시단의 위상」, 『국어교육연구』 47, 국어교육학회, 2010.8 참고.

29 「신명의 노래」를 보면 해방기 황윤섭이 가진 아동에 대한 기대와 교육에 대한 열망을 엿볼 수 있다. "천추에 우뚝 솟은 팔공을 바라보며/ 금호강 흘러가는 넓은 손 달구벌에/ 보아라 신명의 딸아 새아침이 밝는다.// 반만년 살아나온 억만년 살아나갈/ 무궁화 피는 나라 삼천리 이 터전에/ 오는 봄 팔 걷고 맞아 일할 이는 우리다.// 피보다 붉은 마음/ 대보다 곧을 절개/ 배달의 옛 딸들이 보여준 본을 받아/ 이 겨레 나아갈 앞길 밝힐 이도 우리다.// 금호는 흘러나려 동해에 흐르나니/ 우리도 쉬지 말고 몸과 맘 닦고 갈아/ 나가자 신명의 딸아 우리들은 복되다." 신명100년사 편찬위원회, 『신명100년사』, 신명고등학교·성명여자중학교, 2008, 151쪽.

교장이 황윤섭이었던 것과 관련이 있다고 할 수 있다. 『신명』은 전체 4면의 타블로이드 판으로 구성되어 있다. 1면은 학교 소식란(「새로 오시는 선생님」, 「떠나시는 선생님」, 「경하할 탁구부의 첫 우승」, 「참새 소문」, 「편집을 마치고」)이고 나머지 2, 3, 4면은 모두 문예란이다. 2면에는 학생들의 창작 작품인 「박꽃」(5년 노필희), 「이별」(5년 박춘수)과 이은상 시, 홍난파 작곡의 「봄처녀」로, 3면은 박영종 요, 김성도 곡인 「제비마중」을 임성애가 동작지도를, 4면은 문예란인데 수필 「어머니」(3년 김미자)와 「순이」(3년 서옥석), 시 「눈동자」(5년 이복주)가 실려 있다. 이상의 교내 신문 『신명』의 지면 배치를 보면 학교소식을 전하고 있는 1면을 제외하고는 전부 문예면으로 구성되어 있음을 알 수 있다. 이러한 구성 체재는 아동문학가이자 교장이었던 황윤섭의 영향이라 할 수 있다.[30]

교내신문 『신명』을 통해 문예면을 확충하던 황윤섭의 매체적 역량이 드러난 것은 학생문예지 『동산』 1, 2집이다. 『동산』 1, 2집은 경북중학의 『새벽』과 더불어 해방 직후 대구 학생문단의 위상을 살필 수 있는 주요 자료라 할 수 있다.

30 당시 신명여중에는 황윤섭 교장 이외에 김성도, 윤계현 등의 문학자들이 교사로 포진하고 있었다. 이 시기의 문예부의 활동을 『신명100년사』는 다음과 같이 기록하고 있다. "고 황윤섭 교장을 비롯하여 김성도, 윤계현 선생 등 문학에 조예가 깊은 선생들의 훌륭한 지도하에 눈부신 성과를 거두었으니, 한글을 습득한 지 불과 몇 해에 순수 문예지인 '동산'이 편집 창간되고, 뒤이어 2호가 발간되었고, '신명'이란 교내 월간 신문도 발간되고, 또 매년 수차에 걸쳐 교내 현상 문예작품을 모집하여 우수한 작품을 시상하는 제도를 창시하였다. 특히 라디오 드라마가 윤계현 선생의 지도하에 시작되었으니 당시로는 학생들에게 대단히 흥미로운 활동이었다. 부원으로는 노필희, 박춘수, 임무희, 전순희, 조화선, 이단원 등이 활동하였고, 특히 1947년 문교부 주최 문예현상 모집에 안금홍의 작품 '꼬마연필'이 1등 당선되어 신명의 명성을 전국에 떨쳤다. 신명100년사 편찬위원회, 위의 책, 2008, 158쪽.

작품집『동산』제1집

작품집『동산』제2집

『동산』 1집은 신명여자중학교 학우회문예부 이름으로 1948년 2월 5일 58쪽으로 발행되었는데, 편집 겸 발행인은 황윤섭이고 인쇄처는 태기사 인쇄부(대구부 계산동 1가 26)이다. 31명의 학생 작품과 김성도의 「가을」, 황윤섭의 「3·1의 후예」, 윤백(윤계현)의 소년소설 「밤거리 학교」 등이 실려 있다. 황윤섭은 『동산』 1집에 2편의 글을 남기고 있는데,[31] 「'동산' 권두에」와 시 「3·1의 후예」 등이다.

1949년 7월 15일 발간된 『동산』 2집의 편집 겸 발행인 또한 황윤섭이고, 인쇄처는 동서문화사(대구부 동인동 339)이다. 표지 장정은 서양화가 강우문(姜遇文)이 했고, 72쪽으로 만들어졌다. 『동산』 2집의 대부분의 글들은 학생들의 시, 동요, 창작 등이 차지하고 있으며, 특별기고로 규포 황윤섭의 시 「차창」,

31 책 말미에 '윤'이란 이름으로 쓰인 편집 후기도 내용상 황윤섭의 글로 추정된다.

손종섭의 시조 「개구리」, K. S. Y의 수필 「여신(旅信)」 등이 실렸다. 황윤섭은 『동산』 2호에도 시 「차창」을 투고하는 한편, 편집후기를 통해 학생들의 문예 활동에 대한 자신의 계획을 드러내 보이고 있다.

> "먼첨 사과해야 할 것은 본디 이 책의 계획이 졸업 기념을 겸하기로 되어, 졸업식 전에 내기로 되었던 것을, 이렇게 늦게사 내게 되었다는 점입니다. 여러가지 부득이한 사정으로 늦게 되었으니 널리 양해해 주십시오. 내용은 보시면 물론 아시겠지만, 『동산』 제1집보다 많은 진전을 보여, 학생들 유행 말로 참 믿음직합니다. 앞으로 훨씬 더 박력 있는 작품을 내어 우리 『동산문단』을 빛나게 합시다. 이 기회에 앞으로의 계획을 말씀 드리면, 매년 한 번씩 순문예지(純文藝誌) 『동산』을 내기로 하고 전부터 계속해 오던 교내신문 『신명』은 계간지(季刊誌)로 해서 대개 한 학기에 두 번씩으로 줄여, 내용을 좀 더 풍부히 하고 충실히 해볼 작정입니다. 이번 일에 많이 원조해 주신 여러 선생님과 인쇄소 주인님의 후의에 깊이 감사의 뜻을 표합니다.[32]

『동산』의 편집후기인 이 글을 통해 황윤섭이 학교 내의 문예활동을 어떻게 진작시켜 나갔는지를 짐작해 볼 수 있다. 그 방편은 문학매체의 발간을 통해 학생들의 문예에 대한 욕구와 문학에 대한 열망을 수용해 나가겠다는 것이다.

교내신문 『신명』과 작품집 『동산』을 중심으로 '동산 문단'을 일구어보겠다는 황윤섭의 의지가 여기에 잘 나타나 있다. 습작문단 내지 학생문단이 제대로 형성되지 못하고 있던 이 시기에 황윤섭은 학생 중심의 매체 발간이란 제도를 통해 학생들의 문예열을 자극하고자 하였던 것이다. 동시에 기성

32 「편집을 마치고」, 『동산』 2집, 동서문화사, 1949, 72쪽.

문단을 적절히 활용함으로써 학생문단과 기성문단을 연결시켜 보이고자 하였다. 자신과 함께 『청과집(靑顆集)』을 내었던 윤계현(윤백), 김성도 등의 글을 『동산』 1집에, 박영종(박목월)의 동요를 교내신문인 『신명』 등에 배치한 것이 그 한 예라 할 수 있다. 「동산」 3집은 황윤섭이 작고한 이후 윤계현의 지도로 1952년 3월 발행되었다.

4. 맺음말

이 장에서는 지금까지 한국현대문학사는 물론이고 대구·경북의 지역문학사에서조차 크게 거론되지 못했던 시인 황윤섭의 문학적 이력과 행로를 통해 그의 문학적 위상을 살펴보고자 하였다. 일제말기 연희전문 문과를 졸업하고 한국전쟁의 와중에 요절하기까지 황윤섭의 문학적 진폭이 적지 않았음에도 불구하고 황윤섭은 지역의 문학사에서조차 크게 주목받지 못하였다. 그 이유로는 36세란 이른 나이의 요절, 발굴·정리되지 못한 실증적 자료의 부족, 해방 직후 『아동』과 『새싹』을 중심으로 한 아동문학 활동에의 진력 등을 들 수 있었다.

황윤섭은 시와 동요 사이를 오가며 창작활동을 하였는데, 그 작품 활동의 시작은 연희전문학교에서 펴낸 『연희시온』에 발표한 수필 「우울의 계절」이었다. 이후 일제말기 <매일신보>에 「등대」와 「분수」를 발표하면서 시인으로서의 역량을 보여주었다. 해방 직후에는 주로 아동문학 매체인 『아동』과 『새싹』에 동요를 발표하는 한편, 유럽의 동시와 동화를 번역하거나 소개하는 글을 써 냈다. 또한 연희전문학교 시절부터 해방공간까지 자신의 시적 성취물을 정리한 『규포시집』과 『청과집』을 간행하였고, 사후(死後)에는 『규포시초』가 발간되기도 하였다.

그의 시는 크게 두 부류로 나누어지는데 하나는 기독교적 신앙을 노래한 것이고, 다른 하나는 부재한 어머니에 대한 그리움이나, 자신이나 아내, 어린 딸과 관련된 소시민적 일상 내지 향수를 노래한 것이다. 그렇지만 이 둘은 분리되는 것이 아니라 기독교적 신앙을 바탕으로 한 자신의 삶에 대한 경건함과 소회(所懷)가 달리 나타난 것이라 할 수 있다. 황윤섭은 해방을 전후한 결핍의 시대를 살아가면서 시대의 거대 담론에 몸을 담기보다 구체적인 물상이나 가족, 종교적 신앙 등을 주로 노래하였다. 이는 그의 시 쓰기가 교육자로서, 종교인으로서 일상생활 속에 자연스레 체득된 것임을 보여준다.

황윤섭은 해방 직후의 혼란 속에서 지식인으로서 해방에 거는 기대와 좌절을 표출하는 시도 썼지만 뚜렷한 정치적 이념을 보여주지는 않았다. 그의 시에 표출된 이러한 성향은 순수문학을 지향했던 죽순시인구락부의 시적 이념과도 크게 다르지 않았으나 『죽순』지를 통해 활동하지는 않았다. 반면 그는 조선아동회에서 펴내는 『아동』과 교육과 계몽을 표방했던 『새싹』지의 필진으로 참가하게 되는데, 이는 교사, 교장으로서 그가 가진 이력과 관련이 있는 것으로 파악된다. 황윤섭은 해방 직후 대구에서 발행된 『아동』과 『새싹』지에 작품을 발표한 것은 물론이고, 신명여중의 교내신문 <신명>, 문예지 『동산』 1집, 2집을 통해 대구·경북 지역의 학생문단을 진작시키는 데 크게 기여하였다. 아동문학과 학생문단의 활성화를 통한 문학 장의 확대, 이는 해방기 대구·경북 지역 문단에서 그가 담당한 몫이었다고 할 수 있다.

| 제4장 |

시 동인지 『죽순』의 위상과 매체 전략

1. 들어가는 말

해방 직후 대구지역 시문학 매체인 『죽순』에 대한 연구는 그 호명 빈도에 비해 아직 그 접근이 소루한 상태이다. 그 이유로 해방의 열기 속에 언론, 출판, 문학, 미술, 음악 등 모든 문화예술이 서울로 향했던 서울 중심주의가 지금도 여전히 계속되는 상황 속에서 지역문학이나 지역에서 발간된 문학매체에 대한 연구가 제대로 이루어질 수 없었다는 점을 들 수 있다. 『죽순』이 서울이 아닌 지역에서 발간된 매체라는 점을 감안하더라도 『죽순』이 가진 위상에 비해 연구가 지나치게 소홀하게 이루어졌던 점은 인정하지 않을 수 없다. 최근 들어 다원주의의 확산과 더불어 중앙과 대타적 관계에 놓인 지역문학에 대한 관심이 제고되면서 지역문학의 제 현황과 정체성을 밝혀 보려는 연구가 부상되고 있다. 지역문학 연구가 제대로 이루어지기 위해서는 먼저 연구 대상이 되는 실물 자료의 확보가 중요하다. 이러한 자료들은 지역문학의 실상과 가치를 가늠질해 줄 수 있는 지역문학 연구의 주요 자산이다. 그런데 지역에서 발간된 작품집이나 잡지, 동인지, 신문 등은 제대로 보존되지 못한 경우가 많았다. 해방기 대구지역에서 발간된 문학매체로는 『건국공론』,

『무궁화』, 『새싹』, 『아동』, 『죽순』 등을 들 수 있다. 이들 자료의 완전한 수합 또한 아직 이루어지지 못한 상태이다. 다행히도 해방기에 발간된 『죽순』은 그 전모가 노정(露呈)되어 제대로 된 평가를 기다리고 있는 상태이다.

『죽순』은 지역의 문학매체로는 특이하게 해방 4년 동안 중단없이 지속적으로 발간된 시지(詩誌)이다. 해방기의 잡지나 동인지의 경우 창간호가 종간호가 되거나, 아니면 2, 3호 정도로 단명하는 경우가 대부분이었다. 그런데 『죽순』은 1946년 5월 1월 창간호부터 1949년 7월까지 11집이 발간되었다. 그 중간인 1947년 4월에 발간된 임시증간호까지 더하면 해방기에 『죽순』은 도합 12권이나 발행된 셈이다. 12권이나 되는 시 동인지를 격동의 시기인 해방기 내내, 그것도 중앙이 아닌 지역에서 발간했다는 것은 『죽순』이 나름 문학 매체로서의 로컬리티를 갖고 있었음을 의미한다.

『죽순』에 대한 연구는 『죽순』 동인에 대한 개괄적 소개 내지 수록 작품의 인상비평이나 개별 시인의 작품 발표지로서 『죽순』지가 부각되다가[1] 『죽순』에 실린 시론과 시를 통해 『죽순』이 가진 문학적 의미를 탐색한 연구,[2] 『죽순』의 지역성을 대상으로 한 스토리텔링 가능성에 대한 접근[3] 등으로 확대되어 나가고 있는 중이다. 그러나 『죽순』에 대한 논의 대부분이 『죽순』 참가 문인들의 자부(自負)와 회고 중심으로 구성되거나 부분적 측면을 강조하다 보니 『죽순』의 전모와 특성이 제대로 규명되지 못하고 있는 것이 현실이다. 이러한 문제를 해결하기 위해 본 장이 택한 방법은 인적 자원인 죽순시인

1 오양호, 「『죽순』의 시사적 의의」, 『죽순』 16, 죽순시사, 1981, 190~194쪽.
송영목, 「해방기 『죽순』지의 시세계」, 『비평문학』 7, 한국비평문학회, 1993, 102~127쪽.
노춘기, 「해방기 조향의 시적 지향—동인지 『낭만파』와 『죽순』을 중심으로」, 『우리문학연구』 48, 우리문학회, 2015, 261~288쪽.

2 강호정, 「해방기 동인지 『죽순』 연구」, 『한국문학논총』 69, 한국문학회, 2015, 127~157쪽.

3 강민희, 「문학동인지의 지역성과 스토리텔링 가능성 연구—대구 최초의 시전문 동인지 『죽순』을 중심으로」, 『어문학』 135, 한국어문학회, 2017, 185~208쪽.

구락부 동인들과 그들이 만들어 낸 물적 표상인 매체로서의 『죽순』에 주목하고자 하는 것이다. 그래서 본 장에서는 해방기 죽순시인구락부와 『죽순』의 탄생 과정, 시 동인지로서 『죽순』이 서 있는 자리와 매체적 전략, 『죽순』 이후 『죽순』 동인들이 전선매체로 이동해 가는 과정 등을 논의의 틀로 삼았다.

2. 죽순시인구락부와 『죽순』의 탄생

『죽순』지의 발간 주체는 대구 태생의 석우(石牛) 이윤수(李潤守)이다. 이윤수는 해방 직후 죽순시인구락부의 대표로서 『죽순』 창간호부터 11집까지 손수 원고를 모으고 편집, 배포까지 담당한 인물이다. 1935년 일본 와세다[早稻田] 대학 상과를 수학한 이윤수는 "일본의 시 동인지 『일본시단(日本詩壇)』에 시 「청언의 노래」(1937), 「크리스머스의 아침」(1937~38), 「현대수신」(1937~38), 「영겁의 청춘」(1937~38) 등을 발표"[4]하면서 "계간 시동인지, 『시문학 연구』 동인(37~38)으로 활동"[5]하기도 하였다. 1960년 동아출판사에서 36편의 시가 실린 첫 시집 『인간온실』을 펴낸 바 있다. 그는 해방 직후 대구에서 시계포 명금당(名金堂)을 운영하면서, 죽순시인구락부(竹筍詩人俱樂部) 결성 및 『죽순』지 발간의 주된 역할을 담당하였다. 이윤수의 명금당은 죽순시인구락부 동인들이 모이던 장소요, 『죽순』지가 탄생한 공간이기도 하다. 죽순시인구락부의 창립일은 1945년 10월 26일이며, 시지 『죽순』의 창간일은 1946년 5월 1일이다.

4 문덕수, 『세계문예대사전』(하), 성문각, 1975, 1658쪽. 시집 『인간온실』에 의하면 시 「현대수신」은 1938년 3월 3일, 「원수롭다」는 1938년 10월 3일 발표한 것으로 되어 있다. 이윤수, 『인간온실』, 동아출판사, 1960, 24~25쪽, 90~91쪽 참고.

5 이윤수 편, 『전선시첩』, 학문사, 1984, 281쪽. 자신이 쓴 수록시인 프로필.

이윤수의 기억에 기대어 죽순시인구락부의 결성과 『죽순』지의 탄생 경위를 살펴보면 다음과 같다.

> 필자 집에서 시부원(詩部員)들은 45년 26일 오후 1시경 전원이 회동, 독립된 새로운 시인회를 결정하는데 적극적으로 찬동한 사람이 김상수(金尙洙)였으며, 여타 사람들도 뒤따라 여기 찬동했다. '죽순'이 태동하기 시작된 것이다. 명제는 각자 창명제출(創名提出)키로 합의, 그 결과 필자가 제출한 '죽순'이 결정되어 그날로부터 '죽순시인구락부'가 조국 광복의 푸른 하늘 아래 되찾은 언어로써 이 고장의 새로운 시문학의 꿈을 키우기 위해 탄생된 것이다.……45년 9월 8일 미군 서울 진주 수일 후까지도 그야말로 무정부상태였을뿐더러 갑자기 모든 면이 중단되어진 그런 상황에서 용지를 구한다는 것은 무척 힘든 일이었다. 그런 극심한 용지난 속인 45년 11월 창간 예정이던 동인시지 『죽순』은 산고 끝에 46년 5월 1일 창간호가 그것도 모조지 46배판(46페이지)으로 호화롭게 발간되었다. 시 동인지로서는 전국 처음이었다. 표지화는 화가 김용조(金龍祚)의 조카 김명수(金命守, 제23회 선전 입선)가 화필을 들었다. 후면 표지는 필자가 꾸몄다. 『죽순』 창간호가 발간되자 일면 부지인(不知人)으로부터 격려문과 축화의 전화가 오기도 한 반면, 좌익계 신문 민성일보(民聲日報)의 비난기사 게재와 문맹(文盟) 계열의 파상적 협박장 공세 등이 있었다. 『죽순』 창간호 출간의 그 기쁨은 사라지고 판매대금의 회수가 되지 않아 제2집 발간에 큰 지장을 초래하고 말았다. 이러한 상황은 종간시까지 계속되었음은 물론이다. 여기서 넘어질 순 없었다. 어떤 일이 있더라도 계속해야 되겠다는 신념이 되려 굳어져 갔다. 문전걸식하듯 찬조광고 받으러 돌아다닌 결과 다시 제2집의 발간을 보게 되었다. 이때 미군정이 들어서고 나서 출판물허가제가 실시됨에 따라 『죽순』도 46년 7월 15일자 허가번호 224호를 받아 제2집부터 간수하기 편리한 국판(菊版)으로 아담하게 꾸며내기로 했다. 표지 및 제자(題字)와 후면 광고에 이르기까지 영남일보의 조병진(趙

> 炳鎭)이 화료(畵料) 한 푼없이 6집까지(작고할 때까지) 성실히 도와서 함께 시문학을 하지 않았다뿐 잊을 수 없는 동인으로 기억에 남아 있다. 화가요 스포츠맨이요 더욱 호남아니 그가 뜻하지 못한 원인으로 요절했음은 참으로 애석할 따름이다. 그가 작고한 후 궁여지책으로 제7집 앞뒤 표지를 필자가 아주 서툴게 꾸며내기도 했으니 부끄러운 일이다. 당시의 화가는 극소한 수 삼인이었을 때다.[6]

위의 회고를 통해 알 수 있는 것은 크게 세 가지이다.

첫째, 『죽순』이 상당 부분 해방 직후 대구에서 시계점 '명금당(名金堂)'을 운영하던 이윤수 개인의 의지와 노력에 의해 발간되었다는 점이다. 죽순시인구락부 소재지(所在地)는 3집까지는 대구시 본정 2정목 32번지로, 4집부터는 대구시 서문로 2가 32번지로 되어 있다.[7] 전화번호와 번지가 동일한 것을 보면, 그 사이 행정구역 명칭 변경이 이루어진 것으로 추정되며, 죽순시인구락부의 근거지는 여전히 이윤수가 운영하는 명금당시계점임을 보여준다. 이윤수는 죽순시인구락부의 대표로 실제 원고를 수합·편집하고, 출판·배부까지 담당한 인물이다.[8]

둘째, 위의 글은 『죽순』의 표지 장정자에 대한 소중한 정보를 제공하고 있다. 창간호 표지화를 그린 화가는 대구 초기 서양화가 김용조(金龍祚)의 조카였던 김명수(金命守, 제23회 선전 입선)였으며, 2집부터 6집까지 표지화를 담당한 화가는 당시 영남일부에 근무하고 있던 조병진(趙炳鎭)이었다. 이윤수는

6 이윤수, 「광복30년 경북문단점철(기1)」, 『죽순』 복간호, 1979 봄, 194쪽.

7 『죽순』 2(1946.8), 50쪽의 광고를 보면 '명금당시계점, 대구부 본정 2정목 32, 전화 2039번'으로 되어 있어, 이것이 광고와 같은 면에 있는 죽순회원주소록의 이윤수 주소와 일치한다.

8 이윤수는 1979년 『죽순』 복간 이후에도 『죽순』지 발간을 주도하였으며, 『죽순』지가 처한 경영난을 타개하기 위해 여러 노력을 했다. 상화시비 탁본사업, 『전선시첩』 발간, 『죽순』 영구 구독회원 모집, 『죽순』지 합본 발간 시도 등이 그것이다.

이들 화가들을 교섭하는 한편, 뒷표지를 직접 꾸미거나 7집의 경우는 앞표지의 장정을 직접 시도하기도 하였다.

셋째, 『죽순』이 발간되자마자 좌익으로부터 집중적 견제를 받았다는 점이다. 대구지역 좌익신문이었던 <민성일보(民聲日報)>의 비난 기사와 조선문학가동맹의 '파상적 협박장 공세'가 있었던 것으로 보아 『죽순』은 처음부터 순수시지를 표방하면서 좌익과 대립적 입장에 서 있었음을 알 수 있다. 『죽순』은 창간호에 시만 17편(1부 6편, 2부 4편, 3부 7편)을 수록하고 있는데, 이것은 『죽순』이 처음부터 시 중심의 동인지임을 보여주는 것이라 할 수 있다.

> 태고의 신화 앞에 수녀가 무릎 꾸는 밤
> 백두산 천지서 춤추는 별들은
> 이미
> 천사가 피여논 고은 이불 속에 숨었다
>
> 부헝이 산기슭에 우름마자 끝나고
> 기척없이 성근 대숲에 끼인
> 무거운 안개의 문을
> 태양이 밀고 열었다
>
> 가냘픈 노을에 잠긴 카-텐을 걷고
> 재롱스런 죽순들은 어여삐
> 병아리 가슴처럼
> 파아란 꿈을 안고
> 끝없는 창공을 향하야
> 대기를 호흡한다.[9]

9 이윤수, 「죽순」, 『죽순』 창간호, 죽순시인구락부, 1946.5, 2~3쪽.

이윤수는 창간호에 「창간사」를 대신하여 쓴 시 「죽순」, 본문에 발표한 시 「귀향」, '이생(李生)'이란 필명으로 쓴 「편집후기」까지 필진과 편집진의 역할을 동시에 수행하고 있다. 4·6배판 크기의 표지에 큼지막하게 그려낸 김명수의 『죽순』 표지화까지 더하면 창간호는 '죽순'으로 시작되고 '죽순'으로 끝나고 있다고 해도 지나친 말이 아니다. 『죽순』 첫 면에 실린 시 「죽순」은 창간호 뒷면에 실린 「편집후기」의 내용을 시로 드러낸 것이라 할 수 있다. 시 「죽순」은 해방이 가져온 기쁨과 환희를 직접적으로 드러내지 않고 죽순의 표상화를 통해 새나라 문학의 꿈과 희망을 표현해 보이고자 하였다. 해방은 자유가 억압된 "무거운 안개의 문"을 "태양"이 밀고 연 상황과 비견된다. 시인이 노래하고자 하는 것은 해방된 조국에서 "재롱스런 죽순"들이 "끝없는 창공"을 향해 "대기를 호흡" 할 수 있는 감격을 누리고 있는 모습이다. 「편집후기」에 의하면 '죽순'은 오랫동안 "부르지 못한 노래"를 해방과 함께 힘차게 불러보고자 하는 대구지역 시인들이 가진 시문학의 열정이 응집된 것이라 할 수 있다. "눈이불 뚫고", "어린 죽순"들이 "뽀족히 왕(王)대의 꿈을 안고"[10] 나아갈 수 있는 시문학의

『죽순』 창간호

10 이생(李生), 「편집후기」, 『죽순』 창간호, 죽순시인구락부, 1946.5, 46쪽. 이윤수가 쓴 아래의 「편집후기」를 통해 『죽순』지를 탄생시킨 죽순시인구락부 회원들의 열망을 읽어낼 수 있다. "눈이 나리여 대숲에 눈이 나리여 대(竹)는 더욱 푸르르고 항상 마디 마디 그 절기(節氣)

거소(居所)를 『죽순』을 통해 죽순시인구락부 회원들은 확보하고자 하였다.

이윤수를 구심점으로 모여든 죽순시인구락부 회원들의 면면을 살펴보기 위해서 『죽순』 2집에 실린 「죽순회원 주소록」을 참고할 수 있다.[11] 2집까지 가담한 죽순시인구락부의 회원으로는 박목월, 이호우, 최해룡, 이응창, 김동사, 김병욱, 김상수, 최무영, 이병화, 정신영, 이재춘, 이갑득, 백종택, 김한영, 이병휘, 최양응, 이영도, 오란숙, 박영호, 박영식, 이숭자, 류시엽, 이윤수 등 23명이다. 이들 중 시인으로서의 상징자본을 갖고 있는 작가로는 이호우, 박목월 정도를 들 수 있고, 그 외 이윤수, 이응창 등이 해방 이전의 매체에 몇몇 작품을 발표한 정도였다. 해방 직후 대구지역의 시인지망생, 또는 시인들이 죽순시인구락부에 모여들었다고 하나 전국적 명망도를 가진 회원은 부족한 상태였다. 그래서 죽순시인구락부는 대구지역의 시인들을 구심점으로 삼기는 하되, 대구지역 바깥의 시인들을 연계하여 죽순의 위상을 높일 필요가 있었다. 그 결과 1집과 3집에 부산의 청마 유치환 작품을 싣고, 이후 청마를 매개로 마산의 김춘수의 작품을 『죽순』지에 싣기도 하였다.[12] 이 당시 김춘수는 이미 마산에서 조향(趙鄕), 김수돈(金洙敦) 등과 『낭만파(浪漫派)』라는 동인지를 따로 내고 있었다.[13] 『죽순』지의 확장적 매체 전략은 마산의 김춘수

맺는다. 눈이불 뚫고 어린 죽순 하나 뾰족히 왕(王)대의 꿈을 안고 오래인 부르지 못한 노래를 하늘이 베푼 이땅의 해방과 함께 힘차게 불러볼가 하는 것이 우리들의 죽순이다. 꽃핀 산넘어 어매 찾는 송아지 울음 흘러오는 때 미거한 죽순을 출산하게됨은 감무량(感無量)이다. 대담한 일이기 따에 주제넘었고 그 얼마나 주저도 하였다. 그러나 우리들의 자그마한 가슴에 타는 모닥불은 꺼지지 않는 불이라 문학예술인 한 조각인 시문학의 봉화가 될 까 하노니 시는 문학의 최초이고 최후에 것인 만큼 우리들은 여기서 배우고 여기서 자라 다만 문학예술로서 이땅에 이바지되고자 함은 우리들의 진실한 마음이다."

11 「죽순회원 주소록」, 『죽순』 2, 죽순시인구락부, 1946, 49~50쪽.

12 김춘수, 「호우 윤수, 양 이씨(兩 李氏)와 '죽순'」, 『죽순』 복간호, 1979 봄, 106~107쪽 참고.

13 『죽순』 6집의 말미에 실린 『낭만파』 4집의 광고를 보면 『죽순』과 『낭만파』의 필진이 상당부분 겹쳐있는 것으로 보아 이들 간의 교류가 밀접했음을 알 수 있다. 『낭만파』 4집의 집필동인은 김동리, 유치환, 김달진, 조지훈, 박두진, 조연현, 김수돈, 탁소성, 김동사, 이윤수,

를 넘어, 진주에서 『영문(嶺文)』을 내고 있던 설창수(薛昌洙), 서울의 구상(具常) 시인까지 규합하게 만들었다. 죽순시인구락부가 순수시지라는 것 외에 뚜렷한 모토나 동인의식을 제시하지 않았기 때문에 전국적으로 명망 있는 기성시인과 신진시인들을 포섭하는 데 큰 어려움은 없었던 것으로 보인다.

박목월의 다음 글은 죽순시인구락부의 초기 회합 모습을 소상히 보여주고 있다.

> 내가 대구로 이사한 며칠 후였다. 하루는 나보다는 나이가 두세 살 더 들어보이는 청년이 찾아 왔다. 그가 죽순회 대표 이윤수 시인이었다. 그 당시에는 보기 힘드는 경기용 자전거를 타고 다니는 것이 인상 깊었다. 그의 안내로 죽순 동인들과 사귀게 되었다. 『문장』지 추천 시조시인 이호우씨를 비롯하여 그분의 매씨 이영도 여사, 일대(日大) 예술과 출신 최해룡(崔海龍)씨, 이숭자(李崇子), 오란사(吳蘭斯) 씨 등 8~9명, 때로는 10여명씩 모이고 하였다. 때로 소설을 쓰는 김동사(金東史)도 참석하였다. 첫 회합은 1946년 정월. 명금당(名金堂, 이윤수씨의 가게) 건너편에 있는 이씨 누님댁 2층에서 가졌다. 각자 작품을 들고 와서 서로 돌려가며 읽고 소감을 이야기하는 것이 고작이었으나 그런대로 그야말로 문우들의 모임답게 진지하고도 화기애애한 분위기 속에 밤 가는 줄 몰랐다.[14]

이 글은 이윤수, 이호우, 박목월 등 10여명의 죽순시인구락부 동인들이 밤을 새워 가면서 작품 품평회를 하는 모습을 보여주고 있다. 이들이 처음부터 뚜렷한 동인의식을 가졌다기보다 해방된 조국에서 문학을 한다는 기쁨이

이영도, 오란숙, 이숭자, 김춘수, 이호우, 서정주, 조향이다. 이중 김동리, 김수돈, 탁소성, 서정주만 『죽순』지에 작품을 발표하지 않았다. 광고 부분 「청년시인사화집 낭만파 4집」, 『죽순』 6, 죽순시인구락부, 1947.10, 59쪽.

14 박목월, 「조국 품에서 시를 쓰는 기쁨」, 『죽순』 복간호, 1979 봄, 98쪽.

이들을 "진지하고도 화기애애하"게 결속시켰던 것으로 보인다. 와세다 대학 상과 출신으로 『일본시단』에 여러 편의 시를 발표한 바 있던 이윤수, 『문장』지 추천 시인이었던 박목월, 이호우 등이 처음부터 포진함으로써 『죽순』은 다른 지역의 군소 동인지들보다 인지도나 동인 구성면에서 비교적 우위에서 출발할 수 있었다. 일제강점기부터 동요, 동시 창작에 주력하던 이응창(李應昌), 이호우의 누이였던 시조시인 이영도, 니혼대(日本大) 예술과 출신인 최해룡, 소설가 김동사, 시집 『산』(조선출판사, 1948)을 출간한 한솔 이효상, 대구로 내려와 경북여자중학교 교사로 근무하던 시집 『청시(靑柿)』(청색지사, 1940)의 저자 월하 김달진 등도 동인에 참가함으로써, 『죽순』은 시, 아동문학, 시조, 소설 등 다양한 분야의 회원들로 구성되었다. 이외에도 유치환, 조향, 조연현, 김춘수, 박두진, 조지훈, 성기원, 이상로, 박화목, 김윤성, 구상, 윤곤강, 이해문, 이경순 등의 대구 지역 바깥의 인사까지 『죽순』지에 참가하였는데,[15] 이처럼 『죽순』지가 동원할 수 있는 필진의 외연은 상당히 넓은 편이었다. 『죽순』은 이윤수, 이호우, 이영도, 박목월, 김동사, 이응창, 최해룡, 이숭자, 이효상, 김달진 등의 지역시인들이 구심점이 되고 대구 바깥의 많은 시인들이 감싸안는 구조로 되어 있었다. 『죽순』을 감싸고 있던 대구 바깥의 유명 시인들이 '동인으로서의 연대의식을 가졌느냐는 의문'[16]처럼 이들이 명확히 연대의식을 보여주지 못한 것은 사실이었다. 순수시를 지향한다는 이념은 공유하고 있었지만 이들을 강하게 묶어줄 수 있는 결속력 같은 것을 구체적으로 제시하지는 못했다고 할 수 있다. 그 결과 『죽순』은 뒤로 갈수록 "범시단지(汎詩壇紙)적인 성격"[17]을 띤 잡지에 근접한 순수시 동인지의 양상을 띠게 되었다.

---

15 「전국시인주소록 1」(『죽순』 7, 50~51쪽)과 「전국시인주소록 2」(『죽순』 10, 66쪽)에 의한 대구지역 거주 시인 아닌 시인들임.

16 강호정, 「해방기 동인지 『죽순』 연구」, 『한국문학논총』 69, 2015.4, 131쪽.

한편 청록파 시인들의 『죽순』지 관여는 『죽순』 초기부터 참여하고 있던 박목월을 매개로 한 것이라 할 수 있다. 박목월, 박두진, 조지훈은 일제말 정지용에 의한 『문장』지 추천작가들인데, 1946년 을유문화사에서 발간한 『청록집』 이후에는 시인으로서의 위상이 더욱 격상된 상태였다. 조지훈, 박두진의 가세에 『죽순』의 주요 동인이자 청록파 시인이었던 박목월이 매개적 역할을 했으리라는 것은 짐작 가능한 일이다. 박목월과 함께 죽순시인구락부를 이끌어가던 이호우 또한 『문장』지 추천작가였으므로, 이들 사이의 친연성은 매우 밀접했다고 할 수 있다. 박목월은 창간호에 시 「봄비」, 2집에 수필 「목월시화(木月詩話)」와 시 「홀로 꽃밭에 깨어 있었다」, 3집에 시 「송뢰(松籟)」를 연달아 발표하고 있다. 4집에는 박두진이 시 「해의 노래」, 조지훈이 시 「빛을 찾아가는 길」을 투고하였다. 9집에 다시 박목월의 시 「강나룻배」, 조지훈의 시 「대금(大笒)」을, 10집에는 박두진의 시 「비둘기」, 조지훈의 시 「색시」, 박목월의 시 「보살」, 「초가삼간」 등을 수록하고 있다. 이러한 명망 있는 시인들이 『죽순』에 포진함으로써, 『죽순』은 해방기 문단에서 어느 정도 작품의 질적 수준을 유지할 수 있는 환경을 마련하였다고 할 수 있다.

3. 『죽순』의 입지(立地)와 매체 전략

『죽순』지는 출발부터 좌익 진영과 거리를 두고 있었다. 『죽순』 창간호가 발간되자마자 대구지역 "좌익계 신문 민성일보(民聲日報)의 비난 기사 게재와 문맹(文盟) 계열의 파상적 협박장 공세"[18]가 있었다는 이윤수의 언급은 『죽순』

17 문덕수 편, 『세계문예대사전』 하, 성문각, 1975, 1918쪽.

18 이윤수, 「광복30년 경북문단점철(기1)」, 『죽순』 복간호, 1979 봄, 194쪽.

이 서 있는 자리를 잘 보여준다. 『죽순』에 수록된 시나 평론을 살펴보면 『죽순』이 크게 순수시나 '민족시'의 자장 안에 머무르고 있음을 알 수 있다. 『죽순』은 시 동인지를 표방하고 있었기에 평론류 글은 많이 수록하고 있지 않았다. 여기에 실린 12편 정도의 시론류나 시평에 관한 글들[19]은 대부분 좌익과 대립적 입장에서 순수시 내지 순수문학을 표방하고 있다.

평론류 글 중에는 『죽순』 동인이었던 김동사, 이윤수의 글이 먼저 주목된다. 김동사의 「민족의식과 문학」은 "무자각한 시류문인(時流文人)의 발호"[20]를 경계하면서, 시류(時流)에 휩쓸리지 않은 문학, 즉 "현 세대의 시속(時俗)에 경향되지 않는 영원성을 띤 문학"[21]을 내세운다. 이러한 논조는 이어진 글 「진위의 시(是)와 비(非)」에서도 이어진다.

> 위(僞)가 생존할 수 있는 세계는 혼란의 세계이다. 진(眞)이 증명될 수 있는 세계는 인간이 윤리성을 상실치 않은 정당한 평화의 세계이다. 오늘날 혼란

---

19 원고 모집의 「투고규정」(『죽순』 2, 1946.8, 30쪽)에도 평론(시에 관한 것), 시, 소곡, 가요, 기타 시에 관한 것으로 투고종목을 제한하고 있다. 아래는 『죽순』에 수록된 평론류 글이다.
이윤수, 「시의 진실성」, 『죽순』 2, 죽순시인구락부, 1946.8.
김동사, 「민족의식과 문학」, 『죽순』 3, 죽순시인구락부, 1946.8.
이호우, 「시조의 본질」, 『죽순』 3, 죽순시인구락부, 1946.9.
이윤수, 「시인과 시에 관하여」, 『죽순』 3, 죽순시인구락부, 1946.9.
이윤수, 「하나의 에피로-구」, 『죽순』 4, 죽순시인구락부, 1947.5.
김동사, 「진위(眞僞)의 시(詩)와 비(非)」, 『죽순』 4, 죽순시인구락부, 1947.5.
조향, 「역사의 창조」, 『죽순』 6, 죽순시인구락부, 1947.10.
조연현, 「시에 관한 노트」, 『죽순』 7, 죽순시인구락부, 1947.12.
이윤수, 「퇴폐해가는 문화인들 — 주로 현 문단에의 공개서신」, 『죽순』 8집, 죽순시인구락부, 1948.3.
한솔, 「시」, 『죽순』 10, 죽순시인구락부, 1949.4.
김동사, 「문학과 생활과 인간」, 『죽순』 10, 죽순시인구락부, 1949.4.
김춘수, 「시, 시인에 대한 소묘」, 『죽순』 10, 죽순시인구락부, 1949.4.

20 김동사, 「민족의식과 문학」, 『죽순』 3, 죽순시인구락부, 1946.12, 7쪽.

21 김동사, 위의 글, 8쪽.

> 속에서 잠입하여 외면으로 유아군자연(唯我君子然)하고 내면으로는 공리성(功利性)에 급급하여 호류성(狐類性)을 발휘하는 도배(徒輩)의 횡행은 그들이 문화일 때는 문자의 부스러기라도 저(咀)작한 만큼 미치는 영향이 심대하다.[22]

김동사의 「민족의식과 문학」이나 「진위의 시와 비」 모두 해방 직후 좌익 문인들을 시류문인으로 규정하고 이들의 공리성에 입각한 문학은 혼란을 조장하는 거짓의 세계로 본다. 그렇다면 김동사가 주장하는 참다운 시는 무엇인가? 그는 "민족성을 고취함과 동시에 시의 본질인 예술성을 토대로 순수시에서 출발하여 민족시를 수립하는 것"[23]이라는 입장을 취한다. 김동사에 의하면 시대를 초월한 진정한 시인은 시류(時流)를 벗어나 예술성, 영원성, 민족성을 갖춘 시를 쓰는 시인이라고 규정된다.

이윤수 또한 "사고, 상상, 감수성의 예민한 활동"인 "내면적 경험"[24]을 중요시 여기며, 시가 표현하는 존재성과 그것의 영원성을 강조한다.

> 시가 표현하는 존재성은 영원적이며 그 존재가치는 시가 가진 표현된 말의 지성과 같은 가치만의 존속성을 가질 것이다. 영원한 시, 시대의 힘에도 기타 모든 힘에도 변화되지 않은 영원한 시, 이러한 시의 사상이 확립된 곳에서 시가 가진 긴 전통의 옥토가 있었던 것을 생각하지 않으면 안된다. 영원한 시라는 말은 거짓이 아니다. 시의 영원성만은 수세기를 지나도 노후하지 않고 새로운 샘물같이 쉴 새 없이 살아있는 한 기능이라고 본다. 이 영원성은 모든 것이 진화하는 데 있어 스사로 타는 피로서 생존하고 있다. 즉 우리들의

22 김동사, 「진위의 시와 비」, 『죽순』 4, 죽순시인구락부, 1947.5, 36쪽.
23 김동사, 위의 글, 37쪽.
24 이윤수, 「시의 진실성」, 『죽순』 2, 죽순시인구락부, 1946.8, 29쪽.

창조의 근원인 정신과 마음, 열정과 이성이 불타는 속에서 그 힘은 찬연히 존재하고 있을 것이다.[25]

시는 자기를 위하여만 살 것이다. 그것이 모든 것이기 때에. 시에 있어 그 이상의 것을 욕망한다는 것은 금물이다. 자기의 인간을 수업하는 일념하에 자기 가슴에 타는 불을 높이 들고 험하고 어두운 길을 점점히 전진할 것뿐이다. 거기서 인간성을 가진, 민족성을 가진 시신(詩神)을 만날 수 있다.[26]

『죽순』 제3집

"시인의 가슴에 타는 불과 시인의 눈물의 바다를 지나치는 모든 것이 순화되어, 지고(至高)한 진리에 도달"한다는 이윤수의 이러한 시관은 시문학파 시인 박용철의 시론 「시문학 창간에 대하야」와 「시적변용에 대해서」를 연상시킨다. 박용철은 "시라는 것은 시인으로 말미암아 창조된 한낱 존재"이며, 시란 "하나의 고처(高處)"[27]에 자리한다고 주장한다. 시를 하나의 '존재'로 보게 되면 시가 무엇을 실현하기 위한 목적이나 수단이 아니게 된다. 이는 시가 현실을 초월하여 존재하는 자족적 실체를 의미한다고 할 수 있다. 이윤수가 지적한 "자기 가슴에 타는 불을 높이 들고 험하고 어두운

25 이윤수, 「시인과 시에 관하여」, 『죽순』 3, 죽순시인구락부, 1946.12, 27쪽.

26 이윤수, 「시인과 시에 관하여」, 위의 책, 28쪽.

27 박용철, 「『시문학』 창간에 대하야」, 시문학사 편찬, 『박용철전집 제2권』, 동광당서점, 1940, 142~143쪽.

길을 점점이 전진할 것"이란 말도 박용철이 내세운 "심두(心頭)에 한 점 경경(耿耿)한 불"[28]과 별반 다르지 않다. 심두의 경경한 불꽃이 최고조로 오른 상태란 순수서정시가 가진 "가장 개인적이며 자신에게만 고유한 주관적 자아의 순간적 열화상태, 그리고 이로부터 비롯되는 정조를 표출하는 양식"[29]이기 때문이다. 이윤수의 「시인과 시에 관하여」가 박용철의 「시적 변용에 대해서」와 제목의 형식이나 내용도 거의 유사함을 눈여겨 볼 필요가 있다. 박용철의 「시적 변용에 대해서」가 시문학파의 시론을 대변하고 있다면 『죽순』지에 실린 이윤수의 「시인과 시에 관하여」는 죽순시인구락부 동인들의 시에 관한 생각을 보여준 것이다. 그러므로 매체 『죽순』 또한 순수시지(純粹詩紙)를 목적으로 하고 있다고 할 수 있다.

『죽순』지의 이러한 성향은 대구 지역 외의 투고 필진이나 그들의 원고 내용을 통해서도 확인할 수 있다. 당시 마산에서 김수돈, 김춘수와 함께 『낭만파』에 참가하고, 부산 동아대학 문리학부 교수이자 국립부산수산대학 강사로 출강[30]하기 시작한 조향(趙鄕)은 『죽순』 5집에 시 「밀 누름때」, 「파아란 항해」, 『죽순』 6집에 평론 「역사의 창조」와 시 「태백산맥」을, 『죽순』 7집에 시 「진혼의 노래도 없이」, 「솔잎으로 점치기」, 『죽순』 8집에 시조 「SANATORIUM」을 발표하였다. 이중 평론 「역사의 창조」에서 조향은 당시의 좌익의 거점이었던 '민주주의민족전선(民主主義民族戰線)'에서 사용하는 "예속적인 민족의 정의"에 강한 거부감을 드러낸다. 민족이 '농민'과 '근로인민'으로만 구성되지 않으며, "유물제국주의(唯物帝國主義)의 사상 침략에서 우리

28 박용철, 「시적 변용에 대해서 — 서정시의 고고(孤高)한 길」, 『삼천리문학』 창간호, 삼천리사, 1938, 133쪽.

29 정효구, 「1930년대 순수서정시 운동의 시대적 의미」, 『한국현대시사의 쟁점』, 시와시학사, 1991, 294~295쪽.

30 조섭제, 『대학국어 현대국문학수』, 행문사, 1948, 표지 이력 참조.

들의 국토와 영혼을 지키자"[31]는 직접적 구호로 좌익 측의 공세에 대응한다. 이러한 주장은 조선청년문학가협회의 논리와 부합한다. 이 당시 전국문학자 대회를 개최하는 등 진보적 문학의 중심에 서 있던 좌익 측의 조선문학가동맹에 대응한 단체는 전조선문필가협회였다. 그 중에도 가장 예각적 각을 세웠던 단체는 전조선문필가협회 산하의 조선청년문학가협회였다. 1947년 4월 당시 조선청년문학가협회의 회장은 김동리, 부회장은 유치환, 김달진이었고, 시부(詩部) 구성원은 "박두진, 조지훈, 서정주, 박목월, 유치환, 이한직, 양운한, 조인행", 평론부 구성원은 "한흑구, 조연현, 곽종원, 표문태, 이정호, 이향, 민영식, 임긍재"[32] 등이었다. 조선청년문학가협회(이하 청문협)의 회원으로 『죽순』에 시나 평론을 투고한 인물은 유치환, 박목월, 박두진, 조지훈, 김달진, 조연현 등이다. 이처럼 청문협(靑文協)의 회원 일부가 『죽순』에 작품을 투고하고 있다는 것, 이는 『죽순』이 서 있는 자리가 예술의 독자성과 자율성을 내세우는 청문협과 그리 멀리 떨어져 있지 않음을 보여준다. 이 당시 청문협의 선두에서 좌익 측의 문학 이론 공세에 맞선 인물은 김동리, 조지훈, 조연현, 서정주 등이었다. 이중 조연현이 『죽순』 7집에 「시에 관한 노트」를 싣고 있음이 주목된다. 청문협 쪽에서 대구지역의 문학매체인 『죽순』지에 영향을 끼치려 하거나 관심을 준 정도가 미약했다는 지적[33]이 있으나 『죽순』이 조지훈 등이 주도한 청문협의 순수시론의 큰 자장 안에 놓여 있음은 부인할 수 없는 사실이었다.

청문협의 대표 주자였던 조지훈은 순수시가 "경향시에 대한 정통시요, 순수시의 영역은 정치·종교·사회 어디에도 갈수 있는 무제한이나 다만 시가

---

31 조향, 「역사의 창조」, 『죽순』 6, 죽순시인구락부, 1947.10, 8~9쪽.

32 권영민, 『해방 직후의 민족문학운동 연구』, 서울대학교출판부, 1986, 25쪽.

33 박민규, 『해방기 시론의 구도와 동력』, 서정시학, 1914, 269~270쪽.

되고 예술이 되는 것을 전제로 무제한이며, 시의 가능성은 그 출발점이 시에 있을 때뿐"[34]이라고 보며, "본질적으로 순수한 시인만이 개성의 자유를 옹호하고 인간성의 해방을 전취하는 혁명시인이며, 진실한 민족시인만이 운명과 역사의 공동체로서의 민족을 자각하고 정치적 해방을 절규하는 애국시인"[35]이 될 수 있다고 주장한다. 시가 된 다음 민족시도 세계시도 될 수 있다는 조지훈의 생각은 앞에서 살펴본 『죽순』 동인이었던 김동사가 거론했던 "예술성, 영원성, 민족성"이나, 조향의 '농민'과 '근로인민'으로만 구성되는 민족의 정의에 대한 거부감, 이윤수의 '시의 영원성', '인간성을 가진, 민족성을 가진 시신(詩神)'과 상통한다. 이를 통해 볼 때 『죽순』에 실린 시론 내지 시들이 멀리는 시문학파 시인 박용철이 내세운 순수시론, 가까이는 해방 직후 청문협의 이론가였던 조지훈의 시론에 그 바탕을 두거나 영향을 받고 있음을 확인할 수 있다.

한편 『죽순』은 지역매체로서의 한계를 극복하기 위해 다양한 기획과 편집 전략을 구사하였다.

첫째, 신인추천제를 실시하고 있다는 점이다. 근현대문학사의 경우, 1920~30년대의 문예잡지였던 『조선문단』과 『문장』지가 작가들의 등단제도로 신인추천제를 정착시킨 바 있다. 특히 『문장』은 명망 있는 고선위원(考選委員)들의 가담과 3회 추천제(나중 1회로 변경됨)란 방식을 통해 문학지망생들로부터 상당한 권위를 인정받고 있었다. 정지용(시 부문), 이태준(소설 부문), 이병기(시조 부문)가 『문장』지의 고선위원이었다. 이들은 그들이 가졌던 작가로서의 상징자본을 바탕으로 꼼꼼한 선후평(選後評)을 가함으로써, 신인들이 나아갈

34 조지훈, 「순수시의 지향 — 민족시를 위하여」, 『백민』 3권 2호, 1947.3, 168쪽.
35 조지훈, 위의 글, 167쪽.

문학의 방향성 내지 창작방법까지 지도하였다. 신인추천제는 일제강점기 『조선문단』, 『문장』을 거쳐 해방 직후 『문예』에 이르면서 신문사의 신춘문예와 함께 신진작가들의 등단 제도로 확고하게 자리잡게 된다. 해방기의 경우 대구지역에서 발간된 시 동인지 『죽순』이 1949년 8월 창간된 『문예』 이전에 이미 신인추천제를 시도하고 있음을 주목할 필요가 있다.[36] 추천시가 처음 등장한 것은 『죽순』 6집이다. 여기에서 김요섭(金耀燮)의 「수풀에서」와 윤근필(尹根弼)의 「무지개」가 추천되고 있다. 심사위원의 선후평이나 추천 소감 등은 실리지 않았다. 다만 6집 말미에 배치된 「원고모집」란에 "3회 이상 추천되면 준동인(準同人)으로 정하고 작품을 의뢰합니다"[37]란 문구를 통해 추천의 세부 규정을 강화하였다. 김요섭은 7집에 「바닷가」, 8집에 「애가」를 연속 추천받음으로써 3회 추천을 완료한다.[38] 반면 윤근필은 7집의 <일반시단>란에 「고도의 밤」, 10집의 <일반시단>란에 「춤추며 오너라」를 싣고 있으나 추천을 완료하지 못했다.[39] 『죽순』 10집은 최계락(崔啓洛)의 「고가촌상(古家寸想)」, 「무제(無題)」, 11집은 마산중학 5년 천상병(千祥炳)의 「공상(空想)」, 「피리」, 이화여중 5년 이명자(李明子)의 「조가(弔歌)」를 추천하고 있다. 이들 추천은 1회로 마감되었는데, 그 이유는 11집 이후 더 이상 『죽순』이 발간되지 않았기

36 해방 직후 경남·부산 지역에서 발간된 『낭만파』 3집(1947.1, 62쪽)의 경우도 신인추천제를 실시했으며, 정지용, 이병기 등이 심사위원으로 이름을 올리고 있다.
이순욱, 「광복기 경남·부산 시인들의 문단 재편 욕망과 해방 1주년 기념시집 『날개』」, 『비평문학』 43, 한국비평문학회, 2012, 208쪽 참고.

37 「원고모집」, 『죽순』 6, 죽순시인구락부, 1947.10, 59쪽.

38 『죽순』 8집(1948.3, 62쪽)의 「편집후기」에서 이윤수는 "3회나 계속 본지에 추천당한 김요섭군을 우리 시단에서 반겨 맞어줄 것을 믿으며 여기 소개하는 바다"라고 쓰고 있다.

39 윤근필은 필명이 윤운강으로 경북 상주 출신이다. 그는 『죽순』 이후 1950년 1월 1일 <서울신문> 신춘문예에 시 「산맥아」가 입선되었으며, 한국전쟁 중 발간된 『전선시첩』 2집에 「서울아 나와 더불어 북으로 진격하자」를 발표하였다. 이후 대구아동문학회 창립회원으로 참가하여 동시와 동화를 주로 발표하였다. 작품집 『꽃가마 타고』(윤운강·김선주, 배영사, 1968)와 동시집 『풀꽃』(일신사, 1976) 등을 발간하였다.

때문이다. 『죽순』이 등단 제도로 신인의 경우 3회 추천을 고수한 것은 나름 시 동인지로서의 질적 수준을 제고하기 위한 것이라 할 수 있다. 그러나 『문장』과 달리 추천위원을 밝히거나 선후평(選後評)을 게재하지 않은 것은 『죽순』의 신인추천제가 갖고 있는 한계로 볼 수 있다.

둘째, 일반 문학지망생과 학생들이 작품을 발표할 수 있는 <일반시단>과 <학생시단>란을 설치했다는 점이다. 『죽순』은 2집(1946.8.15)부터 「투고규정」을 통해 "평론(시에 관한 것), 시, 소곡, 가요, 기타 시에 관한 것"[40]을 죽순편집실로 보낼 것을 공지하고 있다. 3집부터는 「투고 규정」을 좀 더 구체화하였는데, 투고종목: 평론, 시, 소곡, 가요, 기타 시에 관한 것(자작 미발표의 것), 각편 주소시명(住所氏名) 급(及) 종별명기(種別明記)할 것, 봉피(封皮)에 '일반투고' 또는 '학생시단투고'라 부기(附記)할 것 등을 요구하고 있다.[41] 『죽순』 3집은 다른 면에 다음 호부터 <학생시단>을 설치한다는 투고 안내문을 아래와 같이 광고하고 있다.

> 다음 호부터는 「학생시단」을 설치코자 하오니 남녀 학생 제씨는 분발하여 투고하라. 학원문예의 성망(盛亡)은 우리 민족문학의 성망(盛亡)이다. 여러분은 민족문학의 기반이 되라. 투고규정은 일반과 같으나 성명과 학급을 명기할 것.[42]

그 결과 3집에는 <일반시단>란이, 4, 5집에는 <학생시단>란을, 7집에는 <일반시단>란과 <학생시단>란을, 8집에는 <학생시단>란을, 9, 10, 11집은 <일반시단>란과 <학생시단>란을 별도로 두고 있다. 죽순시인구락부는 해방

---

40 「투고규정」, 『죽순』 2, 죽순시인구락부, 1946.8, 30쪽.
41 「투고규정」, 『죽순』 3, 죽순시인구락부, 1946.12, 41쪽.
42 「학생시단 설치」, 『죽순』 3, 죽순시인구락부, 1946.12, 92쪽.

직후 시문학에 대한 취미와 열정을 가진 대구·경북 지역 성인들이 모여 만든 문학단체였지만 그들의 매체였던 『죽순』을 동인들의 작품 발표 장으로만 이용하지 않았다는 점이 주목된다. 이 당시 대구·경북 지역은 여타 지역보다 학생들의 문예활동이 상당히 활발하게 전개되었는데, 『죽순』에 배치된 <일반시단>, <학생시단>란은 문학청년과 학생들의 시 창작 욕구를 자극하고 유도할 수 있는 계기가 되었다. 앞에서 살펴본 바와 같이 『죽순』 11집에는 나중 시인으로 자리를 잡은 천상병(마산중학 5년), 나중 동화작가 이영희(李寧姬)가 된 이명자(이화여중 5년) 등이 학생의 몸으로 추천되기도 하였다.

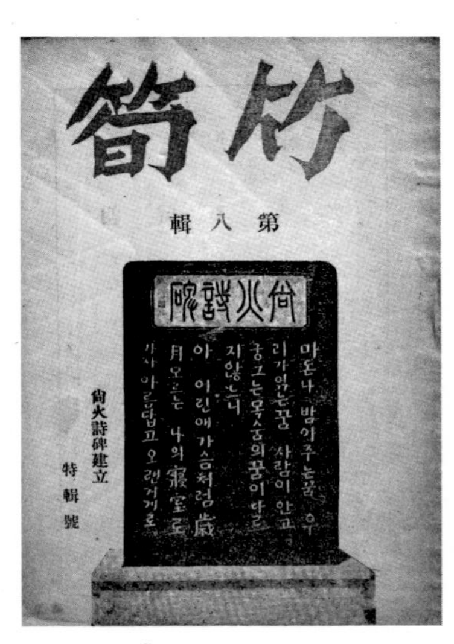

『죽순』 제8집 표지

셋째, 지역문인의 표상화 작업이다. 죽순시인구락부는 지역문인의 표상화 작업을 시도하였는데, 이상화 시비 건립과 매체 『죽순』의 상화시비 특집호 구성이 대표적인 것이다. 이상화는 대구에서 현진건, 백기만, 이상백 등과 동인작문집 『거화』를 시험하고 지역의 3·1운동에도 관여하는 한편, 1920년대 『백조』와 『문예운동』 등의 문학 매체에 다수의 작품을 발표한 작가이다. 이상화는 낭만주의와 계급주의 사이를, 조선과 일본, 대구와 서울을 넘나들면서 1920년대 문단의 중심인물로 활동하였다. 그러나 이상화는 불행히도 1943년 43세의 나이로 유명(幽冥)을 달리하였다. 물론 해방 직후 조선문학가동맹이 주도한 제1회 전국문학자대회(1946.2.8~2.9) 둘째 날 참석 문학인들로부터 작고작가로서의 '추도의 묵상'[43]를 받으면서 이상화는 상징자본으로서의 시인으로서의 명성은 유지할 수 있었다. 그러나 이때까지 그를 기릴 시집 하나 출판되지 못한 상태였다.[44] 이상화의 경우 시집 발간보다 기념비로서의 시비 건립이 먼저 추진되었다. 근대문인 최초의 문학비라 할 수 있는 '상화시비(相火詩碑)'의 건립은 죽순시인구락부 회원들에게 "대구가 낳은 시인 고 이상화씨의 시비를 죽순에서 세우면 어떨가"[45]라는 김소운(金素雲)의 제의로부터 시작되었다. 실제 시비 건립 과정과 제막식 와중에 김소운씨와 죽순시인구락부 회원 사이에 일부 이견이 노출되기는 했으나[46] 상화시비는 김소운과 죽순시인구락부의 노력에 의해 세워졌다. 죽순시인구락부 회원들과 김소운이 중심이 되어, 상화시비는 박노아(朴露兒)의 식사(式辭), 청문협 대표로 서울에서 내려온 구상(具常)의 헌사(獻辭), 부산에서 온 유치환 등 300여명의 추모객들이 참석한 가운데 1948년 3월 24일 달성공원에서 제막되었다. 기념비로서 상화시비가 세워진 다음 죽순시인구락부는 『죽순』 8집을 상화시비 건립 특집호로 꾸몄다. 『죽순』 8집의 이상화 관련 기획 내용은 다음과 같다.

> 표지 - 상화시비 사진
> 내제지 - 「빼앗긴 들에도 봄은 오는가」 일부
> 시 - 이상화, 「나의 침실로」
> 교유기 - 윤곤강 - 「조춘시정(早春詩情)-상화와 고월과 나」

---

43 홍구 편, 『건설기의 조선문학』, 조선문학가동맹 중앙집행위원회 서기국, 1946, 218쪽.

44 이상화의 아들 충희(忠熙) 씨는 "일경에 가택 수색을 당하는 바람에 당신의 시고(詩稿)를 압수당해 버렸다. 아버지는 평생 요시찰 인물이었다. 해방 후에는 임화가 선친의 시집을 출판하겠다며 원고를 가져갔지만 월북하는 바람에 돌려받지 못했다."는 증언을 하고 있다. 김태완, 발굴인터뷰 「문인의 유산, 가족이야기 ⑨ 시인 이상화의 후손들」, 『월간조선』 2015.8.

45 이윤수, 「상화시비 건립 경과보고 — 부(附) 제막기」, 『죽순』 8집, 1948.3, 54쪽.

46 경과는 『죽순』 7집에 「고 이상화 시비 건립」이란 이윤수의 글을 통해 이상화 시비 제막식, 재정문제 등에 대해 간략히 보고된 바 있다.

시 - 이상화, 「반딧불」
사진 - 상화시비 제막식 사진 화보
상화시비 건립 찬조자 방명(芳名)
축시, 헌시, 축전 - 구상 「헌사」
이윤수 「헌시」
이정호, 성기원, 설창수, 「축전」
이윤수, 「상화시비 건립 경과 보고 - 부(附) 제막기」

『죽순』 8집은 지역의 대표 시인이었던 이상화 시인을 호명하고, 기념하는 편집 체제를 유지하고 있다. 동인 시인들의 투고 작품 외에, 『죽순』 8집은 표지부터 마지막 부분까지 이상화 시인과 관련된 시와 시비 건립 관련 내용으로 채워졌다. 작고작가인 이상화를 기억에서 불러내는 방식은 시집 발간, 시비 세우기, 잡지 특집, 학술 연구 등 여러 가지가 있을 수 있다. 죽순시인구락부는 기념비인 상화시비 건립을 주도적으로 수행하는 한편, 이상화 시인 관련 내용을 『죽순』 특집호로 기획, 홍보하는 전략을 구사하였다. 시비는 기념물의 한 형태로, 시인이 갖고 있는 상징자본을 대중들에게 가장 잘 보여줄 수 있는 구체적 물상이라 할 수 있다. 반면 이상화 특집호로 구성된 인쇄매체인 『죽순』은 그것을 이동시켜 대구·경북 지역이란 장소를 넘어서게 하는 확장성을 가지고 있다. 이처럼 죽순시인구락부는 시비와 매체를 이용해 지역의 작고(作故) 작가이자 전국적 지명도를 가진 시인 이상화를 지역의 대표시인으로 표상화시키고자 하였다. 이들은 「나의 침실로」가 새겨진 상화시비를 『죽순』 8집의 표지로 삼았으며, 이후 복간된 18집(1984.4)에서도 '상화시비 건립 35주년기념 시비 탁본'을 표지로 내세운 바 있다. 이상화 시인 관련 사업은 이후 『죽순』지에 지속적으로 이어졌는데, 『죽순』 18집의 편집후기는 이러한 모습을 잘 보여주고 있다.[47] 이를 통해 볼 때, 죽순시인구락부는『죽순』 복간 후에도 이상화 시인 추모제를 곁들인 시비 건립 기념식 개최, 상화 시비 탁본 사업을 통해『죽순』 8집이 시도한 바 있던 표상화 작업을 다시 소환하고 있음을 알 수 있다. 1984년 2월 29일까지의「상화시비 탁본대(拓本代) 불입자 방명(芳名)」[48]을 보면 이주홍을 포함해 43명의 문인이 탁본 사업에 참가하고 있다. 이러한 사업은 죽순시인구락부의 경영난 타개의 한 방편이기도 했겠지만 이상화 시인을 지역의 대표시인으로 표상화하고자 하는 작업의 하나였음을 보여준다.

넷째, 시조에 대한 관심과 시조 발표 지면의 지속적 유지이다.

죽순시인구락부에 모여든 동인들은 처음부터 시, 그중에서도 현대시에 관심을 가진 시인들이라고 할 수 있다. 시 작품만을 실었던『죽순』 창간호를 보면 17인의 필자 중 이영도, 이병화, 이호우 등 3인의 시조 작품이 수록되어 있다. 임시증간호까지 합한 12권의『죽순』에 시조가 한 번도 누락 없이 실렸다는 것은『죽순』 편집진들이 시조의 중요성을 상당 부분 인식하고 있었음을 보여준다. 특히『죽순』 2호부터는 '차례'에서 시와 시조를 구분하여 배치하는 등 시조 부문에 대한 배려가 남달랐음을 보여준다. 그 원인을 찾아보면

---

47 「편집후기」,『죽순』 18, 죽순시인구락부·죽순문학사, 1984.4, 282쪽 참고.
"▷항일민족시인 이상화님이 작고한 지 40주기요 따라 대구 달성공원에 우리 문단 최초로 상화시비가 세워진 지 35주년을 맞게 되어 죽순시인구락부 주최로 지난 83년 3월 19일 오후 2시 그의 시비 앞에서 추모제에 곁드려 시비건립 기념식을 유족을 비롯 대학총학장 및 유지와 후진 문인들과 상화 제자들의 모임인 태백구락부 회원 등, 이밖에 60여 명의 경북여고 백합합창단의 참여로 한층 뜻깊게 한 이 행사의 광경과 상화 시인에 관한 여러 가지 사진과 참고자료 등을 화보에 담았다. 이 자리를 빌어 그날 추모제 때 물심으로 협조해 주신 모든 분들께 감사의 인사를 드린다.
▷시비 탁본을 원형 대(原型 大)와 축쇄판 2종으로 영인, 뜻 있는 분들께 배포했으며, 1/2대(大)는 18집 부록으로 배포한다."

48 「상화시비 탁본대(拓本代) 불입자 방명(芳名)」, 위의 책, 276쪽.

죽순시인구락부 초기부터 관여했던 이호우와 관련지어 생각해 볼 수 있다. 이호우는 박목월과 함께 죽순시인구락부에 영향을 미친 주요 동인(同人)이다. 『죽순』이 순수시를 중심으로 한 현대시 동인지였지만 『죽순』에서의 이호우의 위상을 생각할 때 현대시조의 지면 배치는 당연한 것이라 할 수 있다.

경북 청도 출신인 이호우는 해방 직후 대구 대봉동으로 이사, 대구고등법원 재무과장, 적산(敵産)인 문화극장의 사무국장 등을 역임하는가 하면 <대구일보> 편집과 경영에 참여하기도 하였다. 이후 그는 1949년 남로당 관련 협의로 군법회의에 회부되는 고난을 겪기도 했으나 한국전쟁 이후에는 <대구매일신문> 편집국장, 논설위원 등을 지냈다. 이호우는 해방공간 대구에서 발간된 아동잡지인 『아동』, 『새싹』, 부산의 『낭만파』, 진주의 『영문(嶺文)』 등에 시조 작품을 투고하는 한편, 임시증간호를 포함한 12권의 『죽순』에 줄곧 31편의 시조와 평론 「시조의 본질」을 발표하였다. 이호우는 해방 직후 『죽순』 동인 활동을 통해 본격적인 시조시인으로의 발판을 마련했다고 할 수 있다.[49] 『죽순』의 시조란에는 이호우와 그의 누이동생 이영도를 포함해 5명의 시조시인이 쓴 52편의 시조 작품이 발표되었다. 이호우는 평론 「시조의 본질」에서 시조가 오랫동안 널리 애송된 까닭을 전 국민이 공감할 보편성에서 찾았는데, 이것 또한 김동사가 말하던 '예술성, 영원성, 민족성'과 크게 거리가 멀지 않았다고 할 수 있다. 이호우는 민족시로서 시조가 갖는 위상을 인식하고 거기에 맞는 현대시조를 『죽순』의 '시조란'을 통해 발표하였던 것이다.

---

49 이호우의 시조 세계와 『죽순』지의 작품활동에 대해서는 박용찬, 「이호우 시조의 공간과 매체」, 『한국현대시의 정전과 매체』, 소명출판, 2011, 76~101쪽 참고.

4. 『죽순』 이후, 그리고 『전선시첩』

1946년 5월 창간된 『죽순』은 1949년 7월, 11집 발간으로 그 막을 내렸다. 순수시를 표방했던 동인지 『죽순』이 4년 이상 유지된 것은 발간 주체였던 이윤수의 노력에 힘입은 바 컸다. 그러나 1950년 시작된 한국전쟁으로 인한 용지난, 자금난, 인적 모임의 한계 등은 한 개인이 중심이 되어 발간되던 『죽순』의 지속적 발행을 가로막았다고 할 수 있다. 대구와 부산을 중심으로 형성되던 피난문단은 중앙의 문인들과 지역의 문인들을 혼효시켜 지역문학장을 확대시키는 역할을 했다. 대구지역에 육군본부, 공군본부가 자리하면서 대구는 낙동강 전선의 교두보 역할을 하는 동시에 전쟁수행의 기지가 되었다. 그 결과 임시수도가 자리한 부산에 비해 대구는 자연스레 전선문학 중심의 전선문단이 형성되었다. 육군종군작가단이 발행한 『전선문학』, 문총구국대가 기획한 『전선시첩』, 공군종군문인단의 『창공』과 공군본부 정훈감실에서 펴낸 『공군순보』 등이 모두 대구에서 발간되었다. 대구의 문인들은 문총구국대 경북지대를 조직하였고 지대장은 한솔 이효상이 맡았다. 사무실은 지역의 극장인 만경관이 있던 건물에 두었다. 이윤수가 중심이 된 죽순시인구락부 회원들은 전선문단으로 이동하여, 대구에서 발간되던 전선매체인 『전선시첩』에 자연스레 가담하게 되었다.

> 『전선시첩』의 1집을 일선에 보낸 것이 작추(昨秋)이었다. 그 당시의 전세(戰勢)는 대구방어선을 위시로 각 전선에 방어태세의 완벽을 기하고 북진을 고대할 때였다. 이어서 제2집이 나왔고 이제 또 다시 제3집을 역시 대구에서 내놓게 되었으니, 이 북진의 시첩과 더불어 우리는 다시 실지(失地)를 회복하고 전진할 것이다.[50]

위의 글은 한국전쟁 기간 중 대구에서 『전선시첩』 1, 2, 3집이 발간되었음을 보여준다. 그런데 문총구국대의 기획 아래 『전선시첩』 1집과 2집은 실제 발간되었으나, 3집은 그 당시 출판되지 못하였다. 3집의 경우 원고까지 수합되고, 이선근의 「서문」까지 준비되었으나 30여 년이 지나서야 당시 수합된 원고를 간직하고 있던 이윤수에 의해 1984년 1, 2, 3집 합본 형태로 대구의 학문사에서 발간되었다. 1집은 1950년 문총구국대 편집으로, 국방부 정훈국에서 발행하였으며, 2집은 1951년 1월 20일 이윤수 편집으로, 문총 경북지대의 이름으로 발간되었다. 서문(序文)의 경우 1집, 3집은 국방부 정훈국장 이선근이 썼다. 그러나 2집만은 문총구국대 경북지대장이었던 이효상이 서문을 쓰고, 「후기」는 편자인 이윤수가 쓰고 있음이 주목된다. 2집의 필진을 나열해 보면 이효상, 이용상, 김사엽, 신동집, 김진태, 이윤수, 김동사, 최광렬, 라운경, 윤운강 등인데, 이들 대부분은 『죽순』에 관여했던 인물들이다. 『전선시첩』 2집은 처음부터 온전히 대구지역 문인들인 문총구국대 경북지대원들의 힘으로 만들어졌다.[51] 문총구국

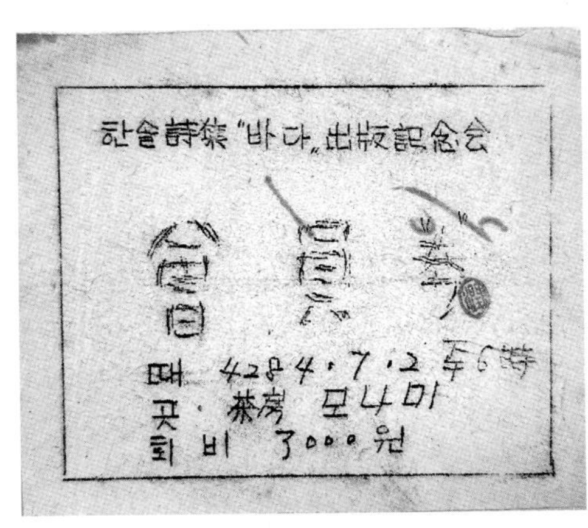

이효상 시집 『바다』 출판기념회 회원권

---

50 이선근, 「서문」, 『전선시첩』 3, 이윤수 편, 『전선시첩』, 학문사, 1984, 146쪽.

51 『전선시첩』 1집의 필진은 서정주, 조지훈, 박목월, 구상, 김기완, 이효상, 이윤수, 이호우, 김윤성, 박화목 등인데, 1집에도 서정주, 김기완을 제외하면 모두 『죽순』에 작품을 발표한 바 있는 시인들이다. 3집의 경우도 대구지역 이외의 시인들과 현역군인들이 일부 참여하고 있긴 하지만 이윤수, 박목월, 김요섭, 최해룡, 이응창 등 죽순시인구락부 회원들이 주된 필진을 이루고 있다.

대 경북지대원들은 1951년 7월 2일 모나미다방에서 지대장인 이효상의 2시집 『바다』 출판기념회를 열기도 했다. 회원권에 이윤수의 도장이 찍혀 있는 것으로 보아 죽순시인구락부의 대표이자 『죽순』의 발행 겸 편집인이었던 이윤수가 『전선시첩』의 원고 수합, 편집, 「후기」, 회합까지 관여했음을 알 수 있다. 이처럼 『전선시첩』 2집은 문총 경북지대의 이름으로 발간되었으나, 이윤수가 중심이 된 『죽순』의 전시판 매체라고 해도 과언이 아니다. 아래는 죽순시인구락부에 처음부터 참가하였던 최해룡(崔海龍)이 쓴 「행군」이란 시이다.

> 무한한 공간 아래 말없이 걸어간다
> 목청 좋은 전우가 군가를 부르기 시작하면
> 나도 모르게 절로 목이 메어져라 따라 부른다
> 저 멀리 아득히 보이는 치악령을 넘어서면
> 빛나는 무용전(武勇傳)을 이룰 포탄의 결전장
> 항시
> 머리 위에 인 푸른 하늘은 어버이처럼 후덕하며
> 발을 붙여 걷는 땅은 어머니처럼 인자하다
> 지금 우리는
> 무수한 먼 조상들의 발자욱을 따라
> 북으로 북으로 찬란한 역사를 비쳬며[52] 나아간다
> 진정 이 찰나의 존재가 억년의 생명을 지닌 날을
> 내 스스로 굳게 믿으며
> 다만 소처럼 걸어만 간다……[53]

---

52 『죽순』 복간호(1979 봄), 100쪽에는 "비쳬며"가 "빛으며"으로 되어 있다.
53 최해룡, 「행군」, 『전선시첩』 3, 이윤수 편, 『전선시첩』, 학문사, 1984, 252~253쪽.

최해룡은 『죽순』 동인으로, 1931년 대구공립고등보통학교, 1933년 니혼(日本)대학 예과, 1941년 니혼대학 법문학부 예술과를 졸업한 인물이다.[54] 앞서 살펴본 박목월의 회고에 니혼대학 예술과 출신인 최해룡이 호명되고 있음을 볼 때, 최해룡이 니혼대학 예술과 출신이란 것이 동인들에게 나름 깊은 인상을 주었던 것으로 보인다. 1941년 니혼대학 예술과를 졸업한 최해룡의 동기로 시인 함윤수를 들 수 있다. 1938~1939년경 경성과 함북지역을 배경으로 발간된 시 전문지 『맥(貘)』에 작품 발표를 하기도 했던 함윤수는 니혼대학 졸업 이전에 시집 『앵무새』(삼문사, 1939)와 『은하식물지』(장학사, 1940)를 이미 간행한 바 있는 시인이었다. 니혼대학 예술과를 중퇴하거나 거쳐간 문인으로 시인 김춘수나 아동문학가 윤복진 등도 있었던 것을 감안하면 니혼대학이 문학, 미술 같은 예술적 분위기에 젖어 있던 학교였음을 알 수 있다. 함윤수와 교우관계가 있었던 최해룡은 해방 직후 죽순시인구락부에서 문학활동을 시작하였는데, 『죽순』 창간호에 시 「춘수(春愁)」, 2집에 「혜순(惠順)에의 시」를 발표한 바 있다. 해방기의 최해룡은 죽순시인구락부 동인으로서의 활동 외에 대구시보사, 부녀일보사 등의 편집부 같은 언론 방면에 주로 종사하였다. 최해룡의 이력서를 보면 그는 한국전쟁 당시 종군작가로, 국방부 정훈국 소속 전국문화단체총연맹 경북지대 조직부장을 역임한 것으로 되어 있다. 또한 국방부 편수관으로 육군본부 전사감실(戰史監室) 등에 근무하였다.[55] 최해룡은 『전사(戰史)』 3집(육군본부 전사감실, 1951.12.15)에 시 「건설보」를, 『전선시첩』 3집에 종군시 「행군」을 발표하였다.

『전사』 3집에 실린 시 「건설보(建設譜)」는 말미(末尾)에 '신묘소춘(辛卯小春)'

54 학력사항은 1952년 10월 최해룡이 쓴 이력서를 참고한 것임.

55 최해룡이 1952년 10월 쓴 이력서에 나타난 니혼(日本) 대학 졸업 후의 직력(職歷)에 의함.

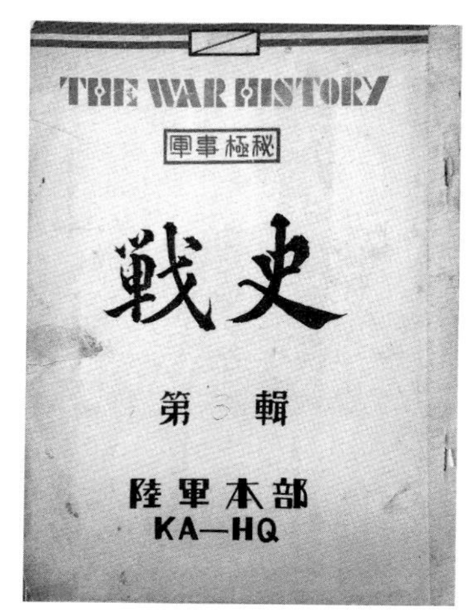

「건설보」가 실린 『전사』 3집

이라 부기된 것으로 보아 1951년 음력 10월에 쓴 것이다. 「건설보」의 화자는 "아우와 누나를 형과 내 부모를 내 안해와 내 남편을/ 그리고 모든 재산과 집과 세간을/ 송두리째 앗아간 뒤 타다남은 잿더미 폐허 위에"[56] 서서 생명의 고동과 건설의 새역사를 노래하고 있는 장시이다. 반면 『전선시첩』 3집에 실린 「행군」은 「건설보」에 비해 보다 정제된 형식과 리듬을 구사하고 있는 작품이다. 특히 직접 종군에 참여한 창작주체의 감정과 내면 심리를 보여주고 있다는 점이 주목된다. 『전선시첩』 3집에 실린 시들은 발간 주체였던 이윤수에 의하면 "9·28 수복을 전후한 때와 또 중공군 개입으로 작전상 가슴 아픈 1·4 후퇴를 아니할 수 없었던 전황(戰況) 속에서 쓴 작품들"[57]이라 한다. 「행군」 또한 이러한 종군시의 일종

56 최해룡, 「건설보」, 『전사』 3, 육군본부 전사감실(戰史監室), 1951.12, 35쪽. 같은 면에 실린 시 「건설보」의 전문을 소개하면 다음과 같다.

"아득한 옛날부터 꿈과 傳說이 어린 이 땅에/ 독수리같이 사납고 그 무지무지한 오랑캐놈들/ 아우와 누나를 형과 父母를 내 안해와 내 남편을/ 그리고 모든 財産과 집과 세간을/ 송두리체 아스간뒤 타다남은 재더미 廢墟위에/ 나는 지금 두팔걷고 감빛노을에 무심히 젖고 섯다// 내 이제 슬프하지 않으리 祖國이 世紀앞에 섯기에/ 내 이제 敵을 원망치 않으리 그는 滅亡의 앞에 섯기에/ 옷깃을 적시는 눈물은 오는봄 피는 한그루 꽃으로 씻고/ 辱된 세월의 그날은 이룩하는 새살림으로 忘却하여/ 硝煙의 냄새 풍기는 흙과 더부러 굳건히 사라가리라// 哲아! 우리는 아예 그날의 記憶을 더듬지 말자/ 새날의 하늘아래 살쪄가는 저 山과 들을 보렴으나/ 湖心과 같이 고요하고 맑은 우리들 마음에서/ 어느듯 그렇게 祖國도 겨레도 말없이 자라갈 것을/ 億劫을 連綿할 새歷史가 비롯하는 이날이 기쁘지 않느냐// 이제 그 지루하던 밤도 지새고 동녘이 밝으련다/ 밤마다 쓸쓸한 산모퉁이 斷腸의 뻐꾹새에 뒤이어/ 이江山 坊坊曲曲에 넘쳐흐르는 生命의 鼓動을 들어렴// 燦爛히 빛나는 祖國과 겨레의 우렁찬 모습을 우러러 받들며/ 哲아! 너와나는 또 한 번 머리숙여 嚴肅히 英靈에게 盟誓하자꾸나 (辛卯小春)"

이다. 화자는 전선을 따라 북으로 진군하는 군인들과 함께 행군하고 있는데, 시 전체는 승리에 대한 기대와 낙관적 전망으로 가득 차 있다. "걸어간다", "부른다", "나아간다", "걸어만 간다"에 반복되는 진행형 동사는 행군의 주체들이 걸어가는 길이 망설임과 좌절의 길이 아니라 하늘과 대지의 축복 속에 새로운 역사를 빚으며 가는 승리의 길임을 보여준다. 이들의 앞에는 어떤 장애물도 없으며, "포탄의 결전장"마저 "빛나는 무용전(武勇傳)"으로 승화된다. 밝고 경쾌한 발걸음으로 주저도 없이 "소처럼 앞으로 걸어만 가"는 행군의 당위성은 화자 자신이 걸어가는 길에 대한 믿음이 있기에 가능하다. "진정이 찰나의 존재가 억년의 생명을 지닌 날을/ 내 스스로 굳게 믿으며"란 시구는 현재의 순간성이 영원으로 초월되는 주관적 원망(願望)과 관계됨을 보여준다.

최해룡의 「행군」 이외에, 2집에 실린 이윤수의 「북으로 가자」, 윤운강의 「서울아 나와 더불어 북으로 진격하자」와 3집의 이윤수의 「보병진군」, 박두진의 「싸우며 나가리」 등이 모두 북으로의 진격 내지 행군을 통한 애국심 고취와 싸움의 승리에 대한 확신을 제시해 보이고 있다.

> 씩씩한 군가를 소리높이 부르며 전선으로 전선으로 출진하는 용사들의 모습들―. 단 하나인 조국을 위하여 일선에서 전전분투(轉戰奮鬪)하는 용사들은 피끓는 가슴들을 열고, 가도 가도 눈, 눈 속에서 조국과 민족의 이름 아래 치열히 싸우고 있다. 이러한 때 시인들은 어떠한 결의를 가지며 어떠한 행동을 하여야만 되겠다는 것을 새삼 말하지 않기로 하겠다. 지금에야 그의 가부를 논할 여유도 없다. 이 심대한 고난과 슬픔에서 다만 성스러운 한 줄기의 강렬한 '빛' 속을, 대열을 지어 앞으로 앞으로 가야만 한다.[58]

---

57 이윤수, 「후미(後尾)」, 이윤수 편, 『전선시첩』, 학문사, 1984, 276쪽.

58 이윤수, 「편집후기」, 『전선시첩』 2, 문총경북지대, 1951, 98쪽.

이윤수의 말처럼 이들 시는 조국과 민족의 이름 앞에 "성스러운 한 줄기의 강렬한 빛"을 향해 나아가는 향일성(向日性)을 지향하고 있으며, 시적 화자는 조국과 민족에 자신을 바친다는 당위에 대한 신념과 전쟁 수행에 대한 숭고의 감정에 사로잡혀 있다.

문제는 『전선시첩』에 실린 시들이 죽순시인구락부 동인들이 시에 대해 가졌던 생각 내지 시적 경향과는 그 궤를 달리하고 있다는 점이다. 전선시는 전쟁의 낙관적 전망 내지 승리, 싸움터에 나선 전사들의 위무(慰撫)에 그 목적이 있다. 국가주의에 입각한 전선시는 시의 본질인 예술성의 영역에 머무르기보다 공리성(功利性)에 입각한 목적시에 속한다고 할 수 있다. 순수시 또는 순수서정시를 시의 본질로 간주하고 있던 『죽순』 동인들에게 이러한 시 창작원리는 적격이 아니랄 수 있다. 여기서 『죽순』의 이윤수나 김동사, 조향의 시론에 밑바탕이 된 조지훈의 순수시(민족시)론을 다시 한 번 가져올 필요가 있다. 민족, 정치 같은 공리성 이전에 시가 먼저라는 것, 그러나 "순수는 무사상(無思想)의 것이 아니라 시를 예속시키는 사상이 아니고 순화(純化)된 사상이면 다 순수시가 될수 있다"[59]는 주장 말이다. 조지훈은 민족을 사랑하든 정치를 선전하든, 그 말하고자 하는 사상이 시 속에 혈액화될 때 비로소 그 사상을 예술로 받아들일 수 있다고 보았다. 즉 어떠한 사상이라도 그것이 순화될 때 시대성, 선전성, 계몽성은 저절로 부수적으로 따라오는 것이라 본 것이다. 물론 『전선시첩』에 실린 『죽순』 동인들의 시가 전부 그런 것은 아니다. 그렇지만 북으로 가는 대열에서 자신의 내면풍경을 차분히 드러내 보인 최해룡의 「행군」이나 『전선문학』 창간호(1952.4)에 발표된 이호우의 「깃발」 같은 시는 순수시를 쓰던 죽순 동인들이 종군시를 쓰는 시인으로 이동되어가는 모습을

59 조지훈, 「해방시단의 과제」, 『조지훈전집 3 — 문학론』, 나남출판, 1996, 224쪽.

잘 보여주고 있는 작품이다. 직설적인 주의, 주장이나 노골적인 개념어의 나열 없이도 이러한 시는 하나의 “수류탄” 내지 “야포”[60]가 될 수 있다는 것을 보여준다. 『전선시첩』 2집에 실린 이윤수의 말을 빌리면 “신념의 탄환”[61]으로 시적 기능을 하고 있다고 할 수 있다.

5. 맺음말

『여명』 창간호(1925.7)에 지역 태생의 작가였던 현진건이 「향토문학을 일으키자」라는 논설을 쓴 바 있다. 그 이후 1920~30년대 대구지역에 『여명』, 『동성』, 『문원』 등의 문예잡지가 있었지만 대구지역에서의 지역문학의 발흥은 『죽순』에 이르러서야 그 참 모습을 드러내게 되었다. 『죽순』은 1946년 창간되어 해방 4년 동안 12집이나 발간되었으며, 1979년 봄 복간호를 낸 이후에도 현재까지 발행을 계속하고 있는 대구지역의 대표적 시 동인지이다. 『죽순』은 중앙과 대타적인 지점에서 지역문학의 성과를 보여준, 해방기 대구지역의 시문학에 대한 열망을 제대로 수용해 나간 매체였다. 죽순시인구락부, 죽순시사, 죽순문학회 등의 이름으로 간행된 『죽순』은 반세기 넘게 그 명맥을 유지하면서 대구지역의 순수시 동인지로 그 자리를 잡았다. 이후 대구지역이 순수시가 성행한 도시로 자리잡는 데에는 김춘수, 신동집 등의 활동 못지않게 『죽순』이 끼친 영향력 또한 컸다고 할 수 있다.

본 장에서는 해방기에 발간된 『죽순』을 대상으로 『죽순』지의 탄생과정, 『죽순』의 위상과 매체적 전략, 한국전쟁기 『죽순』 동인들의 전선문단 참여

60 최독견, 「창간사」, 『전선문학』 창간호, 육군본부 종군작가단, 1952.4, 9쪽.
61 이윤수, 「편집후기」, 『전선시첩』 2, 문총경북지대, 1951, 98쪽.

과정 등을 살펴보았다. 먼저 『죽순』은 이윤수, 이호우, 박목월 등 대구지역 시인들 외에 유치환, 김춘수, 조지훈, 박두진, 설창수, 조향 등 대구 바깥의 유명 시인들도 참가시켜 필진의 위상을 높였다. 『죽순』은 출발부터 좌익 진영과 거리를 두고 출발하였는데, 『죽순』에 수록된 시나 시론을 통해 『죽순』이 크게 순수시나 '민족시'의 큰 자장 안에 머무르고 있었음을 확인할 수 있었다. 이는 『죽순』이 멀리는 시문학파인 박용철의 순수시론, 가까이는 해방 직후 청문협의 조지훈 시론의 영향 아래 놓여 있음을 보여준다. 그러나 『죽순』의 경우 순수시를 지향한다는 것 외에 동인들을 묶어줄 뚜렷한 이념이나 모토를 제시하지는 못하였다. 이러한 것이 제한된 필진을 넘어 외부 필진의 자유로운 참여를 보장하게 하는 기능을 하기도 했지만 매체의 정체성을 드러내는 데는 한계를 보여주었다. 이러한 지역 매체가 가진 한계를 극복하기 위해 『죽순』은 다양한 기획과 편집 전략을 구사하였다. 매체 전략으로는 첫째, 신인추천제를 실시하여 김요섭, 최계락, 천상병, 윤운강 등의 시인을 등단시켰고, 둘째, 일반 문학지망생과 학생들이 작품을 발표할 수 있는 <일반시단>과 <학생시단>란을 설치했으며, 셋째, 지역문인의 표상화 작업을 시도하여 이상화 시비 건립과 상화시비 특집호를 발간했으며, 넷째, 시조에 대한 관심과 시조 발표 지면을 지속적으로 유지시켰다는 점을 들 수 있다.

한편 한국전쟁기에 발간된 『전선시첩』에 『죽순』 동인들의 작품이 많이 수록되었다. 특히 문총구국대 경북지대의 이름으로 나온 『전선시첩』 2집은 『죽순』의 전시판 매체라 할 수 있었다. 죽순시인구락부의 대표였던 이윤수가 『전선시첩』 2집의 발간 주체로 원고 수합, 편집, 「후기」까지 관여한 것은 그러한 사실을 증빙해 준다. 『전선시첩』에 실린 시들은 순수시를 지향했던 시인들이 국가가 위기에 처했을 때 어떻게 전선시로 이동해 가는지를 보여준다는 점에서 문제적이라 할 수 있다.

제5부

전선매체의 등장과 지역문학 공간의 구축

| 제1장 |

한국전쟁과 전시판 문학매체*

1. 들어가는 말

한국전쟁기의 문학은 남북한 단독정부의 수립, 한국전쟁, 휴전이란 큰 역사적 변혁을 바탕으로 생성되었다. 1945년 8·15 해방부터 1950년 6·25까지를 편의상 해방기라 부른다면 해방기는 다시 해방공간(1945~1948)과 남북한 정부수립기(1948~1950)로 나누어질 수 있다. 해방공간은 나중 미군정의 검열이 강화되긴 했으나 다른 어느 시기보다 언론과 출판의 자유가 구가(歐歌)된 시기로 볼 수 있다. 새나라 건설의 여망과 문학 양식의 새로운 모색과 도전이 맞물리면서 상당한 양의 문학매체가 쏟아져 나온 것도 이 시기였다. 신문, 잡지, 동인지, 시집 등이 이 시기 문학을 이끌어가던 주요 문학매체들이었다. 그러나 1948년 남북한 단독 정부 수립을 계기로 해방공간의 활발한 문학적 담론들은 위축되어 가기 시작하였으며, 문학매체의 발간 또한 이전 시기보다 양적으로 크게 감소하였다. 이러한 현상은 이 시기의 문학이 '해방공간'이나 '한국전쟁기' 문학의 틈바구니에서 크게 주목받지 못하게 되는 원인이 되기

* 이 글은 「한국전쟁 전후 문학매체의 현황과 성격 연구」(『어문론총』 50, 한국문학언어학회, 2009.6)를 대폭 수정 증보한 것이다.

도 하였다. 그러나 이 시기의 문학이 한국전쟁기 문학의 전사(前史)임을 감안한다면, 여기서 이후 문학의 단초를 발견하는 것은 어렵지 않다고 할 수 있다.

일반적으로 문학매체라 했을 때 신문, 잡지, 동인지, 문예지, 시집, 창작집, 수기 등이 해당된다. 편집진의 기획 의도는 이러한 매체의 체재나 그것에 실린 다양한 담론 속에 드러나기 마련이다. 한국전쟁 전후의 문학 매체에도 격변기의 상황이나 그 대응의 전략들이 담겨 있다. 해방공간에서의 증폭된 출판 열기[1]가 이 시기에 들어서면서 다소 위축되긴 하지만 그래도 여전히 매체 편집진들과 작가들은 격변의 현실을 드러내기 위한 다양한 미디어 전략을 구사하고 있었다. 직접적으로 적과 대치하는 상황 속으로 미끄러져 들어가면서 남북의 대립은 차츰 '미디어 전쟁'으로 확대되어 가고 있었다.

이 장에서는 1948년부터 1953년까지 주된 문학 매체의 현황과 그 성격을 규명해 보고자 하는 데 그 목표를 두고 있다. 이는 기존의 작가와 작품 중심의 연구에서 더 나아가 한국전쟁 직전과 한국전쟁기에 발간된 문학 매체의

---

1 해방 5년간의 출판매체의 목록이나 현황을 드러내 보여주는 책으로 김창집(金昌集)이 발행인으로 되어 있는 『출판대감』(1949.4)을 들 수 있다. 1945~49년 사이 발행된 출판매체의 현황을 대부분 담고 있다는 점에서 『출판대감』이 가지는 의의는 결코 작다고 할 수 없다. 그러나 이 책은 출판매체의 발간 상황 확인이나 목록 작성 정도에 도움을 주는 정도이지 대상에 대한 해설이나 매체에 대한 문제적 인식은 거의 없는 편이라 할 수 있다. 1948년부터 1953년까지 나온 각종 연보(年報), 연감(年鑑) 등을 통해 이 당시 출판 현황을 짐작해 볼 수도 있으나 대부분 간추린 1차 자료 목록이나 통계 정도에 머무르고 있다. 그러나 이러한 자료집들은 당시 출판된 문학 매체의 목록이나 출판 현황 을 담고 있다는 점에서 연구의 가장 기초적인 정보 문헌이라 할 수 있다. 이러한 자료들을 점검할 때 우선 출판 현황이나 목록들이 정확하게 작성되었는가 하는 점은 물론이거니와 현재 남아 있는 실물 자료를 통해 실제 출판, 발표 여부를 검토해 볼 필요가 있다. 실제 이 시기 매체의 경우 시집이나 잡지 등의 광고 면에 책들의 목록은 나오나 실제 출판된 적이 없는 경우도 있기 때문이다. 또한 출판되었다 하더라도 현재 미발굴 상태인 자료들이 일부 있어 연구자들이 쉽게 접근할 수 없는 경우가 많다. 문학사의 온전한 기술을 위해서는 이 시기 작가와 작품, 그것이 실린 매체들의 집중적 발굴이 시급히 요망된다. 한편 해방기 책의 문화사에 대해서는 이중연의 『책, 사슬에서 풀리다 — 해방기 책의 문화사』(혜안, 2005)를 참고할 수 있다.

기획 의도와 구성담론에 대한 주목이라 할 수 있다. 그러므로 본론에서는 이 시기 문학매체의 현황과 성격, 그것의 구성담론 및 지배적 이념, 전선매체로의 이동 과정 등을 밝혀보고자 한다. 2절에서 먼저 한국전쟁기에 발간된 '전시판' 문학매체와 전선매체의 제 현황을 정리하고, 3절에서는 순문학매체가 '전시판'으로 이동되어 가는 과정, 대구 지역의 대표적 전선매체였던 『전선시첩』을 논의의 주된 대상으로 삼는다.

2. 6·25 전후의 문학 매체와 '전시판'의 구성

한국전쟁기 전시판(戰時版) 문학매체를 제대로 규명하기 위해서는 먼저 한국전쟁 직전의 출판상황 및 문학매체를 살펴볼 필요가 있다. 한국전쟁기의 문학매체에 비해 한국전쟁 직전의 문학매체는 지금까지 연구자의 주목을 크게 끌지는 못하였다. 남북한 단독정부가 수립된 1948년 중반부터 한국전쟁이 발발한 1950년 6월까지의 이 시기는 분단이 고착화되어 가는 시기로 '해방공간'처럼 출판을 매개로 활발한 문학담론을 이끌어내지는 못하였다. 그 원인은 남북한 정권이 내세운 지배이데올로기의 간섭이 시작되면서 문학담론의 생성이나 매체의 출판이 위축되었기 때문이라 할 수 있다. 1949년 4월에 나온 『출판대감』에 따르면 1949년 1월 15일 현재, 등록된 출판사는 798개이며[2], 1949년 1월 8일 현재 전국에 산재한 정기간행물(신문, 잡지, 동인지 포함)은 248종으로 되어 있다.[3] 이 현황은 명목뿐인 출판사나 정기간행물을 고려

2 「출판사일람표」, 『출판대감』, 조선출판문화협회, 1949, 57~63쪽 참고.

3 1949년 1월 8일 현재 발간되는 월간 정기간행물 중 신문을 제외하고 주목할 만한 매체를 들어보면 다음과 같다. 서울의 『새한민보』, 『조선경제』, 『백민』, 「현대과학」, 『세계 뉴스』,

하더라도 출판매체를 통한 계몽의 열기가 아직까지 식지 않았음을 보여주고 있다. 그러나 1949년 『출판대감』이 발간될 무렵엔 이미 출판의 열기가 해방공간보다는 위축되었다고 할 수 있다.

1949년에 발간된 문학 매체들은 남북한 단독정부 수립 이후 실질적 영향력이 행사되는 시점에서 발간된 것으로, 이러한 매체 발간에는 직, 간접적으로 지배 이데올로기의 간섭이나 영향이 있었다고 볼 수 있다. "(정부 수립)을 계기로 우리 출판계는 현실적으로 남북으로 분단된 정치적 상황에 따를 출판의 자유에 대한 책임을 묻게 되고, 스스로 제한이 뒤따라오게 된 것"[4]이라는 한 출판인의 회고는 이 당시 출판의 정황을 잘 보여준다. 정치상황의 변화는 출판사의 기획 자체를 변하게 하여 사회과학서 중심의 출판 시장을 약화시켰다. 이는 독자의 양서 선택의 기준이 서서히 변화되고 있음을 보여준다. 당국의 출판 통제 이전에 출판인 스스로 검열이나 상업성을 의식하여 출판내용을 '스스로 제한'하기 시작하였다는 것은 이후 출판시장의 변화를 예고하는 것이었다. 미소군정이 권력을 장악하고 있던 해방공간의 경우에도 이미 출판에 대한 억압[5]이 시작되고 있었기에 정부 수립 이후의 매체의 변화는 충분히

『신세대』, 『신태양』, 『국제보도』, 『조선건축』, 『카톨릭청년』, 『경향잡지』, 『신천지』, 『민정』, 『과학시대』, 『부인』, 『대조』, 『아동교육』, 『이북통신』, 『어린이』, 『개벽』, 『신자유』, 『조선교육』, 『대중과학』, 『무궁』, 『사진문화』, 『새동무』, 『과학전선』, 『민성』, 『국어교육』, 『새사람』, 『선구』, 『신가정』, 『소학생』, 『신인』, 『학생월보』, 『음악문화』, 『민족문화』, 『예술조선』, 『출판문화』, 『학풍』, 『삼천리』, 『시조』, 『법정』, 『신세기』, 『진달래』, 『농토』, 『향토』 등이 있으며, 충남의 『신성』, 충북의 『대중문학』, 전남의 『호남문화』, 『한글문화』, 전북의 『전라공론』, 경남의 『선봉』, 『봉화』, 『문화건설』, 경북의 『새싹』, 『죽순』, 『무궁화』, 『아동』, 『건국공론』 등이 있다. 「현행정기간행물일람표」, 『출판대감』, 조선출판문화협회, 1949, 75~77쪽 참고.

4 정진숙, 「출판의 길 40년(63)」, <중앙일보>, 1985.7.8, 이중연, 앞의 책, 94쪽 재인용.

5 남북한 단독 정부 수립 이전 문학 부문의 대표적인 출판 탄압은 38이남에서는 『인민항쟁시집』, 『찬가』와 『지열』의 몰수 내지 금서 사건을 들 수 있고, 38 이북에서는 시집 『응향』 사건을 들 수 있다. 응향 사건은 북조선문학예술총동맹 중앙상임위원회의 결정서인 「시집

예견할 수 있는 일이었다. 대한민국 정부의 수립은 해방 직후 격렬했던 좌우익의 대립과 혼란이 공식적으로 종료됨을 의미하였다. 안정과 민심의 통일이 시급하였던 신생 정부는 이승만 대통령이 제창하는 '일민주의'를 통해 국민의 사상적 통일과 단합을 꾀하고자 하였다. 일민주의(一民主義)는 "신흥 국가의 국시"[6]로 자리잡으면서 신생 대한민국의 사상적 지도원리로 부상한다. 한겨레, 한 핏줄을 내세우는 일민주의는 "민족의 분열을 일삼는 나라 안의 모든 반동적 사상과 또 나라 밖에서 침입하는 모든 파괴사상을 철저히 쳐부수"[7]기를 요구한다. 그러므로 공산주의와의 투쟁은 사상적 통일과 단합을 위한 신생 정부의 선결과제가 된다. 이러한 상황하에서 반공주의와 국가주의 시선을 담은 출판매체들[8]이 나타나기 시작한 것은 자연스러운 일이었다. 좌익 문인들이 지하로 숨거나 보도연맹 가입 등으로 선택의 여지가 좁아져 가는 대신, 우익 문인들은 새로운 문학 매체를 중심으로 그들의 문학 이념과 반공주의적 시선을 지속적으로 보급, 선전해 나가고자 하였다.[9]

'응향'에 관한 결정서」와 백인준, 「문학예술은 인민에게 복부하여야 할 것이다 — 원산문학가동맹 편집시집 '응향'을 평함」(『문학』 3호, 1947.4)과 구상, 「시집 '응향' 필화사건 전말기」(『구상문학선』, 성바오로출판사, 1975)를 참고할 것. 『찬가』와 『지열』의 판금 상황은 이중연, 앞의 책, 237~307쪽 참고.

6 이승만, 『일민주의 개술』, 일민주의보급회, 1949, 4쪽.

7 안호상, 『일민주의의 본바탕』, 일민주의연구원, 1950, 25쪽.

8 김일수가 편술(編述)한 『적화전술 — 조국을 좀 먹는 그들의 흉계』(경찰교양협조회, 1949.12)나 조영암의 『북한일지』(삼팔사, 1950.3) 외에도 공보처에서 발간한 『북한괴뢰집단의 정체』(대한민국공보처, 1949.9), 『우상숭배하는 공산주의』(대한민국공보처, 1949.12), 『소련군정의 시말 — 북한분할과 적화음모의 정체』(대한민국공보처, 1950.2) 등은 38이북에 대한 경멸과 혐오의 시각을 담고 있다.

9 한국전쟁기 문학에 작동된 국가이데올로기와 반공주의 문학에 대한 연구로는 다음과 같은 글들이 주목된다.
이봉범, 「반공주의와 검열」, 상허학회, 『반공주의와 한국문학』, 깊은샘, 2005.
서동수, 「숭고의 수사학과 환멸의 기억」, 『우리말글』 38집, 우리말글학회, 2006.12.
김진기, 「반공호국문학의 구조」, 상허학회, 『한국근대문학재생산제도의 구조』, 깊은샘, 2007.

한국전쟁은 문학매체에 통제와 규율의 시선을 더욱 강화시켜 나가는 계기가 되었다. 이러한 상황하에서 매체의 폐간과 변화가 있었고, 새로운 매체의 탄생이 시작되었다. 한국전쟁으로 인한 인적, 물적 상황의 악화 속에서 한정된 독자를 확보하기 위해서는 무엇보다 매체를 기획하고 유통하는 전략이 필요하였다. 한국전쟁 이전 발간되던 잡지, 동인지 등의 문학매체들은 한국전쟁을 기점으로 대부분 폐간되었다. 반면 살아남거나 새로 탄생한 문학매체들은 전시 상황에 적응해 나가기 위해 새로운 담론을 구성해 나가야만 했다.

해방기 좌파 문학인들과의 대립 속에 '문단주체세력'[10]으로 성장하였던 우파 문학인들은 1949년 8월 1일 순문예지 『문예』의 창간을 통해 그들의 거점을 확보한다. 한편 1950년 1월에는 시 동인지 『시문학』이 탄생하였다. 『문예』와 『시문학』은 정부수립 후의 우파 문학인들이 선택한 문학의 장이 순수문학에 바탕을 두고 있음을 잘 보여주고 있다. 순수문학 내지 순수시를 표상으로 내세우고 있는 이들 매체들은 한국전쟁 상황 속에서 기존의 문학매체의 특성을 살리면서 그들의 존립 근거가 되는 새로운 담론을 구성해 내지 않으면 안 되었다. '전시판'이란 형식은 이들이 전쟁 속에서 국가주의와 반공주의 이념을 전파하기 위해 선택한 매체의 외적 모습이라 할 수 있다. 한국전쟁을 '종이 전쟁'[11]이라 부를 만큼 남북 상호간 모두 매체의 중요성을 깊이 인식하고 있었다. 적과의 대치 상황 속에서는 이념의 우위를 상대에게 입증하는 것이 중요하였다고 할 수 있다. 이념의 우위를 입증해 보이는 데는 총, 칼보다 매체를 통한 상대 제압이 더욱 긴요한 상황이었다. 그래서 군에서도 예술

유임하, 「정체성의 우화: 반공증언집과 냉전의 기억」, 김진기 외, 『반공주의와 한국문학의 근대적 동학 I』, 한울, 2008.

10 조연현, 『내가 살아온 한국문단』, 현대문학사, 1968, 20쪽.

11 한국전쟁 당시 매체를 통한 심리전의 양상은 이윤규, 『들리지 않던 총성 종이폭탄—6·25 전쟁과 심리전』(지식더미, 2006)을 참고할 수 있다.

인을 동원한 문화공작 및 매체의 제작에 심혈을 기울이게 된다. 작가들의 전선 종군이나 다양한 매체의 기획이 군의 후원하에 이루어진 것도 이때문이었다.

문학인들도 전쟁 상황 속에서 조직 결성과 매체의 발간이란 제도로 대응해 나가기 시작하였다. 한국전쟁이 발발하자 문인들은 '비상국민선전대'(1950.6.27)를 조직하여 비상사태에 대응하고자 하였으며, 곧 이어 28일 대전에서 김광섭을 대장으로 '문총구국대'를 조직하였다. 문총구국대 경북지대장은 이효상이었고, 부산지대장은 유치환이었다. '문총구국대'를 통해 종군활동을 하던 문인들은 중공군의 참여로 다시 남으로 후퇴하면서 1951년 무렵 '종군작가단'을 결성하기 시작하였다.[12] 종군작가단은 전선을 따라 종군하는 이외에 그 종군 체험을 생산해 내는 미디어의 전초 기지였다고 할 수 있다. 공군종군문인단인 '창공구락부'는 "시·소설·가사·종군기·신문잡지에의 기사 제공·번역 소개·연극·공연회·문학의 밤·작품 낭독회·포스타·전단·표어·그

12 먼저 대구에서 피난하고 있던 문인들은 1951년 3월 9일 공군정훈감이었던 김기완 대령의 주도로 '공군종군문인단'을 결성하였다. 대내외의 통상 명칭이 '창공구락부'인 이 단체의 회원은 단장인 마해송을 필두로 조지훈, 최인욱, 최정희, 곽하신, 박두진, 박목월, 김윤성, 류주현, 이한직, 이상로, 방기환 등이었으며, 결성 1년 후 황순원, 김동리, 전숙희, 박훈산 등이 가입하였다. 한편 1951년 5월 26일 대구에서 육군종군작가단이 결성되었는데, 육군정훈감인 박영준이 참가한 가운데 장덕조, 최태응, 조영암, 김송, 정비석, 김진수, 박영준, 정운삼, 성기원, 박인환, 방기환, 최상덕 등이 중심이었으며, 단장으로 최상덕이 선출되었다. 이들은 동부전선에 조영암, 김이석, 김송, 서부전선에 최태응, 이덕진, 중부전선에 성기원 등을 종군하게 하였으며 이후 여러 단원들이 일선종군하여 1951년 8월 14일 대구문화극장에서 종군보고강연회를 가지기도 하였다. 그해 말에는 단원을 재정비하였는데, 김팔봉, 구상, 장만영, 박기준, 김영수, 작곡가 김동진을 가입시켰다. 1952년에는 만화가 김용환 외에 윤석중, 유치환, 손소희, 하대응, 이호우 등의 단원을 증원하였다. 해군종군작가단은 당시 해군장교인 윤백남, 염상섭, 이무영을 위시하여 안수길, 이서구, 박계주, 박연희, 공중인, 이봉래, 김규동 등이 중심이었으며, 기관지 『해군』지를 편집하면서 군인이나 문관으로 참여하였다. 한국문인협회 편, 『해방문학 20년』, 정음사, 1966, 89~101쪽, 『정훈대계』 I, 국방부, 1956, B 237~242쪽, 「종군작가단과 사업」, 『전선문학』 창간호, 1952.4, 39쪽 등 참고.

『창공』 2호

리고 군·민에 대한 문예 작품 모집 등의 방법으로 군 내부적으로는 사기 앙양, 정서 함양으로 도모하고 대외적으로는 일반 항공사상을 광범위하게 보급"[13] 시키고자 하였다. 이들은 기지 종군, 보도선전, 항공에 대한 작품활동, 공연·강연, 작품 낭독회, 항공사상 고취에 관한 작문·그림 등의 현상모집을 하였으며, 공군종군문인단의 기관지 『창공』,[14] 공군기관지 『공군순보』[15](후에 『코메트』로 개제), 국방부 기관지 『국방』을 편집하였다.

한편 육군 종군작가단의 경우 기관지 『전선문학』 발행, 종군문학 방송, 연극 발표, 지방순회 강연, 문학의 밤 개최, 국군 위문 등 각 방면의 활동을 전개하였다.[16] 육군의 경우 종군 활동의 규모도 가장 크고 지속적이었다고 할 수

13 『정훈대계』Ⅰ, 국방부, 1956, B 240쪽 참고.

14 『창공』 제2호(1953.1.25)를 보면 『창공』의 편집 겸 발행인은 창공구락부이고, 대표는 공군종군문인단 단장인 마해송이다. 『창공』의 인쇄는 대구시 칠성동 409번지에 위치한 공군본부 고급부관실 인쇄소에서 한 것으로 되어 있다.

15 『공군순보』는 정훈감 김기완 중령이 발행인으로 공군본부 정훈감실에서 펴낸 기관지인데 『전선문학』, 『창공』 등의 매체에 비해 문인들이 크게 참여하지 않은 매체라 할 수 있다. 『공군순보』 16호를 보면 실제 기성 문인들은 조지훈(시 「전선의 서」), 방기환(소설 「인형과 고독」), 마해송(「종군문인」), 김팔봉(「근대전의 양상과 병법」) 정도이며, 그나마 김팔봉의 작품은 문학과 큰 관련이 없다. 『공군순보』 16호(공군본부정훈감실, 1952.3) 참고.

16 이 당시 육군 종군작가단이 한 활동은 다음과 같다. 1. 일선 종군 = 총회수 — 220회, 종군연일수 924일, 2. 종군보고 강연회 = 대구, 부산, 서울 등 8회, 3. 문학의 밤 = 주로 대구에서 종군문학을 발표, 14회, 4. 기관지 발행 = 전쟁문학을 대표하는 기관지 『전선문학』을 7호 발행, 5. 문인극 상연 = 전의 앙양을 위한 시국적인 각본으로 작가단원 및 일반 작가들을 망라하여 연극을 공연함. 상연 횟수 대구 2회, 부산 1회, 서울 3회, 6. 지방순회 강연 = 문총과 공동 주최로 2차에 걸쳐 각도 중심 도시가 거행함, 7. 시국강연회 = 정전 반대 강연회를

있다. 『전선문학』은 육군 종군작가단에 의해 발행된 전쟁기의 대표적 문학 매체이다. 육군 종군작가단은 기관지 『전선문학』 창간호를 1952년 4월 10일 발행하였는데 최독견의 「창간사」는 『전선문학』의 임무를 아래와 같이 적고 있다.

> 이제 우리들이 가지고 싸우려는 '펜'은 그야말로 수류탄이며 야포며 화염 방사기며 원자수소의 신무기가 되어야 할 것이다. 우리들의 뜻은 허다한 우리의 순국열사들의 그것을 그대로 계승할 것이며 우리들의 행동은 좌(坐)하여 개탄하고 입(立)하여 규호(叫呼)하는 것이 아니다. 진실로 폭탄을 안고 적의 참호 깊이 돌진하여 자폭하는 용사의 그것이며 수만 척 고공에서 섬광 속에 침략해 오는 적과 더부러 사생을 일결(一決)하는 제트기의 용사의 그것이 아니면 아닌 것이다. 이 뜻 이 행동 외에 우리에게는 또 한가지 중대한 임무가 있음을 자각하노니 그것은 전선과 후방을 연결하여 촌호(寸毫)의 괴리도 허락지 않는 견결(堅決)한 유대로서의 연락병이 되어야 하는 것이다. 일선장병의 사기를 헌앙(軒昂)케 하고 총후 국민의 전의를 앙양케 하는 특별 임무가 곧 이것이다.[17]

최독견은 「창간사」를 통해 전쟁기 문학매체가 어떻게 탄생되며 그것의 역할과 임무가 어떠해야 하는지를 규정하고 있다. 문학인들의 '펜'은 국가 방위를 위한 수단이 되며, 문학은 국민 간의 단결과 유대를 강화하는 역할을 수행해야 한다는 것이 그의 주장의 요지이다. 최독견은 「창간사」에서 국가 이념 보급의 수단 내지 도구로서 전시 문학이 어떻게 자리잡아야 하는지를

대구에서 개최, 8. 육군의 밤 방송 6회, 9. 벽시운동 및 시화전 2회, 10. 부대가(部隊歌) 및 군가 작곡 작사 수십편, 11. 기타 군 기관에 관한 여러 가지 협조. 『정훈대계』 I, 국방부, 1956, B 237쪽 참고.

17 최독견, 「창간사」, 『전선문학』 창간호, 육군본부 종군작가단, 1952.4, 9쪽.

전선문학 제5호

강조하고 있는 셈이다. 『전선문학』은 육군 종군작가단의 기관지였지만 7호(1953.12)까지 많은 작가가 참여함으로써 한국전쟁기의 가장 대표적인 문학매체로 자리잡았다. 『전선문학』은 반공주의와 국가주의를 최고의 표상으로 내세웠으며, 소위 '반공·호국문학'[18]의 틀을 제시한 문학매체라고 말할 수 있다.

서울신문사 출판국에서 발간하던 『신천지』도 한국전쟁 후까지 지속적으로 발간되던 종합지였다. 한국전쟁 기간 중 『신천지』는 속간 전시판 1, 2, 3호를 발간하기도 하였다. 또한 한국전쟁기 새롭게 탄생한 『문화세계』나 『자유세계』, 『신조』 등의 종합지는 전쟁상황과 관련 있는 문학작품을 적절히 지면에 배치하는 편집전략을 구사하였다. 그런데 정기적으로 발행되는 종합지보다는 단행본 문학매체가 전쟁기 매체의 특징을 더욱 분명히 보여주었는데, 그중에서 김송(金松)이 편한 『전시문학독본』(계몽사, 1951), 문총구국대가 발행한 『전선시첩』 1집, 2집 (1950, 1951), 김영덕 편의 『일선군경위문 꽃다발』(군경위문수첩 발간위원회, 1951), 강세균 편의 『애국시33인집』(대한군사원호문화사, 1952) 등이 주목된다. 이 시기에 발간된 한국전쟁 체험기[19]나 전쟁체험을 다룬 개인 시집[20]

18 김진기, 앞의 논문, 349쪽.

19 전쟁이란 큰 역사적 사건은 개인의 삶에 큰 충격을 주었으며, 그것은 내러티브의 중요 소재가 된다. 주로 피난 체험이나 군의 종군 체험이 주종을 이루며, 이는 종군기나 인공 치하의 수난기, 피난기 등으로 나타났다. 한국전쟁을 제재로 한 대표적 체험기는 『고난의 90일』(수도문화사, 1950.11), 『적화삼삭구인집』(국제보도연맹, 1951.4)을 들 수 있으며, 이외에 김광주의 『피난민은 서글프다』(수도문화사, 1951), 선우휘의 『귀환』(청구출판사, 1954) 등을 참고해 볼 수 있다.

등에도 전쟁기 문학매체의 이념이 잘 나타나 있다.

『전시문학독본』은 전쟁을 제재로 한 다양한 문학장르를 포괄하고 있다. 여기에 실린 작품은 수필 급 단상 6편, 시 8편, 수난 급 종군기 6편, 단편소설 3편, 논설 급 평론 8편이다.

> 6·25 사변 이래 거의 1년 동안 우리 문단의 활동로는 차단되다시피 적막하였다. 그것은 각 언론 및 문화기관이 저들의 침략으로 인하여 파괴되었던 때문이다. 그러나 애국문화인의 열성적인 노력으로 아주 걸키고 막힐 번 했던 문단은 틈틈이 숨을 돌려 여맥을 용하게도 이어왔다. 4283년 8월에 『문학』 전시판이 부산에서 발행되었고, 그후 11월에 가서 『문예』가 나왔다. 그밖에 종합잡지 한두 권 간행되었으며 신문 문화면도 살아났다. 그러나 그것으로써 우리들은 만족할 수 없어 본서를 기획한 바, 때가 중공군을 상대로 대격전을 감행하고 있느니 만큼 집필자와의 연락이 불편하여 완벽을 기하기는 어려웠다. 그럼에도 불구하고 전시하에 있어서 문화인 30명을 동원하여 이만한 문학독본이나마 만들어 논 것은 대국적으로 보아서 큰 수확이라 아니할 수 없다. 금번 여러 집필자의 성원과 출판사의 영단에 대하여 감사해 마지않거니와 이 한 권이 간행됨으로써 문학-문화 애호가들에게 정신적 양식이 된다면 그에 더 기쁨이 없다. 더욱이 중등 이상 학도들의 교재에 빈곤을 받고 있는 이 시기에 이 책의 역할은 적지 않을 것으로 믿는다.[21]

---

20 한국전쟁기에 발간된 시집을 조사한 문헌지에 의하면 개인시집 54종, 공동시집과 선시집 18종으로 정리하고 있다.(박태일, 「경인전쟁기 간행 시집 문헌집」, 『한국근대문학의 실증과 방법』, 소명출판, 2004, 224~256쪽 참고) 이중 전쟁의 체험을 담고 있어 눈길을 끄는 시집은 조영암의 『시산을 넘고 혈해를 건너』(1951), 모윤숙의 『풍랑』(문성당, 1951), 이영순의 『연희고지』(정민문화사, 1951), 유치환의 『보병과 더부러』(문예사, 1951), 이용상의 『아름다운 생명』(시문학사, 1951), 구경서의 『폭음』(삼익출판사, 1951), 장호강의 『총검부』(삼성출판사, 1953), 이영순의 『지령』(문총사, 1952), 김순기의 『용사의 무덤』(동서문화사, 1953), 『이등병』(동서문화사, 1953), 김영덕 편, 『꽃다발』(군경위문수첩발간위원회, 1951), 강세균 편, 『애국시 33인집』(대한군사원호문화사, 1952) 등이다.

위의 글은 편자인 김송이 쓴 『전시문학독본』의 「후기」인데, 여기서 그는 『전시문학독본』이 의도적으로 만들어진 전쟁문학 매체임을 밝히고 있다. 『전시문학독본』은 '기획'된 '독본'이란 점에서 주목을 요하며, 필자들 또한 반공주의와 국가주의를 기반으로 한 전쟁 체험을 그려내고 있다. 이러한 매체는 결국 "안으로는 국민을 상대로 하는 계몽선전과 밖으로는 우리 한족(韓族) 말살정책에 기인하는 적성국가에 대한 선전공세의 중대성"[22]을 인식하고 기획된 것이라 할 수 있다.

김영덕 편의 『일선군경위문 꽃다발』(군경위문수첩발간위원회, 1951)이나 강세균 편의 『애국시 33인집』(대한군사원호문화사, 1952)은 전선 매체로서의 특징을 잘 보여주는 헌정모음집이다. 『일선군경위문 꽃다발』은 많은 문인과 화가가 동원되어 전선에 바쳐진 문학매체라 할 수 있다. 화가 6명의 삽화하에 시인, 소설가를 포함한 문화인들 69명이 참가하여 시, 수필, 콩트, 만화 등을 게재하고 있다. 후방의 문화인들이 일선의 군인과 경찰에게 보내기 위해 기획한 이 책은 진중 문고의 형태로 만들어졌다. 『애국시33인집』 또한 문고 형태의 엔솔로지로 33인의 현역 시인들이 구국 전선에 바치는 전쟁시집이다. '애국시'란 표제에서 알 수 있듯이 국가주의 이데올로기는 이 엔솔로지 편집의 주된 바탕이 되고 있다.

21 김송, 「후기」, 『전시문학독본』, 계몽사, 1951, 179~180쪽.
22 김종문, 「전쟁과 선전」, 『전시문학독본』, 계몽사, 1951, 161쪽.

3. '전시판' 문학매체로의 이동 양상

'전시판' 문학매체들은 대부분 한국전쟁 이전 시기부터 발행되던 종합지나 문예지들의 편집 주체들이 한국전쟁 중에 긴급히 호명한 것이었다. 이들 매체들은 한국전쟁 중 '전시판' 또는 '전시호'란 기획을 통해 이전 호와 차별화를 도모하였다. 문제는 이들 매체들이 대부분 문학 관련 특집을 통해 전시판을 구성하고 있다는 점이 특이하다. '전시판' 문학매체라 하여 전부가 국가주의 담론만으로 구성된 것은 아니라는 점을 유의할 필요가 있다. 독자들의 흥미를 유발하기 위한 다양한 매체적 전략에 대한 탐색이 필요한 것도 이 때문이다. 국가주의 담론을 전파, 보급하기 위해 기획된 매체라 하더라도 그것에 실린 개별 작품은 다른 목소리를 낼 수 있다. 매체의 기획 의도와 수록 작품 사이에 존재하는 이러한 균열의 지점은 전시판 문학매체의 다층적 측면을 밝혀낼 수 있는 근거가 된다. 먼저 한국전쟁 기간 중 '전시판' 또는 '전시호'란 제호를 달고 발행된 동인지 또는 잡지를 들어보면 다음과 같다.

- 『전선문학』-『문학』 전시판(중앙문화협회, 1950.10.15)
- 『문예』 제2권 제7호 속간호 전시판(문예사, 1950.12.5)
- 『신천지』 제6권 제1호 속간 전시판(서울신문사, 1950.1)
- 『신천지』 제7권 제1호 전시판 제2호(서울신문사, 1951.12)
- 『신천지』 제7권 제2호 전시판 제3호(서울신문사, 1952.3)
- 『시문학』 제3호 전시판(한국공론사, 1951.6.15)
- 『한국공론』 제8호 제3권 제1호 전시호 제1집(한국공론사, 1951.1)
- 『한국공론』 제9호 제3권 제2호 전시호 제2집(한국공론사, 1951.6)
- 『한국공론』 제10호 제3권 제3호 전시호 제3집(한국공론사, 1951.9)
- 『한국공론』 제11호 제3권 제4호 전시호 제4집(한국공론사, 1951.12)
- 『한국공론』 제12호 제3권 제5호 전시호 제5집(한국공론사, 1952.4)

이중 『시문학』과 『한국공론』 전시판은 대구에서 발간되었다. 한국전쟁 이전에 발행되고 있던 순문학 매체가 전시판 문학매체로 기획된 매체는 『전선문학』, 『시문학』과 『문예』이다. 『전선문학』은 육군종군작가단의 기관지가 아닌 발행인 김광섭, 편집인 김송, 발행소는 중앙문화협회인 『문학』의 전시판이다. 『문학』은 해방 직후 우익 문예지 『백민』이 개제된 것이다. 1950년 6월호(6권 4호)가 한국전쟁 직전 나온 바 있다. 6월호의 표지와 내제지 장정은 대구의 서양화가 이인성이 하였다. 『전선문학』이란 표제로 된 『문학』 전시판은 원래 "300혈(頁) 가까이 조판, 완료"[23]되었던 『문학』 7월호를 북한군의 남침으로 인쇄하지 못하고 남하하여 피난수도 부산에서 긴급히 만들어 낸 것이었다. 반면 『신천지』와 『한국공론』은 종합지였지만 전시판을 지속적으로 발행하였다는 점에서 주목된다. 먼저 『시문학』과 『문예』 전시판을 통해 순문학 매체가 전시판으로 이동되는 과정을 살펴보기로 하자.

『시문학』과 『문예』는 하나는 동인지이고, 다른 하나는 문예지란 점에서 그 성격을 서로 달리하고 있다. 그러나 한국전쟁을 계기로 '전시판'을 발행한 문학 매체란 점에서 공통점이 있다. 두 매체 모두 한국전쟁이 일어나기 전에 창간되었으며, 한국전쟁이 일어나자 전쟁 상황에 대응해 '전시판'을 기획하였다는 점이 동일하다. 한국전쟁이란 역사적 변혁은 기존의 문학 매체에 충격을 주었으며, 그 충격은 그 당시 문학매체의 기획과 구성담론을 바꾸게 하였다. 이는 순수문학을 표방하던 두 순문학 매체가 긴박한 전쟁 상황 속에서 어떻게 전시 문학담론을 구성해 내는가의 문제와 관련된다.

『시문학』은 1950년 서울에서 발간한 시 동인지로 지금까지 문학사에서 크게 다루어지지 못한 문학매체이다.[24] 『시문학』 1, 2, 3호의 발행인은 박목월

23 『전선문학』(『문학』전시판), 중앙문화협회, 1950.10, 75쪽.

이며, 통권 3호[25]를 펴냈다. 3호는 대구에서 '전시판'으로 기획되었다. 편집은 동인들이 돌아가면서 맡게 되어 있었으며,[26] 그 결과 1호의 편집인은 박목월, 2호는 조지훈이었다. 3호는 '이한직씨의 담당, 모더니스트 이씨의 편집'이 예정되어 있었으나[27] 한국전쟁으로 인해 발행 겸 편집을 다시 박목월이 맡게 된다. 이로 미루어 볼 때 시문학을 실질적으로 주도해 간 인물은 박목월이라 할 수 있다. 제목이 『시문학』이란 것으로 보아 창간 당시부터 1930년 3월 5일 발간된 시동인지 『시문학』을 염두에 두고 있었던 것으로 보인다. 『시문학』 창간호는 김영랑의 시를 내지에 권두시로 싣고 있는 바, 이를 통해 이 동인지가 표방하는 이념을 짐작해 볼 수 있다.

허리띄 매는 시악시 마음실 가치
꽃가지에 은은한 그늘이 지면
힌날의 내가슴 아지랑이 낀다
힌날의 내가슴 아지랑이 낀다[28]

『시문학』 창간호는 김영랑의 4행시를 재수록하여 권두시로 삼고, 1930년

---

24 지금까지 『시문학』에 대한 정확한 서지사항조차 작성되어 있지 못하다. 문홍술의 「박목월의 생애와 문학」(박현수 엮음, 『박목월』, 새미, 2002)에서는 "1950년 6월 『시문학』이란 시 전문 잡지를 발간하지만 한국전쟁으로 인해 창간호가 종간호가 되고 만다"(14쪽)는 잘못된 서술을 하고 있다.

25 창간호는 1950년 1월 27일, 제2호는 1950년 6월 5일, 제3호는 1951년 6월 15일에 발간되었다.

26 다음은 조지훈의 『시문학』 2집의 편집후기이다. "시문학 편집은 원래 우리 동인들이 돌려가면서 맡아 보기로 작정하였다. 2집이 내 차례에 돌아왔으므로 나는 (신예시인작품)과 (시인론) 특집으로써 멋지게 꾸며보리라 마음 먹었는데 거리에 나오는 틈을 타서 원고를 모으게 되니 뜻대로 되지 않는 바가 많아 소루(疏漏)와 미흡(未洽)을 면할 수가 없게 되었다." 조지훈, 「편집후기」, 『시문학』 2호, 『산아방』, 1950.6, 51쪽.

27 박목월, 「편집후기」, 『시문학』 2호, 『산아방』, 1950.6, 51쪽.

28 『시문학』 창간호, 1950.1, 3쪽.

대의 『시문학』을 동인지의 제목으로 호출하였다. 이 작품은 제목 없이 구성된 『영랑시집』(시문학사, 1935.11)에 11번째 실린 시이다. 이 시는 짧은 단형의 순수서정시로 시문학파 시의 특성을 잘 보여주고 있다. 이 시를 박목월이 주간한 『시문학』 창간호에 재수록하였다는 것은 무엇을 의미하는가? 권두시와 제호를 통해 『시문학』은 김영랑, 박용철이 주도한 1930년대 시문학파의 정신을 계승하고자 함을 분명히 보여주었다. 『시문학』은 제호의 표상을 통해 이 문학매체가 지향하는 이념이 순수서정의 세계임을 선명하게 제시하는 한편, 그것에 부합하는 편집방침과 필진을 구성함으로써 그러한 표상을 뒷받침하였다.

한편 『시문학』은 동인지의 성격을 띠고 있었으나 많은 신인들에게 투고의 문을 열어두고 있었다. 『시문학』에 실린 기성 작가 모두가 『시문학』 동인인지는 확실하지 않다. 단 『시문학』 3호의 「동인소식」란에 유치환, 박두진, 이한직, 조지훈, 서정주, 박목월의 동정을 소개[29]하고 있는 것으로 볼 때, 이들이 『시문학』 동인인 것만은 확실하다. 『시문학』 1호의 필진은 김영랑, 조지훈, 구상, 김도성, 박태진, 유치환, 박두진, 김춘수, 이종후 등이며, 좌담회에 유치환, 서정주, 조지훈, 장만영, 박목월, 김동리 등이 참석하고 있다. 이들 필진들의 면면이나 글의 내용을 살펴보면 『시문학』은 소위 '순수'와 '문학주의'에 바탕을 둔 문학매체라 할 수 있다. 이러한 시적 공간의 특성을 잘 보여주고 있는 것이 박목월이 쓴 「편집후기」이다.

> 풀밭같은 자리가 소원이었다. 시를 쩌너리즘에 맡겨버리기 싫은 것이며, 그 마음이란 잡된 것에서 순결한 것을 추모하는 마음이다. 허나, 마음대로 되지 않는 것이 세상일이다. 위선 원고난이었다. 풀밭같은 자리를 좋아한다

29 「동인소식」, 『시문학』 제3호 전시판, 1951.6, 51쪽.

는 것과 이룩하는 작업과는 또 다른 것임을 첨 깨달아야 하였다.[30]

「편집후기」를 통해 볼 때 이들은 "풀밭같은 자리"를 지향한다. "풀밭같은 자리"란 "잡된 것"을 허용하지 않으려는 "순결한 것을 추모"하려는 마음이 자리잡은 곳이다. 이처럼 『시문학』 동인들은 50쪽 안팍의 얇은 지면이지만 편집후기를 통해 "쩌너리즘"과 관련 없는 그들만의 "순결한 것"을 지향해 보려는 욕구를 보여준다. 이러한 발언은 1930년대 박용철이 쓴 순수시론 「시적 변용에 대해서 — 서정시의 고고한 길」(『삼천리문학』 창간호, 1938.1)의 논조와 크게 다르지 않다. 박용철, 김영랑 대신에 박목월, 조지훈 등이 『시문학』 창간호의 필진으로 대치되어 있을 뿐이다.

> 생명 있는 언어는 시인 속에 잉태되고 독자의 인격 속에 몰입하는 언어가 아니면 안됩니다. 시는 제2의 자연이요 생명의 표현이므로 하나의 유기체라 할 수 있습니다. 그러므로 시의 생명이 어느 부분에 존재하느냐 하는 문제는 사람의 생명이 정신에 있느냐 육체에 있느냐 하는 것과 같습니다. 사람의 생명이 정신과 육체의 합동에 있듯이 시의 생명도 마찬가지가 아닐 수 없습니다. 시가 한 번 이루어진 다음에는 통히 하나의 생명이요 지정의(知情意) 그 어느 하나로 분해할 수는 없습니다. 실로 인간의 절대한 요구는 지정의가 합일된 생명이오 따라서 절대의 가치는 진선미가 합일된 생활이기 때문입니다.[31]

위의 글에 나오는 '유기체'니 '잉태'니 하는 말들은 1930년대 시문학파의 주된 시론인 박용철의 「시적 변용에 대해서」에 자주 등장하는 용어이다. 조지훈의 「시의 언어적 생성」은 박용철의 「시적 변용에 대해서」의 해방 이후

30 「편집후기」, 『시문학』 창간호, 1950.1, 50쪽.
31 조지훈, 「시의 언어적 생성」, 『시문학』 창간호, 1950.1, 18쪽.

판이라 할 만하다. 이글은 『시의 원리』(산호장, 1953)와 더불어 「해방시단의 과제」(청년문학가협회 창립대회, 1946.4.4)나 「순수시의 지향」(『백민』, 1947.3) 등을 잇는 조지훈 순수시론의 연장선상에 놓여 있다고 할 수 있다.

한편 『시문학』 2호에 참가한 필진은 이인수, 이한직, 김상옥, 김윤성, 이천섭, 조병화, 김홍섭, 장만영, 구상, 김병욱, 조연현, 박목월, 조지훈 등이다. 더구나 『문예』의 중심인물인 김동리와 조연현의 참가는 이 동인지의 이데올로기적 기반을 더욱 분명히 보여준다. 1호의 좌담회 「청소시담(淸宵詩談)」에 김동리가 참가하고, 2호에 조연현이 「안정과 반항」이란 김상옥의 신간 시집평을 쓴 것을 볼 때 『시문학』과 『문예』는 이념적 동류 관계를 유지하고 있었음을 알 수 있다. 한편 2호의 「현대시의 제문제」 좌담회 구성원도 1호의 「청소시담」의 참가자였던 서정주, 박목월, 조지훈 등이며 여기에 이한직이 참가하고 있을 뿐이다. 박목월과 이한직은 일제말 『문장』지 추천작가라는 공분모를 가지고 있었다. 그러므로 이한직의 『시문학』 동인 참가는 박목월을 매개로 자연스럽게 이루어졌다고 할 수 있다. 『시문학』 1, 2호의 목록이나 실린 글의 내용은 『시문학』의 순수시지로서의 특색을 잘 보여주고 있다.

『시문학』 3호는 한국전쟁으로 인해 대구의 한국공론사(주소: 대구시 공평동 13)에서 1951년 6월에 나왔다. 발행 겸 편집인은 박목월이다. 표지에 '전시판'이란 제호를 달고 있는데, 이는 『시문학』이 전쟁을 호명하는 문학 매체임을 공언하는 것이라 할 수 있다. 전시판 『시문학』의 '속간사'는 긴박한 전시의 상황 속에서 『시문학』이 나아갈 방향을 제시해 보인다.

"각박한 전시에 우리가 여기 조그맣고 가난한 시 잡지 한 권을 가진다는 것은 전시기 때문에 자칫하면 흥분하고 규환(叫喚)하는 그 심정을 사느랗게 승화시켜서 조용한 가운데 깊이 가슴에 맺히는 높은 뜻이 앉힐 하얀 자리를 가지려 함에

서다. 그래서 신과 같은 눈으로 이번 전쟁의 숭고한 뜻을 살피고 느낄 것이다"[32]

『시문학』 제3호 전시판

위의 「속간사」는 "전쟁의 숭고한 뜻"을 『시문학』이란 매체를 통해 관철해 보이고자 하는 편집진의 의도를 잘 보여주고 있다. 순수시를 지향했던 잡지가 전쟁의 숭고한 뜻을 관철하려고 했을 때, 매체 편집진은 기존의 구성원들을 활용하되 그 내용을 달리해 내보이는 방식을 취하게 된다. 박목월은 한국전쟁기에 「시문학」 전시판을 기획하면서 매체 편집인으로서의 능력을 발휘하였다.[33] 그는 『시문학』 전시판을 전쟁과 관련된 담론 중심으로 구성하였다. 『시문학』 전시판 편집진은 전봉래의 죽음을 전하는 김종문의 「시인 전봉래의 죽음」이나 장만영의 「종군통신」 이외에 최정희 「애증교착기」, 전숙희 「망향기」, 장덕조의 「어떤 여인」 등의 전쟁 체험 수필을 배치함으로써 「속간사」에서 언명한 편집전략을 실천하고자 하였다. 비록 『시문학』 전시판은 『전선문학』처럼 본격적인

32 박목월, 「속간사」, 『시문학』 3호 전시판, 1951.6, 3쪽.

33 다음은 박목월의 한국전쟁 중 내면풍경을 엿볼 수 있는 글이다. "내란이 빚어내는 그 어마어마하고, 참혹한 현실에 더구나, 총을 잡는 대열에 나도 한몫 끼게 되는, 이 절대적인 현실 앞에서, 몇 줄의 서정시를 엮는 그야말로 소위 순수한 서정시인으로서 나는 완전한 벙어리에 불과했다. '시를 쓰는 것' 이것은 차후사(次後事)의 일이었다. 시인으로서의 창조자로서의 침착성을 가질 겨를이 없었다. '시인'을 자각하기 전에 한결 인간적인 혹은 자연적인 감정이 가슴에 솟구쳐서 절규같은 울부짖음이 목 안에서 솟아올랐다. 이런 경험을 나는 무엇이라 표현해야 할지 모른다. 애국심이랄까, 그런 국한된 것이기 보다 더 넓고 강렬한 휴매니티 — 그 감정이란 것이 인류로 향한 이상한 웅얼거림과 신에 대한 항의같은 것. 아니, 차라리 이상한 분노 같은 것이 그대로 바지랑대처럼 솟곳 했다." 박목월, 『보라빛 소묘』, 신흥출판사, 1958, 162~163쪽.

종군잡지의 형태를 띠지는 못하였다 할지라도 짧은 시문학 매체 지면 속에 최대한 전쟁의 상황을 담아내려는 편집 의도를 보여주었다. 『시문학』 전시판은 1, 2호와 달리 전쟁을 직접적 제재로 한 시들을 싣고 있다. 이는 『시문학』 편집진의 '전시판' 구성전략과 일치하는 것이라 할 수 있다. 이헌구의 「수첩에서」, 이한직의 「동양의 산」, 김윤성의 「난중시첩」, 「도강유정」, 유치환의 「배수의 거리」 등은 전쟁과 관련된 내용을 담고 있다. 피난의 경험을 제재로 한 김윤성의 「도강유정(渡江有情)」은 한강을 건너 피난길에 오른 시적 자아의 흔들리는 내면의 모습을 그려내고 있으며, 이한직의 「동양의 산」 또한 "믿을 수 없을 만큼 손쉽게 쓰러져 죽은 선의의 사람들"[34]을 부각시켜 보인다. 언어유기체론과 순수시를 지향하던 『시문학』이 '전시판'으로 이동하면서 곳곳에 전쟁의 흔적을 매체에 담게 된다.

> 크다란 눈망울에 바다가 어려든다. 크다란 콧구멍에 바닷내가 스며온다. 크다란 두 눈에는 푸른 눈에는 눈물이 글성글성 눈물이 어린지도 모른다. 우움메! 메에! 울면서 뛴다. 바다를 흘껴보며 소릴치며 뛴다.
>
> -소야. 황소야. 아아 황소야 뿔을 숙여 파도떼일 받아보아라 뛰어들어 바닷벌을 달려보아라. 나도 좇차 뛰어갈게 달려 보아라.
>
> 노을이 붉게 탄다. 바다가 울울울 손을 들고 온다. 어스름 바닷가를 소와 내가 뛴다. 바다와 바람결이 거칠어져 온다.[35]

전쟁을 직접적 제재로 하지 않은 위의 작품 「바다와 황소」(박두진)도 마찬가지이다. 「바다와 황소」는 전쟁을 직접 다루고 있지 않지만 시적 자아의

34 이한직, 「동양의 산」, 『시문학』 3호 전시판, 1951.6, 17쪽.
35 박두진, 「바다와 황소」, 『시문학』 3호 전시판, 1951.6, 15쪽.

답답한 심정을 황소가 뛰는 모습을 통해 드러내 보인다. 시적 자아인 '나'는 황소와 동일화되어 뛰면서 바닷벌을 달려보고 싶은 욕구에 시달린다. "뿔을 숙여 파도뗌일 받아보아라"라는 황소에 대한 요구는 답답한 현실 속에서 밀려오는 중압감을 벗어나고자 하는 자아의 욕구가 언명된 것이다. 특히 마지막 행에서 작가는 짧은 단문들을 연속 중첩시킴으로써 전쟁의 불안한 심리가 자연스레 드러나게 장치하였다.

'전시판' 문학 매체로의 이동이란 점에서 『문예』의 경우도 『시문학』과 같은 경로를 밟고 있다. 『문예』는 모윤숙, 김동리, 조연현이 주축[36]이 되어 1949년 8월 1일에 창간되었다. 순문예지를 표방했던 『문예』의 지향점은 김동리의 「창간사」에 잘 드러나 있다.

> 문인이 붓을 잡는 것은 일부 정치문학청년들이 오신(誤信)하는 바와 같이 '칩거'도 아니요 '도피'도 아니다. 붓대를 던지고 당파싸움이나 정치행렬에만 가담하는 것이 현실을 알고 문화를 건설하는 방법이라 생각하는 것은 세상에 흔히 있는 '거짓'의 하나다. 우리는 이러한 '거짓'을 거절해야 한다. 소설가는 소설을 쓰고 시인은 시를 쓰는 것만이 민족문학 건설의 구체적 방법의 제1보가 되리라고 우리는 믿어야 한다. 모든 문인은 우선 붓대를 잡으라. 그리고 놓지 말라. 이것이 민족문학 건설의 헌장 제1조가 되어야 한다. 그러나 모든 시, 모든 소설이 다 민족문학이 되는 것은 아니다. 그 아름다운 맛과 깊은 뜻이 능히 민족 천추에 전해질 수 있고, 세계문화 전당에 열(列)할 수 있는 그러한 문학만이 진정한 민족문학일 수 있는 것이다. …… 본지의 사명과 이상은 이상 말한 바에 있다. 즉 민족문학 건설의 제1보를 실천하려는 데

36 『문예』는 모윤숙의 제의로 사장에 모윤숙, 주간에 김동리, 편집 책임을 조연현이 맡았다. 창간호를 낸 이후 김동리가 『신천지』를 펴내는 서울신문 출판국으로 가게 됨으로써, 실제로 『문예』는 조연현이 중심이 되어 만들어졌다. 조연현, 『내가 살아온 한국문단』, 현대문학사, 1968, 30~41쪽 참고.

있다. 본지가 모든 당파나 그룹이나 정실을 초월하여 진실로 문학에 충실하려 함은 당파나 그룹보다는 민족이 더 크고 정실이나 사감보다는 문학이 더 높은 것이기 때문이다. 민족문학 건설의 공동 목적을 달성하기 위하여 모든 문인은 본지를 통하여 그 빛나는 문학적 생명을 새겨주기 바란다. 본지는 이러한 생명을 빛내임에 미력과 성의를 다 하려 한다.[37]

『문예』 전시판

「창간사」는 작가들이 문학을 떠나 정치, 당파에 참여하는 것을 분명히 반대하고 있다. 이러한 정치 배제의 논리는 해방공간 좌파의 정치적 문학공세와 맞서 싸워온 '문단주체세력'들의 일관된 주장이었다. 정부 수립 후 좌파가 소멸되어가는 시점에 『문예』 편집진이 내건 것은 정치 배제의 문학과 구체적 작품 쓰기였다. 『문예』는 "당파"나 "그룹"보다는 "민족"이 더 크고, "정실"이나 "사감"보다는 "문학"이 더 크다는 것을 내세운다. 이들은 민족이나 세계문화에 기여할 수 있는 영원성의 문학이야말로 민족문학이며, 그러한 작품 쓰기를 강조하고 있다. 『문예』는 민족문학 진영의 다양한 필진들을 동원하는 한편 신인추천제 등을 통해 그 영역을 확장시켜 나갔다. 『문예』는 신생 대한민국 정부의 중심 문학매체로서, 작품 중심의 순문예지임을 내세운다. "진실로 민국의 빛나는 독립과 영광을 위하여 나는 나의 열정과 생활을 오로지 『문예』에 걸"[38]겠다는 모윤숙의 발언에 신생 국

37 「창간사」, 『문예』 창간호, 문예사, 1949.8, 9쪽.

가에서 순문예지를 펴내는 자부심 같은 것이 강하게 실려 있다. 『문예』는 1950년 6월까지 통권 11호를 발간하면서 <서울신문>의 『신천지』와 함께 문단의 중심 매체로 부상한다.

한국전쟁 발발 이후 『문예』 또한 『시문학』과 마찬가지로 '전시판'을 발간하였는 바, 『문예』 전시판에 실린 조연현과 모윤숙이 쓴 「편집후기」는 '전시판' 『문예』의 탄생과정과 그 성격을 잘 보여주고 있다.

> 본지 창간 1주년 기념호를 제작 도중에 6·25사변을 당하게 되었다. 이 사변으로 인한 국가적 민족적 손실도 크거니와 우리 문예사가 입은 인적, 물적 피해도 결코 적은 것은 아니었다. 문예사에서 일을 보던 두 사람의 작가가 괴뢰군에게 납치되었고 문예사의 모든 비품과 원고와 재산도 몰수 혹은 파괴되었다. 그러나 그렇다고 그대로 주저앉어 버리기에는 너무나 커다란 사명을 본지는 부하(負荷)하고 있었던 것이다. 민족의 영혼을 창조하는 민족문학건설이라는 거대한 사업에 이미 발을 내놓은 이상 아모리 우리 자신의 능력의 기초가 파괴되고 아모리 전란이 치열해 가도 그 때문에 우리가 맡은 신성한 의무를 포기해 버릴 수는 없는 것이다. 오히려 모든 것이 다 파괴되고 전란이 치열하면 치열할사록 본지와 같은 민족정신의 근원은 더욱 요청되지 않으면 아니된다고 믿어졌던 것이다. 거의 재기불능에 빠져버린 본지가 모든 악조건을 무릅쓰고 이 전란의 도상에 다시 간(刊)을 계속하는 이유가 거기 있는 것이다. 일반의 많은 성원과 지지를 바라마지 않는다.[39]

모윤숙은 「편집후기」에서 문예사가 당한 많은 인적, 물적 피해를 언급하고 있다. 그럼에도 불구하고 『문예』 전시판을 발간하지 않을 수 없는 것,

---

38 모윤숙, 「편집후기」, 『문예』 창간호, 문예사, 1949.8, 203쪽.

39 모윤숙, 「편집후기」, 『문예』 전시판, 문예사, 1950.12, 105쪽.

이것은 이념의 승리에 대한 사명과 의무 때문이랄 수 있다. 『문예』 전시판은 이들의 말마따나 곳곳에 "전의와 굳은 이념"[40]이 담긴 글들을 가득 실었다. 전쟁과 관련된 시, 소설, 수필, 평론 등을 광범위하게 배치함으로써 전선문학 매체의 특성을 살리고자 하였다. 『문예』 전시판은 순문예 중심으로 구성되던 한국전쟁 직전의 『문예』를 국가주의 이데올로기의 전달 매체로 변모시켰다. 다시 말하면 『문예』 전시판 구성에 작동된 이데올로기는 반공주의에 바탕을 둔 국가주의라 할 수 있다.

'전시판'의 권두 평론인 이선근, 조연현, 김기완의 글은 반공주의를 직접적으로 호명하고 있다. 이선근은 「이념의 승리」에서 전쟁이 이념의 충돌일진대 무력에서의 승리 못지않게 이념의 승리가 중요함을 강조하고 있다. 문학자들이 이념의 승리, 사상의 승리를 구명하는 데 앞장 서 나가야 한다는 것이다. 이념의 승리는 결국 결전하의 문화인들에 의해 주도되며, 이 일은 "단순한 벽보나 전단이나 구호나 표호만으로 이루어질 수 있는 일"[41]이 아니라고 본다. 이는 '문화적인 창작'을 통해서 가능한데, 이번 사변을 오히려 문화적인 창작정신의 한 도량으로 삼고 총궐기, 역량을 강력화할 계기로 삼자는 것이다. 전선체험을 문학작품으로 써낼 필요성을 강조한 것은 『문예』의 작품 위주의 편집방침과도 상통하는 것이었다.

한편 문단 인사인 조연현은 「공산주의의 운명」이란 글을 통해 소련과 북방 괴뢰집단의 멸망을 단언하고 있다. 이는 비평가로서 조연현이 선 이데올로기적 입지점을 논설을 통해 분명히 드러내 보인 것이라 할 수 있다. 조연현과 다르게 정훈국 편집실장인 김기완 소령이 도리어 전쟁문학의 현황을 타진

---

40 조연현, 「편집후기」, 『문예』 전시판, 문예사, 1950.12, 105쪽.
41 이선근, 「이념의 승리」, 『문예』 전시판, 문예사, 1950.12, 13쪽.

하고 있어 흥미롭다.

> 전쟁이 시작된 이래 현재까지 문학 생산은 전연 발표될 기관을 잃지는 않았어도 독자에게 읽혀진 작품이 희소했고 출판계의 사정이 동결상태에 이르러 확실한 양상을 나타내지는 않았으나 종군문학 또는 루폴더-츄(필자 주-르포르타쥬)를 통하여 완전히 구태(舊態)를 떠나서 호흡을 달리한 발전을 볼 수 있다. 그것은 짧은 종군기 정도나 수필, 또는 꽁트 등에 있어서 완전히 리아리즘에 입각한 작가의 정확한 현실 파악과 그것에 대한 노력과 진지한 태도가 역력히 나타나고 있으며 적어도 그것은 동포애라던가 민족을 사소라도 망각하지 않은 견실성의 전부이었다. 또한 가급적이면 소재의 다양성을 요구하고 있으며 과거의 신변적인 협애(狹隘)를 일소한 것과 작품의 구성이 갖는 허구성을 끝까지 사실성과 대치하려는 의식의 혁신이 현저하게 나타나고 있는 것이다.[42]

김기완의 글은 전쟁 기간 동안 작품의 양식 내지 내용이 어떻게 변모되어 가고 있는지를 지적한다. 그는 시야의 협소와 소재의 빈곤 등을 가진 우리 문학의 폐단이 이번 전쟁을 통하여 광범위한 문학의 범주와 영역을 찾아내는 계기가 되었다고 본다. 전쟁은 "문학의 혁신", "정신의 전투부대로서 선봉적인 돌진"[43]을 요구하고 있으며, 문학인은 총궐기하여 전선에 참가하고 있다고 그는 전쟁문학의 현상을 진단한다. 작가들이 사사(私事)와 '신변'에 떨어지는 것을 방지한 것이 전쟁이었다는 김기완의 글은 짧은 기간 동안 이루어진 전쟁문학의 의의를 나름대로 평가하고 있다는 점에서 그 의의를 찾을 수 있다.

---

42 김기완, 「전쟁과 문학」, 『문예』 전시판, 문예사, 1950.12, 18쪽.
43 김기완, 「전쟁과 문학」, 『문예』 전시판, 문예사, 1950.12, 19쪽.

한편 『한국공론』 전시호(戰時號) 다섯 권이 1951년 1월부터 1952년 4월까지 피난지 대구에서 연속하여 발간되었다. 원래 『건국공론』은 해방기 대구에서 나온 종합잡지이다. 1945년 12월 25일 창간호로부터 1949년 11월 1일까지 통권 28호가 나왔으며, 1949년 12월 1일 『한국공론』으로 개제되어 1952년 4월 25일까지 통권 12호가 발간되었다. 해방과 한국전쟁이란 격동의 시기에 나온 잡지는 대부분 단명에 그치는 경우가 많았다. 그런데 『건국공론』과 『한국공론』이 통권 40호의 지령을 지속하였다는 것은 지역의 매체로서 이 잡지의 위상이 단순하지 않음을 보여준다. 발행 호수를 감안해 볼 때 『한국공론』은 한국전쟁 기간 중에도 그 발행을 멈추지 않았음을 알 수 있다.

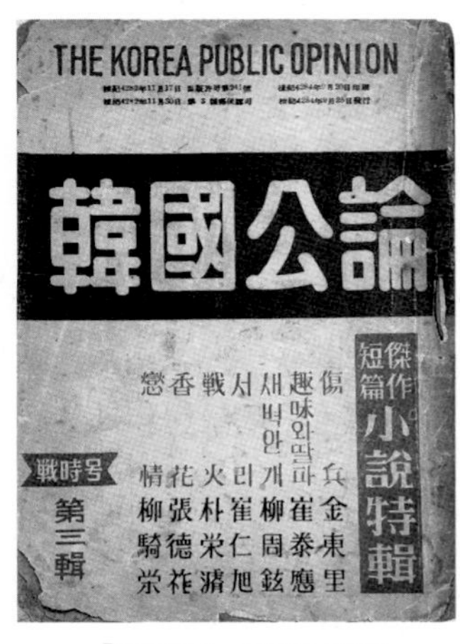

『한국공론』 전시호 제3집

한국전쟁기 한국공론사는 다섯 권의 전시호를 기획하였는데,[44] 이것은 『한국공론』 전시호는 전시매체로서의 기능을 나름 수행하였음을 보여준다. 『한국공론』 전시호는 전쟁으로 인해 전시판을 낼 수밖에 없었던 어려운 시기에 종합지로서의 기능을 나름 수행하고자 하였다. 이중 전시호(戰時號) 제3집인 『한국공론』 제3권 제3호(한국공론사, 1951.9.25)가 눈에 띈다. 『한국공론』 전시호 3집이 정치,

44 『한국공론』 전시호의 발간일자는 다음과 같다. 『한국공론』 8호(제3권 제1호) 전시호 제1집, 1951년 1월 15일 발행, 126면, 1000원; 『한국공론』 9호(제3권 제2호) 전시호 제2집, 1951년 6월 25일 발행, 8면, 정가 1000원; 『한국공론』 10호(제3권 제3호) 전시호 제3집, 1951년 9월 25일 발행, 222면, 정가 5000원; 『한국공론』 11호(제3권 4호) 전시호 제4집, 1951년 12월 28일 발행, 62면, 정가 2500원; 『한국공론』 12호(제3권 제5호) 전시호 제5집, 1952년 4월 25일 발행, 96면, 정가 7000원, 조상원, 『책과 30년』, 현암사, 1974, 74쪽 참고. 이 책에서는 3집의 발행일이 1951년 9월 28일로 되어 있으나 전시호 제3집은 1951년 9월 25일 발행되었다.

사회, 문화면 중심의 기존 『건국공론』이나 『한국공론』과 달리 문학만을 특집으로 삼고 있는 점은 이 잡지가 편집부 차원에서 특별히 기획된 매체임을 보여준다. '걸작단편소설 특집'이란 제하에 7편의 단편소설을 싣고 있는데, 최태응의 「취미와 딸과」, 최인욱의 「서리」, 류주현의 「새벽안개」, 류기영(柳騎榮)의 「연정(戀情)」, 박영준의 「전화(戰火)」, 장덕조의 「향화(香花)」, 김동리의 「상병(傷兵)」 등이 그것이다. 조상원의 말을 빌리면 『한국공론』 전시호 제3집은 '소설특집 임시증간호'로, 모두 "100매 평균의 신작 단편"[45]이라는 점에서 전란의 와중에 거두기 어려운 수확물이라 할 수 있다. 전시판 문학매체인 『한국공론』 '전시호' 제3집은 220여쪽의 두께로 '걸작단편소설' 중심의 문학작품만을 싣고 있다. 전쟁의 와중에 놓인 불안정한 문단에서 김동리, 최태응, 류주현, 최인욱, 박영준, 장덕조 같은 명망을 가진 작가[46]를 다수 확보할 수 있었던 것은 피난 작가들이 몰려 있던 대구에서 발간된 잡지였기에 가능한 일이었다. 긴급히 기획된 전시호이긴 하지만 『한국공론』은 문단의 상징권력을 가진 작가들을 다수 확보함으로써 어느 정도 고정 독자를 확보할 수 있었던 것으로 판단된다. 여기에 실린 7편의 수록 소설들은 이후 그대로

현암사, 『걸작소설선집』

45 조상원, 『책과 30년』, 현암사, 1974, 81쪽.

46 다소 생소한 「연정(戀情)」의 작가 류기영(柳騎榮)은 『건국공론』의 속간 때 편집 주무의 직책을 맡았으며, 주로 <경북신문>, <부녀일보>, <대구일보> 등의 언론계에 종사한 인물이다. 『한국공론』 전시호 제3집의 내지를 보면 류기영이 쓴 장편소설 『행복을 찾는 사람들』과 번역작품 『대지』가 근간(近刊)으로 소개되고 있다.

1952년 8월 1일 현암사에서 『걸작소설선집』이란 단행본 단편집으로 간행되었으며, 이후 『향화(香花)』(혜문사, 1957.3.15)란 작품집으로 재간행되기도 하였다. 한국공론사나 현암사의 주소가 대구시 공평동 13번지인 것으로 보아, 이는 『건국공론』(『한국공론』)을 내고 있던 한국공론사의 조상원 사장이 한국전쟁기에 접어들면서 현암사(玄岩社)란 이름으로 본격적 출판활동을 시작하였음을 증빙해 준다. 김동리의 「상병(傷兵)」이나 박영준의 「전화(戰火)」 등은 전쟁의 재난과 그것으로 인한 육체적, 정신적 상처를 입은 사람들의 모습을 잘 보여주고 있다. 반면 전쟁을 직접적 제재로 취하지 않은 일부 작품들은 이 당시 소시민들의 일상성과 생활의 감정을 드러내 보이는 데 주력하고 있다. 이처럼 『한국공론』 전시호 제3집은 전쟁의 내음을 풍기는 삽화를 곳곳에 삽입하고 있어 전선매체로서의 특성을 잘 보여주고 있다.

4. 『전선시첩』, 숭고의 시선과 국가주의 전략

대구지역에서 나온 시문학 관련 전선매체로 눈길을 끄는 것은 『전선시첩』 1, 2집이다.[47] 『전선시첩』의 경우 1집은 2집에 비해 표지 장정도 없고 아트지도 사용하지 않았다. 표지나 본문 모두 갱지로 되어 있으며, '문총구국대 편집, 국방부 정훈국 발행'이라는 표시 이외에 출판 날짜조차 명기되어 있지 않다. 『전선시첩』 1집의 형태는 전쟁이란 급박한 시국 속에서 긴급히 호명된 매체의 얼굴을 잘 보여주고 있다. 1집의 필진은 서정주, 조지훈, 박목월, 구상,

---

47 문총구국대에서 발행한 『전선시첩』과 유사한 형식의 시문학 매체로 공군문고로 펴낸 시집 『창궁(蒼穹)』(공군본부, 1952)이 있고, 해군본부 정훈감실에서 펴낸 시집『청룡』(극동인쇄소, 1953) 등이 있다.

김기완, 이효상, 이호우, 이윤수, 김윤성, 박화목 등이다. 필진 또한 『시문학』이나 『문예』 전시판의 필진과 중복되어 있다. 이는 이 당시 제한된 작가들이 여러 문학매체에 중복 투고하고 있음을 보여준다. 「서문」이나 「편집후기」는 전선매체인 『전선시첩』의 특성을 잘 말해주고 있다. 국방부 정훈국장 이선근은 「서문」에서 일선 장병에게 이 시첩을 보내는 이유를 그들의 숭고한 모습에서 찾는다.[48] 『전선시첩』 1집의 편집진은 "땀 배인 군복으로 저 영광스러운 국군 용사와 함께 노골(露骨)의 밤을 잠시 쉬면서, 또는 은은한 포성과 초연 속에서 저도 모르게 솟아오르는 힘, 파사(破邪)의 의검(義劒)을 뽑아들고 번개처럼 돌진하는 용사들의 불타는 두 눈초리 그 속에 우리는 영원한 조국과 겨레의 생명을 보았다"[49]고 언명한다. 결국 『전선시첩』의 시들은 종군체험을 바탕으로 일선장병들에 대한 찬사와 칭송, 위무(慰撫)를 주된 목적으로 창작된 것이라 할 수 있다.

---

48 국방부 정훈국장 육군대령 이선근이 쓴 『전선시첩』 제1집의 서문은 다음과 같다. "은은한 포성에 놀래서 산새 한 마리도 남지 않은 어느 고지 숲 속에서 또는 포탄이 떨어져 풀 한포기 없는 능성 우에서 무궁한 하늘을 즐기며 조국을 위하여 싸우는 숭고한 일선장병에게 이 첩을 보낸다! 착하고 올바른 삼라만상에 쌓여서 몇 번이고 조국과 민족, 그리고 세계의 평화를 가슴 깊이 그리는 그대들 용사의 모습보다 더 성스러운 것이 또 어데 있으랴 모든 피곤도 모든 괴로움도 다 잊어버리고 오직 깨끗한 진심으로 그대들은 그대들이 원하고 믿는 것을 위하여 싸우고 있다. 도도히 흐르는 커다란 역사의 흐름소리를 귓전에 들으며 새로운 세기의 아침햇빛을 한 몸에 담뿍 받고 그대들은 누구보다도 커다란 영광을 지니고 있는 것이다. 우리의 핏줄이며 뼈인 조국과 겨레가 오늘 이처럼 아쉽고 안타깝고 그리운 욕망을 우리에게 가져다 준 때가 언제 또 있으랴. 사람의 마음이 곱고 곧을 때 우리는 누구나 다 시인이 될 수 있다. 그대들의 글로 나타나지 않은 마음 속의 시를 그리며, 우선 여기 몇몇 글로 나타난 시첩을 선물한다." 문총구국대 편집, 『전선시첩』 제1집, 국방부 정훈국, 1950, 1~2쪽.

49 문총구국대 편집, 「편집후기」, 『전선시첩』 제1집, 국방부 정훈국, 1950, 43쪽.

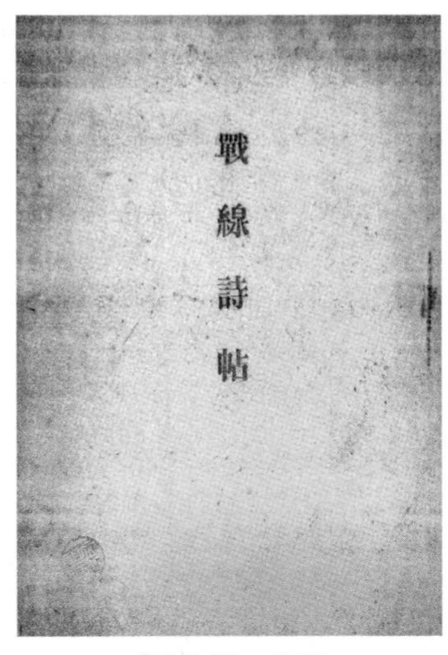

『전선시첩』 제1집

『전선시첩』 제2집

한편 『전선시첩』 2집은 1집이 문총구국대 편집, 국방부 정훈국 발행이던 것과 달리 문총 경북지대가 발행한 것으로 되어 있다. 필진도 문총 경북지대장인 이효상 외에 이용상, 김사엽, 신동집, 김진태, 이윤수, 김동사, 최광열, 라운경, 윤운강 등으로 대구·경북 지역 문인들이 다수를 차지한다. 또한 서문의 필자도 국방부 정훈국장 이선근에서 문총구국대 경북지대장인 이효상으로 바뀌었다. 『전선시첩』 2집의 경우 후방의 중심 거점으로 부상한 대구지역 시인들이 그 중심을 이루고 있다. 전시판 『시문학』이나 『문예』, 또는 『전선문학』이 가능한 한 전국적 필진들을 포섭하려 한 데 비해, 『전선시첩』 2집의 경우 문총구국대 경북지대장인 이효상을 중심으로 대구·경북 지역 문인들로 필진을 구성함으로써, 이들의 역학이 전선 문단 내부에서 상대적으로 중시되고 있음을 보여준다. 아래는 『전선시첩』 2집에 이효상이 쓴 서문의 일부이다.

> 전쟁은 시인에게도 왔다. 시인에게도 온 것이 아니라 시인에게 가장 심각하게 왔어야 한다. 삼천만이 목숨을 조국에 바칠 제, 시인은 가장 선두에 섰어야 한다. 무엇인지 형제들의 가슴에 북받쳐 오르는 것을 시인은 서슴지 않고 읊어야 한다. 시인의 혼이나 형제들의 혼이나 다 같은 민족혼을 가지는 연고이다. 시가 민족의 생명체 되기에는 시인의 혼이 바로 민족의 혼이라야만 한다.[50]

전선매체인 『전선시첩』을 통해 이효상은 시인들이 전쟁에 임하는 자세와 그 역할을 표명하고 있다. 시인이 가장 전쟁의 선두에 서야 하는 이유를 그는 시인이 "사(邪)가 없"기 때문이며, "가(可)면 가(可)"고 "부(否)면 부(否)"인 "절실"[51]한 순정성에서 찾는다. 때가 되면 저절로 가슴에 북바쳐 오르는 절실한 마음을 서슴지 않고 읊어야 하며, 시인의 혼은 민족의 혼으로 무장되어야 한다는 것이다. 『전선시첩』의 편집인인 이윤수는 「편집후기」에서 이러한 논리를 더욱 확대시켜 나간다. 그는 "씩씩한 군가를 소리높이 부르며 전선으로 전선으로 출진하는 용사들의 모습들"처럼 시인도 "성스러운 한 줄기 강렬한 「빛」 속을, 대열을 지어 앞으로 가야만"[52] 한다고 선언한다. 전쟁 수행의 주체인 용사들의 모습에서 숭고함을 느끼고 시인들은 이들의 가슴에 "필승의 신념을 뿌리박아 주"[53]는 역할을 해야 한다는 것이다. 그러므로 이들은 전선매체인 『전선시첩』을 "한 개의 신념의 탄환"[54]으로 인식한다. 『전선시첩』은 반공주의를 기반으로 전선 미디어의 최전선에 던져진 시문학 매체라고 할

---

50 이효상, 「서문」, 『전선시첩』 제2집, 문총경북지대, 1951, 2쪽.
51 이효상, 위의 책, 1쪽.
52 이윤수, 『편집후기」, 『전선시첩』 제2집, 문총경북지대, 1951, 98쪽.
53 이윤수, 위의 책, 98쪽.
54 이윤수, 위의 책, 98쪽.

수 있다. 이러한 매체를 통한 투쟁은 '전선'의 대립이 미디어의 장으로 넘어온 형국이라 할 수 있다. 그래서 전쟁터에서 싸우고 있는 군인들뿐만 아니라 후방의 국민들에게 전쟁의 승리를 고무할 수 있는 미디어의 기획 및 제작이 필요하였던 것이다. 시가 하나의 병기가 되고 탄환이 된다는 이러한 미디어의 전략은 『전선시첩』을 하나의 '신념의 탄환'으로 호명하는 차원까지 나아가게 만들었다. 시를 "병기", "탄환"으로 호명하는 방식은 『전선문학』의 최독견이 쓴 「창간사」에서 '펜'을 '수류탄', '야포', '화염방사기', '원자수소의 신무기'로 호명하는 것과 동일하다. '펜'이나 '시'를 무기와 동일시하는 이러한 은유의 수사학은 한국전쟁 당시 시인들이 가진 전쟁시의 인식틀을 잘 보여준다.

국가주의(statism)란 "유기체론적 국가관에서 출현한 이데올로기로 국민들은 국가라는 유기체의 한 부분을 이루기 때문에 전체인 국가의 번영과 발전을 위해 개인의 이익 추구를 양보해야 할 뿐 아니라 개인이 희생해야 한다는 논리를 담고"[55] 있다. 이러한 국가주의적 시각은 문학작품 속에서 국가를 위해 몸 바치는 군인들에 대한 칭송이나 찬사를 매체에 담아내기를 요구한다. 그러므로 작가들의 종군 체험을 담은 시집이나 현역 군인들의 시집들은 자연스럽게 국가주의에 바탕한 송가풍의 숭고미로 가득차기 마련이다. 전쟁체험을 담은 수기류나 소설이 억압과 공포, 환멸의 기억을 주로 담아내었다면,[56] 한국전쟁을 제재로 한 시나 시문학매체는 대상을 바라보는 시선에 숭고의 감정을 덧입힘으로써 전쟁을 수행하는 국가나 그 개인을 미화하고 있다. 『문예』 전시판에 실린 유치환의 '동북전선종군시초'란 부제가 달린 「보병과

---

55 전재호, 『반동적 근대주의자 박정희』, 책세상, 2005, 133~134쪽.

56 유임하와 서동수의 앞의 논문 참고.

더부러」는 이러한 모습을 잘 보여주고 있다. 「보병과 더부러」는 유치환이 포항에서 원산까지 동부전선을 종군하면서 쓴 작품이다.

원수를 물리치고
바람처럼 난데없이 밀어든 고을
어두운 거리 거리엔 뜻 아니
병차(兵車)소리 총검(銃劍)소리의 파도
보라
군데 군데 모닥불 화광(火光)을 에워
비록 융의는 낡고
풍모는 풍찬에 야윘으되
오히려 원수에게도 자랑 높은 군병(軍兵)이여 조국의 의지(意志)여
너희 밤하늘에 별 같이
조국의 변변방방(邊變方方)을 이같이 지켜지라[57]

생사를 초월한 장병들에게서 화자는 숭고의 감정을 느끼고 있다. 숭고의 감정은 대상을 미화시키며 시적 공간을 칭송의 어조로 가득차게 만든다. 죽음은 단순한 죽음이 아니라 "수많은 젊은 목숨들이 인류와 조국의 이름으로 바친" "영광의 수난"[58]이란 것이다. 그러므로 개인의 '생사(生死)'가 거대한 이념 앞에 아름답게 인식되는 것이다. 전쟁이란 국가의 수난이 애국이라는 숭고한 이념을 통해 극복되는 것이다. 전쟁터에서 갖게 되는 화자의 대상에 대한 숭고한 감정은 병사들의 모습을 '파도'나 '별', '꽃' 등으로 격상시키며, 적의 시체조차 "한떨기 들꽃"[59]으로 비유하게 만든다. 이러한 수사의 원동력

57 유치환, 「보병과 더부러 — 아름다운 군병」, 『문예』 전시판, 문예사, 1950.12, 22~23쪽.
58 유치환, 「보병과 더부러 — 전문(前文)」, 『문예』 전시판, 문예사, 1950.12, 21쪽.

에는 개인을 압도하는 초월적인 존재로 국가가 자리잡고 있음으로 가능하다. “전선으로 가면 장병들의 태도가 아름답다는 것은 누구나가 말하는 바이다. 사실 부대장으로부터 저 아래 일개 이등병에 이르기까지 생사에 대한 그 담담한 태도가 참으로 아름답다”[60]는 유치환의 진술이 이를 뒷받침하고 있다. 이호우 또한 「깃발」이란 시조를 통해 “때 묻지 않은 목숨들이 비로소 받들은 깃발은/ 성상(星霜)도 범하지 못한 아아 다함 없는 젊음이여”[61]란 절대적 칭송의 어조를 드러내 보인다. 표상으로서의 ‘깃발’은 범접할 수 없는 위엄으로 영원의 자리에 위치하게 되는 것이다.

5. 맺음말

1948년 남, 북한 정권의 수립은 좌, 우가 서로 견제, 대립하던 ‘해방 공간’ 문학의 장이 새로운 국면에 접어들었음을 보여준다. 이 시기 문학의 장에 지배이데올로기의 파급과 그것의 재생산이란 새로운 담론이 퍼져나가기 시작하였다. 38이남에서는 일민주의의 제창, 보도연맹의 결성 등을 통해 규율과 통제의 시선을 강화해 나갔다. 이 시기에 발간된 문학 매체는 한국전쟁 직전의 문학이 전쟁기 문학으로의 이동상황을 보여준다는 점에서 중요하다.

한국전쟁 직전과 한국전쟁기의 문학매체는 전쟁이란 인적, 물적 상황의 악화 속에 기존 매체의 폐간과 새로운 매체의 탄생 속에 이동되고 있었다.

59 유치환, 「보병과 더부러 — 꽃과 같이」, 『문예』 전시판, 문예사, 1950.12, 24쪽.
60 유치환, 「보병과 더부러 — 전문(前文)」, 『문예』 전시판, 문예사, 1950.12, 20쪽.
61 이호우, 「깃발」, 『전선문학』 창간호, 1952.4, 26쪽.

한국전쟁 전후의 많은 문학매체들은 이러한 시기적 배경을 바탕으로 생성되고 있었다. 『문예』와 『시문학』 등은 한국전쟁 직전에 창간되어 한국전쟁이 발발한 이후에는 '전시판'이란 매체의 기획을 통해 국가주의 이념을 수용하고 있다는 점에서 동일하다. 『문예』지가 '문단주체세력'이 빚어내는 권력의 매체 쪽에 가까웠다면, 『시문학』은 그러한 영향 하에 있는 취향의 매체 쪽에 가까웠다고 할 수 있다. '순문예' 내지 '순수시'를 표상으로 내세우면서 정치보다 작품으로 승부하고자 하였던 『문예』나 『시문학』은 한국전쟁으로 인해 근본적인 매체의 전략을 수정하지 않을 수 없었다. 한국전쟁이란 국가의 위기상황은 '문단주체세력'인 문협정통파가 구축하고자 하였던 순수문학의 장에 일대 변화를 요구한다. 이들은 그들의 존립근거인 순수문학의 장을 지켜내기 위해 반공주의를 기반으로 한 국가주의 이데올로기를 매체의 기본 편집방침으로 삼게 된다. 미적 자율성의 입지를 주장하는 순수문학과 전쟁수행의 수단 내지 탄환으로 도구화되는 전쟁문학은 쉽게 합일될 수 없는 것이었다. 그러나 순수문학은 '문단주체세력'이 내세우는 주된 표상이었으며, 이것 자체의 존립을 위협하는 공산주의는 이들에게 용납할 수 없는 대상이었다. 그래서 반공주의와 순수문학은 공산주의의 침략 앞에 쉽게 결합할 수 있었던 것이다. 반공주의는 순수문학의 외피를 감싸면서 한국전쟁기와 그 직후 문학의 주된 담론으로 자리 잡아 1950년대 이후 문단에서 지속적으로 재생산되었다. 국가의 위기 상황 앞에서 우파 문인들의 이념적 근거가 되었던 '순수'문학은 '전시판' 매체의 편집과 기획, 다양한 전선매체의 출판을 통해 그 존립의 장을 넓혀 나갔다.

한국전쟁이란 큰 역사적 변혁은 이처럼 기존의 문학매체에 충격을 주어 그 구성담론에까지 영향을 미쳤다고 할 수 있다. '전시판'으로 기획된 『시문학』과 『문예』, 『한국공론』 이외에도 『전선시첩』, 『전시문학독본』, 『전선문학』 등의 다양한 문학매체들 및 그것에 실린 작품들은 반공주의에 기반한 국가주의 이념을 잘 드러내 보이고 있다. 한국전쟁 전후 국가주의 이데올로기에 의해 호명되는 각종 문학 매체는 더욱 강화된 동일화 이데올로기를 문학 매체에 구축하였다. 이데올로기와 텍스트의 관계가 더욱 견고해지면서 문학 매체의 기획이나 구성에까지 국가주의적 시선이 작동되기 시작하였다. 이 시기의 매체 편집진 내지 작가들은 이러한 이념을 문학 매체의 구성과 배치, 또는 작품의 선택과 배제를 통해 규제하였다. 한편 전쟁기의 시작품은 전쟁체험을 직접적으로 드러내는 경우가 많았으나, 일부 시인들은 전쟁 체험을 칭송과 숭고의 대상으로 표상화하는 방식을 사용하였다. 이들은 '별', '꽃', '깃발' 같은 표상을 통해 반공주의를 숭고한 이념으로 격상시켜 보였던 것이다.

| 제2장 |

1950~1960년대 초 대구의 문학공간 형성과 출판매체

1. 들어가는 말

해방 직후 진작되기 시작한 대구의 출판문화는 한국전쟁을 기점으로 큰 전환을 이루게 된다. 한국전쟁은 서울 중심의 문화를 대구, 부산으로 이동시키는 계기가 되었다. 대구와 부산은 한국전쟁 중 낙동강 방어선의 구심점이 되면서 정치, 경제, 문화의 중심지로 부상하였다. 특히 대구는 육군, 공군 본부가 자리 잡으면서 군 관련 출판매체가 다른 어느 지역보다 많이 생산된 지역이었다. 『전선문학』, 『전선시첩』, 『전시문학독본』, 『창공』 같은 전시 매체들이 대구에서 발간되었다. 이러한 전시 매체들은 대구가 한국전쟁이란 특수 국면 속에서 전시담론을 주도해 간 장소였음을 보여준다. 그럼에도 불구하고 1950년대의 문학공간 속에서 대구의 위상은 제대로 규명되지 못하였다. 그 이유는 1950년대 초의 대구의 문학공간을 한국전쟁으로 말미암은 일시적인 문단 이동의 결과로 치부하였기 때문이다. 이는 한국전쟁을 전후하여 대구를 중심으로 진작된 문학공간이 한국전쟁이 빚어낸 비정상적인, 일시적인 현상에 지나지 않음을 말하는 것에 다름 아니었다. 이 장은 이러한 기존의 전제가 안고 있는 문제를 부정하는 데서 출발된다. 조선후기 영영판(嶺營版)의 산지로 영남지역 선비문화를 주도하였던 지역이 대구였고, 이러한 문화적 전통은 대구·경북의 근대 출판문화에도 지속적인 영향을 미쳤다고 할 수 있다.[1]

이 장은 한국전쟁이란 큰 역사적 변혁을 겪은 1950년대 대구지역 출판문화의 장(場)과 문학공간의 형성과정을 밝히는 데 그 목적을 두고 있다. 문학 장의 형성에는 정치, 경제, 문화의 제 요소가 관여하기 마련이다. 1950년대는 특히 한국전쟁이 문학 장의 형성에 미친 영향이 결정적이었다고 할 수 있다. 전술한 바와 같이 한국전쟁 초기 대구는 육군본부, 공군본부 등이 자리 잡으면서 각종 전시매체를 탄생시켰다. 이는 대구가 전시담론을 만들어내고 주도하는 근거지였음을 확인시켜주는 동시에 '피란문단'과 지역문단이 뒤섞이면서 중앙문단과 대등한 역할을 수행하던 장소임을 보여준다. 한국전쟁과 한국전쟁 직후 대구의 문학공간의 특성을 규명하기 위해서는 이 당시 문학공간을 주도했던 중요 단체 내지 인물, 그들이 활동한 출판매체에 대한 접근이 필요하다.

출판매체에는 매체를 기획하는 기획자 내지 편집진의 의도 내지 이데올로기가 담기기 마련이다. 시간이 지남에 따라 기억은 망각되고 자기 중심적으로 왜곡되기 싶다. 그러나 문자로 기록된 출판매체는 그 당대의 상황 내지 담론을 사실 그대로 보여준다고 할 수 있다. 이 장이 먼저 1950년대 대구지역 문학매체의 출판상황을 실증적으로 정리하고자 한 이유도 여기에 있다. 이 장에서는 문학 관련 출판매체를 중심으로 1950년대 대구지역 문학의 장이 전시담론 중심에서 1950년대 후반 문학으로 어떻게 이행되어가는지를 살펴

1 영남지역의 출판과 근·현대 대구지역 출판의 전통에 대한 개괄적 정리는 박용찬 외, 『영영장판과 영남의 출판문화』(경북대출판부, 2017) 참고.

볼 것이다. 이러한 작업은 1950~1960년대 초 대구지역 문학 장의 형성과정과 문학공간의 특성을 밝히는 데 기여할 것으로 생각된다.

2. 한국전쟁기 출판매체와 전시담론의 생성

> 사변이, 1년이 경과한 후부터 수도 서울의 출판사는 거개 간판을 부산과 대구를 중심으로 해서 걸게 되었다. 그들의 대부분이 불의의 남하로 겨우 간판만 내어 걸었을 뿐 약 1년간은 속수무책이었던 것도 사실이었다. 그러다 점차 인쇄시설의 이전과 더불어 사변 2년째에는 벌써 서울에서의 출판능률에는 못 따라간다 할지나 피난살이로서는 의외의 호경기를 보인 적이 있었고 특히 군 관계의 수요가 격증(激增)함에 이에 따르는 출판성적은 대성황을 이룬 것도 사실이었다. …… 경북지방을 예로 들면 피난 출판사가 적지 않았지만 지방에서 소규모로 운영하던 출판사까지 중앙의 출판사와 어깨를 겨눌 만큼 출판 성적에 있어 종전에 보지 못하던 기록을 보인 적도 있은 것이 출판물로 여실히 드러나고 있으니 출판계도 일진일퇴의 고삽(苦澁)을 맛보면서도 점차 활기를 띄우게 된 것을 신규로 탄생하는 출판사의 간판이 나날이 늘어가고 출판물의 등록이 증가됨으로써 알 수 있는 것이다.[2]

위의 글은 한국전쟁 종전 직후 대구에서 출판된 『1954년판 한국연감』에 실린 출판 관계 증언이다. 이 글에서 지적하고 있다시피 한국전쟁 동안 대구의 출판사들은 서울의 출판사들과 어깨를 겨룰 만큼 성장하였다. 특히 한국전쟁 초기에는 서울에서 내려온 피난 출판사와 지역의 신생 출판사들이 서로

2 『1954년판 한국연감』, 영남일보사, 1953, 255~256쪽.

경쟁하고 있었다. 한국전쟁을 전후하여 계몽사, 철야당, 청구출판사, 현암사, 영웅출판사, 문성당, 동서문화사, 문화당 등이 출판업에 뛰어들었다. 이중 현암사(조상원), 계몽사(김원대), 동아출판사(김상문), 학원사(김익달) 등은 대구에서 출발하여 나중 서울로 그 근거지를 옮기면서 한국의 대표적인 출판사로 성장하였다.[3] 한국전쟁이란 큰 재난하에서 유독 많은 신생출판사가 대구지역에 집중된 것은 전쟁 수행의 중심지로서 대구가 가진 이점 때문이었다. 한국전쟁 기간 중 대구에서 발간된, 문학 부문에 영향을 미친 잡지를 살펴보면 다음과 같다.

잡지	발행인	출판사	출판년일
『경북행정』 창간호	조상원	한국공론사	1950.7.27.
『한국공론』 8호(전시호1집)	조상원	한국공론사	1951.1.15.
『시문학』 3호(전시판)	박목월	한국공론사	1951.6.15.
『도정월보』 창간호	경상북도지사 신현돈	경상북도 공보과	1951.7.20.
『공군순보』 16	김기완	공군본부정훈감실	1952.3.30.
『전선문학』 창간호	육군본부종군작가단	대건인쇄소	1952.4.10.
『소년세계』	이상도 편집겸인쇄인 — 오창근	고려서적주식회사	1952.7.1.
『신태양』	황준성	신태양사	1952.8.
『학원』	김익달	대양출판사	1952.11.1.
『시와 시론』 제1집	유치환	전선문학사	1952.11.5.
『창공』 2호	마해송	창공구락부	1953.1.25.
『창공』 3호	서임수	공군본부정훈감실	1953.3.15.
『청조다이제스트』 1호	박영준	청조사	1953.5.15.
『남십자성』	대한상이군인회 경북지부	신라문화사	1953.5.

3 해방과 한국전쟁 전후 대구의 출판계 상황에 관해서는 「8·15 직후의 대구출판계①②」(현암사의 조상원 회장, 계몽사의 김원대 회장과의 대담 내용)를 통해 일부 짐작해 볼 수 있다. 이경훈, 『속·책은 만인의 것』, 보성사, 1993, 316~332쪽.

한국전쟁으로 인해 많은 매체의 폐간과 변화가 있었고, 새로운 매체의 탄생이 시작되었다. 인적, 물적 상황의 악화 속에서 한정된 독자를 확보하기 위해서는 무엇보다 매체를 기획하고 유통하는 전략이 필요하였다. 성인 또는 학생 독자를 대상으로 한 대중잡지인 『신태양』과 『학원』이 등장한 것도 이러한 것과 관련이 깊다. 『신태양』이나 『학원』 같은 대중지들은 주로 개인 출판사의 상업적 전략을 바탕으로 독자의 흥미나 취향에 주로 편집방침을 맞추고 있었다.

『신태양』은 황준성이 발행인으로 1952년 8월 대구에서 대중지로 출발하였으나 나중 종합지로 전환되면서 1961년 6월까지 지속되었다. 대중지이긴 하지만 『신태양』은 전쟁의 절망으로부터 벗어나려는 표상으로 '신태양'이란 제호를 사용하였다. 이러한 점은 부산에서 나온 『희망』이란 제호도 마찬가지라 할 수 있다. 부산에서 나온 『희망』(1951.7)이나 대구에서 나온 『신태양』(1952.8)은 대중의 기호에 영합하기 위해 곳곳에 만화를 배치한다든가, 김말봉이나 김내성 등의 대중, 탐정 소설 연재를 시도하였다. 이 잡지들은 종군작가들을 주요 필진으로 동원하였으며, 지면 곳곳에 「전쟁 1주년 기념화보」(『희망』 창간호)와 같이 전선의 모습과 장면을 삽입하였다.

한편 국방부, 육군본부, 공군본부 등에서 발간된 정훈매체들은 전후방 군인들과 지식인 독자를 대상으로 국가주의 담론을 유포하고 있었다. 국방부 기관지 『국방』[4] 이외, 『전선문학』, 『사병문고』, 『공군순보』, 『코메트』, 『전선시첩』, 『전사(戰史)』 등이 대구에서 나온 정훈관계 출판물들로 그러한 역할을

4 국방부 기관지인 『국방』은 1949년 1월 창간되었으나 1950년 12월 대구에서 나올 때는 재창간되어 속간 1호로 시작되었다. 『국방』 13호(1952.5)부터는 대구에서 부산으로 옮겨 출판하였다. 『국방』의 출판 환경과 그것에 실린 문학작품의 모습에 대해서는 박태일, 「국방부 정훈 매체 『국방』의 문예면 연구」, 『어문론총』 55호, 한국문학언어학회, 2011, 255~256쪽 참고.

담당했다. 이들 매체에 참가한 작가들은 주로 육군종군작가단과 공군의 창공구락부, 육군본부 등에 관여하고 있었다. 1951년 5월 26일 대구에서 육군본부 정훈감 박영준(朴英俊) 대령의 협력하에 결성된 육군종군작가단은 최상덕, 김송, 최태응, 이덕진, 박영준(朴英濬) 등이 주도하였는데, 이후 김팔봉, 구상, 정비석 등이 가담하였다. 주로 "대구에 피난했던 문필가만을 중심으로 하여 조직"[5]된 육군종군작가단이었지만 일선종군, 종군보고 강연회, 문학의 밤 개최, 기관지 『전선문학』 발간(통권7호), 문인극 상연 등 다양한 활동을 하였다. 창공구락부(공군)는 1951년 3월 9일 공군본부 정훈감인 김기완(金基完) 대령의 주도하에 마해송, 조지훈, 최인욱, 박두진, 박목월, 이상로, 이한직, 곽하신, 유주현, 최정희, 방기환, 박훈산 등이 참가하였으며, 기관지 『창공』, 공군기관지 『공군순보』(후에 『코메트』로 개제) 등을 발간하였다. 이외에도 공군본부정훈감실에서 공군문고로 시집 『창궁』(1952), 소설집 『훈장』(1952), 수필류 『날개의 성지』(1954) 등을 발간하기도 하였다.

『전선문학』은 육군종군작가단의 기관지로 창간호(대건인쇄소, 1952.4.10)부터 종간호인 7호(1953.12.1)까지 대구시 계산동 2가 70번지인 육군본부 정훈감실 내 육군종군작가단이 발행하였다. 『전선문학』은 일반독자 대상의 영리 목적 잡지가 아니라 군인과 전시 문화인을 대상으로 한 잡지이다. 그러므로 군인들이 이 잡지를 읽고 승전의욕을 고취할 수 있어야 하는 것은 자명한 사실이다. 육군종군작가단은 "원래 시국에 호응한 문학운동과 위기에 봉착한 조국의 건국을 목적으로"[6] 1951년 5월 26일 결성되었다. 그 기관지인 『전선문학』은 "일선 장병의 사기를 헌앙(軒昂)케 하고 총후국민의 전의를 앙양(昂揚)케

5 국방부, 『정훈대계』 I, 청구출판사, 1956, B238쪽.
6 「작가단 결성과 사업」, 『전선문학』 창간호, 육군본부종군작가단, 1952.4, 39쪽.

하는 특수임무"[7]를 수행하기 위해 만들어진 것이다. 그렇다면 『전선문학』은 "이제 우리들이 가지고 싸우려는 '펜'은 그야말로 수류탄이며 야포며 화염방사기며 원자수소의 신무기가 되어야 할 것"[8]이라는 육군종군작가단장인 최독견(최상덕)의 말마따나 전쟁에 승리하기 위한 호국적 성격을 띤 군 기관지에 가깝다 할 것이다. 그러나 『전선문학』이 종군작가단의 기관지이자 전시문화인 전체에게 제공된 문학지의 성격을 가졌기에 편집자의 고민이 컸던 것으로 판단된다. 이상로의 「군잡지 편집자의 변」(『전선문학』 창간호)은 실무적 차원의 어려움 이외에 이러한 고민의 측면을 잘 보여주고 있다. 종군작가들에 의해 많은 작품이 생산되었지만 종군작가단 내에서도 줄곧 '형상성' 및 '예술성'의 문제가 제기되고, 전쟁소재가 곧 예술이 되는 "참호예술"[9]이 진정한 전쟁문학이 아님을 편집진들은 인식하고 있었다. 『전선문학』도 전쟁을 소재로 한 많은 시와 소설을 실었지만 이호우의 「깃발」(『전선문학』 창간호)이나 박영준의 「용초도 근해」(『전선문학』 7호)를 제외하고는 크게 문제작을 산출하지는 못하였다. 위기에 빠진 국가적 재난을 극복하기 위해 정신무장이 필요하고, 이러한 정신무장을 하기 위해서는 문학이 전쟁수행의 무기가 되어야 한다는 것이 『전선문학』 발간 주체들의 주된 시각이었다.

『전선문학』 2집

7 최독견, 「창간사」, 『전선문학』 창간호, 육군본부종군작가단, 1952.4, 9쪽.
8 최독견, 위의 글.
9 구상, 「종군작가단 2년」, 『전선문학』 5호, 육군종군작가단, 1953.5, 59쪽.

『남십자성』 또한 한국전쟁기 대구에서 발간된 상이용사 관련 잡지인데, 대한상이군인회 경북지부 신라문화사[10]에서 발행하였으며, 최광렬이 편집국장이다. 『남십자성』은 표지에 '십자성' 개제(改題)란 표지말이 있는 것으로 보아 이전에 나온 『십자성』을 이어 만든 것임을 알 수 있다. 『남십자성』의 판권지에 발간일자는 나타나 있지 않으나 「민족수난사상의 두 거성 가시다」란 지면이 오상순의 곡(哭)이란 시와 더불어 오세창 선생(1953년 4월 16일 서거)과 이시영 선생의 서거 이후 추도지면인 걸 고려하면, 발간일자가 이시영선생의 서거일인 1953년 4월 17일 이후인 것을 알 수 있다. 또 「김종환 대구시장과의 일문일답」에 의하면 아직 휴전 전임임을 알 수 있다. 그런데 최광렬이 쓴 「편집후기」에 "5월은 계절의 완충지대, 4월과 6월, 봄과 여름에 구속당한 달"[11]이란 어구를 참고하면 『남십자성』이 1953년 5월에 발간되었음이 확인된다. 『남십자성』은 대구의 서양화가인 강우문이 표지와 컷을 그렸으며, 여기에 실린 대부분의 내용은 국가를 위해 몸 바친 상이용사들의 숭고한 희생을 재인식하고 사회가 그들을 위해 배려하여야 한다는 것이다.

방기환의 소설 「임시」는 남편을 전장에 보내고 고생하다 '임시 결혼'이란 것을 하여 편안한 거처를 마련하게 된 정이가 겪는 정신적 갈등을 그리고

---

10 대한상이군인회 경북지부의 출판 및 공연 관계 활동에 대해서 다음과 같은 글을 참고할 수 있다. "비록 몸은 불구의 몸일지라도 정신마저 불구는 아닌 만큼 수양 향상, 동지애로서 친목 단결, 재기 봉공의 숭고한 이념을 살려 3대 슬로건을 걸고 뭉친 우리들의 단체 즉 사단법인 대한상이군인회이며 기 세포조직으로서 각 도 단위로는 도지부를 위시하여 시 군에까지 분회를 조직하여 유기적으로 동지회를 발휘하여 온 바 기 업적은 실로 기대(其大)한 바 있으며, 경북도지부가 창립 1주년을 맞이한 오늘날까지의 업무 실적을 소개하면 다음과 같다. 교양과로서 1. 교화신문기관지(주간) △ 재건타임스 36,000부, 2. 교화기관잡지 △ 십자성 12,000부, 3. 연중 상하반기 계몽사업 △ 당지(當地) 거행 지방순회 공연 13예회(藝回)" 박태춘, 「상군(傷軍) 동지의 생활이념」, 『남십자성』, 대한상이군인회 경북지부 신라문화사, 1953.5, 19~20쪽.

11 「편집후기」, 『남십자성』, 대한상이군인회경북지부 신라문화사, 1953.5, 52쪽.

있다. 정이는 남편이 전선에서 돌아왔을 때의 죄책감과 현재의 안일함 사이에서 갈등하다 차라리 남편이 돌아오지 말았으면 하는 심리까지 갖게 된다. 그러나 막상 남편이 전사했다는 소식을 듣고서는 남편을 위해서 무슨 일이든지 할 수 있다는 마음만 남게 되고 정이는 주저앉은 채 일어날 줄 모른다는 것이다. 이 소설은 전쟁이 빚어낸 재난 속에서 그래도 살아갈 수밖에 없는 여성의 생활 문제를 다루고 있다는 점에서 주목된다. 그러나 여주인공 정이의 심리적 갈등이 마지막에 남편 쪽을 선택하는 것은 전선의 후방에 있는 여인의 도리를 강조하기 위한 것이라 할 수 있다. 이러한 결말은 전선에서 싸우고 있는 병사나 상이용사에 대한 위무(慰撫)를 목적으로 발간된 『남십자성』이란 매체의 속성과도 부합되는 것이라 할 수 있다.

전시담론을 주도했던 대구 중심의 군 관련 출판매체들은 순수문학매체의 편집 및 구성담론에도 영향을 미쳤다고 할 수 있다. 『시문학』이 그 대표적 예라 할 수 있다. 『시문학』 1, 2집은 서울에서 발간되었지만 3집은 전시판으로 대구의 한국공론사에서 나왔다. 『시문학』은 박목월이 중심이 된 순수시 동인지였지만 『시문학』 전시판을 구성하면서 편집진은 기존의 순수시 담론에 전쟁의 숭고한 뜻을 담아내기 위한 편집전략을 구사하였다. 언어유기체론과 순수시를 지향하고자 했던 『시문학』이 '전시판'으로 이동하면서 곳곳에 전쟁의 흔적을 매체에 담아내게 된다.

한편 일제강점기 이상화, 이장희, 백기만으로 이어지던 시문학의 전통과 해방 직후 『죽순』지를 중심으로 형성되었던 대구지역 시단은 한국전쟁을 계기로 전시 시단의 중심에 자리잡게 된다. 아래는 한국전쟁기 대구에서 발간된 시집의 현황이다.

시집	저(편)자	출판사	출판년일
『전선시첩』 1	문총구국대	국방부 정훈국	1950.
『조국의 노래』	박병규, 박종우	청구출판사	1951.1.1.
『전선시첩』 2	이윤수	문총경북지대	1951.1.20.
『풍랑』	모윤숙	문성당	1951.4.30.
『시집 구상』	구상	청구출판사	1951.5.10.
『바다』	이효상	대건출판사	1951.6.1.
『상화와 고월』	백기만 편	청구출판사	1951.9.5.
『아름다운 생명』	이용상	시문학사	1951.10.15.
『호롱』	서창수	청구출판사	1951.10.27.
『신앙시조집』(프린트판)	박용묵	대구문화교회청년회	1952.3.
『미륵』	이설주	춘추사	1952.5.25.
『영(領)』	이종두	세문사	1952.7.7.
『낙화집』	김관식	창조사	1952.8.15.
『풀잎단장』	조지훈	창조사	1952.11.1.
『두고온 지표』	박양균	춘추사	1952.11.15.
『한국시집』(상)	이한직 편	대양출판사	1952.12.31.
『용사의 무덤』	김순기	동서문화사	1953.3.10.
『유수곡(流水曲)』	이설주	춘추사	1953.4.20.
『이등병』	김순기	동서문화사	1953.6.1.

구상(具常)의 「시단분포도(詩壇分布圖)」를 바탕으로 이 당시 대구지역에서 활동한 시인 및 시집 출판의 현황을 살펴보기로 한다.

> 대구에는 위선 삼가시인(三家詩人)들이 피난하고 있다. 산상의 열도(熱禱)에서 칠죄(七罪)의 연못으로 하강한 박두진의 광야의 예언자 같은 절규가 연호되고 있고 시의 관허(官許)된 서정을 고수하는 조지훈과 이마쥬의 농선(弄仙)에서 전환하려는 박목월, 이들의 예고되고 있는 시집들이 이 가을에 나오면 삼가시인들의 각자 시맥(詩脈)이 이제까지와는 달리 분별될 것이다.

이곳 담수어족(淡水魚族)들인 죽순(竹筍) 동인들 이효상, 이윤수, 김동사, 박양균 등이 전쟁시집 2권을 발간했다는 사실은 실로 특기할 일이며, 시집으론 이효상의 종교적이며 목가적인 『바다』와 독락(獨樂)의 시인 이설주의 제4시집 『미륵』이 작금년(昨今年)에 출간되었고 시조시인 이호우의 자유시는 여기(餘技)인지 전향(轉向)인지 두고 볼 일이다. 장만영의 동심적 애가(哀歌)는 종신 불변일 것이고 『애송시집』의 박귀송이 회생하여 시편들이 눈에 띠우는 것만도 반가우며 시형의 변모가 격심한 이상로와 묵묵하게 자기인식의 세계를 구축하고 있는 김윤성의 정진, 또 박훈산의 재출발이 기대되며, 「벽(壁)」으로 신입참(新入參)한 김종문은 통운(通韻)의 결여를 지적할 수 있고, 김요섭, 신동집, 이덕진, 최광렬 등의 작품의 왕성한 정력과 저돌적인 정신 등은 각박한 현실의 충격 앞에서 카오쓰를 자아낼 우려가 있어 각자 새로운 사급(篩笈)을 권해도 볼 것이나 한편 생각하면 이들이 치루고 있는 정신과 청춘의 홍역을 누가 막을 것이겠는가. 여기에서도 또 잊을 뻔한 유령같이 사라졌던 촉망의 신예 전봉건은 상이하사(傷痍下士)로 명예제대코 자기세계를 발굴 중이렸다.[12]

구상의 「시단분포도」는 한국전쟁기 대구지역에서 활동하고 있는 시인들의 모습을 잘 그려내 보이고 있다. 먼저 그는 한국전쟁 초기 청록파 시인인 박목월, 박두진, 조지훈이 대구에 거주하면서 대구시단을 주도하고 있음을 적시하고 있다. 이들이 주로 공군의 창공구락부에 참가하고 있음은 앞에서 서술한 바와 같다. 구상은 이 시기의 성과로 『죽순(竹筍)』 동인들인 이효상, 이윤수, 김동사, 박양균 등이 전쟁시집 2권을 발간하였음을 거론하고 있다. 구상이 말한 전쟁시집 2권이란 『전선시첩』 1, 2집을 말한 것이다. 『전선시첩』 3집은 '3집을 대구에서 내 놓게 되었다'는 국방부 정훈국장이었던 이선근의

12 구상, 「시단분포도」, 『시와 시론』 제1집, 전선문학사, 1952, 38쪽.

「서문」까지 받아놓고도 어떤 사유인지 발간되지 못하였다. 3집은 이후 육필 원고를 소중히 간직해 오던 편집인 이윤수에 의해 『전선시첩』(학문사, 1984)이 새로 발간되면서 빛을 보게 된다. 이윤수는 『전선시첩』을 재출간하면서 2집에서 "당시 종군에 참여하지 않고 쓴 작품을 제외"[13]하였는데, 이는 편집인인 이윤수가 『전선시첩』을 곧 종군시첩으로 인지하고 있었음을 의미한다. 결과적으로 종군에 참여하지 않았던 박양균(「시와 세-타」, 「초록빛 조국」)과 심재원(「봉익은 날다」)의 작품이 제외되었다.

『전선시첩』 1집은 뒷표지에 문총구국대 편집, 국방부 정훈국이란 표기 이외에는 어떠한 표시도 하지 않았다. 책 전체가 장정도 없이 갱지로 되어 있어 전쟁의 급박성을 잘 보여주고 있다. 『전선시첩』 1집의 정확한 발간날짜를 알 수 없지만 『전선시첩』 2집이 1951년 1월 20일임을 감안할 때 전쟁이 한창이던 1950년 가을쯤 발간되었을 것으로 추정된다. 『전선시첩』 1집의 필진은 서정주, 조지훈, 박목월, 구상, 김기완, 이효상, 이호우, 이윤수, 김윤성, 박화목 등인데, 이중 서정주를 제외하면 『죽순』의 중심인물이거나 피난 시인들이다. 그런데 『전선시첩』 2집에 오면 대구, 경북의 지역시인들로 완전 교체된다. 『전선시첩』 2집은 구성원으로만 볼 때 『죽순』의 전시판 형식이라고 불러도 될 정도였다. 편집인 또한 『죽순』의 실무를 맡았던 이윤수가 「편집후기」를 썼고, 판권란에 편집인으로 되어 있음은 이를 증명한다. 『전선시첩』 2집은 1집(국방부 정훈국)과 달리 발행인이 문총경북지대이며, 서문 또한 국방부 정훈국장인 이선근이 아닌 문총구국대 경북지대장인 이효상이 쓰고 있다. 1집이 서정주, 조지훈, 박목월, 구상 등이 가지고 있는 문학판 내에서의 상징 권력을 이용했다면, 2집은 『죽순』을 중심으로 한 대구지역 시인들(이효상, 이용상, 김사엽, 신동

13 이윤수 편, 『전선시첩』, 학문사, 1984, 276쪽.

집, 김진태, 박양균, 김동사, 이윤수, 최광렬, 나운경, 윤근필, 심재원)의 종군시첩이라 할 수 있다. 『전선시첩』에 실린 시들 중 1집의 「이기고 돌아오라」(조지훈), 「불떵이를 안고」(구상), 2집의 이윤수의 「북으로 가자」나 윤운강의 「서울아 나와 더부러 북으로 진격하자」와 같은 시들은 적군에 대한 적개심과 북진에 대한 강한 욕망을 내비치고 있다.

대구지역 시단의 중심에 이효상, 이설주, 이호우, 김요섭, 신동집 등이 포진하면서 시문학의 장은 더욱 활기를 띠게 된다. 구상이 「시단분포도」에서 '상이하사(傷痍下士)로 명예제대코 자기세계를 발굴'하고 있다고 언급한 전봉건의 경우 최광렬이 편집국장인 『남십자성』에 「전쟁체험자의 피의 절규 — 이등병에서 제대까지」를 싣고 있음이 확인된다. 한국전쟁 기간 대구에서 나온 위의 시집 중 전쟁을 직접적 제재로 삼고 있는 것은 『전선시첩』과 『풍랑』이다. 이중 『풍랑』은 모윤숙의 한국전쟁기 시집으로 '수난 편', '전쟁 편', '서정 편' 3부로 이루어져 있지만 이 시집의 중심은 수난 편과 전쟁 편으로 대부분 한국전쟁을 겪은 시인의 직접적 체험과 감정을 드러내는 데 치중되어 있다. "여기 대부분 모여진 나의 글들은 기술적으로 완성된 시라기보다 내가 직접 보고 당한 인간으로의 감정을 솔직히 기록한 수상감(隨想感)들"[14]이란 시인 자신의 발언을 보더라도 『풍랑』은 인공 치하 3개월 동안 느낀 시인의 적에 대한 노골적인 적개심과 국가주의 이념이 충일한 시집이다. "이 책을 삼가 조국을 위해 희생된 애국자와 국군 장병의 영전에 삼가 바치나이다"[15]란 헌사는 한국전쟁을 '풍랑'으로 인식하는 작가의 현실관을 잘 보여주고 있다.

한편 전쟁 수행의 중심지인 대구에서 발간된 각종 출판매체들이 반드시

14 모윤숙, 「서록(序錄)」, 『풍랑』, 문성당, 1951, 1쪽.
15 모윤숙, 『풍랑』, 문성당, 1951, 내제지 뒷면.

전쟁의 이념을 담고 있은 것만은 아니다. 전쟁을 소재로 한 작품 이외에도 다양한 책자들이 대구지역에서 발간되었는데, 시집을 제외한 문학 관련 출판 목록을 제시해 보면 다음과 같다.

소설 및 수필	저(편)자	출판사	출판년일
『중국유기』	백기만 편	청구출판사	1950.2.25.
『전공기 국군의 빛』		국방부 정훈국	1950.10.
『전시문학독본』	김송 편	계몽사	1951.3.20.
『렌의 애가』	모윤숙	문성당 서점	1951.3.30.
『장미의 계절』(3판)	정비석	문성당	1951.6.20.
『목근통신』	김소운	영웅출판사	1951.7.2.
『여학생문학독본』	박목월	영웅출판사	1951.8.5.
『복수』	방인근	문성당	1951.12.20.
『방랑의 가인』 상, 하	방인근	계몽사	1951.12.25.
『시대풍』	이목우	영남일보사출판국	1952.2.20.
『사랑의 이력』	최정희	계몽사	1952.2.25.
『걸작소설선집』	조상원 편	현암사	1952.8.1.
『여성전선』	정비석	한국출판사	1952.10.20.
『색지풍경』	정비석	한국출판사	1952.11.20.
『사변과 우리의 각오』	경상북도경찰국	경상북도경찰국공보실	1953.6.5.
『민주고발』	구상사회시평집	춘추사	1953.6.10.

『사변과 우리의 각오』는 문학과는 큰 관련이 없으나 전쟁에 처한 국민의 정신적 자세를 다루고 있다. 반면 『전공기 국국의 빛』은 '일선사병들의 혈투기'를 사병들에게 널리 알리기 위해 만든 정훈교재이다. 전선과 관련된 3편의 시와 2편의 콩트로 이루어져 있다. 백기만이 편한 『중국유기』는 독립운동가 이상정 장군의 중국표박기라는 점에서 주목된다. 방인근의 『복수』는 대중 독자를 대상으로 한 탐정소설이고, 최정희의 『사랑의 이력』은 김환기가

장정한 수필집으로 이중 「전진(戰塵) 속에서」와 「최근 수첩에서」란에 실린 수필은 피난기 대구에서의 생활과 단상을 엮은 것이다. 『사랑의 이력』은 계몽사의 김원대가 대구의 선광인쇄주식회사에서 인쇄한 것이다. 정비석의 『색지풍경』은 56편의 장편(掌篇)을 모은 장편소설집(掌篇小說集)으로, 1부는 애정을 주로 다룬 「여인초」, 2부는 전쟁을 대상으로 한 「전장점묘」로 되어 있다. 정비석 스스로 서문에서 "소설에서 주로 애정문제를 취급해 왔다"[16]고 언급하고 있는데, 한국전쟁은 육군 종군작가단의 일원이었던 정비석으로 하여금 20여 편의 전쟁 장편소설(掌篇小說)을 쓰게 만들었던 것이다. 이 『색지풍경』은 애정문제를 중심으로 연애담을 주로 쓰던 정비석이 종군작가단원으로서의 변모된 모습을 보여주는 작품집이라 할 수 있다.

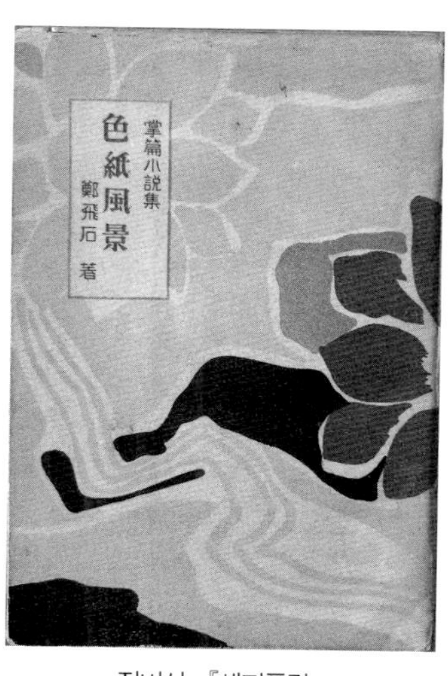

정비석, 『색지풍경』

독본(讀本)류로는 김송 편, 『전시문학독본』과 박목월 편, 『여학생문학독본』이 나왔다.

김송이 편한 『전시문학독본』은 시, 소설, 수필, 평론 등 전 장르에 걸친 전쟁문학의 성과를 모은 것이다. 여기에 실린 31명의 필자들은 전쟁기 대구에서 활동한 작가들도 있지만 아닌 작가도 있었다. 그만큼 독본이란 이름에 걸맞게 전쟁문학의 전 부문을 망라할 수 있는 작품집이라 할 수 있다. 이 독본이 한국전쟁 발발 9개월만에 성급히 만들어질 만큼 전시의 정신무장이

16 정비석, 「독자와의 사담(私談」, 『색지풍경』, 한국출판사, 1952, 9쪽.

긴박했음을 보여준다. “중등 이상 학도들의 교재에 빈곤을 받고 있는 이 시기에 이 책의 역할은 적지 않을 것으로 믿는다”[17]는 김송(金松)의 발언으로 미루어 볼 때, 『전시문학독본』은 사상전으로 치닫고 있는 한국전쟁 후반, 사상전 승리의 중요 학습 교재로 기획되었던 것이다.

박목월의 『여학생문학독본』은 여학생을 대상으로 “문학에 대한 흥미”와 “개안(開眼)”[18]을 목적으로 하되 학교에서의 ‘부독본(副讀本)’이나 ‘작문독본’의 교재로도 사용할 수 있게 한 책이다. 국내외 문학작품에서 여학생에게 도움이 될 만한 글을 가려 뽑은 이 선집은 1부에 R.M. 릴케, 앙드레 지드, 헤르만 헤세, 오귀스트 로댕, 쟝·콕토, W.B. 예이츠, 타고르 등의 외국문학 작품을, 2부에 김동인, 김동리, 김영랑, 김안서의 시와 소설을, 3부에 조지훈, 박두진, 김소운, 모윤숙 등의 수필을, 4부에는 어느 영국 공군 군인, R.M. 릴케, 파브르, 안데르센의 글을, 5, 6부에는 도스토예프스키, 세익스피어, 아나톨 프랑스, 오·헨리 등의 글을 수록하고 있다. 이 독본은 여학생들의 성장에 도움이 될 만한 문학작품을 고르되 특히 외국 번역 작품을 많이 소개하고 있는 것이 주목된다.

3. 한국전쟁 이후 출판매체와 문학공간의 진작

휴전(休戰)이 되면서 많은 문인들의 서울 귀환과 더불어 대구의 문학공간은 한국전쟁의 열기에서 차츰 벗어나게 된다. 그러나 전쟁이 휩쓸고 간 1950년대 후반의 대구지역 문단이 침체 일로에만 있었던 것은 아니다. 지속적으로

17 김송, 「후기」, 『전시문학독본』, 계몽사, 1951, 180쪽.
18 박목월, 「여묵기(餘墨記)」, 『여학생문학독본』, 재판, 1953, 132쪽.

발간된 여러 출판매체들은 전시담론 중심의 문학공간을 재편하고 새로운 문학담론을 탄생시켜 나갔던 것이다. 한국전쟁 직후 출간된 대구지역 문학 관련 출판매체를 통해 대구 지역 문학의 장이 어떻게 변모해 나갔는지 살펴보기로 한다. 휴전 이후 대구지역에서 발간된 시집의 목록을 제시해 보면 다음과 같다.

시집	저(편)자	출판사	출판년일
『오도(午禱)』	박두진	영웅출판사	1953.7.30.
『1953년 연간시집』	김용호, 이설주 공편	문성당	1954.1.5.
『현대시인선집』(하)	김용호, 이설주 공편	문성당	1954.2.5.
『현대시인선집』(상)	김용호, 이설주 공편	문성당	1954.3.1.
『인생』	이효상	대건출판사	1954.3.25.
『물오리』	이응창 편	문호사	1954.6.10.
『1954년 연간시집』	유치환, 이설주 공편	문성당	1954.6.20.
『규포시초(葵圃詩抄)』	황윤섭	동서문화사	1954.7.1.
『체중』	김요섭	문성당	1954.10.10.
『청마시집』	유치환	문성당	1954.10.10.
『순이의 가족』	이설주	문성당	1954.10.15.
『한국애정명시선』	김용호 편	문성당	1954.11.5.
『문』	홍성문	계몽사	1955.2.20.
『사랑』	이효상	양양출판사	1955.11.5.
경북학도시집 『보내는 가슴』	수천구락부 편	영남조판소	1956.6.3.
『초토의 시』	구상	청구출판사	1956.12.20.
『자화상들』	경북고등문예반		1957.12.10.
『애가』	윤혜승	동서문화사	1958.1.30.
『꽃과 철조망』	홍성문	동서문화사	1958.2.20.
『담향』	여영택	동서문화사	1958.10.9.
『날이 갈수록』	박훈산	철야당	1958.12.15.
『시림(詩林)』	경북고등문예반		1958.12.20.
『잃어버린 체온』	이민영	문호사	1959.4.15.

아래는 문학 부문에 영향을 미친 휴전 이후 대구지역에서 발간된 잡지 및 소설, 수필집 목록이다.

잡지, 소설, 동화, 수필	저(편)자	출판사	출판년일
『귀환』	선우휘	청구출판사	1954.2.20.
『인생춘추』	홍영의	동서문화사	1954.5.1.
『경대학보』 1집(교지)	경북대학교학도호국단	동광문화사	1954.12.21.
『예술집단』(잡지)	최해운	현대출판사	1955.7.5.
『들장미』	이문희	청구출판사	1955.12.24.
『경북애향』(잡지)	이근직	경상북도	1956.1.1.
『시와 비평』(잡지)	이영일	민족문화사	1956.2.1.
『문학계』(잡지)	백기만	영웅출판사	1958.3.5.
『춘근집』(수필집)	이영도	청구출판사	1958.11.25.
『달 뜨는 마을』(동화집)	대구아동문학회	문호사	1958.4.30.
『씨뿌리는 사람들 — 경북작고예술가평전』	백기만 편	사조사	1959.2.25.
『꽃과 언덕』(동화동시집)	대구아동문학회	문호사	1959.7.1.

1950년대 대구의 문학공간을 진작시킨 대표적 출판사는 청구출판사와 문성당이라 할 수 있다. 청구출판사는 1949년 이형우(李亨雨)가 설립[19]하였는데 한국전쟁 중에는 『조국의 노래』, 『시집 구상』, 『상화와 고월』, 『호롱』 등을, 한국전쟁 후에는 『귀환』, 『초토의 시』 등을 발간하였다. 청구출판사는 대구시 동성로 3가 12번지에 주소를 두면서 한국전쟁 중 이런 문학서적 말고도 군사서적을 다량으로 출판하였다. 『전선문학』 6호에 실린 청구출판사의 「군사서적 안내」 광고를 보면 78권이나 되는 군 관계 서적을 간행하였음이 확인된다.[20]

19 대구·경북인쇄조합45년사 편집위원회, 『대구·경북인쇄조합45년사 — 대구·경북 근대인쇄 100년』, 대구·경북인쇄정보산업협동조합, 2006, 109쪽.

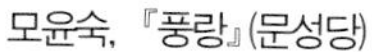

모윤숙, 『풍랑』(문성당)

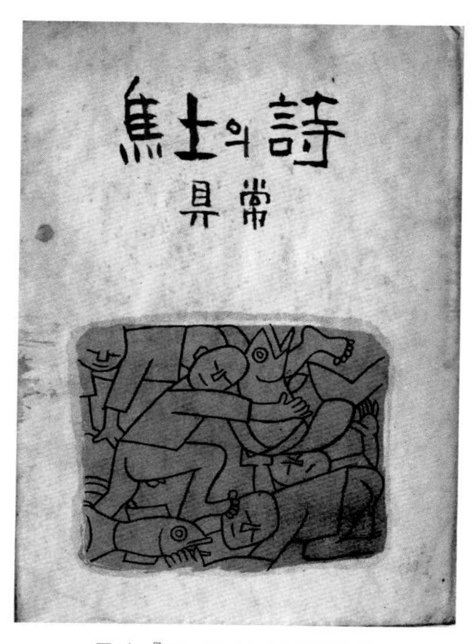

구상, 『초토의 시』(청구출판사)

문성당은 계몽사 회장 김원대의 회고에 의하면 “대구의 합진인쇄소가 사조사라는 출판사를 차렸고, 6·25 직전 문성당이란 서점을 내”[21]었다고 한다. 문성당은 계몽사와 더불어 시내의 큰 서점으로 출발했지만 많은 문학 관련 서적을 출판하였다. 1951년 4월 30일 발간된 모윤숙 시집 『풍랑』의 판권을 보면, 발행자는 주인용(朱仁龍)이고 대구시 용덕동 8번지에 그 주소를 두고 있었다. 인쇄소가 합진인쇄소인 것을 보면 김원대의 회고와 일치함을 알 수 있다. 문성당은 한국전쟁 직후인 1954년에 『1953년 연간시집』, 『1954년 연간시집』을 연이어 발행하고, 『현대시인선집』(상), (하)를 기획하여 한국시단의 성과와 현재의 모습을 정리하였다. 그런데 『현대시인선집』(상), (하)의 겉표지를 보면 ‘서울 문성당 발행’이란 표기가 있어 흥미롭다. 문성당이 실제 『현대

20 「군사서적안내」, 『전선문학』 6호, 1953, 101쪽.
21 「8·15 직후 대구 출판계② — 계몽사 편」, 이경훈, 『속·책은 만인의 것』, 보성사, 1993, 331쪽.

시인선집』을 서울에서 발행하였는지는 분명하지 않다. 『현대시인선집』 마지막 면에 '신간안내'란을 보면 『1953년 연간시집』(김용호, 이설주 편), 『현대시인선집』(상), (하), 『한국애정명시선』(김용호 편) 등 4권을 서울문성당에서 발행한 것으로 광고하고 있다. 그러나 출판의 전후 사정을 고려해 볼 때 서울문성당이란 표기는 전국적인 판매 부수를 확보하기 위한 상업적 전략에 지나지 않음을 알 수 있다. 『현대시인선집』의 경우 발행자는 주인용이고, 인쇄소 역시 합진인쇄소이다. 장정 또한 대구지역 서양화가 정점식에 맡긴 것을 보면 이 책을 기획하고 편집·인쇄하는 모든 일이 대구에서 이루어졌음이 확인된다. 『현대시인선집』 이후 문성당에서 발행된 유치환의 시집 『청마시집』(1954.10.10)과 김요섭 시집 『체중』(1954.10.10), 이설주 시집 『순이의 가족』(1954.10.15)을 보면 그 관계가 더욱 명확해진다. 이 세 책 모두 비슷한 시기에 발간되었는데, 발행처는 서울 문성당(『체중』), 문성당(『청마시집』, 『순이의 가족』)이라 되어 있지만 『청마시집』과 『순이의 가족』의 인쇄소는 대구시 용덕동 소재의 합진인쇄소이고, 『체중』의 인쇄소 또한 대구의 경북인쇄소이다. 이 세 책의 장정 역시 정점식 화백으로 동일하다. 정비석의 『장미의 계절』 3판의 경우도 표지에는 '서울 문성당'이란 표기가 있지만, 판권을 보면 발행자 주인용, 인쇄소 합진인쇄소, 발행소는 대구시 중앙로 문성당으로 되어 있다. 결국 서울 문성당이란 합진인쇄소의 주인용이 출판사를 서울에 하나 더 등록한 이름뿐인 출판사임을 알 수 있다. 이후 문성당은 기존에 나온 이설주의 시집을 『수난의 장』(1956.7.25), 『애무의 장』(1956.7.31), 『거화』(1957.7.31), 『방랑기』(1957.7.31) 등의 이름으로 재출판하기도 하였다. 백기만 편의 『씨뿌린 사람들』 역시 주인용의 사조사(思潮社)에서 펴낸 '경북작고예술가평전'이다.

『현대시인선집』 (상), (하)는 일제강점기에서 한국전쟁 시기까지의 한국현대시인과 작품들 중 대표적인 작가와 작품을 선택하여 수록한 것이다. 이러한 선집은 대표 작품을 선별하여 독자대중에게 내보인다는 점에서 현대시 정전 형성의 과정에서 중요한 역할을 한다고 할 수 있다. 시인선집은 일제강점기의 경우 『조선시인선집』(조선문학통신관, 1926), 『조선명작선집』(삼천리사, 1926), 『현대조선문학전집 시가집』(조선일보출판부 편, 1938), 『현대조선시인선집』(임화 편, 학예사, 1939), 『현대서정시선』(이하윤 편, 박문서관, 1939), 『신찬시인집』(시학사, 1940) 등이 있고, 해방기의 경우 『시집』(임학수 편, 한성도서주식회사, 1949), 『현대조선명시선』(서정주 편, 온문사, 1950) 등이 있다.[22] 한국전쟁 직후 김용호, 이설주가 편찬한 문성당의 『현대시인선집』(상), (하)는 분량 면에서나 시인 수에서나 이전의 시인선집에 비해 비교할 바가 아니다. 『현대시인선집』(상)은 해방 이전에 활약한 작가의 작품을, 『현대시인선집』(하)는 해방 이후 활약한 작가의 작품으로 구성되어 있다. 『현대시인선집』(상)권에 실린 시인이 100명이고 『현대시인선집』(하)권에 실린 시인이 71명이다.[23] 171명의

문성당 발간 시인선집들

22 이들 시인선집의 정전화 양상에 대해서는 심선옥, 「1920~30년대 근대시의 정전화 과정」(『상허학보』 21, 상허학회, 2007)과 「해방기 시의 정전화 양상 — 『시집』과 『현대조선명시선』을 중심으로」(『현대문학의 연구』 40, 한국문학연구학회, 2010); 박용찬, 「이육사 시의 정전화 과정과 특징 연구」(『어문학』 148, 한국어문학회, 2020.6) 참고.

23 『현대시인선집』(상)권 수록 작가는 김광균, 김광섭, 김기진, 김동명, 김동환, 김달진, 김대봉, 김명순, 김병호, 김상옥, 김상원, 김상용, 김소월, 김억, 김영랑, 김영진, 김오남, 김용제, 김용호, 김종한, 김진세, 김태오, 김현승, 김형원, 김해강, 권구현, 권환, 남궁벽, 나혜석, 노자영, 노천명, 모윤숙, 변영로, 백기만, 박귀송, 박기원, 박남수, 박노춘, 박두진, 박목월, 박승걸, 박영희, 박용철, 박재륜, 박종화, 서정주, 손풍산, 신석정, 신석초, 심훈, 양명문, 양운한, 양주동, 오상순, 오일도, 오천석, 유창선, 유치환, 유엽, 윤곤강, 윤영춘, 윤동주, 이하윤, 이호우, 임학수, 이가종, 이광수, 이발원, 이병기, 이병각, 이상화, 이설주, 이은상, 이육사, 이장희, 이한직, 이희승, 이해문, 이상, 이일, 장만영, 장서언, 장수철, 장정심, 전한촌, 정영수, 정희준, 조세림, 조지훈, 주수원, 주요한, 최남선, 피천득, 한용운, 한흑구, 함윤수, 함형수, 황석우,

시인과 그들의 대표작 중 평균 2편을 싣다 보니 방대한 분량(각권 504쪽)의 엔솔로지가 되었다. 문성당의 『현대시인선집』은 한국전쟁 이후 처음으로 만들어진 시인선집이다. 그러므로 한국전쟁 직후 남한에서의 현대시의 정전 선택 과정을 보여주고 있는 중요 자료라 할 수 있다. 시인선집의 경우 그 책을 기획하는 편찬자의 의도나 관점이 개입되기 마련이다. 『현대시인선집』의 경우에도 편찬자인 김용호나 이설주의 취향이나 이념이 일부 반영되어 있다. 김용호나 이설주가 해방기에 현실지향적인 시집을 출간[24]한 바 있는 시인임을 고려할 때 그들의 선집이 순수시와 애국시 위주의 정전으로만 구성되지 않을 것임은 자명한 일이었다. 이들은 『현대시인선집』에서 171명이나 되는 많은 인원 수를 동원하였는데, 이러한 편집 방향은 이 선집이 특정 경향의 시인이나 작품에 치중되지 않게 만들었다. 정부수립 이후 차츰 강화되던 반공주의 이데올로기는 한국전쟁을 겪으면서 문학텍스트의 선정 과정에서 더욱 강력한 영향력을 발휘하게 된다. 실제 한국전쟁 이후 남한에서 만들어지는 시선집에서 이러한 경향은 더욱 두드러지게 되는데 한국전쟁 직후 발간된 문성당의 『현대시인선집』은 "인수(人數)에 치중"[25]하는 편집 방침을 통해 정전 선택의 다양성을 확보하고자 하였던 것이다. 『현대시인선집』은 한국전쟁 이후 현대시 정전화 과정의 첫 산물이란 점에서 그 의의가 인정되며,

---

황순원, 홍사용 등이고, 『현대시인선집』(하)권의 수록 작가는 고원, 공중인, 구상, 김경린, 김규동, 김남조, 김도성, 김상화, 김수돈, 김수영, 김순기, 김세익, 김영삼, 김요섭, 김용팔, 김윤성, 김장호, 김종길, 김종문, 김차영, 김춘수, 김호, 노영란, 박거영, 박양균, 박양, 박인환, 박태진, 박화목, 박훈산, 박흡, 서정봉, 서정태, 설창수, 성기원, 손동인, 송욱, 신동집, 유근주, 이경순, 이덕성, 이덕진, 이동주, 이영순, 이봉래, 이상로, 이영도, 이용상, 이원섭, 이윤수, 이인석, 이정호, 이형기, 이효상, 장호강, 전봉건, 전봉래, 정문원, 정영태, 정운삼, 정진업, 정훈, 조병화, 조영암, 조향, 최두춘, 최인희, 최재형, 한승권, 홍윤숙, 유정 등이다.

24 김용호는 『해마다 피는 꽃』(시문학사, 1948), 이설주는 『들국화』(대구민고사, 1946), 『방랑기』(계몽사서점, 1948) 등을 펴낸 바 있다.

25 「서(序)」, 김용호, 이설주 공편, 『현대시인선집』 (상), 문성당, 1954, 2쪽.

이후 나오는 현대시선집들과는 다소 다른 편집 방침을 취함으로써 많은 시인들의 작품들을 이 책에 수록할 수 있었다.

대구시 북성로 1가 6에 주소를 둔 영웅출판사는 한병용(韓秉庸)이 사장으로 1951년 7월 2일 김소운의 『목근통신』을 펴내 크게 주목을 받았다. '일본에 보내는 편지'란 부제를 단 『목근통신』은 표지 조병덕, 비화(扉畵) 김환기 장정의 9×16.5㎝의 조그만 책자였다. 이 책은 원래 부산의 <대한신문>에 3월 21일부터 30일까지 10회에 걸쳐 연재되었던 것을 일부 증보하여 대구의 영웅출판사가 출간한 것이다. 영웅출판사는 대구시 북성로에 자리잡으면서 『목근통신』을 시작으로 박목월의 『여학생문학독본』(1951.8.5), 박두진의 『오도』(1953.7.30) 등 문학 관계 서적 출판에 앞장섰다. 『오도』의 경우 박두진의 「자서」에 의하면 4편을 제외한 19편의 시들 "전부가 이번 대구로 피난 와 있는 약 2년 동안에 쓴 것들"[26]이라고 한다. 이후 영웅출판사는 서울시 종로구 통의동으로 주소를 옮겨[27] 신동집의 『서정의 유형』(1954.10.10), 이호우의 『이호우시조집』(1955.6.20) 유치환의 『생명의 서』(1955.11.15 재판), 박목월의 『산도화』(1955.12.20 인쇄는 청구출판사), 박양균의 『빙하』(1956.12.15) 등을 발간하였다. 영웅출판사는 대구와 관련있는 작가의 작품집을 주로 내었는데, 장정 또한 대구출신의 정점식, 변종하, 강우문 화백이 주로 담당하였다. 광고에 의하면 박훈산의 『노정(路程)』을 간행한다고 했으나 실제 박훈산의 『노정』은 발간되지 않은 것으로 보이며,[28] 현대시집 이외에도 앙드레 지드 선집, 헤르만 헤세

26 박두진, 「자서」, 『오도』, 영웅출판사, 1953, 9쪽.

27 『1963년 한국출판연감』에 의하면 1963년경 서울의 출판사로 영웅출판사나 문성당이란 이름은 보이지 않는다. 한병용이 사장인 영웅출판사와 주인용이 사장인 사조사는 대구지역의 출판사로 등록되어 있다. 대한출판문화협회, 『1963 한국출판연감』, 대한출판문화협회, 1963, 834쪽.

28 박훈산은 그의 첫 시집 『날이 갈수록』을 영웅출판사가 아닌 1958년 12월 15일 철야당(대표 신삼수)에서 발간하였다.

선집 같은 번역문학에도 관여[29]하는 등 출판의 다각화를 꾀하면서 대구지역의 문학공간 진작에 큰 영향을 끼쳤다.

한솔 시집 『바다』

한편 대구카톨릭청년연합회가 대구교구와 합자하여 대구시 남산동 225번지에 세운 대건출판사는 한국전쟁 당시 공군인쇄소로 징발되기도 하였다. 그렇지만 대건출판사는 전선매체 이외에도 문총 경북지대의 『전선시첩』 2집(1951), 한솔 이효상의 2시집 『바다』(1951), 3시집 『인생』(1954) 등을 간행하기도 하였다. 이은상의 『조국강산』(1954)은 서울의 민족문화사에서 발행하였지만 대구시 칠성동에 있던 공군인쇄소에서 인쇄한 것이 이채롭다.

동서문화사는 『청조다이제스트』 1호의 뒷표지 앞면 광고에 의하면 대구시 봉산동에 자리잡고 있었으며 대표는 박근희(朴根熙)였다. 동서문화사는 한국전쟁기에 김순기의 시집 『용사의 무덤』과 『이등병』을, 한국전쟁 직후에 황윤섭의 『규포시초』, 윤혜승의 『애가』, 홍성문의 『꽃과 철조망』, 여영택의 『담향』, 홍영의의 『인생춘추』 등을 내었다. 양양(洋洋)출판사는 대구시 대봉동 305번지에 있었으며, 한솔 이효상의 4시집 『사랑』을 출간했다.

29 『문학계』(1958)의 표지 뒷면의 영웅출판사의 「양서안내」 광고 참고.

『예술집단』 창간호

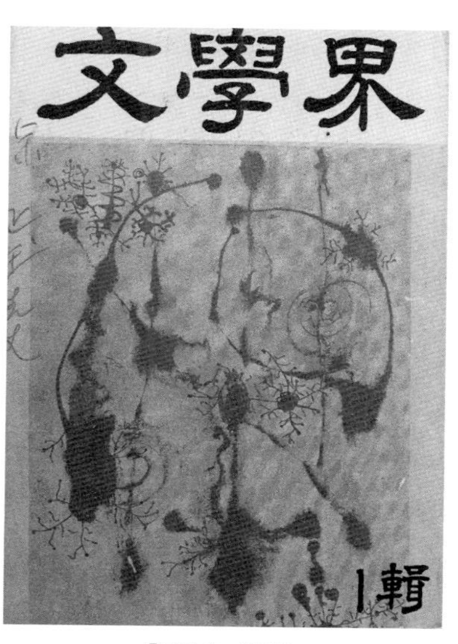

『문학계』 창간호

전쟁이 끝난 후 많은 문인들이 서울로 돌아간 자리에 대구지역의 문학적 전통을 이어가고 있는 것은 출판매체들이었다. 이러한 노력들은 잡지 발간으로 이어졌는데, 『예술집단』, 『시와비평』, 『문학계』 등으로 나타났다. 최해운이 기획한 『예술집단』(1955)은 문학, 미술, 음악, 연극, 영화 등 예술의 전 분야를 망라한 잡지를 표방하였으나, 창간호는 주로 문학을 주 특집으로 하고 있었다. 『예술집단』에 참여한 필진들을 보면 시 부문에 최남선, 이병기, 김관식, 신동집, 천상병, 김요섭, 김효성, 박재삼, 박지수, 김윤환, 홍성문, 한찬식, 이화진, 강경, 최해운 등이었고, 수필 평론은 유치환, 구상, 최태응, 박훈산, 홍영의, 이주홍, 이경순, 손동인, 최목랑, 소설 부문은 김자영, 이어령, 고월, 이규헌, 최고 등이었다. 이상의 참여 인물들을 보면 『예술집단』이 대구지역의 문인들을 주요 필진으로 동원하고 있긴 하였으나 대구 지역 이외의 필진도 널리 가담시켰음을 알 수 있다. 『예술집단』은 "전통파와 전위파의 상극대립하는 예술관을 지양하고 올바른 모더니즘을 발견함으로써 진정한 현대의 좌표를 확정하여 예술의 정통을 찾고 한발 더 나아가서는 세계예술과의 교류를 기하고저"[30]한다는 의욕을 내보이고 있으나 이 지역 대부분의 문인들이 참여한 관계로 뚜렷한 경향을 내보이지는 못하였다. 이중 이규헌의 소설 「포(泡)」는 백철에 의해 실존주의 문학 작품이란 상찬을 받으면서 문단의 주목을 받았다.

백기만이 편집인으로 되어 있는 『문학계』(1958)는 지역 잡지로서의 특색을 더욱 분명히 보여준다. "문학마저 중앙집권제로 쏠린다면 그러한 통폐를 지양하기 위하여 마땅히 지방은 지방대로의 새로운 개화가 있어야 할 것"[31]이라는 편집후기는 『문학계』의 지향을 잘 나타내 보여준다. 『문학계』는 편집인도 백기만이고, 편집후기란에 '경북문학협회행사 초'를 싣는 등 경북문학협회의 기관지라 할 수 있는 잡지이다. 백기만 중심의 경북문학협회는 유치환이 위원장이던 경북문화협회와 대립하면서 경북예술단체연합회와 경북문화단체총연합회의 대립으로 이어지기까지 하였다. 경북문화상을 둘러싼 백기만과 유치환의 이러한 갈등[32]에도 불구하고 『문학계』 창간사 바로 다음에 유치환의 「단장(斷章)」을 싣는 등 인간적 갈등까지 1950년대 대구·경북 지역의 문학매체는 감싸안고 있음을 보여주고 있다.

30 「편집후기」, 『예술집단』 창간 제1집, 현대출판사, 1955, 159쪽.
31 「편집후기」, 『문학계』, 영웅출판사, 1958, 205쪽.
32 윤장근, 『대구문단인물사』, 대구광역시립서부도서관, 2010, 60~65쪽 참고.

4. 딱지본과 대중 독물(讀物)의 유통

1950년대가 지나가면서 대구·경북 지역에 또 다른 출판의 경향이 나타났다. 상업적 유통을 목적으로 향민사(鄕民社)가 다량의 딱지본을 간행하거나 지역의 창성출판사, 문예사, 태동문화사 등 여러 출판사가 『반만년사가집』, 『가사집』, 『부모보은록』 같은 가사류 책들을 펴내기 시작하였다. 이들은 모두 구 독자를 대상으로 하고 있으며, 내용이나 형식 면에서 근대출판의 속성을 갖추었다 하기에는 미흡했다. 이들은 지금까지 이룩한 지역의 근대문학의 성취나 근대 인쇄문화의 발전을 반영하지는 못하였다.

1960년대에서 1970년대까지 대구의 지역 출판사였던 향민사(鄕民社)는 고소설 딱지본을 간행하여 대구를 넘어 서울까지 그 유통의 일익을 담당하였다. 일제강점기의 경우 지역에서는 재전당서포가 딱지본을 발행한 바 있으나, 이때까지만 하더라도 박문서관, 신구서림, 회동서관, 세창서관, 영창서관, 덕흥서림 등 서울의 출판사들에 비해 아직 변변치 못한 수준에 머무르고 있었다. 1950년대 초반만 하더라도 세창서관이 딱지본 시장을 거의 독점하다시피 하였다. 그런데 1960년대 접어들면서 차츰 쇠퇴해 가고 있던 딱지본 시장에 향민사가 뛰어들었다. 향민사는 1962년 9월 26일 등록되었으며, 대구시 향촌동 13번지에 자리잡고 있었다. 1970년대 들어 동인동 4가 220번지로 옮긴 바 있다. 대표는 박창서(朴彰緖)이다. 향민사는 대구·경북 지역의 장터에 팔리는 딱지본 고소설 내지 잡가류 책들을 보급하는 한편, 서울 등에 판매소를 두고 이들을 전국적으로 유통시키기도 했다. 향민사의 딱지본은 세창서관 등 이전에 나온 딱지본과 달리 띄어쓰기까지 한 연활자를 사용하여 구 독자들이 읽기 편하게 만들었다. 물론 표지는 박문서관, 세창서관 등의 딱지본과 같이 울긋불긋한 화려한 장정을 그대로 이어받았다.

향민사, 『박씨전』(1964)

향민사, 『숙영낭자전』(1964)

향민사, 『신구잡가』(1972)

향민사, 『수호지』(1966)

1962년에서 1978년까지 향민사는 구소설 독자를 겨냥한 딱지본 발간에 상당히 적극적이었는데, 현재 "41종 57회 발행"[33]된 것으로 확인된다. 향민사는 지역의 재전당서포가 해낸 딱지본 출판의 전통을 이어받아 쇠락해 가던 딱지본을 다시 부활, 유통시킨 공(功)을 남겼다. 향민사의 이러한 출판은 신교육을 통해 새로 탄생한 독자들이 아닌 구소설이나 가사류의 전근대적 문학을 찾고 있던 구 독자를 겨냥한 것이었다. 출판계의 틈새시장을 공략한 향민사의 이러한 전략은 나름의 성공을 거두었다. 앞선 시기처럼 경쟁이 치열하지 않는 1960년대 구식 출판 시장에서 향민사는 근대적인 생산, 소비, 유통의 통로를 이용함으로써 구 독자를 다시 독서시장으로 끌어들이는 역할을 하였다.

한편 구 독자들은 딱지본 고소설 이외에 가사류 문학을 선호하였다. 특히 필사본 내방가사의 전통을 갖고 있는 대구·경북 지역의 경우 가사류 문학에 대한 수요는 해방 이후에도 여전히 존재하고 있었다. 이러한 지점을 지역의 몇몇 출판사가 감당하였다.

해방 직후부터 1970년대까지 대구·경북 지역에서 『한양오백년가』가 지속적으로 발간된 사실을 먼저 주목할 수 있다. 『한양오백년가』는 1947년 성도사, 1950년 계몽사서점, 1954년 문성당, 1959년 대조사, 1978년 향민사에서 발간되었으며, 이후 『이조오백년사화』(석인본, 미상), 『한양가』(석인본, 1961), 『반만년시가집』(태동문화사, 1962), 『한국오천년영웅호걸집』(태동문화사, 1963), 『반만년 한국가사』(영덕 일광출판사, 1963), 『반만년사가집』(진문출판사, 1970) 등의 이름으로 지속적으로 간행되었다.[34] 표지는 향민사의 딱지본과 마찬가지로 울

33 박태일, 「대구지역과 딱지본 출판의 전통」, 『현대문학이론연구』 66, 현대문학이론학회, 2016, 177쪽.

34 박태일, 「경북·대구 지역의 대중가사 출판」, 『열린정신 인문학연구』 27, 원광대학교 인문학

긋불긋한 모습으로 장정되어 있다.

한편 1960년대 초반부터는 탈역사적, 개인적 인생사나 세상살이에서 겪는 여러 문제에 대한 회고와 자탄, 해결 방법을 담아내는 것이 중심인 대중가사집이 많이 발간되었다. 그 출판사와 제목을 보면 다음과 같다. 문예사에서 『사심가』(1962), 창성출판사에서 『가사집』(1962), 향민사에서 『천수경』(1962), 『천수경』(1971), 『천수경』(1977), 태동문화사에서 『흘러온 가사집』(1963), 『도덕록』(1965), 『호접몽』(1965), 『오작교눈물』(1965), 문광사에서 『애수곡』(1964), 『상사집』(1964), 『회상곡』(1965), 『낙화암의 홍상』(1966), 진문출판사의 『흘러온 가사집』(1965), 『부모 보은록』(1970), 『호접몽』(1970), 『도덕론』(1971), 『부모보은록』(1971), 『효행록』(1972) 등이 그것이다.[35]

『오작교눈물』이나 『호접몽』, 『낙화암의 홍상』, 『효행록』, 『부모보은록』 같은 책의 제목을 보면 설화나 소설류 책처럼 보인다. 그렇지만 여기에는 구독자들 사이 필사본 형식으로 널리 애독되던 '대중 가사'가 대부분 실려 있다. 예를 들어 보면 『부모보은록』에는 「심청효행가」, 「부모은중가」, 「열녀가」, 「회심곡」, 「우미인가」, 「백발가」, 「망부가」, 「선심가」, 「옥설가」 등 9편의 가사가 실려 있다. 같은 지역, 유사한 시기에 나온 향민사의 『신구잡가』(1972)와는 내용이 겹치지 않는다. 당시 이들 대중 가사집은 화려한 딱지본의 표지와 달리 흑백의 단순한 그림으로 꾸며져 있다. 이는 장정에 크게 신경 쓰지 않아도 시장에서 이 책을 사는 고정된 독자가 있었음을 말해준다. 이러한 책자들은 지역 소매서점과 장터를 떠돌았던 책장수를 통해 대구·경북 지역을 넘어 다른 지역 곳곳으로 퍼져 나갔다.

연구소, 2016.12, 267~268쪽 참고.

35 박태일, 위의 논문 268~272쪽 참고하고 일부 보완하였음.

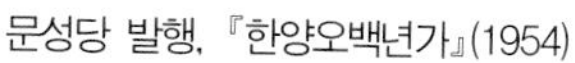
문성당 발행, 『한양오백년가』(1954)

진문출판사, 『부모보은록』(1970)

딱지본이나 대중가사류 책들이 한국전쟁 이후에도 대구, 경북 지역에서 집중적으로 생산, 유통되었다는 사실은 지역의 독자층이 이원적으로 구성되어 있었음을 말해준다. 물론 대부분의 독자들은 학교에서 신식 교육을 받은 세대라 근·현대 문학 중심의 지역 문학 장에 포진되어 있었다. 그럼에도 대구·경북 지역이 다른 지역과 달리 딱지본이나 대중가사류 출판물이 생산, 소비되고, 심지어 다른 지역의 구 독자층까지 포섭하였다는 것은 이 지역의 출판 전통이 중층적으로 이루어져 있음을 보여준다.

5. 맺음말

1950년대에 접어들면서 대구의 문학공간은 내적, 외적 변화를 겪게 되는데, 그 계기는 한국전쟁이다. 한국전쟁기 대구의 문학 장은 피난문단과 지역문단이 뒤섞이면서 외연이 크게 넓어졌지만 지역문학의 정체성을 잃지 않았다. 한국전쟁 초기 육군본부와 공군본부가 대구에 자리 잡으면서 군과 관련된 각종 문학매체가 생산되었다. 이러한 출판매체들은 전후방 군인들이나 지식인 독자를 대상으로 국가주의 담론을 기획하고 유포하는 역할을 하였다. 한국전쟁기의 중요 문학매체였던 『전선문학』, 『전선시첩』, 『전시문학독본』, 『창공』 등이 모두 이 시기에 발간되었다. 대구는 한국전쟁이란 특수 국면 속에서 전시담론을 주도해 나갔지만 일시적으로 체재(滯在)하는 '피난문단'의 수준에 머무르지는 않았다. 『한국공론』, 『시문학』, 『전선시첩』 같은 일부 문학매체는 구성담론의 변화나 참가구성원의 변동을 통해 지역문학의 특색을 살리고자 하였다. 특히 『전선시첩』은 대구·경북 지역 문인들 중심으로 필진을 구성함으로써, 대구지역 문인들의 역학이 전시 문단 내부에서 상대적으로 중시되고 있음을 보여주었다. 한국전쟁기 대구는 육군본부, 공군본부 등이 자리 잡으면서 각종 전시매체를 탄생시켰다. 이는 대구가 전시담론을 만들어 내고 주도하는 근거지였음을 확인시켜 주는 동시에 '피란문단'과 지역문단이 뒤섞이면서 중앙문단에 걸맞은 역할을 수행하던 장소임을 보여준다.

휴전이 되면서 대구의 신생 출판사와 그들이 산출한 문학매체는 대구지역의 문학 장(場)을 동력화시키는 데 큰 역할을 하였다. 한국전쟁을 전후하여 출판사업에 뛰어들었던 대구의 출판사들은 전쟁 직후 시집과 각종 문학매체들을 많이 생산하였다. 이들 매체들은 전시담론 중심의 문학공간을 재편하는 한편, 새로운 문학담론을 생산하는 전초기지의 역할을 하였다. 청구출판사, 문성당, 영웅출판사, 동서문화사 등의 역할이 컸다.

대구지역 시문학의 전통과 이 지역에서 성장한 출판사의 결합은 1950년대 대구지역 문학 장 형성의 중요 요인이었다. 한국전쟁을 전후하여 대구지역에서 발간된 출판매체는 이 지역의 문학공간을 진작시키는 중요 매개체였을 뿐 아니라 1950년대 문학의 정체성을 구축해 나가는 데 큰 역할을 하였다. 또한 1960년대, 1970년대까지도 대구·경북 지역이 다른 지역과 달리 딱지본이나 대중가사류 출판물을 널리 생산, 유통시켰다는 사실은 특기할 만하다. 이는 이 지역 출판문화의 전통이 예사롭지 않음을 말해준다.

| 제3장 |

전후(戰後)의 아동문학매체와 대구아동문학회

1. 전후 아동문학 매체의 전사(前史)

전후(戰後) 대구·경북 지역에서 많은 아동문학매체들이 발간되었는데, 그 연원을 1920~30년대, 해방 직후, 한국전쟁기에 발간된 지역의 아동문학매체에서 찾아볼 수 있다. 일제강점기부터 1970년대까지, 대구·경북은 서울 다음으로 많은 아동문학매체를 생산한 지역이다. 일제강점기의 경우 윤복진, 김성도, 박영종, 이응창, 신고송 등이 아동문학 활동을 하면서 신문, 잡지 등에 작품을 발표하거나 등사판 매체를 발간하는 성과를 보여주었다. 해방기에는 윤복진, 김성도, 박영종, 이응창, 김진태, 김요섭, 박은종, 김홍섭, 윤혜승, 황윤섭, 이호우, 이효상 등의 많은 작가들이 아동문학 관련 활동을 했다. 해방 직후 조선아동회가 아동문학의 중심 역할을 하며 기관지 『아동』을, '아동교육'에 중점을 두고 있던 최해태가 『새싹』을 주재했다. 이들 매체 발간의 실무는 주로 김진태, 김홍섭 등이 맡았다. 조선아동회, 『아동』, 『새싹』 등은 해방 직후 대구지역을 아동문학 중심의 도시로 만드는 데 기여했다.

한편 한국전쟁기에 발간된 대표적 아동청소년 문학매체는 『새벗』, 『소년세계』, 『학원』 등이다. 『새벗』(1952.1)이 부산에서, 『소년세계』(1952.7)와 『학원』(1952.11)은 대구에서 창간되었다. 대구지역에 본사를 둔 출판사 문성당(대표, 주인용)은 『학생계』를 발간하기도 했다.[1] 『새벗』이 대한기독교서회의 후원으로 만들어진 데 비해, 『소년세계』와 『학원』은 오창근과 김익달이 만든 잡지이다.

『소년세계』는 대구에 피란 와서 대한단식인쇄주식회사와 고려서적주식회사를 경영하던 오창근이 만든 아동잡지이다. 『소년세계』는 편집 겸 발행인이 오창근이고, 발행소(고려서적주식회사)와 인쇄소(대한단식인쇄주식회사)가 모두 대구시 북성로 1가 35번지에 자리하고 있었다. 『소년세계』의 편집인은 오창근, 김원룡, 이원수, 최계락, 정영희 등이었고, 편집고문은 김소운이었다. 발행인 오창근의 교육열[2]과 이원수를 비롯한 편집인의 문학적 열정이 합해져 『소년세계』가 나왔다고 할 수 있다. 아래의 글을 보면 이원수가 대부분의 실무를 담당한 것으로 보인다.

> 맨손에 붓 한자루를 들고 일을 시작했습니다. 서울서와 달라 글 쓰시는 분들이 각처에 흩어져 있고 게다가 책을 읽을 어린이들은 전쟁통에 모두

---

1 『학원』 지의 편집장이었던 최덕교는 『학생계』의 등장에 대해서 이렇게 설명하고 있다. "1954년 『학원』 4월호는 경쟁자로 나타난 『학생계와 한판 겨루게 되었다. 대구 문성당(文星堂, 대표 주인용)이 발행한 『학생계』는 4월호를 창간호로 3월 20일께 『학원』과 동시에 발매되었는데, 필자는 누구보다도 먼저 이 잡지를 사다 놓고 펼쳐보았다. 그 내용이 『학원』과 너무 닮은 꼴이었음에 자못 놀랐다.……『학원』 4월호는 6만부를 발행했는데, 창간 『학생계』는 3만부를 찍었다는 소문이었다." 최덕교, 『한국잡지백년』 3, 현암사, 2004, 524~525쪽.

2 "책상도 없는 교실에서 공부를 하고, 책도 없이 글을 배우고……이러한 여러분에게 즐겨 읽을 책을 드리고 싶고, 지식과 함께 바른 길을 가르쳐 줄 마음의 길잡이가 되어 줄 수 있는, 좋은 글을 읽게 해 드리고 싶은 마음— 이것이 나의 간절한 욕심입니다. 독서에 주린 우리나라의 어린이들! 부서진 지붕 아래서라도 부지런히 책을 읽고, 아무리 큰 고통을 당하더라도 옳은 길만을 걸어가십시오. 여러분의 앞날은 반드시 빛날 것입니다." 오창근, 「간절히 바라는 것」, 『소년세계』 창간호, 1952.7, 14쪽.

> 책을 사 볼 힘이 전보다도 더 적어진 것을 알면서 곤란한 일을 시작한 것이었습니다. 갖은 짓을 다 해서 돈벌기에만 눈이 뒤집히는 세상에서 싼 값의 좋은 잡지를 만들어 내겠다는 계획은 밑지는 계획이요. 약바른 이들의 비웃음까지도 받는 짓입니다. 그것을 잘 알면서도 독서에 주린 우리나라 소년소녀를 위하여 이 일을 시작한 오창근 선생의 뜻에 우리는 감복하고 그러므로 해서 우리도 온 정성을 다 바쳐 일을 할 수 있었습니다. 이 책에 글을 쓰신 분들 역시 어린 여러분을 위하는 애정에서 정성 들여 붓을 들으셨습니다. 수십 년 글을 써 오신 분들이 원고를 주신 뒤에도 두 번 세 번 다시 찾아와서 몇 마디 몇 글자를 고쳐주시는 분, 한 장의 그림을 몇 번이나 다시 그려 맘에 드신 후에야 써라고 하신 분, 모두 여러분을 위하는 사랑의 마음에서입니다. 갑자기 시작한 일이라 모든 일에 서투른 곳이 많습니다. 2호에는 더 훌륭한 잡지를 만들어 드리겠습니다.[3]

위의 글을 통해 전쟁의 와중에서 『소년세계』를 만드는 편집진의 고민과 참가 필진들의 아동문학에 대한 애정을 엿볼 수 있다. 아동문학가 이원수가 「편집을 마치고」란 글을 쓰고 있는데, 이후에도 계속 이 고정란의 필자인 것이 확인된다. 이원수는 학생들 투고작품란인 「우리들의 작품」란에 「동시선평」란을 두어 학생 투고 작품을 선하고 평하는 등, 『소년세계』를 실질적으로 이끌어 간 편집 담당자였다. 『소년세계』 창간호에는 전쟁의 흔적들이 곳곳에 배치되어 있다. 기획물인 「피난학교를 찾아서 — 서울 피난 대구남부초등학교」 외에 어효선의 「피난 간 아동들에게」나 마해송의 「싸우는 우리 공군」, 학생 투고작품인 「피난」, 전쟁으로 흩어진 동무를 찾는 「동무소식 알기」란 등은 아동들에게 닥친 전쟁의 모습을 잘 보여주고 있다. 주인공을 전쟁고

---

3 이원수, 「편집을 마치고」, 『소년세계』 창간호, 1952.7, 50쪽.

아로 설정하는 등 이 잡지에 실린 아동소설은 동시(童詩)에 비해 전쟁의 상처를 담은 작품이 많았다. 그런데 『소년세계』 1953년 3월호에 오면 차례에서 전쟁의 흔적을 담고 있는 내용을 찾기가 어렵다. 시, 사진소설, 소설, 동화, 연재만화, 사진만화, 모험소설 등 다양한 지면을 배치하여 아동의 흥미를 돋구는 잡지로 전환되었다. 필진을 보면 조지훈, 어효선, 김팔봉, 장수철, 김영수, 박두진, 장덕조, 김용환, 김성환, 장만영, 이종기, 정민, 이주홍, 이무영 등이다. 몇몇을 제외하면 주로 기존의 성인 작가들이 아동용 작품을 쓰고 있음을 확인할 수 있다.

『소년세계』 창간호

『소년세계』 1953년 3월호

『소년세계』는 호수를 거듭해 갈수록 국내 작가의 창작물뿐만 아니라, 외국의 명작 등을 소개하는 데 많은 지면을 할애하였는데, 나중에는 "국내외 명작을 총망라한 문예잡지로서의 면목"[4]을 갖추었다고 할 수 있다. 『소년세계』가 대구를 떠나 서울 을지로 5가 77번지의 고려서적주식회사에서 발행을 시작한 것이 1954년 1월호부터이다. 1년 반 동안 피난지 대구에서 『소년세계』가 발행되었던 셈이다. 문제는 해방 직후 『새싹』, 『아동』 등을 통해 성장한 대구·경북 지역의 아동문학 역량을 『소년세계』가 고스란히 수용해 내었느냐 하는 점이다. 『소년세계』는 대구에서 발간되고 있었지만 필진은 대구의 아동문학 작가는 소수이고 서울이나 다른 지역의 작가가 더 많이 동원되었다. 그래서 "이원수로 대표되는 상징자산이 피난지 대구에서 중앙문단의 영향력을 그대로 행사"한 결과 "오히려 중앙문단의 영향력이 대구 아동문단을 소외시"[5]켰다는 지적도 나온다. 그러나 명망 있는 작가를 필진으로 한 월간 『소년세계』의 지속적 발간은 지역의 아동문학 공간을 자극하고 새로운 성장의 토대를 마련하는 계기가 되었음은 틀림없는 사실이다.

『학원』 창간호

『학원』 2호

4 이재철, 『한국현대아동문학사』, 일지사, 1978, 462쪽.

5 김종헌, 「1960년 前後 대구지역 아동문학 연구」, 『아동청소년문학연구』 16, 2015.6, 201~202쪽.

『학원』은 '교양'과 '취미'를 내세운 '중학생 종합잡지'로 출발하였다. 대구시 삼덕동 29번지에 임시 본사를 둔 대양출판사에서 1952년 11월 창간호를 발간하였다. 편집 겸 발행인은 김익달이다. 처음에는 표지에 '중학생 종합잡지'라고 하였다. 그러나 이후 연재물, 만화, 기자들의 탐방기사, 학생문예란 등의 비중을 높이면서 중고등학생 종합잡지로 그 영역을 넓혀 나갔다.

창간호부터 정비석의 연재소설 「홍길동전」(백낙종 삽화)과 김용환의 연재만화 「코주부삼국지」가 독자들의 눈길을 끌었다. 『학원』 1권 2호(1952.12)의 목차를 보면 연재소설 「홍길동전」(정비석)과 연재만화 「코주부 삼국지」(김용환) 외에 세계명작 「노오돌담의 꼽추」(김광주 옮김), 「학습취미강좌」, 「X마쓰 특집」 외에 시(유치환의 「설일」, R.M.릴케의 「소녀의 노래」), 단편소설(최인욱, 「경기 전에 생긴 일」)까지 배치하여 중학생 독자들의 흥미를 돋우고자 하였다. 특히 주목할 만한 것은 창간호부터 내세운 아래와 같은 「독자문예모집」란이었다.

【종류】 산문(콩트, 수필, 일기, 편지, 기행)
시(현대시, 시조, 동시, 동요, 산문시)
【기한】 매달 1일까지
【발표】 우수작과 입상작은 그 작품을 지상에 발표하고, 가작은 소속교명과 이름만을 발표함
【사례】 a. 우수작 『학원』지 6개월분 증정
b. 입선작 『학원』지 2개월분 증정
【선자】 산문 - 정비석 선생
시 - 조지훈 선생
주의 •원고는 일체 반환하지 않음.
• 소속 학교명과 학년을 꼭 쓸 것.
• 보내는 데는 대구시 삼덕동 29 대양출판사 「학원」 편집부로[6]

『학원』의 「독자문예」란은 사고(社告) 이후 2호에 처음 실렸는데 산문부와 시부에서 전국적인 학생들의 투고가 있었으며, 정비석, 조지훈의 「선자의 말」과 더불어 산문 입선 2편, 시 입선 3편을 실었고, 가작 부문에 산문 4편, 시 7편을 선정하였다. 『학원』은 창간 1주년 기념호인 1953년 11월호까지 대구에서 발간하고, 1953년 12월호(2권 12호)부터는 서울특별시 중구 양동 87번지의 대양출판사에서 발행하였다. 1954년 1월호에 제1회 학원문학상을 발표하면서 소위 '학원문단'시대의 서장을 열게 된다. 1954년 4월호 특별부록으로 나온 『한국소년시집』 제1집은 『학원』에 투고되는 시를 조지훈이 가려 뽑은 시선집이다. 나중 시인이 된 이제하, 유경환, 황동규, 김구용, 마종기 등의 이름이 보인다. 이처럼 『학원』의 독자문예란은 '학원문학상' 같은 현상공모를 통해 전국 중고등학생들의 문예열의 창구로 기능하였다. '학원문학상'은 청소년 독자들의 문학에 대한 관심을 제고시켰으며, 문단이란 제도에 청소년 독자들이 진입할 수 있는 통로가 되었다.

『한국소년시집』 제1집

한국전쟁 중 대구 지역에서 발간된 『소년세계』(1952.7)와 『학원』(1952.11) 같은 아동문학 매체들은 아동이나 학생 계층에 많은 영향을 미쳐 지역의 학교마다 문예활동이 활발하게 일어나게 하였다. 해방 직후 조선아동회나 『새싹』, 『아동』 같은 매체를 중심으로 활기를 띠기 시작한 대구 아동문학이 한국전

---

6 「독자문예모집」, 『학원』 1권 2호, 대양출판사, 1952.12, 110쪽.

쟁기 『소년세계』와 『학원』 같은 피난지 아동문학매체를 만나면서 한 단계 더 성장할 수 있는 계기가 되었다고 할 수 있다.

2. 대구아동문학회의 결성과 매체의 발간

휴전(休戰)이 되면서 임시로 피난 와 있던 서울의 출판사, 작가들이 떠난 자리에 지역의 문학 장은 새로운 국면을 맞게 되었다. 1957년경 지역문단의 상황을 『1957년판 경북종합년감』은 다음과 같이 전하고 있다.

> 위에는 50대에서부터 아래는 20대에 이르기까지 향토 대구의 문단은 지방치고는 전국에서 제일 번성한 편이다. 50대의 유일한 시인 백기만씨는 상화고월(尙火古月)과 때를 같이한 분으로 현재는 현역진에서 물러선 감이 있으나 50대의 유일한 노장(老將)이며 현재 영남일보의 논설위원으로 언론계에서 건필(健筆)을 잡고 있다. 그런데 대구의 문단은 뭐라고 해도 40대 써-클이 가장 강력진(强力陣)이다. 수적으로도 10여씨(十餘氏)를 들 수 있다. 원화여고의 교장이며 대구아동문학가협회의 회장인 시인 이응창(李應昌)씨, 그리고 일찍이 영남의 동맥 '낙동강'을 노래 불러 지극히 과묵한 우리 시조단(時調壇)에 독좌(獨坐)한 이호우(李鎬雨)씨도 대구매일신문사의 편집국장으로서 언론계에 봉사하고 있으며, 6·25동란과 더불어 두각을 나타낸 이설주(李雪舟)는 시집 『애무의 장(章)』을 발간하였고, 지금은 시단에서 물러섰지만 박귀송(朴貴松)씨도 영남일보 편집국장으로 언론계에 활약하고 있다. <대구매일신문>에 『애정백서』(장편소설)를 연재하였던 홍영의(洪永義)씨, 시지(詩誌)『죽순』의 주인공 이윤수(李潤洙)씨, 동화작가 김성도(金聖道)씨, 신문소설가 최영하(崔泳夏), 중견시인 박훈산(朴薰山)씨, 평론가 박정봉(朴靜峰)씨 모두가

> 대구의 일간신문에 건필을 보여 주고 있다. 다음은 30대 ― 순수한 향토 출신의 유일한 신문소설가 이정수(李禎樹)씨는 <대구일보>에 『밀항자』와 『유부녀』를 집필하였으며, 신동집(申瞳集), 박양균(朴暘均) 양씨도 좋은 글들을 신문 지상에 보내 주었다. 그리고 영시(英詩) 김종길(金宗吉)씨, 전쟁시인 김효성(金曉星)씨, 주로 평론에 붓을 들고 있는 최광렬(崔光烈)씨, 그리고 <대구일보>의 류기영(柳騎榮)씨, <대구매일신문>의 이근우(李根雨)씨, <영남일보>의 남욱(南旭)씨 제씨들이 각 문화부를 맡아 꾸준한 활동을 보여주고 있다. 그 다음 20대를 훑어보면 좀 외롭다. 허만하(許萬夏), 김윤환(金潤煥), 이규헌(李圭憲) 제씨들이 젊은 세대를 리-드하고 있다.[7]

위의 글은 1950년대 후반 대구의 문단상황과 작가들의 동향을 전하고 있다. 이중 아동문학 작가인 이응창과 김성도가 제 문학가들 사이에 어깨를 겨루고 있음이 눈에 띤다. 이응창은 원화여고의 교장이며 대구아동문학가협회의 회장으로 호명되고 있다. 대구아동문학가협회는 곧 같은 해 대구아동문학회로 이름이 바뀐다. 대구아동문학회는 1957년 3월 3일 이응창이 교장으로 있는 대구원화여자고등학교에서 창립되었다. 해방 직후 조선아동회(1945.12.30 결성)를 통해 지역의 아동문학 공간을 진작시킨 바 있던 대구 지역의 아동문학가들이 다시 결집한 것이 대구아동문학회다.

이응창이 회장으로, 김성도, 김진태, 서월파, 정휘창, 이민영, 윤혜승, 여영택, 윤운강, 박인술, 신송민, 서광민 등이 창립 멤버였다. 이중 이응창, 김성도, 김진태 등은 해방기 조선아동회의 중심 인물이었다. 창주 이응창을 중심으로 한 대구아동문학회는 1958년부터 회원작품집으로, 제1호 동화집 『달 뜨는 마을』(문호사, 1958.4.30), 제2호 동화동시집 『꽃과 언덕』(문호사, 1959.7.1), 제3호

---

7 『1957년판 경북종합년감』, 대구일보사, 1957, 265~266쪽.

동시동화집 『오손도손』(문예사, 1966.6.1), 제4호 이응창 선생 회갑기념 작품집 『나무는 자라서』(일심사, 1967.7.1) 등을 발간하면서 지역의 아동문학 공간을 확장시켜 나갔다. 1호 작품집 『달 뜨는 마을』은 동화집으로 권오원, 김성도, 김진태, 서광민, 여영택, 윤운강, 윤혜승, 이숙의, 정휘창, 신환용 등이 참여하였다. 회장인 이응창이 1958년 3월에 "진실로 동심을 북돋우고 아이들의 마음의 양심이 되고저 성의와 정성을 다하"[8]였다는 「머리말」을 썼다. 대구아동문학회를 결성한지 1년만에 동화집으로 그 결과물을 내놓은 셈이다. 2호 『꽃과 언덕』은 동화동시집이다.

동화집 『달뜨는 마을』

동화동시집 『꽃과 언덕』

> 이제 제2작품집 『꽃과 언덕』을 꾸몄으나 약속한 대로 알차고 버젓하지 못하여 부끄럽다. 그러나 1집보다 조금이라도 큰 모습이 있다면 다행이겠다.

8 이응창, 「머리말 –동화집을 내면서」, 『달 뜨는 마을』, 문호사, 1958, 5쪽.

> 이번 2집은 동시도 끼웠다. 회원이 처음 때보다 좀 불은 셈이다. 지금은 비록 초라할지 모르나 우리는 더 나을 내일을 바라보고 나간다. 어디까지의 목표도 정거장도 있을 수 없다. 한없는 전진, 이것만이 우리의 발걸음이고 우리의 앞길인 것을 우리는 확실히 안다[9]

『꽃과 언덕』에 실린 김진태의 글이다. 대구아동문학회의 작품집 2호부터는 1호 『달 뜨는 마을』과 달리 동화 외에 동시도 같이 수록했음을 말하고 있다. 김진태가 이 글에서 "대구아동문학회는 2월에 결성되었다"고 하였는데, 이는 대구아동문학회를 결성하기 위해 3월 3일 이전에 회원들이 미리 모인 날을 이야기한 것으로 보인다. 갈수록 회원들이 증가하고 발전하는 모습은 1960년대 접어들면서 발간되는 대구아동문학회 관련 아동문학매체를 보면 알 수 있다. 3호 작품집 『오손도손』(1966)은 나오기까지 시간이 걸리기는 하였으나, 1부는 동시와 동요 21명[10] 49편, 2부는 7명(김선주, 김성도, 김진태, 김한규, 신송민, 여영택, 정휘창) 9편의 동화를 수록하는 성과를 보여주고 있다. 4호 『나무는 자라서』는 이응창선생 회갑기념 작품집으로 이응창, 권용철, 김동극, 김무일, 김선주, 김성도, 김진태, 김한규, 김한룡, 박용열, 박인술, 박풍자, 서정륭, 신송민, 신현득, 여영택, 유여촌, 유상덕, 윤운강, 윤혜승, 이대연, 이상룡, 이천규, 임익수, 전정남, 정완영, 정재호, 정진채, 정휘창, 채위식, 허동인, 이재철 등이 동시, 동화, 평론 등을 싣고 있다. 이 작품집에 대구·경북의 아동문학가가 대부분 참여함으로써 대구아동문학회가 지역 아동문학의 중심에 서 있음을 보여준다. 김진태의 『동시감상』(태동문화사, 1962), 김성도

9 김진태, 「책 끝에」, 『꽃과 언덕에』, 문호사, 1959.

10 동시와 동요의 필자는 강청삼, 권기환, 김녹촌, 김동극, 김형주, 김상문, 김정일, 문종근, 박용열, 박인술, 신현득, 윤운강, 이민영, 이상용, 이천규, 이응창, 전정남, 정진채, 채위식, 최춘매, 허동인 등이다.

대구아동문학회, 『나무는 자라서』

의 동화집 『색동』(배영사, 1965), 『복조리』(배영사, 1968), 여영택의 동화집 『이름난 차돌이』(문예사, 1966), 박인술의 동시집 『계절의 선물』(신아문화사, 1965), 정휘창의 『어린이 역사이야기』(어린이사, 1961), 신현득의 동시집 『아기눈』(1961, 형설출판사), 『고구려의 아이』(형설출판사, 1964), 『바다는 한 숟갈씩』(배영사, 1968), 김한룡의 동시집 『순이야 노마야』(형설출판사, 1964) 등이 이 회의 회원들이 내놓은 아동문학매체이다.

한편 김천에서 활동하고 있던 윤사섭도 『전봇대가 본 별들』(창성출판사, 1961), 『외짝 아가신』(문예사, 1966), 『바람은 불어도』(문예사, 1966), 『달님과 송편떡』(문예사, 1966) 등의 동화집을 내었다.

1968년에는 회원들의 작품집 '개나리 문고' 전 6권을 배영사에서 발간하였다. 김성도의 『복조리』, 김진태의 『별과 구름과 꽃』, 윤운강·김선주의 『꽃가마 타고』, 윤혜승의 『갈잎의 노래』, 이응창의 『고추잠자리』, 정휘창의 『밀리미터 학교』 등이 그것이다. 이어 1969년에 '도라지 문고' 전 5권, 즉 이오덕의 『탱자나무 울타리』, 김종상의 『소라피리』, 윤사섭의 『엄마바람 아기바람』, 김준경·손춘익의 『소라가 크는 집』, 김동극·신송민의 『메아릿골 다람쥐』를 보성문화사에 간행한 바 있다. 이어서 『동시와 동화』, 『해마다 피는 꽃』 등의 작품집을 해마다 펴내었다.

개나리문고, 김성도 『복조리』

도라지문고, 이오덕 『탱자나무 울타리』

강소천, 김동리, 박목월, 조지훈, 최태호를 편집위원으로 한 『아동문학』(전 19집, 1962년 10월 창간, 1969년 5월 종간)이 서울에서 나오고 있었지만 대구아동문학회가 펴내는 각종 아동문학 매체들은 대구지역을 다른 어느 지역 못지않게 아동문학 공간을 풍성하게 만드는 기반이 되었다. 대구아동문학회를 중심으로 진작된 이러한 지역의 아동문학 풍토는 이응창, 김성도, 김진태, 윤사섭, 유여촌, 이오덕, 신현득, 권정생[11] 같은 지역의 아동문학 주역들이 활발하게 활동할 수 있는 토대를 마련하게 된다.

11 권정생은 1969년 『기독교 교육』의 제1회 기독교아동문학상 현상 모집에 동화 「강아지똥」이 당선되면서 지역에서 아동문학 활동을 시작했다.

『어깨동무』 창간호

동시집 『조약돌』

한편 1960년대초부터 교사들을 중심으로 "문학운동으로서가 아닌 교육운동으로서의 글짓기 운동"[12] 또한 전개되었다. 김동극, 채위식, 최상덕, 정재익 등이 결성한 대구아동문예연구회가 그것이다. 대구아동문예연구회는 동시와 동화 『아까시아와 꿀벌』(형설출판사, 1963.9.10)[13]을, 경북아동문예연구회는 동시집 『조약돌』(형설출판사, 1964.11.25)[14]을 낸 바 있다. 대구아동문예연구회와 교단아동문학동인회를 기반으로[15] 경북아동문예연구협회가 결성되었다. 협

12 이재철, 「대구 아동문학운동의 발자취」, 대구아동문학회, 『나무는 자라서』, 일심사, 1967, 174쪽.

13 대구 아동문예연구회 엮음으로 되어 있는 『아까시아와 꿀벌』은 동요, 동시, 동화, 소설, 수필, 일기 등을 담고 있다.

14 동시집 『조약돌』에 참여한 74명의 필진 중 8명을 제외하고는 모두 현장교사들(교육청 소속 2명, 고등학교 교사 1명, 나머지는 모두 초등학교 교사)이다.

15 이재철은 "신현득씨가 중심이 된 『교단아동문학 동인회』(1963년 7월 14일 결성)와 대구아동문예연구회를 기반으로 경북아동문예연구협회(1963년 9월 7일)가 결성"되었으며, 이 협회가 지역 글짓기 운동의 모태가 될 것임을 기대하고 있다. 이재철, 「대구 아동문학운동의 발자취」, 대구아동문학회, 『나무는 자라서』, 일심사, 1967, 175쪽.

회장은 『동시공부』(교육시보사, 1960)를 낸 바 있던 김동극이었다. 경북아동문예연구협회는 기관지로 『어깨동무』 창간호를 1964년 12월 10일 배영사에서 발간하였다. 『어깨동무』의 편집고문이나 편집본부위원, 편집 지방위원 등을 살펴보면,[16] 이 단체는 경상북도 교육위원회, 경북대 사범대학, 대구교육대학 등의 후원하에 만들어진 경북 28개 지역의 지방문예연구회가 바탕이 되었음을 보여준다. 대구아동문학회 회장인 이응창이 『어깨동무』의 편집고문으로, 김성도, 김진태 등이 편집본부위원을 맡는 등 대구아동문학회도 경북아동문예연구협회에 적극 참여하고 있다. 『어깨동무』의 「원고모집」란에 의하면 종목은 교사, 아동 작품으로 운문, 산문 3편 이내, 장학진과 교사들의 글로 우리 고장의 미담, 가화(佳話), 유적, 사화(史話), 건설 등을 200자 원고지 15장 이내로 제한하고 있다. 내용은 "1. 교육적인 가치가 있는 것, 2. 어린이들이 즐겨 읽을 수 있도록 흥미 중심으로 쉽게 쓴 것, 3. 민족의식과 향토의식을 싹 틔울 수 있는 것"[17] 등을 요구하고 있다. 여기에 맞추었는지 창간호는 동시, 만화, 올림픽 소식, 이소식 저소식, 소설, 새동화, 우스운 이야기, 명작, 역사 이야기, 과학 이야기, 우리 학교의 자랑, 우리 고장, 우리들의 글 등을 배치하여, 전체적으로 『어깨동무』가 아동을 대상으로 한 종합지의 성격을 띠게 만들었다. 문예면은 조유로, 윤혜승, 신현득 등의 동시, 김진태의 소설 「산양 할아버지」, 김성도, 남정일, 신송민 등의 새동화, 어진길(김성도)의 스티븐슨의 동시 감상 등을 수록했다.

---

16 『어깨동무』의 편집고문은 김위석(대구교육대학 학장), 김판영(경상북도 교육위원회 교육감), 김학수(경북대학교 사범대학 학장), 이응창(대구 아동문학회 회장), 허창규(경상북도 교육연구소 소장) 등이고, 편집본부 위원은 김성도(예총 경북지부 부위원장), 김진태(예총 경북지부 아동문학 분과위원장), 이몽규(경상북도 장학사), 이재철(대구교육대학 교수), 장병하(대구시 장학사) 등이다. 편집 지방위원은 경북 28개 지역의 지방문예연구회 대표로 구성되어 있다.

17 경북아동문예연구협회 편집, 『어깨동무』 창간호, 배영사, 1964.12, 2쪽.

| 부(附) |

고령문학의 장소성과 매체

1. 고령문학의 공간과 장소성

지역문학을 조망하고자 할 때 그 지역이 가진 자산이 무엇인지 살펴보는 것은 그 지역문학의 특성을 규명하는 데 가장 바탕이 된다고 할 수 있다. 그렇다면 고령문학이 가진 중요한 자산은 무엇인가? 고령을 다른 지역과 구별해 주는 가장 뚜렷한 자산은 고령이 바로 대가야의 중심지란 사실이다. 고령이 역사적, 문화적인 공간으로서의 장소성을 가진 지역이란 점은 고령의 지역문학을 살펴보는 첫 가늠자라 할 수 있다. 그러므로 고령문학에서 가장 주목되는 것은 대가야가 빚어내는 역사성과 그 역사로부터 연원되는 지형적 경관에 대한 작가들의 관심과 탐색이다. 특히 '지금 이곳'에서 고령의 문학을 조망하고자 할 때 근·현대문학이 이러한 측면과 밀접히 관련되어 있음은 당연하다. 그렇다면 고령의 근·현대문학은 어떠한 상태로 진행되고, 그것의 중심적인 화두는 무엇인가? 그런데 고령의 근·현대문학은 아직까지 제대로 정리되지 못한 상태이다. 고령의 근·현대 문학에 대한 개괄로 문무학,[1] 김민

1 문무학, 「고령문학사 시론」, 『향토문학연구』 6, 대구경북향토문학연구회, 2003.

구[2] 등의 글들이 있으나 근·현대 고령문학의 양상을 통합적으로 기술하는 데는 한계를 안고 있다. 고대로부터 현대까지의 고령문학을 조망해 보려는 문무학의 글에서 근·현대문학 부분은 거의 공백지대에 가깝다. 고령의 근·현대문학이 소략하게 다루어진 이유는 무엇인가? 이것은 타 지역에 비해 해방 이전 근대 고령지역 출신 문인들이 그리 많지 않은 데서 연유한다고 할 수 있다. 그러나 해방 이후 고령 출신 작가들의 활동은 이를 상쇄하고도 남음이 있다. 고령 사람들에게 고령은 무엇이며, 작가들에게 고령은 어떻게 인식되었으며, 고령문학의 정체성은 무엇인가?

고령문학을 다루고자 할 때 우선 문제시되는 것은 그 대상의 영역 설정 문제이다.

고령문학의 첫째 요건은 작가가 고령 출신이냐 아니냐 하는 태생 지역의 문제이다. 물론 고령에서 태어난 작가가 고령의 언어로 고령 지역의 역사와 문화를 제재로 생산한 문학작품이 가장 바람직한 고령문학이라 할 수 있다. 반면 고령 출신은 아니지만 고령의 역사와 문화를 배경으로 문학작품을 창작한 작가가 있을 수 있다. 예를 들자면 김훈의 『현의 노래』(2004)는 대가야의 악성 우륵을 주인공으로 하여 수세기 전 대가야의 여러 풍습과 생활, 갈등 등을 작가의 상상력으로 호명해 낸다. 이 작품은 대가야 고분의 유적지나 유물을 바탕으로 작가가 수 세기 전 대가야로 들어가, 그 시대의 인물을 생생하게 재구해 낸 경우이다. 그러나 『현의 노래』가 고령문학이라 말하기에는 그 정체성이 약하다고 할 수 있다. 그렇지만 이런 작품은 고령문학이란 동심원 주위에서 대가야란 제제의 힘으로 그 원심적 힘을 발휘하고 있다고 할

2 김민구, 「고령문학 10년을 되돌아보는 어제와 오늘」, 『고령문학』 10집, 한국문인협회 고령지부, 2006.

수 있다.

둘째 요건은 현재 고령에 거주하든 안하든 고령 출신인 작가들이 고령의 중요 문제거리를 그들의 작품 속에 담아내고 있느냐 하는 점이다. 이것은 고령만이 가진 중요 문학자산을 고령을 대상으로 한 문학작품에 풍부히 담아내고 있느냐는 문제와 연결된다. 고령은 문화산업으로서 대가야란 풍부한 문학적 자산을 가진 지역이다. 문학의 제재로서 대가야를 바탕으로 한 고령 지역의 역사와 문화는 무궁무진한 내러티브의 산실이 된다고 할 수 있다. 고령의 많은 문학자들은 그들의 문학작품 창작의 원천으로 대가야, 순장, 고분, 우륵, 주산 등을 호출한다. 문학제재로서 고령의 역사와 경관이 고령 출신 작가들의 주된 창작 원천이 되고 있음을 알 수 있다.

여기서는 고령 출신 작가로 고령을 제재로 쓴 문학을 고령문학이라 규정하고 그 논의를 전개해 나가고자 한다. 동시에 상기한 바와 같이 타지역 출신 작가들의 고령제제 문학 작품을 고령문학의 동심원 경계에 놓음으로써 고령문학의 중층적 위상을 강화하고자 한다. 한편 고령문학이 가진 특성 및 그 정체성을 규명해 내기 위해서 특히 공간과 장소의 개념에 주목하였다. 사람은 자신이 살아가는 공간과 장소와 불가분의 관계를 맺고 있다. 공간과 장소는 개인의 경험과 밀접하게 연계되어 있다. 다시 말하면 "공간과 장소에 대한 성인의 감정과 사유는 대단히 복잡하며" "그것은 사람들의 개인적인 경험이나 공통적인 경험에서 비롯된다"[3]고 할 수 있다. 이처럼 공간과 장소는 주체의 지각 경험과 밀접한 관련이 있다. 이푸 투안에 의하면 "공간의 의미는 종종 장소의 의미와 융합"되지만 "공간은 장소보다 더 추상적"이며 "무차별적인 공간에서 출발하여 우리가 공간을 더 알게 되고 공간에 가치를 부여하

3 이푸 투안, 구동회·심승희 옮김, 『공간과 장소』, 대윤, 2007, 39쪽.

게 됨에 따라 공간은 장소가 된다"[4]고 한다. 또한 그는 "공간과 장소의 개념을 정의하려면 서로를 필요"로 한다고 보며, 흔히 공간을 움직임이 일어나는 곳으로, 장소는 정지이며, 움직임 속에서 정지할 때마다 입지는 장소로 변할 수 있다고 본다.[5] 그런데 그 속에서 살아가는 사람들에게 중요한 것은 장소 정체성의 문제라 할 수 있다. 케빈 린치는 장소 정체성을 "장소에 개별성을 부여하거나, 다른 장소와의 차별성을 제공하며, 독립된 하나의 실체로 인식하게 하는 토대 역할을 한다"[6]고 정의한다. 어떤 장소에 대한 경험은 사람들의 기억 속에 오랜 동안 저장되어 있다가 언제든지 다시금 현현되어 나타난다. 이러한 공간과 장소의 개념은 고령의 지리적 경관이나 역사성이 강하게 투영된 고령문학의 조망에 유용한 잣대가 된다고 할 수 있다.

2. 경관의 서사

경관(景觀)이란 어떤 장소가 갖고 있는 물리적이고 시각적인 형태를 말한다. 건물이든 자연물이든 그 외관이 가장 뚜렷한 장소의 속성 중의 하나이다. 가시적 경관으로서의 장소는 뚜렷한 중심이나, 성곽 도시, 중심을 가진 마을,

---

4 이푸 투안, 위의 책, 19쪽.

5 이푸 투안, 위의 책, 19~20쪽. 이푸 투안의 공간과 장소에 대한 설명을 좀 더 구체화시키면 다음과 같다. "공간은 움직임이며, 개방이며, 자유이며, 위협이다. 장소는 정지이며, 개인들이 부여하는 가치들의 안식처이며, 안전과 애정을 느낄 수 있는 고요한 중심이다. 인간은 직접적으로 다양한 경험을 하며, 이러한 경험을 통하여 미지의 공간은 친밀한 장소로 바뀐다. 즉 낯선 추상적 공간(abstract space)은 의미로 가득 찬 구체적 장소(concrete place)가 된다. 그리고 어떤 지역이 친밀한 장소로서 우리에게 다가올 때 우리는 비로소 그 지역에 대한 느낌(또는 의식), 즉 장소감(sense of place)을 가지게 된다." 이푸 투안, 위의 책, 7~8쪽.

6 에드워드 렐프, 김덕현 외 옮김, 『장소와 장소상실』, 논형, 2005, 109쪽.

언덕 꼭대기, 강의 합류점 같은 탁월한 모습을 통해 가장 명확한 특징을 표현한다. 장소는 흔히 경관으로 이해되고 경험된다. 시각적 특징이 인간 활동의 모습을 가시적으로 보여준다는 직접적이고 분명한 의미에서이든 간에 외관은 모든 장소들의 중요한 특징이다. 그러나 모든 장소 경험을 경관 경험으로 이해하기는 어렵다. 몇 년 동안 떠나 있다가 돌아온 장소에 대해 예전의 친밀감을 다시 회복하는 것과, 외관상 중요한 변화가 없었음에도 불구하고 모든 것이 변했다고 느끼는 것에는 공통적인 느낌이 있다. 전에는 우리가 그 경관 안의 일부였지만, 지금은 아웃사이더이고 관찰자이기 때문이다. 하지만 기억을 조금만 끄집어내어도 우리는 옛 장소의 의미를 다시 포착할 수 있다. 이는 또한 장소와 시간의 관계와 연결된다. 한편 장소의 특성이 지속되는 것은, 변화에 대한 우리의 경험과 장소에 대한 연대감이나 애착을 강화시키는 변화의 본성 자체, 이 두 가지 모두에 있는 어떤 계속성과 분명히 관련되어 있기 때문이다.[7]

이러한 내용을 염두에 둘 때 경관은 가시적인 외관이 장소의 중요한 특징이 되지만 그 속에 담겨 있는 주체의 경험 내지 내적인 혼 같은 것도 작용한다는 것을 알 수 있다. 결국 특징적이고 시각적인 경관의 아름다움 내부에 "그 아름다움이 더욱 완전한 의미를 지니게 하고, 그것을 더욱 매력적인 것으로 만들어 주는 내적 역사가 있기 때문"[8]이라는 것이다. 고령지역의 지형적, 지질적 특성은 어느 지역에나 볼 수 있는 단순한 경관이 아니다. 고령의 지형적 특징을 잠깐 살펴보기로 한다.

---

7 에드워드 렐프, 위의 책, 79~82쪽.

8 Archbold Geikie, Types of Scenery and Their Influence on Literature, Port Washington, N. Y.: Kennikat Press, 1970, pp.58~59(First published in 1898). 이은숙, 「지리학과 문학의 만남」, 김태준 편저, 『문학지리·한국인의 심상공간』 (중), 논형, 2005, 21쪽 재인용.

> 고령군의 산줄기는 소백산맥으로부터 이어진 가야산지가 남동 방향으로 뻗어, 고령읍과 쌍림면의 경계를 이루는 미숭산(733.5m)으로 이어지고, 이는 동쪽으로 뻗어 고령읍의 주산(311.3m)이 된다. 한편 성주군으로부터 고령군의 북동부로 이어진 산줄기는 의봉산(535m), 제석산(387.1m)을 이루며 낙동강과 만난다. 한편 가야산지로부터 남쪽으로 내려와 고령군의 남부와 합천군의 경계를 이루는 산줄기는 만대산(688m), 시리봉(408m) 등을 이루며 낙동강에 닿는다. 즉 고령군의 서부지역은 경상북도와 경상남도의 경계를 이루는 가야산(1403m)의 산줄기가 이어져 있어 상대적으로 해발고도가 높은 편이며, 동부지역은 낙동강과 접하고 있어 상대적으로 해발고도가 낮은 편이다. 이러한 지세의 영향으로 고령군 대부분의 중·소 하천들은 서쪽에서 동쪽으로 동류하는 경향을 띤다.[9]

고령은 가야산, 낙동강, 미숭산, 고령읍내의 주산 등이 어울려 그 지형적 특징을 이루고 있다. 문제는 고령이 이러한 외적 경관만이 아닌 고령이 빚어내는 역사적, 문화적 정체성을 갖고 있다는 점이다. 시각적 특징을 가진 경관과 고령의 역사와 문화가 서로 어울려 고령만이 가진 특수한 장소성을 만들어 내고 있는 것이다.

고령 사람들에게 고령의 경관은 그들의 삶과 유리될 수 없는 특수한 것으로 체험되고 있다. 태어나면서부터 바라본 주산의 큰 무덤이나 전승되는 대가야의 여러 서사들은 고령 지역에 거주하였던 사람들의 삶의 바탕이 된다고 할 수 있다. 태어나서 고령에 계속 머물러 사는 사람들에게 고령의 경관은 삶의 한 부분이지만, 성장하면서 고령을 떠나 사는 사람들에게도 주산의 고분이나 양전리의 암각화 등은 기억의 중요 상징으로 인식된다. 흔히 작가들

9 고령군 대가야박물관·경북대학교 퇴계연구소 편, 『고령문화사대계① 역사편』, 역락, 2008, 29~30쪽.

은 길을 따라 들어오면서 시작되는 공간의 조망을 통해 고령의 경관을 포착한다.

대가야 고분군

나의 고향엔 유난히 무덤이 많아서 해 보는 생각이다. 집안 어른들의 무덤만을 말하는 게 아니다. 고령은 무덤의 고장이라 할 만큼 유별나게 무덤들이 많다. 대구에서 고령은 백리 남짓한 거리인데, 고속도로를 타고 가든 국도로 가든 산굽이를 돌거나 고갯마루의 고령읍이 보이는 곳에 이르면 가장 먼저 눈에 띄는 게 산을 이룬 거대한 무덤들이다. 고령읍 위로 솟은 무덤군들. 고대왕국이었던 대가야의 왕들과 사람들이 묻혀 있는 수백 기의 크고 작은 무덤들이 고령의 진산으로 꼽히는 주산의 능선 위로 빽빽하게 들어차 있다. 대가야는 6세기 중엽 역사의 뒤안길로 사라져버린 신비한 나라다. 아직도 그 실체가 구체적으로 드러나지 않은 나라다. 그래서 그런가? 이 무덤들 아래의 왕릉전시관과 그 곁에 최근 건립된 대가야 박물관의 유물들은 내겐 내 고향의 아득한 과거 시간을 환기시켜 주는 열쇠처럼 여겨진다. …… 대가야 고분군은 주로 평지나 낮은 산지에 묘를 쓴 신라와 백제, 고구려와 달리 도읍지가 잘 내려다 보이는 높은 산의 능성에 쓴 것이 특징이며, 그 점에서 다른

> 가야국들과도 구별되는 독창성을 지닌다. 무덤들이 높은 능선 위에 위치해 있어서 멀리서 봐도 고분들이 도읍지를 호위하는 듯한 장엄한 광경을 보여준다. 나의 고향길은 옛 무덤들을 보면서 들어서게 되는 셈이다. 자연히 그 무덤들 있는 곳에 오르는 일도 잦다. 그곳에 서면 서쪽으로는 가야산의 푸른 산등성이가 굽이치고 동쪽으로는 대가천과 안림천이 만나 이루는 회천이 낙동강으로 휘어드는 게 보인다. 회천이 시작되는 어귀, 고령읍과 마주보는 금산 자락의 강변에는 청동기 시대에 만들었다는 유명한 알터 암각화가 있다. 무덤이 있는 주산의 북편 아래는 악성 우륵의 출생지다. 고령은 경주에 비해 규모는 작지만, 신비의 나라 대가야의 문화유산이 아주 풍부하게 남아 있는 곳이다. 그 문화유산의 관문이 주산의 무덤들인 셈이다. 아울러 고령을 고향으로 둔 이들은 대부분 귀향의 마지막 이정표가 바로 주산의 무덤들이 되는 것처럼 늘 느낀다. 그래서 고령사람들의 귀향길은 흡사 모천으로 회귀하는 연어들처럼 자신들의 과거가 집적된 무덤들의 거대한 시간을 거슬러 오르는 듯한 감동을 느끼기도 하는 것이다.[10]

작가 이하석에게 고령은 무덤의 나라이다. 길을 따라 고령 어귀에 접어들면서부터 크고 작은 주산의 능선 위에 늘어서 있는 무덤들은 "고향의 아득한 과거 시간을 환기시켜주는 열쇠"로 작동된다. 이 무덤을 통해 고령사람들은 대가야 제국의 과거로 여행하게 되는 것이다. 고령에서 태어난 사람들에게 이 무덤은 어릴 적부터 바라 본 친밀한 장소이다. 다시 말하면 이러한 경관은 고령사람들에게 '모천으로 회귀하는 연어'떼처럼 언제 어디에 있든지 돌아가야 할 근원적 장소로 인식되는 것이다. 고령의 고분은 고령읍을 감싸고 있는 주산의 능선에 위치해서 하나의 장엄한 표상으로 언제나 고령사람들에

---

10 이하석, 「아득한 시간 속으로의 귀향」, 『우울과 광휘』, 문예미학사, 2007, 188~191쪽.

게 회상된다. 일반적으로 "특정 개인과 집단에 매우 중요한 많은 장소들은 시각적으로 두드러진 특징을 거의 가지고 있지 않"는 경우가 많으며, "그것들은 말하자면 분별력 있는 눈이나 정신을 통해서 알려져 있는 것이 아니라 본능적으로 알려져 있"[11]는 것이다. 문학작품이 "장소의 경험을 포함해서 친밀한 경험에 가시성을 부여"[12]한다면, 고령의 경관처럼 뚜렷한 장소의 특징 내지 정체성을 가진 경우 이것은 다른 지역보다 더 깊이 작가의 가슴 속에 자리잡게 된다. 다시 말하면 사람들의 경험에 각인되는 장소는 특별하지 않은 평범한 장소일 때가 많지만 고령 사람들의 경우 주산의 능선에 있는 고분군이나 양전리 암각화 등은 다른 지역에서 느낄 수 없는 특별한 장소성을 부여해 주는 대상으로 인식된다. "특징적이고 다양한 장소들이란 장소 속에서 살아가는 사람들이 그 장소와 깊이 연루된다고 느끼는 것이고, 장소에 대한 그런 깊은 애착은 다른 사람들과의 밀접한 관계만큼이나 필수적이고 중요하다"[13]고 할 수 있다. 고령 출신 작가의 마음속에 고령의 경관 만들기가 주산의 무덤을 중심으로 형성되는 것도 이와 연관된다. 물론 장소의 정체성은 외관에만 존재하는 것이 아니다. 에드워드 렐프의 다음 발언은 시사하는 바가 크다.

> 장소 정체성은 도시나 경관의 외관에만 있는 것이 아니라, 그것을 보는 사람들의 경험·눈·마음·의도 속에도 존재하기 때문이다. 모든 개인들이 의식적으로든, 무의식적으로든 특정 장소에 정체성을 부여할 수 있지만, 이러한 정체성은 상호 주관적으로 결합되어 공통의 정체성을 형성한다. 아마도 이러한 현상은 우리가 어느 정도 똑같은 사물과 활동을 경험하기 때문이며,

11 에드워드 렐프, 앞의 책, 262쪽.
12 에드워드 렐프, 위의 책, 262쪽.
13 에드워드 렐프, 위의 책, 12쪽.

또 우리 문화 집단이 중시하는 일정한 장소의 성격들을 찾아내도록 교육받아 왔기 때문이다. 확실히 우리가 느끼는 장소 정체성의 고유성·강렬성·순수성을 좌우하는 것은 이러한 성격과 대상이 우리의 장소 경험 속에서 드러나는 방식이다.[14]

위의 글에서 보는 바와 같이 장소 정체성은 그 장소가 갖고 있는 외부 경관도 중요하지만, 그러한 경관을 보고 느끼는 개인이나 집단의 태도, 느낌, 생각을 통해 주로 형성된다. 좀 더 나아가면 경관 내지 풍경이란 "외부에 실재하는 것"이 아니라 주체의 의식 속에 "만들어진 산물"이랄 수 있으며, "감각을 통해 지각되는 물리적·공간적 대상"을 넘어 "어디까지나 지각하는 인간의 인상이라는 자발적 심상·표상"[15]과 관련이 깊다고도 할 수 있다. 특히 고령의 경우 주산의 능선에 있는 대가야 왕릉은 고령 사람의 정체성을 각인시켜주는 중요 경관이다. 이러한 경관을 보고 경험하거나 느끼면서 사람들은 어떤 장소에 소속되어 있다는 정체성을 가지게 된다. "어떤 장소의 안에 있다는 것은 거기에 소속된다는 것이고 그곳과 동일시되는 것"이며, "더욱 깊이 내부에 있게 될수록 장소와의 동일시, 장소에 대한 정체성은 더욱 강해"[16]지기 마련이다. 장소를 경험하는 사람들이 외부가 아닌 내부에서 그 곳을 경험한다는 것은 중요하다.[17] 고령 출신 작가들 중 고령을 떠나지 않고 고령에

---

14 에드워드 렐프, 위의 책, 109쪽.

15 이효덕, 박성관 옮김, 『표상 공간의 근대』, 소명출판, 2002, 42쪽.

16 에드워드 렐프, 앞의 책, 116쪽.

17 "장소 정체성의 주요 요소는 장소에만 적용되지 않고, 지리·경관·도시·집 등 모든 곳에서 어떤 형태로든 발견된다. 그러나 장소의 본질은 이런 것들보다는 '외부'와 구별되는 '내부'의 경험 속에 있다. 무엇보다 장소의 본질은 장소를 공간상에서 서로 분리시키고, 물리적 환경·인간 활동·의미로 이루어진 독특한 체제를 규정하는 것이다. 어떤 장소의 안에 있다는 것은 거기에 소속된다는 것이고 그것과 동일시되는 것이다. 더욱 깊이 내부에 있게 될수록 장소와의 동일시, 즉 장소에 대한 정체성은 더욱 강해진다. …… 외부에서 장소를 바라보

머물면서 주산의 경관이나 그 주변을 그려내고 있는 작가 또한 적지 않은 이유도 여기에 있다.

> 고령군 고령읍 연조리 산 1번지는 고령군민의 성산(聖山)이라 불리는 주산의 위치. 동쪽으로 고령읍의 관문 금산재를 비롯 멀리는 비슬산이, 서쪽에는 가야산과 미숭산, 남쪽 능선에는 지산리 고분군, 북쪽면 아래에는 중화리 저수지가 놓여 있어 물과 산이 병풍처럼 둘러 있는 한 폭 자연예술의 완성미다. 주산은 망산(금산재)의 해돋이부터 시작해 미숭산의 일몰로 하루를 마감한다. ……주산은 가야산 줄기 아래 터잡은 고령인들이 평야와 더불어 살아가고 있는 삶을 그저 흐뭇한 미소로 내려다보고 있으며 이름 모를 온갖 새들이 자신의 의견을 재잘재잘 주장하고 사람들은 자신만을 위한 변론과 이기와 욕심을 부리나 주산은 그저 넓게 팔 벌리고 있을 따름이다. 높은 곳, 주산은 대자연 속의 평화만 머물고 있을 뿐, 아랫마을의 쑥덕거림과 아옹다옹은 들리지 않는 곳이었다. 또한 주산은 고령을 품은 어머니와 같은 산. 어머니 젖가슴처럼 고령의 한과 슬픔, 기쁨을 포용하고 바라보는 포근한 산인 것이다. ……주산에는 한때의 영화를 누렸던 대가야국의 왕릉 수백기가 나란히 자리해 과거와 현재의 세월을 좁히고 있음은 물론 가난하고 지쳤던 자들의 영원한 휴식처이기도 하다. 온갖 희락을 다 느꼈던 왕들의 고분 옆에는 이름 없는 민초들의 무덤이 쓸쓸히 마주하고 있음은 죽어서는 위와 아래가 없는 절대 평등의 안식만이 있는 것일까. 편히 누워 있는 왕릉과 초라한 옛 무덤의 호흡은 아득한 후손이 살고 있는 고령땅을 내려다보며 말없이 기쁨과 침울로 바라보는 듯하다.[18]

는 것은 당신이 여행자가 되어 멀리서 마을을 바라보는 것과 같다. 내부에서 어떤 것을 경험한다는 것은, 당신이 장소에 둘러싸여 그 일부가 되는 것이다. 따라서 내부 — 외부의 구분은 단순하지만 가장 기초적인 이원성으로, 우리의 생활 공간 경험에 기초가 되며 장소의 본질을 제공한다" 에드워드 렐프, 위의 책, 116쪽.

18 김영규, 「주산의 오월은 푸르렀다」, 『고령문학』 5집, 2001, 199~201쪽.

이 글의 내용 또한 이하석이 그려낸 글의 내용과 크게 다르지 않다. 다만 이하석이 길을 따라 고령에 접어드는 방식을 통해 고령의 경관을 그려내었다면, 이 글은 고령 속에서 주산의 경관과 위용, 그 곳에 살아가는 사람들의 모습을 그려내고자 한 점이 다르다. 이 글이나 앞의 이하석의 글에서 주산은 회귀해야 할 모태, 또는 어머니와 같은 산으로 인식된다. 주산은 고령사람들에게 편안한 삶의 근거지요, 돌아가야 할 원형적 장소로 존재하고 있는 것이다. 이러한 장소에 대한 애착과 회귀의식 같은 것은 대가야의 역사를 소재로 삼고 있는 소설 『태양의 나라』의 작가 문형렬의 경우도 마찬가지이다.

> 대가야 토기 중의 하나인 토우 한 점을 어렵사리 구해서 지금까지 갖고 있습니다. 처음 대했을 때 그 얼굴의 표정과 선의 이미지가 단순하면서도 아주 애절하게 느껴졌습니다. 그것이 10여 년 넘게 제 가슴 속에 도사리고 있다가 이 작품으로 태어나게 되지 않았나 하는 생각이 됩니다. 고향은 삶의 배수진과 같은 역할을 해 줄 수 있어야 합니다. 지친 몸을 끌고 마지막으로 돌아가 쉴 수 있는 상징적 공간을 누구든지 꿈꾸기 마련입니다. 그 몫을 위해 작은 힘이나마 보탬이 되고 싶습니다.[19]

고령 출신의 작가 문형렬이 『태양의 나라』를 쓴 후 대담한 내용 중 한 부분이다. 고향 고령이 가진 내러티브를 형상화하고 싶은 욕망이 10여 년 넘게 가슴 속에 도사리고 있었다는 발언은 고령이 갖고 있는 장소에 대한 고령 출신 작가들의 애착을 잘 보여주는 자료이다. 대가야의 토우에 대한 작가의 애착만큼이나 고향은 문형렬에게 삶의 배수진이며, 마지막으로 돌아가 쉴 수 있는 상징적 공간으로 존재하는 것이다. 고령사람들의 고령에 대한

---

19 임경림, 문형렬 인터뷰, 「'태양의 나라' 작가를 찾아서」, 『고령문학』 6집, 2002, 70쪽.

장소 정체성은 이처럼 거의 무의식적인 것에 가깝다고 할 수 있다.

3. 장소의 시학

고령은 대가야의 도읍지로 곳곳에 왕릉과 유적이 산재해 있는 지역으로 역사, 지리적으로 중요한 장소이다. 특히 고령지역은 남아 있는 고분을 통해 볼 때 순장(殉葬)[20]이 보편적으로 행해지고 있어 후대 사가들이나 문학자들의 많은 관심을 불러일으키는 지역이기도 하다. 1980년대 이후 부각되기 시작한 문학지리학의 대상[21]으로도 고령지역의 경관이나 문학은 상당히 유효하다고 할 수 있다. 문학작품은 어느 시간 특정한 공간과 장소에 대한 감정,

---

20 김세기, 「가야의 순장과 왕권」, 인제대 가야문화연구소 편, 『가야제국의 왕권』, 신서원, 1997 참조.

21 조동일은 문학지리학의 영역을 크게 둘로 나누고 하나는 지방문학이고, 다른 하나는 여행문학으로 나누었다. 지방문학은 어느 지방에 머물러 살면서 이룬 문학이고 여행문학은 다른 고장에 가서 견문한 바를 다룬 문학으로 정리했다. 다시 지방문학은 고을문학(영남문학, 호남문학, 강화도문학, 종로 문학 등), 산천문학(금강산문학, 지리산문학, 한강문학, 낙동강문학 등), 사원누정문학(해인사문학, 촉석루문학, 식영적문학 등)으로, 여행문학으로 국내여행문학(한문학, 국문문학, 근대문학 등), 한국인 외국여행문학(승려, 사신, 표류자, 근대인 등), 외국인 한국여행문학(중국인, 일본인, 서양인 등)으로 분류하였다. 이는 지방화가 되면서 국토 안에 가지고 있는 지역적 특성과 문화의 다양성, 서로 다른 삶의 방식에 대한 진지한 관심의 결과이며, 이는 문학지리학에서 맡아야 한다는 입장이다(조동일, 「문학지리학, 어떻게 할 것인가?」, 김태준 편저, 『문학지리·한국인의 심상공간』(상), 논형, 2005, 20~26쪽).

한편 지리학자인 이은숙은 문학지리학의 주요 연구 주제를 첫째는 지리학적 증거로서 문학작품을 탐구하는 것, 둘째는 인간과 장소에 대한 사실적 자료를 획득하는 것, 셋째는 문학작품 속에서 나타나는 장소에 대한 개념적 틀을 밝히는 것, 넷째는 인간적 경험의 다양한 특성을 재현시키는 작업, 마지막은 문학의 지리적 교육의 도구로서의 이용가능성을 모색하는 것이라 정리하고 있다(이은숙, 「지리학의 한 분야로서의 문학지리학·지리학과 문학의 만남」, 김태준 편저, 『문학지리·한국인의 심상공간』(중), 논형, 2005, 26쪽).

관점, 태도, 가치를 나타낸다. 그러므로 문학작품은 특정한 공간과 장소에 대한 이미지를 형성하는 데에 많은 기여를 한다고 할 수 있다. 고령지역은 대가야의 역사와 관련된 특정 장소 내지 풍부한 자연 경관을 가진 지역으로서 다른 어느 지역보다 다양한 문학 자산을 가지고 있으며, 이는 고령 출신 작가들의 주된 문학 제재가 되고 있다. 고령 출신 작가들에게 장소정체성은 고령의 경관, 그 중에서도 주산의 무덤이 문학의 주된 표상으로 다루어진다.

샘 솟는 왕정 맑은 물에
잠긴 목을 축이고

열 두 줄 가얏고
춤추듯 일렁이는
우륵의 손길.

한 가락
한 가락
퉁겨오르는 곡조따라
문득 깨는 대가야 깊은 잠.

산등성이마다 무겁게 누운
옛 무덤 속에서
흰 옷 입은 넋들이 나와
춤을 춘다.
덩실덩실 이 밤 새도록.

온갖 기쁨 슬픔 가슴에 품고

한 개 바위로만 묵묵히 선
대가야국 성지.

오늘 밤은
기쁨에 젖어
흥겹게 춤을 추려나.

이곳 저곳
대가야 사람 손때 묻은
유적 유물 함께 일어서면

어느 새 주산 언저리 흩어진
돌멩이 하나에도
이끼 파란 기왓장에도
빛으로 되살아나는
대가야의 소리여
몸짓이여![22]

고령을 노래하는 시인들에게 고령의 현재적 경관은 홀로 존재하는 것이 아니라 항상 대가야의 역사와 연결되어 상상된다. 주산에 흩어진 '돌멩이 하나', '이끼 파란 기왓장' 하나도 그냥 존재하는 것이 아니라 지나간 대가야의 역사가 스며 있는 대상으로 인식된다. 이처럼 대가야의 왕릉이 산재해 있는 주산은 고령 문인들의 상상력을 일깨우는 주된 장소가 된다. 이하석의 시 「주산」 또한 무덤에서 시작된다.

22 권영세, 「대가야 땅 가야금 소리」, 『반디 고향 반디야』, 대일, 1984, 115~117쪽.

풀 아래 제 모든 주검 묻어놔야
더 센 풀 솟는다고
아버진 성묘 적마다 어린 내게 말씀하셨다

그래, 옛날엔 그 잘난 임금도 죽으면
왕관도 묻고
함께 내려간 사람들 못 올라오게
꽝꽝 흙과 풀의 문 잠궜지

그 위로 억센 풀 솟구쳐
깊은 하늘 뛰어놓아
아버지 묘 찾아 고령읍 지날 때마다
큰 무덤 있는 산 올려다 본다

무덤 무덤 무덤 무덤
풀 아래 많은 저 무덤들
저 마다 문 닫아 걸었지만 오랜 세월동안
해와 비와 바람과 푸나무들이 새로 짜올려
봉분들 가야산 새싹 꽃봉오리로 솟아
비로소 산 사람이든 짐승이든 나비든 돌이든
그 많은 이들의 고령읍내라도 지켜내는 것이다[23]

시적 화자는 고령읍 지날 때마다 '큰 무덤 있는 산' 쳐다보며 상념에 잠긴다. 고령을 지켜내는 것이 저 많은 무덤들이며 무덤 밑에는 잘난 임금도, 왕관도, 순장된 사람도, 이 지역에 살다간 많은 사람들도 있다는 것이다. 중요

23 이하석, 「주산」, 『고령을 그리다』, 만인사, 2002, 22~23쪽.

한 것은 화자에게 이러한 무덤들이 현재와 분리된 존재로 인식되지 않는다는 점이다.[24] 흙과 풀로 꽁꽁 닫아 걸린 많은 무덤들이 '해와 비와 바람과 푸나무들'로 인해 '가야산 새싹 꽃봉오리'로 다시 솟아나게 됨으로써 생명은 영속적으로 순환된다. 고령의 사람과 자연, 온갖 물상 속에 깃든 이러한 범신론적 생명사상은 이 시를 이끌어가는 근본 바탕이 된다. 성인이 된 화자의 눈에 비친 무덤들은 아버지 따라 성묘하던 어린 시절의 기억과 겹치면서 친밀한 대상으로 변환되고 있는 것이다. 어떤 장소에 대한 기억 내지 환기는 주로 유년의 경험과 연결되기 쉽다. 이러한 유년의 경험에서 환기되거나 밀려오는 감정은 성인이 된 다음의 지각에 지속적으로 작용된다. 시인들은 "종종 이렇게 과거에서 비롯된 순간들을 포착"하며, "가족 앨범에서 꺼낸 사진처럼, 시인의 언어는 우리에게 잃어버린 순수와 잃어버린 공포, 즉 반성적 사유를 멀리함으로써 겪지 못했거나 얻을 수 없었던 즉자적 경험을 일깨워 준다".[25]

한편 『향토문학연구』 6호(2003)의 특집 '고령문학을 찾아서'에 실린 권국명의 「상가라도(上加羅都)」는 고령의 문학지리를 종, 횡으로 구획하여 고령을 전체적으로 조망, 노래하고자 하였다는 점에서 주목된다. 권국명은 「삼국사기」 악지의 전거를 바탕삼아 '대가야 고령', '정정골 우륵선생', '상가라도', '종곡(終曲)' 등의 이름으로 고령의 역사와 오늘을 노래한다.

24 이하석 시의 현재성에 대한 인식은 그의 시집 『고령을 그리다』의 서문에서 잘 나타나 있다. "당연히 시는 과거의 재현이나 추억, 상념에만 머물 수 없는 것. 그 재현과 추억, 상념은 현재에 의해 되살아나거나 현재의 삶을 간섭하여 현재를 전복하는 새로운 계기로 작용되어야 한다. 요컨대 지금의 상태를 흔드는 일로 저질러져야 한다. 시는 삶을 말로 드러내는 것이기 때문이다. 그래서 나는 고향의 산과 들에 스민 신화보다는 지금도 여전히 이곳 사람들에게 반영되고 질척대는 그 신화성을, 아픈 역사의 단면보다는 그 기억으로 아픈 현실을, 고정된 풍경의 기억보다는 그 기억이 흔들어 비치는 다양한 반영의 풍경을 더 드러내려 애쓴다. 고향의식이라는 것도 역시 우리 삶의식의 한 단면이며 방편이며 설정일 수밖에 없기 때문이다." 이하석, 『고령을 그리다』, 만인사, 2002, 7쪽.

25 이-푸 투안, 앞의 책, 40쪽.

2천여년 전 이진아시왕이
가야산 밑 여기 고령땅에
웅혼한 대가야곡을 열었어라.
이진아시는 가야산 천신의 자손
대가야는 16대 520년에 걸쳐
문물이 번성하고 국력을 떨쳤어라.

이 땅은 성스럽고 아름다운 곳,
주산과 금산이 형제처럼 마주보고
대가천과 용담천이 회천에서 만나
낙동으로 휘돌아 나가는 곳,
아아, 여기 드넓은 고령 땅에
우리 선조들이 삶의 터전을 열었어라.

이 땅은 성스럽고 아름다운 곳,
조상의 유적 산하에 그대로 남아
오늘에 사는 우리들의 정신을 일깨우나니
그 중에서도 우륵 선생의 가야금은
오늘에 이르러 더욱 새롭게 빛나네.

우륵 선생의 상가라도는
백성을 가르치는 바른 정악,
낙이불류(樂而不流), 애이불비(哀而不悲)
맑은 바람 청아한 물소리로
사람의 성정을 밝게 비추어
오늘 고령인의 곧은 기품을 낳았어라.[26]

원래 '상가라도'는 『삼국사기』 악지에 우륵(于勒)이 지은 12곡의 이름[27] 중 하나인데 현재 그 내용은 전해오지 않는다. 『삼국사기』 악지에는 가야의 노래로 우륵이 12곡을 짓고 이문(泥文)이 3곡을 지었다는 기록이 있다. 대가야국의 12곡은 "가야국의 가실왕이 중국의 쟁(箏)을 본받아 가야금을 만들고, 이를 위해 당시의 궁중악사인 우륵에게 명하여 지은 곡"[28]이다. 춤과 노래와 악기가 연행되었을 것으로 추정되는 12곡은 가야지역에 미친 대가야의 정치적 지배력을 확인하고 과시하기 위한 것이었다고도 할 수 있다.[29] 권국명은 '상가라도(上加羅都)'를 고령군, 즉 대가야국을 가리키는 곡명으로 보고, 가락과 노래와 춤이 함께 연행되었으리라 추정한다.[30] 그리하여 내용이 전해지지 않은 '상가라도'를 빌려와 대가야의 역사와 '상가라도'를 지은 우륵 선생, 현재 고령의 물산과 경관을 노래한다. 특히 고령의 '상가라도'편에서는 진달래꽃, 수양버들, 복사꽃, 대가천, 회천의 물소리, 주산과 금산의 솔바람 소리, 왕릉들, 쌍림과 안림 딸기, 성산 참외, 개진 감자, 우곡·운수 수박, 다산 향부자, 덕곡 토마토, 우곡 축산, 고령종고, 가야대학교 젊은이들을 노래하고 칭송한다. 이는 시인에게 고령이 과거의 역사 속에 침잠해 있는 화석화된 대상이 아니라 현재와 연계된 역사적 대상임을 보여주는 것이라 할 수 있다.

이처럼 대가야와 연계되어 상상되는 고령의 문학은 고령 출신 작가들이든

26 권국명, 「상가라도」 부분, 『향토문학연구』 6호, 대구경북향토문학연구회, 2003, 111~112쪽.

27 于勒所製十二曲, 一曰'下加羅都', 二曰'上加羅都', 三曰'寶伎', 四曰'達已', 五曰'思勿', 六曰'勿慧', 七曰'下奇物', 八曰'師子伎', 九曰'居烈', 十曰'沙八兮', 十一曰'爾赦', 十二曰'上奇物'. 泥文所製三曲, 一曰'烏', 二曰'鼠', 三曰'鶉' 『三國史記』 樂誌(우륵이 지은 12곡은 하나는 '하가라도', 둘은 '상가라도', 셋은 '보기', 넷은 '달기', 다섯은 '사물', 여섯은 '물혜', 일곱은 '하기물', 여덟은 '사자기', 아홉은 '거열', 열은 '사팔혜', 열 하나는 '이사', 열 둘은 '상기물'이라 한다. 니문(泥文)이 지은 3곡은 하나는 '까마귀', 둘은 '쥐', 셋은 '메추라기'라 한다.)

28 한홍섭, 「아악고(雅樂考)」, 『민족문화연구』 46호, 고려대학교 민족문화연구원, 2007, 312쪽.

29 권주현, 『가야인의 삶과 문화』, 혜안, 2004, 282쪽 참조.

30 권국명, 「상가라도」, 『향토문학연구』 6호, 2003, 111쪽.

아니든 고령이 갖고 있는 공간과 장소와 밀접한 연관을 가질 수밖에 없다. 특히 자신이 태어난 고향과 관련되어 있을 때 그 장소성은 현재적 삶의 중심적 요소로 더욱 친밀하게 다가오게 된다. 장소에 대한 친밀성은 자신이 '잘 알고 있는 장소'[31]와 쉽게 연계되기 때문이다. 고령에 태어난 작가에게 이러한 장소성은 주로 대가야와 접맥되면서 과거의 역사와 현재의 경관을 넘나들게 만드는 것이다.

4. 고령의 문인들과 매체 『고령문학』

일제강점기나 해방 직후, 1950년대를 전후하여 문단에서 크게 활동한 고령 출신의 작가들은 별로 많지 않다. 그 중에서 1950년대에 활발하게 문학비평 활동을 펼친 평론가 곽종원이 주목된다.

곽종원은 1917년 고령군 쌍림면에서 출생하여, 1938년 11월 <만선일보(滿鮮日報)>에 수필 「이역에 적은 애상」을 발표하고, 니혼대학(日本大學) 재학시에 『군상』 동인으로 활동하였으며, <조선일보>와 <매일신보>의 학생란에 원고를 투고하였다. 1941년부터 <매일신보>에 「문학과 시대성」, 「청년과 신세대」 등 여러 편의 평론을 발표함으로써 문단활동을 시작하였다. 그는 해방공간에 『생활문화』의 주간으로 김동리, 조연현 등과 교유하였다. 이들과 청년문학가협회를 실질적으로 이끌어가면서 좌익 측의 계급주의 문학에 맞섰다. 그는

31 "장소는 삶의 우연적이고 부수적인 요소가 아니다. 특히 나고 자란 고향은 실존의 근원적 중심이다. 우리가 어떤 장소와 인연을 맺는다는 것은 다른 어떤 것보다 더 중요한 실존적 사건이다. 인간답다는 것은 의미 있는 장소로 가득한 세상에서 산다는 것이다. 인간답다는 말은 곧 자신의 장소를 가지고 있으며 잘 알고 있다는 뜻이다." 장석주, 『장소의 탄생』, 작가정신, 2006, 33쪽 참고.

이후 김동리 등 '문협정통파'가 주장하는 본격문학의 토대 위에서 문학의 정치성을 비판하고 작가의 창작 개성을 강조하였다. 그는 신이상주의와 신인간형을 내세우면서 사랑, 인도(人道), 애타주의, 박애사상을 넘어서는 새로운 이상주의가 민족의 운명을 계시하고 상징해야 한다고 주장하였다. 그는 지속적으로 신이상주의를 행동적 휴머니즘으로 하여, 인간의 영원한 본질을 탐구하고 새로운 인간형을 창조해야 한다는 논리를 펼쳐나갔다. 신이상주의와 신인간형 탐구의 문학은 한국전쟁 이후 소위 '문협정통파'의 본격문학 내지 순수문학 이론의 하나로 김동리, 조연현이 내세운 본령정계의 문학이나 생리적 문학론과 그 어깨를 나란히 한 것이었다. 평론집으로 『신인간형의 탐구』(1955), 수필집 『사색의 반려』(1962), 수상집 『사색과 행동의 세월』(1977) 등을 남겼다.

1960년대를 넘어 1970년대에 들어서면서 고령 출신 문인들이 문단에서 활발한 활동을 하기 시작한다. 1960년대 이후 시기에 활동한 고령 출신 작가들을 조망하기 위해서는 고령 지역에서 발간되는 문학 매체를 살펴보는 것이 비교적 유효하다. 고령의 문학을 조망하는데 근본이 되는 문학매체는 한국문인협회 고령지부에서 펴내는 기관지인 『고령문학』이다. 이는 고령문학의 현재적 모습을 확인할 수 있는 문학 매체라는 점에서 그 의미가 있다고 할 수 있다. 『고령문학』은 초기에 '참꽃글모임'(1996.7.27)에서 시작하여, 『참꽃』 3집을 발간하였으며, 2000년말에는 제호를 『고령문학』으로 바꾸어 4집을 발간하였다. 2001년 7월 12일 한국문인협회 고령지부가 출범하면서 고령 문협의 기관지로 2008년까지 『고령문학』 12집을 발간하는 성과를 올렸다.[32]

32 김민구, 『고령문학 10년을 되돌아보는 어제와 오늘』, 『고령문학』 10집, 한국문인협회 고령지부, 2006, 96~128쪽 참고.

『고령문학』은 고령 출신으로 고령을 떠나 활발히 활동하고 있는 출향작가와 현재 고령에 머물러 있는 작가를 적절히 호명하여 매체를 구성함으로써, 1960년대 이후 고령 문학의 전 영역을 아우르고 있다. 비록 『고령문학』의 발간 시기는 늦었지만 1960~1990년대에 등단한 고령 출신 작가들을 불러들인 이러한 편집과 기획 체제는 『고령문학』의 위상과 정체성을 확보하는 데 많은 역할을 하고 있다.

『고령문학』

먼저 출향한 고령 출신 작가로 『고령문학』 특집에 자주 참가한 작가들은 권국명, 김은령, 서정은, 송진환, 이하석, 최우석, 곽홍란, 김조수, 문무학, 권영세, 곽홍렬, 김형규, 문형렬, 이연주 등이다. 시·시조·동시, 소설, 수필 등을 중심으로 그들의 활동을 간략히 정리해 보면 다음과 같다.

시·시조·동시

권국명은 1964년 『현대문학』에 시 「바람부는 밤」이 추천되어 등단했다. 시집으로 『그리운 사랑이 돌아와 있으리라』, 『오동나무 금빛 몸』, 『초록교신』 등을 출간했다.

이하석은 1971년 『현대시학』에 시 「관계」 외 2편이 추천되어 시단에 나왔으며, 『자유시』 동인으로 활동하였다. 시집으로 『투명한 속』, 『김씨의 옆얼굴』, 『우리 낯선 사람들』, 『측백나무 울타리』, 『금요일엔 먼데를 본다』, 『녹』, 『고령을 그리다』, 『것들』, 『다시 고령을 그리다』, 『향촌동 랩소디』 등이 있고, 산문집에 『우울과 광휘』가 있다. 이하석은 주로 산업사회의 부산물인 도시의 변두리에 널린 깡통, 쇠조각, 비닐 등의 쓰레기를 정밀하고 냉철하게 그려낸다. 그는 이러한 현대문명의 배설물들을 통해 황폐하게 망가져 가고 있는 우리 주위의 삶을 냉정하게 드러내 보이고 있다. 황폐한 삶을 드러내는 이러한 방식이나 시선의 뒤에는 인간과 환경에 대한 작가의 따뜻한 시각이 숨어 있다고 할 수 있다.

송진환은 1978년 『현대시학』으로 등단했으며, 2001년 <대구매일신문> 신춘문예 시조 부문에 당선된 바 있다. 시집으로 『바람의 행방』, 『잡풀의 노래』, 『조롱당하다』 등이 있다.

문무학은 1981년 『시조문학』에 시조 「도회의 밤」이 추천되어 문단에 나왔으며, 1981년 『월간문학』 신인작품상(38회)에 당선되고 『시조문학』지에 문학평론이 추천 완료되었다. 제 11회 현대시조문학상을 수상하였으며, 시조집으로 『가을거문고』, 『설사 슬픔이거나 절망이더라도』, 『눈물은 일어선다』, 『달과 늪』, 『벙어리 뻐꾸기』 등을 내었으며, 연구서로 『시조비평사』를 상재했다. 또한 시집 「낱말」을 통해 낱말의 새로운 의미를 다면화하고 소생시켜 보이는 작업을 하였다.

권영세는 1980년 제8회 창주아동문학상에 동시 「새날」, 「겨울풍뎅이」가, 같은 해 『아동문학평론』에 동시 「바람개비」가 추천되어 등단하였다. 또한 1981년 『월간문학』 신인작품상에 동시 「반짇고리」가 당선되었으며, 1985년 동시집 『반디, 고향 반디야』로 제7회 대한민국 문학상 아동문학 부문 신인상, 2006년 대구문학상을 수상하였다. 동시집으로 『겨울풍뎅이』, 『반디, 고향 반디야』, 『날아라 종이새』, 『고향땅 고향하늘』, 『작은 풀꽃의 평화』, 『탱자나무와 굴뚝새』 등이 있다. 그는 생활 주변의 친근한 소재인 자연을 대상으로 그것이 빚어내는 원초적 생명과 동심의 세계를 주로 노래한다. 생명의 근원인 자연에 대한 관심은 그로 하여금 문명 이전의 고향의 정겨운 모습과 그 속의 구체적 물상들을 즐겨 노래하게 만든다. 고향 땅, 고향 하늘, 고향 사람들의 모습은 권영세 동시의 원천으로 자리잡아, 그의 동시에 아늑하고 평화로운 원형적 공간에 대한 그리움을 가득 출렁이게 한다.

고령 출신 작가들의 작품집

곽홍란은 1996년 <한국일보> 주최 전국시낭송대회에서 대상을 받았으며, 1997년 <매일신문> 신춘문예 동시 부문에 「만남」이 당선되었다. 이어 1998년 서울신문·국가보훈처 주최 전국호국문예공모전에서 시부문 최우수작품상, 2001년 <조선일보> 신춘문예에 시조 「보길도 시편」으로 당선되었다. 곽홍란은 동시, 시극, 시낭송 외에도 음악과 결합한 지방문화 축제 등에서 활발한 활동을 하고 있으며, 동시집으로 『글쎄, 그게 뭘까』, 정형시집 『직선을 버린다』, 소리시집 『내 영혼의 보석상자』, 『가슴으로 읽는 시』, 『따뜻한 동행』 등을 발간하였다.

이외에도 서정은, 김은령, 김조수, 최우석 등이 출향문인으로 활발한 작품활동을 지속적으로 펼치고 있다. 한편 『고령문학』에 참여하고 있지는 않지만 고령 출신 작가로 서울예술대학 문예창작과 출신의 시인 조용미가 있다. 조용미는 1990년 『한길문학』에 「청어는 가시가 많아」 등의 시를 발표하며 문단에 나왔다. 시집으로 『불안은 영혼을 잠식한다』, 『일만마리 물고기가 山을 날아오르다』, 『삼베옷을 입은 자화상』, 『나의 별서에 핀 앵두나무는』 등이 있으며, 산문집으로 『섬에서 보낸 백 년』이 있다. 2005년 김달진문학상을 수상했다.

소설

문형렬은 <매일신문> 신춘문예에 동화가 당선(1975)된 후 1982년 <매일신문>에 소설, <조선일보> 신춘문예에 시 「꿈에 보는 폭설」이 당선되었다. 이어 다시 <조선일보> 신춘문예에 소설 「물뿌리기」(1984)가 당선되는 등 문단의 화려한 주목을 받았다. 그는 서정적이고 사유적인 독특한 문체로 작품활동을 하고 있으며, 시집으로 『꿈에 보는 폭설』, 창작집으로 『언제나 갈 수 있는 곳』, 『슬픔의 마술사』, 장편소설로 『바다로 가는 자전거』, 『눈 먼 사랑』, 『아득한 사랑』, 『병정개미』, 『그리고 이 세상이 너를 잊었다면』, 『태양의 나라』, 그리고 동화집으로 『성 프란치스코』가 있다. 『태양의 나라』는 가실대왕, 가야금, 우륵 등 대가야의 역사적 자료를 바탕으로 작가 특유의 상상력으로 대가야의 성장과 쇠망의 모습을 그려내고 있는 문제작으로, 김훈의 『현의 노래』와 대비된다 하겠다.

이연주는 1991년 <매일신문> 신춘문예에 소설 「아버지의 문상」으로 당선되고, 1993년 『현대문학』에 「그리운 우물」이 추천되어 문단에 나왔다.

수필

수필 부문에서 활발한 활동을 하고 있는 작가로는 곽흥렬, 김형규 등이 있다. 곽흥렬은 『수필문학』과 『대구문학』을 통해 문단에 나왔으며, KTX 개통 기념 여행수필 공모 최우수상, 근로자문화예술제 수필부문 은상, 교원문학상 등을 수상했다. 수필집으로는 『가슴으로 주은 언어들』, 『빼빼장구의 자기위안』 등이 있다.

김형규는 경북대학교 명예교수로 활발하게 사회활동에 참가하고 있으며, 수필집으로 『어머니의 그림자』, 『모래돈과 바늘돈』, 『최선진국의 주춧돌』, 『빠알간 석류알』 등이 있다.

현재 고령에 거주하는 작가들 또한 각종 신문이나 문학 매체들을 통해 등단하거나 『고령문학』을 통해 활발한 작품 활동을 하고 있다.

임경림은 2002년 <한국일보> 신춘문예 시 부문에 당선된 후, 2003년 <조선일보> 신춘문예 동시 부문에도 당선되었다. 이향은 <매일신문> 신춘문예 시 부문에, 한현정은 <매일신문> 신춘문예 동시 부분에 각각 당선되어 활발한 시작 활동을 하고 있다. 이외에도 전해말, 박원식, 김영권, 이용호, 전해말, 김민구, 서상조, 여상범, 이근덕, 진봉길, 정효영, 이근덕, 김영식, 서옥련, 차아란, 오정래, 류정희, 이철현, 신노우, 설화영, 김인탁, 김영규, 김종욱, 최상무, 우상혁, 김은영, 우종률, 김범관, 표원섭, 김영순, 박선재, 최계순, 정희석, 이종갑, 곽미영, 박태우 등이 각종 문예지를 통해 등단하거나 작품집을 발간하여 고령문학의 위상을 높이고 있다. 이들은 지역의 각종 문학행사를 주도하고, 지역문화 예술 활동의 주축으로 그 역할을 다하고 있다.

한편 『고령문학』은 고령 출신 아닌 사람들에게도 문호를 많이 개방하여 고령의 정체성을 지속적으로 확인하고 있다. 예를 들자면 『고령문학』 10집이 기획하고 있는 특집 '대가야 노래시'는 타자의 시선을 대폭 수용하고 있다는 점에서 주목된다. '대가야의 노래시'는 보리수 시낭송회, 부천문인협회, 영호남수필문학회원 등이 중심이 되어 '대가야'를 제재로 쓴 시 작품들인데 제목을 잠깐 보더라도 타자의 시선으로 바라본 고령의 역사와 삶를 그려내고 있어 눈길을 끈다. 「가야금 산조 5」(황송문), 「고령개진감자」(박기동), 「다시 찾은 대가야」(이오장), 「고령의 달」(이병훈), 「천년의 숨결」(최연숙), 「소는 어디 가고」, 「하산길에」(오정수), 「가야, 그 이름」(유회숙), 「우륵님에게」(김가배), 「가야골에 지다」(김해자), 「대가야 여인네 되어」(김용옥) 등은 고령의 과거와 현재를 문학적 제재로 삼고 있다. 이러한 고령에 대한 타자의 시선은 외부에서 고령을 어떻게 바라보느냐 하는 시각의 문제와 관련된다. 대부분의 작가들이 대가야와 관련된 제재를 취하고 있다는 점에서 외부사람들 또한 고령문학의 정체성을 대가야라는 역사, 또는 고령이라는 장소와 밀접히 관련하여 인식하고 있음을 알 수 있다. 다만 「고령개진감자」 등은 고령의 주된 물산을 노래하고 있다는 점에서 특이하다. 이는 고령 출신 작가들의 경우도 마찬가지이다. 내부적 시선이라 할 수 있는 현재 고령에 거주하고 있는 시인들 또한 과거에서만 그들의 시적 소재를 찾지 않는다. 고령 출신의 작가들에게 장소성은 과거뿐만 아니라 주로 대가야와 연계되는 현재의 경관과 물산, 풍경 등을 노래하게 만드는 요인으로 작동된다. 고령딸기를 시의 소재로 삼고 있는 임경림의 『딸기 혹은 그 붉은—고령 딸기를 위하여」는 호명의 대상인 딸기에 대한 화자의 애정을 잘 보여주고 있다.

순하디 순한 뿔이구나
봄 여름 가을 겨울 외롭게 뻗는
내 추억의 가지 끝
환한 불을 달고 너른 벌판을 휘달리는
너는

나직한 마음과 마음 포개어서
뭉툭한 손과 손 엮어서
따뜻하고 편안한
지붕이 되어 준 너는,

설탕 한술 품앗이 오지 않아도
달디단 네 두 빰이 붉은 눈물 글썽이며
혓바닥을 징징 감아 도는구나

솟아라 침샘이여, 솟아라 침샘이여
떫은 하늘빛, 무너지는 살갗처럼
부끄럽게 익어 가리라

꽃등 밝힌 네 이마 마주보며
날마다 솟아오르는 금산

어진 어미요 어진 아비인 우리의 딸
너를 부른다, 딸기야[33]

이처럼 고령의 젊은 작가들은 그들의 시선을 더 이상 역사 속의 고령에만 머물러 두게 하지 않는다. 이들 작가들은 '쌍림공단'[34]이나 '고령딸기' 등 고령지역의 현재적 삶과 고령의 물산으로 그들의 시선을 이동시켜 나감으로써 문학적 제재를 확장시킨다. 이들은 대가야, 왕릉, 고분, 우륵 등의 화석화된 제재에서 벗어나 고령군민들의 현재적 삶과 물산들을 문학 창작의 영역으로 끌어들이고 있는 것이다.

5. 고령문학의 정체성과 전망

고령의 경관은 다른 지역과 구분되는 뚜렷한 장소 정체성을 지니고 있다. 다시 말하면 주산의 능선에 있는 고분군이나 양전리 암각화, 대가야의 여러 역사 문화적 유산들은 고령 출신 작가들에게 특별한 장소성을 부여해 주는 대상이다. 고령 출신 작가들이 그들의 산문이나 시에서 무덤을 자주 그려내는 것도 주산의 큰 무덤이 고령을 표상한다고 보기 때문이다.

주로 대가야와 연계되어 상상되는 고령의 문학은 고령 출신 작가든 아니든 고령이 갖고 있는 장소 정체성과 밀접한 연관을 가지고 있다. 특히 자신이 태어난 고향과 관련된 장소성은 경관의 묘사와 더불어 그들 삶의 중심적

---

33 임경림, 「딸기 혹은 그 붉은 ― 고령 딸기를 위하여」, 『고령문학』 5집, 2001, 36~37쪽.
34 이향, 「새들은 북국으로 날아간다」, 2002 <매일신문> 신춘문예 당선작. 『고령문학』 6집, 2002, 74쪽.

요소로 친밀하게 자리잡게 된다. 곽홍란의 「알터, 그리고 암각화」에도 이러한 모습이 잘 나타나 있다.

> 바람 잔 청동의 밤, 선사의 어진 사내들아
>
> 대가야국 따슨 그 눈빛으로
> 낙동강 언 허리 풀고 넘실넘실 흐르다 마른 풀 만나면
> 실뿌리 얼싸안아 적셔 주고, 힘에
> 버거우면 샛도랑물 어깨 걸고 진양조로
> 흘러라, 흘러가다 가다 비뚤어진 바위손
> 그 게으른 잠 슬쩍 깨워 주고, 잘 익은
> 연어알은 눈곱도 떼어 주고 바다로 바다로
> 함께 휘몰아 들어라
>
> 열두 줄 가얏고 노래 발묵으로 풀어놓고
>
> 깃 드는 갯바람 화석으로 삭지 않거든
> 초목도 울어야 할 골 깊은 멍이거든
> 오너라, 맨살 부벼도 아프지 않을 내 사랑
> 뭍짐승 바다짐승 알껍질 깨고 나와
> 어절씨고 손 잡아 첫 마음 되새기면
> 넉넉한 달 품에 안겨 산과 내도 꿈꾸리[35]

한 작가에게 태어나 보고 자란 고향의 경관과 역사는 "단순한 지형이나 장소가 아니고 개인의 인격 및 삶과 결부된 공간"[36]으로 이해된다. 이러한

---

35 곽홍란, 「알터, 그리고 암각화」, 『고령문학』 5집, 한국문인협회 고령지부, 2001, 132~133쪽.

인식의 과정을 거쳐 그가 그려내는 작품은 구체성을 획득하게 되는 것이다. 고향을 떠나 이리저리 유동하면서 한곳에 쉽게 정착하지 못하는 사람들도 유년의 아늑하고도 친밀한 장소에 대한 기억은 평생 갖고 있다. 그래서 고령 출신 작가들은 고령지역의 경관과 그것에 담긴 역사와 문화를 작품 창작의 주된 원천으로 삼는다. 그들의 작품 속에 대가야, 고분, 우륵, 가실, 순장, 주산 등이 자주 호명되는 것도 이 때문이다. 특히 고령읍내를 굽어보는 주산의 능선에 위치해 있는 큰 무덤들이나 양전리 암각화, 또 구비전승되는 대가야의 여러 서사들은 작품 창작의 주된 원동력으로 작동된다. 그래서 고령에 계속 머물러 사는 사람들에게는 고령의 경관과 역사가 삶의 한 부분으로, 고령을 떠나 사는 사람들에게는 주산의 큰 무덤이나 양전리 암각화 등이 기억의 중요 상징으로 인식되고 있는 것이다.

이처럼 고령 출신의 작가들에게 고령의 경관이나 그 속에 담긴 역사성은 그들의 삶과 유리될 수 없는 특수한 것으로 체험된다. 대가야의 역사와 관련된 공간과 장소가 고령문학의 주된 바탕이라면, 이 속에서 다양하게 창출되고 있는 현재의 고령문학이 어떻게 다른 지역과 구분되는 고령지역만의 정체성을 만들어 가는가에 대한 논의가 필요한 것도 이 때문이다.

36 전광식, 『고향』, 문학과지성사, 1999, 27쪽.

참고문헌

1. 기본자료

『개벽』, 『건국공론』, <국제신문>, <대한매일신보>, 『대한자강회월보』, 『동광』, 『동산』, 『동성』, <동아일보>, <매일신보>, 『무궁화』, 『문예』, 『문예운동』, 『문원』, 『문장』, 『문학계』, 『문학계』, 『백조』, 『별건곤』, 『삼천리』, 『새벽』, 『새싹』, 『시문학』, 『시원』, 『아동』, 『여명』, 『연희시온』, 『영남교육』, 『예술집단』, 『전선문학』, 『전선시첩』, <조선일보>, 『죽순』, 『한국공론』, <해조신문>, <황성신문> 등

『1946년판 경북총감(해방1주년판)』, 영남일보사, 1946.
『1947년판 예술년감』, 예술신문사, 1947.
『1953년판 경북년감』, 영남일보사, 1952.
『1954년판 한국년감』, 영남일보사, 1953.
『1957년판 경북종합년감』, 대구일보사, 1957.
경상북도 경찰부, 『고등경찰요사』, 1934.
국가기록원, 대구지방법원, 대구복심법원 독립운동 관련 판결문.
김동환 편, 『조선명작선집』, 삼천리사, 1936.
김창집, 『출판문화 7호 — 출판대감』, 조선출판문화협회, 1949.
백기만 편, 『상화와 고월』, 청구출판사, 1951.
시문학사 편찬, 『박용철전집』 제2권, 동광당서점, 1940.
시학사 편, 『신찬시인집』, 시학사, 1940.
이용악, 『이용악집』, 동지사, 1949.
이원희 편, 『학생시원』(경북남녀중학종합시집 제1집), 경북중학교문예부, 1948.
이원희, 『옛터에 다시 오니』, 평화도서주식회사, 1948.
임학수 편, 『시집』, 한성도서주식회사, 1949.
임화, 『찬가』, 백양당, 1947.
임화 편, 『현대조선시인선집』, 학예사, 1939.
정희준, 『흐린 날의 고민』, 교육정보사, 1937.

조선어학회, 『중등국어교본』(상), 군정청 문교부, 1946.
조선프로레타리아예술동맹문학부 편, 『카프시인집』, 집단사, 1931.
황윤섭, 『규포시집』, 조선아동회, 1947.
황윤섭, 『규포시초』, 동서문화사, 1954.
황윤섭·윤계현·김성도·박목월, 『청과집』, 동화사, 1948.

2. 국내 논저

간호배 편, 『원본 삼사문학』, 이회문화사, 2004.
강덕상, 『학살의 기억과 관동대지진』, 역사비평사, 2005.
강명관, 「근대계몽기 출판운동과 그 역사적 의의」, 『민족문학사연구』 14, 민족문학사연구소, 1999.
강진호 외, 『국어교과서와 국가이데올로기』, 글누림, 2007.
강태영, 『아단문고 장서목록(1)』, 아단문화기획실, 1995.
강호정, 「해방기 동인지 『죽순』 연구」, 『한국문학논총』 69, 한국문학회, 2015.
경상북도 문인협회, 『경북문학100년사』, 뿌리출판사, 2007.
계성50년사 편찬위원회, 『계성50년사』, 1956.
고 은, 『1950년대』, 민음사, 1973.
국립중앙도서관, 『한국근대문학해제집』 I (단행본), 2015.
국립중앙도서관, 『한국근대문학해제집』 IV(문학잡지), 2018.
권미숙, 「20세기 중반 책장수를 통해 본 활자본 고전소설의 유통양상」, 『고전문학과 교육』 20, 한국고전문학교육학회, 2010.
권보드래, 『3월 1일의 밤』, 돌베개, 2019.
권영배, 「대구지역 3·1운동의 전개와 주도층」, 『조선사연구』 6, 조선사연구회, 1997.
김근수 편저, 『한국잡지개관 및 호별목차집』, 한국학연구소, 1973.
김근수 편저, 『한국잡지 개관 및 호별목차집(해방15년)』, 한국학연구소, 1988.
김기림, 『시론』, 백양당, 1949.
김도경, 「관동대지진의 기억과 서사」, 『어문학』 125, 한국어문학회, 2014.
김봉희, 『한국 개화기 서적문화 연구』, 이화여자대학교출판부, 1999.
김윤식, 『일제말기 한국작가의 일본어 글쓰기론』, 서울대학교출판부, 2003.
김윤식, 『한국근대문학양식논고』, 아세아문화사, 1980.
김응교, 「1923년 9월 1일, 도쿄」, 『민족문학사연구』 19, 민족문학사학회, 2001.
김재석, 「구상문학관의 현황과 발전방향」, 『어문론총』 53, 한국문학언어학회, 2010.
김재홍, 『이상화 — 저항시의 활화산』, 건국대학교 출판부, 1996.

김정인, 『오늘과 마주한 3·1운동』, 책과함께, 2019.
김종헌, 「1960년 前後 대구지역 아동문학 연구」, 『아동청소년문학연구』 16, 한국아동청소년문학학회, 2015.6.
김주현, 『신채호문학연구초』, 소명출판, 2012.
김준현, 「순수문학과 잡지 매체 — 청년문학가협회 문인들의 매체 전략」, 『한국근대문학연구』 22, 한국근대문학회, 2010.
김진균·정근식 편저, 『근대주체와 식민지 규율권력』, 문화과학사, 1997.
김진기 외, 『반공주의와 한국문학의 근대적 동학 I』, 한울, 2008.
김진화, 『일제하 대구의 언론 연구』, 영남일보사, 1979.
김태준 편저, 『문학지리·한국인의 심상공간』 (상)(중)(하), 논형, 2005.
김학동 편, 『이상화』, 서강대학교 출판부, 1996.
김흥규, 『문학과 역사적 인간』, 창작과비평사, 1980.
김희곤 외, 『경북독립운동사』 Ⅲ, 경상북도, 2013.
남송우, 「지역문학 연구의 현황과 과제 — 충북, 대구·경북, 전북 지역문학을 중심으로」, 『국어국문학』 144, 2006.
노춘기, 「해방기 조향의 시적 지향 — 동인지 『낭만파』와 『죽순』을 중심으로」, 『우리문학연구』 48, 2015.
대구·경북인쇄조합45년사 편집위원회, 『대구·경북인쇄조합45년사』, 대구·경북인쇄정보산업협동조합, 2006.
대구부 편찬, 『대구부세일반(大邱府勢一斑)』, 대구인쇄합자회사, 1934.
대구사범학생독립운동동지회, 『대구사범학생독립운동』, 1997.
대구은행 홍보부, 『아! 1950년』, 대구은행, 2008.4.
대구제일교회110년사 편찬위원회, 『대한예수교장로회 대구제일교회110년사』, 대구제일교회, 2004.
대륜80년사편찬위원회, 『대륜80년사』, 대륜중고등학교동창회, 2001.
대한출판문화협회, 『1963 한국출판연감』, 대한출판문화협회, 1963.
류덕제, 「대구지역 아동문학 연구」, 『아동청소년문학연구』 10, 한국아동청소년문학학회, 2012.6.
류시중·박병원·김희곤 역주, 『국역 고등경찰요사』, 선인, 2010.
류준경, 「달판 방각본 연구」, 『한국문화』 35, 서울대 한국문화연구소, 2005.
류탁일, 「대구지방 간행 달판방각본에 대하여」, 『서지학연구』 3, 서지학회, 1988.
무정부주의운동사 편찬위원회, 『한국아나키즘운동사』, 형설출판사, 1978.
문재원 외, 『로컬리티 담론과 인문학』, 소명출판, 2017.

민족문학연구소 편역, 『근대계몽기의 학술·문예사상』, 소명출판, 2000.
민현기, 「대구지역 문학운동의 역사적 성격과 그 활성화 방법 연구」, 『어문학』 80, 한국어문학회, 2003.
박대헌, 『우리 책의 장정과 장정가』, 열화당, 1999.
박민규, 『해방기 시론의 구도와 동력』, 서정시학, 1914.
박승희, 「로컬리티 문화 표상과 지역문학관의 재구성」, 『한민족어문학』 72, 한민족어문학회, 2016.
박신홍·송민정, 『출판매체론』, 경인문화사, 1991.
박암종, 「문학도서 장정의 변화와 특성 그리고 의의」, 『비빌리오필리』 7, 한국애서가클럽, 1996.
박용찬, 「고령의 근·현대문학」, 『고령문화사대계』 3(문학 편), 역락, 2009.
박용찬, 「해방기, 대구·경북 지역 문학매체와 학생시단의 위상」, 『국어교육연구』 47, 국어교육학회, 2010.8.
박용찬, 「출판매체를 통해 본 근대문학 공간의 형성과 대구」, 『어문론총』 55, 한국문학언어학회, 2011.12.
박용찬, 「1950년대 대구의 문학공간 형성과 출판매체」, 『국어교육연구』 51, 국어교육학회, 2012.8.
박용찬, 「규포 황윤섭론-기독교적 시정신과 아동·학생문단의 진작」, 『국어교육연구』 58, 2015.6.
박용찬, 「근대계몽기 재전당서포와 광문사의 출판과 그 특징 연구」, 『영남학』 61, 경북대 영남문화연구원, 2017.6.
박용찬, 「대구·경북 지역문학 연구의 현황과 방향」, 『우리말글』 75, 우리말글학회, 2017.12.
박용찬, 「근·현대 대구지역 문학매체의 장정과 변모」, 『우리말글』 79, 우리말글학회, 2018.12.
박용찬, 「대구지역 3·1운동의 기록과 문학자의 기억」, 『국어교육연구』 70, 국어교육학회, 2019.6.
박용찬, 「해방기 시 동인지 『죽순』의 위상과 『전선시첩』으로의 이동」, 『한국문학논총』 90, 2022.4.
박진영, 『신문관 번역소설전집』, 소명출판, 2010.
박진영, 「문학청년으로서 번역가 이상수와 번역의 운명」, 『돈암어문학』 24, 돈암어문학회, 2011. 12.
박찬승, 「20세기 한국 국가주의의 기원」, 『한국사연구』 117, 한국사연구회, 2002.6.

박태일, 『한국 지역문학의 논리』, 청동거울, 2004.

박태일, 「지역문학 연구와 경북·대구지역」, 『현대문학이론연구』 24, 현대문학이론학회, 2005.

박태일, 「1920~1930년대 경북·대구지역 문예지 연구 — 『여명』과 『무명탄』을 중심으로」, 『한민족어문학』 47집, 한민족어문학회, 2005.

박태일, 「『여명문예선집』 연구」, 『어문론총』 43, 한국문학언어학회, 2005.12.

박태일, 「1925년 대구 지역매체 『여명』 창간호」, 『근대서지』 3, 근대서지학회, 소명출판, 2011.

박태일, 「대구지역 딱지본 출판의 전통」, 『현대문학이론연구』 66, 현대문학이론학회, 2016.9.

박태일, 「경북·대구 지역의 대중가사 출판」, 『열린정신 인문연구』 27, 원광대학교 인문과학연구소, 2016.12.

박헌호, 「『연희』와 식민지 시기 교지의 위상」, 『현대문학의 연구』 28, 한국문학연구학회, 2006.

박현수, 「근대 영남지역 문인의 사상적 지향과 지역성」, 『영남어문학의 문화론적 해석』, 역락, 2015.

백철, 조선신문학사조사 현대편』, 백양당, 1949.

사단법인 거리문화시민연대, 『대구신택리지』, 북랜드, 2007.

상허학회, 『반공주의와 한국문학』, 깊은샘, 2005.

상허학회, 『한국근대문학재생산제도의 구조』, 깊은샘, 2007.

서동수, 「숭고의 수사학과 환멸의 기억」, 『우리말글』 38집, 우리말글학회, 2006.12.

서유리, 『잡지로 보는 근대: 시대의얼굴』, 소명출판, 2016.

소남이일우기념사업회, 『소남 이일우와 우현서루』, 경진출판, 2017.

송엽휘, 「『월남망국사』의 번역 과정에 나타난 제 문제」, 『어문연구』 34-4, 한국어문교육연구회, 2006 겨울.

송영목, 「해방기 『죽순』지의 시세계」, 『비평문학』 7, 한국비평문학회, 1993.

신명100년사 편찬위원회, 『신명100년사』, 신명고등학교·성명여자중학교, 2008.

신영덕, 「한국전쟁기 종군작가 연구」, 고려대학교 박사학위 논문, 1993.

연정은, 「안호상의 일민주의와 정치·교육활동」, 『역사연구』 12, 2003.6.

영남대인문과학연구소, 『대구근대문학예술사』, 대구직할시, 1991.

오문석, 「식민지 시대 교지 연구(1)」, 『희귀잡지로 본 문학사』, 상허학회, 2002.

오영식, 『화가 정현웅의 책그림전』, 소명출판, 2018.

오천석, 『한국신교육사』, 현대교육총서출판사, 1964.

유수진, 「대한제국기 『태서신사』 편찬과정과 영향 연구」, 고려대학교 석사논문, 2011.12.

유임하, 「정체성의 우화: 반공증언집과 냉전의 기억」, 김진기 외, 『반공주의와 한국문학의 근대적 동학 I 』, 한울, 2008.

윤길수, 『윤길수 책』, 도서출판b, 2011.

윤영천, 「민족시의 전진과 좌절」, 『이용악시전집』, 창작과비평사, 1988.

윤장근, 『대구문단인물사』, 대구광역시립서부도서관, 2010.

이강언·조두섭, 『대구·경북근대문인 연구』, 태학사, 1999.

이경훈, 『속·책은 만인의 것』, 보성사, 1993.

이구열, 『우리 근대미술 뒷이야기』, 돌베개, 2005.

이기철, 『작가연구의 실천』, 영남대학교 출판부, 1986.

이병기, 『가람문선』, 신구문화사, 1966.

이병헌 편, 『삼일운동비사』, 시사시보사, 1959.

이상규 외, 『이상화 시의 기억공간』, 대구광역시 수성문화원, 2015.

이상협, 「명기자 그 시절 회상(2) — 관동대진재때 특파」, 『삼천리』 6권 9호, 1934.9.

이순욱, 「광복기 경남·부산 시인들의 문단 재편 욕망과 해방 1주년 기념시집 『날개』」, 『비평문학』 43, 한국비평문학회, 2012.

이승만, 『일민주의개술』, 일민주의보급회, 1949.

이승원 외, 『국민국가의 정치적 상상력』, 소명출판, 2003.

이원주, 「고전소설 독자의 성향 — 경북 북부지방을 중심으로」, 『한국학논집』 3, 계명대학교 한국학연구원, 1980, 557~573쪽.

이윤갑, 「대구지역의 한말 일제초기 사회변동과 3·1운동」, 『계명사학』 17, 계명사학회, 2006.

이윤규, 『들리지 않던 총성 종이폭탄』, 지식더미, 2006.

이재봉, 「지역문학사 서술의 가능성과 방향」, 『국어국문학』 144, 국어국문학회, 2006.

이재성, 「로컬리티의 연구동향과 인문학 연구의 새로운 방향」, 『한국학논집』 42, 2011.

이재철, 『한국현대아동문학사』, 일지사, 1978.

이종국, 『한국의 교과서』, 대한교과서주식회사, 1991.

이종미, 「『월남망국사』와 국내 번역본 비교 연구」, 『중국인문과학』 34, 중국인문학회, 2006.12.

이중기 엮음, 『백신애선집』, 현대문학, 2009.

이중연, 『책, 사슬에서 풀리다 — 해방기 책의 문화사』, 혜안, 2005.

이진경, 『근대적 시·공간의 탄생』, 푸른숲, 2006.

이진경, 『노마디즘』, 휴머니스트, 2002.

이창남, 「글로벌 시대의 로컬리티 인문학」, 『로컬리티 인문학』 창간호, 2009.

이태준, 『무서록』, 박문서관, 재판, 1942.

이태준, 『상허문학독본』, 백양당, 1946.
이호덕, 박성관 옮김, 『표상공간의 근대』, 소명출판, 2002.
이희승 편, 『정정(訂正) 역대조선문학정화』(상), 박문출판사, 1947.
전광식, 『고향』, 문학과지성사, 1999.
전진성, 『역사가 기억을 말하다』, 휴머니스트, 2005.
정경은, 「'연희시온'에 나타난 1930년대 중반의 기독교 인식과 문학사적 의의」, 『한국학연구』 29, 고려대학교 한국학연구소, 2008.11.
정대호, 『세계화 시대의 지역문학』, 문예미학사, 2002.
정선태, 「번역이 몰고 온 공포와 전율 — 월남망국사의 번역과 '말년/망국'의 상상」, 『한국근대문학의 수렴과 발산』, 소명출판, 2008.
정재찬, 『문학교육의 현상과 인식』, 역락, 2004.
정점식, 『아트로포스의 가위』, 흐름사, 1981.
정한모 외, 『이상화 서정시와 그 아름다움』, 새문사, 1981.
정현웅, 「장정의 변」, 『박문』 3, 박문서관, 1938.
정환국, 「근대계몽기 역사전기물 번역에 대하여 — 『월남망국사』와 『이태리건국삼걸전』의 경우」, 『대동문화연구』 48, 성균관대 동아시아학술원, 2004.12.
정환국, 「대한제국기 계몽지식인들의 '구국주체' 인식의 궤적」, 『사림(史林)』 23, 수선사학회, 2005.6.
조동일, 『지방문학사 — 연구의 방향과 과제』, 서울대학교출판부, 2003.
조두섭, 「역천의 낭만적 미학」, 『대구·경북 근대문인 연구』, 태학사, 1999.
조두섭, 『대구·경북 현대 시인의 생태학』, 역락, 2006.
조상원, 『책과 30년』, 현암사, 1974.
조섭제, 『대학국어 현대국문학수』, 행문사, 1948.
조연현, 『내가 살아온 한국문단』, 현대문학사, 1968.
조지훈, 『시의 원리』, 산호장, 1953.
조지훈, 『조지훈전집 3 — 문학론』, 나남출판, 1996.
조항래, 『1900년대의 애국계몽운동 연구』, 아세아문화사, 1993.
차태근, 「량치차오(梁啓超)와 중국 국민성 담론」, 『중국현대문학』 45, 한국중국현대문학학회, 2008.
천정환, 「소문, 방문, 신문, 격문: 3·1운동의 미디어와 주체성」, 『한국문학연구』, 2009.
천혜봉, 『한국서지학』, 민음사, 1997.
최덕교, 『한국잡지백년』 1, 2, 3, 현암사, 2004.
최문규 외, 『기억과 망각』, 책세상, 2003.

최원식, 「아시아의 연대—『월남망국사』소고」, 『한국근대소설사론』, 창작사, 1986.
최원식, 「지방을 보는 눈」, 『생산적 대화를 위하여』, 창작과비평사, 1997.
최재목 외, 「일제강점기 신지식의 요람 대구 '우현서루'에 대하여」, 『동북아문화연구』 19, 2009.
최형욱, 「량치차오의 학술세계와 그 문학혁명운동」, 『오늘의 문예비평』 49, 2003.5.
최호근, 「집단기억과 역사」, 『역사교육』 85, 역사교육연구회, 2003.
최호석, 「대구 재전당서포의 출판활동 연구」, 『어문연구』 34권 4호, 2006 겨울, 229~253쪽.
하동호, 「한국근대시집총림서지정리」, 『한국학보』 28, 일지사, 1982 가을.
한국문인협회 편, 『해방문학 20년』, 정음사, 1966.
한글학회, 『한글학회 100년사』, 2009.
한기형 외, 『근대어·근대매체·근대문학』, 성균관대학교 대동문화연구원, 2006.
한기형, 「문화정치기 검열체제와 식민지 미디어」, 『대동문화연구』 51집, 2005.9, 69~102쪽.
허만하, 『낙타는 십리 밖 물냄새를 맡는다』, 솔, 2000.
현수, 『적치 6년의 북한문단』, 중앙문화사, 1952.
현택수 편, 『문화와 권력: 부르디외 사회학의 이해』, 나남출판, 1998.
황위주, 「일제강점기 문집 편찬과 대구·경북 지역의 상황」, 『대동한문학』 49, 대동한문학회, 2016.

3. 국외 논저

가스통 바슐라르, 곽광수 역, 『공간의 시학』, 민음사, 1994.
다이안 맥도넬, 임상훈 옮김, 『담론이란 무엇인가』, 한울, 1992.
롤랑바르트, 김희영 역, 『텍스트의 즐거움』, 동문선, 2002.
롱기누스, 「숭고에 관하여」, 천병희 옮김, 『아리스토텔레스 시학』, 문예출판사, 2006.
모리스 쿠랑, 김수경 역, 『조선문화사서설』, 범장각, 1946.
미셸 푸코, 오생근 옮김, 『감시와 처벌』, 나남출판, 1997.
베네딕트 앤드슨, 윤형숙 역, 『상상의 공동체—민족주의의 기원과 전파에 대한 성찰』, 나남, 2002.
아도로노·호로크하이머, 김유동 옮김, 『계몽의 변증법』, 문학과지성사, 2005.
에드워드 렐프, 김덕현 외 옮김, 『장소와 장소상실』, 논형, 2005.
월터 J. 옹, 이기우 외 옮김, 『구술문화와 문자문화』, 문예출판사, 2003.
이마누엘 칸트, 김상현 옮김, 『판단력 비판』, 책세상, 2005.
이-푸 투안, 구동회·심승희 옮김, 『공간과 장소』, 대윤, 2007.
이효덕, 박성관 옮김, 『표상 공간의 근대』, 소명출판, 2002.

진노 유키, 문경연 역, 『취미의 탄생』, 소명출판, 2008.
질 들뢰즈·펠릭스 가타리, 김재인 역, 『천 개의 고원』, 새물결, 2001.
포터 애벗, 『서사학 강의』, 문학과지성사, 2010.
피에르 부르디외, 정일준 역, 『상징폭력과 문화재생산』, 새물결, 1997.
피에르 부르디외, 하태완 옮김, 『예술의 규칙 — 문학장의 기원과 구조』, 동문선, 2002.
피터 차일즈·패트릭 윌리암스, 김문환 옮김, 『탈식민주의 이론』, 문예출판사, 2004.

찾아보기

ㄱ

ㄴ

ㄷ

ㄹ

ㅇ

ㅈ

ㅊ

ㅋ

ㅌ

ㅍ

ㅎ

저자 **박용찬**

경북 경주에서 태어나 경북대학교 국어교육과를 거쳐, 같은 대학원 국어국문학과에서 석, 박사과정을 졸업하였다. 최근 매체, 정전, 지역문학 등에 관심을 갖고 연구를 진행하고 있다. 주요 저서로 『해방기 시의 현실인식과 논리』, 『한국 현대시의 정전과 매체』, 『문학교육개론』(공저), 『영영장판과 영남의 출판문화』(공저) 등이 있고, 주요 논문으로 「이용악 시의 공간적 특성 연구」, 「이육사 시의 정전화 과정과 특징 연구」, 「이상화 문학과 장소성의 문제」 등이 있다. 현재 경북대학교 국어교육과 교수로 재직하고 있다.

대구경북 근대문학과 매체

초판 1쇄 인쇄 2022년 10월 26일
초판 1쇄 발행 2022년 10월 31일

저　　자 박용찬
펴 낸 이 이대현

편　　집 이태곤 권분옥 임애정 강윤경
디 자 인 안혜진 최선주 이경진
마 케 팅 박태훈 안현진

펴 낸 곳 도서출판 역락
주　　소 서울시 서초구 동광로 46길 6-6(반포4동 문창빌딩 2F)
전　　화 02-3409-2060(편집부), 2058(영업부)
팩　　스 02-3409-2059
등　　록 1999년 4월 19일 제303-2002-000014호
이 메 일 youkrack@hanmail.net
역락홈페이지 http://www.youkrackbooks.com

ISBN 979-11-6742-408-2 93810